FANTASY

Buch

Das Tal der Reeve wird von seefahrenden Barbaren überfallen, viele Menschen werden getötet, die Häuser niedergebrannt. Kaum sind die Seewölfe weitergezogen, bricht neues Unheil über die Bewohner herein: Banditen aus dem Landesinnern bedrohen die wehrlosen Bürger. Es scheint, als würde ihnen niemand zu Hilfe kommen. Doch Guthrie Garthson, der verachtete zweite Sohn des Herrschers über das Tal, hat überlebt. Und es zeigt sich, daß er nicht der zarte Weichling ist, für den ihn jeder hält. Um für sich und sein Volk einen Weg zur Freiheit zu finden, folgt er den Fingerzeigen der geheimnisvollen Klosterer. Dabei stößt er auf ein altes, rätselhaftes Buch, das für ihn zur Offenbarung wird ...

Autor

Adam Nichols wurde in Großbritannien geboren, wuchs aber in Kanada auf. Lange Zeit lebte er auch in Schottland, Skandinavien und Island, wo er die nordische Mythologie zu lieben lernte. Mit seinem Debütroman »Die Dämonen von Miradore« gelang ihm auf Anhieb der Sprung in die erste Garde der Fantasy-Autoren. Die Fachzeitschrift *Locus* schrieb begeistert: »Der beste unter den neuen britischen Fantasy-Autoren der neunziger Jahre.«

Von Adam Nichols bei Goldmann bereits erschienen:

Die Dämonen von Miradore. Roman (24696)

FANTASY

ADAM NICHOLS

Die magische Schrift

Roman

Aus dem Englischen
von Reinhard Schweizer

GOLDMANN

Die englische Originalausgabe erschien 1996
unter dem Titel »The Pathless Way«
bei Millennium, Orion Books, London

Umwelthinweis:
Alle bedruckten Materialien dieses Taschenbuches
sind chlorfrei und umweltschonend.
Das Papier enthält Recycling-Anteile.

Deutsche Erstveröffentlichung 9/98

Umschlaggestaltung: Design Team München
Umschlagillustration: Agt. Schlück/Arena
Satz: deutsch-türkischer fotosatz, Berlin
Druck: Elsnerdruck, Berlin
Verlagsnummer: 24768
Redaktion: Waltraud Horbas
V. B. · Herstellung: Peter Papenbrok
Printed in Germany
ISBN 3-442-24768-3

1 3 5 7 9 10 8 6 4 2

I

Guthrie Garthson blinzelte durch den Regen nach oben. Ein Aussichtsposten kauerte auf dem kleinen Holzdach des Glockenturms.

»Ich sehe etwas!« rief der Wachtposten mit heiserer Stimme hinunter. Durch den Wind und peitschenden Regen waren seine Worte kaum zu verstehen. »Dort drüben am Waldrand, auf der anderen Seite des Flusses.«

Die Menschenmenge, die den Vorhof des Klosters füllte, drängte sich nervös an den Mauern entlang. Wie ein Sturzbach kam der eisige Regen vom Himmel, und die mit Schlamm bespritzten Menschen zitterten vor Kälte. Verängstigte Stimmen riefen wild durcheinander.

»Was siehst du?« rief Guthrie Garthson nach oben. Seine Hände formten ein Sprechrohr, und er versuchte, den Wind und das Stimmengewirr zu übertönen. »Wer ist es?«

Der Mann auf dem Turm gab keine Antwort. Wie gebannt starrte er auf das, was nur er sehen konnte.

»Was ist los, Kerl?« Dies kam aus der breiten Brust von Hone Amis Latirson, der neben Guthrie stand und dessen Schrei laut genug war, daß die Leute um ihn herum zusammenfuhren.

Doch der Wachtposten reagierte nicht auf ihre Rufe. Regungslos wie eine Möwe kauerte er auf dem Dach, und durch den prasselnden Regen spähte er gebannt über die hohen Klostermauern.

Fürst Guthrie wischte sich kaltes Wasser aus den Augen, strich sein langes, helles Haar aus dem Gesicht und schüttelte sich. »Ich gehe da rauf.«

Hone Amis legte seine kräftige, beruhigende Hand auf Guthries Arm. »Nein, hab etwas Geduld, Junge! Auf dem Turmdach ist nur Platz für einen Mann.«

Guthrie wand sich los. »Ich werde nicht hier herumstehen wie irgendein lahmer Köter, während dieser Narr da oben in die Wolken stiert und den Taubstummen spielt. Ich werde herausfinden, was da los ist!«

»Nein«, wiederholte Hone Amis. »Es ist zu gefährlich. Vielleicht lauern Bogenschützen da draußen.« Er faßte Guthrie an den Schultern. »Dein Vater befahl mir, für deine Sicherheit zu sorgen.«

»Zum Teufel mit den Befehlen meines Vaters.« Und noch einmal riß Guthrie sich los. »Mein Vater ist ein verdammter Narr!«

»Guthrie!« zischte Hone Amis. »Paß auf, was du sagst! Die Leute hören dich.«

Mit einer nachlässigen Geste deutete Guthrie auf die wogende, verängstigte Menschenmenge, die den Vorhof füllte. Die meisten der gewöhnlichen Siedler waren auf dem viel zu engen Raum zwischen den hohen Mauern eingepfercht, in ihren Händen trugen sie durchnäßte Bündel mit hastig zusammengerafften Habseligkeiten. Um sie herum schrie Federvieh, und es blökten die verschreckten Schafe. Alle waren sie hierher geflohen, um der Gewalt zu entkommen. »Im Moment haben sie andere Dinge im Kopf«, meinte Guthrie und zeigte auf die dicht gedrängten Menschen, »als das, was ich vielleicht über meinen Vater sage.«

Hone Amis' Blick verfinsterte sich. Er trug einen gepolsterten Lederhelm, der ihm bis tief in die Stirn reichte. Ein nach unten auslaufender Mittelsteg schützte die Nase. Auf der Vorderseite des Helms glänzte das metallene Abzeichen der Miliz: überkreuzte Speere über einer Schwertklinge, darüber ein Halbkreis funkelnder Offizierssterne, die seinen Rang als Heermeister zeigten. Hone Amis deutete auf das Abzeichen. »*Das* hier ist *meine* Pflicht. Du bist der Sohn des Fürsten und sein Erbe. Das ist *deine* Pflicht. Und du weißt, das bringt nicht nur Rechte, sondern auch Verantwortung. Niemals darfst du …«

»Der zweite Sohn«, unterbrach Guthrie. »Ich bin sein *zweiter* Sohn.«

Der Regen prasselte plötzlich noch stärker auf sie nieder, und sie schwiegen. Es war der erste der Herbststürme, der tosend wie ein wilder Sturzbach vom Westmeer kam, und er war eisig kalt. Die beiden Männer konnten nichts weiter tun, als durchnäßt und zitternd stehenzubleiben und zu warten, bis er abflauen würde.

»Macht keinen Unterschied«, rief Hone Amis knapp, als die Gewalt des Regens endlich nachließ. Das geölte, ärmellose Kettenhemd, das er trug, bot gegen das Unwetter kaum Schutz, und ärgerlich schlug er sich an die Brust, um etwas von dem Regenwasser herauszupressen, das seine Kleider darunter durchnäßt hatte. Sein buschiger, grauer Backenbart klebte ihm auf der Haut, wodurch sein Gesicht eigenartig geschrumpft wirkte. »Zweiter Sohn oder nicht, das macht keinen Unterschied! Du mußt …«

»Oh doch! Das ist ein gewaltiger Unterschied!« fauchte Guthrie. »Das weißt du nur allzu gut, Hone Amis Latirson!« Er warf seinem Begleiter einen wütenden Blick zu und blinzelte sich das Wasser aus den Augen. »Und halte mir keine Predigten! Ich bin nicht mehr der kleine Junge, dem du Vorschriften machen kannst.«

»Dann *verhalte* dich wie ein Erwachsener!« fauchte Hone Amis zurück. Er schüttelte seinen Kopf. »Du hast noch nicht deinen zwanzigsten Sommer gelebt, und schon glaubst du, du weißt alles. Wie willst du eigentlich …«

Guthrie drehte sich um und wäre durch die Menge davongerannt, hätte Hone Amis nicht schnell einigen Soldaten Zeichen gegeben.

»Haltet ihn!«

Nur fünf von Hone Amis' Männern standen in Rufweite, denn der Großteil der Miliz verteidigte die Siedlung oder versuchte, so gut es ging, hier im Klosterhof für Ordnung zu sorgen. Die fünf versperrten Guthrie den Weg wie eine Mauer.

»Verschwindet!« befahl Guthrie den Soldaten und faßte drohend mit seiner Hand ans Schwert. Es war eine längere, aufwendiger gearbeitete Waffe als die gewöhnlichen, kurzen Schwerter der Miliz. Noch immer verursachte ihm das Tragen des Schwertes ein Gefühl der Unsicherheit, denn seine Klinge trug einen Namen – Tusk, eines der fünf Schwerter aus gehärtetem Eisen, die seinem Vater gehört hatten –, und Guthrie hatte sie erhalten, weil es die Erbfolge so verlangte und nicht, weil er sie in besonderer Weise gebraucht oder verdient hätte. Er wußte, daß sein Umgang mit dem Schwert bestenfalls mittelmäßig war, trotz aller Übungsstunden mit Hone Amis. Doch Guthrie verließ sich auf die Wirkung, die eine solche Waffe zeigen konnte, sogar wenn sie wie jetzt nur halb gezogen war.

Die Männer, die ihm gegenüberstanden, trugen einfache Uniformen aus Lederhemden und gepolsterten Ledermützen. Jede Mütze zeigte das Abzeichen der Miliz mit überkreuzten Speeren und Klinge. Bewaffnet waren sie nicht nur mit Kurzschwertern, sondern auch mit schweren Speeren. Dennoch waren es Bauernsöhne, die man einberufen hatte auf Grund ihrer Gebietszugehörigkeit, und für eine Ausbildung war nicht viel Zeit gewesen. Sie hielten die Speere wie Hacken.

»Meister Amis?« fragte einer von ihnen unsicher.

»Guthrie!« rief Hone Amis wütend. »Dein Vater hat befohlen, daß du hier in Sicherheit bleibst. Und ich bin für diese Sicherheit verantwortlich. Denkst du etwa, ich bin *gerne* hier, ohne einen blassen Schimmer, was draußen vor sich geht? Ja, da draußen sollte ich sein, bei der Miliz. Es sind *meine* Männer, die dort ihren Hals riskieren. Aber ich tue, was mir dein Vater befohlen hat. Ich tue, was die Pflicht von mir verlangt!«

Hone Amis trat näher zu Guthrie und sprach wieder mit ruhiger Stimme. »Hör auf, dich wie ein ungeduldiger, halbwüchsiger Narr zu benehmen und werde endlich erwachsen, Junge! Du trägst Verantwortung. Du hast …«

Guthrie drehte dem älteren Mann den Rücken zu und marschierte zu den Milizen, die sich vor ihm aufgestellt hatten. »Aus dem Weg!« brüllte er. Den Mann, der ihm am nächsten stand, rempelte er zur Seite und ging einfach weiter. Die Männer zögerten, hin und her gerissen zwischen Hone Amis' Befehlen und der Achtung für das, was Guthrie war und darstellte.

»Idioten!« hörte Guthrie Hone Amis sagen.

Er ließ sich nicht mehr aufhalten. Guthrie schwang sich über einen zusammengebrochenen Karren, den jemand ins Kloster gebracht hatte, und tauchte in das nasse Durcheinander der Menge. Mit weiten Schritten watete er durch den Schlamm und den Kot der Schafe zur hinteren Mauer, wo Treppen nach oben zum Glockenturm führten. Zweimal fiel er fast über sein Schwert, das ihm zwischen die Beine kam, und er verfluchte die lange Waffe. Es war kein Problem, das Schwert auf dem Übungsplatz zu tragen, doch dieses wogende Chaos war etwas ganz anderes.

Die Leute starrten ihn an. Guthrie sah die ängstlichen Fragen auf ihren Gesichtern, als sie ihn – den zweiten Sohn des Fürsten – beobachteten, wie er hastig durch den Schlamm stapfte. Die Augen der Menschen richteten sich zum Tor, dann nach oben zum Glockenturm. Der größte Teil der Siedlung hatte hier Schutz gefunden, das war richtig. Doch wirklich geborgen und sicher fühlte sich hier niemand.

»Ich sehe sie!« schrie der Wachtposten plötzlich.

Guthrie hatte mittlerweile die Treppe an der hinteren Mauer erreicht. Er sprang sie hinauf, drei Stufen auf einmal nehmend, und schlitterte auf die obere Plattform. Das Schwert verfing sich zwischen seinen Beinen, und schmerzhaft stürzte er gegen die Mauer. Er kam wieder auf die Beine, löste seinen Gürtel, und in einem plötzlichen Wutausbruch warf er Schwert, Scheide und Waffengürtel auf die Holzplanken.

Als er seinen Blick nach oben richtete, sah er, daß das kleine Dach des Glockenturms weniger als fünfzehn Schritt über ihm war. »Was ist los?« rief er, so laut er konnte. Als auch hierauf keine Antwort folgte, hämmerte er mit seinen Fäusten gegen die Turmwand und schrie aufs neue: »*Was ist da draußen los?*«

Der Mann über ihm reckte seinen Hals über den Dachsims und schaute überrascht nach unten. Sein nasses Haar klebte ihm am Kopf, sein Gesicht war weiß und verzerrt vor Furcht.

Als er dieses Gesicht sah, spürte Guthrie, wie sein Herz wild zu schlagen begann. »Was ist?« wollte er wissen. »Was *passiert* da draußen, Mann?«

Der Mund des Wachtpostens arbeitete, aber Worte wollten nicht kommen. Er sprang vom Dachsims zurück und war verschwunden. Guthrie hörte, wie er die Falltür öffnete, die vom Dach in die oberen Stockwerke des Turms führte. Einen Augenblick später begann die große Glocke zu läuten.

Gong Gonggg! Gong Gonggg!

Die Menge, die sich unten im Hof zusammendrängte, wurde immer unruhiger.

Gong Gonggg!

Guthrie stürmte durch die kleine Tür, die in den Turm führte, und sprang die Wendeltreppe im Innern nach oben. Im Stockwerk über ihm zog der Wachtposten blindwütig am Glockenseil und schien ihn nicht zu bemerken. Die gewaltigen Glockenschläge ließen den Turm erbeben.

Guthrie wünschte den Mann zum Teufel und hastete durch die Falltür hinauf auf das kleine Dach. Der Regen schlug ihm wie ein Fausthieb ins Gesicht, und keuchend und unsicher stand er auf den glitschigen Dachschindeln. Hier oben, wo auch die Mauern keinen Schutz mehr gaben, packte ihn der kalte Wind wie eine harte, nasse Hand. Er versuchte sein Bestes, das Gleichgewicht zu halten, und spähte mit zusammengekniffenen Augen in die Ferne.

Das Kloster lag am Esk, ein gutes Stück flußaufwärts von Riverside, der größten Siedlung im Fürstental. Riverside wiederum lag eingebettet zwischen dem grauen Meer und den dunklen Bergen, umgeben von gerodeten Feldern. Auf den grünen Hügeln weideten Schafe. Hier allerdings, flußaufwärts, war man umgeben von der dunklen Masse des Wilden Landes. Das Kloster stand auf einer Anhöhe oberhalb des Flusses, und auch hier hatte man die unmittelbare Umgebung gerodet. Doch jenseits der Felder erhoben sich zu allen Seiten die Felswände der Berge – und diese Felsen und Bäume, der Regen und die Wolken hatten sich in dem Unwetter zu einer grauen Masse vermengt. Von den Klostermauern führte ein steiler Weg hinunter zum Fluß, in dem das tosende, schlammige Wasser nun fast über die Ufer trat. Auf der anderen Seite des Flusses erkannte Guthrie den Waldrand, ein dunkles, rauschendes Etwas. Doch mehr war nicht auszumachen.

Was hatte der Wachtposten gesehen?

Dann, durch das verwirrende Prasseln des Regens, sah er es auch.

Menschen kamen aus dem Wald gerannt und versuchten die Furt zu erreichen, die nun tief unter Wasser lag. Es blieb ihnen nichts anderes übrig, als in die wilden, eisigen Wasser des Esk zu springen. Guthrie fühlte, wie ihm übel wurde vor Angst. Es waren Menschen aus dem Tal, die er da sah, gewöhnliche Bauersleute und Männer aus Hone Amis' Miliz, die um ihr Leben rannten.

Hinter ihnen erspähte er undeutliche, springende Schatten. Guthrie keuchte. Seine Finger schrieben ein Schutzzeichen in den Regen, denn plötzlich schien es ihm, daß diese Menschen da unten von leibhaftigen Fey verfolgt wurden – jenen sagenhaften Bewohnern des Wilden Landes, von denen der alte Bowin, der Barde seines Vaters, in seinen Liedern erzählte ... Voll wütender Rachsucht verfolgten die Fey die Menschen, die ihre Bäume gefällt und ihre Erde gepflügt hatten.

Aber nein.

Es waren sehr wohl sterbliche Menschen, die zwischen den Bäumen hervorsprangen. Es waren die plündernden Seewölfe, die zum Flußufer hinunterstürmten, große, finster dreinblickende Männer mit dunkel geölten Kettenhemden und runden Schilden, die im Regen glitzerten. Ihre Helme waren aus Eisen und Elfenbein, darauf ein Büschel steifes Pferdehaar, und in den Händen hielten sie ihre berüchtigten, langen Kriegsspeere aus Eisen. Sie heulten tatsächlich wie Wölfe, als sie den fliehenden Bewohnern des Fürstentals in den Rücken fielen.

Die Glocke läutete noch immer. Guthrie sah, wie bleiche Gesichter zu dem *Gong Gonggg* emporblickten, und er hörte in der Ferne die Schreie der Talbewohner, die versuchten, ans andere Ufer des Esk zu gelangen. Guthrie mußte mit ansehen, wie ein Speer einen der Fliehenden im Wasser durchbohrte – der Sterbende schlug um sich wie ein Fisch an der Angel – und sah auch, wie ein anderer abgeschlachtet wurde wie ein Schaf. Ein dritter wurde aufgespießt, als er gerade aus dem Esk ans schlammige Ufer kriechen wollte. Der Fluß färbte sich dunkel von Blut und umhertreibenden Leichen. Jene Talbewohner, die es ans andere Ufer schafften, duckten sich und rannten verzweifelt zu den schützenden Klostermauern.

Seit seiner Kindheit hatte Guthrie den Heldengeschichten zugehört, die der alte Bowin erzählte: der Geschichte des Großen Owen oder der Sage um Egil Blutaxt. Doch was sich jetzt vor seinen Augen abspielte, hatte mit den Kämpfen und ruhmreichen Taten, wie sie Bowin beschrieben hatte, nichts gemein. Heldentum war da keines. Es schien ihm wie das Schlachten der Schafe im Herbst – Blut und Schreie und zerrissenes Fleisch.

Guthrie wandte sich ab, sein Magen zog sich vor Übelkeit zusammen. Hinunter in den Klosterhof rief er: »Öffnet das Tor!«

Aber das gewaltige *Gong Gonggg* der Turmglocke übertönte ihn. Er spürte, wie die Bodenplanken unter seinen Füßen vibrierten. Die Menge unten schrie, ein halbes Hundert Stimmen durcheinander, und in verschreckter Verwirrung stapften die Menschen durch den Schlamm.

Gong Gonggg! Gong Gonggg!

»Öffnet das Tor!« schrie Guthrie noch einmal. »Öffnet das Tor!« Es war sinnlos. Niemand hörte ihn.

Unten, ganz in der Nähe des Turms, erkannte er Hone Amis, der zu ihm hinaufschaute. Guthrie winkte mit den Armen und versuchte mit Gesten, das Öffnen des Tors verständlich zu machen. Hone Amis legte die Hände an den Mund und rief etwas, doch Guthrie konnte nichts verstehen.

Verzweifelt warf Guthrie einen letzten Blick über die Klostermauern und sah, wie der kümmerliche Rest der Talbewohner mit letzter Kraft den grasbewachsenen Abhang zum Kloster hinaufrannte, noch immer verfolgt von den heulenden Seewölfen. Guthrie hangelte sich durch die Falltür ins Innere des Turms und stürmte die Treppe hinunter. Sein Kopf dröhnte vom Donnern der Glocken. Er riß den Wachtposten weg vom Glockenseil und schleuderte ihn zu Boden. »Narr!« zischte er. »Laß das endlich!«

Der Mann starrte ihn an. »Ich dachte nur …«

Guthrie rannte weiter.

Der Klosterhof war in brodelndem Aufruhr. Leute versuchten Guthrie aufzuhalten, schrien Fragen, und mit Faustschlägen mußte er sich einen Weg bahnen. Vor dem Tor blieb er schlitternd stehen. »Öffnet das Tor!« befahl er den vier Milizen, die dort mit gezogenen Schwertern Wache hielten.

Einer der vier trat auf ihn zu. »Unser Heermeister hat angeordnet, daß …«

»Dummkopf!« rief Guthrie. Von draußen kamen Schreie, Fäuste hämmerten gegen das Holztor. Guthrie faßte unwillkürlich nach seinem Schwert und erinnerte sich fluchend, daß er es beiseite geworfen hatte. Unbewaffnet versuchte er, sich durch die Soldaten zu drängen und selbst den Balken zu entfernen, der die Eichentore geschlossen hielt.

Hände packten ihn von hinten und warfen ihn in den Schlamm. An seiner Kehle lag eine Klinge. »Wir haben *Befehle*«, knurrte einer der Männer. »Niemand öffnet dieses Tor ohne direkte Anweisung von Meister Amis oder dem Fürsten selbst.«

»Schwachköpfe!« keuchte Guthrie und wehrte sich gegen die Männer, die ihn am Boden hielten. An seinem Hals spürte er den eisigen Biß der Klinge. Die Faustschläge am Tor waren mittlerweile ein verzweifeltes Trommeln. »Die Menschen da draußen werden *sterben* wegen eurer Sturheit. Laßt mich los! Wißt ihr nicht, wer ich bin?«

»Er soll aufstehen!« rief eine gebieterische Stimme.

Die Männer ließen von ihm ab, und mühsam kam Guthrie auf die Beine. Vor ihm stand Hone Amis. »Das Tor!« keuchte Guthrie. »Die Seewölfe metzeln unsere Leute nieder. Öffne das Tor, oder die Überlebenden werden an den Mauern abgeschlachtet wie Schafe.«

Hone Amis zögerte einen Moment und hörte auf das Schreien und Klopfen von draußen. Dann sprach er zu seinen Männern: »Macht es auf.«

»Aber Meister Amis«, meinte einer der Soldaten. »Was ist, wenn ...«

»Jetzt!«

Zwei von ihnen hoben den Balken und öffneten einen der beiden Torflügel. In einem Wirbel von sturmgepeitschtem Regen und Blut und Schreien stürmten die Menschen herein.

In dem wilden Durcheinander erhielt Guthrie plötzlich einen Schlag in den Bauch. Röchelnd knickte er zusammen. Auf seinen Knien sah er nur verschwommen Arme und Beine und Körper, die an ihm vorübereilten. Verzweifelt schnappte er nach Luft, war aber allzu betäubt von dem krampfartigen

Schmerz in seinem Bauch, von dem Lärm und der Verwirrung und dem prasselnden Regen, als daß er richtig verstanden hätte, was um ihn herum passierte.

Dann wurde das Tor plötzlich zugeschlagen, und es war ruhiger.

Langsam richtete Guthrie sich auf, jeder Atemzug tat ihm weh. Einen schrecklichen Augenblick lang dachte er, er sähe in seinem Unterleib eine Klinge stecken. Doch nein. Was immer ihn getroffen hatte, war äußerlich nicht zu erkennen: vielleicht das stumpfe Ende eines Speers oder einfach ein Knie oder Ellbogen.

»Sie haben uns bei den heißen Quellen überrascht«, hörte er jemanden mit heiserer, keuchender Stimme sagen. »Wir waren vollkommen ahnungslos.«

An dem nun geschlossenen Tor stand eine Gruppe von vielleicht zwei Dutzend zerlumpten, bleichgesichtigen und abgekämpften Menschen. Etliche waren verwundet, einige so schlimm, daß sie nur auf einen anderen gestützt stehen konnten. Zwischen ihnen lagen drei tote Seewölfe, und der Schlamm zu Füßen der Überlebenden war rot vor Blut. Guthrie sah das Bild mit Schrecken. War dies alles, was von den Streitkräften übrig war, die sein Vater gegen die Seewölfe geführt hatte? Er konnte es nicht fassen.

Von der anderen Seite des Tors kam ein triumphierendes Heulen.

»Da draußen lebt nun niemand mehr«, keuchte einer der Flüchtlinge, als die Leute voller Angst zum Tor blickten. Die Menge scharte sich dicht gedrängt um die Überlebenden.

»Zurück!« schrie Hone Amis sie an. »Geht zurück und macht uns Platz hier.«

»Was ist da draußen passiert?« rief einer aus der Menge.

»Wo ist Mally?« kreischte ein anderer. »Wo ist meine Mally?«

»Zurück, habe ich gesagt!« brüllte Hone Amis noch einmal.

»Wir brauchen Ordnung hier!« Er war nun umgeben von etwa einem Dutzend seiner Soldaten, und er befahl ihnen, die Menge zurückzutreiben. Widerwillig machten die Leute Platz.

Halb vornübergebeugt, seine Hände auf den Oberschenkeln, erzählte der Mann weiter, wobei er alle paar Sekunden nach Luft schnappte. »Die Hundesöhne kamen über … über den Berg von Roary. Als wir sie bemerkten … war es schon zu spät.«

»Der Fürst«, fragte Hone Amis. »Was ist mit dem Fürsten?«

Der Mann wurde still, und er zitterte. »Tot. Ich sah … sah, wie der Anführer der Seewölfe ihn mit einem … Speer durchbohrte.«

Hone Amis starrte ihn an.

»Das war in den ersten Augenblicken, fast bevor … bevor wir merkten, was eigentlich geschah. Es war unheimlich. Woher wußten sie von der Abkürzung über den Berg von Roary? Woher wußten sie davon?«

»Was ist mit dem jungen Fürsten?« wollte Hone Amis wissen. »Was ist mit Garrett?«

»Auch er ist gefallen«, antwortete ein anderer. »Beide sind tot.«

Hone Amis wurde bleich. *»Beide?«*

Ein gewaltiger Knall brachte die Tore plötzlich zum Erzittern.

»Ein Rammbock«, rief eine Stimme.

Entsetzt schrien die Menschen auf und drängten weg vom Tor.

»Was tun wir denn jetzt?« jammerte jemand. »Die Großen Mächte mögen uns beschützen. Alles ist uns genommen. Das ist das Ende.«

»Nein!« rief Hone Amis. Er blickte hinüber zu Guthrie.

Guthrie zitterte. Sein Vater und Garrett tot? Unmöglich! Doch nicht sein Vater, breitschultrig und stark wie ein Ochse. Doch nicht Garrett, flink und gewissenhaft. Nein. Das *konnte* nicht wahr sein.

Doch ein Teil in ihm glaubte die Nachricht. Und dieser Teil gab ihm auch eine Art bitterer Zufriedenheit. Sein ganzes Leben war er der zweite Sohn gewesen, während der ältere Garrett alle Rechte genoß. Sein ganzes Leben hatte Guthrie sein Los als vernachlässigter, unbedeutender zweiter Sohn gehaßt.

Und nun …

»Hört mich!« rief Hone Amis der Menge zu. *»Hört mich an!«* Er stand da mit erhobenen Armen und schrie die Menschen an, bis sie ihm zuhörten. »Fürst Garth wurde getötet. Auch Fürst Garrett Garthson ist tot. Aber noch haben wir einen Fürsten. Garths zweiter Sohn, Guthrie, lebt! Nicht alles haben diese verfluchten Seewölfe uns genommen!«

Alle Blicke richteten sich auf Guthrie. Er zitterte unsicher und strich sich eine schlammverschmierte Strähne aus dem Gesicht. Dieser Augenblick war die Erfüllung von tausend Jugendträumen: Sein Vater und älterer Bruder waren irgendwie verschwunden, nur er war noch da, und alle Macht und alle Rechte waren sein.

Aber jetzt stand er vor Entsetzen wie erstarrt. Er fühlte sich hundeübel.

Um ihn herum warteten gespannt die Soldaten der Miliz, und die Menschenmenge wartete auch. Er kam sich plötzlich vor wie die Achse eines großen Rads, das zum Stehen gekommen war. Es lag nur an ihm, dieses Rad wieder in Bewegung zu bringen.

Und er wußte nicht, was nun geschehen sollte.

Das war nicht gerecht! Garrett hätte gewußt, was in einer solchen Lage zu tun war. Garrett hatte man für so etwas ausgebildet, er hatte Erfahrung in solchen Dingen. Doch den zweiten Sohn hatte niemand derartiges gelehrt.

Die Menge wurde unruhig. Das beständige Donnern des Rammbocks hallte unheimlich durch den Regen, und Guthrie spürte, wie sein Herz mit jedem Donnerknall schneller schlug.

So hatte er sich das nicht erträumt.

Hone Amis trat näher zu ihm. »Die Mauern«, sagte er leise.

»Was ist damit?« antwortete Guthrie hilflos.

»Schicke Soldaten auf die Mauern. Solange diese Hundesöhne unser Tor rammen, beschießen wir sie von oben.«

Guthrie blinzelte, schüttelte nasses Haar aus seinem Gesicht und blinzelte noch einmal. Er wandte sich zu den versammelten Menschen: »Geht weg ...« Doch unerwartet versagte ihm die Stimme, und nur ein Krächzen kam aus seinem Hals. Er mußte von vorn beginnen. »Geht weg vom Tor«, befahl er.

Einen langen Moment bewegte sich niemand. Hone Amis wollte selbst einen Befehl erteilen, doch Guthrie gab ihm hastig ein Zeichen, ruhig zu bleiben.

»Wir werden Männer auf die Mauern schicken und die Seewölfe von oben beschießen.« Seine Stimme war nun lauter. »Wenn ihr hier bloß herumsteht, nützt es gar nichts. Los, auf die Mauern. Hoch mit euch!«

Er bemerkte die Erleichterung auf ihren Gesichtern, als ihre Welt plötzlich wieder einen Mittelpunkt besaß. Einen Augenblick lang fühlte Guthrie ein unbändiges Glück. Er war Fürst, endlich. Er war die Achse zu ihrem Rad, er der Kopf, sie die Glieder. Männer rannten davon, um seinen Befehl auszuführen. Sie stiegen die Leitern empor zu den hölzernen Befestigungsmauern des Klosters.

Da rief eine Stimme: *»Nein!«*

Alle drehten sich um.

Von der hinteren Seite des Hofs näherte sich eine Prozession von Klosterbewohnern. In ihren grauen Kutten und mit genau abgemessenen Schritten marschierten sie durch den kalten Regen. Die dicht gedrängten Leute wichen eilig zur Seite, um ihnen Platz zu machen. Etwa zwanzig graue Figuren kamen langsam näher – soweit Guthrie wußte, die gesamten Bewohner des Klosters. Angeführt wurden sie vom Abt. Seine Hände steckten in weiten Ärmeln, sein Gesicht zeigte keine Regung.

»So werdet ihr die Seewölfe niemals aufhalten«, sagte er, als er vor Guthrie und Hone Amis haltmachte.

»Abt«, grüßte Hone Amis knapp und machte eine kurze, formelle Verbeugung. Er holte tief Luft, schaute kurz zu Guthrie und wandte sich wieder zu dem grau gekleideten Mann, der da vor ihm stand. »Ich hatte Euch hier draußen im Hof nicht erwartet, vor allem nicht jetzt. Daß Ihr uns in Eurem Kloster Zuflucht gewährt, dafür seid bedankt. Doch wir müssen Euch bitten, mit Euren Klosterbrüdern die sicheren Unterkünfte nicht zu verlassen. So war es vereinbart. Dies ist kein Ort für Euch und die Euren.«

Der Abt schüttelte seinen Kopf. »Ganz im Gegenteil, Meister Amis. Noch nie wurden wir dringender gebraucht.« Der Abt war groß und überragte den stämmigen Hone Amis um einen ganzen Kopf. Er war kein junger Mann mehr, doch alt war er auch nicht. Sein Gesicht wurde eingerahmt von der grauen Kutte, die der Regen durchnäßt hatte wie alles andere auch. Doch seine Augen schienen hell und klar wie Wasser, auf dem die Sonne glänzte.

Guthrie betrachtete die Mönche mit ungutem Gefühl.

Der Abt und seine Anhänger waren ihm ein Rätsel. Eine kleine, friedliche Enklave mit Frauen und Männern lebte abseits von der Hauptsiedlung hier in diesem Kloster, das sie sich gebaut hatten. Sich selbst nannten sie die »Klosterer«, und niemand wußte genau, womit sie sich hinter diesen hohen Holzmauern beschäftigten. Einige in Riverside behaupteten, daß Fürst Glam, Guthries Großvater, einen Fehler begangen hatte, ihnen dieses Stück Land zu überlassen, damals, als Riverside gerade erst gegründet war und der erste Trupp von ihnen aus den dichter besiedelten Ländern des Südens kam. Der Sohn des alten Merith Obart, Jon, wurde von ihnen weggelockt und nie wieder gesehen. So behauptete man zumindest. Und es kursierten Geschichten, daß die Mönche über Geheimlehren verfügten. Auch wußte man, daß weitere Klosterer im Süden lebten und daß es einen gelegentlichen Austausch gab zwischen dem hiesigen Kloster und jenen anderen. Die Leute sahen diese Verbindungen zum Süden als verhängnisvoll und prophezeiten Unheil …

Wie auch immer: Die Klosterer fügten niemandem Schaden zu. Im Gegenteil, einige von ihnen besaßen Heilkräfte, mit denen sie freizügig anderen zu Hilfe kamen. Ansonsten kümmerten sie sich um ihre eigenen Angelegenheiten und zahlten pünktlich die Abgaben, die der alte Fürst Gram ihnen auferlegt hatte.

Vom gewöhnlichen Volk unterschieden sie sich jedoch ganz erheblich. Schafhirten konnten manchmal beobachten, wie ein Klosterer auf irgendeinem Fels saß und tagelang in den leeren Himmel starrte …

Guthrie schluckte, als er den Mönchen so unerwartet gegenüberstand. Er überlegte, was den Abt wohl dazu bewegt hatte, hinaus in den Hof zu kommen, nachdem auch er selbst zugestimmt hatte, daß die Klosterbewohner sich vom gewöhnlichen Volk aus dem Tal möglichst fernhalten sollten. Und nun? Würde dieser Abt seinen Anweisungen folgen? Es gab da einfach zu vieles, was man von den Klosterern nicht wußte …

Durch den Wind und den Regen kam noch immer das Donnern des Rammbocks.

»Hört Ihr das nicht, Vater?« fragte Guthrie. »Es ist gefährlich hier draußen. Am besten, Ihr und die Euren begebt Euch in Sicherheit.«

Der grau gekleidete Abt trat näher zu Guthrie heran und schaute ihm – die beiden hatten fast dieselbe Größe – direkt in die Augen. »Ihr habt Euch sehr schnell ans Befehlen gewöhnt, Fürst Guthrie Garthson.« Er sprach mit dem Akzent des Südens, doch nicht annähernd so stark wie einige der anderen Klosterbewohner, die Guthrie gehört hatte. »Doch denkt daran: Der beste der Herrscher sagt kein Wort zuviel. Ein Schatten ist er, kaum zu sehen. Der beste der Herrscher zögert zu Recht und sieht, was zuvor schon er wußte.«

Hone Amis trat hinzu. »Ihr habt den Fürsten gehört. Geht wieder nach drinnen, wo Ihr sicher seid. So wie es *vereinbart* war!«

Doch der Abt rührte sich nicht von der Stelle, und auch die stummen Menschen in grauen Kutten, die hinter ihm standen, blieben regungslos. »Mit dem, was Ihr beabsichtigt, werdet Ihr die Seewölfe niemals aufhalten.«

»Geht!« befahl Guthrie. »Geht wieder hinein, dorthin, wo ihr auch hingehört!«

Der Abt lächelte nur. Er machte zwei Schritte zu Guthrie, beugte sich nach vorn und sagte: »Dein Selbst oder dein gelebtes Leben, was hat den größeren Wert? Deine Güter oder dein gelebtes Leben, was ist in deinem Herzen?«

Verwirrt schüttelte Guthrie seinen Kopf.

»Das ist nicht die Zeit für dummes Gerede«, rief Hone Amis dazwischen. Verärgert schaute er zu Guthrie. »Ich war noch nie damit einverstanden, daß diese Leute sich hier überhaupt niederlassen durften. Nichts als ein Pack von verstohlenen Geheimniskrämern … Jetzt ist es genug!« Er wandte sich zum Abt. »Geht wieder hinein, wie es der Fürst befohlen hat!« Hone Amis sprang vor, und mit einem kräftigen Stoß drängte er den Mann in der grauen Kutte zurück.

Der Abt schien nichts Besonderes zu tun, doch irgendwie kam Hone Amis ins Taumeln und fiel mit dem Gesicht vornüber in den Schlamm.

Mit seinen Fingern machte Guthrie schnell ein Schutzzeichen, wie auch etliche der Talbewohner um ihn herum.

Hone Amis raffte sich wieder auf, sein Gesicht gerötet von Scham und Wut. Er zog sein Kurzschwert und trat drohend auf den Abt zu.

»Nein!« befahl Guthrie. »Amis! Laß ihn in Ruhe.« Er zeigte auf das Schwert. »Und steck das weg.«

Einen Moment lang stand Hone Amis regungslos. Mit wutverzerrtem Gesicht stierte er auf den Abt. Dann tat er, wie man ihm befohlen hatte, und widerwillig steckte er sein Schwert wieder in die Scheide.

Guthrie blickte unsicher zum Abt und seinen Mönchen. Die Klosterer hatten sich stets friedlich verhalten und niemandem Schaden zugefügt, das war wohl richtig. Aber niemand wußte mit Sicherheit, zu welch unheimlichen Dingen diese Leute fähig waren …

Der Abt hob sanft seine Hand, die Handfläche nach außen gekehrt. »Meister Amis, vergebt mir. Fern lag es mir, Euch zu demütigen. Doch weder ich noch die Meinen werden ins Kloster zurückgehen, wie Ihr befehlt.«

Hone Amis schaute ihn an.

»Ihr widersetzt Euch?« fragte Guthrie. Er spürte, wie auch er rot wurde im Gesicht.

Ein starker, kalter Regenschauer ging auf sie nieder, und die Leute standen da, patschnaß und zitternd.

Der Abt zuckte mit den Schultern. Der Regen hatte ihm scheinbar ebenso wenig ausgemacht wie Hone Amis' vergebliche Wut. »Wenn Ihr es so sehen wollt, junger Fürst, dann ja. Dann muß ich mich Euch widersetzen. Aber ich tue es für das Wohl aller, die hier versammelt sind.«

»Wie das?« wollte Guthrie wissen.

»Mit dem, was Ihr vorhabt, werdet Ihr die Seewölfe niemals aufhalten.«

Vom Tor hörte man das donnernde *Womp Womp* des Rammbocks. Die Eichenstämme ächzten.

Der Abt deutete zu den Torflügeln. »Das Tor könnte halten. Oder vielleicht auch nicht. Wenn es jedoch hält, werden die Seewölfe das Kloster belagern. Auch dann werden sie uns überlegen sein. Was wir hier gebaut haben, sind keine Verteidigungsanlagen.« Er deutete auf die Mauern. »Ohne richtige Laufstege können wir dort oben nicht genügend Männer plazieren, um unseren Angreifern ernsthaft Schaden zuzufügen. Wir besitzen keine Vorräte, um Eure Leute zu ernähren, und

Wasser haben wir nur wenig. Es wird ihnen ein leichtes sein, uns auszuhungern. Oder uns mit Brandpfeilen nach draußen zu treiben.«

»Nicht in diesem Regen!« rief jemand.

Ein verhaltenes, nervöses Gelächter ging durch die Menge.

Der Abt schmunzelte. »Nicht in diesem Regen, das ist richtig. Aber der Regen wird nicht ewig dauern. Morgen oder am Tag darauf brauchen sie nichts weiter tun, als die Palisaden in Brand zu stecken. Ihr könnt kaum etwas tun, um das zu verhindern.«

Guthrie wischte sich kaltes Wasser aus dem Gesicht. »Wir könnten es versuchen!«

Noch einmal schmunzelte der Abt. »Eine lobenswerte Gesinnung, mein junger Fürst. Doch Ihr werdet keinen Erfolg haben.«

Der Rammbock hämmerte noch immer gegen das Tor. *Womp! Womp! Womp!*

»Was schlagt *Ihr* denn vor, Abt? Was sollen wir tun?« fragte Guthrie.

»Laßt mich mit ihnen reden.«

Hone Amis schnaubte verächtlich. »Und was wollt Ihr ihnen sagen? Daß sie heimgehen und uns in Ruhe lassen sollen? Und dann werden sie sich umdrehen, zu ihren Schiffen zurückkehren und alles zurücklassen, was sie uns geraubt haben, einfach weil Ihr sie nett darum bittet. Natürlich.«

Der Abt wandte sich zu Guthrie. »Ich bin kein … gewöhnlicher Mann, junger Fürst.«

Guthrie betrachtete den großen Abt, der in seiner grauen Kutte so ruhig vor ihm stand, als sei dies ein friedlicher, sonniger Nachmittag.

»Schickt einen Mann auf die Mauern. Vereinbart eine Waffenpause. Er soll sagen, daß wir mit ihnen reden möchten.«

Guthrie zögerte.

Der Abt trat zu ihm heran und lehnte sich nach vorn. »Es ist

Eure einzige Hoffnung, junger Fürst. Ich *weiß* es. Ihr müßt meinem Wissen vertrauen.«

Guthrie sah sich um. Alle Augen waren auf ihn gerichtet. Er warf einen schnellen Blick zu Hone Amis und hoffte auf irgendeine Unterstützung, einen Wink, was man nun tun könnte, irgend etwas ...

Doch Hone Amis blickte nur finster und mißtrauisch zum Abt, seine Hand noch immer am Griff seines Schwerts.

Dies war ganz gewiß nicht das, was sich Guthrie vorgestellt hatte. Er war Fürst – endlich! –, doch Freude verspürte er keine. Er war naß bis auf die Knochen und fror erbärmlich. In der Magengegend wurde ihm ganz übel, wenn er daran dachte, was da an das Tor hämmerte und nur darauf wartete, über sie herzufallen. Und die Menge, jeder einzelne, schaute ihn an und wartete auf die Antwort, die ihnen das Leben retten sollte.

Doch im Moment hatte er nicht das Gefühl, daß ihm irgend etwas einfallen könnte.

»Laßt mich mit ihnen sprechen«, wiederholte der Abt.

Guthrie zögerte noch immer, der Verzweiflung nahe.

»Vertraut mir, junger Fürst.«

Die klaren Augen des Abts blickten ihn eindringlich an. Nach einem letzten, schmerzhaften Moment der Unsicherheit nickte Guthrie mit dem Kopf. »Gut, einverstanden.«

»Schickt einen Mann auf die Mauern.«

»Ich selbst werde gehen.«

»Nein!« fuhr Hone Amis dazwischen. »Das ist viel zu gefährlich.«

»Hör zu, Amis. Ich werde das tun, was ich für gut befinde«, entgegnete Guthrie wütend. »Und weder du noch irgend jemand sonst wird sich dem widersetzen.« Er blickte den älteren Mann scharf an. »Ist das klar?«

Hone Amis schluckte, seine Stirn gerunzelt in ungläubigem Erstaunen. »Jawohl ... mein Fürst.«

»Gut.« Damit marschierte Guthrie zu einer der Leitern, die auf die Mauer führte. Eine Bewegung der Überraschung und Unsicherheit ging durch die versammelte Menge, als die Ereignisse einen so unerwarteten Verlauf nahmen. Mit gleichmäßigem Schritt lief Guthrie durch sie hindurch, und sie drängten sich hastig, um ihm Platz zu machen.

Auf der Mauer blies ihm der Wind in kräftigen Böen entgegen, und Guthrie hielt eine Hand schützend vors Gesicht. Der Laufsteg war so schmal, daß er kaum seine Füße aufsetzen konnte. Er lehnte sich halb über die Mauer, um Halt zu finden. Mit den nassen, groben Holzbalken unter seiner Brust spähte er hinunter zu den Seewölfen. Sie waren schwierig zu zählen – noch immer regnete es heftig, und sie waren in ständiger Bewegung. Der Rammbock war ein großer Baum, der von zwei Reihen Männern getragen wurde. *Womp! Womp!*

»Heh da!« rief Guthrie hinunter, so laut er konnte. »Heeeh!«

Er mußte sich fast heiser schreien, bevor sie ihn bemerkten. »Wir möchten verhandeln«, rief er ihnen zu.

Bleiche Gesichter unter Helmen schauten zu ihm herauf. Regen glitzerte auf blanken Klingen. Guthrie schauderte. Diese Männer hatten seinen Vater getötet, seinen Bruder, und die Großen Mächte allein wußten, wie viele andere. Übers wogende Meer waren sie gekommen in drei langen, schwarzen Schiffen, ohne Vorwarnung. Sie zerstörten die Ernte, töteten das Vieh und Männer und Frauen. Und nun wollte der Abt mit ihnen *reden*? Guthrie überkam plötzliche Wut. Wenn er nur die Kraft hätte, diese verfluchten Seewölfe zu einem blutigen Brei zu zermalmen. Wäre er ein Riese, würde er umherlaufen wie ein Mann zwischen kleinen Küken und sie restlos zertrampeln.

Doch dergleichen gab es nur im Märchen, und Guthrie wußte nicht, was er sonst hätte tun können als das, worauf der Abt bestanden hatte.

»Wir möchten verhandeln«, rief er noch einmal und versuchte, seinen Ärger zu schlucken. »Wer kann für euch sprechen?«

Unten hatten sich mehrere Seewölfe zu einer Gruppe versammelt. Sie blickten zu ihm hoch, und einer deutete mit seiner Hand zur Mauer. Dumpf konnte er hören, wie sie in ihrer eigenen Sprache miteinander redeten. Rauh und heiser klang es, wie das Krächzen von Raben.

Was, wenn keiner ihn verstehen würde?

»Wir möchten verhandeln«, rief Guthrie ein letztes Mal. Wenn keiner da unten seine Sprache verstand, dann mußte das Gespräch mit dem Abt natürlich scheitern.

Ein großer, stämmiger Mann mit einem leuchtend roten Haarbüschel auf dem Helm löste sich aus der Gruppe. Wie die übrigen trug er ein Kettenhemd und einen Gürtel mit einem langen Schwert. In seiner Hand hielt er einen großen, eisernen Kriegsspeer. »Ich«, rief er nach oben und hob drohend seinen Speer. »Ich Kawdeer, Häuptling. Ich sprechen.«

Guthrie mußte fast lachen über seine unbeholfenen Worte. Aber der Mann schüttelte noch einmal seinen Speer und schaute mit wildem Blick nach oben. Das Lachen blieb Guthrie im Hals stecken.

»Ich Kawdeer«, wiederholte der Mann, »Häuptling von Seewölfe. Rufe Häuptling, Junge. Soll kommen und sprechen mit mir.«

Guthrie brauchte einige Augenblicke, um alles zu verstehen. Dann wurde er rot. »Ich … ich bin der …«

Häuptling hatte er sagen wollen, doch plötzlich merkte er, wie der Abt sich ihm näherte.

»Wir werden das Tor für euch öffnen«, rief der Abt hinunter. »Wir werden reden.«

»Nein!« zischte Guthrie.

Der Anführer der Seewölfe hob triumphierend seinen Speer. »Wir öffnen Tor selbst!«

»Doch nicht ohne Verluste«, entgegnete der Abt. »Vielleicht

große Verluste. Und es gibt hier nichts, das für euch von Wert wäre.«

»Das wir sehen werden.«

»Du wirst Männer verlieren. Es wird Tote geben. Und Beute gibt es hier keine.« Der Abt sprach mit derart eindringlicher, ruhiger Stimme, daß der Anführer nun schwieg und überlegte.

»Und wer du bist, grauer Mann? Du hast Macht hier?«

»Ich bin der Abt dieses Klosters. Ich spreche für alle, die in diesen Mauern Schutz gefunden haben.«

»Wir werden brechen deine Mauern!«

Der Abt schaute ihn nur an.

Plötzlich machte der Häuptling einen Satz, und mit einem Schrei und einer blitzschnellen Bewegung seines Armes schleuderte er seinen Speer hoch zum Abt.

Guthrie warf sich hinter die Mauer, und mit nur einer Hand hielt er sich noch fest. Doch neben ihm stand noch immer der Abt. Er hatte sich nicht bewegt.

Mit einer unguten Ahnung schaute Guthrie nach oben. Er glaubte schon den Speer zu sehen, der in der Brust des Abts stecken mußte. Vorbei war es mit dem Verhandeln! Aber nein, da stand der Abt, und in seiner Hand ... in seiner Hand hielt er den Speer des Häuptlings! Auf wundersame Weise mußte er das Geschoß direkt aus der Luft gegriffen haben.

Der Abt war völlig ruhig.

Guthrie spürte, daß sich seine Nackenhaare sträubten wie bei einem Hund. Als er sich wieder die Mauer emporgezogen hatte, blickte er hinunter. Die Seewölfe und ihr Häuptling starrten mit offenem Mund nach oben.

Der Abt lächelte. »Werden wir also verhandeln?« rief er.

Der Häuptling blieb lange stumm und starrte noch immer zu ihnen in die Höhe. Seine Krieger begannen aufgeregt untereinander zu reden. Mit einem wütenden Befehl brachte er sie zum Schweigen. Einer der Männer trat zu ihm und flüsterte ihm etwas ins Ohr. Der Häuptling nickte, antwortete und bedeutete mit einer Handbewegung, daß er sich entfernen sollte. Dann hob er seine Arme und schaute wieder zum Abt. »Wir reden werden. Wie du wollen. Öffne Tor, wie du versprochen.«

»Nein!« zischte Guthrie dem Abt ins Ohr. »Wir können ihnen nicht trauen. Öffnet die Tore, und sie werden hereinstürmen und alle niedermetzeln.«

»Vertraut mir, junger Fürst«, entgegnete der Abt. »Alles ist gut überlegt.«

Guthrie wußte nicht, was er tun sollte. Die Tore öffnen für solche Männer wie die da unten? Das war Irrsinn! »Aber Abt …«

»*Vertraut* mir, junger Fürst.« Mit einem bezwingenden, dunklen Blick sah er Guthrie an. »Hier geht es um mehr, als Ihr ahnen könnt.«

Guthrie schluckte. »Ich …«

Doch mit erstaunlichem Geschick stieg der Abt bereits die Leiter hinunter. Guthrie blieb nichts anderes übrig, als ihm zu folgen. Der Abt wartete am Tor, in seiner Hand hielt er noch immer den Speer.

Hone Amis zog Guthrie auf die Seite. »Was ist passiert? Was hat er ihnen gesagt?«

Guthrie schüttelte den Kopf. »Er sagte ihnen, daß wir das Tor öffnen.«

»*Was?* Ist der Mann wahnsinnig?«

Guthrie zuckte mit den Schultern. Es hörte sich tatsächlich an wie Wahnsinn. Doch Amis hatte nicht die Bestimmtheit gehört, mit der der Abt gesprochen hatte, und er hatte nicht gesehen, wie er den Speer irgendwie aus der Luft gefangen hatte. »Ich denke, wir müssen tun, was er sagt.«

Hone Amis begann zu protestieren, doch mit einer scharfen Geste befahl ihm Guthrie zu schweigen. »Uns bleibt keine Wahl, Amis. Es ist so, wie er sagt. Diese verfluchten Seewölfe können uns aushungern oder niederbrennen, wie es ihnen beliebt. Mein Vater und mein Bruder sind tot, und deine Miliz ist fast vollständig aufgerieben. Was können wir anderes tun, als diesem Abt zu vertrauen?«

Hone Amis schien wenig überzeugt. »Es ist *Wahnsinn!*«

»Sieh ihn dir an.« Guthrie deutete auf den Abt. Die Leute waren beklommen vor ihm zurückgewichen. Er stand ruhig vor dem Tor, neben ihm nur die Milizen, die den Eingang bewachten. Auch die übrigen Klosterbewohner verhielten sich still, reglos verharrten sie noch immer an der Stelle, an der sie zuerst stehengeblieben waren. »Wir durchleben Tage des Wahnsinns«, meinte Guthrie sorgenvoll. »Vielleicht brauchen wir auch wahnsinnige Lösungen.«

Hone Amis schüttelte den Kopf.

Guthrie schaute unsicher zu den Milizen am Eingang. Würden sie ihm gehorchen, wenn er ihnen diesen verrückten Befehl gab? Und wie würden die verängstigten Menschen hier im Hof reagieren? Wie konnte er sie derartiger Gefahr aussetzen?

Der Abt, noch immer mit dem Speer in der Hand, schaute ihn an, gefaßt und voller Entschlossenheit.

Zitternd ging Guthrie zum Tor. Er befahl die Soldaten zur Seite und hob selbst den großen Sperrbalken.

»Keine Angst!« rief er den Leuten entgegen, die erschrocken aufschrien. »Der Abt wird mit ihnen reden. Der Abt wird mit ihnen *fertig werden.*«

Guthrie machte einen Schritt zurück, ließ den schweren Sperrbalken zu Boden fallen, und die Torflügel gingen auf. Der Häuptling der Seewölfe stürmte herein. Er lachte. Das Schwert, das an seinem Gürtel gehangen hatte, hielt er nun in der Hand. Hinter ihm drängte sich eine Horde grimmig dreinblickender Seewölfe durch das Tor. Sie trugen Kettenhemden und verzierte Helme.

Die Leute wichen zurück, die Hände krampfhaft am Griff ihrer Waffen. Auch Guthrie trat zurück und verfluchte sich, daß er sein Schwert fortgeworfen hatte und nun hilflos den Männern ausgeliefert war, die im Torbogen standen.

Der Abt ging auf sie zu, allein, und versperrte den Seewölfen den Weg.

Im Hof wurde es ruhig. Der Regen, der den ganzen Tag ohne Unterlaß heruntergeprasselt war, verflüchtigte sich plötzlich zu einem Nichts. Ein unruhiger Strahl bleichen Sonnenlichts fiel in den Klosterhof. Sogar der Wind hatte nachgelassen.

Der Häuptling der Seewölfe blieb stehen und schaute sich um. Das Sonnenlicht glitzerte auf seinem nassen Kriegshelm und bemalte die steifen Borsten aus Pferdehaar mit dem glänzenden, lebhaften Rot von frischem Blut. »So, graue Kutte, du halten Wort.«

Der Abt zuckte mit den Schultern. »Und du, Seewolf?«

Der Häuptling warf seinen Kopf zurück und lachte laut. »Du hast Mut, Mann. Das ich kann sagen.« Er schaute den Abt einen Moment lang scharf an, dann meinte er: »Das guter Speer, den du hast. Ich ihn zurückwollen.«

»Du hast ihn weggeworfen. Wieso sollte ich ihn dir zurückgeben?«

»Das ist Häuptlingsspeer. Lange schon mein Begleiter. Gib ihn zurück, und ich verschone dir Leben.«

Der Abt lächelte und wog den Speer nachlässig in seiner Hand. »Es gäbe eine Art, wie ich ihn dir zurückgeben könnte. Doch die würde dir vielleicht nicht gefallen.«

Der Häuptling trat instinktiv einen Schritt zurück. Durch seine Männer ging ein beunruhigtes Raunen. Dann, mit einer blitzschnellen Bewegung, warf einer von ihnen auf den Abt einen Speer. Doch obwohl sich der Abt kaum zu bewegen schien, verfehlte ihn die Waffe und bohrte sich hinter ihm in den Schlamm.

»Genug!« schrie der Häuptling. Grimmig blickte er zum Abt. »Du sagen, wir verhandeln. Was du hast zu sagen?«

Der Abt hielt den Speer waagerecht vor sich hin. »Du willst deine Waffe wiederhaben?«

Der Häuptling der Seewölfe nickte.

»Dann schlage ich einen Wettkampf vor. Zwischen dir und mir.«

»Speer oder Schwert?« fragte der Seewolf.

Der Abt schüttelte den Kopf.

»Was dann?«

»Ein einfacher Wettstreit.«

»Was?«

»Derjenige von uns, der den anderen zu etwas Beliebigem zwingen kann, ohne Waffen, der erhält den Speer.«

»Keine Waffen?«

»Keine Waffen.« Der Abt lächelte. »Doch vielleicht sollten wir den Einsatz noch etwas erhöhen. Derjenige, der von uns beiden gewinnt, wird nicht nur den Speer erhalten, sondern auch alles übrige hier im Kloster. Wenn du gewinnst, gehört dies alles dir …«

Die Talbewohner hinter dem Abt schrien vor Empörung und Entsetzen laut auf. Doch der Abt hob besänftigend seine Hände, und kaum tat er dies, da wurde die Menge schon ruhig.

»Wenn du gewinnst«, wiederholte er, »wird alles hier dir gehören: die Gebäude, die Leute, das Vieh, alles. Du kannst damit tun, was du willst. Aber wenn ich gewinne …«

»Alles hier schon mir gehört«, sagte der Seewolf.

»Noch nicht«, entgegnete der Abt und hob den Speer etwas höher. »Und du würdest einen hohen Preis dafür zahlen, glaube mir.«

Der Häuptling überlegte. Seine Männer hinter ihm wurden immer unruhiger. »Aber wenn ich zwingen dich zu tun, was ich will, dann alles ist mein?«

Der Abt nickte und rammte den Speer senkrecht neben sich in die Erde.

Der Seewolf musterte den Abt in seiner grauen Kutte, groß und gleichzeitig hager und feingliedrig. Er zog seine eigenen, muskulösen Schultern zurück und lachte. »Wir machen Wettkampf.« Der Häuptling löste seinen Waffengürtel und gab ihn und das Schwert, das er in der Hand gehalten hatte, einem seiner Männer. Auch seinen Helm gab er ihm, so daß man nun ganz sein zerfurchtes Gesicht und seinen Kopf sah, der haarlos war und rund wie ein Ei.

»Dann komm her … *Ei*«, sagte der Abt.

Bei dem Namen schnaubte der Häuptling vor Wut, und sein Gesicht verfinsterte sich.

»Ei«, wiederholte der Abt.

Der Seewolf knurrte. »Du bezahlen für diese Worte, kleiner Mann!« Er ging auf ihn zu, um ihn mit ausgestreckten Armen zu packen. »Wettkampf beginnt *jetzt*!«

Doch der Abt hob seine Hand. »Ich habe gewonnen.«

»Was?«

»Ich habe dich dazu gebracht, an diesem Wettkampf teilzunehmen. Damit hast du bereits nach meinem Willen gehandelt.« Er lächelte. »Gemäß unseren Abmachungen habe ich gewonnen.«

Das Gesicht des Seewolfs lief rot an.

»Wir hatten die Regeln besprochen«, sagte der Abt. »Jetzt halte dich daran. Der Speer gehört mir. Das Kloster gehört mir. Du hast verloren, *Ei.*«

Der Häuptling schüttelte wütend den Kopf. »Wettkampf dumm und Betrug!« Gewandt wie eine Raubkatze wirbelte er herum, griff nach dem langen Schwert, das er weggegeben hatte, und stürmte auf den Abt zu.

Beim Anblick dieses plötzlichen Verrats begann Guthries Herz wild zu schlagen. Neben ihm wollte Hone Amis gerade vorspringen und gab seinen Soldaten ein Zeichen, ihm zu folgen. »Nein!« zischte Guthrie, denn er erinnerte sich an den Speer, den der Abt gefangen hatte, und wie er gesagt hatte: *»Ich bin kein gewöhnlicher Mann.«*

»Vertraut mir«, hatte der Abt gesagt.

Guthrie packte Hone Amis am Arm und riß ihn zurück. »Laß ihn. Er weiß, was er tut.«

Und tatsächlich war der Ansturm des Seewolfs bereits zum Halten gekommen, denn der Abt stand vor ihm so ruhig wie eh und je. Nicht einmal nach dem Speer hatte er gegriffen, der noch immer neben ihm im Boden steckte.

Mit beiden Händen hob der Seewolf sein langes Schwert.

Und noch immer blieb der Abt regungslos.

Der Häuptling der Seewölfe zögerte, das Schwert bereit zum Schlag. Er schaute dem Abt ins Gesicht und knurrte, als sei er tatsächlich der Wolf, der seinem Stamm den Namen gab. Der Abt verzog keine Miene. Die Arme des Häuptlings schienen schwach zu werden, die Klinge sank nach unten.

Guthrie atmete auf, erleichtert.

»Ei«, sagte der Abt.

Der Seewolf stieß einen lauten Fluch aus, und dann, blitzschnell, brachte er die Klinge in einer Kreisbewegung nach oben, um waagerecht zuzuschlagen.

Der Abt bewegte sich kein bißchen, außer vielleicht, um sein Kinn etwas höher und den Hals entblößt zu halten, damit dieser eine, wuchtige Schlag ihn sauber enthauptete.

Der Kopf flog zur Seite, der Körper in der grauen Kutte brach zusammen und fiel in den Schlamm. Dort, wo der Abt gestanden hatte, färbte sich die Erde rot mit Blut.

Guthrie sah entsetzt zu, wie der Häuptling den abgetrennten Kopf vom Boden hob. Am Haar hielt er ihn in die Höhe und lachte der völlig verängstigten Menge höhnisch zu. »Zauberer tot!« Er drehte das leblose Ding in seiner Hand und betrachtete das schlaffe, weiße Gesicht. »Das der Preis für Betrug, kleiner Mann! Und für Beleidigung.« Er lachte noch einmal. »Ich gewinne. *Du* verlieren.«

Da begannen die toten Augen des Abts zu blinzeln, und der tote Mund, aus dem Blut und Speichel tropfte, öffnete sich. In die plötzliche Stille hinein sprach der Kopf mit rauher, heiserer Stimme: »Das stimmt nicht. Hier geht es um mehr, als du ahnen kannst.«

Der Seewolf warf den Kopf zur Seite, als ob er ihn gebissen hätte. »Z … Zauberer!« schrie er mit schriller Stimme.

Dort vom Boden, wo er hingefallen war, lächelte der Kopf ihn an – mit dem bekannten, selbstsicheren Lächeln des Abts – und sagte: »Auch das ist nicht richtig, *Ei.*«

Der Häuptling der Seewölfe heulte auf.

Als ob sein Schrei ein Signal gewesen wäre, stürzten plötzlich gewaltige Wassermassen vom Himmel, und Wind und Regen peitschten heulend durch das Tor. Es war fast unmöglich, noch etwas zu sehen. Dann krachte es, und ein blendend heller Blitz schlug neben dem Tor in die Palisaden. Die großen Torflügel donnerten zu Boden und begruben unter sich etliche der Seewölfe, die sich davor versammelt hatten.

Im Hof brach Panik aus.

Guthrie stolperte und fiel hin. Seine Ohren taten ihm weh, durch den Blitz war er noch halb blind. Jemand fiel über ihn, er stieß den Mann fort, rollte zur Seite, und auf Händen und Knien stemmte er sich nach oben. Unter seiner einen Hand spürte er plötzlich etwas Rundes, Hartes und Nasses. Einen Moment lang fiel ihm nicht ein, was das sein konnte. Dann wußte er es, denn es sprach mit der Stimme des Abts. »Guthrie«, hörte er es sagen. »Guthrie …«

Alles um ihn herum war in Bewegung. Durch die Bresche aus geborstenem, verkohltem Holz, die der Blitz geschlagen hatte, drängten sich die Leute nach draußen. Unmöglich war es, einen klaren Gedanken zu fassen. Alles war viel zu schnell geschehen. Wie ein Blatt auf einem reißenden Fluß fühlte sich Guthrie von den Ereignissen mitgerissen. Mit dem Kopf des toten Abts in der Hand stolperte er über die schwelenden Mauerreste, schlitterte über nasses Gras. Wie eine feste Wand schlug ihm der Regen ins Gesicht und machte ihn blind.

Dann war Guthrie draußen, und er rannte, und sein Herz schlug ihm laut in der Brust. Er rannte wie ein wildes Tier, besinnungslos und voller Schmerz.

II

Bevor Alia Bowriss etwas Ungewöhnliches bemerkte, war es bereits zu spät.

Als sie von den Slatebergen zurückkehrte, nahm sie den Weg durch das Salter Joch. An jedem gewöhnlichen Tag hätte sie bereits vom Joch über die mit Kiefern bewachsenen Mirahöhen ins Fürstental schauen können, und in der Ferne hätte das Meer geglitzert. Doch in diesem Jahr hatten die Herbststürme früh begonnen, und der Blick ins Tal war verdeckt durch schwarze Wolken.

Alia überquerte baumbewachsene Abhänge und lief durch Ausläufer von langsam dahintreibendem, leuchtendem Wolkennebel. Der stille Wald schimmerte mit kühlem Glanz. Ihr Schritt verlangsamte sich, als sie plötzlich, aus dem Augenwinkel heraus, eine flüchtige, schnelle Bewegung bemerkte.

Große, undeutliche, schwebende Formen, bleich und geisterstill.

Die Fey der Wälder.

Oder vielleicht war es gar nichts. Auch das war möglich.

Wie erstarrt stand Alia neben einer Gruppe uralter, moosbewachsener Bergbuchen, selbst so bewegungslos wie die Bäume. Sie starrte in den perlweißen Nebel.

Wie sehr hatte sie sich nach einer solchen Begegnung gesehnt, als sie ins Hochland aufgebrochen war! Dieses Mal war sie länger weggeblieben als jemals zuvor, lange genug, um die Zahl der Tage zu vergessen, die sie nun schon hier war, und lange genug, um die gewöhnliche Welt weit hinter sich zu lassen.

Mit jedem Atemzug sah sie die anmutigen, umherirrenden Schatten der Fey genauer. Ihr Herz schlug immer schneller.

Dieser Augenblick war die Erfüllung eines lebenslangen Traums, denn schon immer hatte sie in ihrem Herzen gewußt, daß sich im Wilden Land eine Welt voller Wunder und Zauberer verbarg, die sie aber einfach nicht erreichen konnte. Oft hatte sie sich daher wie ein Vogel gefühlt, der nicht fliegen kann, der es aber so gern gekonnt hätte und daran verzweifelte. An anderen Tagen konnte sie richtig spüren, daß dieses geheimnisvolle Wunder sich ihr einmal öffnen würde wie eine kostbare, großartige Blüte.

So wie jetzt.

Regungslos stand sie da, gespannt, voller Sehnsucht.

Es wurde erzählt, daß die Fey zuweilen gewöhnliche Sterbliche mit sich nahmen, hinüber in ihr Wunderreich.

Zweimal hatte sie in den vergangenen Tagen schon kurze Blicke dieser bleichen, anmutigen Kreaturen erhascht. Doch noch nie derart deutlich. Sie glitten näher auf sie zu, und zum ersten Mal konnte sie sie richtig sehen: große, weiße Wesen, unglaublich dünn, mit großen, starren Augen und ruhigen, unbewegten Gesichtern.

Alia atmete lange und tief.

Eines der Wesen schien noch näher zu kommen, wobei es sich bewegte wie ein tanzender Kranich. Es hob die Beine mit langsamer, übermenschlicher Grazie, schwebte zu ihr her, wieder weg, wieder her …

Alias Herz bebte in freudiger Erwartung.

Und dann, mit einem Wimpernschlag, waren die Fey verschwunden.

Alia keuchte.

Zwischen den nebelverhangenen Buchen sprangen plötzlich ein halbes Dutzend zerlumpte Männer hervor und warfen sie auf den Blätterboden. Einem der Angreifer rammte sie instinktiv ihr Knie in den Unterleib, und er stürzte ächzend zur Seite. Einen anderen biß sie, so daß er aufheulte. Aber es waren zu viele. Zwei drückten sie zu Boden, während ein dritter ihr immer wieder ins Gesicht schlug.

»Heh, ihr zwei, zieht ihm seine Krallen«, hörte sie eine Stimme.

Harte Hände zerrten sie auf die Knie, und sie spürte, wie man ihr den Bogen und den Köcher mit Pfeilen vom Rücken riß. Dann nahmen sie ihr die Schlafmatte, eine kleine Reisetasche und das Gürtelmesser. Einer der Männer preßte ihr die Arme schmerzhaft auf den Rücken und verdrehte sie so, daß sie auf ihren Knien kauerte, halb vornübergebeugt und hilflos.

Alia war wütend auf diese brutalen Dummköpfe, die mit ihrem Überfall die Fey vertrieben hatten. *Alles* war verdorben. Sie versuchte, sich aus dem schmerzhaften Griff zu lösen, versuchte, ihre Wut zu ihnen hinauszuschreien. Doch ihr Mund war voller Blut, und sie hustete und schnappte nach Luft.

»Was ist in der Tasche?« fragte einer den Mann, der die Tasche in Händen hielt. »Etwas Brauchbares?«

»Ich wette, nur unnützer Dreck«, meinte ein dritter. »So wie der Kerl aussieht, ist das nur ein armseliger Herumtreiber.«

»Deine dummen Kommentare, *die* sind unnützer Dreck«, meinte der Mann, der Alias Tasche hielt.

»Jetzt mach schon auf, Shadders«, sagte ein anderer.

Alia atmete tief ein und versuchte einen klaren Kopf zu bekommen. Die Wut fiel von ihr ab und wich ersten kalten Schaudern der Angst. Wer waren diese Männer? Keine Talbewohner, das war sicher. Sie sprachen mit dem seltsamen Akzent der Südländer, und sie waren zerlumpt und hager und schmutzig. Und jeder von ihnen – das bemerkte sie nun, als sie durch die zerzausten Büschel ihres langen, kastanienbraunen Haars nach oben blickte – war bewaffnet mit Schwert oder Dolch. Mehrere trugen eine Armbrust (und einer nun ihren Bogen). Ihre Gesichter hatten die harten Züge von Männern, die vor nichts zurückschreckten.

Alias eigenes Gesicht schmerzte an den Stellen, wo man sie geschlagen hatte, und ihr Mund war noch immer voll Blut, das wie nasses Eisen schmeckte.

Es waren Banditen.

»Tötet den Hundesohn, dann sind wir ihn los«, brummte der

Mann, der Alias Tasche durchsuchte. Er war der jüngste der Bande, nicht viel älter als Alia selbst. Auf seinen Backen wuchs der Flaum eines ersten Barts. Er zog aus der Tasche ein kleines Stück gedörrtes Wildbret, das sie sich aufgespart hatte. Mit seinen blauen Augen schaute er es an, dann begann er, darauf herumzukauen.

»Gib mir was ab, Shadders«, sagte einer der anderen.

Der jüngere Mann zuckte mit den Schultern und biß noch einmal ab. »Wenn ich fertig bin, Gill. Wenn ich fertig bin.«

Der grauhaarige, kräftige Mann namens Gill machte drohend einen Schritt nach vorn. Er hinkte, und sein Gesicht war hart und zerfurcht wie ein alter Baum. »Laß die Spielchen, Kleiner. Ich will …«

Einen Moment lang hoffte Alia, daß diese Männer übereinander herfallen würden wie die Steinböcke aus den Bergen, die sich mit ihren Hörnern ineinander verkeilten und dabei alles um sich her vergaßen. Sie hielt die Luft an und hoffte. Wenn sie nur jetzt etwas Glück hätte, vielleicht würde auch das weitere sich irgendwie ergeben – brutal und wütend genug waren diese Männer auf jeden Fall. In dem Kampfgetümmel hätte sie eine Chance zu entkommen …

Doch ihre Hoffnung war vergebens.

»Haltet das Maul, ihr beiden!« schrie der Mann, der Alia geschlagen hatte. Er war ein hagerer Kerl mit einer zackigen Narbe, die ihm in der linken Gesichtshälfte vom Kinn bis zur Stirn lief. »Ich habe sie gründlich satt, eure ständigen Streitereien. Wir sollten diesen Jungen endlich fesseln, und dann marschieren wir zurück ins Lager.«

»Murkst ihn … mumphh … doch einfach ab«, sagte der Junge mit dem Wildbret im Mund. »Ich sehe nicht … mumphh … ein, wieso wir …«

»Weil wir das und nichts anderes tun sollen!« fauchte das Narbengesicht. »Befehl von Torno.«

»Zum Teufel mit Torno!«

Das Narbengesicht packte ihn. »Du schwachsinniger, kleiner Dreckskerl! Du kapierst nichts, aber auch gar nichts! Was glaubst du denn, bereiten wir vor? Einen hundsgewöhnlichen Raubüberfall? Mit Kerlen wie dir werden wir ...«

»Heh!« rief einer der anderen, und unter ihrem braun und grün gefärbten Lederwams spürte Alia plötzlich Hände an ihrer Brust. »Das ist kein Junge.«

Das Narbengesicht fuhr herum.

»Laß mich auch mal.«

Das Narbengesicht faßte unter das Wams. Dann streifte er Alias braunes Haar aus dem Gesicht und riß ihren Kopf zurück, damit alle ihre Gesichtszüge deutlich sehen konnten. »Verdammt jung. Und ein gar nicht so übles Mädchen unter all dem Dreck, denke ich.«

Alia spuckte ihm ins Gesicht.

»Aha, Temperament hat sie auch!« Das Narbengesicht schlug ihr mit dem Handrücken ins Gesicht, und wieder schmeckte Alia das Blut in ihrem Mund. »Benimm dich gefälligst, Mädchen!«

»Ist *lange* her, seit ich meine letzte Frau hatte«, sagte der, den sie Shadders nannten und der immer noch an Alias Wildbret kaute. Gierig sah er sie an. »Vor allem eine ... mumphh ... junge und feste wie die hier.«

Der grauhaarige Mann, der zuvor einen Teil des Fleischs gefordert hatte, lachte. »Du? Du hast doch Frauen bis jetzt nur von weitem gesehen, du Grünschnabel!«

Shadders wurde rot. »Paß auf, was du sagst, Gill, oder ich werde ...«

»Du wirst was ...? Du kleiner, dreckiger Rotzlöffel.«

»Genug!« fauchte das Narbengesicht. »Wenn ihr beiden nicht sofort ...«

Durch die Buchen kam plötzlich ein Ruf. Alia fuhr zusammen, ebenso wie die Männer, die um sie herumstanden. Nach einer kurzen Pause antwortete das Narbengesicht mit einem heulenden, wortlosen Schrei. Ein weiterer Trupp kam zwischen den wolkenverhangenen Bäumen hervor, auch sie zerlumpte, bewaffnete, hartgesichtige Kerle. Insgesamt waren es nun eineinhalb Dutzend. Vielleicht mehr.

Im Bergland hinter dem Fürstental hatte es Banditen gegeben, so lange Alia zurückdenken konnte. Gelegentlich plünderten sie einsam gelegene Höfe und überfielen unvorsichtige Reisende. Menschliche Wölfe, das waren sie und nichts anderes. Und immer, wenn es besonders schlimm wurde, sammelte Meister Hone Amis Latirson seine Miliz und vertrieb sie.

Doch es war schon lange her, seit man irgendeinen Jäger überfallen hatte, denn sie kannten diese Berge wie niemand sonst, und ihre Rache folgte umgehend und gewiß – das wußten diese Banditen, normalerweise.

Alia hoffte, daß auch diese Kerle es wußten.

Doch irgendwie spürte sie, daß diese Vermutungen alle sehr unsicher waren.

Einer der Neuankömmlinge stand vor den anderen, die Hände in den Hüften, und schaute zu Alia hinunter. Er war klein und stämmig, doch mit langen Armen. Über seinem schwarzen Bart funkelten dunkle Augen. »Was haben wir denn hier?« fragte er.

»Wir fanden diesen ... *Jungen,* als er versuchte, sich zu unserem Lager zu schleichen«, antwortete das Narbengesicht.

Bei dem Wort »Junge« mußten die Männer um Alia leise kichern.

Der Bärtige schaute sie mißtrauisch an. Er kam näher.

»Sieht so aus, als ob das einer der Jäger ist, auf die wir besonders achtgeben sollen. So hast du es befohlen, Sethir«, sagte das Narbengesicht.

»Ist aber nichts Besonderes passiert«, meinte der junge Shadders schnell. »Er stand einfach hier im Nebel herum. Wahrscheinlich versuchte er herauszufinden, in welcher Richtung die Lichtung mit unserem Lager liegt. Wir hatten ihn schon, bevor er wußte, was los war.« Shadders ging hinüber und bot dem Bärtigen etwas von seinem Fleisch an. »Kein Grund, dir wegen dem Kerl Sorgen zu machen, Sethir. Hier, nimm den Rest von diesem Gedörrten. Wir werden den Jungen erst einmal ordentlich fesseln und ihn dann ins Lager bringen.«

»Er hat recht, Sethir«, sagte hastig einer der anderen. »Kein Grund zur Beunruhigung. Wir nehmen ihn mit. Du kannst ruhig weiter deine Runde drehen.«

Der Bärtige, den sie Sethir genannt hatten, achtete nicht auf das Wildbret. Er stand da und hatte seine langen Arme vor der Brust verschränkt. Er schaute Alia scharf an. »Jäger?« fragte er knapp.

Alia nickte. Sie drehte ihren Arm, so weit das in dem schmerzhaften Griff möglich war, um ihm oben am Ärmel das gestickte Abzeichen eines Hirschkopfs zu zeigen. Dieses Abzeichen war ihr ganzer Stolz, und triumphierend zeigte sie es vor, ehe ihr klar wurde, daß er gar nicht wissen konnte, was es bedeutete.

Doch zu ihrer Überraschung nickte er steif. »Tatsächlich, Jäger.«

Alia war verwirrt. Woher kannte dieser Bandit das Hirschabzeichen der Jäger vom Fürstental? Sie betrachtete ihn genauer. Von den anderen schien ihn nichts zu unterscheiden, er war so verwahrlost wie sie auch. Etwas verschieden wirkten nur sein Benehmen und sein Akzent, der weit weniger nach Süden klang.

»Wenn du weißt, wer und was ich bin«, sagte Alia trotzig, »dann laß mich frei.«

Beim Klang ihrer Stimme verdunkelte sich Sethirs Gesicht. Er musterte die Männer, die um sie herumstanden. »*Junge,* habt ihr gesagt! Wollt ihr mich für dumm verkaufen? Laßt sie aufstehen.«

Widerwilliges Murren.

»Laßt sie aufstehen!«

Brummend gehorchten sie.

Mühsam kam Alia auf die Beine. Sie versuchte ihre Arme zu strecken, doch ein stechender Schmerz ließ sie zusammenzucken. »Laßt mich gehen«, sagte sie zu den Männern. »Ich weiß nicht, wer ihr seid oder was ihr wollt, aber es wird euch nur Ärger einbringen, wenn ihr mich weiterhin festhaltet. Jäger rächen sich – immer! Laßt mich gehen, wenn euch euer Leben lieb ist.«

Sie sprach mit derart selbstbewußter Stimme, daß einige der Banditen bereits unsicher miteinander flüsterten. Doch die einzige Antwort, die von Sethir kam, war ein kalter Blick und ein Kratzen an seinem buschigen Bart. Dann lachte er, und Alia sah seine gelben Zähne. »Bringt sie ins Lager«, sagte er und gab seinen Männern ein Zeichen. »Torno mag es, wenn sie jung sind.«

Die Männer um Alia fluchten enttäuscht vor sich hin.

»Dachtet ihr etwa, ihr könntet sie direkt hier auf dem Waldboden nehmen?« lachte Sethir. »Ihr alle, im Nebel unter den Buchen? Da wäre für Torno wahrscheinlich nicht viel übriggeblieben.«

»*Wir* haben sie gefunden«, beschwerte sich der junge Shadders. »Wieso soll Torno sie bekommen?«

»Weil es eben so ist«, sagte der Bärtige.

»Einfach so?«

Sethir nickte.

»Torno bekommt sie«, sagte das Narbengesicht, »und wir, die wir sie *gefunden* haben, bekommen nichts?«

»Genau«, antwortete Sethir.

»Und das nennst du gerecht?«

»Ja, das nenne ich gerecht. Außer ...« Blitzschnell zog Sethir ein langes Messer aus dem Gürtel und sprang leichtfüßig nach vorn. »Außer du willst als Dank ein Messer zwischen die Rippen.«

Das Narbengesicht schreckte zurück. »Dann nimm sie eben. Verdammt noch mal!«

Der Bärtige verbeugte sich spöttisch. »Deine Großmut rührt mein Herz!« Noch einmal gab er den Männern hinter sich ein Zeichen, und zwei von ihnen kamen, um Alia an den Armen zu packen.

Mit einer blitzschnellen Bewegung gelang es ihr, einem der beiden ihren Ellbogen in die Kehle zu schlagen und sich von dem anderen loszuwinden. Dann rannte sie in die Nebelschwaden.

Die Angst verlieh ihr Flügel. Es war ein schlimmes Zeichen, daß Banditen wie diese keine Angst mehr vor Jägern hatten. Und sie waren weit besser organisiert, als man es von solchen Banden erwarten sollte. Nicht nur sich selbst mußte sie jetzt retten. Sie mußte sich zu den Jägern durchschlagen und dann das Fürstental warnen.

Doch die Banditen waren zu viele und zu nah. Sie hatte keine Chance. Ohne große Anstrengung hatten sie Alia wieder in ihrer Gewalt, und ihr Fluchtversuch brachte ihr nur weitere Schläge.

Das Banditenlager war viel größer, als Alia vermutet hatte. Als sie es plötzlich aus dem Nebel auftauchen sah, zog sich ihr Innerstes zusammen. So wie es aussah, waren da über hundert Männer – nein, noch mehr. Was ging hier vor? Soweit sie wußte, hatten sich im wilden Grenzland der Berge noch nie so viele Banditen zusammengetan.

Der zweite Trupp unter Sethir hatte ihr die Hände fest auf den Rücken gefesselt und um ihren Hals ein grobes, geflochtenes Seil gelegt. Einer von ihnen zog sie nun mit sich einen Hang hinunter. Sie gingen zwischen den Buchen hindurch, die die Sicht auf die Senke versperrten, in der sich das Banditenlager befand. Der Boden war weich von den abgefallenen Buchenblättern, ihre Stiefel wühlten durch das glitschige Laub. An der Leine fühlte sich Alia wie ein gefangenes Tier.

Ein Mann lief auf gleicher Höhe neben ihr her und grinste

seinen Kameraden an. »Wie ist das schade, daß Torno den ganzen Spaß allein haben soll«, meinte er, und Alia roch seinen fauligen Atem. Schnell legte er seine Hand um eine ihrer Brüste und drückte sie schmerzhaft durch das Leder von Alias Jagdhemd. »Oooh … Das müßtet ihr einmal fühlen, Jungs.« Er machte ein übertrieben verzücktes Gesicht. »Wie ein kleines, weiches Tier.«

Sethir stieß ihn zur Seite. »Sie gehört dir nicht. Laß sie in Ruhe.«

Alia durchlief ein Schauder.

Sie zerrten sie ins Lager hinunter, und es gab nichts, was sie dagegen tun konnte.

Aus allen Richtungen erschienen Männer – zunächst nur undeutliche Umrisse im Nebel, dann zerfurchte, hungrige Gesichter, nur allzu deutlich. Sie wurden von ihr angezogen wie die Bienen vom Honig. Sie stellten Fragen, gaben Urteile ab, ihre Blicke unentwegt auf Alia gerichtet.

Es war Sethir, der Alias Leine packte, sie von ihnen wegzog und in ein Stoffzelt am Rande des Lagers stieß. Drinnen trat er ihr gegen die Schienbeine, so daß sie nach vorn auf den Boden kippte. Bevor sie sich rühren konnte, war er schon auf ihr, preßte ein Knie schmerzhaft in ihren Rücken, und mit einer Hand drückte er ihr Gesicht auf den harten Zeltboden. Da fühlte sie an ihren Handgelenken kaltes Metall, und plötzlich waren ihre Hände frei. Er ließ sie los. Sie lag da und keuchte. »Bleib hier drinnen«, befahl er. »Hier bist du sicher.« Ohne ein weiteres Wort drehte er sich um und verschwand aus dem Zelt.

Alia blieb einfach liegen. Sie fühlte sich so mitgenommen und elend, daß sie nicht einmal versuchte, sich zu bewegen. In ihren Armen pulsierte der Schmerz, und sie konnte noch immer das Blut schmecken, wo das Narbengesicht sie geschlagen hatte.

Von draußen hörte sie die Geräusche des Lagers, ein aggressives Stimmengewirr und Brummen, wie von Bienen, die man in ihrem Stock aufschreckt.

Einen Moment lang versuchte sie einfach nur, nicht in hysterisches Weinen auszubrechen. Sie war allein, weit weg von ihren Freunden und hilflos. Sie rollte sich zusammen wie ein Kind im Mutterleib und schluchzte. Mit geschlossenen Augen murmelte sie stumme Klagen, und in Gedanken rief sie jeden umherziehenden Jäger, der vielleicht in der Nähe war, verzweifelt um Hilfe.

Doch solch ein Rufen war natürlich vergebens. Nur in den Märchen der Kinder konnten die Menschen sich mit ihren Gedanken verständigen. Und sie befand sich nun in keinem Märchen. Mit Hilfe konnte sie nicht rechnen. Sie war vollkommen auf sich gestellt.

»Torno mag es, wenn sie jung sind«, hatte der Mann namens Sethir gesagt. Sie wußte sehr gut, was das bedeutete. Was für ein Mann war das wohl, den dieses brutale Gesindel zum Anführer hatte?

»Ruhig bleiben«, beschwor sie sich und versuchte, langsam und gleichmäßig zu atmen. »Ruhig bleiben.«

Aber es war unmöglich. Ihr Herz raste, und ihr Atem kam in kurzen, quälenden Stößen, als ob jemand ein Seil um ihre Rippen geschnürt hätte. Sie fühlte, wie die Welt um sie her im Dunkel versank und wie ein mächtiger, schwarzer Strom sie umspülte und mit sich fortriß …

Mit einem Mal bemerkte sie, wie etwas Bleiches und Rundes über ihr schwebte, etwas wie ein kleiner Mond, hell und stellenweise dunkler und …

Alia kniff die Augen zusammen und schüttelte sich. Es war kein Mond.

Es war ein Männergesicht.

»Die ist genau richtig«, sagte jemand.

»Ja. Als ich sie gesehen habe, habe ich das auch gleich gedacht.«

Diese zweite Stimme erkannte Alia: Sie gehörte dem bärtigen Sethir.

Das Gesicht über ihr glitt zur Seite.

Alia schluckte. Sie fühlte sich übel und benommen, als ob ihr jemand ein starkes Gift gegeben hätte. Doch getrunken hatte sie nichts. Sie öffnete ihre Augen einen Spalt weit, um sich in der fremden Umgebung zurechtzufinden, und langsam lösten sich aus dem finsteren Innenraum des Zelts die ersten erkennbaren Formen. Sie sah Sethir am Zelteingang, sah seine dunklen Augen, die sie anstarrten. Zwischen ihm und ihr stand noch ein Mann.

Er war nicht jung, dieser andere, aber er wirkte schlank und vornehm. Er trug eine Jacke aus weichem, glänzendem, weinrotem Stoff und weite, schwarze Seidenhosen. Diese steckten in hohen, aufwendig gearbeiteten Lederstiefeln, die mahagonifarben schimmerten. Über seinen Schultern hing ein langer Reisemantel, schwarz mit rotem Futter. Sein Gesicht war glattrasiert und ungewöhnlich schön – mit hohen, wohlgeformten Backenknochen, Augen so blau wie der Himmel an einem Sommermorgen und Haaren, die schwarz waren wie seine Hosen und sein Mantel.

Das Auffälligste an ihm war jedoch sein Schmuck: An beiden Ohren hingen mehrere goldene Ringe, an denen Rubine funkelten. Er trug Halsketten, Armreifen und Ringe. Der Schaft seiner Stiefel war mit Goldfäden verziert, sein Mantel mit kleinen, wertvollen Steinen besetzt. Als er sich bewegte, gab all dieser Schmuck ein leises Klimpern von sich wie ein kleines Glockenspiel.

Alia starrte ihn an und wußte nicht, was sie von einer derartigen Erscheinung halten sollte. Er hob sich von den anderen ab wie ein schlanker Rassehund von schmutzigen, verlausten Wölfen.

Er beugte sich zu ihr nieder. »Willkommen in unserem bescheidenen Lager.« Er sprach mit dem Akzent des Südens, und seine Stimme war so spöttisch wie seine Bewegung. In seiner rechten Hand hielt er ein kleines Riechsäckchen, das einen süßlichen Duft verströmte. Er roch daran. In der anderen Hand lag ein kurzer, dicker Stab, an dessen Spitze ein bräunliches, rundes Etwas steckte.

Mit großen Augen betrachtete Alia diesen Stab. Er war aus glattem, geöltem Holz, das im düsteren Licht des Zelts schimmerte, und daran hinauf liefen unzählige Schnitzereien. Aber es war das runde Ding, das auf dem Ende steckte, das Alia jetzt wie gebannt betrachtete.

Es war ein menschlicher Totenschädel, der schon ganz dunkel war vom Alter und Gebrauch.

Auf den erdbraunen Knochen glitzerten Verzierungen aus Gold und unzählige, bunt leuchtende Edelsteine, die funkelten wie Wassertropfen an einem Spinnennetz.

Wunderschön sah es aus und schrecklich, und Alia wurde völlig verwirrt, wenn sie es nur ansah.

Der Mann mit den Juwelen bemerkte ihr Gesicht und lachte. Ein kaltes, herzloses Lachen.

Alia wandte sich ab und richtete ihren Blick statt dessen auf Sethir – das war erträglicher.

Ihr Puls ging nun ruhiger und ihr Atem auch. Sie wußte, daß dieser Sethir hier zumindest etwas Befehlsgewalt besaß. »Laß mich frei«, sagte sie zu ihm, entschlossen, sich nichts mehr gefallen zu lassen. »Du weißt, was ich bin. Laß mich gehen, wenn dir eure Sicherheit etwas wert ist. Die Rache der Jäger kommt schnell und gewiß.«

Sethir grinste in seinen Bart. »Ja, ich weiß, was du bist, da hast du recht. Sicher eine von Charrer Myshas Gören und die Tochter eines armseligen Bauern oder Schafhirten. Dein Vater hat dich geschlagen oder so etwas, und du bist immer wieder davongerannt in die Berge und wolltest frei sein. Und als du älter warst, hast du die plumpen Annäherungsversuche der schweißstinkenden Bauernjungen zurückgewiesen. Du hast das gehaßt und dein armseliges Leben auch. Du fühltest dich zu etwas Besserem, Freierem, Höherem bestimmt.« Sethir lachte sein höhnisches Lachen. »Und was immer du also konntest, bist du ins Wilde Land gerannt, zu Mysha. So wie die anderen deiner Sorte.«

Alia spürte, wie sie rot wurde. Es war ein bedrückend genaues Bild, das er da trotz allem Spott von ihr gezeichnet hatte.

»Ja, ich *kenne* dich«, fuhr Sethir fort. »Mädchen wie dich kenne ich gut genug. Heulsusen und Versagerinnen, selbstmitleidige Nörglerinnen, die sich für etwas Besonderes halten. Nun, die Welt verändert sich. Deine Zeit ist vorüber.«

Alia starrte ihn an. »Wer *bist* du?«

Auch Sethir schaute sie an, sein Gesicht düster vor Erregung. »Einer, der das Fürstental gut kennt.«

»Aber wie bist du ...«

»Genug!« fauchte Sethir. »Ich habe nicht vor, irgend etwas mit dir zu *besprechen.*«

Von dem Mann mit den Juwelen kam erneut ein kaltes Lachen.

Alia versuchte, ihn zu ignorieren.

»Du meinst also, du kennst dieses Mädchen, Sethir?« fragte er.

Sethir nickte. »Gut genug.«

Und noch einmal das kalte Lachen. »Oh nein, du kennst sie nicht.«

Sethir blickte ihn drohend an. »Was soll das heißen?«

Der Mann mit den Juwelen legte sein Riechsäckchen beiseite und streichelte zärtlich den Schädel auf seinem Stab. Alia versuchte, nicht hinzusehen. Doch sie spürte, daß sie ihren Blick nicht abwenden konnte. »Sie ist eine, die in die finsteren Tiefen der Welt spähen kann. Eine, die sieht, was anderen verborgen bleibt.«

Alia zitterte. Der Mann hatte sie fest im Blick, und die Gewalt dieses Blicks schien sie schier zu erdrücken. Und dennoch ... sie sah da auch etwas Anziehendes und Einladendes in diesen Augen.

Was für ein seltsamer Mann war das?

»Stimmt das etwa nicht, Mädchen?« wollte er wissen.

Alia war nicht sicher, was er eigentlich meinte. Er konnte doch nicht von ihrer Fähigkeit wissen, manchmal die Fey aufzuspüren?

Der Mann mit den Juwelen drehte den Stab langsam in seiner Hand, bis das Gesicht des Totenschädels sie direkt anblickte. Die Goldverzierungen schienen sie mit ihrem Glanz fast zu hypnotisieren. Alia keuchte. Einen Moment lang schien sich ein düster glänzender Blick in den leeren, toten Augenhöhlen zu regen.

Der Mann mit den Juwelen sah sie an. Er leckte sich bedächtig die Unterlippe. »Eine Schande, daß wir dich opfern müssen. Jemanden wie dich könnte ich gut gebrauchen, Mädchen. Deine wahren Talente hat noch niemand erkannt.«

Alia fuhr zusammen. Dieser unheimliche Mann stieß sie ab und zog sie gleichzeitig an. Er schien in sie hineinzublicken, wie das noch niemand getan hatte …

»Was redest du da eigentlich?« fragte Sethir verärgert. »Du weißt, was zu tun ist und was wir auch *vereinbart* haben. Diese Gelegenheit ist zu gut, um sie nicht zu nutzen. Es gibt jetzt kein Zurück mehr, Tasamin!«

Der Mann mit den Juwelen hob seine dunklen Augenbrauen. »Und was, wenn ich etwas anderes will? Was könntest du dagegen tun?«

Sethir knurrte. »Unterschätze mich nicht.«

Der Mann namens Tasamin lächelte. »Oh nein, niemals. Aber sieh zu, daß du nicht selbst diesen Fehler begehst.«

Sethir schaute ihn an, dann zuckte er mit den Schultern. »Genug jetzt.« Er deutete auf Alia. »Wir sind uns wegen ihr also einig?«

Der Mann mit den Juwelen zögerte, warf einen langen Seitenblick zu Alia und meinte dann: »Wir sind uns einig.«

»Und hinterher wirst du zu mir stehen?«

»So, wie wir es vereinbart hatten.«

Sethir nickte zufrieden. »Gut!«

Alia blickte beunruhigt von einem zum anderen. Heimlich tastete sie mit einer Hand an ihrem rechten Bein hinunter, zu ihren hohen Jagdstiefeln aus Hirschleder. Ihren Bogen, ihren Köcher mit Pfeilen und ihr Gürtelmesser, all das hatte man ihr genommen. Doch die kleine Klinge im Futter ihres rechten Stiefels hatte niemand bemerkt. Völlig hilflos war sie nicht.

Der Mann mit den Juwelen drehte sich zu ihr um, und seine dunklen Augen schauten sie an.

Alia wußte nicht, ob er die Bewegung ihrer Hand verstanden hatte. Sie versuchte, sich nicht zu bewegen. Ihre Finger lagen um den Messergriff im Stiefel. Jetzt müßte Tasamin, oder Sethir, nur noch ein klein wenig näher kommen ...

Aber der Mann mit den Juwelen kam nicht näher. Sein Blick wanderte langsam von ihrem Gesicht zu ihrer Hand im Stiefel und wieder zum Gesicht zurück. Dann sein kaltes Lächeln. »Schlafe, Mädchen«, sagte er. Er hob den Stab mit dem Totenkopf über sie, während er in seiner anderen Hand plötzlich glitzernden Schmuck hielt, dessen Glanz Alia verwirrte ... »Schlafe.«

Alia versuchte dagegen anzukämpfen, doch die Augen in dem Schädel starrten sie an – sie schienen zu leuchten, als ob in den leeren Augenhöhlen Glühwürmer schwirrten.

»Schlafe ...«

Sie ließ das Messer im Stiefel los und rieb sich die Augen, die sich schwer, so unendlich schwer anfühlten.

»Schlafe ...«

Langsam, mit jedem Herzschlag ein klein wenig mehr, kam Alia zu sich.

Im Innern des Zelts war es jetzt fast vollkommen dunkel. Sie reckte sich mit einem Stöhnen und versuchte aufzusitzen. Irgendwie gekrümmt und verdreht hatte sie geschlafen, und in ihrem Kopf pochte das Blut. Ihr Gesicht – da, wo man sie geschlagen hatte – war steif und geschwollen.

Sie fuhr zusammen, denn mit einem Mal erinnerte sie sich an Sethir und den Mann mit den Juwelen. Schnell faßte sie hinunter zu ihrem Stiefel, doch das kleine Messer war noch immer da. Sie seufzte, schüttelte ihren Kopf und kauerte sich im hinteren Teil des Zelts auf den Boden. Die Zeit verging langsam. Sie fröstelte und fühlte sich elend und verwirrt. Ihre undeutlichen Gedanken wurden durcheinandergewirbelt wie kleine Tierchen in einem schlammigen, reißenden Strom …

Plötzlich ein Rascheln und ein dumpfer Schlag der Leinwand, und sofort war sie hellwach.

Draußen dämmerte es, und die letzten Streifen von Abendrot verblaßten am Horizont. Im Eingang des Zelts sah sie die Umrisse eines Mannes, seitlich angestrahlt durch die kleine Laterne in seiner Hand. Der Mann war groß, groß und mächtig wie ein Bär, und mit stampfenden Schritten kam er herein. Vor seiner Brust hing ein dunkler Wald von einem Bart, der ihm fast bis unter die Augen reichte. Von oben hingen lange, wirre Zotteln bis zu den Brauen, so daß seine Augen umgeben waren von einer Wildnis aus dunklen Haaren. Und er stank. Es war ein käsiger, ranziger Gestank, stark wie Kuhmist in einem Stall.

Er hielt die Laterne hoch und stand wortlos da. Mit seiner freien Hand kratzte er sich lebhaft in der Achselhöhle, wobei er Alia gierig anschaute. Der Arm, der die Laterne hielt, war so dick wie einer von Alias Schenkeln. Er betrachtete sie genau, wie ein Bauer, der sein Mastvieh musterte. Dann grinste er und bleckte seine fauligen Zähne zwischen dem Bart.

Alia hatte erwartet, daß er etwas von sich geben würde, einen Befehl, eine Drohung, eine Frage. Irgend etwas. Doch er sagte kein Wort. Er stellte die Laterne auf den Boden und zog sich sein Lederwams von den Schultern.

Sein Oberkörper und seine Arme waren mit dunklem, krausem Haar bedeckt. Im flackernden, gelblichen Licht der Laterne sah Alia die Schweißtropfen, die daran glitzerten. Er begann seine Hose aufzuknöpfen.

Ängstlich versuchte Alia so weit von ihm fortzurutschen, wie das in dem kleinen Zelt möglich war. Mit zitternder Hand langte sie zu ihrem Stiefelmesser. Es war alles andere als eine schreckliche Waffe, ihre kleine Klinge, aber genug, um sie einem Mann zwischen die Rippen oder in die Kehle zu stechen und seine Seele ins Schattenland zu senden.

Ohne ein Wort schlüpfte der Mann aus seiner Hose und stand vor ihr, nackt und haarig und riesengroß – so widerwärtig wie ein Troll aus den Märchen.

Bei seinem ranzigen Gestank mußte Alia sich fast übergeben.

Sie umklammerte den Griff ihres Messers. Mit einem Keuchen kam sie in die Hocke.

Er ging auf sie zu mit ausgestreckten Armen, das Ding zwischen seinen Beinen wedelte hin und her wie ein Knüppel.

Alia schaffte es aufzustehen und wich vor ihm zurück. Ihre Beine waren so zittrig und schwach, daß sie nicht mehr tun konnte, als unbeholfen umherzustolpern. Er überragte sie wie ein riesiges Ungeheuer, und ihr Kopf reichte ihm gerade bis ans Brustbein. Das kleine Messer, das sie in der Hand hielt, kam ihr nun nutzlos vor. Sie fühlte sich wie gelähmt, wie ein hilfloser Vogel vor einer riesigen Schlange.

Er grinste und streckte seine haarige Pranke nach ihr aus.

Instinktiv stach Alia zu und schnitt ihm über die Handfläche.

Er riß seine Hand zurück und grunzte. Einen unsicheren Moment lang hielt er inne, seine Augen auf das Messer gerichtet. Dann kam er wieder auf sie zu und griff nach ihr mit seiner blutenden Hand. Er grinste nicht mehr.

Alia versuchte ihm auszuweichen und aus dem Zelt zu fliehen, aber für seine Körpergröße bewegte er sich erstaunlich flink. Er packte sie an der Schulter. Sie stach auf ihn ein, spürte, wie die Klinge sein Fleisch ritzte, doch er erwischte ihre

Hand und entriß ihr die kleine Waffe. Sie bearbeitete seinen riesigen Körper mit bloßen Fäusten, doch er lachte nur.

Er faßte sie an ihren langen Haaren, zerrte sie in den hinteren Teil des Zelts, warf sie zu Boden und ließ sich neben sie fallen. Dann riß er an ihrer Hose. Verzweifelt versuchte sie seine Hände wegzudrücken, doch es war sinnlos. Sie war ihm ausgeliefert.

Bevor er es geschafft hatte, ihre Hose auch nur teilweise über ihre Schenkel zu streifen, kam vom Zelteingang ein plötzliches Geräusch.

»Torno!« rief eine Stimme.

»Hinaus!« grunzte er über seine Schulter, das erste Wort, das Alia von ihm hörte. »Ich habe dir doch gesagt, ich will nicht gestört werden!«

Als sie an seiner nackten, haarigen Schulter vorbeischaute, sah Alia den bärtigen Sethir, der im Zelteingang stand.

Torno fuhr herum, während er noch immer Alia mit einer Hand zu Boden drückte. »Sethir! Es ist mir egal, was du von mir willst. Hinaus mit dir! Sofort!«

Anstelle einer Antwort zog Sethir das lange Messer, das an seinem Gürtel hing, und sprang in das Zelt. Mit der blitzenden Klinge in seiner Hand warf er sich auf Torno. Die Wucht des Angriffs riß Torno von Alia weg, die plötzlich frei war.

Die beiden Männer rollten über den Boden. Sethir hob sein Messer zum tödlichen Stoß, doch eine haarige Hand fuhr dazwischen. Torno grunzte und warf Sethir von sich ab. Es schien, daß Tornos brutaler Kraft nichts gewachsen war.

Es dauerte etwas, bis Alia Kopf und Glieder wieder gebrauchen konnte. Sie schnürte ihre Hosen und stolperte dorthin, wo noch immer ihr kleines Messer lag. Sie hob es auf.

»Hilf mir, Mädchen«, keuchte Sethir.

Er war deutlich kleiner als Torno und stemmte sich vergeblich gegen dessen massigen Körper. Doch dann gelang es ihm, sich halb aus Tornos Griff zu lösen. Gewandt wie eine Katze wirbelte er herum, sprang dem größeren Mann auf den Rücken und packte ihn von hinten an den verfilzten Haaren und einem Arm. Für Worte hatte er keine Luft mehr, doch Alia sah den Hilferuf auf seinem Gesicht. Sethirs Messer lag außer Reichweite in der anderen Hälfte des Zelts.

Torno schlug um sich wie ein tollwütiger Bär, und Sethirs verzweifelter Griff gab langsam nach.

Mit pochendem Herzen sprang sie vor. Einen Moment lang lagen die beiden Männer bewegungslos und grunzend und keuchend aufeinander.

Dann rutschte Sethir zur Seite, und Tornos Bauch und Hals lagen frei vor ihr. Alia sah die tierhafte Wut in seinen Augen. Von der Seite sprang sie zu ihm hin. Den Griff in beiden Händen, rammte sie das Messer mit aller Kraft in Tornos Kehle. Sie spürte den Stoß bis hoch in ihre Schultergelenke, als die kleine Klinge gegen Knochen knirschte.

Torno zappelte wie ein Fisch auf dem Trockenen, doch sie ließ nicht los, drehte das Messer, und unter seinem filzigen Bart tat sie einen schrecklichen Schnitt höher und höher zum Kinn.

Es war vorbei. Keuchend stand sie auf. Ihre Hände und Unterarme waren klebrig naß von warmem Blut. Und als sie sah, wie der haarige Körper leblos vor ihr lag, durchfuhr sie ein grausames Gefühl von Freude.

Sethir rollte sich auf die Knie. Sein Kopf hing auf der Brust, und aus seinem Mund kam stockend und schwer der Atem. Er schaute zu ihr hoch. »Geh! Ver…verschwinde von hier! Schnell … so schnell du kannst!«

Alia starrte ihn an.

Mühsam stand er auf, bückte sich nach seinem Messer und machte in die Rückwand des Zelts einen langen, senkrechten Schnitt.

»Geh!« zischte er und hob eine Hälfte der zerschnittenen Leinwand.

Alia wollte ihr eigenes Messer holen, doch er winkte sie ungeduldig nach draußen. »Dafür ist jetzt keine Zeit«, keuchte er mit noch immer bebender Brust. »Schnell! Verschwinde ... von hier!«

Ihre Augen hingen an dem gewaltigen Körper des toten Anführers.

»Verschwinde!« sagte Sethir noch einmal.

Kaum stand Alia vor dem Schlitz in der Zeltwand, da stieß Sethir sie hinaus. Verwirrt stolperte sie in das Dunkel der Nacht.

Zwischen den Büschen hing noch immer naßkalter Wolkennebel, und in wenigen Momenten war das Zelt in düsterem Weiß verschwunden. Sie machte langsam und überlegte, wohin sie nun gehen sollte. Um den schützenden Wald zu erreichen, mußte sie zunächst das Lager durchqueren. Doch solange niemand wegen der Kampfgeräusche im Zelt mißtrauisch geworden war, blieb ihr genügend Zeit zur Flucht. Das hoffte sie zumindest. Und vielleicht hatte man den Lärm auch für wilde Schreie der Leidenschaft gehalten.

Alia wagte kaum zu atmen. Ihre Beine zitterten. Sie konnte nicht verstehen, wieso ihr dieser Sethir geholfen hatte. Das ergab keinen Sinn.

Als sich ihre Augen noch mehr an die Dunkelheit gewöhnt hatten, bemerkte Alia, daß den Himmel ein seltsamer Glanz überzog. Es war nur noch wenige Tage bis Vollmond, und der Schleier des Wolkennebels erglühte vom silbernen Mondlicht. In dem weiß glänzenden Halbdunkel sah Alia die verschwommenen Umrisse von Banditen. Zu ihrer Linken hörte sie gedämpfte Stimmen. Dann erschien das messingfarbene, flackernde Feuer eines Wachtpostens. So leise wie möglich schlich sie auf den nassen Buchenblättern in die entgegengesetzte Richtung.

Alles war ruhig. Alles war gut. Sie ging etwas schneller und wurde sich immer sicherer, daß ihr die unverhoffte Flucht gelingen würde.

Und dann hörte sie hinter sich einen Schrei. »Sie hat ihn umgebracht! Die kleine Hexe hat Torno *umgebracht*!«

Es war die Stimme von Sethir.

Alias erster Gedanke war, sofort loszurennen. Doch sie beherrschte sich. Erst knapp zwanzig Schritte war sie vom Zelt entfernt, und durch den größten Teil des Lagers mußte sie sich erst noch hindurchfinden. Der allgegenwärtige Nebel war hier ihr bester Verbündeter. Also kauerte sie sich nieder, wo sie gerade war, und verhielt sich regungslos und still wie ein junges Reh.

Sie hörte Schreie, das Getrampel rennender Füße. Neben ihr eilte ein dunkler Schatten vorbei, fiel hin und raffte sich fluchend wieder auf in einem Wirbel nasser Blätter. Dann rannte der Mann, wie alle anderen, zu Tornos Zelt.

Was hatte Sethir vor?

Immer mehr Schreie hörte sie, dann wurde es plötzlich still. »Ich kam gerade vorbei«, hörte sie Sethirs Stimme, »und bemerkte ein seltsames Geräusch. Im Zelt fand ich Torno, mit Blut überströmt. Schaut her! Seht ihr die Wunde an seinem Hals, dort unter dem Bart? Sie hat ihn abgestochen, als er auf ihr war, die verfluchte Hexe!«

Ärgerliches Gemurmel.

»Wie konnte Torno bloß sterben durch … ein kleines *Mädchen*?« fragte jemand streitsüchtig.

»Sie war ein Jäger«, antwortete Sethir schnell. »Ihr habt doch von ihnen gehört. Und sie hatte eine Waffe. Die Dummköpfe, die sie gefangennahmen, haben sie nicht richtig durchsucht. Sie hatte ein Messer im Stiefel. Seht ihr? Das hier ist ihr Messer.«

»Woher weißt du das?« fragte jemand.

»Als Sethir ihn fand, war Torno noch am Leben.« Dies sagte wieder eine andere Stimme, und nach einigen Momenten wußte Alia, wem sie gehörte: dem Mann mit den Juwelen.

»Er sagte mir …«, fuhr Sethir fort, »er sagte mir, daß ich euer Führer sein soll.«

Unruhiges Murren.

»Ich war dabei«, hörte Alia den Mann mit den Juwelen. »Ich habe es auch gehört! Torno hat Sethir zum neuen Anführer bestimmt.«

»Und sein letzter Befehl lautete, daß die kleine Hexe sterben muß!« fügte Sethir rasch hinzu.

Lautere, verärgerte Rufe.

»Schaut ihn euch an!« rief Sethir. »Schaut, was sie mit ihm gemacht hat.«

Alia kauerte sich fröstelnd zusammen. Was hatte dieser Mann bloß vor?

»Sie hat es einfach abgeschnitten!« sagte jemand.

»Sie muß es mitgenommen haben, als eine Art Trophäe.«

»Die verfluchte kleine Hexe!«

»Dafür wird sie bezahlen!«

»Oh ja, das wird sie!« Wieder Sethirs Stimme. »Weit kann sie noch nicht sein. Als ich ihn gefunden habe, hat Torno noch gelebt. Sie muß noch im Lager sein.«

»Die Hexe kriegen wir!« schrien ein Dutzend Stimmen.

Alia sprang auf und rannte los, trat blindlings in eine Feuerstelle und kümmerte sich nicht mehr um den Lärm, den sie dabei machte.

Das Geschrei der Banditen kam näher. Sie hatten sie gehört.

Zu spät bemerkte Alia den Baum im Nebel, der plötzlich vor ihr auftauchte. Sie prallte mit ihm zusammen, fiel auf die Knie, ihre Hände griffen nach dicken Wurzeln.

Die Männer, die sie verfolgten, heulten wie tollwütige Hunde.

Dann zischte etwas an ihrer linken Backe vorbei und blieb zitternd in dem Baum neben ihr stecken. Es war der Pfeil einer Armbrust. Verzweifelt schnellte sie auf und stolperte hinter den Stamm, der ihr Deckung gab. Dann rannte sie weiter, immer weiter, mit brennenden Lungen, halb blind durch den Nebel und immer in der Hoffnung, daß irgendeine Macht ihre Füße lenken möge, damit sie nicht in einen Dachsbau trat oder über die am Boden liegenden Äste fiel und mit dem Kopf auf eine Baumwurzel prallte.

»Dort drüben läuft sie!« Wieder die Stimme von Sethir. »Sie entkommt. Fangt sie, ihr Dummköpfe, bevor sie im Dickicht verschwindet. *Fangt sie!*«

Alia rannte einen Abhang hinunter, und ihre Füße rutschten gefährlich auf dem glitschigen Blätterboden. Wieder hörte sie das grauenhafte Zischen der Pfeile im Nebel und den vibrierenden Knall, wenn sie ins Holz schlugen. Je weiter sie rannte, desto dichter standen die hoch aufragenden Buchenstämme. Sie stürzte sich zwischen sie, prallte von einem nassen Stamm zum nächsten und zog und hangelte sich durch sie hindurch.

Sie stolperte, keuchte und spürte ein höllisches Seitenstechen von dieser wilden Rennerei. Und wieder Schreie – hinter ihr, zu beiden Seiten. Es waren zu viele, zu nahe. Ihr Vorsprung war nicht groß genug gewesen.

Verzweifelt rutschte sie einen dunklen Abhang hinunter, achtete nicht auf die Gefahr, daß sie stürzen könnte, und warf sich schließlich in ein Gebüsch. Immer tiefer grub sie sich hinein, kroch auf dem nassen Boden und hoffte auf das Unmögliche, daß ihre Verfolger an ihr vorüberrannten.

Und genau das passierte. Oder zumindest schien es so, denn der Lärm der Banditen entfernte sich.

Doch dann, durch das dichte, nebelverhangene Gestrüpp, sah sie eine blitzschnelle Bewegung.

Alles blieb still.

Aus einem Gesicht so bleich wie der Mond blickten sie Augen an, unmenschlich groß und dunkel. Die Gesichtszüge erschienen verschwommen, manchmal fast durchsichtig.

Alia schnappte nach Luft.

Ganz in ihrer Nähe glitt der Fey durch das Dickicht, und noch immer blickte er sie an. Alia erkannte in diesem Gesicht nichts Vertrautes, sie konnte nicht sagen, was das Wesen fühlte oder wollte. Das Gesicht glich dem eines Menschen, und zugleich war es so völlig anders. Weiß war es wie Milch, mit langen Kieferknochen und ohne Haare. In dem schwachen Mondlicht, das durch den Wolkennebel fiel, glänzte die bleiche Haut wie Perlmutt.

Alia war zu Tode erschrocken. Sie schaute das Wesen einfach nur an.

Doch der Fey wandte sich plötzlich um, und mit einer schnellen, flüssigen Bewegung seines Kopfs blickte er in die Ferne, den Hang hinunter. Nur dieser kurze Blick, dann war er verschwunden.

So plötzlich war sie wieder allein, daß Alia nicht sicher war, ob der Fey jemals mehr gewesen war als ein Wesen ihrer Phantasie.

Da hörte sie in ihrer Nähe ein Rascheln. Sie machte sich so klein wie möglich und versuchte, sich noch tiefer in das schützende Dickicht hineinzuwühlen.

Ein dunkler Umriß, kaum zu sehen, sprang an ihr vorbei.

Doch bevor sie erleichtert aufatmen konnte, hielt der Unbekannte an, wirbelte herum und kam zurück. Einen Moment lang zögerte er und näherte sich dann zielstrebig dem Busch, in dem sie kauerte.

Alia wurde aus ihrem Versteck gerissen und in die Höhe gehalten wie ein kleines Kind. Sie schlug auf die Arme, die sie hielten, doch es war, als ob man auf einen Baumstamm einschlug, so hart und stark waren sie.

Und dann, im schwachen, trügerischen Glanz des Nachtnebels, sah sie, was es war, das sie da gepackt hatte.

Es war ein Wesen aus einem Alptraum der Kindheit und ganz und gar nicht wie ein Fey …

Sie sah ein Dämonengesicht. Funkelnde Raubtieraugen. Gefletschte Reißzähne, so groß wie ein menschlicher Finger.

Eine unmögliche, schreckliche Kreatur …

Mit einem Mal hörte sie auch wieder die Schreie ihrer Verfolger, die auf dem Rückweg waren und sich ein zweites Mal dem Dickicht näherten. Am anderen Ende des Gebüschs knackten bereits Zweige unter ihren Füßen.

Das Dämonenwesen, das sie hielt, schaute sich schnell um, seine gelben Augen schimmerten unheimlich in dem nebligen Halbdunkel. Dann rannte es los. Verzweifelt wand sich Alia in seinem Griff, doch es legte seinen Arm noch fester um sie und preßte ihre Rippen schmerzhaft zusammen.

Ungestüm, mit großen, unmenschlichen Sprüngen, jagte es den Abhang hinunter, Zweige schlugen Alia ins Gesicht. Sein Tritt war so unfehlbar wie der einer Katze.

Hinter ihr wurden die Schreie der Banditen schwächer.

Auf einmal schossen sie heraus aus dem Wolkennebel, der bald hinter ihnen lag als großes, weißes Etwas, angestrahlt vom bleichen Mondlicht. Das Dämonenwesen lief nun etwas langsamer.

Das Wesen drehte Alia um und legte sie sich über die Schultern wie einen Sack Rüben. Alia leistete keinen Widerstand. Was hätte sie schon unternehmen können gegen solch ungeheure Stärke?

Immer weiter lief der Dämon. Um sie herum standen keine Buchen mehr, sondern die Kiefern, die den Großteil der Berghänge bedeckten. Hier, weiter unten, hatte der Regen aufgehört, doch von den Ästen tropfte es noch. Das Wesen sprang über glitschige Felsen, platschte durch Pfützen, stürmte durch Wände von Kiefernzweigen, daß es nach allen Seiten spritzte, und war unermüdlich.

Doch dann machte es halt, verhielt sich ruhig und lauschte.

Nichts war zu hören außer den leisen, gewöhnlichen Geräuschen des Waldes.

Das Wesen spähte in die Richtung, aus der sie gekommen waren, und schien noch immer zu lauschen. Es schnüffelte und schüttelte seinen häßlichen Kopf. Alia hörte, wie es langsam und lange die Luft einsog. Der schnelle Lauf mit ihr über der Schulter hatte es nicht einmal außer Atem gebracht.

Alia erschauderte. Was für ein schreckliches Wesen war das bloß?

Unerwartet nahm es Alia von seinen Schultern und stellte sie auf den nassen, mit Kiefernnadeln bedeckten Boden. Eine harte Hand lag noch einige Momente auf ihrer Schulter, dann ließ das Wesen sie los.

Alia stand regungslos da und wußte nicht, was nun geschehen würde.

Die großen, unmenschlichen Augen starrten sie an. Für einen Moment verzogen sich die Wolken am Himmel, und das Mondlicht fiel auf die schwarzen Bäume. Die Augen des Dämonen glühten gelb und unheimlich wie die Augen einer Raubkatze. Alia wurde schlecht vor Angst. Es war unmöglich, in dem dämonischen Gesicht irgendeine menschliche Regung zu erkennen, und dennoch erschien sein Blick ihr lüstern und gefährlich.

Sie versuchte fortzurennen, aber das Wesen packte sie an der Schulter. Es hob seinen anderen Arm, und in seiner Hand sah Alia plötzlich ein Glitzern – eine Klinge! Sie versuchte, sich loszureißen, doch das Ungeheuer war viel zu stark.

Die Klinge schwebte über ihrem Gesicht und funkelte geheimnisvoll – so, als ob sie mit kleinen Edelsteinen besetzt wäre. Die riesigen, gelben Augen des Wesens schauten sie unentwegt an. Alia empfand diesen Blick als eine Art Gewalt, und gleichzeitig war da etwas Unwiderstehliches, etwas … *Verlockendes.*

Die Hand, die sie hielt, ließ sie los. Alia wollte sich umdrehen und fliehen, doch sie konnte nicht. Statt dessen stand sie einfach da, hilflos und zitternd. Der Dämon nahm ihre linke Hand und drehte die Handfläche nach oben. Mit einer blitzschnellen Bewegung kam die Klinge herunter und ritzte die Handfläche mit mehreren Schnitten, hin und her. Alia stöhnte, hilflos.

Dann, unverhofft, stieß er sie fort.

»Geh«, sagte er. Die Stimme war rauh und tief und hallte wie in einer Gruft.

Alia blieb stehen. Ihre linke Hand brannte wie Feuer.

»Los«, sagte das Wesen und winkte sie fort. »Renn weg!«

Alia stolperte einige Schritte zurück.

»Renn weg!«

Als hätte ihr jemand plötzlich die Fesseln durchgeschnitten, drehte Alia sich um und rannte los. Sie verstand nichts von dem, was da vor sich ging, doch sie rannte, rannte den Abhang hinunter, bis ihre Lungen und Beine heftig schmerzten, sie rannte, bis sie fast zu fliegen schien, sie rannte, rannte im Dunkeln, bis sie hinfiel und als kleines, nasses Häuflein liegenblieb.

Lange lag sie da, in sich zusammengerollt und mit undeutlichem Bewußtsein.

Und dann öffnete sie blinzelnd ihre Augen und sah, daß es bereits dämmerte. Erschrocken fuhr sie auf. Sie hatte geschlafen und war wütend, weil das gefährlich und dumm war …

Doch im Wald war es ruhig, nur das morgendliche Gezwitscher der Vögel war zu hören. Sie lauschte auf das *Tschip Tschip* des Weißschwanzes, das *Willa Wuu, Willa Wuu Wuuu* von einem Paar verliebter Gebirgstauben. Die Vogelwelt schien keine Gefahr zu spüren.

Alia reckte sich stöhnend. Sie war steif und verspannt und unendlich erschöpft. Die Morgenluft, das Gras, die Bäume – alles um sie herum war naß und kalt, und auch sie selbst war völlig durchnäßt und fror. Der heftige Wind vom Tag zuvor hatte sich gelegt, und die Wolken lösten sich auf im bleiernen Morgenhimmel.

Sie rieb sich die Augen und sah, wie die dunklen Umrisse der Kiefern langsam Farbe erhielten. Sie roch ihren harzigen Duft. Ein Eichhörnchen mit buschigen Ohren hüpfte auf einen Ast über ihrem Kopf, schaute überrascht nach unten, schien kurz zu überlegen und huschte wieder weg.

Der Gesang der Vögel, das leise Rauschen des Morgenwinds in den Kiefern, das normale Leben der Waldbewohner, ein Sonnenaufgang …

Doch Alias Herz wollte nicht leicht werden, trotz all der beruhigenden Gewöhnlichkeit, mit der die Welt einen neuen Tag begann.

Ihre linke Hand pulsierte schmerzhaft. Als sie hinunterschaute, sah sie in ihrer Handfläche ein kompliziertes Muster von Schnitten, die nun langsam vernarbten: einige kleine, ineinanderlaufende Kurven, ein Schriftzeichen vielleicht oder eine Art Gesicht ... Sie konnte es nicht erkennen.

Vor ihrem inneren Auge erschien die unmenschliche Fratze der Kreatur. Noch niemals hatte sie von der Existenz eines derartigen Wesens gehört. Sie sah seine Reißzähne, die gelb glühenden Augen. Ein Dämonengesicht mit dem Körper eines Menschen, doch unfaßbar stark. Das Wesen hatte sie vom Banditenlager fort und in Sicherheit gebracht. Weshalb? Geheimnisvolles Wesen! Sie konnte das alles nicht verstehen.

Welch schrecklicher Wahnsinn war in die Welt gekommen?

Alia spürte, wie sie zu zittern begann, so stark, daß sie zusammengekrümmt zur Erde fiel. Sie konnte nur warten, bis es vorüberging. Zu kraftlos war sie, um sich auch nur ein Stück weit zu bewegen ...

Aber sie *mußte* es zurück zum Jägerlager schaffen und Charrer Mysha und den anderen erzählen, was sie hier oben gesehen hatte: das Versteck der Banditen, den hinterhältigen Sethir, den Mann mit den Juwelen und seinem Stab mit dem verzierten Totenkopf.

Alia schüttelte ungläubig den Kopf.

Es war alles *zu* seltsam!

Aber die Erinnerung an Tornos Hände auf ihrem Körper war einfach und klar genug. Sie schüttelte sich, als ihr wieder sein fettiger Bart einfiel und sein warmes, dickflüssiges Blut. Die Erinnerungen machten sie wütend. Bei all der rätselhaften Unwirklichkeit, in der sie den vorigen Tag erlebt hatte, stand eines nur allzu wirklich und deutlich vor ihr: das, was Torno – und die anderen – versucht hatten ihr anzutun. Sie klammerte sich an ihre Wut wie an einen Rettungsanker, konzentrierte sich nur darauf und verbannte auf diese Weise alle unheimlichen und rätselhaften Dinge aus ihren Gedanken.

Je früher sie das Jägerlager erreichte, desto besser.

Die Jäger würden Hone Amis und die Miliz vom Fürstental alarmieren, und gemeinsam würden sie diesen zerlumpten Kerlen die harte Lektion erteilen, die sie so sehr verdient hatten.

Sie würden sie aus ihrem Lager vertreiben, sie in alle Himmelsrichtungen davonjagen und sie wie ein Hornissennest in einer Scheune zertreten.

Sie würden dafür sorgen, daß alles wieder so war, wie es sein sollte.

Unsicher kam Alia auf die Beine. Sie verschränkte die Arme gegen die Morgenkälte, dann humpelte sie los. Ihre Glieder waren verkrampft, sie ächzte vor Erschöpfung, und jeder ihrer Schritte war ein schmerzhaftes Stolpern. Doch in sich spürte sie eine grimmige Zufriedenheit. Sie kannte diese Berge gut genug, um den Weg zum Banditenlager wiederzufinden. Eine ganze Armee könnte sie dort hinführen.

Darauf würde sie sich *freuen.*

Oh *ja.*

III

Guthrie Garthson stand da, betäubt und zitternd. Mit leerem Blick schaute er sich um und sah den felsenübersäten, grasbewachsenen Abhang, den er wahrscheinlich hinaufgekommen war. Der Hügelkamm, auf dem er nun stand, war bedeckt mit großen Felsenplatten, verwittert durch ihr Alter und das rauhe Wetter der Berge, mit glitschigem Moos bewachsen und kalt. Der Himmel im Osten glühte im schwachen Licht der Dämmerung, der Morgenwind war kalt wie Eis. Kein Regen mehr. Die finsteren Wolken über ihm lösten sich langsam auf, und die zackigen Gipfel der Slateberge erhoben sich als schwarze Silhouetten vor dem Morgenhimmel. Weiter unten lagen die dunkel durchfurchten Mirahöhen, und dahinter, weit in der Ferne, wand sich glitzernd der Esk. Am Flußufer, auch im düsteren Halblicht deutlich zu sehen, lag das Kloster.

Zusammengeschrumpft durch die große Entfernung, lag es da wie ein vergessenes Spielzeughäuschen. Guthrie konnte keine Anzeichen von Leben erkennen, keine Bewegung. Nichts.

Guthrie ertrug den Anblick nicht länger. Er wandte sich ab und sank erschöpft an einem der moosigen Felsen zur Erde. Er hatte keine Ahnung, wo genau er war, keine klare Erinnerung, wie er hergefunden hatte.

Er saß an den Felsen gelehnt, atmete schwer, hob das empor, was er in den Händen hielt, und schaute es an. Das Gesicht starrte zu ihm zurück, mit unbeweglichen, toten Augen. Guthrie wußte nicht, was ihn dazu getrieben hatte, dieses gräßliche Ding mitzuschleppen.

Im grauen Morgenlicht sah das Gesicht sehr bleich aus und jämmerlich.

Und als er eine Weile auf die schlaffen, blutleeren Gesichtszüge hinuntergeschaut hatte, überkam Guthrie bittere Wut. »Ich habe dir vertraut!« fauchte er. »Ich habe dir *vertraut!* Und du ...« Guthrie fand keine Worte für seinen Abscheu.

Verloren, alles war verloren. Alles war zerstört.

Dreimal verfluchter Narr von einem Abt!

Nachdem er Guthrie dazu überredet hatte, das Tor zu öffnen, nachdem er ihn so weit gebracht hatte, daß er *selbst* den verfluchten Seewölfen das Tor öffnete ... da stand der Abt einfach da, leistete nicht den geringsten Widerstand und ließ sich töten.

Und was hatte er gesagt? Er könnte ... *außerordentliche* Dinge vollbringen.

Er *versuchte* nicht einmal, sich zu wehren.

Und was hatte er erreicht? Gar nichts.

Voller Wut und Ekel hob Guthrie den abgetrennten Kopf in die Höhe und wollte ihn weit fortschleudern.

Aber es war ihm unmöglich.

Dies war nicht das erste Mal, daß er versucht hatte, den Kopf loszuwerden. Es war wie ein unheimlicher Fluch: So sehr er sich auch bemühte, er konnte sich nicht dazu bringen, das Ding wegzuwerfen.

Guthrie schauderte.

Müde stand er auf. Es war beißend kalt, in der Morgenluft spürte man bereits den nahenden Winter. Sein Atem dampfte, und das Zittern, das über ihn gekommen war, seitdem er sich nicht mehr bewegte, dieses Zittern wurde er nicht mehr los. Die ganze Nacht war er gelaufen, gedankenlos wie ein Tier, dessen Bau man zerstört hatte, ruhelos, ohne Ziel. Er fühlte sich vollkommen ausgezehrt, doch irgendwo in ihm war da noch dieser rastlose Trieb.

Also ging er weiter, wandte sich ab von dem traurigen Anblick des Klosters in der Ferne, stolperte mit blinden Augen davon, taumelte durch die verwitterten Steintafeln auf dem Hügelkamm und hinüber zur anderen Seite, wo er wieder einen grasbewachsenen Abhang sah, der vom Hügel hinunterführte. Lange, lange lief er weiter, bis er einige Silberbirken sah, die bleich im Morgenlicht glänzten, etwas abseits von dem Weg, den er blindlings eingeschlagen hatte. Die Äste der Bäume waren kahl außer einigen wenigen, gezackten und gelblichen Blättern, die sich im Wind leicht bewegten. Guthrie ging auf die Bäume zu und stapfte durch nasses, kniehohes, gelbes Gras.

Die Birken standen um einen glitzernden Teich, der von Felsen umgeben war. Guthrie schlängelte sich durch die weißen Stämme und stand schließlich auf einem mit Blättern bedeckten Ufer am Teich. Das Wasser war spiegelglatt und durchsichtig wie Glas. Guthrie sah, wie sich darin die vorüberziehenden Wolken spiegelten, das bleiche Kobaltblau des Morgenhimmels und die kahlen Zweige der Birken, die sich leise bewegten. Als er sich nach vorn beugte, sah er sich selbst, mit kummervollem Gesicht und müde, in seiner Hand den faulenden Kopf. Wie ein Gespenst sah er aus.

Erschüttert stolperte er zurück, stieß gegen einen versteckten Baumstumpf und fiel hart auf den Boden. Zerschunden und keuchend lag er da und preßte seine Backe gegen die kalten, nassen Blätter und das Gras, zu erschöpft, um sich zu regen.

Vor ihm, zwischen ockergelben Blättern, lag der gräßliche Kopf.

Guthrie starrte das Ding an und lachte kraftlos. Dieser kleine Unfall hatte erreicht, was seiner gesamten Willenskraft unmöglich gewesen war. Er hatte den Kopf fortgeschleudert. Er war das unheimliche Ding los!

Er versuchte wieder aufzustehen und stellte bestürzt fest, daß es nicht ging. Seine Kraft reichte gerade noch aus, um keuchend auf der Erde zu liegen. Der Kopf schien ihn anzustarren. Nervös schaute Guthrie weg. Er sah, wie die letzten Wolken sich am Himmel auflösten. Um ihn her flüsterte der Morgenwind unverständliche Dinge in die abgefallenen, sterbenden Blätter. Der Kopf starrte noch immer. Er spürte seinen toten Blick wie einen kalten Luftzug im Rücken.

Guthrie schauderte. Die Welt um ihn schien in unerklärlichem Glanz zu leuchten.

Wie ein Klumpen Erde, der in tiefes Wasser fällt, löste er sich auf in einen erschöpften Schlaf.

Doch in seinem Schlaf, da kam ihm ein Traum.

Guthrie befand sich an einem düsteren, verwinkelten Ort. Vor ihm stand der Abt in seiner grauen Kutte, seinen Kopf unter dem Arm. Und der Kopf redete, ruhig und leise. Guthrie konnte nichts verstehen, denn was er da sprach, war nur ein unverständliches Murmeln, wie das Gluckern eines Bächleins.

Und dann auf einmal spürte er, wie alles um ihn herum langsam auseinanderfiel, wie wenn man einen großen Wandteppich aufdröselte. Guthrie rannte fort von dem Abt und floh über einen auseinanderbrechenden Weg nach dem anderen. Selbst der Erdboden schien unter seinen Füßen nachzugeben und zu zerbröseln, als ob er auf abgefallenen Herbstblättern liefe mit nichts darunter.

Der enthauptete Abt folgte ihm. Während Guthrie mit ganzer, ungestümer Kraft rannte, schien der Abt gemütlich zu gehen, und dennoch hielten ihn seine lässigen Schritte auf gleicher Höhe mit dem verzweifelt sich abmühenden Guthrie. Mit einer Hand streckte ihm der Abt seinen Kopf entgegen wie irgendein wertvolles Geschenk, und von dem Kopf kam noch immer unverständliches Gemurmel.

»Hilf mir«, flehte Guthrie. »Sag mir, wie ich von diesem Ort wegkomme, bevor er vollständig auseinanderbricht. Erkläre es mir, du verfluchter Abt!«

Aber das blubbernde Gemurmel des Kopfes wurde kein bißchen verständlicher.

Guthrie schrie ihn an, doch der Kopf redete einfach weiter, und der Abt lief mühelos neben Guthrie her, während sich alles um sie her unerbittlich auflöste.

Und dann, in einem schrecklichen Augenblick, verschwanden die letzten Bruchstücke von festem Boden, und Guthrie schwebte in einem schwarzen Nichts, einem riesigen, leeren Schlund, in den er hineinstürzte. Das letzte, was er sah, bevor ihn dieser Schlund vollständig verschluckte, war der Kopf, der ihm hingehalten wurde auf offener Hand. Er leuchtete wie eine Laterne und lächelte das sanfte Lächeln des Abts.

Guthrie schrie.

Er erwachte auf dem Gras und den abgefallenen Blättern, und die Sonne schien ihm blendend hell ins Gesicht.

Mit schwerem Atem kam er auf die Beine. Er hinkte hinunter zum Teich, tauchte seinen Kopf vollständig ins Wasser und kam prustend wieder nach oben. Sein langes, helles Haar hing ihm naß und verklebt über die Augen, und eisiges Wasser rann ihm den Rücken hinunter. Aber er seufzte erleichtert und fühlte sich besser.

Als er sich umsah, bemerkte Guthrie, daß es noch immer Morgen war. Lange konnte er nicht geschlafen haben. Der Himmel leuchtete blau und klar und hell. An den Birkenzweigen tanzten die letzten gelbbraunen Blätter sanft im Wind. Es war schön hier. Er atmete tief, und am Ufer setzte er sich ins Gras, lehnte sich zurück und wollte sich mit den Händen abstützen. Schon diese kleine Anstrengung ließ seine Arme zittern. Sein Magen krampfte sich zusammen vor Hunger, und er fühlte sich schwach und hilflos wie ein verlassenes Kätzchen.

Was sollte er jetzt tun?

Eine einfache, schreckliche Frage war das. Er war am Leben. Die Welt ging weiter ihren Gang. Doch für ihn gab es in dieser Welt nichts mehr, alles war ihm genommen. Es überkam ihn ein plötzlicher Anfall von Wut, und er drehte sich um zu dem Kopf. »Verdammter *Narr!*« fauchte er ihn an. »Weshalb habe ich nur auf dich gehört?« Er griff nach unten, nahm einen handgroßen Kiesel und warf ihn auf die starren, toten Augen. Der Stein verfehlte sein Ziel, und Guthrie fluchte aufs neue.

Doch es erleichterte ihn nicht.

Was also sollte er tun?

Er könnte hier liegenbleiben und nie mehr aufstehen.

Diese Möglichkeit hatte einen gewissen Reiz, so todmüde, wie er sich fühlte. Das endgültige Eintauchen ins Schattenland, das Ende von allem. Wieso war er nicht im Kloster gestorben? All seine Sehnsüchte und Jugendträume waren dort Wirklichkeit geworden, nur um sich sofort in einen schrecklichen Alptraum zu verwandeln. Alles war ihm nun geraubt, alles zerstört. Er fühlte sich wie ein Fisch auf dem Trockenen, ans Ufer gespült durch eine Strömung, gegen die er machtlos war.

Ja … hier liegenbleiben und sterben.

Aber sein Magen schrie schrecklich nach Nahrung, und der Wind blies kühl und frisch in seine Lungen. In ihm, da war etwas, das sich noch lange nicht hinlegen wollte.

Guthrie stöhnte erschöpft. Er kam auf die Knie und schaute sich um. Der Teich war groß genug für Forellen, vielleicht. Doch wie sollte er sie fangen? Noch einmal sah er sich um, doch er entdeckte nichts, was man hätte essen können. Er leckte seine trockenen Lippen, neigte sich über den Teich und trank. Das Wasser schmeckte nach Fels und Moos und war so kalt, daß seine Zähne schmerzten. Doch immerhin füllte es seinen Magen wie Ballast, und er fühlte sich danach etwas gestärkt.

Nicht weit von ihm lag noch immer der Kopf und verfolgte ihn mit seinem starren Blick. Guthrie rannte weg davon, hielt an, fluchte. Er hatte endgültig genug von diesem fauligen, unheimlichen Ding. Er ging zu einer der Birken und riß einen toten Ast ab. Den nahm er wie einen Schläger in beide Hände, ging zurück zum Kopf und verpaßte ihm von hinten einen Schlag. Der Kopf rollte und hüpfte über das blätterbedeckte Gras zum Teich. Er kullerte über einen Fels und plumpste dann ins Wasser. Schaukelnd, mit dem Gesicht nach unten, trieb er schließlich im Teich, wie ein grotesker Schwimmer an einer Angel.

»Verfluchter Mönch«, schrie Guthrie ihm nach. Er warf den Ast beiseite und stolperte fort durch die flüsternden Birken, so schnell ihn seine Beine noch tragen konnten.

Er entfernte sich vom Teich, lief einen grünen Abhang entlang und quälte sich weiter und weiter, bis seine Lungen brannten und nach Luft gierten.

Er hielt also an und beugte sich keuchend vornüber, die Hände auf den Knien. Als er sich etwas erholt hatte, richtete er sich auf und versuchte, in Ruhe nachzudenken. Die Slateberge lagen nun in seinem Rücken, und rings umher erstreckten sich hügelige Wiesen, hier und dort mit Bäumen bewachsen. Obwohl er immer noch nicht genau wußte, wo er sein könnte – seine blinde Flucht hatte ihn weit weggeführt von den Gegenden, die er kannte –, dachte er, daß er so ungeheuer weit noch nicht gelaufen war. Es war nur eine Frage der Zeit, bis ihn irgendein Abhang zum Esk oder gar zum Meer hinunterführen würde, und dann, da war er sich ziemlich sicher, würde er seinen Weg schon finden.

Davon abgesehen war das Bergablaufen das einzige, was er sich in diesem Moment noch zutraute, so daß eine andere Richtung gar nicht in Frage kam.

Den ganzen Morgen lang lief er über hügelige Bergwiesen und durch kleine Wäldchen. Manchmal zwangen ihn Krämpfe und Müdigkeit zum Halten, oder sein Schritt verlangsamte sich zu einem Taumeln. Nirgends sah er Anzeichen von Bekanntem, und einem Menschen begegnete er auch nicht. Das Land war leer und still. Vergeblich suchte er am Horizont nach der Rauchsäule eines Herdfeuers. Es gab keine fernen Geräusche von Bauern oder Pferden, keine Schreie der Schafhirten. Die Gegend war wie ausgestorben. Sogar die Tiere waren scheinbar stumm geworden. Am Himmel flog kein Vogel, nur hin und wieder eine Aaskrähe.

Die schreckliche Stille ließ ihn schaudern.

Und dann, als er um einige hoch aufragende, verwitterte Steine bog, sah er vor sich einen Bauernhof. Er stöhnte vor Erleichterung, stolperte nach unten und rief laut nach den Bewohnern.

Doch in dem Haus war niemand, im Inneren herrschte ein wüstes Durcheinander. Er konnte nicht erkennen, ob Seewölfe den Hof geplündert hatten oder ob der Bauer und seine Familie geflohen waren und in ihrer Hast alles aus dem Haus gerissen hatten, was sie tragen konnten. Es spielte keine Rolle. Der Hof lag trostlos da und verlassen.

Es war ein nettes, kleines Haus gewesen, mit einer Wohnstube in der Mitte, höhergelegenen Schlafräumen und einer mit Steinfliesen ausgelegten Küche. Guthrie lief zur Küche, und allein bei dem Gedanken, dort etwas Eßbares zu finden, lief ihm das Wasser im Mund zusammen. Doch kaum hatte er sie betreten, hörte er das Scharren von Ratten. Aus den Ecken des Zimmers starrten ihm kleine, dunkle Augen entgegen. Er spürte, wie sich sein Magen verkrampfte. Wenn überhaupt noch Nahrung hiergewesen war, dann hatten sie die Ratten inzwischen gefressen oder zumindest so sehr verdorben, daß er sie nicht mehr essen durfte.

Er ging hinaus. Für ihn war hier nichts geblieben. Doch gerade, als er auf der Türschwelle stand, hörte er hinter sich in der Wohnstube ein leises Winseln, wie von einem kranken Hündchen. Er drehte sich noch einmal um und schaute hinein. In der gegenüberliegenden Ecke lag ein umgekippter Tisch, daneben standen drei Stühle, einer davon umgedreht und mit den Beinen nach oben, als ob er tot wäre. Der Kamin war kalt und schwarz, davor lag ein leerer Kohlenkasten. Lange stand Guthrie so da und lauschte. Er konnte jedoch nichts hören außer dem emsigen Scharren der Ratten in der Küche.

Und dann hörte er es noch einmal, aus der gegenüberliegenden Ecke, hinter dem umgekippten Tisch. Ein leises Winseln, kein Zweifel. Mit klopfendem Herzen ging er hinüber, völlig unsicher, wer oder was solche Laute wohl ausstoßen konnte.

Hinter dem Tisch saßen zusammengekauert in der Ecke zwei kleine Kinder, die sich gegenseitig eng umschlungen hielten. Mit weit aufgerissenen Augen schauten sie ihn an, ihre kleinen Körper bebten vor Angst.

Guthrie war erleichtert. »Es ist schon gut«, sagte er mit beruhigender Stimme. »Ich will euch nichts tun. Ihr seid die ersten Menschen, denen ich seit langem …«

Die Kinder starrten ihn nur an und krallten sich verschreckt ineinander.

»Ich werde euch nichts tun«, wiederholte Guthrie. Es war

schwer zu sagen, wie alt die beiden waren. Vielleicht fünf oder sechs. Einer war größer als der andere, doch nicht viel. Sie waren vollkommen verdreckt, ihre Kleider zerrissen und verfault, die Haare hingen ihnen in filzigen Knoten ins Gesicht. Ob es Mädchen oder Jungen waren, ließ sich nicht erkennen. Guthrie war voller Mitleid für die armen Kinder. »Was ist hier geschehen? Wißt ihr, wo eure Mutter und euer Vater sind? Seid ihr verletzt?«

Noch immer starrten sie ihn nur an.

Er streckte seine Hand aus. »Kommt, ich will ...«

Das größere der beiden Kinder schnellte mit dem Kopf nach vorn, und seine kleinen, scharfen Zähne bohrten sich schmerzhaft in Guthries Handballen.

»Aaahh!« Guthrie riß seine Hand zurück, aus der Blut tropfte.

Die beiden Kinder rannten an ihm vorbei, und bevor er sich umdrehen konnte, waren sie aus dem Haus.

»Kommt zurück!« schrie er. *»Kommt zurück!«* Er lief ihnen nach. Vom Eingang sah er sie über den Hof rennen und einen Hügel hinauf, hinter dem sie verschwanden. »Kommt zurück!« rief er noch einmal. »Ihr Dummköpfe! Ich bin euer Fürst. Ich tue euch doch nichts. *Kommt zurück!*«

Doch es war sinnlos. Sie waren weg.

Guthrie blieb stehen und starrte in die Richtung, in die sie verschwunden waren. Er saugte das Blut von seiner Hand und fluchte leise. Er war Fürst, oh ja. Fürst über ein Land der Toten, ein Land, in dem die Kinder so verängstigt waren, daß sie die Hand bissen, die man ihnen helfend entgegenstreckte.

Ihm kamen die Tränen, und alles verschwamm vor seinen Augen. Wie hatte es zu so etwas Schrecklichem bloß kommen können? Vor zwei Tagen nur war das Leben hier noch in Ordnung, und alles machte Sinn. Jetzt machte überhaupt nichts mehr einen Sinn. Ihn durchlief eine Welle bitterer, ohnmächtiger Wut auf diejenigen, die dies angerichtet hatten.

Er wischte sich die Tränen aus den Augen und betrachtete den grünen Hügel, über den die Kinder geflohen waren. Er schaute, bis ihm die Augen weh taten, und hoffte, daß sie zurückkommen würden. Jetzt, da er wußte, daß es in diesem scheinbar verlassenen Land noch Menschen gab, wollte er nicht mehr allein sein. Er rief ihnen beruhigende Worte zu. Er ging zum Brunnen, schöpfte einen Eimer mit kühlem Wasser und hielt ihn in die Höhe, damit sie ihn sehen konnten. »Wasser«, rief er und versuchte sie zurückzulocken. »Köstliches, frisches Wasser.«

Doch alles war umsonst.

Schließlich mußte er es aufgeben. Er war viel zu müde, um hinter ihnen herzujagen. »Kleine Dummköpfe«, brummte er, bevor ihn wieder Mitleid überkam und er daran dachte, was die beiden wohl durchgemacht hatten.

Er trank aus dem Eimer, schöpfte noch einmal Wasser nach oben, wusch sich das Gesicht und trank noch einmal. Dann – was blieb ihm anderes übrig? – drehte er sich um und marschierte müde davon.

Er ging und ging, und die Müdigkeit trübte seine Gedanken. Mit hängendem Kopf sah er zu, wie er einen Fuß nach dem anderen auf den Boden setzte, sah zu, wie ihm das Gras um die Beine streifte. Es konnte gar nicht allzu weit sein bis zur Küste und nach Riverside, der größten Siedlung im Fürstental, dort, wo der Esk ins Meer mündete. Doch obwohl er nach bekannten Orientierungspunkten Ausschau hielt, fand er keine. Er hatte sich vollständig verirrt. In diesen Bergen oberhalb der Küste war er noch nie allein unterwegs gewesen und noch niemals zu Fuß. Seine Ausflüge in diese Gegend waren zu Pferd gewesen, stets in Begleitung anderer. Seine einzigen deutlichen Erinnerungen an diese Reisen waren die stierenden Gesichter der Bauern und ihrer armselig gekleideten Familien, als er und die anderen auf ihren Pferden vorüberritten. Pferde waren im Fürstental eine Seltenheit, und nur die vornehmsten Familien besaßen solche Tiere. Als er nun vergeblich umherspähte nach etwas Vertrautem, wünschte er, er hätte bei diesen früheren Besuchen mehr auf die Umgebung geachtet.

Er stolperte weiter, mit schmerzenden Beinen, halb gelähmt durch einen Stein, der ihm durch die Stiefelsohle in den Fuß geschnitten hatte. Weiter, immer nur weiter …

Und dann – er wußte nicht, wieviel Zeit vergangen war – bog er um einen steilen Hügel und stand plötzlich an einem Abhang. Unter ihm lagen Riverside und die glitzernden Windungen des Esk.

Guthrie kniff die Augen zusammen, schüttelte sich, blinzelte noch einmal und konnte es nicht fassen.

Als er am frühen Morgen in der Ferne das Kloster gesehen hatte, war es ihm tot und verlassen erschienen. Und obwohl sie an manchen Stellen beschädigt waren, hatte er die Klostermauern eindeutig wiedererkannt. Hier nun war das anders. Wo er nur einen Tag zuvor all die vertrauten Gebäude gesehen hatte – die Mühle der Sollydes, die Schmiede der Loews, den Familiensitz der Obarts, das große Spitzdach der Fürstenhalle –, da sah er nun nichts als verkohlte, schreckliche Ruinen.

Als er erkannte, was geblieben war, da überkam Guthrie Wut und Trauer.

Sein Großvater hatte diese Siedlung gegründet, erschaffen aus dem Nichts. Er hatte Siedler aus dem Süden gelockt, Schiffahrtsrouten mit dem weit entfernten Long Harbour eröffnet, gegen Entbehrungen gekämpft, gegen Unwetter und Katastrophen, und er hatte eine blühende, in jeder Hinsicht erfolgreiche Siedlung hinterlassen in diesem wilden Land des Nordens, wo andere vor ihm gescheitert waren. Riverside war die nördlichste befestigte Ortschaft, am weitesten entfernt von den dicht besiedelten Ländern des Südens. Und es war eine der wohlhabendsten.

Doch das war einmal. Die Menschen hatte man getötet, die Häuser niedergebrannt, alles von Wert gestohlen. Guthries Augen füllten sich mit bitteren Tränen. Das durfte nicht sein. Nichts, gar nichts konnte so etwas entschuldigen. Einschlagen wollte er auf all die, die dies getan hatten, vernichten wollte er sie, so wie sie da unten im Tal alles vernichtet hatten. Er wollte Rache.

Aber da war niemand, an dem er sich hätte rächen können.

Und dann sah er, wie sich zwischen den Ruinen Menschen bewegten. Erst hielt er sie für Überlebende, und er fühlte sich erleichtert. Doch die Sonne glitzerte auf blankem Metall, und er sah die leuchtenden Farben der Helmkämme aus Pferdehaar. Es waren die Seewölfe, die langsam zwischen den zerstörten Gebäuden hindurchgingen, beladen mit Säcken und Kisten.

Er folgte ihnen mit den Augen und bemerkte, daß sie zum Hafen marschierten. Angestrengt schaute er in die Ferne. Ja, dort waren die drei langen, schwarzen Schiffe der Seewölfe – wie große Meeresungeheuer lagen sie im ruhigen Wasser der Fürstenbucht. Er sah, wie zwischen Schiffen und Ufer Ruderboote hin und her fuhren und Männer und Beute an Bord brachten.

Sie machten sich also reisefertig. Sie verstauten ihre verbrecherische Beute, um davonzusegeln.

Etwas in Guthries Kopf ging entzwei. Tief in ihm schwelte quälend diese Ungerechtigkeit, daß diese Räuber und Mörder ganz frei und ungestraft entkommen sollten, sie, die nichts zurückließen als Elend und Trümmer und Tod. Er knurrte wie ein wildes Tier und rutschte den steilen Abhang hinunter, gedankenlos, blind, wütend. Er verlor den Halt, überschlug sich und landete am Fuß des Abhangs in einigen Büschen. Nachdem er sich aus ihnen befreit hatte, lief er weiter.

Immer wieder kämpfte er sich durch dichtes Gestrüpp, dann durch einen knietiefen, reißenden Bach, einen Zufluß des Esk. Am anderen Ufer rannte er weiter – keuchend, oft stolpernd, wild vor Wut –, überquerte niedergetrampelte Felder und erreichte schließlich die ersten Häuser der Siedlung.

Der Ort roch nach verkohltem Holz und verbranntem Fleisch. Allein der Gedanke daran verursachte Guthrie Übelkeit. Zu seiner Linken hörte er das Krächzen von Krähen. Als er sich umdrehte, sah er, wie eine Krähe über ihn hinwegflog und zum Himmel kreiste. Sie schaute zu ihm herab, respektlos, satt und behäbig. Guthrie streckte dem Vogel fluchend seine Faust entgegen, dann ging er in Richtung der Stelle, von der sie in die Luft gestiegen war. Er stolperte durch die mit Trümmern übersäten Wege, kam um eine Ecke und sah, was die Krähen angezogen hatte.

Die Leichen lagen wirr auf einem Haufen. Wie viele, das konnte er nicht sagen, und er wagte nicht, näher heranzutreten und sie zu zählen. Die Krähen und andere Aastiere waren bereits darüber hergefallen. In dem zerfetzten, blutigen Fleisch glänzten hier und dort die abgenagten Knochen.

Es waren Talbewohner, das war an der Kleidung deutlich zu erkennen. Er sah das Kleid zumindest einer Frau, genauer wollte er es nicht wissen. Und er sah die kleinen Arme und Beine von Kindern.

Guthrie stand nicht nahe genug, um irgend jemanden identifizieren zu können. Es machte keinen Unterschied. Im Herrschaftsgebiet des Fürsten lebten nicht mehr als dreihundert oder vierhundert Menschen, davon etwas weniger als die Hälfte in Riverside. Gleichgültig, wer auf diesem gräßlichen Haufen lag, er würde sie kennen oder sich zumindest an ihre Gesichter erinnern.

Mit gesenktem Kopf murmelte Guthrie für sie das Totengebet, damit ihre Seelen ruhen konnten: »Unversehrte Reise in die Dunkelheit, meine Freunde. Eine unversehrte Reise und glückliche Ankunft. Gegangen seid ihr aus der Welt der Lebenden ins Schattenland … um erneut zu *leben.*«

Lange Zeit stand er da und starrte auf die erbarmungswürdigen Überreste, dann drehte er sich um und eilte voller Wut zum Hafen.

In Guthries Kopf waren keine klaren Gedanken. Er wußte nicht, was er vorhatte, allein und völlig unbewaffnet, wie er war. Die Wut und Verzweiflung in ihm waren stärker als die Vernunft. Wie ein tollwütiger Hund war er, boshaft in seinem Wahnsinn, bereit, jeden anzufallen, der ihm über den Weg lief.

Doch als er schließlich den Hafen erreicht hatte, keuchend und schwitzend, war es zu spät. Rote Segel flatterten im Wind, und die drei dunklen Schiffe fuhren langsam hinaus aufs offene Meer. Guthrie wütete und schrie, ballte seine Fäuste, rannte hinunter zum Strand, warf Steine ins Wasser und sprang umher auf dem kiesbedeckten Ufer. Er rannte den Strand entlang und versuchte schreiend, mit den Schiffen Schritt zu halten. Dann stolperte er und fiel vornüber in die Brandung.

Auf dem Schiff, das ihm am nächsten war, lehnten sich die Seewölfe über die Reling und lachten. Ihre höhnischen Stimmen schallten über das Wasser, leise zwar durch die Entfernung, doch noch immer deutlich genug.

Mühsam kam Guthrie in die Höhe. An seinen Beinen brachen sich die eisigen Wellen, und er weinte hilflos, während die Schiffe der Seewölfe mit unverschämter Ruhe immer weiter aufs Meer hinausfuhren.

Es war fast Abend, bis er sich wieder vollständig gefaßt hatte.

Guthrie sah sich um. Im Westen hing die Sonne groß und rot über dem Wasser, zum Teil verdeckt durch dunkle Wolken. Er kniete sich auf den Kiesstrand. Ruhig war das Meer, und vom Halbrund der Fürstenbucht erstreckte es sich wie eine riesige, glatte Fläche bis ans Ende der Welt. Die Schiffe der Seewölfe waren nicht mehr zu sehen.

Hinter Guthrie lag Riverside, still wie ein Friedhof.

Und genau das war es ja geworden, überlegte er verbittert.

Er brauchte eine Weile, bis er die nötige Kraft hatte, um sich zu bewegen. Welchen Sinn hatte das noch? Alles war ihm genommen. Er war allein unter Toten.

Schließlich bewegte er sich doch. Er spürte die Kälte des Abends und fröstelte im Meereswind. Langsam, mit unsicheren Schritten wie ein Greis, ging er zur Siedlung zurück.

Sein Mund war ausgetrocknet wie altes Leder, also lief er zuerst zum Dorfbrunnen und schlürfte kühles Quellwasser aus der vertrauten Kelle. Doch er vermißte die anderen, die Frauen und Mädchen, die sich hier trafen, um Klatsch zu verbreiten, die jungen Männer, die in der Nähe standen und laut prahlten, damit die Mädchen es hören konnten. Diese alten, vertrauten Dinge standen ihm klar und lebendig vor Augen, und Guthrie glaubte beinahe, daß er nun in einem schrecklichen Traum lebte und sich an das Wachsein und die Wirklichkeit erinnerte.

Aber nein, das zerstörte Riverside, das er da sah, war nur allzu wirklich.

Er setzte die Kelle ab und ging weg vom Brunnen. Zu seiner Rechten sah er die Überreste der Fürstenhalle. Sogar niedergebrannt und zertrümmert, wie sie nun war, überragte sie noch immer die Ortschaft. Guthrie schluckte. Langsam ging er darauf zu.

Die Ruinen verbreiteten denselben stechenden Geruch wie alles in der Siedlung. Guthrie stand vor den Trümmern und spürte, wie ihm noch einmal die Tränen kamen. Geliebt und gehaßt hatte er die Fürstenhalle, denn sie war sowohl Zuhause gewesen als auch Gefängnis. Nun jedoch überwog seine Liebe. Wie hatte er die starken, klaren Linien bewundert, die Art, wie das Dach steil nach oben zulief, und die aufwendigen Schnitzereien an den Giebelbalken.

Guthrie stieg über den rußig schwarzen Schutt, der im zerstörten Eingang lag, und ging langsam hinein. Das Dach war zusammengebrochen und lag als wirrer Trümmerhaufen im einstigen Großen Saal. Guthrie stützte sich mit einer Hand an eine verkohlte Säule. Sie stand nun schräg und gesplittert dort, wo sie einmal stolz emporgeragt war, als eine der sechs Säulen des Großen Saals. Und jede war von oben bis unten verziert gewesen mit kostbaren, aufregenden Schnitzereien, die er als Junge erforscht hatte. Zu den Figuren, die dort ins Holz geschnitzt waren, hatte er sich Geschichten erzählt – zu all den Reitern, fliegenden Falken und den großen, Wasser speienden Walen.

Mit seinen Fingern fuhr Guthrie über die undeutlichen Reste der verkohlten Ornamente. Er konnte nichts mehr erkennen. Wie alles andere hatte man ihm auch dies geraubt. Und der Große Saal selbst war so vollständig und hoffnungslos zerstört wie die Säule unter seiner Hand. Er erinnerte sich an alles, wie es in seiner Kindheit und Jugend gewesen war: an das Kaminfeuer in der Mitte, an die Säulen, die so dick waren wie Baumstämme, an seinen Vater, der am anderen Ende des Saals auf dem Thron gesessen war und hier Versammlungen abgehalten hatte, wie Guthries Großvater vor ihm. Hier hatte sich an jedem Neumond die Volksversammlung getroffen. Hier kamen sie zusammen, die Familien der Fünf und der Sieben, die führenden Familien der Siedlung. Hier traf man alle wichtigen Entscheidungen und sprach Recht über die wenigen, die schwere Verbrechen begangen hatten.

Meistens standen solche Verbrecher verschüchtert da, und sie akzeptierten kleinlaut den Urteilsspruch des Fürsten als das, was sie verdient hatten. Doch Guthrie erinnerte sich an einen Fall aus seiner Kindheit, als der Angeklagte – ein kleiner, stämmiger Mann mit langem, schwarzen Bart – wütete und wüste Drohungen ausstieß, als man ihn verbannte und zum Gesetzlosen erklärte. Ein Schäfer war es gewesen, der einen anderen Mann wegen einer Frau getötet hatte oder etwas in der Art. Guthrie erinnerte sich genau an die Szene, obwohl er nicht älter gewesen sein konnte als zehn oder vielleicht elf Jahre. Der Mann hatte geschrien, und in einem Handgemenge wurde er aus dem Saal gezerrt. Am deutlichsten erinnerte sich Guthrie an die Befriedigung, die sie hinterher alle verspürten. Gemeinsam und entschlossen hatten sie für ihre Sicherheit gesorgt und die Gefahr durch solch einen Rechtsbrecher erfolgreich beseitigt.

Als Guthrie durch die Trümmer ging, stand ihm alles so klar vor Augen, daß es geradezu weh tat. Er sah, wie die Leute durch die große Doppeltür zu den Volksversammlungen hereinkamen, wie sie für dieses besondere Ereignis ihre vornehmsten Kleider trugen. Wie meist sehr lebhaft oder gar hitzig debattiert wurde. Er dachte an den Fürsten Garth, seinen Vater, der ein aufsässiges Ratsmitglied brüllend zur Ruhe mahnte. Er erinnerte sich an die harmlosen Beleidigungen, die zwischen den Familien hin und her gingen, an das Gelächter, an die komplizierten, oft fruchtlosen, aber immer interessanten Diskussionen, mit denen die führenden Familien das soziale und politische Schicksal des Fürstentals mitbestimmten.

Guthrie schüttelte seinen Kopf und seufzte und blinzelte sich Tränen aus den Augen.

Und irgendwo unter den Haufen von schwelenden Trümmern lag der Thron. Guthrie erinnerte sich nur allzu deutlich an seine bitteren Enttäuschungen, die er – der zweite Sohn des Fürsten – erlebte, als während der Sitzungen sein Bruder Garrett hinter dem Vater am Thron stand. Und wie er so dastand, war Garrett schon ganz der junge Fürst: in scharlachrotem Umhang, dunkelhaarig und kräftig gebaut wie Guthrie selbst, scharfsichtig und gerissen. Guthrie hatte ihn gehaßt mit dem schwarzen, eifersüchtigen Haß der Jugend. Doch er hatte ihn auch geliebt – die Art, wie er dort neben dem Thron stand, stolz wie ein Falke.

Nun … dies alles war Vergangenheit, und er, Guthrie, war nun Fürst – so, wie er es sich immer erträumt hatte.

Fürst Guthrie Garthson.

Halb betäubt und träumend stolperte Guthrie dorthin, wo der Thron liegen mußte. Er stieg über Trümmerteile und schaufelte zersplittertes, schwarzes Holz und warme Asche beiseite, bis er ihn fand. Oder das, was davon übriggeblieben war. Die kunstvoll geschnitzten Armlehnen waren halb abgerissen, zerbrochen und verkohlt. Die gesamte Rückenlehne war abgefallen. Nur die Sitzfläche selbst und die Beine aus altem Eichenholz und fast so hart wie Stein waren annähernd heil geblieben.

Guthrie setzte sich und streifte mit seinem Blick langsam durch den Saal.

Es wurde dunkel, und die übriggebliebenen Mauern warfen schwarze Schatten. Doch vor seinem geistigen Auge konnte er alles so sehen, wie es einmal gewesen war: das tanzende Licht der Fackeln, die Leute, die sich mit ungeduldigen, geröteten Gesichtern versammelt hatten und sich auf die kniffligen Tagespunkte der Sitzung freuten wie die jungen Lachse auf das Meer. Und er sah seinen Vater, auf dem Stuhl, auf dem er nun saß, wie er seine Arme hob und rief: »Die Versammlung mag nun beginnen. Sind alle anwesend?« Es folgte das Ritual, mit dem er nach den Familien fragte, zuerst nach den Fünf, den Landbesitzern – den Charrers, Obarts, Meriths, Villerings und Tylisses. Dann nach den Sieben, den Handwerkerfamilien – den Owins, den Hones, den Loews und so weiter, bis sie alle aufgezählt waren.

Schließlich erhob sich Fürst Garth, und während alle Augen auf ihn gerichtet waren, sagte er: »Ich erkläre diese Versammlung für … *eröffnet.*«

Guthrie holte tief Luft. Langsam erhob er sich, stand auf zitternden Beinen und spürte in seinen Kniekehlen den Rand des Eichenthrons. Er hob seine Arme, genau so, wie er es bei seinem Vater so viele Male gesehen hatte, und sagte mit heiserer, flüsternder Stimme: »Ich erkläre diese Versammlung für … *eröffnet.*«

Doch der Saal lag vor ihm in tödlicher Stille, dunkel und trostlos. In der Ferne krächzte wie zum Spott eine Krähe: *Kraah Kraaahh.*

»Vater«, flüsterte Guthrie. »Oh, *Vater* …« Dann sprang er

weg vom Thron und stolperte davon. Er konnte es nicht länger ertragen. Alles, alles wurde ihm gegeben, um dann, nur Stunden später, zwischen seinen Fingern zu zerrinnen.

Irgendwo lag die Leiche seines Vaters, ein Fressen für Krähen, Füchse und Würmer, ebenso wie die Leiche seines Bruders. Und irgendwo lag auch die Leiche seiner Mutter und die Leichen aller anderen – Guthrie hatte keine Überlebenden gesehen. Die Seewölfe, so schien es, hatten alle getötet.

Er erinnerte sich an die Katastrophe im Kloster und verfluchte noch einmal den Abt und mit welch gleichgültiger und fataler Dummheit er sie im Stich gelassen hatte.

Tot, alle waren nun tot.

Durch die Erinnerung an den Abt fiel Guthrie plötzlich wieder der gräßliche, unheimliche Kopf ein und der Traum, den er davon hatte: wie er umherirrte und sich unerbittlich der Boden unter seinen Füßen auflöste, während der Kopf ihm unverständliches Zeug erzählte. Guthrie schauderte und versuchte, die Erinnerung zu verscheuchen. Aber er fühlte sich, als würde ihm tatsächlich der Boden unter den Füßen wegbrechen. Nur er war noch am Leben. Riverside und das gesamte Fürstental war nichts mehr als ein schreckliches Land der Toten.

Durch den zerstörten Eingang ging er hinaus in die kühle Luft. Inzwischen war es vollständig dunkel geworden. Über Guthries Kopf funkelten die Sterne, kalt und unendlich weit weg und noch immer wunderschön. Ewig waren sie, unnahbar und unberührt vom menschlichen Elend.

Guthrie senkte den Kopf und weinte. Vom Firmament fallen sollten die Sterne, die Welt in tausend kleine Stücke brechen … Es schien ihm, daß die Großen Mächte selbst – jene gewaltigen Kräfte, die die Welt bewegten und allem Leben gaben – ganz und gar versagt hatten, wenn solch grauenhafte Dinge geschehen konnten.

Er wünschte, daß durch die Seewölfe tatsächlich das komplizierte Gleichgewicht der Welt aus den Fugen käme. Dann müßten die Großen Mächte wie ein Pendel zurückschlagen und die Seewölfe für das bestrafen, was sie im Fürstental angerichtet hatten.

Doch in seinem Herzen wußte er, daß dies nie geschehen würde.

Er hatte Leute gekannt – größtenteils einfache Schäfer und Fischer und dergleichen –, die Bilder herstellten und dieser oder jener Macht Gestalt gaben: Luan, dem Gott des Windes, geflügelt und wild, oder der Flußgöttin Kaila, die vielerlei Gestalt annehmen konnte. Doch Guthrie wußte, daß solche Bilder nicht die Wahrheit offenbarten. Die Großen Mächte waren gewaltiger oder geringer oder einfach anders als die Bilder aus Menschenhand. Die Mächte waren … sie selbst.

Wie starke, unsichtbare Strömungen waren sie, unter glattem Wasser, nur daß das Wasser die gesamte Welt darstellte.

Guthrie schüttelte sich, als ob er sie halb spüren konnte. Dieselbe Macht, die das Wasser durch das Flußbett lenkte, ließ auch in seinen Adern das Blut pulsieren. Das, was die Donnerwolken zum Grollen brachte, nährte auch seinen Zorn. Doch obwohl ihn die Großen Mächte bewegten wie einen flatternden Wimpel im Wind, gab es für ihn nichts, an das er sich hätte wenden können. Die Sprüche der einfachen Leute vor ihren kleinen Bildern – »Räche mich, oh mächtiger, geflügelter Luan!« –, sie bedeuteten ihm gar nichts.

Keine große Gerechtigkeit würde sich auf die Seewölfe niedersenken. Diejenigen, die sie ermordet hatten, traten nun ihre lange, letzte Reise an ins Schattenland, um dort irgendwann wieder aufzuerstehen, vielleicht zu einem glücklicheren Leben. Und Jahre später einmal läge alles in ferner Vergangenheit: Die Seewölfe waren gekommen und ungestraft wieder fortgezogen.

Guthrie stolperte weg von der zerstörten Halle. Er fühlte sich, als ob sein Herz gleich brechen müßte.

Die einst vertrauten Gassen von Riverside waren ein schwarzes Gewirr aus den verkohlten Trümmern der niedergebrannten Häuser. In der Dunkelheit verlor Guthrie die Orientierung, lief bald diesen Weg, bald jenen, bis er plötzlich an den Rand der Ortschaft gelangte, dorthin, wo die Mühle der Meriths stand. Die Mühle war ausgebrannt wie alle anderen Gebäude auch. Geblieben war ein Skelett von schwarzen Balken, das zusammengebrochen und auf die Straße gekippt war. Allein der mächtige Mühlstein lag noch an seinem ursprünglichen Platz. Ganz in der Nähe sah Guthrie durchnäßte Säcke mit ungemahlenem Hafer. Die Säcke waren aufgeschlitzt und die Körner vollkommen verdreckt. Alles stank nach Kot und Urin.

Mit ohnmächtiger Wut ballte Guthrie seine Fäuste.

Wem nützte diese völlige, sinnlose Zerstörung? Was für Menschen waren das, diese Seewölfe, daß sie alles, aber wirklich alles zerstören mußten?

Niemand von denen, die hier lagen, hatte solch ein schreckliches, unmenschliches Strafgericht verdient.

Guthrie dachte an die Seewölfe, die ihn von der Reling ihres Schiffs höhnisch ausgelacht hatten, während sie gemächlich davonsegelten. Allein bei dem Gedanken übermannte ihn ohnmächtige Wut. Sie waren verschwunden und auf ihren Schiffen in Sicherheit. Und wer wußte, wohin sie auf dem gewaltigen Meer segeln würden, welches Land sie ihre Heimat nannten?

Sicher lachten sie noch immer über ihn.

Doch als er da stand, mit dem dröhnenden, spöttischen Gelächter in seinem Kopf, da verwandelte sich Guthries traurige Wut in etwas ganz anderes.

Es waren Menschen, diese grausamen, verfluchten Seewölfe.

Wohin sie auch gingen, er konnte ihnen folgen.

Er wußte nun, was er zu tun hatte.

Nach Süden. Ja, dorthin zuerst. Er würde in den Süden reisen, in die besiedelten Länder. Nach Long Harbour, vielleicht. Die Leute da unten würden etwas wissen. Irgend jemand mußte von diesen Seewölfen bereits gehört haben.

Es konnte Jahre dauern, bis er ihre Spur fand. Er stöhnte bei dem Gedanken. *Jetzt* wollte er sie vernichten. Aber wenn es denn Jahre dauern sollte … nun gut. Er würde es trotzdem tun. Was sonst war ihm in diesem Leben geblieben?

Guthrie fühlte, wie sein Herz nun stärker schlug. Das war sein Land, das sie zerstört, sein Volk, das sie getötet hatten. *Ihm* hatte dies alles gehört. Er würde ihnen nachstellen wie ein Jäger einem Rudel Wölfe. Er würde ausdauernd sein, ohne Gnade. Er sah sich selbst, wie er, abgemagert und gefährlich, nach langen Jahren die Seewölfe zur Strecke brachte.

Diese verdammten Mörder sollten bezahlen, sie sollten den Tag bereuen, an dem sie das Fürstental betreten hatten. Oh ja, … er würde seine Rache schon bekommen.

Rache.

Das Wort klang süß in seinen Gedanken.

Rache!

IV

In den vielen Gräben und Senken der Mirahöhen wuchs dichtes Gestrüpp, und nur langsam kam Alia voran. Es gab weit einfachere Wege zum Jägerlager, doch dieser hier war der sicherste. Sie vertraute darauf, daß ihr durch diese Wildnis niemand folgen konnte. Immer wieder blieb sie stehen, zitternd vor Erschöpfung. Doch zumindest hatte der Regen aufgehört, und der anstrengende Marsch hatte sie getrocknet und gewärmt.

Bevor sie sich in ein besonders dichtes Gestrüpp wagte, hielt sie an, um in Ruhe durchzuatmen. Sie fuhr sich mit einer Hand über ihr geschwollenes Gesicht. Die Berührung ihrer Finger genügte, daß es vor Schmerz pochte wie ein kranker Zahn. Viele Jahre war es her, seit sie Ähnliches gespürt hatte. Bedrückende Erinnerungen stiegen in ihr hoch – an das ärgerliche Gebrüll ihres Vaters, an den harten Schlag seiner Hand.

Diese verfluchten Banditen würden noch bereuen, was sie ihr angetan hatten. Das schwor sie sich mit heiligem Ernst. Sie hatten sie geschlagen, mit noch viel Schlimmerem im Sinn, und hatten mühsam begrabene Erinnerungen wieder in ihr losgetreten. Und sie hatten etwas ganz Einzigartiges zerstört.

Was wäre wohl geschehen, wenn jene erste, zerlumpte Bande nicht plötzlich im Wolkennebel aufgetaucht wäre und die Fey vertrieben hätte? Ihr ganzes Leben, so schien es ihr, hatte sie sich nach einer solchen Begegnung gesehnt. Und diese verfluchten Narren hatten alles verdorben!

Doch ihre große Wut war vermischt mit Erschöpfung und Schrecken und etwas, das sie nicht benennen konnte. In ihrem Kopf wirbelten böse Erinnerungen: die stierenden Gesichter der Banditen im Nebel; der Anführer, mißgestaltet wie ein Troll, der sich auf sie stürzte; die fettigen Haare seines Barts; die warme, sprudelnde Nässe seines Bluts; der elegant gekleidete Mann mit den Juwelen und sein absonderlicher, juwelenbesetzter Totenschädel; der Fey im Gebüsch (hatte sie ihn wirklich gesehen? Sie war sich nicht mehr sicher ...) und das unheimliche und rätselhafte Dämonenwesen.

Daß der Dämon sie entführt hatte, daran bestand kein Zweifel. Noch immer schmerzte ihre linke Hand, und wieder und wieder untersuchte sie zwanghaft die Zeichen, die dort in ihr Fleisch geritzt waren. Was mochten sie bedeuten? Sie wußte es nicht.

Alia konnte nicht aufhören, stets aufs neue die Ereignisse des vergangenen Tages zu überdenken – Sethirs gerissenes Doppelspiel, das Erscheinen des Dämonen, wie dieses Wesen sie unverhofft rettete –, und sie versuchte, in dem Ganzen einen Sinn zu erkennen. Doch auch dies wollte ihr nicht gelingen.

Alia versuchte, all das aus ihren Gedanken zu verbannen. Zu vieles an den Ereignissen war ihr unheimlich und schleierhaft. Statt dessen wollte sie sich auf ihre Bewegungen konzentrieren, auf jeden Schritt und jede Biegung des Wegs.

So mühte sie sich den ganzen Tag lang weiter, langsam und müde und manchmal halb blind durch die Gedanken, die ihr im Kopf herumgingen.

Gegen Nachmittag, als sie die tiefer gelegenen Hänge erreichte, begann sich das dichte Gestrüpp zu lichten. Nun waren es vor allem Birken, die auf den Wiesen standen, dazwischen einige dickstämmige Ahornbäume. Der Ahorn glühte wie ein sanftes Feuer in den Rot-, Gold- und Purpurfarben des frühen Herbsts.

Nach einem ermüdend langen Aufstieg erreichte Alia einen markanten Hügelkamm, stieg auf der anderen Seite wieder hinunter, und durch ein Gestrüpp von Silberbirken erreichte sie den Birkenrutenteich, der allen Jägern gut bekannt war. Er lag abseits der Wege, die die gewöhnlichen Bewohner des Fürstentals einschlugen, und das saubere, eiskalte Wasser war reich an fetten Regenbogenforellen. Oft versteckten sich die Fische unter den Felsen am Ufer, man mußte nur wissen, wo sie zu finden waren.

Keuchend lehnte sich Alia gegen eine der dünnen, im Wind flüsternden Birken, die den Teich umsäumten. Die Nachmittagssonne hing halb verdeckt hinter einer Wolkenbank, und Lichtstrahlen spiegelten sich glitzernd und tanzend auf der Wasserfläche. Sie fühlte sich plötzlich kalt und müde, und dennoch war sie glücklich über den vertrauten Anblick des Teichs.

Sie lief zum grasbewachsenen Ufer, sank am Wasser auf die Knie, schöpfte mit der hohlen Hand das kalte Naß und ließ es über Hals und Gesicht laufen. Dann trank sie, und mit einem erleichterten Seufzer setzte sie sich nieder.

Jetzt etwas zu essen.

Lautlos kroch sie am Ufer entlang, achtete auf jeden ihrer Schritte und auch darauf, daß ihr Schatten nicht übers Wasser fiel. Alia hatte hier früher schon gefischt und kannte die Geheimnisse dieses Teichs. Sie ging zum schmaleren, tieferen Ende, wo zwei große, flache Felsen über Kreuz lagen. Vorsichtig legte sie sich auf ihrem bevorzugten Stein auf den Bauch und ließ ihre rechte Hand – nicht die zerschnittene und schmerzende linke – ins Wasser gleiten. Alles machte sie langsam und bedächtig und achtete nicht auf die betäubende Kälte des Wassers.

Ganz behutsam langte sie mit ihren Fingern in den Schatten unter dem Fels, wo sie eine noch dunklere Form bemerkt hatte. Blitzschnell, mit einer gewandten, katzenartigen Bewegung riß sie die Forelle an den Kiemen aus dem Wasser.

Alia senkte ihren Kopf und sprach leise: »Daß du mir dein Leben gabst, dafür danke ich dir, mein Freund.« Dann hielt sie den Fisch an ihr Gesicht, biß ihm direkt hinter dem Kopf ins Rückgrat und beendete sein zappelndes Elend. Gerne hätte sie ein Feuer gemacht, wegen der Wärme und weil roher Fisch nicht gerade zu ihren Lieblingsspeisen zählte. Aber sie hatte schon Schlimmeres gegessen und wollte an diesem Ort keine unnötige Zeit verlieren. Essen und Wasser und eine kurze Pause, das war alles, was sie sich erlauben würde. Dann mußte sie weitergehen. Das Laufen würde sie warmhalten, und, wenn sie sich anstrengte, schaffte sie es bis zum Jägerlager noch vor Einbruch der Dunkelheit.

Sie biß in das nasse Fischfleisch und schluckte es halb gekaut hinunter, denn die Bewegung ihrer Kiefer ließ ihr geschwollenes Gesicht erneut heftig schmerzen. Ganz in ihrer Nähe entdeckte sie einen Busch mit Johannisbeeren, der vom hohen Gras fast ganz verborgen war. Sie waren schrumpelig und überreif, doch um wie vieles köstlicher schmeckten sie als der Fisch! Ein Schluck des eisig kalten Wassers, einige Bissen von der Forelle, die letzten Beeren, noch einmal Wasser. Sie fühlte, wie die Nahrung ihr neue Kräfte gab.

Sie saß in der Hocke, kaute und blickte über den Teich. Die Felsen am gegenüberliegenden Ufer spiegelten sich perfekt im Wasser, wie die beiden gleichen Hälften eines einzigen Steins. Als sie diese Felsen jedoch näher betrachtete, sah Alia plötzlich noch etwas anderes, etwas, das träge und knapp unter der Oberfläche schaukelte. Neugierig stand sie auf, stöhnte wegen ihrer verspannten Glieder und ging hinüber.

Es hing untergetaucht im Wasser, ein seltsames, dunkles Ding, rund wie ein großer Kürbis. Alia warf die Gräten der Forelle zurück ins Wasser, damit sie die kleinsten Teichbewohner noch vollständig abnagen konnten, dann streckte sie ihren Arm aus.

Zuerst dachte sie, daß es tatsächlich eine Art halb verfaulter Kürbis war, und dann, daß es vielleicht ein kleines, pelziges Tier sein könnte, das in den See gefallen und ertrunken war.

Es war keines von beidem.

Als Alia das glatte Haar sah und die schlaffe, weiße Haut des Gesichts, schleuderte sie es bebend zurück in den Teich.

Wie, im Namen der Großen Mächte, war dieses gräßliche Ding hierhergekommen? Alia zitterte am ganzen Körper. Der verfaulende Kopf weckte grauenhafte Erinnerungen an den Totenschädel des Mannes mit den Juwelen.

Der Kopf schaukelte träge im Wasser, gerade außer Reichweite, und Alia verfluchte ihre eigene Dummheit. Da sie ihn nun einmal gefunden hatte, konnte sie ihn nicht einfach hierlassen – gleichgültig, wie sehr sie sich davor ekelte. Jemand war hier ermordet worden, und sie mußte die Volksversammlung davon unterrichten. Den Täter erwarteten Gesetzlosigkeit und Verbannung.

Sie schaute sich um, und in einem Fleck weicher Erde sah sie die Spuren kleiner Bergbewohner, die hier ans Ufer gekommen waren, um zu trinken: einige Kotkügelchen von Berghasen und der zierliche Hufabdruck eines jungen Rehs. Aber dort, einige Schritte weiter, war etwas Großes zum Wasser gegangen und hatte sich am Ufer niedergelegt. Ein Mensch, den Spuren nach zu urteilen. Vielleicht heute morgen. Doch sie konnte kein Blut sehen oder andere Anzeichen irgendeines Kampfes.

Alia schüttelte verständnislos den Kopf, zog ihre hohen Jagdstiefel aus und watete hinaus in das eisige Wasser, um das Ding wieder an Land zu holen. Schön sah es nicht aus. Kleine Fische und Krebse hatten sich bereits daran zu schaffen gemacht: von Backen und Stirn lösten sich zerfetzte, aufgeweichte Fleischfasern, und auf einer Seite sah man schon einen Teil der Kieferknochen. Die Augen waren nichts als leere, schleimige Höhlen. Der Kopf stank – naß, stechend, faulig.

Unmöglich zu sagen, wer das gewesen war.

Alia durchlief ein heißer Schauer von Unmut. Nach allem, was sie durchgemacht hatte … jetzt auch noch das! Allein der Gedanke, vor die Volksversammlung des Fürstentals treten zu müssen, war für sie kaum zu ertragen. Drei lange Jahre war es her, seit sie Riverside das letzte Mal betreten hatte, und sie spürte nicht die geringste Lust, die Siedlung jetzt wiederzusehen. Andererseits wußte sie gut genug, was in einer solchen Situation das Gesetz von ihr verlangte. In der Volksversammlung in der Fürstenhalle mußte sie vor Fürst Garth treten und als Zeugin Aussagen machen zu diesem Mordfall. Und was den abgeschlagenen Kopf betraf … So unangenehm es ihr auch sein mochte, sie mußte ihn als Beweisstück mitnehmen.

Doch ihr Widerwille wurde immer größer. Ihre Hand, die den Kopf an den nassen Haaren hielt, begann zu zittern. Bevor sie recht wußte, was sie tat, hatte sie das gräßliche Ding zurück in den See geschleudert.

Alia starrte ungläubig über den Teich, wo der Kopf sich träge im Wasser drehte. Wieso hatte sie das getan? Nun müßte sie noch einmal ins Wasser gehen.

Doch jetzt, obwohl sie es wirklich versuchte, konnte sie sich nicht dazu überwinden, ein zweites Mal in den Teich zu steigen. Kaum spürten ihre Zehen die kalte, glitschige Oberfläche eines Felsens unter Wasser, da machte sie mit dem anderen Fuß schon wieder einen Schritt zurück, und plötzlich, auf unerklärliche Weise, fand sie sich mit beiden Füßen im Gras wieder.

Sie zitterte und rieb ihre verletzte linke Hand. Immer wieder durchzuckten sie schmerzhafte Stiche, als ob sie jemand mit unsichtbaren Nadeln durchbohrte. Sie wirbelte herum. Fast hatte sie erwartet, hinter sich das Dämonenwesen zu sehen oder sonst etwas Unheimliches – vielleicht undeutliche, finstere Schatten zwischen den Birken.

Aber da war nichts. Nicht einmal der verstohlene Blick eines Fey. Auch auf dem Teich war nichts zu erkennen – keine Wellen, das Wasser glatt wie Glas. Keinen Laut konnte sie hören, nur das leise Flüstern der Bäume.

Hastig, mit klopfendem Herzen, schnappte sie ihre Stiefel und rannte davon.

Erst als sie den Teich weit hinter sich gelassen hatte, machte sie halt und zog ihre Stiefel an. Sie war verärgert und kam sich ziemlich dumm vor. Wie sollte sie das Charrer Mysha und den anderen nur erklären? Oder der Volksversammlung, falls es dazu kommen sollte?

Sie spannte ihre linke Hand, die nicht mehr stach, sondern dumpf pulsierte. Dann machte sie kehrt, um zum Teich zurückzugehen, doch sie – sie, die diesen Weg so oft gegangen war! – wurde plötzlich unsicher, welche Richtung sie einschlagen sollte.

Es war so lächerlich, daß sie wütend wurde.

Sie probierte es noch einmal, doch es war sinnlos. So sehr sie sich auch konzentrierte – nach einigen unsicheren Schritten mußte sie aufgeben, völlig hilflos.

Mit zitternden Fingern schrieb Alia ein Schutzzeichen in die Luft. Sie verstand überhaupt nichts mehr. Um nichts in der Welt wollte sie diesem unheimlichen Zwang nachgeben, der sie hier forttrieb. Doch wie es schien, hatte sie gar keine Wahl. Sie konnte nichts weiter tun, als den Teich und den unheimlichen Kopf, der dort im Wasser trieb, zu verlassen.

Also machte sie sich auf den Weg. Ihr war schlecht, ihr Magen krampfte sich zusammen. War die Welt denn vollkommen verrückt geworden? Lenkten die Großen Mächte nicht mehr ihre Geschicke? Selbst wenn die Sonne jetzt vom Himmel fallen würde, könnte sie das nicht mehr überraschen.

Aber sie konnte nichts tun, um irgend etwas daran zu ändern.

Da ihr also keine andere Wahl blieb, nahm sie den letzten Teil ihres Wegs in Angriff. Wenn sie sich beeilte, konnte sie das Jägerlager vor Einbruch der Dunkelheit erreichen. Sie hatte endgültig genug von Angst und Verwirrung, von brutalen, hinterlistigen Banditen, unheimlichen Dämonen, rätselhaften, abgeschlagenen Köpfen und unerklärlichen Zwängen, die ihre Schritte lenkten.

Wie ein Jagdhund folgte Alia ihrem Weg und dachte an das warme Feuer, heißen Pfefferminztee und die bekannten Gesichter. Sie schleppte sich weiter, um endlich wieder dort zu sein, wo alles sicher war und vertraut.

Das Versteck der Jäger lag in einer Schlucht in den Mirahöhen, dort, wo sich die Hochebene mit einem gewaltigen Ausläufer aus Felsen und Tannen zur Küste senkte. Nur jene, die den Weg genau kannten, hatten eine Chance, die Schlucht zu finden. Alias Schrecken war daher groß, als sie plötzlich deutliche, frische Spuren entdeckte – viele waren es und eindeutig die Abdrücke von festen Stiefeln, nicht von den weichen Sohlen der Jäger.

Sie stand in der kühlen Abendluft und spürte die Angst, die ihren Körper durchlief. Sie konnte es nicht glauben. Banditen? War *dies* der Grund, weshalb ihre Entführer über die Jäger nur gelacht hatten? Kam sie mit ihrer Warnung schon zu spät? Alia dachte an den abgeschlagenen Kopf im Birkenrutenteich und schüttelte sich. In Gedanken sah sie die Schuppen, Zelte und Trockengestelle des Jägerlagers in Trümmern, sah schrecklich zugerichtete Leichen mit abgetrennten Köpfen. Sammelten die Banditen etwa diese gräßlichen Trophäen?

Sie wollte nicht daran denken.

Nach allem, was sie durchgemacht hatte, um sich bis hierher durchzukämpfen, konnte sie den Gedanken nicht ertragen, daß ihr dieser Fluchtpunkt, dieser sichere Unterschlupf nun auch noch genommen war. Es fehlte nicht viel, und sie wäre zusammengebrochen. Sie spürte, wie ihr Tränen in die Augen traten, und blinzelte sie wütend beiseite.

Was sollte sie nun tun?

Der Weg war eindeutig zertrampelt. Wer konnte wissen, ob jene, die diese Spuren hinterlassen hatten, nicht da vorn im Hinterhalt lagen und nur darauf warteten, daß sie nichtsahnend daherkäme?

Ihr lief es kalt den Rücken hinunter. Vielleicht wurde sie jetzt, gerade in diesem Moment, bereits von gierigen Augen beobachtet?

Vor ihr wand sich der Weg in Kurven nach oben und verschwand schnell zwischen Tannen. Zu beiden Seiten ging es steil bergan, und auch hier standen die Bäume dicht. In der wachsenden Dämmerung versanken die Tannen am Wegrand in schwarzblauen Schatten. Ihr Herz pochte. Alia verließ hastig den Weg und tauchte in das schützende Dunkel.

Sie fühlte sich nun sicherer und lehnte sich keuchend gegen eine Kiefer. Wieso sollten die Banditen bloß das Jägerlager überfallen? Sie konnte, sie *wollte* es nicht glauben.

Aber die Spuren hatte sie gesehen, daran gab es keinen Zweifel.

Alia senkte müde ihren Kopf, unsicher, wie sie nun vorgehen sollte. Ihr geschwollenes Gesicht pochte schmerzhaft, ihre linke Hand begann schrecklich zu jucken, ihre Glieder waren bleiern vor Erschöpfung. Die Vorsicht verlangte eigentlich, daß sie umkehrte und nach Riverside ging, wo sie auf jeden Fall sicher war. Kein Banditengesindel aus den Bergen, und wenn es noch so wild und verwegen war, konnte ernsthaft eine ganze Siedlung bedrohen. Doch Riverside war weit, und dem langen Marsch fühlte sie sich nicht mehr gewachsen. Und schließlich konnte sie noch immer nicht ganz glauben, was diese Spuren ihr zu erzählen schienen.

Alia fröstelte. Es war kühl hier im dunklen Wald, und in der Nacht würde es noch deutlich kälter werden.

Vielleicht gab es für die Spuren auch eine andere Erklärung.

Vielleicht auch nicht.

Alia seufzte. Sie schüttelte sich, und mit einer Mischung aus Hoffnung und Angst machte sie sich auf zum Jägerlager.

Sie bewegte sich langsam und äußerst vorsichtig. Schon einmal war sie den Banditen in die Hände gefallen, und sie wollte das Erlebnis auf keinen Fall wiederholen. Nicht einmal ihr kleines Stiefelmesser war ihr geblieben. Mühsam arbeitete sie sich den Hang hinauf. Sie blieb oft stehen, um zu lauschen, und ihre Augen blinzelten nervös in diese Richtung und in jene. Schließlich erreichte sie den Sonnenhundkamm und sah auf der anderen Seite – weiter unten, zwischen den Bäumen – den Beginn des Jägertals.

Obwohl es fast vollständig dunkel geworden war, erkannte sie noch undeutlich den Weg zum Jägerlager, das sie nun fast erreicht hatte. Zeichen eines Hinterhalts oder von Wachtposten gab es keine. Alles sah wie gewohnt aus. Ruhig und friedlich lag der Wald unter ihr. Hinter den Bergkämmen verglühte der letzte Rest an Tageslicht als blutroter Schleier.

Alia rührte sich noch immer nicht. Vornübergebeugt versuchte sie ihren Atem zu beruhigen, sah sich um, lauschte und schnüffelte in der Luft. Doch sie konnte nichts Ungewöhnliches bemerken.

Dunkelheit verschlang den Wald.

Alia wartete, bis der Mond aufging, und es dauerte nicht lange, da stieg die weißgoldene Scheibe gespensterhaft über den Horizont. Es war nur wenige Tage bis Vollmond. Das silbern glänzende Halblicht warf ein feines Gewirr von Schatten durch die unzähligen Zweige. Als Alia sich wieder auf den Weg machte, mußte sie sich fast ebensosehr auf ihre tastenden

Hände wie auf ihre Augen verlassen. Doch sie kannte die Gegend gut genug, um noch immer zügig voranzukommen.

Nach einiger Zeit hörte sie das leise Murmeln menschlicher Stimmen, und bald erschien in der Ferne auch der schwache Schein eines Feuers. Noch vorsichtiger kroch sie vorwärts, bis sie schließlich an der knochigen Wurzel einer Tanne haltmachte. Sie spähte in das erleuchtete Lager weiter unten.

Etwas war nicht in Ordnung.

Zwischen ihr und dem Lager war eine Wand aus schwarzen, buschigen Tannenzweigen, so daß Einzelheiten schwer zu erkennen waren, und das trügerische Mondlicht und der flackernde Schein der Flammen erzeugten verwirrende, tanzende Schatten. Viel zu viele Leute bewegten sich dort unten. Alia suchte nach bekannten Gesichtern, doch alles war zu undeutlich. Die Stimmen vermischten sich zu einer Art Meeresrauschen, so daß sie mit ihren Ohren nicht mehr erfuhr als mit ihren Augen.

Aber sie sah deutlich genug, daß dies nicht das Lager war, das sie gekannt hatte. Dann waren also doch ihre schlimmsten Befürchtungen eingetroffen: Das Lager war erobert worden. Sie bebte vor Entsetzen.

Alia richtete sich halb auf, machte kehrt und wollte wieder wegschleichen. Doch ihre müden Beine waren so steif geworden, daß sie stolperte und sich an einem Stein das Schienbein blutig schürfte. Mit einem Schmerzensschrei, den sie nicht mehr unterdrücken konnte, stürzte sie auf ihre Knie.

Weiter oben am Hang knackte ein Zweig.

Alia erstarrte.

Noch einmal hörte sie, wie kleine Zweige zertreten wurden, doch dieses Mal leiser. Vorsichtig verlagerte sie ihr Gewicht auf ein Knie, nahm den anderen Fuß hoch und setzte ihn auf die Erde. Das Knacken dauerte noch eine Weile fort, kaum hörbar, als ob jemand oberhalb von ihr durch die Tannen lief, auf stets gleicher Höhe quer den Abhang entlang.

Dann Stille.

Alia spürte, wie ihr das Blut in den Halsadern pochte. Im trügerischen Wechselspiel von Mondlicht und schwarzen Schatten war nichts zu erkennen.

So behutsam wie möglich setzte sie beide Füße auf den Boden, stand auf und machte einige Schritte, stets von einem dunklen Schatten zum nächsten. Sie schritt aus wie ein Tänzer, und jedes Mal, bevor sie einen Fuß niedersetzte, prüfte sie durch ihre weichen Ledersohlen den nadelbedeckten Untergrund.

Noch immer war es still um sie herum. Alles, was sie hörte, war ihr pochendes Herz, und sie war zuversichtlich, daß sie von hier verschwinden konnte.

Doch für einen kurzen, entscheidenden Augenblick versagten ihre müden Beine, und sie stolperte. Mit einem plötzlichen Sprung kam etwas aus dem Dunkel. Eine harte Hand packte sie bei den Schultern und riß sie nach hinten. Sie stürzte, und ihr Angreifer stürzte mit ihr.

Neben ihrem Gesicht hörte sie keuchenden Atem. Sie streckte ihre Arme aus, und mit ihren Daumen suchte sie die verletzlichen, weichen Stellen seiner Augen. Doch mit einem Krachen prallte plötzlich ein weiterer Körper in ihren Rücken. Sie keuchte, versuchte zu entkommen. Eine Faust traf sie, so daß ihre halb verheilten Wunden mit höllischem Schmerz wieder aufplatzten. Vor ihren Augen tanzte wirres Licht.

Als sie wieder zu sich kam, wurde sie bereits hinunter ins erleuchtete Lager geschleppt. Zu beiden Seiten stützte man ihre Ellbogen, ihre Füße schleiften am Boden. Sie versuchte sich aus dem Griff zu lösen, doch es war unmöglich. Unerbittlich wurde sie zwischen die Feuer gezerrt.

Sie konnte erkennen, wie die Leute, die um die Flammen saßen, erstaunt zu ihr aufblickten. Alia hatte noch nie so viele Menschen im Jägerlager gesehen. Was war hier geschehen? Gewöhnlich war dieses Lager ein ruhiger Ort und friedlich. Eine einsame Insel im Grünen.

Und nun? Männer und Frauen waren hier und gackernde Hühner. Auch junge Kinder, wie sie plötzlich bemerkte. Familien.

Seit wann lebten Banditen mit ihren Familien?

Die beiden Männer, die sie gefangen hatten, waren bewaffnet und musterten sie mit grimmigem Blick. Wie Jäger sahen sie nicht aus, das stand fest. Und doch wich Alias anfängliche Furcht immer mehr der Verwirrung. Die beiden Männer trugen randlose Ledermützen, der eine mit einem Wieselschwanz an der Rückseite, und im Schein der Flammen erkannte sie auf den Mützen ein gesticktes Abzeichen: die überkreuzten Speere und die Schwertklinge der Miliz vom Fürstental. Es waren also gar keine Banditen. Und die Menschen, die um die Feuer saßen … es waren Männer und Frauen aus dem Fürstental.

Alia verstand dies alles nicht. Niemand hatte Zutritt zum Jägerlager außer die Jäger selbst. Wie kam es, daß die Soldaten der Miliz hier Wache hielten?

Sie schleppten sie weiter, vorbei am ersten Feuer. Und nun sah sie noch etwas: verbundene Glieder, Wunden, Blut. Sie versuchte stehenzubleiben und zerrte an den beiden Männern, die sie hielten. »Was ist hier geschehen?« wollte sie von ihnen wissen.

Sie gaben keine Antwort.

»Was ist *passiert?*« wiederholte sie noch etwas lauter. Wieder versuchte sie, sich loszureißen. »Laßt mich endlich frei. Ich bin ein Jäger. Ich bin hier zu Hause. Laßt mich *los!*«

Doch die beiden Männer schleppten sie einfach weiter.

»Alia!« rief eine Stimme.

Sie reckte ihren Hals und sah Orrin, der auf sie zukam. Sein struppiges, rotes Haar leuchtete wie eine Fackel im Schein der Feuer. »Laßt sie los«, sagte er. »Sie ist eine von uns.«

Aber die beiden Männer schienen nicht zu hören und gingen mit Alia weiter.

»Laßt sie *los,* habe ich gesagt!«

»Verschwinde, Junge«, sagte einer der beiden. »Das hier geht dich nichts an. Wir bringen sie zu Hone Amis. Wenn das stimmt, was du sagst, wird ihr durch ihn nichts geschehen.«

Alia zuckte zusammen. Hone Amis? Was wollte der Führer der Miliz in ihrem Lager?

»Laßt sie gehen!« rief Orrin noch einmal. Er legte zwei Finger an seine Lippen und pfiff das Notsignal, das allen Jägern wohlbekannt war.

Alia sah Einauge und den hageren Tym neben Orrin auftauchen. Weitere kamen hinzu.

»Laßt sie los«, befahl Orrin. »Jetzt!«

Eine häßliche Spannung lag plötzlich, beinahe greifbar, in der Luft.

Jemand hinter Orrin hatte einen Bogen dabei und zielte, mit dem Pfeil schußbereit auf der Sehne, auf die Männer, die Alia noch immer festhielten. Der Mann mit der Wieselschwanzmütze ließ sie mit einem Arm los, und mit einem Zischen von kaltem Metall zog er sein Schwert.

»Haben *sie* dir das angetan?« hörte Alia jemanden wütend fragen.

Sie mußte erst überlegen, was die Frage sollte, und erinnerte sich dann an ihr zerschlagenes Gesicht. »Nein!« keuchte sie. Und *Nein* wollte sie auch zu dem gezogenen Schwert sagen, zu dem gespannten Bogen, *Nein* zu der ganzen schrecklichen Lage hier. Niemals hatte sie einen Jäger gesehen, der seinen Bogen direkt auf einen Menschen richtete.

»Laßt sie endlich gehen!« fauchte der Bogenschütze.

»Genug!« rief plötzlich eine Stimme, so laut, daß sie alle wie angewurzelt stehenblieben.

Hone Amis selbst war aus seinem Zelt gekommen. »Leg die Waffe weg, Junge!« sagte er knapp und deutete auf den Jäger mit dem gespannten Bogen. »Sofort! Sonst wirst du es bereuen!«

Langsam ging der Bogen nach unten.

Hone Amis nickte. »Gut.« Er wandte sich zu den Männern, die Alia zwischen sich festhielten. »Was ist los hier?« Er deutete auf den Mann mit dem Schwert. »Und steck das wieder zurück.«

Der Mann gehorchte. »Wir haben dieses Mädchen erwischt, wie sie im Dunkeln ums Lager schlich, Meister Amis. Wir wollten sie zu Euch bringen, wie wir es, gemäß Eurem Befehl, mit Eindringlingen tun sollen. Aber diese …«, er schaute zu den Jägern hinüber, »diese Verrückten haben es sich in den Kopf gesetzt, uns daran zu hindern.«

»Sie ist eine von *uns*«, rief der rothaarige Orrin. »Ihr habt kein Recht, einen Jäger herumzuschleppen wie einen Sack Kartoffeln.«

»Halt den Mund, Junge. Sie ist um unser Lager herumgeschlichen wie ein Bandit, und wir haben unsere Befehle.«

»Die ihr auch gegen allen gesunden Menschenverstand befolgt?« fragte Orrin. »Wie könnt ihr nur so blind sein? Ihr seht doch, daß sie die grüne Kleidung der Jäger trägt. Und schaut auf das Abzeichen an ihrem Ärmel. Sie gehört zu *uns*. Jeder Dummkopf kann das sehen!«

»Orrin, mein Junge, beruhige dich.« Dies kam von Charrer Mysha, der nun ebenfalls zu ihnen getreten war. »Wir haben bereits genug Schwierigkeiten hier. Und du tust niemandem einen Gefallen, wenn du die Beherrschung verlierst.«

»Aber sie hätten doch *sehen* müssen, daß sie zu uns gehört«, erwiderte Orrin. »Oh diese Schwachköpfe!«

»Ser Charrer«, wurde Charrer Mysha von Hone Amis begrüßt. Der Heermeister benutzte das formelle »Ser« der herrschenden Familien und machte eine kurze, anerkennende Verbeugung.

Mysha nickte und blieb stumm.

Einen Moment lang schaute Hone Amis ihn an und war sichtlich verärgert über Myshas Nachlässigkeit. Dann zeigte er mit dem Daumen auf den rothaarigen Orrin: »Sagt Eurem mißgelaunten Jungen, daß er sein Mundwerk im Zaum halten soll, Ser Charrer, oder einer meiner Soldaten wird es ihm mit seinem Stiefel stopfen. Was für ein Führer seid Ihr eigentlich, daß Ihr nicht einmal Eure eigenen Leute unter Kontrolle habt?«

»Das sind nicht *meine* Leute, Amis«, antwortete Charrer Mysha. »Ich habe schon einmal versucht, Euch das zu erklären. Sie sind aus freiem Willen zu mir gekommen, und es steht ihnen genauso frei zu gehen, wie sie gekommen sind. Ich bin kein *Führer* irgendeiner Art.«

Eine kleine Gruppe hatte sich nun um Hone Amis versammelt, und drei Männer waren es, die ihm am nächsten standen: ein hagerer, graubärtiger, mürrischer Mann in dunkelfarbenen, aber eleganten Kleidern; ein zweiter Mann mit beginnender Glatze und einem feisten, roten Gesicht; schließlich, rechts von Hone Amis, ein angegrauter Milizoffizier – ein Stern auf seinem Abzeichen zeigte seinen Rang.

Vorwurfsvoll deutete der Offizier auf Charrer Mysha. »Eure Jäger laufen also aufs Geratewohl im Wald herum wie hirnlose, verirrte Hunde? Seid Ihr vollkommen verrückt geworden in dieser Wildnis?«

Hone Amis winkte ihn zurück. »Beherrscht Euch«, zischte er.

Die einzige Antwort, die Mysha für den Offizier übrig hatte, war ein Schulterzucken.

Immer mehr Leute kamen aus den anderen Teilen des Lagers. Milizen bezogen um Hone Amis Stellung, und mit jenen, die schon dort gestanden waren, bildeten sie einen Schutzzaun um Alia, den Heermeister und die drei Männer, die neben ihm standen. Die Jäger andererseits, die auf Orrins Pfiff herbeigeeilt waren, standen schützend um Charrer Mysha.

Alia blickte unruhig zum Heermeister, der breitbeinig und unerschütterlich dastand. Er war um einen vollen Kopf kleiner als Charrer Mysha, doch kräftiger gebaut und mit beginnendem Fettansatz am Bauch. Und dennoch wirkte er nicht träge oder verweichlicht, sondern wurde seinem Ruf als harter, bärbeißiger Kerl noch immer vollkommen gerecht. Alia kannte solche Menschen – ihr Vater war so gewesen. Es waren Männer, die keinen Widerspruch duldeten. Hone Amis war gerüstet wie zum Kampf – mit einem Kettenhemd, Schwert und einem gepolsterten Kriegshelm, und seine Ausrüstung zeigte die Scharten und Dellen von früheren Kriegszügen. Sogar im flackernden Licht der Flammen konnte Alia die Wut sehen, die ihm ins Gesicht geschrieben stand. Aber da war noch etwas anderes. Das Gesicht des Heermeisters war zerfurcht und bleich. Seine Augen hatten einen starren Blick, darunter liefen dunkle Ringe von Müdigkeit und Erschöpfung. Er sah aus wie ein Mann, der am Ende seiner Kräfte war.

Im Gegensatz dazu besaß Charrer Mysha lange, dünne und bewegliche Glieder wie ein schlaksiges Fohlen. Sein Gesicht war glattrasiert, und seine langen, grauschwarzen Haare hatte er hinter seinem Kopf zusammengebunden, damit sie ihm nicht in die Augen fielen. Er trug die Lederkleidung der Jäger, seine Bewegungen waren sanft, seine Stimme ebenso. Myshas dunkle Augen schauten Hone Amis an, ohne zu blinzeln, und es hieß, sein durchdringender Blick sah Dinge, die anderen verborgen blieben. An diesem Abend jedoch blitzte es in Myshas Augen ebenso gefährlich wie in denen des Heermeisters.

Alia zitterte. Diese Männer hier waren so gespannt wie Sprungfedern, und mit einem einzigen plötzlichen Knall konnte die Gewalt losbrechen.

Sie verstand das alles nicht.

»Ihr könnt nicht den Wellen des Meeres befehlen«, sagte Charrer Mysha mit seiner sanften Stimme zu Amis. »Und die Blätter des Herbstes kehren durch Eure Befehle nicht an die Äste zurück.«

Hone Amis knurrte.

»Verdammt noch mal, plappert nicht solchen Unsinn!« sagte der Mann mit dem roten Gesicht. »Die Lage ist ernst, und Ihr redet daher wie ein verfluchter Klosterer.«

»Ich rede keinen Unsinn, Merith Roul«, erwiderte Mysha. »Der Lauf der Dinge läßt sich nicht mit Befehlen ändern. Die Welt ist nicht so gemacht.«

Hone Amis knurrte. »Und ob man das kann! Die Dinge, die man entschieden anpackt, die erreicht man auch. Die Welt ist das, was man daraus macht.«

Mysha seufzte.

»Ser Charrer«, sagte der graubärtige, mürrische Mann mit plötzlichem, ruhigem Ernst. »Ihr gehört zu einer der fünf Herrscherfamilien. Das ist ein Vorrecht, das Ihr von Euren Vätern ererbt habt, und Ihr seid davor weggerannt. Ihr tragt auch *Verantwortung,* oder wißt Ihr das nicht?«

»Jawohl!« fügte der rotgesichtige Merith Roul hinzu. »Soviel wir wissen, sind sowohl Poll als auch Euer Vater im Kampf gefallen, und *Ihr* seid nun Kopf der Familie Charrer. Hört doch, was wir Euch die ganze Zeit zu sagen versuchen. Hört doch einmal richtig zu als Ser Charrer, nicht als davongelaufener Einsiedler.«

»Die Zufälligkeit der Geburt ist hier von keinerlei Bedeutung«, entgegnete Charrer Mysha kalt.

»Zufälligkeit der Geburt!« Der graubärtige Mann schüttelte verächtlich den Kopf. »Ihr seid tatsächlich wahnsinnig geworden!«

Charrer Mysha hob die Schultern und verbeugte sich spöttisch. »Der Wahnsinn kommt in vielen Gestalten, Ser Obart.«

»Narr!« fauchte der graubärtige Mann.

Hone Amis deutete drohend auf Charrer Mysha. »Bis jetzt mag es niemanden gestört haben, daß Ihr hier oben in den Bergen den Jäger gespielt habt. Doch das hat sich *geändert!*«

Durch die Jäger lief ein verärgertes Brummen.

»Wacht doch endlich auf!« schrie Hone Amis sie an. »Die Welt, in der wir leben, ist nun eine andere. Das haben wir den Seewölfen zu verdanken. Der alte Fürst ist tot, Riverside zerstört.«

Entsetzt starrte Alia ihn an. Riverside war zerstört? Der Fürst tot?

»Da können wir froh sein, meine ich«, erwiderte Orrin. Um ihn herum ertönte zustimmendes Murmeln.

»Was?« schrie Hone Amis wütend.

Orrin trat auf ihn zu. Sein struppiges Haar leuchtete feuerrot. »Da können wir froh sein!« wiederholte er.

Der angegraute Offizier an Hone Amis' Seite blickte den jungen Jäger an, sein Gesicht wutverzerrt. »Du schwachsinniger Kindskopf! Alles, *alles* verdankst du Riverside, den Fürsten, den Fünf Familien und dem, was sie hier in dieser Wildnis mit ihrem Schweiß und Blut geschaffen haben. Ohne sie hättest du hier nichts als Wildnis und Gewalt. In Dreck und Elend würden die Menschen leben, den Räuberbanden hilflos ausgeliefert.«

Alia stand fassungslos da. Sie fühlte sich wie in einem verrückten Traum, in dem alles gelb und rot war von flackernden Flammen, die Gesichter dunkel, mit glühenden Augen und gefletschten Zähnen. »Riverside ist zerstört?« fragte sie stockend in die Stille, die plötzlich herrschte. »Der Fürst ist ... *tot*?«

»Jawohl, zerstört«, antwortete Hone Amis ärgerlich. »Wo bist du bloß gewesen, Mädchen?« Er blickte zornig zu den Jägern, die ihm gegenüberstanden. »Begreift ihr denn nicht? Alles ist jetzt *anders!*«

Von den Jägern kam ein leises Brummen. Noch enger rückten sie zusammen.

Hone Amis' Milizen traten näher zu ihrem Heermeister, ihre Hände lagen um den Griff der kurzen Klingen. Noch einmal deutete Hone Amis vorwurfsvoll auf Charrer Mysha. »Es war einfach für Euch, vor allem davonzulaufen und hier in der Wildnis diesen Unterschlupf zu bauen, ja natürlich. Die eigentliche Arbeit in Riverside habt Ihr anderen überlassen. Doch jetzt ... *jetzt* ist keine Zeit mehr für solche versponnenen Spielereien, das müßt Ihr doch einsehen! Oder ist Euch völlig gleichgültig, was mit den Menschen hier geschieht?«

Charrer Mysha seufzte. »Es ist mir nicht gleichgültig, Amis. Ganz und gar nicht. Aber wenn Ihr sagt, daß sich alles verändert hat, dann ist das zutreffender, als Ihr vielleicht vermutet. Die Welt, in der wir Jäger gelebt haben, mag es nicht mehr geben. Aber dasselbe gilt auch für Euch. Auch Eure Welt gibt es nicht mehr.«

Hone Amis schnaubte wütend. »Nur wenn ich sie aufgebe und die Menschen und alles hier im Tal im Stich lasse! Und *das* werde ich niemals tun!«

Charrer Mysha seufzte noch einmal. »Wie kann ich es Euch nur verständlich machen, Amis?« Er zeigte auf die grün gekleideten Jäger um ihn herum. »Wir sind hierher gekommen, weil wir von Eurer Welt frei sein wollten.«

»Frei!« rief Hone Amis verächtlich. »Ihr seid vor Eurer Verantwortung weggerannt, um im Wald wie Kinder zu spielen. Es ist an der Zeit, daß Ihr erwachsen werdet! Bald wird der Winter kommen, und es gibt noch viel zu tun, wenn wir die Siedlung retten wollen.«

»Doch was ist, wenn wir sie gar nicht retten wollen?« fragte der junge Orrin.

Der Offizier machte einen drohenden Schritt nach vorn, sein Gesicht rot vor Wut, die Hand am Griff seines Schwerts.

Mit einem leisen Befehl rief ihn Hone Amis zurück. »Ich verliere langsam die Geduld, Junge«, meinte er zu Orrin. »Wir *werden* Riverside wieder aufbauen, das ist sicher. Und wir *werden* das Fürstental wieder zu dem machen, was es einmal war. Entweder helft ihr uns, oder ihr widersetzt euch. Doch widersetzt ihr euch, dann seid ihr nicht besser als gewöhnliche Banditen aus den Bergen, und als solche werden wir euch auch behandeln.«

Wutentbrannt trat Orrin vor. Charrer Mysha legte ihm die Hand auf die Schulter und versuchte ihn zu beruhigen, doch Orrin schüttelte ihn ungeduldig ab. Er stellte sich zornig vor Hone Amis und die drei Männer, die noch immer an dessen

Seite standen. »Ihr seid Gast hier im Jägerlager, Hone Amis Latirson. Was sind das für Gäste, die ihren Gastgebern drohen?« fauchte Orrin. »Ihr und Eure Männer seid es, die sich hier aufführen wie schmutzige Banditen aus den Bergen!«

Wieder herrschte gespannte Stille. Alia hörte das Knistern der Lagerfeuer. Mit einem Knacken zerbrach ein Zweig unter dem Stiefel eines Milizen.

»Wartet!« rief sie.

Sie erinnerte sich an ihre Gefangenschaft, an den Moment, als die beiden Banditen aufeinander losgehen wollten. So war es auch hier. Die Männer standen sich gegenüber wie wütende Hunde, taub und blind gegen die Welt um sie herum. Wenn niemand eingriff, würde Blut fließen, soviel war sicher.

»Laßt mich *los!*« befahl sie den Männern, die sie noch immer gefangenhielten. Sie schaute zornig zu Hone Amis. »Ich bin ein Jäger. Das könnt Ihr doch sehen.«

Einen Moment lang zögerte er, dann nickte er und gab seinen Männern ein Zeichen. Sie ließen sie frei.

Alia stolperte hinüber zu den Jägern, wo sie Orrin bei der Hand nahm. Es war ihre linke Hand, nach der er griff, und ein plötzlicher Schmerz schoß ihren Arm hinauf, als er sie drückte. Einen kurzen, verwirrenden Augenblick lang erschien in Alias Gedanken klar und deutlich das Dämonenwesen, und die Männer, der Streit, das ganze Lager waren für sie vergessen. Sie sah die großen, unmenschlichen Augen, die sie riefen und riefen …

»Alia!« hörte sie Orrin sagen. *»Alia!«*

Schützend hatte er seine Arme um sie gelegt. »Was habt ihr mit ihr gemacht?« fragte er über Alias Kopf hinweg die beiden Männer, die sie hergebracht hatten.

»Nein«, sagte sie keuchend und befreite sich vom Bild des Dämonen. »Ist schon gut. Es ist nichts Schlimmes.« Sie löste sich aus seiner Umarmung und wandte sich an die beiden Gruppen, die sich gegenüberstanden. »Hört mir zu!« rief sie. »Ihr *alle* müßt mir zuhören! Ich bin gerade durchs Salter Joch heruntergekommen.« Sie deutete auf ihr zerkratztes und zerschlagenes Gesicht. »Schaut mich doch an. Wie, denkt ihr wohl, ist das geschehen?«

»Die dort waren es!« rief einer der Jäger und deutete auf die beiden Wachen, die Alia gefangen hatten.

»Nein!« beteuerte Alia. »Nicht sie. Banditen! *Banditen!*«

Die Leute im Lager starrten sie an.

Alia stand da, ihre schmerzenden Arme erhoben, um die Aufmerksamkeit beider Seiten zu erlangen. Die Menschen standen verstreut im Schein des flackernden Feuers. »Während ihr hier miteinander streitet, sammeln sich oben in den Bergen die Banditen. Einhundert habe ich gesehen, vielleicht mehr!« Alia hielt verlegen inne, sie war es nicht gewohnt, vor so vielen Menschen zu sprechen. Sie schluckte. Dann redete sie weiter. »Sie haben ein Lager dort oben. Und da war ihr Anführer ... Torno. Und ...« Die Worte sprudelten nur so aus ihr heraus. Es war solch eine Erleichterung, endlich davon erzählen zu können. »Und einer, der hieß Sethir ... und er ... nein, ich ... ich habe diesen Torno umgebracht, und dann ... dann war da ein seltsamer Mann mit Juwelen, der hatte einen Totenschädel ... verziert mit Edelsteinen. Und in dem Schädel, da leuchteten unheimliche Augen. Beinahe. Aber es war wohl ...«

»Das ist doch *lächerlich,* Mädchen«, unterbrach Hone Amis. »Völliger Unsinn, was du uns erzählst. Und noch nie gab es in den Bergen so viele Banditen.«

Alia blickte ihn zornig an. »Jetzt schon.«

Hone Amis rümpfte die Nase. »Du bist in Panik geraten. Du hattest Wahnvorstellungen. Das habe ich oft erlebt, selbst bei erwachsenen Männern – jedes Geräusch in der Dunkelheit wird zu einem furchterregenden Gegner. Dein aufgeschürftes Gesicht hast du dir wahrscheinlich geholt, als du im Dunkeln gegen eine Tanne gerannt bist. Als nächstes erzählst du mir noch, daß ein Fey ins Banditenlager gekommen ist und dich gerettet hat.«

Die Soldaten um ihn herum lachten.

»Nein«, rief Alia schnell. »Das war etwas ganz anderes.«

»Was meinst du – etwas ganz anderes?« wollte Hone Amis wissen.

»Na das, was mich gerettet hat.«

Der Heermeister schaute sie an und schüttelte mitleidig den Kopf, so als stünde vor ihm ein hilfloses, verwirrtes Kind. Er schloß die Augen, atmete tief aus, öffnete sie wieder. »Wir haben hier wichtige Dinge zu tun«, sagte er. »Sei also ein braves Mädchen und belästige uns nicht mit dummen Märchen. Geh jetzt, damit wir in Ruhe arbeiten können.«

Alia spürte, wie ihr alles entglitt, wie alles in eine ganz falsche Richtung lief. Sie war müde, erschöpft und durcheinander. Sie schaute hinüber zu Charrer Mysha. »Es ist *wahr*«, meinte sie verzweifelt zu ihm. »Ich … ich war in der Nähe vom Tallyfelsen, da … da sah ich … *sie*. Und als ich versuchte, mich zu nähern, überfielen mich die Banditen und brachten mich gefesselt in ihr Lager.« Bei der Erinnerung durchlief sie ein Schauder.

Der Offizier neben Hone Amis trat vor. »Sie?« fragte er. »Und wer sind diese ›sie‹?«

Alia schaute ihn an, schaute zu Hone Amis, senkte den Kopf. »Die … die Fey.«

Der Heermeister schnaubte verächtlich. »Die Fey? Du erzählst einfältige Kindermärchen, Mädchen. Werde endlich vernünftig.«

Alia drehte sich wieder zu Charrer Mysha. Sie wußte nicht, was sie tun sollte.

Eines der Dinge, die sie hier im Jägerlager vereinten, war, daß bis zu einem gewissen Grad jeder Jäger Erfahrungen mit den Fey gemacht hatte und mit den mysteriösen Kräften der Natur. Die Mächte wurden ihnen spürbar, und die Welt veränderte sich für sie. Ja, diese Erlebnisse waren es vor allem, die sie von den gewöhnlichen Talbewohnern unterschieden – denn die Bewohner des Fürstentals, umgeben von den sicheren Wänden ihrer Häuser und sorgfältig bestellten Feldern, erfuhren von diesen Geheimnissen nur in Kindermärchen.

Und für Männer der Tat wie Hone Amis waren solche Geschichten nichts als barer Unsinn.

Alia spürte, wie ihr Magen sich vor Angst zusammenzog. Wieso war sie so dumm und voreilig gewesen, all diese Dinge zu erzählen? Die Fey, schreckliche Banditenhorden, der hinterlistige Sethir und der elegante Mann mit den Juwelen und seinem unheimlichen Totenschädel – das alles klang so *unwahrscheinlich*. Was sie zum Glück nicht erwähnt hatte, war das Dämonenwesen, und nur bei dem Gedanken daran begann ihre Hand zu schmerzen …

Mysha trat zwischen den Jägern hervor und näherte sich Alia, die noch immer zwischen den Jägern und Soldaten stand.

Hone Amis schaute ihn wütend an. »Genug davon, Ser Charrer. Es gibt wichtigere Dinge hier als die Tagträume dieses Mädchens.«

Alia bemerkte erschrocken, wie sich auch auf den Gesichtern der Jäger die ersten Zweifel zeigten – so überzeugend redete der Heermeister. Und einen schrecklichen Augenblick lang war sie derart überwältigt von Hone Amis' bestimmtem Tonfall, daß sie fast an sich selbst irre wurde.

Doch sie ballte die Fäuste zusammen – wobei ihre linke Hand mit den geheimnisvollen, eingeritzten Zeichen des Dämonen wieder heftig weh tat. Flehend wandte sie sich an Charrer Mysha. »Es ist die *Wahrheit*!« Ihre Stimme versagte, und sie mußte schlucken. »Alles, was ich gesagt habe.«

Myshas durchdringende Augen funkelten im Schein der Flammen wie die einer Eule. Alia zitterte. Er, wenigstens er würde ihr doch glauben, oder? Alle Jäger hier kannten die Geheimnisse der Wildnis – einige mehr, andere weniger –, doch keiner wie Mysha. Er konnte die Fey nicht nur sehen, er konnte sogar mit ihnen *reden*. Er war so völlig verschieden von den übrigen Menschen, die Alia kannte. Als ob er nur zum Teil in der gewöhnlichen Welt lebte und eigentlich irgendwo ganz anders zu Hause war.

Lange blickte Mysha dem Mädchen in die Augen.

Dann nickte er, legte eine Hand auf Alias Schulter und wandte sich zu Hone Amis. »Wenn Alia sagt, daß sich in den Bergen einhundert Banditen gesammelt haben, dann glaube ich ihr.«

Hone Amis schaute die beiden verärgert an. »Seid kein Narr, Mysha! Das Mädchen ist noch ein Kind, und was sie erzählt, ist doch lächerlich. Entweder lügt sie, oder sie ist verrückt. Oder beides!«

»Weder noch«, antwortete Mysha ruhig.

Als sie Myshas feingliedrige Hand auf ihrer Schulter spürte, durchlief Alia ein warmer Schauer. Sie fühlte sich nicht mehr allein.

Hone Amis knurrte. Doch dann atmete er tief und beherrschte sich. »Schaut mal, Mysha, wir wissen beide, wie das ist, wenn man allein eine Nacht im Wilden Land verbringt. Man ... man sieht Dinge, die es gar nicht gibt. Dieses Mädchen von Euch meint es vielleicht gut und will uns wirklich warnen. Aber Ihr könnt nicht erwarten, daß ... daß ich das auch noch ernstnehme, wenn sie von einem Mann mit Juwelen erzählt und den Fey ... als ob es so etwas tatsächlich gäbe.« Er drehte sich zu Alia. »Es tut mir leid, Mädchen, aber Märchen und die Wirklichkeit sind für mich etwas völlig Verschiedenes.«

»Die Wirklichkeit ist vielleicht reicher und tiefer, als Ihr denkt, Hone Amis«, sagte Charrer Mysha. »Oder wollt Ihr behaupten, *alle* Dinge zwischen Himmel und Erde seien Euch bekannt?«

Der Heermeister schüttelte ungeduldig seinen Kopf.

»Natürlich nicht! Aber das Geschwätz von Kindern brauche ich dennoch nicht zu glauben. Das Fürstental ist verwüstet – *das* ist die Wirklichkeit. Ihr habt uns hier im Jägerlager Zuflucht gewährt, aber wer weiß, wie viele Menschen im Tal noch am Leben sind und dringend Hilfe brauchen? Wir müssen nach Überlebenden suchen, die Nahrung brauchen und Unterkunft. Vielleicht irrt gar der junge Fürst irgendwo da unten umher! Und wir sollen unsere Zeit damit verschwenden, den Phantasien dieses Mädchens nachzujagen?«

»Das sind keine Phantasien!« rief Alia dazwischen.

Hone Amis lachte spöttisch. »Und was haben sie denn vor, all diese Banditen da oben in den Bergen?«

Alia zuckte mit den Schultern. »Das weiß ich nicht. Aber ich fürchte das Schlimmste.«

»Und das wäre?«

Doch bevor Alia antworten konnte, war Orrin neben sie getreten.

»An Eurer Stelle würde ich kein unnötiges Risiko eingehen, Heermeister«, sagte Orrin.

»Spar dir deine Ratschläge, Junge«, fuhr ihn Hone Amis an. »Ich habe schon Banditenlager ausgehoben, da hast du noch in die Windeln gemacht.«

Alia merkte, wie Orrin wütend etwas entgegnen wollte, doch Mysha kam ihm mit seiner sanften Stimme zuvor. »Der Junge hat nicht unrecht, Amis. Es wäre tatsächlich äußerst unvorsichtig, die Möglichkeit von so vielen Banditen in den Bergen einfach zu ignorieren. Ihr seid doch ein Stratege – dann denkt einmal nach! Was ist, wenn Alia recht hat und wir ihre Warnung nicht ernst nehmen?«

Der Heermeister schüttelte den Kopf. Mit den Händen in den Hüften schaute er Charrer Mysha an und schwieg trotzig. Dann löste sich langsam sein versteinertes Gesicht, bis er schließlich widerwillig nickte. »Nun gut! Einverstanden. Wenn, und ich sage *wenn* an der Geschichte etwas Wahres dran ist, dann müssen wir etwas unternehmen, selbst für den Fall, daß …«

»Wir werden also Banditen jagen!« rief Orrin dazwischen.

»Du hältst jetzt endlich deinen Mund, Junge!« zischte der Offizier drohend.

»Mysha«, fragte Hone Amis, »*weshalb* könnt Ihr bei Euren Leuten nicht für Disziplin sorgen?«

Mysha seufzte. »Das sind nicht ›meine Leute‹, Amis. Wie oft muß ich das noch erklären?«

Einen Moment lang blieben alle stumm.

Die beiden älteren Männer an Hone Amis' Seite – der graubärtige Ser Obart und der feiste Merith Roul – traten näher zu ihrem Heermeister. Der Offizier kam hinzu, und flüsternd begannen die vier sich zu beraten.

Kaum hatten sie jedoch begonnen, da schüttelte Hone Amis seinen Kopf, sagte etwas in scharfem Flüsterton und entfernte sich von den anderen. Mit einer Hand fuhr er sich müde übers Gesicht, kniff die Augen zusammen, schüttelte sich. »Laßt mich damit in Ruhe. Morgen haben wir unendlich viel zu tun. Mit der Banditengeschichte dieses Mädchens jetzt sogar noch mehr.« Er wandte sich an die drei Männer hinter ihm. »Wir beraten morgen weiter.« Die Augen des bärtigen Ser Obart funkelten wütend, der Offizier mied seinen Blick. »Jetzt ...« Er wandte sich wieder zu Charrer Mysha und den Jägern, fuhr noch einmal mit der Hand über sein Gesicht und gähnte herzhaft. »Jetzt werden wir erst einmal schlafen.« Damit drehte er sich unvermittelt um und marschierte davon. Die drei Männer gingen an seiner Seite, seine Soldaten folgten ihm.

Alia atmete erleichtert auf.

»Endlich ist er weg«, brummte Orrin. »Eingebildeter Dreckskerl!«

Charrer Mysha schüttelte den Kopf. »Eines Tages wird dir dein Temperament noch zum Verhängnis, Junge. Denke daran.«

»Aber nicht heute nacht«, erwiderte Orrin und lächelte triumphierend. Er legte seinen Arm um Alias Schultern und führte sie zu einem der Feuer. »Komm schon, Alia, erzähl uns von diesen Banditen. Was haben die Kerle da oben in den Bergen mit dir gemacht? Und hast du *sie* wirklich deutlich gesehen?«

Orrins Übermut war wie immer ansteckend, und Alia mußte

unweigerlich etwas lächeln. Doch sie lächelte nicht lange, denn die Gesichter um sie herum waren gezeichnet von Kummer und Sorgen. Welch schreckliche Dinge hatten sich im Fürstental ereignet, in den wenigen Tagen, die sie fortgewesen war?

»Was… was ist geschehen?« fragte sie also und deutete auf die verschreckten Leute rings umher.

»Räuber kamen mit ihren Schiffen übers Meer«, antwortete Orrin. »Sie brachten Feuer und Zerstörung und Tod.«

»Und die Überlebenden sind hierher geflohen«, sagte der hagere Tym, der neben Orrin herging. Tym war älter als die meisten anderen, die das Jägerlager zu ihrem Zuhause gemacht hatten, und verbittert wegen irgendeiner traurigen Geschichte in seiner Vergangenheit. Was das war, wußte niemand, denn keiner im Jägerlager sprach gerne über sein früheres Leben im Fürstental. Als er all die Flüchtlinge im Lager betrachtete, schüttelte er bedrückt seinen Kopf.

Einauge kam hinzu und klopfte Alia auf die Schulter. »Willkommen zu Hause«, sagte er sanft.

»Das Jägerlager ist eigentlich nicht als Kaninchenstall gedacht«, beschwerte sich Tym.

»Hätten wir diese armen Leute denn abweisen sollen?« fragte Einauge.

Tym hob die Schultern. »Wir werden noch selbst daran zugrunde gehen.«

Einauge schüttelte seinen Kopf.

»Doch, das wird noch schlimme Folgen haben!« beteuerte Tym. »Solange kein Talbewohner uns hier oben finden konnte, waren wir sicher. Wir brauchten keine Angst zu haben, daß sie uns jemals zwingen würden, ins Tal zurückzukehren.«

»Laß es gut sein, Tym«, meinte Orrin. »Alia ist zu müde, um …«

Doch Tym war nicht mehr zu beruhigen. »Du *weißt,* daß sie schon immer auf eine solche Gelegenheit gewartet haben, Orrin! Sie verachten uns, weil wir weggelaufen sind. Als sie nicht wußten, wo unser Lager ist, konnten wir nach Riverside hinuntergehen und Fleisch und Felle verkaufen, und es gab nichts, was sie dagegen tun konnten.« Tym deutete auf das überfüllte Lager. »Und wo ist unsere Sicherheit *jetzt*? Was hindert diesen Hone Amis Latirson daran, uns mit einem Schwert im Rücken nach Riverside zurückzutreiben?«

»Es sind nicht unsere Feinde, Tym«, sagte Einauge. »Sei vernünftig. Das ist unser eigenes Volk, und sie brauchen Hilfe.«

»Das ist nicht *mein* Volk!« zischte Tym.

Alia sah Tyms bleiches, wütendes Gesicht, sah die Angst in den Zügen all derer, die um die Lagerfeuer kauerten, sah den besorgten, gutmütigen Einauge. Das war alles so viel, so überwältigend. Sie wurde unsicher auf den Beinen und stolperte, und nur Orrins fester Griff verhinderte, daß sie zu Boden sank. Es war nicht nur die Müdigkeit oder der unebene Boden. Die Welt, die sie gekannt hatte, gab es nicht mehr, sie war – über Nacht, wie es schien – in Stücke gebrochen. Und in den Trümmern gaukelten grausame Bilder von Tod und Gewalt, von Seewölfen und Elend, von Banditen, verzierten Totenschädeln und geheimnisvollen Dämonenwesen …

Ihr einzig schönes Erlebnis in den Bergen war die Begegnung mit den Fey gewesen, und die hatte man ihr verdorben. Wie groß war schon die Chance, diese unnahbaren Wesen jemals wiederzufinden?

Sie meinte vor einem gewaltigen, schwarzen Schlund zu stehen. Sie starrte hinab, in den endlosen Abgrund einer alles verschlingenden Finsternis. Einen entsetzlichen Augenblick lang erschien ihr dieser Schlund Wirklichkeit zu sein …

Orrins starke Hände hielten Alia aufrecht, und ihr Wahnbild löste sich auf. Er hielt sie an den Armen – zum Glück so, daß er ihre verletzte linke Hand nicht berührte – und führte sie durchs Lager. Alia zitterte. Sie sehnte sich nach der Wärme eines Feuers, einer Tasse heißen Pfefferminztee und vertrauten Gesichtern. Sie wollte nicht mit ansehen, wie die Welt zerbrach. Sie wollte lange schlafen, um dann am nächsten Morgen aufzuwachen und zu sehen, daß alles so war, wie sie es gekannt hatte.

Doch mit einer bedrückenden Gewißheit spürte sie, daß ihre vertraute Welt nicht mehr existierte.

Und sie wußte ganz und gar nicht, was ihr bevorstand.

V

Guthrie irrte durch die wilden Wälder, über die hügeligen Hänge des Vorgebirges, und suchte nach einem Weg zurück zum Meer. Nachdem er Riverside verlassen hatte, war er einer scheinbar einfachen Abkürzung nach Süden gefolgt, die ihm einige Stunden einsparen sollte bei seinem anstrengenden Marsch. Statt dessen hatte er sich im Labyrinth der Hügel und Wälder hoffnungslos verlaufen, und das Meer, so schien es, war vollständig verschwunden. Auch auf die Sonne mochte er sich nicht mehr verlassen, sie wies ihm bald diesen Weg, bald jenen. Jeder Hügelkamm, hinter dem er die glitzernde Riesenfläche des Meeres zu sehen hoffte, wurde zu einer Enttäuschung. Vor ihm lag nur noch dichter Tannenwald, mehr steile Hügelhänge und noch mehr richtungsloses Marschieren.

Auf diese Weise irrte er bereits den zweiten Tag vergeblich umher. Seine Glieder bebten, während er sich vorwärtsquälte, und jeder Schritt kostete ihn Überwindung. Das Feuer der Rache, das in Riverside hell in ihm gelodert hatte, war deutlich schwächer geworden. Doch an das höhnische Gelächter der Seewölfe konnte er sich noch immer deutlich erinnern, und das war genug, um ihn auf den Beinen zu halten.

Also lief Guthrie müde weiter. Er wußte nicht, wie lange es her war, seitdem er das letzte Mal richtig gegessen hatte, und in diesen verfluchten Hügeln gab es weder Fluß noch Bach. Sein Gaumen gierte nach Wasser. Seine Gedanken flackerten wie das Licht einer Kerze, und die Welt, die ihn umgab, erschien ihm seltsam und fremd. Manchmal, da glaubte er zu sehen, wie die Bäume ihre Wipfel zusammensteckten, um ihn hinter seinem Rücken auszulachen, und dann schrie er sie an, wütend und klagend …

Doch schließlich war die drückende Enge des Walds verschwunden, und vor Guthrie erstreckten sich hügelige Wiesen.

Mit offenem Mund starrte Guthrie auf die grüne Fläche. Sie lag vor ihm wie eine große Meereswelle, die eingefroren war, als sie sich gerade an einem bewaldeten Strand brechen wollte.

Er ließ die Bäume hinter sich und lief hinein in das flüsternde Gras der Felder. Kurz darauf stieß er auf einen kleinen Bach, trank gierig und stolperte weiter. Sein Körper fühlte sich nun leicht an wie Luft, und die Welt schien aus ihrem Inneren zu glühen, als ob die Steine und Bäume und die träge dahinfliegenden Krähen nur brennende Fackeln wären, dünn überzogen mit einer trügerischen Hülle. Auf wankenden Beinen blieb er stehen, überwältigt von all den Eindrücken. Der Himmel war voller Wirbel und Strudel, und langsam bildeten sich dunkle Wolken, wie schwarze Tinte, die man in blaues Wasser schüttet. Er sah ein großes, ungestümes Pferd, das über die Sonne sprang, und der Himmel schien zu dröhnen mit einem Durcheinander seltsamer Stimmen. Doch obwohl er verharrte und angestrengt lauschte, konnte er nicht verstehen, was da gesprochen wurde.

Diese rätselhaften Stimmen erinnerten ihn plötzlich an den Traum mit dem toten Abt: Von einem zerberstenden Weg zum anderen war er gestürzt, und der enthauptete Abt folgte ihm mühelos und unerbittlich, während der Kopf unverständlich daherredete …

Die Erinnerung an diesen Traum ließ Guthrie zittern. Die schrecklichen Erlebnisse in Riverside hatten alles andere verdrängt, an den gräßlichen Kopf hatte er kaum einen Gedanken verschwendet. Und jetzt wollte er nicht, daß diese Bilder zurückkehrten.

Er lief weiter durch das flüsternde Gras. Hinter sich hörte er eine leise murmelnde Stimme. Er ging schneller, versuchte, nicht darauf zu achten, und fing schließlich taumelnd an zu rennen.

»Guthrie … Guthrie … Guthrie …«

Er drehte sich nicht um – ihm graute vor dem, was er da sehen könnte.

»Guthrie … Guthrie …«

»Laß mich in Ruhe!« schrie er und wirbelte herum. Geisterhaft schwebte vor ihm das Bild des abgeschlagenen Kopfes, die toten Augen weit geöffnet und leuchtend wie Laternen. Der tote Mund ging auf und zu, auf und zu. Kreischend schlug Guthrie um sich und versuchte, das faulige Ding zu Boden zu schlagen.

Doch der Geisterkopf stieg nach oben, um in Sturzflügen wie ein Falke immer wieder auf Guthrie niederzustoßen. Mit wild schlagendem Herzen rannte Guthrie davon. Seine Arme ruderten unbeholfen in der Luft, er stolperte, fiel hin, raffte sich auf und rannte weiter. Eine riesige Hand schien ihn schier zu erdrücken. Er bekam keine Luft mehr. Seine Augen wurden blind.

Über ihm grollte Donner, und ein eisiger Regen ging nieder. Die Welt löste sich auf in schwarze Schluchten und gezacktes, schmerzhaft grelles Licht. Doch weder der Donner noch das Prasseln des kalten Regens übertönten das gräßliche Rufen. »Guthrie … Guthrie …«, hörte er, wieder und immer wieder.

Er schrie laut auf vor Wut und Angst, und die letzten Reste seiner Kraft verließen ihn. Er fiel einen steilen, dunklen Abhang hinunter – immer weiter, ins Nichts.

Guthrie erwachte durch das Krächzen von Krähen. Mühsam setzte er sich auf, um sich mit zusammengekniffenen Augen umzusehen. Er fühlte sich kalt und steif. An seinem Rücken und der Seite, auf der er im Gras gelegen hatte, war er vollständig durchnäßt. Was er sah, waren Wiesen, überall Wiesen. Erschöpft fiel er wieder auf den Rücken und starrte geistesabwesend in das endlose, klare Himmelsblau. Er fühlte nun die trockene Wärme der Sonne auf seinem Körper. Seine Lippen waren aufgeplatzt, seine Zunge rauh.

Als er noch einmal die Krähen hörte, reckte er den Kopf, um hinzusehen. Drei schwarze Umrisse stiegen bei seiner Bewegung in die Luft. Aus sicherer Höhe beobachteten sie ihn mit unverschämter Genugtuung.

Aasvögel.

Guthrie durchlief ein Schauer.

Er wußte nicht, wohin es ihn verschlagen hatte. Die Vergangenheit lag hinter ihm wie ein Traum – das eroberte Kloster, das zerstörte Riverside, der unheimliche Kopf, der wie ein Raubvogel zu ihm niederstieß, während mit mächtiger Stimme der Donner grollte … alles lebte noch in seinen Gedanken, aber weit, weit weg. Er fühlte sich sehr leicht, als wären seine Knochen mit Luft gefüllt, als könnte ihn ein böiger Wind wie Distelwolle über die Wiesen blasen. Hunger verspürte er keinen mehr.

Aber sein Mund war grausam trocken.

Er packte ein Büschel nasses Gras und saugte daran, doch die wenigen Tropfen verschlimmerten seine Qual nur. Keuchend kam er auf die Füße und marschierte langsam los. Er mußte Wasser suchen. Weit in der Ferne sah Guthrie Bäume. Würde es dort auch Wasser geben? Er lief darauf zu und fühlte, wie seine Knie bei jedem Schritt knarrten.

Sein Marsch schien eine Ewigkeit zu dauern, und als die Dämmerung nahte, mühte er sich noch immer durch das kniehohe, nasse Gras. Guthrie glaubte zu hören, wie die Sonne mit einem Zischen im Meer versank – als würde man heißes Metall ins Wasser tauchen. Er hörte es, obwohl er das Meer gar nicht sehen konnte. Und er hörte, wie die ersten Sterne, die nun am zinngrauen Himmel erschienen, mit leisen Stimmen miteinander redeten. Als er nahe genug kam, hörte er auch die Bäume untereinander flüstern. Die geheimnisvollen Stimmen erinnerten ihn an das unerbittliche Gemurmel des Kopfes, und er zitterte und schaute ängstlich zurück.

Doch ungestört erreichte er die Bäume, schlängelte sich zwischen den Ästen hindurch und stand dann auf großen, verwitterten Steinen. Da er kein Wasser entdecken konnte, rannte er weiter über den felsigen Untergrund und sah vor sich einen weiteren grasbewachsenen Berghang. Dieser führte hinauf zu einem kleinen Wald von Silberbirken, die bleich in den letzten Strahlen des Tageslichts schimmerten. Die Birken schienen ihn auf seltsame Weise anzuziehen, also wurden sie sein nächstes Ziel.

Irgendwo vor ihm mußte es Wasser geben, er roch es immer deutlicher. Guthrie schluckte und träumte bereits von der wunderbaren, flüssigen Kühle, die seine Kehle erfrischen würde. Sein Herz schlug schneller.

Als er jedoch näherkam, sah er, daß die Birken um einen allzu bekannten, mit Felsen umgebenen Teich wuchsen. Er schob die Zweige mit den wenigen, gelblich glänzenden Blättern zur Seite und ging bis zum Ufer.

Das Wasser war glatt und klar wie Glas. Guthrie sah darauf das Spiegelbild des düster schwarzen Himmels, der zitternden Zweige der Birken.

Er war im Kreis gelaufen.

Am liebsten wäre er fortgerannt von diesem unheimlichen Ort, doch zu seinen Füßen erstreckte sich verlockend das kühle Naß. Er sank auf die Knie. Mit seiner Hand zerschlug er das Spiegelbild seines eigenen, angstverzerrten Gesichts. Dann trank er.

Als er seinen Magen gefüllt hatte, sank er kraftlos auf den Rasen zurück. Blinzelnd sah er sich um. All diese Mühen – nur um wieder hier zu sein.

Die Birken flüsterten von geheimen Dingen, und irgend etwas Unheimliches lag in der Luft. Guthrie blickte über den Teich hinweg in das Gewirr der fast nackten Zweige und sog heftig den Atem ein, denn dort, zwischen den letzten, zitternden Blättern, sah er ein Gesicht. Es schaute ihn an. Dann, zwischen den weißen Flecken der Birkenrinde, erkannte er eine unmenschlich lange, schmale Hand.

Bleich war das Gesicht und beherrscht von großen, dunklen Augen – mehr konnte Guthrie in der zunehmenden Dunkelheit nicht erkennen.

Es war ein Fey.

Guthries Herz begann wild zu pochen. Seine dämmrige Verträumtheit fiel ab von ihm, und er machte hastig einige Schritte zurück, weg von dem unmöglichen Wesen.

Die Fey waren doch nur Märchengestalten!

Er zitterte und sah noch immer diese dunklen, unmenschlichen Augen. Von den Geschichten der Fey hatte Guthrie als Kind gehört, seine Mutter erzählte sie ihm in der Dunkelheit der Winternächte. Die Welt der Fey und die der Menschen berührten sich zwar, doch waren sie nicht dieselben, und selten nahm es ein gutes Ende, wenn gewöhnliche Sterbliche mit den unwirklichen Fey zusammentrafen. Unberechenbar waren die Fey und unergründlich. Seit langer, langer Zeit waren sie hier schon zu Hause – lange bevor die Menschen in den Norden kamen, um auch in dieser Wildnis zu siedeln. Die Eindringlinge waren nicht willkommen, und manchmal raubten die Fey ihnen die Kinder …

So erzählten es zumindest die Märchen.

Die dunklen Augen starrten ihn an, die Hand mit den langen Fingern lag noch immer regungslos am Stamm der Birke.

Guthrie schauderte. Einmal, so hieß es, hatten sich die Fey in die Geschicke der Menschen eingemischt. Während der großen Kriege im Süden war das gewesen, den sogenannten Dämonenkriegen. Doch dies geschah vor langer Zeit, selbst Guthries längst verstorbener Großvater war damals noch ein kleiner Junge. Aber auch die Dämonenkriege waren ja nur ein Märchen.

Doch was, wenn …

Guthrie spürte sein pochendes Herz. Was, wenn die Geschichten, die er als Kind gehört hatte – wie sich die Fey in die Angelegenheiten der Menschen mischten und ihnen beistanden im Kampf gegen den Schwarzen Tankred, den schrecklichen Zauberer des Südens –, wenn diese Geschichten also die Wahrheit erzählten?

Was, wenn die Fey noch einmal zur Hilfe bereit wären?

Guthrie kniete sich hin und betrachtete diese großen, starren, ganz und gar unmenschlichen Augen. »Hilf mir«, flehte er. »Es heißt, daß ihr schon einmal den Menschen geholfen habt. Hilf nun auch mir. Hilf mir, mich zu rächen. Hilf mir …«

Anmutig wie der kühle Abendwind trat der Fey zwischen den Bäumen hervor. Seine perlweiße Haut schien in dem Dämmerlicht fast zu glühen. Immer wieder mußte Guthrie seine Augen zusammenkneifen, um ihn scharf zu sehen, denn auf unheimliche Weise schien sein Bild stets aufs neue zu verschwimmen. Lautlos wie ein Gedanke schwebte der Fey am Ufer entlang auf ihn zu.

Doch da verspürte Guthrie plötzlich Angst. Dem Gesicht fehlte alle menschliche Wärme. »Nein …«, rief er. »Bleib weg!«

Der Fey blieb stehen, immer noch einige Schritte von ihm entfernt. Sein Körper und seine Glieder waren unheimlich lang und dünn.

Guthrie fühlte, wie seine Knie zitterten, sein Magen sich verkrampfte.

Dann drehte der Fey sich um und trat vorsichtig ins Wasser. Obwohl das Bild des Fey ständig unscharf wurde, gelang es Guthrie mit einiger Mühe, ihm mit den Augen zu folgen. Mit der bedächtigen Grazie eines Reihers tauchte er mit einem seiner langen Arme ins Wasser und ergriff einen runden, weißlichen, tropfenden Stein. Leichtfüßig stieg der Fey wieder aus dem Teich und glitt hinüber zu Guthrie. In seiner langen, schmalen Hand lag der Stein, den er hinhielt wie ein Geschenk.

Guthrie streckte bebend seinen Arm aus. Alles, was man von

einem Fey bekam, mußte sicherlich Macht besitzen. Er fühlte sich wie ein Held in einer der Kindergeschichten …

Doch Guthrie erstarrte, ehe seine Hand das runde Ding berührt hatte. Das war kein vom Wasser glatt gewaschener Stein, den der Fey ihm da anbot. Seine langen Finger hielten einen weißen, menschlichen Totenschädel, den die Fische vollständig abgenagt hatten.

Es war der Schädel des Abts.

»Nein …«, stöhnte Guthrie.

Doch seine Hand griff zu, als ob sie einen eigenen Willen besäße, und zwischen seinen Fingern spürte er die kalte, glitschige Härte.

Der Fey schaute ihn lautlos an, dann entfernte er sich. Einen Augenblick später war er verschwunden wie eine weiße Nebelwolke. Nichts zeigte an, daß er tatsächlich hiergewesen war – abgesehen von dem Ding, das Guthrie in Händen hielt.

Guthrie starrte den Schädel an und drehte ihn, bis er das Gesicht sah. Die leeren Augenhöhlen schienen ihn anzustarren. Er zitterte und wollte ihn wegschleudern.

Doch er konnte es nicht.

Es war wie zuvor. Das schreckliche, tote Ding übte eine Art Macht über ihn aus, so daß es unmöglich war, es loszuwerden.

»Was willst du von mir?« fragte er den Schädel verzweifelt. *»Was?«*

Keine Antwort.

»Verfluchtes Ding«, fauchte er. »Laß mich in Ruhe!«

Doch der Kopf lag einfach nur in seiner Hand – kalte, nasse Knochen, leblos wie ein Stein.

Guthrie seufzte müde. Um den Teich herrschte Grabesstille. Sogar das Flüstern der Bäume war verstummt. Es war fast vollständig dunkel geworden, und nur mit Mühe konnte er noch seine Umgebung erkennen.

Plötzlich spürte er, daß er an diesem Ort nichts mehr zu suchen hatte.

Er fühlte sich … unerwünscht.

Guthrie mußte noch einmal seufzen und verstand nicht, was ihn eigentlich hier forttrieb. Er drehte sich um und trottete fort in die Dunkelheit. Er verfluchte sein Pech – wieder verließ er diesen Teich, und all sein mühseliges Marschieren hatte ihn keinen Schritt weiter gebracht. Er wollte kapitulieren vor dieser überwältigenden Sinnlosigkeit.

Doch tief in ihm glühte noch ein kleines Feuer, er spürte die Wut, die in ihm schwelte. Und Guthrie hörte noch immer das höhnische, grausame Gelächter der Seewölfe.

Er würde es ihnen heimzahlen.

Ja, das würde er.

Wieder nach Süden. Dorthin mußte er gehen, wie er es sich vorgenommen hatte. Trotz aller Hindernisse. Auch ein unheimlicher Totenschädel durfte ihn nicht davon abhalten.

Guthrie schüttelte sich. Er hob seinen Kopf und sah die Sterne wie Edelsteine am schwarzen Himmel blitzen. Die Nachtluft war kühl, und er fröstelte. Die Sterne tanzten ihren langsamen, langsamen Tanz übers Firmament. *Ihre* Welt hatte sich nicht verändert, immer blieb sie sich gleich. Jeder Stern hatte seinen Platz und zog auf einer ewig gleichen Bahn.

Doch er nicht, er hatte keinen Platz in seiner Welt. Nicht mehr.

Guthrie fühlte sich leer. Aus der Erde, in der er groß geworden war, hatte man ihn herausgerissen. Nichts war ihm geblieben, kein Hunger, der jetzt noch zählte – außer dem einen, brennenden Gefühl.

Rache.

VI

Es war wie ein Alptraum. Ein Alptraum, der einfach nicht enden wollte. Guthrie setzte einen müden Fuß vor den anderen. Schritt. Schritt. Schritt. Er trottete über Wiesen, und dann, irgendwie, schluckte ihn der Wald, und erneut irrte er hilflos umher. Durch das Dunkelgrün der Tannen fiel in tanzenden Flecken das Sonnenlicht. Plötzlich erschien ihm ein nichtmenschliches Gesicht, das ihn beobachtete – große, dunkle Augen, weiße Haut, einen Moment lang deutlich und zum Greifen nahe, dann wieder verschluckt von Ästen und Zweigen. Das schnelle Flattern kleiner Vögel über seinem Kopf. Der Wind zwischen den Bäumen, die redeten ohne Unterlaß. Auf einem Baum ein Eichhörnchen, sein rotes Gesicht eingerahmt vom Braun und Grün der Äste und Nadeln. Seine empörte Stimme, mit der es ihn anschrie: *Tschunna tschunna tschut tschunna tschunna tschut tschut!*

Guthrie hatte sich hingesetzt, lehnte sich gegen den rauhen Stamm einer Tanne und spreizte seine Beine weit von sich. Er blinzelte verwirrt, da er nicht mehr genau wußte, wie er eigentlich hergekommen war. Er roch den scharfen, harzigen Duft der Tanne in seinem Rücken, fühlte den ausgelaufenen, klebrigen Saft an seiner Backe. Irgendwo in der Ferne piepste noch immer das Eichhörnchen.

Er schaute hinunter zu dem gelblich weißen Totenschädel, der glatt und schwer in seinen Händen lag. Er tastete die sanft geschwungenen Kieferknochen und umschloß das mit gezackten Linien überzogene Schädeldach mit der hohlen Hand. Die Zähne, die in ihrer ganzen Länge sichtbar waren, schienen ihn grinsend, vielleicht sogar gehässig, anzuschauen.

Guthrie durchzuckte plötzlicher Haß auf dieses Ding. Hätte er etwas Gräßlicheres mit sich herumtragen können? Der Schädel ließ sich nicht loswerden, doch einen Nutzen hatte er nicht. Unzählige Male hatte er schon versucht, ihn fortzuschleudern.

Und konnte es nicht.

»Was willst du von mir?« wollte Guthrie von dem runden Ding wissen. »*Was?* Sag es mir oder laß mich endlich in Ruhe!«

Doch der Schädel ruhte in seiner hohlen Hand wie ein Stein, taub gegenüber all seinen Fragen.

Guthrie seufzte erschöpft. »Es ist auch gleichgültig«, murmelte er. »Denn bald werde ich so sein wie du.« In seinem Innersten schien er zu spüren, daß es ihn nicht mehr lange in dieser Welt halten würde. Zu viel hatte er verloren. Von seinem früheren Selbst, so überlegte er, war bloß eine Hülle geblieben, ähnlich der Schale einer uralten Frucht, die so sehr gedörrt und geschrumpft war, daß aus ihr nichts mehr wachsen konnte.

Seit jenem Morgen, als er aus dem Kloster geflohen war, waren ihm nur zwei Menschen begegnet – zwei erschrockene Kinder, die vor ihm Reißaus genommen hatten. Ansonsten hatte er keinen lebenden Menschen zu Gesicht bekommen. Er war Fürst über ein Volk der Toten.

Da schien es nur passend, daß auch er bald zu den Toten zählte.

»Bald«, wiederholte er dem schweigenden Schädel und ließ sich müde an dem harzigen Stamm hinuntersinken. Sein Rachedurst hatte ihn verlassen. In kurzer Zeit schon würde er, wie alle anderen, die letzte Reise antreten ins Schattenland. Wieso sollte er so weitermachen? Das bedeutete nur weiteres, erschöpfendes und zielloses Marschieren. Er hatte genug vom Umherirren. Einfacher wäre es doch, hier liegenzubleiben.

Viel einfacher.

Aber irgendein hartnäckiger, kleiner Funke in ihm war nicht ganz erloschen. Noch nicht. »Hilf mir, du nutzloses Ding«, beschwor Guthrie den Schädel, den er vor sein Gesicht hielt. *»Hilf mir!«*

Nichts.

Guthrie lehnte sich wieder zurück. Er spürte, wie die letzte Hoffnung aus ihm strömte wie Blut aus einer Wunde. Also keine Hoffnung mehr. Keine Plagen. Er stöhnte, unendlich müde, und ließ seinen Kopf auf die Brust hängen.

Über seinen Arm krabbelte ein Käfer, der grünlich schimmerte wie ein kleiner Edelstein. Guthrie schaute undeutlich zu ihm hin. Das gedämpfte Licht unter den Tannenzweigen glänzte auf dem öligen Grün der Flügel. Die kleinen Beine bewegten sich rhythmisch, und vor dem schwarzen Kopf und den perlenartigen Augen tasteten die beweglichen Fühler. *Essen, essen, essen,* das war es wohl, was der Käfer dachte. Guthrie lächelte. Ja ja, *essen, essen, essen.* Ein guter Gedanke war das. Ein einfacher Gedanke. Von einem unschuldigen, kleinen Wesen, das nicht getrieben war von Hoffnungen und Ängsten und dem sinnlosen Durst nach Rache.

Guthrie schloß seine Augen. Auf seiner Handfläche spürte er ein leichtes Kitzeln. Vielleicht noch ein krabbelnder Käfer, dachte er. Doch plötzlich fiel ihm ein, daß in dieser Hand der Schädel lag.

Noch einmal konnte er es spüren, ein leichtes Kratzen, als ob der Schädel sich ganz leicht in seiner Hand bewegt hätte. Guthrie öffnete die Augen und starrte ihn an. Einen Augenblick lang schien in den leeren Höhlen etwas zu glühen, das seinen Blick erwiderte.

Guthrie blinzelte erschrocken. Doch als er wieder hinsah, waren die Augenhöhlen des Schädels so blind und leer wie zuvor.

Nutzloses, lästiges Ding.

Aber dann fühlte er noch einmal eine kaum merkliche Bewegung und wieder ein Kitzeln in seiner Hand – so schwach, daß er nicht sicher war, ob sich der Schädel tatsächlich bewegt hatte oder ob ihm seine Phantasie nur etwas vorgaukelte.

Starr hielt er seine Hand, wagte kaum zu atmen und beobachtete den Totenschädel. Ihm war, als ob der Kopf sich in seiner Hand langsam drehte – oder vielleicht drehte sich seine Hand, er konnte es nicht sagen –, bis das tote Gesicht sich von ihm abgewandt hatte und in den Wald schaute.

Guthrie zitterte. Er sah in dieser Richtung nichts Besonderes. Es standen dort einfach Tannen, und nichts unterschied sie von den Bäumen rings umher.

Mühsam richtete er sich auf, unsicher blieb er stehen. Sein Herz pochte. Dann hielt er den Schädel mit gestrecktem Arm vor sich hin und stolperte in die Richtung, in die er zu starren schien.

Als Guthrie die Gestalt zwischen den Bäumen sah, hielt er sie für nichts anderes als ein weiteres Trugbild – von einem Fey oder irgendeinem anderen, unwirklichen Wesen, das scheinbar im Wald umherstreifte. Der Schädel blickte in Richtung der Gestalt. Oder vielleicht doch nicht – Guthrie wollte seinen Sinnen nicht mehr trauen. Auch wußte er nicht, ob ihn der Schädel geführt hatte oder ob er einfach blindlings hierher gestolpert war.

Doch die Gestalt vor ihm schien ein wirklicheres Wesen zu sein als alle, denen er zuvor begegnet war.

Ruhig stand es da, nur halb zu sehen im grünen, düsteren Dickicht der Bäume. Es sah menschlich aus, gekleidet in eine graue Kutte.

Als er diese graue Kutte sah, erschrak Guthrie. Der Schädel hatte ihn also zu einer Erscheinung des toten Abts geführt, und genau so war ihm der Abt in seinen Träumen erschienen. Jetzt allerdings war er hellwach, und der Geist des Abts stand deutlich vor ihm. Er trug die graue Kutte seines Ordens, die er auch getragen hatte, als er vom Häuptling der Seewölfe umgebracht wurde – als er sich umbringen *ließ.* Die plötzliche Wut gab Guthrie einen Moment lang neue Kraft. Alle Müdigkeit war aus seinem Kopf verschwunden.

»Du!« rief Guthrie zornig zu dem Schädel, zu der grauen Gestalt – zu beiden. Er streckte die Hand mit dem gelblich weißen Schädel aus, als ob er gegenüber der rätselhaften Erscheinung eine Waffe zückte. »Wie kannst du es wagen, dich einfach vor mich hinzustellen, nach all dem, was passiert ist? Alles ist geraubt, zerstört und tot. *Alles!* Und du hättest es verhindern können. Du hattest Macht. Ich habe gesehen, wozu du fähig warst. Und du …« Doch hier versagte Guthrie die Stimme.

Die grau gekleidete Gestalt stand ruhig vor ihm. Sie hob langsam, wie um ihn zu beruhigen, die nach außen gekehrten Hände. Der Kopf war bedeckt mit einer Kapuze, doch darunter konnte Guthrie Augen sehen, die ihn aufmerksam und unentwegt betrachteten.

Erschrocken trat Guthrie einen Schritt zurück, denn diese Gestalt da vor ihm – das wurde ihm mit einem Mal klar – war nicht jenes kopflose Gespenst des toten Abts aus seinen Träumen.

»Du verwechselst mich«, sagte der Unbekannte sanft. »Friede, mein Junge.«

Guthrie starrte ihn wütend an, und in seinem Zorn war es ihm gleichgültig, mit wem oder was er eigentlich sprach. »Du redest mir von *Frieden?* Nachdem alles, was mir jemals etwas bedeutet hat, von mir gerissen und zerstört wurde? Nach Feuer und Verwüstung und Tod …?«

»Dein Selbst oder dein gelebtes Leben«, murmelte sanft die Gestalt in der grauen Kutte, »was hat den größeren Wert? Deine Güter oder dein gelebtes Leben, was ist in deinem Herzen?«

Es war eine hohe, flüsternde Stimme, durchsetzt mit dem rauhen Akzent des Südens. So leise war sie, daß Guthrie sich anstrengen mußte, um sie zu verstehen.

»Dein Begehren oder dein gelebtes Leben, was lenkt deinen Schritt?«

Guthrie stand nur da, mit halb offenem Mund.

»Verlieren oder gewinnen, was ist der größere Schmerz?«

Guthrie wußte nicht, was er tun oder sagen sollte. Die Fragen dieser Gestalt waren möglicherweise völliger Unsinn, doch von dem regungslosen Unbekannten ging eine Ruhe aus, die es ihm schwer machte, wütend zu bleiben.

»Ich kannte ihn«, sagte die Gestalt.

»Wen?«

Sie deutete auf den Schädel in Guthries Hand. »Abt Rianna.«

Guthrie konnte das alles nicht fassen. »Wer ... wer bist du?«

Die Gestalt machte vor ihm eine Verbeugung. »Ich gehöre zum Orden der Klosterer.«

Guthrie schluckte. »Du bist dem Angriff der Seewölfe also entkommen?« Er ging einen Schritt auf ihn zu. »Gibt es noch mehr von euch? Was ist mit den anderen Talbewohnern? Konnten auch von ihnen einige fliehen?«

Die grau gekleidete Gestalt schüttelte den Kopf. »Ich bin eben erst hier angekommen. Ich kam über die Berge, aus dem Süden.«

»Dann weißt du nicht, was ... was hier passiert ist?«

Er zeigte auf den Schädel in Guthries Hand und seufzte. »Ich sehe, daß du dich verirrt hast, daß du fast verhungert bist und verängstigt. Und ich sehe, daß ein alter Freund gestorben ist.«

Guthrie durchlief ein unheimliches Gefühl. »Wie ... wie kannst du ihn *erkennen?*«

Die grauen Schultern zuckten. »Wir waren Freunde.«

»Aber ...« Guthrie redete nicht weiter. Niemand konnte sagen, wozu diese Klosterer fähig waren. Er hatte den Abt gesehen, wie er ohne mit der Wimper zu zucken die unglaublichsten Dinge vollbrachte.

Guthrie betrachtete den Unbekannten, der mit derselben Ruhe vor ihm stand wie einst der Abt: Seine Arme steckten in den weiten Ärmeln der Kutte, und es fehlten gänzlich die alltäglichen, kleinen, unruhigen Bewegungen, wie man sie bei gewöhnlichen Menschen erwartete. »Riverside ist zerstört«, sagte

Guthrie bitter. »Das Kloster ist zerstört. Die Bewohner des Fürstentals sind tot.«

Ohne Regung schaute der Mönch ihn an.

»Bist du taub?« schrie Guthrie. »Zerstört! *Zerstört!* Alles ist zerstört!«

Der Klosterer seufzte. »Jawohl, ich höre dich, Junge. Ich höre dich. Diese Nachricht macht mich traurig. Aber völlig unerwartet kam sie nicht.«

»Aber du hast doch gesagt, du bist eben erst über die Berge gekommen ... Und du wußtest davon?«

»Nein, Junge. Nein. Ich *wußte* es nicht. Aber etwas hat mich hierhergezogen. All dies folgt einem Muster.«

Verwirrt schaute Guthrie ihn an. »Einem Muster?«

»Ich wurde hierher ... gelenkt.«

»Gelenkt?« Guthrie kam sich vor wie ein Schwachsinniger, als er jedes Wort des Klosterers wiederholte. Doch was sollte er tun? Sie waren ihm völlig unverständlich.

»Die Welt ist durchwebt von Mustern, Junge. Man kann lernen ... auf sie achtzugeben.«

Guthrie merkte, wie er allmählich ärgerlich wurde. »Kannst du nicht normal mit mir reden? Wenn du mit einer bestimmten Absicht über die Berge gekommen bist, dann nenn sie mir. Ich bin der Fürst dieses Tals. Du stehst hier auf *meinem* Land!«

Noch während er dies sagte, kam sich Guthrie unendlich lächerlich vor. Fürst – ja, das war er! Ein sterbender Fürst über ein totes Tal. Oder ein sterbender Narr, das würde es besser treffen!

Der Klosterer sah ihn so ruhig an wie zuvor. Guthrie bemerkte, wie sich unter dem Schatten der Kapuze seine Augen ernst bewegten und dann zwinkerten, wie bei einer Eule.

Stille.

Guthrie keuchte erschöpft. Niemals würde er Fürst sein. Es war dumm, überhaupt nur daran zu denken. Jämmerlich verenden würde er, hier in diesen Wäldern. Er schüttelte seinen

Kopf. »Geh dahin zurück, wo du hergekommen bist, mein Freund. Was willst du hier? Hier im Fürstental gibt es nichts für dich. Und nicht nur für dich, für niemanden mehr.«

Der Mönch blieb regungslos stehen.

»Geh, habe ich gesagt. *Geh!*«

Die grau gekleidete Gestalt stand seelenruhig da und meinte: »Weißt du denn nichts vom Weg der Klosterer, Junge?«

Guthrie schüttelte den Kopf.

»Wenn du davon wüßtest, würdest du nicht jemandem wie mir befehlen, daß er umkehren soll. Es war nicht mein ... Wille, hierherzukommen.«

»Du wurdest also geschickt?«

»Nein. Niemand hat mich geschickt.«

»Aber wenn es nicht dein Wille war und dich niemand geschickt hat ...«

»Mehr und mehr jeden Tag wirst du tun, um dein Wissen zu mehren«, sagte der Klosterer. »Doch folge dem Weglosen Weg, geh, ohne zu gehen, dann, Tag für Tag, tust du weniger nur, bis das große Ziel du erreichst.«

Guthrie schüttelte den Kopf. *Gehen, ohne zu gehen?* Was war das für ein Unsinn?

»Gib alles für nichts, und die Welt ist dein.«

Guthrie schaute ihn an.

»Du verstehst nicht«, sagte der Mönch sanft.

»Nein, das verstehe ich wirklich nicht. Was du mir erzählst, ist Unfug in meinen Ohren. Rede normal mit mir oder rede gar nicht!«

»Ich habe mit dir so verständlich geredet, wie ich es vermag.«

»Du hast geredet wie ...«, fing Guthrie an, doch er ließ es bleiben. War es von irgendwelcher Bedeutung, ob dieser seltsame Klosterer etwas daherredete oder nicht? Nichts war mehr von Bedeutung.

Er fühlte sich schwindlig und schwach und plötzlich unsäglich müde.

Da schien die Welt neben ihm wegzugleiten. Unerwartet und hart, wie eine große, mit Blättern bedeckte Faust, schlug ihm der Waldboden ins Gesicht.

»Vorsicht, Junge«, sagte eine Stimme, und Guthrie fühlte einen Arm um seine Schultern, der ihn zum Sitzen aufrichtete. »Nicht weit von hier gibt es Wasser.«

Guthrie spürte, wie ihm sehnige Arme auf die Beine halfen.

»Komm mit, Junge. Es ist nicht weit.«

Unsicher wie ein kleines Kind ließ sich Guthrie durch den Wald führen, bis er und der Mönch schließlich einen von Felsen umgebenen, kleinen See erreichten. Der Mönch ließ ihn los, und Guthrie kniete nieder und trank dankbar von dem kalten Wasser.

»Hier.« Eine Hand faßte ihn sanft bei der Schulter und drehte ihn um. Der Klosterer reichte ihm ein Reisebrot aus gebackenem Hafermehl, Honig und wilden Beeren.

Guthrie griff danach mit zitternder Hand. Es duftete verführerisch, und er biß hinein. Das Brot war zäh und trocken, doch köstlicher als alles, was er in seinem ganzen Leben gegessen hatte. Er verzehrte es in kleinen Bissen und zerkaute jedes Stück langsam zu Brei, bevor er es hinunterschluckte. Sein Kiefer tat weh – derart ungewohnt war ihm das Essen geworden.

Als er schließlich fertig war, blickte er nach oben und merkte, wie der Mönch ihn aufmerksam beobachtete.

»Gut«, sagte er. »Das hat man dir angesehen, daß du schon lange nichts mehr in den Magen bekommen hast.«

Guthrie nickte. Er fühlte, wie sich die Kraft des Brots in ihm ausbreitete. Er strich sich das verfilzte Haar aus dem Gesicht, kniete wieder ans Ufer und tauchte seinen Kopf ins Wasser. Prustend kam er nach oben. Noch einmal tauchte er unter und schüttelte das Wasser ab wie ein Hund. Er spürte, wie er einen klaren Kopf bekam.

Schwer atmend setzte sich Guthrie auf die Erde. Von dem Wasser fühlte er sich sauber und erfrischt. Er sah hoch zu dem

Mönch und wußte nicht, was er nun sagen sollte. »Da … Danke«, stammelte er nach einer Weile.

Der Klosterer nickte.

Stille.

Guthrie sah sich um. Rund um den See lagen Felsen, dahinter standen dunkel und dicht die Bäume. Das Wasser war glatt wie Glas. Es herrschte fast vollkommene Stille, nur einige Enten quakten und platschten am entgegengesetzten Ufer. Hoch über ihm drehte ein einzelner Falke seine Kreise. Wolkenfetzen zogen über den Himmel. Die Luft in Guthries Lungen war scharf und frisch. Zum ersten Mal seit Tagen fühlte er, daß er *lebte.*

»Spiegelteich«, meinte der Klosterer und deutete auf den See.

Guthrie folgte seinem Blick. Der Name war gut gewählt. Das vollkommen regungslose Wasser spiegelte den Himmel und die Wolken und die Bäume am Ufer. Er lehnte sich weiter nach vorn.

Es war ein fast fremdes Gesicht, das zu ihm hochschaute – ausgemergelt und mit wild blickenden Augen. Er erinnerte sich an den letzten Teich, in dem er sein Spiegelbild gesehen hatte, und schaudernd wich er zurück.

Und als er an den Teich mit den Birken dachte, merkte Guthrie, daß er den Schädel gar nicht mehr bei sich trug. Für einen kurzen Moment fühlte er sich erleichtert, das Ding endlich los zu sein. Doch dann überkam ihn eine unerklärliche Unruhe. Seine Handflächen kribbelten und sehnten sich nach dem vertrauten Gewicht und Gefühl des Schädels.

Guthrie sprang auf. »Wo ist er?« fragte er den Klosterer.

Der Mönch zeigte ins Gras, und da, keine fünf Schritte entfernt, lag der Schädel.

Guthrie eilte hin, hob ihn auf und hielt ihn vorsichtig im Arm wie einen Säugling.

Als er jedoch hinübersah zu der Gestalt in der grauen Kutte, kam er sich äußerst albern vor. Wie mußte es für diesen Fremden wohl aussehen, wenn er gierig nach dem Schädel griff? Guthrie zitterte. War er vielleicht verrückt geworden, daß er sich so verhielt?

»Ich ...«, begann er und versuchte, sich zu rechtfertigen. Aber er wußte nicht, wie er sein Verhalten erklären sollte.

»Der Abt war kein gewöhnlicher Mann«, sagte da der Klosterer.

Es waren dieselben Worte, mit denen der Abt sich selbst beschrieben hatte. Guthrie spürte, daß er vor Wut bebte. »Doch der Tod von eurem Abt war ganz und gar nicht ungewöhnlich. Wie einem dummen Huhn haben sie ihm den Kopf abgehauen.«

»Das bezweifle ich, Junge.«

»Du warst nicht dabei!« fauchte Guthrie. »Ich aber. Ich habe es *gesehen*! Er stand regungslos da und ließ sich vom Häuptling der Seewölfe den Kopf abschlagen. Keinen Finger hat er gerührt, um sich zu verteidigen! Und das, nachdem er ...« Guthrie merkte, daß er vor Aufregung keuchte, »... nachdem er mir versprochen hatte ... *versprochen* hatte, daß ich ihm vertrauen könnte. Gut, ich *habe* ihm vertraut. Und was ist passiert? Das Kloster wurde zerstört und mein Volk abgeschlachtet wie Schafe.«

»Abt Rianna war kein gewöhnlicher Mann«, wiederholte der Klosterer.

Guthrie schaute ihn wütend an. »Euer Abt war ein Lügner und Betrüger!«

Der Mönch zuckte nur mit den Schultern. »Wieso klammerst du dich dann an seine Überreste, als ob dein Leben davon abhinge?«

Guthrie sah hinunter zu dem Schädel. »Ich ...« Doch er wußte keine Antwort.

»Manchmal«, sagte der Mönch, »dient der Tod einer Absicht, die den Lebenden verborgen bleibt.«

Guthrie schüttelte seinen Kopf. »Willst du sagen, daß sich der Abt *absichtlich* töten ließ?«

»Vielleicht.«

»Das ist Irrsinn! Was hätte er mit seinem Tod schon erreichen können? Die Talbewohner haben seine Dummheit mit dem Leben bezahlt.«

»Du jedoch lebst, stehst hier und redest mit mir.«

»Aber das ...«

»Wie bist du zu mir gekommen?«

»Ich bin nicht *zu dir* gekommen. Ich hatte mich verirrt und suchte den Weg zum Meer. Ich bin einfach ziellos umhergeirrt.«

»Und es scheint, du bist *ziellos* auf mich zugelaufen, nicht wahr?«

Guthrie zitterte und erinnerte sich daran, wie ihm der Schädel den Weg gewiesen hatte.

»Die Welt ist reicher und tiefer, als du vielleicht denken magst, Junge.«

Allein die Vorstellung von dem, was ihm der Mönch erzählte, machte Guthrie benommen. *Für ihn* sollte der Abt gestorben sein? Für einen zweiten Sohn? Weshalb nicht für Garth, seinen Vater? Das hätte noch halbwegs einen Sinn ergeben: sich zu opfern, um den Fürsten zu retten. Aber seinen Vater und Garrett sterben zu lassen, damit er, Guthrie, leben konnte ... Nein, das war undenkbar.

Guthrie holte tief Luft. »Falls der tote Abt mich also ... hierhergeführt hat, weshalb sollte er mich zu *dir* führen?«

Der Klosterer zuckte mit den Schultern. »Ich weiß es nicht.«

Guthrie schnaubte wütend. »Das ist keine Antwort!«

Wieder hob der Klosterer die Schultern. »Vielleicht besitze ich etwas, das du brauchst. Vielleicht besitzt du etwas, das ich brauche.«

»Und was wäre das?«

»Ich weiß es nicht, Junge.«

»Was ist mit all dem geheimen Wissen, über das ihr Mönche angeblich verfügt? Ich habe gesehen, wie der Abt geradezu Unglaubliches vollbracht hat. Einen Speer hat er gefangen, mitten im Flug … Und du hast einen Toten an seinem blanken Schädel wiedererkannt. Ihr *müßt* doch Dinge wissen, von denen gewöhnliche Menschen keine Ahnung haben. Und wenn der Abt tatsächlich für mich gestorben ist …« Guthrie hielt inne. Er suchte nach den richtigen Worten, denn der Gedanke erschien ihm noch allzu verrückt. »Wenn er also … mit einer bestimmten Absicht gestorben ist, dann frage ich mich, welche das war?«

Der Klosterer hob zum dritten Mal die Schultern. »Ich weiß es nicht.«

Guthrie stand da und bebte vor zorniger Enttäuschung. Am liebsten wäre er diesem grau gekleideten Kerl, der unverständliches Zeug redete und ihm keine Antworten geben wollte, an die Gurgel gesprungen.

Der Mönch trat auf ihn zu und faßte ihn bei der Hand. »Komm, Junge, du hast Schlimmes durchgemacht. Was du jetzt brauchst, ist …«

Guthrie riß sich los und schlug wütend um sich. Ohne daß er es gewollt hatte, schleuderte er seine Hand direkt in das Gesicht unter der Kapuze. Doch es kam nicht zu dem Faustschlag. Statt dessen lag Guthrie plötzlich flach auf dem Rücken am Ufer.

Über ihm stand ruhig der Mönch. Guthrie schaute zornig nach oben, aber sein Zorn verwandelte sich in ungläubiges Staunen. Die graue Kapuze war hinten vom Kopf gerutscht, und zum ersten Mal sah Guthrie deutlich das Gesicht. Eine alte Frau blickte auf ihn herab. Ihr Haar war kurz und silbergrau, ihre Augen grün wie das Meer und eingefaßt durch ein Netz von Falten, die sich über das ganze Gesicht verbreiteten. Sie lächelte ihn an mit schiefem Mund und zeigte ihre krummen Zähne.

Guthrie schüttelte den Kopf. Eine Frau. Ein runzliges, altes Mütterchen hatte ihn zu Boden geworfen! Er erinnerte sich an den Abt, wie er den Speer des Häuptlings gefangen und Hone Amis in den Schlamm des Klosterhofs geschleudert hatte. Er fragte sich, was für seltsame Kräfte das waren, die diese Klosterer besaßen. Es schien, daß kein gewöhnlicher Mensch gegen sie eine Chance hatte.

Doch bei diesen Gedanken brannte seine Wut umso heißer, denn das bedeutete, daß der Abt seinen Tod sehr wohl hätte verhindern können.

Die Frau reichte ihm eine Hand, um ihm auf die Beine zu helfen.

Guthrie seufzte und nahm die Hand. Der Ellbogen, auf den er gestützt war, schmerzte. Er kam auf die Beine, griff nach dem Schädel, der einige Schritte neben ihm ins Gras gefallen war, und stand unsicher da.

Er war dieser seltsamen Klosterbewohnerin vollkommen ausgeliefert.

Das war kein beruhigender Gedanke.

Plötzlich wollte er nur noch wegrennen, dort im Dickicht der Bäume verschwinden und diese unheimliche Frau für immer los sein.

Doch was dann?

Ja, das war das eigentliche Problem. Was konnte er denn tun? An den Seewölfen Rache zu nehmen war ja schön und gut, aber wenn er sich bereits in diesem Wald im Fürstental verirrte, wie sollte er dann den Weg nach Süden finden und sich die Mittel und Männer beschaffen, die er für sein Vorhaben brauchen würde? Wenn er allerdings so wäre wie diese Klosterer, dann könnte er …

Er stand da wie vom Donner gerührt.

Wenn er die Fähigkeiten der Klosterer besäße, dann könnte es keiner mit ihm aufnehmen.

Guthrie hatte es klar vor Augen: wie er den Häuptling der

Seewölfe in seinem eigenen Haus überraschen würde, wie der Seewolf mit einem Speer auf ihn losstürmte und wie er selbst diese rätselhafte Handbewegung ausführte, die den Seewolf zu Boden schmetterte. Guthrie sah sich dastehen und über seinen Gegner lachen, der hilflos zu seinen Füßen lag.

Es war ein *wunderbares* Gefühl.

Er betrachtete die Frau. Sie war alt und scheinbar gebrechlich, und doch war sie leicht mit ihm fertig geworden. Vielleicht hatte sie ihr ganzes Leben lang das geheime Wissen des Ordens studiert. »Laß mich dein Schüler sein!« bat er. »Lehre mich die Dinge, die du tun kannst.«

Lange schaute die Frau ihn an. Dann sagte sie: »Du willst also dem Weglosen Weg folgen?«

»Ich möchte tun können, was du kannst.«

»Weshalb?«

Guthrie wich ihrem fragenden Blick aus. »Ich ... ich bewundere deine Fähigkeiten.«

Die Frau lachte ihn an mit ihrem schiefen Lachen. Ihre Augen schienen merkwürdig zu glitzern, wie Juwelen in tiefem Wasser. »Ich denke, mein Junge, das hat andere Gründe.«

»Und wenn es doch so ist? Hör mir zu! Weshalb sonst hätte mich der tote Abt hierhergeführt und dafür gesorgt, daß wir uns an diesem verlassenen Ort begegnen? Wahrscheinlich deshalb, damit du mir die Tricks der Klosterer beibringen kannst.«

Die Frau schnaubte verächtlich. »Tricks? Der Weglose Weg besteht nicht aus *Tricks.*«

»Dann zeig ihn mir.«

»Der Weglose Weg ist möglicherweise nicht das, was du dir darunter vorstellst, Junge.«

»Zeig ihn mir!«

Die Frau betrachtete den Schädel in Guthries Hand. Sie seufzte. »Bist du dir ganz sicher, daß es das ist, was du tun willst?«

Guthrie nickte. »Ja. *Ganz* sicher.«

Einen Moment lang zögerte die Frau, dann nickte sie bedächtig. »So sei es denn. Du bist hier, ich bin hier. Ich werde dich lehren.«

»Gut«, sagte Guthrie. »Gut!«

»Doch sei gewarnt. Es gibt kein Zurück. Wer den Weglosen Weg einmal betreten hat, der *verändert* sich.«

Guthrie lächelte. »Eine Veränderung wäre mir willkommen.«

»Vielleicht. Wir werden sehen.« Die Frau sah ihn nüchtern an. »Ich heiße Rosslyn. Und wie heißt du?«

»Fürst Guthrie Garthson.«

»Und wie soll *ich* dich nennen, Fürst Guthrie Garthson? Für jemanden wie mich besteht dein Name aus allzu vielen Teilen.«

Guthrie hob die Schultern. »Einfach ... Guthrie. Das reicht.«

»Also gut, junger Guthrie. Nimm deine Sachen, und wir werden uns einen Platz für ein Lager suchen.« Sie drehte sich um und griff nach einem abgewetzten Umhängebeutel, der in der Nähe im Gras lag. Guthrie bemerkte, daß es das einzige Gepäckstück war, das sie dabei hatte. Rosslyn lächelte. »Ich sehe, daß auch du nicht viel mit dir herumträgst. Das ist gut.«

»Es war nicht meine Absicht, so zu reisen«, erwiderte Guthrie. »Und ich wüßte wirklich nicht, was daran so gut sein soll.«

»Du hast gelernt, auf Dinge zu verzichten. Das ist eine äußerst wichtige Erkenntnis.«

»Zu dieser Erkenntnis wäre ich gerne auf weniger qualvollem Weg gekommen. Oder überhaupt nicht«, meinte Guthrie mürrisch.

Rosslyn lächelte. »Wenn du dem Weglosen Weg folgen willst, Junge, dann wirst du noch auf vieles verzichten müssen.«

Guthrie blickte sie unsicher an. Er wußte nicht, was er antworten sollte.

»Komm jetzt«, drängte Rosslyn. »Wir suchen uns einen Lagerplatz.« Und mit diesen Worten führte sie ihn weg vom Ufer des Teichs und hinein in das schattige Gewirr der Bäume.

VII

»Da entlang«, sagte Alia und deutete zwischen den Tannen hindurch auf einen langen Hügelkamm, zu dem ihr Weg hinaufführte.

Hone Amis, der neben ihr stand, blieb stumm. Hinter ihm folgten, in Reih und Glied, vier Dutzend Soldaten der Miliz, die nun stehengeblieben waren und warteten. Verteilt zwischen den Bäumen, standen etwa zwanzig Jäger.

Besorgt blickte Alia zu dieser kleinen Streitmacht. Sie spürte, daß sie bei weitem nicht groß genug war. Doch selbst diese Zahl an Männern hatte Hone Amis nur mit größtem Widerwillen bereitgestellt, und es war unklar, bis zu welchem Grad er Alias Geschichte mittlerweile Glauben schenkte.

Alia seufzte und fuhr sich mit den Fingern über ihr wundes Gesicht. »Wenn wir erst einmal die andere Seite des Hügelkamms erreicht haben«, sagte sie zu dem Heermeister, »dann sind wir bald am Rand der Buchenmulde, und durch die Buchen müßten wir hinab auf die Lichtung sehen, wo die Banditen ihr Lager haben.«

Alles, was sie von Hone Amis hörte, war ein Brummen.

Alia biß sich auf ihre rauhen Lippen und versuchte sich zu beherrschen. Seit zwei Tagen waren sie unterwegs – denn das Versteck der Banditen lag hoch oben in den Bergen –, und vor immerhin vier Tagen hatte man sie ins Jägerlager geschleppt. Am ersten Tag hatte sich Hone Amis auf stur gestellt und so lange irgendwelche Einzelheiten beraten, daß es viel zu spät geworden war, um an jenem Tag noch aufzubrechen. Dann, am zweiten Tag, war vom Meer herein schreckliches Unwetter aufgezogen, das ihm einen weiteren Vorwand lieferte, noch zu warten. Und heute morgen und den ganzen gestrigen Tag, als sie schließlich losmarschiert waren, hatte Hone Amis spöttische Bemerkungen gemacht. Daß sie einem Gespenst hinterherjagten oder vielmehr den überdrehten Phantasien eines kleinen Mädchens. Alia hätte den Heermeister am liebsten erwürgt.

Dieser Mann macht sich über sie lustig, ihr wundes Gesicht schmerzte … Sie versuchte die Gefühle zu verdrängen, die all dies in ihr hervorrief, denn allzu sehr erinnerte es sie an ihre Kindheit. Plötzlich erschien ihr ein erschreckend klares Bild ihres Vaters, wie er mit wutverzerrtem Gesicht und erhobener Hand vor ihr stand. Alia schauderte und stieß diesen Gedanken von sich. All dem war sie zum Glück entkommen, und sie hatte sich geschworen, für immer damit abzuschließen. Doch manchmal war es ungeheuer schwer für sie, sich an diesen Vorsatz zu halten …

Zwei Milizen kamen zwischen den Bäumen den Hang hinunter. Anders als die gewöhnlichen Soldaten trugen diese beiden grün und braun geschecktes Leder und enganliegende, kleine Kappen, auf die vorn das Symbol der Miliz gestickt war. An der Rückseite baumelte ein Wieselschwanz. Einer der beiden war es auch gewesen, der sie vier Tage zuvor ins Lager gebracht hatte.

Hone Amis hatte sich geweigert, bei diesem Kriegszug auch Jäger als Kundschafter zu entsenden – was in den Augen Alias den Gipfel der Dummheit darstellte –, doch diese beiden schienen zumindest etwas mit dem Wald vertraut zu sein. Mit leichtfüßiger Gewandtheit bewegten sie sich durch das unebene Gelände.

»Keine Anzeichen von Wachtposten auf dieser Seite des Hügels«, meldete der größere der beiden dem Heermeister. »Alles so ruhig, wie man nur wünschen kann.«

Hone Amis brummte seine Anerkennung.

»Auf der anderen Seite war kein Zeichen eines Lagers zu erkennen«, fügte der zweite Kundschafter hinzu.

Hone Amis hob eine Augenbraue und sagte nichts.

Charrer Mysha kam zu ihnen und stellte sich neben Hone Amis.

Der Heermeister wandte sich um und fluchte leise, als er Mysha so unerwartet neben sich fand. »Müßt Ihr Euch anschleichen wie ein Dieb?«

Mysha blieb stumm.

»Das ist kein Spiel, was wir hier treiben!« fauchte Hone Amis, starrte Charrer Mysha wütend an und zog sein Schwert.

Einen Moment lang dachte Alia, daß Hone Amis tatsächlich auf Mysha losgehen würde.

Aber nein. Der Heermeister hob die Waffe nur über den Kopf und deutete mit der Klinge erst nach rechts, dann nach links. Ohne ein Wort ging er den Hang hinauf.

Alia hörte, wie Schwerter zischend aus der Scheide fuhren. Die Soldaten folgten Hone Amis langsam hinauf zum Hügelkamm.

Sie schaute zu Charrer Mysha. Er legte Alia die Hand auf die Schulter – eine kurze, leise Berührung der Ermutigung –, dann ging er mit den anderen davon.

Alia folgte ihm.

Die Jäger, die an diesem Kriegszug teilnahmen, bewegten sich in keiner bestimmten Ordnung. Sie glitten geräuschlos durch das Dickicht, wobei sie immer in Rufweite blieben – so wie bei einer gewöhnlichen Jagd. Doch die Milizen ... Da war etwas fast Unheimliches in der Art, wie die Soldaten durch den Wald marschierten. Sie bewegten sich vorwärts, als ob man sie an einer langen Schnur aufgefädelt hätte und eine riesige, unsichtbare Hand sie immer weiter zöge. Gleichzeitig stellte Alia fest, daß es zu dieser Ordnung nicht mehr brauchte als ab und zu einen geflüsterten Befehl des Heermeisters.

Mit ihren Helmen aus Eisen und Leder, den kurzen Schwertern und den Speeren sahen sie beeindruckend und furchterregend aus, das mußte Alia zugeben – obwohl die Seewölfe sie so vernichtend geschlagen hatten.

Doch in ihrer starren Ordnung machten sie viel zu viel Lärm.

Der rothaarige Orrin lief einen Moment lang neben Alia her.

Er deutete auf die geordneten Reihen der Soldaten und schüttelte seinen Kopf. »Idioten!« flüsterte er ihr ins Ohr.

Alia hob die Schultern und wußte keine Antwort.

Milizen und Jäger gingen hinauf zum Hügelkamm. Alia spürte, wie ihre Halsadern pochten. Ihre linke Hand hielt glitschig und feucht einen Bogen – ein Ersatz für ihren eigenen Bogen, den ihr die Banditen abgenommen hatten –, und die Handfläche juckte dort, wo die Zeichen des Dämonen vernarbten. Sie versuchte, nicht daran zu denken. Aber das Jucken wurde immer stärker, bis sie anhalten mußte, den Bogen an einen Baum lehnte und sich kratzte. Erleichtert blieb sie einen Moment stehen. Ihre Augen schmerzten, denn die letzten Nächte hatte sie nicht allzu gut geschlafen ...

Noch immer war das seltsame, komplizierte Muster, das ihr der Dämon ins Fleisch geritzt hatte, nicht ganz verheilt. Vor ihrem inneren Auge sah sie das furchterregende, unmenschliche Gesicht. Es hatte sie bis in ihre Träume verfolgt, dieses Gesicht, hatte sie gerufen, immer wieder gerufen.

Alia schüttelte den Kopf. Das waren nun einmal die Nachwirkungen der schrecklichen Ereignisse, versuchte sie sich zu beruhigen. Eine ganz natürliche Reaktion, jedem würde es so ergehen.

Aber die Bilder ließen ihr keine Ruhe.

Immer wieder waren ihr in den letzten Tagen die großen, gelben, nichtmenschlichen Augen erschienen, die sie so eindringlich anstarrten, der offene Mund mit den Reißzähnen, der sie rief. So wie jetzt.

Sie fühlte, wie ein Schauder sie erfaßte.

Alia schüttelte sich, und entschlossen vertrieb sie dies alles aus ihren Gedanken. Sie rannte hastig bergauf, um die anderen einzuholen.

Sie dachte daran, wie es wohl sein würde, wenn sie oben auf dem Hügel standen – was Hone Amis für ein Gesicht machen würde, wenn er zur anderen Seite hinuntersah und unter sich das riesige Banditenlager entdeckte. Seine Kundschafter waren einfach nicht weit genug über den Kamm gegangen, um zu erkennen, was sich auf dieser anderen Seite verbarg.

Doch das war gleichgültig.

Höher und höher kletterten sie, mittlerweile auf Händen und Knien, und hielten sich an den Weg, auf dem es laut der Kundschafter keine Wachtposten gab. Höher stiegen sie, bis Alia keuchte und verschwitzt war, und noch höher, bis sie schließlich die moosbewachsenen Felsen auf dem Hügelkamm erreichten.

Alia lief quer über den Abhang, denn sie wollte neben Hone Amis stehen, wenn dieser über die Felsen zur anderen Seite sehen konnte. Ihre müden, verspannten und wunden Glieder schmerzten bei all der Anstrengung, doch sie biß die Zähne zusammen und ging schnell, geduckt und leise.

Als sie sich neben den Heermeister kniete, legte Alia ihren Bogen beiseite, um ihre juckende Handfläche in das kühle, feuchte Moos zu drücken, das die Felsen bedeckte. Sie zitterte vor Erschöpfung und gespannter Erwartung. »Dort unten ist es. Zwischen den Buchen«, flüsterte sie Hone Amis zu. »Von hier müßte man es schon sehen.«

Hone Amis spähte um die Felsen.

Alia beobachtete ihn gespannt von hinten. Sein Gesicht konnte sie nicht sehen, aber wenn er das Lager entdeckte, würde sie es schon merken. Er würde erstarren oder zusammenzucken oder plötzlich wieder in Deckung gehen – irgend etwas. Selbst er könnte nicht einfach hundert oder mehr Banditen betrachten, die sich auf seinem Land niedergelassen hatten, ohne irgendwie zu reagieren.

Aber er tat nichts dergleichen. Statt dessen kam er von den Felsen zurück, stellte sich breitbeinig vor Alia und schaute sie wütend an. »Banditen! Ha!«

Alia verstand nicht, was er meinte.

Der Heermeister packte sie und zog sie in die Höhe. »Schau,

du dummes Mädchen. *Schau!«* Er schob sie um die Felsen, so daß sie auf der anderen Seite ins Tal sehen konnte.

Alia fühlte, wie in ihrem zerschundenen Gesicht schmerzhaft das Blut pulsierte. Es war der richtige Ort, sie wußte es! Sie erkannte den Wald mit den alten Buchen und, durch ihre kahlen Äste hindurch, die Lichtung, auf der die Feuer gebrannt und die Zelte gestanden hatten. Obwohl durch das Gewirr der Äste nicht alles deutlich zu sehen war, konnte sie doch mit Sicherheit sagen, daß da unten keine Zelte waren, keine Feuer, keine Banditen.

Nichts.

»Ich ... ich ... verstehe das nicht«, stammelte sie. »Wo sind sie nur hin?«

Hone Amis schüttelte sie, und seine dicken Finger gruben sich schmerzhaft in ihre Arme. »*Dummes* Mädchen! Es gibt keine Banditen da unten. Und es *gab nie* Banditen da unten!«

Angewidert stieß er Alia von sich fort. »Ich habe Erkundigungen über dich eingeholt, Mädchen. Du bist eine Träumerin, eine von denen, die ihr Leben damit zubringen, in den blauen Himmel zu starren. Ich kenne deine Art. Überall um euch her seht ihr wunderbare Dinge. Oder vielmehr: Ihr schmückt die Welt mit den bunten Bildern eurer Phantasie. Und das sind auch deine Banditen – gar nichts! Und alles übrige deiner Geschichte – gar nichts! Trugbilder und Gespenster und die Tagträume eines dummen, verschreckten Mädchens.«

Der Heermeister drehte sich um. »Alles erledigt«, rief er seinen Männern zu. »Da unten gibt es nichts. Wir sind umsonst hierhergekommen, wie ich erwartet hatte.«

Von den Soldaten kam ein unruhiges Brummen. Sie steckten ihre Schwerter zurück in die Scheide und schauten wütend zu den Jägern, die zwischen den Bäumen hervorgekommen waren.

»Habe doch gleich gesagt, daß man keinem von denen trauen kann«, hörte Alia eine mürrische Stimme. »Alles Eigenbrötler und Verrückte, diese Jäger.«

»Was hast du denn erwartet?« sagte ein anderer. »Das sind Davongelaufene. Schau sie dir doch an! Schmutziges, versponnenes Gesindel.«

Die Jäger schnaubten vor Wut, doch Alia ließ nur gedemütigt ihren Kopf hängen.

Sie ging von ihnen weg und schaute auf der anderen Seite des Hügelkamms ins Tal hinunter. Es war der richtige Ort, ganz sicher! Doch von einem Banditenlager war keine Spur zu erkennen. Sie mußten also nach ihrer Flucht weitergezogen sein. Und wenn das stimmte, dann gab es da unten noch Spuren des früheren Lagers. Es *mußte* noch welche geben. Die konnte man von hier oben natürlich nicht sehen, doch wenn man hinunterginge ... Hone Amis müßte ihr hinunter zur Lichtung folgen, dann könnte sie ihm alles zeigen, und er *müßte* ihr glauben.

Ihr Vorschlag machte den Heermeister nur noch wütender.

»Gib es doch endlich zu, Mädchen! Du hast dir alles nur ausgedacht: die Männer mit Juwelen und Totenschädeln und den Mord und all das übrige Zeug. Mach es nicht noch schlimmer, indem du mich weiterhin anlügst.«

»Ich lüge nicht!«

Hone Amis sah sie verächtlich an. »Wegen dir haben wir schon viel zu viel wertvolle Zeit vergeudet. Wir könnten lange schon unten im Fürstental sein und nach Überlebenden suchen, ja vielleicht den jungen Fürsten retten. Längst wären wir in Riverside und könnten Dutzende nützliche Dinge tun. Aber nein! Ich marschiere hier durch diese verdammten Wälder, um den Träumen eines kleinen Mädchens hinterherzujagen.«

Alia wollte nicht nachgeben. »Das sind keine Träume! Wenn Ihr nur hinuntergehen und nachsehen würdet, dann ...«

»Es reicht jetzt, Mädchen!« Er ging drohend auf sie zu. »Du hältst jetzt deinen Mund, oder ich werde ...«

»Du wirst *was*?« fragte eine Stimme hinter Alias Schulter.

Neben ihr erschienen der rothaarige Orrin, Einauge und Tym.

Orrin sah Hone Amis herausfordernd an. »Du legst dich gerne mit Leuten an, die kleiner sind als du, nicht wahr?«

»Dreckskerl«, fügte Tym hinzu.

Hone Amis bohrte Orrin einen Finger in die Brust. »Bleib mir aus dem Weg, Junge, oder du wirst es bereuen.«

»Wenn hier jemand etwas bereut, dann wirst du es sein«, sagte Tym, der sich neben Orrin stellte. Auch Einauge trat hinzu, so daß die drei nun wie eine Mauer zwischen dem Heermeister und Alia standen.

»Dreckskerl«, wiederholte Orrin die Beleidigung, die Hone Amis derart aufgebracht hatte.

Der Heermeister ballte seine Fäuste. Als der Streit begonnen hatte, waren seine Männer immer näher zu ihm getreten, doch verärgert winkte er sie zurück. Er holte tief und mühsam Luft, schloß seine Augen, öffnete sie wieder. »Ich habe Besseres zu tun, als hier herumzustehen und euch Rotzlöffeln zuzuhören, während …« Er wirbelte herum, als plötzlich Charrer Mysha hinter ihm auftauchte. »Haltet mir diese Grünschnäbel vom Hals! Hört Ihr? Ich habe sie satt bis oben hin!«

Mysha hob seine Arme. Mit nach außen gekehrten Handflächen versuchte er die Streitenden zu beruhigen.

Doch Alia sprang vor und meinte zu Hone Amis: »Wieso sollten die Banditen *nicht* weitergezogen sein? Nachdem ich geflohen war und sie wußten, daß ich ein Jäger bin, mußten sie doch davon ausgehen, daß ich mit Kriegern zurückkehren würde. Es war klar, daß sie ihr Lager abbrechen würden. Und sie hatten ja auch *vier* Tage Zeit dazu. Wir brauchen nur …«

»Du sollst endlich still sein!« unterbrach der Heermeister. »Auf gar keinen Fall werde ich mir irgendwelche Vorträge über Kriegführung anhören. Und schon gar nicht von einem als Jungen verkleideten Mädchen, das sich vor seinen eigenen Träumen fürchtet.«

»Du bist derjenige, der sich fürchtet«, rief Tym. »Und zwar davor, zuzugeben, daß du dich möglicherweise geirrt hast.«

»Genug!« schrie Hone Amis. »Ich *weigere* mich, weiter über diese Sache zu diskutieren. Wir haben eine Menge wichtiger Aufgaben zu erledigen, von denen das Wohl unserer ganzen Gemeinschaft abhängt. Doch das sind Dinge, die euch Jäger nie gekümmert haben!«

»Wir haben unsere eigene Gemeinschaft«, meinte Orrin wütend.

Hone Amis warf seinen Kopf zurück. »Ha! Was seid ihr denn? Eine zusammengewürfelte Bande von Lumpen und Feiglingen, die lieber vor allem wegrennen und im Wald herumspielen, als sich zu Hause ihrer Verantwortung zu stellen. Ihr befolgt weder Befehle noch Gesetze. Und es ist einfach lachhaft, wie Ser Mysha euch führt.«

»Wie könnt Ihr es wagen …«, schrie Alia aufgebracht. »Ihr … Ihr wißt doch gar nicht …« Sie fand nicht die richtigen Worte.

»Genug!« schrie Hone Amis noch einmal. »Ich habe bereits gesagt, daß ich mit euch verlogenem Pack nicht herumstreiten werde.« Damit drehte er sich um und marschierte davon, und auf sein Zeichen hin folgten ihm die Soldaten.

»Aber Ihr könnt doch nicht einfach verschwinden!« rief Alia entsetzt. »Im Wald lauern noch immer diese Banditen. Irgendwo. So glaubt mir doch!«

Die einzige Antwort war das höhnische Gelächter der abziehenden Milizen.

Die Jäger zögerten noch etwas, doch als sie die Milizen zwischen den Bäumen verschwinden sahen, begannen auch sie, ihnen zu folgen.

»Wartet!« rief Alia und wollte sie zurückhalten.

»Laß sie gehen«, sagte Charrer Mysha sanft.

»Dreckskerle!« fauchte Tym den Milizen hinterher.

»Eines Tages wird ihm sein hochnäsiges Getue noch leid tun«, schnaubte Orrin und blickte Hone Amis wütend hinterher.

»Laß es gut sein«, sagte Mysha.

»Wie konntest du dir nur in aller Seelenruhe anhören, was dieses Miststück über dich gesagt hat, Mysha?«

Mysha schüttelte den Kopf. »Es ist nicht gut, so zu denken.«

»Aber er ...«

»Laß es sein«, wiederholte Mysha.

»Wir können sie nicht einfach alle abziehen lassen«, sagte Alia. »Mysha! Irgendwo in diesen Bergen haben die Banditen ihr Lager. Wirklich!«

Charrer Mysha hob die Schultern. »Vielleicht, aber ...«

»Vielleicht?« rief Alia verärgert. »Dann denkst du also auch, ich habe mir alles nur ausgedacht?«

Mysha sah sie einen Moment lang an. Sein durchdringender Blick war ihr unheimlich. Es gab da einiges an Mysha, das niemand ganz verstand. »Ich sehe keine Banditen, Alia, und ich sehe kein Lager.«

»Aber du kannst doch nicht ...«, fing sie an.

Mysha hob seine Hand und hieß Alia schweigen. »Ich habe keine Ahnung, was möglicherweise passiert oder nicht passiert ist.« Als Alia ihn erschrocken ansah, lächelte er. »Doch ich ziehe keine voreiligen Schlüsse wie gewisse andere Leute. Der Heermeister urteilt manchmal etwas ... übereilt.«

Orrin brummte.

»Aber ...« Mysha deutete in die Richtung, in der Hone Amis und die Milizen verschwunden waren. »Ich werde diesen Weg nehmen.«

»Und wir?« wollte Orrin wissen.

»Habe ich euch jemals etwas vorgeschrieben?« fragte Mysha. »Tut, was ihr für richtig haltet.«

Damit drehte sich Mysha um und verschwand im Wald.

Nach einer längeren Stille meinte Einauge: »Wir sollten ihm nachgehen.«

Doch Alia hörte ihm nicht zu. Sie fühlte sich verwirrt, aufgewühlt. Sie dachte daran, wie es wohl wäre, jetzt ins Jägerlager zurückzukehren. Alle würden lachen – über das dumme Mädchen, das sich verrückte Dinge ausdachte. Doch da, plötzlich, sah sie in Gedanken ganz deutlich das Dämonenwesen. Und wieder rief es sie mit weit offenem Mund und gebleckten, schrecklichen Zähnen. Das Zeichen in ihrer Hand begann heftig zu schmerzen. Erschrocken dachte Alia, daß sie dem Heermeister ihre vernarbte Hand als Beweis hätte zeigen können. Doch sie fühlte einen seltsamen Widerwillen dagegen, ihre Narben zu zeigen oder von dem Dämonen zu erzählen.

Sie schüttelte ihren Kopf und versuchte, das gräßliche Bild zu verscheuchen. Es mußte doch eine durchführbare Möglichkeit geben, um Hone Amis und die anderen zu überzeugen, daß sie recht hatte!

»Sie tun einfach nur das, was ihnen unter diesen Umständen vernünftig erscheint«, sagte Einauge mit beruhigender Stimme. Er legte seine Hand auf Alias Arm. »Vielleicht … vielleicht sollten wir einfach …«

Aber Alia hatte genug von dem Gerede. Sie riß sich von Einauge los, sprang über die Felsen und stürmte auf der anderen Seite den Abhang hinunter. Hinter sich hörte sie die Schreie ihrer Freunde, doch sie kümmerte sich nicht darum. Nur die Lichtung interessierte sie jetzt. Es *mußte* dort Spuren des Lagers geben. Sie hatte sich dies alles nicht nur eingebildet!

Keuchend kämpfte sie sich durch die Äste und Zweige der Buchen. Sie stand auf der Lichtung, drehte sich im Kreis und schaute sich um. Unter ihren Füßen raschelte das Herbstlaub. Sie hörte die Schritte der anderen, die ihr gefolgt waren.

Es *mußte* hier Spuren geben!

Doch sehen konnte sie nichts.

»Alia!« hörte sie Orrin rufen.

Als sie instinktiv vor ihm wegrennen wollte, stieß ihr Fuß gegen etwas Hartes unter den Blättern, und mit einem Schrei fiel sie hin.

Es waren die Steine einer Feuerstelle, über die sie gestolpert war. Die halb verfaulte Masse der gelbbraunen Buchenblätter hatte sie vollständig bedeckt.

»*Da!*« rief Alia triumphierend, als die anderen zu ihr kamen. »Was habe ich euch gesagt?«

Auf Händen und Knien wühlte sie in dem Laub und entdeckte schließlich einen Kreis rußgeschwärzter Steine.

Sie stand auf, wischte sich den Schmutz von ihrer wunden linken Hand und drehte sich zu ihren Begleitern. »Ich habe recht gehabt!«

Sie starrten Alia nur wortlos an.

»Jetzt steht nicht da wie dumme Hühner«, rief sie. »Helft mir!« Sie wühlte mit ihren Füßen durch die Blätter und fand neben der ersten Feuerstelle eine zweite.

Auch die anderen begannen nun den Boden abzusuchen und kickten Blätter nach links und nach rechts, bis sie die Reste von nicht weniger als siebzehn Feuerstellen entdeckten.

»So viele ...«, meinte Orrin beunruhigt. »Solch große Lager hat es noch nie gegeben.«

»Die armen Menschen«, sagte Einauge.

Orrin sah ihn scharf an.

»Ich meine natürlich die Talbewohner«, fügte Einauge hinzu. »Erst werden sie von den Seewölfen ausgeplündert, und nun kommen diese Banditen, um wie die Geier über sie herzufallen und ihnen noch das wenige zu nehmen, was übrig ist.«

»Das ist wirklich schlimm«, brummte Tym und schüttelte den Kopf.

Sie schwiegen.

»Nun gut«, sagte Orrin schließlich. »Verschwinden wir von hier. Wir müssen versuchen, Hone Amis und die anderen noch einzuholen, um ihnen zu erzählen, was wir gefunden haben. Ich freue mich schon auf sein Gesicht, wenn er zugeben muß, daß Alia recht hatte.«

Doch Alia betrachtete besorgt die Überreste des Lagers. »Sie sind nicht dumm, diese Banditen.«

»Na und?« meinte Tym. »Das sind wir auch nicht.«

»Sie haben gewußt, daß ich mit Truppen zurückkommen würde.«

Alia dachte an Sethir und den Mann mit den Juwelen. »Wir haben es nicht mit Schwachköpfen zu tun. Denkt doch einmal nach! Wenn ihr wüßtet, daß ich mit Soldaten zu euch unterwegs bin, um euch zu vernichten, was würdet ihr wohl tun?«

Tym hob die Schultern. »Käme darauf an, wie viele Männer ich hätte.«

»Kommt darauf an, wie viele Männer *du* hast«, fügte Einauge hinzu und deutete auf Alia.

»Das Vernünftigste wäre«, meinte Orrin, »das zu tun, was die Banditen anscheinend schon getan haben. Nämlich irgendwo in den Bergen zu verschwinden und die Spuren zu verwischen.«

»Und was dann?« drängte Alia.

»Ich nehme an, sie würden einige Kundschafter zurücklassen«, sagte Orrin, »damit sie wissen, ob irgend jemand ihr früheres Lager entdeckt.«

»Und dann?«

Die drei Jäger, die vor ihr standen, schauten sich mittlerweile unruhig um.

»In diesem Moment könnten sie uns beobachten«, sagte Einauge leise.

Alia schüttelte den Kopf. »An *uns* sind sie nicht interessiert.«

»Ich glaube kaum, daß hier jemand hinter den Bäumen steht«, brummelte Tym.

»Nehmen wir an, sie haben tatsächlich Kundschafter hiergelassen«, sagte Alia. Orrin machte eine ungeduldige Handbewegung, um sie zu unterbrechen, doch sie redete weiter. »Dann könnten sie möglicherweise dort drüben sein.« Sie deutete zum gegenüberliegenden Ende der Lichtung. »Dort oben am Hang könnten sie sitzen – weit genug entfernt, um nicht gesehen zu werden, nahe genug, um alles zu beobachten.«

Alia drehte sich zu ihren Begleitern. »Wenn ihr euer Lager

abbrecht, eure Spuren verwischt und dort oben Kundschafter postiert … Was würdet ihr diesen Kundschaftern befehlen?«

Einauge war der erste, der verstand, was sie meinte. »Ich würde ihnen befehlen, Hone Amis und seinen Milizen zu ihrem Lager zu folgen. Zu *unserem* Lager.«

»Genau«, sagte Alia. »Sie verfolgen sie zu unserem eigenen Lager. Und wenn sie erst wissen, wo das ist, können sie uns angreifen, wie und wann es ihnen gerade paßt.«

»Und wir haben noch immer keine Ahnung, wo *ihr* Lager sein könnte.«

Alia nickte.

»Die Mächte mögen uns beschützen«, sagte Einauge erschrocken. »Ich denke, du hast recht, Alia. Und diesen Trupp Milizen zu verfolgen, das ist ein Kinderspiel.«

»Ich habe euch ja gesagt, daß es noch unser Verderben sein wird, diese Talbewohner in unser Lager aufzunehmen«, meinte Tym bitter.

Orrin drehte sich um. »Wir müssen sie warnen!«

»Nein!« rief Alia. »Warte! Hone Amis wird uns niemals glauben. Und mir schon gar nicht.«

Tym spuckte aus. »Sie hat recht. Dieser Dreckskerl glaubt nur das, was ihm in den Kram paßt.«

Einauge wurde bleich. »Aber was sollen wir dann tun?«

»Wir jagen die Kundschafter!« sagte Orrin. »Wenn es stimmt, was Alia sagt, werden sie Hone Amis und die Milizen verfolgen. Wir spüren sie auf und fallen den Schweinen einfach in den Rücken.« Orrin nickte zufrieden. »Ich mag es nicht, wenn Leute uns auskundschaften.«

»Du bist verrückt«, sagte Einauge, und Tym brummelte beifällig.

»Hast du eine bessere Idee?« fragte Orrin.

»Es muß doch eine Möglichkeit geben, um …«, begann Einauge.

»Stellt es euch doch vor!« sagte Orrin mit wachsender Begeisterung. »Wir werden die Kerle überrumpeln. Ich weiß, daß wir es schaffen! Und nur wir vier retten das Jägerlager.«

Alia wollte sich in dieser Sache eher Tym und Einauge anschließen. Es hörte sich wirklich nach einer verrückten, unüberlegten Idee an. Typisch Orrin eben. Sie konnten doch nicht einfach losmarschieren, um einigen Männern wie Tieren hinterherzujagen. Andererseits ... Sie sehnte sich so sehr danach, allen zu zeigen, daß sie sich nicht geirrt hatte. Sie wollte Hone Amis in die Augen blicken und ihm beweisen, daß sie alles andere war als ein verträumtes, dummes Mädchen.

»Orrin hat recht«, sagte sie schließlich und stellte sich neben ihn. »Für etwas anderes bleibt uns keine Zeit.«

»Aber ...«, fing Einauge an.

»Wir müssen sie aufhalten, Einauge.«

»Jawohl!« meinte Orrin und grinste Alia an. »Und wir *werden* sie aufhalten. Wir machen sie kalt!«

Tym brummte.

Einauge blickte unsicher zu Alia, zu Orrin, dann wieder zu Alia. Er seufzte und wandte sich schließlich mit flehendem Blick zu Tym.

Doch Tym hob nur die Schultern und meinte: »Wenn Orrin dieses Gesicht macht, weiß ich, was das bedeutet.«

Einauge seufzte noch einmal. »Schon gut. Schon gut! Doch wenn wir uns in diese verrückte Sache stürzen, dann müssen wir vorsichtig sein.« Er deutete auf Orrin. »*Vorsichtig!* Hast du kapiert?«

Orrin nickte. »Klar. Vorsichtig. Einverstanden.«

Doch als er sich auf den Weg machte, grinste Orrin lüstern wie ein Wolf. Einauge sah Alia an und schüttelte den Kopf.

Sie schritten zügig voran und verteilten sich so weit im Gelände, daß sie gerade noch in Sichtweite blieben.

VIII

Es war eine Jagd.

Alia bewegte sich mit derselben Aufmerksamkeit, mit derselben aufgeregten Konzentration, mit der sie auch den halb gespannten Bogen hielt – einen Pfeil an der Sehne, zwei weitere Pfeile zwischen den Fingern ihrer schmerzenden, linken Hand.

Doch es waren Menschen, die sie jagten.

Sie achtete nicht auf das Kribbeln in ihrer linken Hand, auf die Schmerzen und Stiche, die sie bei jeder ihrer Bewegungen spürte, auf das Pochen in ihrem Gesicht, wo die Banditen sie geschlagen hatten. Ihr ganzes Selbst war konzentriert, ihre Gedanken so klar wie ein Gebirgsbach, ihre Sinne hellwach. Jeden Fuß setzte sie behutsam auf den Boden, und ihr ganzes Wesen lauschte wie ein großes Ohr nach allem, was sich im Wald bewegte.

Als die Spur von Hone Amis und den Milizen frischer wurde, verlangsamten Alia und die anderen ihren Schritt und verteilten sich noch weiter. Von dort, wo sie nun stand, konnte sie keinen ihrer Freunde sehen. Der Wald um sie herum war still.

Sie lief quer über einen steilen Abhang, duckte sich hinter den hüfthohen, mit Moos bewachsenen Stamm einer umgestürzten Tanne und spähte vorsichtig darüber hinweg. Erst hielt sie Ausschau nach Bewegungen, denn Bewegungen fielen stets als erstes ins Auge. Dann suchte sie nach Umrissen, Formen, Farben – alles, was nicht in das gewohnte Bild des Walds paßte.

Und dann entdeckte sie ihn, keine zwanzig Schritte von ihr entfernt.

Es war ein Mann, der mit dem Rücken zu ihr unter einer der Tannen kauerte. Er trug weite Hosen und einen graubraunen, zerrissenen und verdreckten Kittel. In einer Hand hielt er eine Armbrust. Ein Talbewohner war das nicht und sicher auch kein Jäger.

Alia wagte kaum zu atmen.

Der Mann blickte aufmerksam in die andere Richtung, dorthin, wohin auch die Spur der Milizen führte. Alia sah deutlich genug das aufgewühlte Laub und die abgeknickten Zweige. Der Mann vor ihr mußte sie ebenso deutlich erkennen.

Alia pochte das Herz. Der Mann war ein Kundschafter der Banditen – was sonst? Sie hatte also recht gehabt.

Von ihrem Versteck hinter dem umgestürzten Baumstamm konnte Alia ihn aus unmittelbarer Nähe beobachten. Und auf ihn schießen.

Langsam spannte sie den Bogen mit dem Pfeil, der bereits an der Sehne lag. Das Knacken des Bogens erschien ihr unglaublich laut, und sie fürchtete schon, der Mann würde aufschrecken.

Aber nein. Er blieb, wie er war, und spähte in das Dickicht vor ihm. Er hatte Alia noch nicht bemerkt.

Alia hielt den Bogen nun schußbereit, mit dem rechten Daumen an ihrem Backenknochen, und zielte. Der Bogen fühlte sich nicht so angenehm und vertraut an wie ihr eigener, den ihr die Banditen abgenommen hatten. Ihre linke Hand pulsierte und juckte schrecklich …

Sie ließ den Bogen kurz sinken, atmete tief, zielte noch einmal – auf eine Stelle links von seinem Rückgrat, wo ein verdrehter Lederriemen von der Schulter zur Hüfte lief. An dem Riemen hing ein kurzer Köcher mit Armbrustpfeilen. Sie sah, wie durch sein Atmen der zerlumpte Kittel sich hob und senkte.

Als ein Jäger hatte Alia schon oft getötet, doch immer nach den Regeln, und niemals einen Menschen. Den rituellen Spruch der Jäger brächte sie hier kaum über die Lippen: *Daß du mir dein Leben gabst, dafür danke ich dir, mein Freund.*

Der Mann dort gab ihr nicht sein Leben, wie es eine Forelle, ein Hirsch oder ein Rebhuhn getan hätte, um sie zu ernähren und zu kleiden. Durch seinen Tod käme nichts Gutes in die Welt.

Es erschien ihr … widernatürlich.

Alia blinzelte die Schweißtropfen aus ihren Augen. Ihre Hände bebten. Jeden Augenblick konnte der Mann sie hören oder ihre Augen im Rücken spüren und sich umdrehen. Sie mußte es tun – und zwar gleich.

Aber sie konnte nicht.

Wo waren ihre Freunde? Sie sah sich verzweifelt um. Sie waren verschwunden.

Der Mann veränderte seine Stellung, und Alia tauchte hinter den Stamm. Langsam ließ sie den gespannten Bogen wieder locker und nahm den Pfeil von der Sehne. Sie spähte hinüber. Der Mann saß noch immer mit dem Rücken zu ihr auf dem Boden. Er war ahnungslos.

Alia seufzte. Sie konnte es einfach nicht tun. Vielleicht verdiente dieser Mann den Tod. Vielleicht auch nicht – wie sollte sie das wissen? Welches Recht hatte sie, ihn auf die letzte Reise ins Schattenland zu schicken?

Sie wollte nur noch davonschleichen und den Mann in Ruhe lassen.

Doch was geschah dann mit dem Jägerlager? Mit allem, was er wußte, durfte dieser Bandit einfach nicht zu seiner Bande zurückkehren.

Vorsichtig spähte sie wieder über die moosbewachsene Rinde. Der Mann hatte sich nicht bewegt und schaute noch immer vor sich in die Bäume.

Plötzlich zuckte der Bandit zusammen. Er hatte etwas bemerkt.

Alia erstarrte. Sie spürte, wie ihr der Atem versagte. Doch der Mann drehte sich nicht um. Statt dessen legte er sich vorsichtig auf den Bauch, rutschte näher an den Baumstamm, der ihn verbarg, und beobachtete genau die Tannen. Alia folgte seinem Blick.

Zuerst konnte sie weder etwas sehen noch hören außer den gewöhnlichen, leisen Geräuschen des Waldes. Doch dann bemerkte sie, wie sich dort etwas bewegte. Zunächst sah sie nur, wie das Licht zwischen den Bäumen sich fast unmerklich veränderte. Einige Augenblicke später wurde daraus ein Wesen, das vorsichtig und geräuschlos durch die Bäume schlich.

Orrin! Alia konnte ihn jetzt deutlich erkennen.

Der Bandit bewegte sich langsam und legte die Armbrust an. Jetzt erkannte Alia einen der Vorteile, die solch eine Waffe gegenüber ihrem Bogen hatte: Der Mann mußte nicht aufstehen oder nicht einmal hinknien, um einen Pfeil abzufeuern. Völlig ungesehen konnte er unten am Boden bleiben und aus seiner Bauchlage auf Orrin schießen.

Alia öffnete den Mund, um Orrin zu warnen, doch sie beherrschte sich. Sie wußte nicht, wie weit eine solche Armbrust, ein ungewöhnliches Modell aus dem Süden, schießen konnte. Wenn sie rief, würde der Bandit vielleicht sofort feuern, und Orrin, erschrocken von ihrem Ruf, wäre ein leichtes Ziel.

Orrin bewegte sich quer über den Abhang durch die Bäume und war kaum noch fünfunddreißig Schritte von dem Mann entfernt. Er machte halt, sah sich um, lauschte gespannt und vorsichtig wie ein Reh – und ahnte nichts von der Gefahr, in der er schwebte.

Alia schauderte. Sie sah, wie der Bandit über den Lauf seiner Armbrust hinweg zielte. In einer einzigen, schnellen und instinktiven Bewegung brachte sie ihren Bogen nach oben, spannte und ließ los.

Es war ein schlechter Schuß, der den Mann nur an der Schulter erwischte. Er gab einen Schrei von sich wie ein verwundeter Hund, kam auf die Knie und drehte sich zu ihr um.

Alia legte einen zweiten Pfeil an. Ihre Finger zitterten. Dem Mann blieb noch genügend Zeit, seine Armbrust abzufeuern. Mit derselben verzweifelten, gedankenlosen Hast spannte sie und ließ den Pfeil fliegen.

Dieses Mal traf sie besser.

Der breitspitzige Jagdpfeil drang ihm zwischen die Rippen,

bohrte sich hinten aus seinem Rücken und nagelte ihn an den Baum, gegen den er sich gelehnt hatte.

Ungläubig starrte der Mann auf den Schaft, der in seiner Brust steckte. Er ließ die Armbrust fallen, packte den Pfeil, der ihn durchbohrt hatte, und riß ihn aus dem Baum. Er kam taumelnd auf die Füße. Die Pfeilspitze ragte noch immer aus seinem Rücken, rot verschmiert von Blut. Mit bleichem Gesicht starrte er Alia an.

Auch Alia starrte ihn an. Sie war verzweifelt.

In ihrer ersten Zeit als Jäger hatte sie die erschreckende Erfahrung gemacht, daß der Tod durch einen der scharfen Jagdpfeile alles andere als sofort eintrat. Wenn ein Jäger nicht durch Glück oder jahrelange Übung direkt ins Herz traf, dann war die Wunde nicht ausreichend, um das Opfer sofort zur Strecke zu bringen. Es waren die Schmerzen, der Blutverlust und der Wundschock, die schließlich zum Tod führten. Doch dazu brauchte es Zeit. Einen Hirsch, den sie in den Magen getroffen hatte, mußte Alia noch einen ganzen Tag lang verfolgen. Alle jungen Jäger begingen diesen Fehler, bis sie lernten, geduldig auf den richtigen Moment zu warten.

Der Mann da vor ihr hatte keine Chance mehr. Sie hatte ihn umgebracht, kein Zweifel. Aber es würde noch dauern, bis er starb. Langsam und unerbittlich würde das Blut aus ihm fließen bis zum letzten Moment.

Alia ging zögernd den Abhang hinunter. Der Bandit stierte sie an. Mit einer Hand packte er noch immer vergebens den Pfeil, der aus seinen Rippen kam. »Du bist …«, würgte er hervor, während aus seinem Mund schäumend das Blut quoll, »du bist nur … ein *Mädchen.*«

Im Dickicht krachte es, und Orrin kam mit schußbereitem Pfeil und Bogen herbeigerannt. Mit hastigem Blick versuchte er zu begreifen, was geschehen war. Dann blieb er unsicher stehen.

Der Bandit drehte sich zu Orrin. »Sie hat mich getötet«,

sagte er mit krächzender Stimme. »Dieses ...«, wieder hustete er Blut, »dieses ... *Mädchen* hat mich ge ... *getötet!*«

Mit einem Stöhnen ging er in die Knie.

»Was ist passiert?« fragte Orrin.

Es dauerte eine Weile, bevor Alia reden konnte. »Er ... er lag hier im Hinterhalt. Er hat dich gesehen und hätte ... dich getötet. Deshalb habe ich ...« Sie brach schluchzend ab.

Orrin kam zu ihr und legte seinen Arm um ihre Schultern. »Mutiges Mädchen. Denk jetzt nicht daran. Ich bin bei dir, alles ist gut. Du hast das Richtige getan. Und du warst so tapfer.«

Alia stieß ihn von sich und wischte hastig die Tränen aus den Augen. »Ich *weiß*, was ich getan habe. Behandle mich nicht wie ein kleines Kind, Orrin!«

»Dann mach nicht so ein Theater deswegen! Das war ein Bandit, Mädchen, ein brutaler Kerl. Der hätte dich hier auf den Boden geworfen, seinen Spaß mit dir gehabt und dich hinterher getötet. Ganz sicher, das *weißt* du. Er hat es verdient.«

Alia schüttelte ihren Kopf. »Er ist ein Mensch, Orrin! Ein Mensch wie du und ich. Wie kann irgend jemand den Tod verdienen?« Sie ließ ihren Bogen fallen und kniete sich neben den Mann.

Der Bandit, der noch immer auf den Knien kauerte, drehte den Kopf und spuckte ihr ins Gesicht. »Miststück!« zischte er und wankte. Sie versuchte, ihn zu halten, doch er riß sich los.

Mit dem Gesicht zuerst fiel er zu Boden. Alia hörte das schreckliche Knirschen, als der Pfeil sich tiefer in den Brustkorb drückte. Er schrie und zappelte wie ein Fisch auf dem Trockenen.

Alia wandte sich ab und mußte sich übergeben.

»Komm weg von ihm«, meinte Orrin und nahm sie bei den Schultern. »Komm weg. Du kannst jetzt nichts mehr für ihn tun.«

»Das stimmt nicht, Orrin. Ich kann sehr wohl noch etwas tun.«

Sie wand sich aus Orrins Griff. Mit dem Rücken ihrer rechten Hand wischte sich Alia das Erbrochene vom Mund und griff dann nach ihrem Messer. Es war ein neues Messer, das sich nicht so angenehm vertraut und gebraucht anfühlte wie jenes, das ihr die Banditen in den Bergen abgenommen hatten. Doch es war eine hochwertige Klinge, schlank und scharf und gut geölt.

Sie ging zum Banditen.

»Alia?« sagte Orrin. *»Alia!«*

Sie hörte ihn nicht. Mit ihrer linken Hand faßte sie nach unten – achtete nicht auf den stechenden Schmerz, der ihre Hand durchzuckte – und packte den Kopf des Banditen an den wirren, fettigen Haaren.

Er starrte sie an, sein Gesicht weiß vor Schmerz und Wut.

»Eine unversehrte Reise in die Dunkelheit, mein Freund«, begann sie.

»Nein!« krächzte er. *»Nein!«*

»Eine unversehrte Reise und glückliche Ankunft. Gegangen aus der Welt der Lebenden …«

Sie riß seinen Kopf zurück und entblößte seine Kehle.

Er versuchte sich zu wehren und strampelte wie ein verschreckter Hase. Doch seine Kraft hatte ihn verlassen.

»Ins Schattenland …« Sie legte ihm die Klinge an den Hals. »Um erneut zu leben.«

Entsetzt kreischte er noch einmal auf, doch der Schrei ertrank im Blut.

Alia zitterte, als sie ihre rot verschmierten Hände bemerkte, und dachte an das letzte Mal, als ihr warmes Menschenblut über die Hände gelaufen war.

Noch wand und regte er sich in ihrem Griff. Doch dann, mit einem kräftigen Schwall hellroten Bluts, entwich ihm das Leben.

Sie hatte seine Qual beendet.

Alia ließ ihn sinken und stolperte weg, um sich noch einmal zu übergeben.

Orrin sah ihr nach mit offenem Mund.

Trotz allem kam Alia ein Lächeln, denn der arme Orrin schaute sie an, als ob sie sich vor seinen Augen in irgendein Fabelwesen verwandelt hätte. Sie fuhr sich über den Mund und schmeckte dabei das noch warme Blut an ihren Fingern.

»Bist du ... in Ordnung?« fragte Orrin.

Alia wußte nicht, was sie antworten sollte. Sie wischte ihr Messer sauber und steckte es ein. Sie fühlte sich wie betäubt.

Orrin betrachtete den toten Banditen, der in einer Blutlache auf dem Waldboden lag. Er ging hinüber zu Alia und legte seine Arme um sie. »Mein *tapferes* Mädchen«, sagte er zärtlich.

Alia schaute zu ihm hoch. Sein Gesicht war so nahe, daß sie fast schielen mußte, um es scharf zu sehen. Orrins grüne Augen waren groß vor Erstaunen und ... etwas anderem, von dem Alia plötzlich merkte, daß es Zuneigung war. Und als er sie so hielt, mit seinen starken Händen an ihrem Rücken, und ihr in die Augen blickte, da empfand sie einen Moment lang ein ähnliches Gefühl, das sie heiß durchlief.

»Alia«, flüsterte er heiser. »Meine Alia ...« Plötzlich neigte er seinen Kopf und küßte sie. Warm und hungrig berührten seine Zunge und Lippen die ihren.

»Nein«, sagte sie und stieß ihn mit ausgestreckten Armen von sich. »Nein!«

Er taumelte zurück.

Alia keuchte. Zu schnell, zu unerwartet war das gekommen. Mit so etwas hatte sie von Orrin nie gerechnet.

Er sah sie vorwurfsvoll an, wie ein kleiner Junge, dem man eine Leckerei unter der Nase weggezogen hat.

»Alia ... bitte«, sagte er. »Was ist mit dir?«

Sie schüttelte ihren Kopf. »Ich kann es nicht tun, Orrin.«

»Wieso nicht?«

Alia seufzte. Wie konnte sie ihm das erklären?

Ein Teil in ihr wollte ihn, wollte seine schönen, starken Hände spüren, seinen großen, kräftigen Körper an ihrem fühlen. Aber sie hatte oft genug gesehen, was geschah, wenn sich Frauen einem Mann hingaben. Der Mann mochte sie lieben, oh ja, doch diese Liebe wurde nur allzu leicht zu einem Gefängnis.

In Orrins Augen, und in den Augen aller anderen, wäre sie dann »Orrins Frau«. Und das hieß: Keine frechen Neckereien mehr mit Tym und Einauge, keine einsamen Streifzüge mehr durch den Wald, wann und wie immer sie wollte. Orrin würde sich wegen ihr Sorgen machen, anderen Männern eifersüchtig hinterherschauen und es in die Hand nehmen, ihr Leben für sie zu planen. Er würde wie der sprichwörtliche Schießhund auf sie aufpassen, auf alles achten, was sie tat und sagte, und eine fürchterliche Wut bekommen, wenn sie seine Mühen und Besorgtheit nicht gebührend zu schätzen wußte.

Und auch im Bergland könnte sie nicht mehr allein umherstreifen, nicht mehr den Fey begegnen und sich auf die Schwelle zu einer geheimnisvollen Welt wagen, die sie beständig zu locken schien …

Unfrei wäre sie, wie beladen mit schweren Gewichten.

Und er würde ein Kind von ihr haben und damit herumprahlen wie ein Bauer mit einem neuen Zuchtkalb. Alia hatte das erlebt.

Sie seufzte. Keiner Frau dürfte es so ergehen.

Sie wußte nicht, wie sie irgend etwas davon Orrin verständlich machen sollte. Sogar in ihren eigenen Ohren klang so eine Rede hochtrabend und dumm.

Der Ruf der Wildnis war es gewesen, der sie aus ihrem alten Zuhause fortgetrieben hatte, und hier oben im Bergland fand sie schließlich ihren Seelenfrieden und ihr Glück. Als Kind war sie oft tagelang aus der engen, überfüllten Hütte ihrer Eltern fortgeblieben. Sie saß dann irgendwo, rieb sich die wunden Stellen, wo sie Prügel bekommen hatte, und blickte sehnsüchtig hinauf in die Berge, ins Wilde Land, das sie lockte, *so sehr lockte.* Alia hörte dann die leise Stimme der geheimnisvollen Natur, die auch jetzt noch zu ihr rief. Ja, es gab diese Stimme, sie war für sie so wirklich wie für einen Falken der Wind, wie für eine Forelle der reißende Bach.

All dies durfte sie niemals aufgeben. Das wäre, als würde sie freiwillig in das elende Gefängnis ihrer Kindheit zurückkehren. Vielleicht weil sie einmal auf diese Weise gefangen gewesen war – mit ihren vorlauten, rauhbeinigen Brüdern, ihrem gewalttätigen Vater –, bedeutete ihr Freiheit und Unabhängigkeit mehr als alles andere …

Noch immer sah Orrin sie ungläubig und verletzt an. »Es ist … es ist nicht wegen *dir,* Orrin«, begann sie. »Ich will nur nicht …«

»Du und ich, wir passen gut zusammen«, meinte er. »Wir würden es gut zusammen haben.« Er trat einen Schritt näher. »Ich würde gut auf dich achtgeben, Alia. Laß mich für dich da sein. Du brauchst jemanden, der sich um dich kümmert.«

Alia wich ihm aus. Da war es wieder, das verführerische Angebot: Er wollte jemand sein, der für sie da war und auf sie achtgab. Doch was er da offenhielt, war die Tür zu einem Käfig.

Andererseits …

Orrin war ein gutaussehender Mann und konnte richtig nett sein. Viele Frauen würden sie für verrückt halten, wenn sie ihn abwies.

Er kam auf sie zu.

Alia schüttelte den Kopf. Mit den Händen bedeutete sie ihm, stehenzubleiben. »Nein, Orrin. Nein.«

»Weshalb nicht?«

Er schaute sie an, und die aufrichtige Zärtlichkeit in seinem Blick rührte sie. Doch es war sinnlos. Sie konnte, sie *durfte* ihm nicht nachgeben. »Ich … ich bin noch nicht so weit«, meinte sie entschuldigend. »Und außerdem«, sagte sie und zeigte auf den Toten, um den schon die ersten Fliegen schwirrten, »ist das kaum der richtige Moment für so etwas.«

Orrin seufzte. »Nun gut. Mag sein, daß du recht hast, Mädchen.«

Alia bückte sich und hob ihren Bogen auf, der in den Blättern lag. Sie schaute sich um und atmete tief. »Also, was jetzt?«

Doch noch immer schaute Orrin sie mit großen Augen an. *»Orrin!«* rief sie. »Werde wieder normal!« Sie deutete auf die Bäume rings um sie her. »Was tun wir jetzt? Weißt du, wo Tym und Einauge sein könnten?«

Orrin schüttelte sich, und seine Augen blickten nun schärfer. »Ich habe keine Ahnung, wo sie geblieben sind«, antwortete er. Er seufzte. »Wir haben das nicht allzu gut geplant. Wir hätten näher beieinander bleiben sollen. Vielleicht in Paaren. Ich bin einfach losgerannt, ohne zu ...«

»Wir müssen sie finden, Orrin. Ich denke, der hier«, und sie zeigte auf den toten Banditen, »ist nicht der einzige Kundschafter, den sie losgeschickt haben.«

Er nickte. »Richtig. Ich nehme an, Tym und Einauge sind irgendwo auf der anderen Seite von diesem Hügel dort.« Er zeigte nach links. »Gehen wir und sehen nach.«

Sie trennten sich, und gerade noch in Sichtweite voneinander stiegen sie vorsichtig den Abhang hinauf.

Alia merkte, wie der Bogen in ihrer Hand zitterte und ihre Knie sich weich anfühlten. Sie war verwirrt. Tod und Leidenschaft, Blut und Küsse. Es war zu viel für sie. Sie wollte vor dem allem einfach ihre Ruhe haben.

In ihren Gedanken erschien ihr plötzlich wieder das Dämonenwesen und rief sie wie zuvor. Ärgerlich versuchte sie das Bild loszuwerden. Ein reißender Schmerz ging durch ihre linke Hand, bis hinauf in den Arm. Alia blieb stehen und fürchtete schon, eine der langsam heilenden Narben sei aufgesprungen, doch äußerlich war nichts zu erkennen. Sie stand da und keuchte. Sie wollte nicht an die Schmerzen denken, sondern an ihr Vorhaben. Doch sie wünschte sich, sie wäre irgendwo anders. Irgendwo, nur nicht hier.

Alia atmete tief ein, wieder aus, atmete noch einmal und zwang sich, weiterzugehen.

Plötzlich hörte sie Orrins Pfiff – das schrille Notsignal der Jäger. Noch mehr Banditen? Durch das Dickicht hindurch sah sie ihn Zeichen machen: Mit erhobenem Zeigefinger beschrieb er einen Kreis und deutete dann nach unten. Das Zeichen der Jäger für Beute.

»Was?« signalisierte sie ihm zurück, indem sie ihre Hand zusammenballte und wieder öffnete.

Mit einem Kopfschütteln zeigte Orrin, daß er es nicht wußte. Dann, noch immer stumm, deutete er mit einem Daumen auf sich selbst und nach links, dann zu ihr und nach rechts.

Alia nickte. So lautlos und vorsichtig wie möglich schlich sie nach rechts.

Sie kniete sich hinter einen brusthohen, mit Flechten bewachsenen Fels und beobachtete den Wald. Sie rannte geduckt hinter den dicken Stamm einer Tanne, spähte in das schräg einfallende Sonnenlicht, hielt Ausschau nach Bewegung und Formen, achtete auf ihre Schritte, hielt den Bogen halb gespannt, drehte ihren Kopf nach rechts und nach links, schaute und schaute …

Und da, plötzlich: Links vor ihr wirbelte ein Mann zu ihr herum mit gespanntem Bogen. Alia riß ihren Bogen nach oben. Sie hatte gespannt, das Pfeilende an ihre Backe gelegt und wollte gerade loslassen.

Beinahe wäre es zu spät gewesen.

»Alia!« zischte der Mann vor ihr.

Beinahe hätte sie Einauge erschossen.

Mit zitternden Händen senkte Alia ihren Bogen. Sie wußte nicht, ob sie lachen oder weinen sollte. »Einauge«, keuchte sie. *»Einauge!«*

Stumm gab er ihr Zeichen, zu ihm zu kommen. Sein Gesicht war totenblaß, und Alia sah, wie auch seine Hände zitterten. »Fast hätte ich dich erschossen, Mädchen«, flüsterte er, als sie näherkam. »Ich dachte, du bist einer von *ihnen.*«

Sie nickte. »Ich auch.«

»Schau«, sagte er dann und zeigte zur Erde. »Mindestens zwei.«

Alia sah hinunter. Die Spur war deutlich genug: Zwei Männer hatten sich hier niedergekniet, vermutlich um miteinander zu reden, und waren dann weitergegangen. Ihre Spur, so weit sie es von hier aus erkennen konnte, führte quer den Abhang entlang und dann hinunter zu dem Weg, den Hone Amis und die anderen eingeschlagen hatten.

»Wir müssen sie aufhalten«, sagte Einauge.

Alia nickte.

»Wo sind die anderen?« fragte er.

»Orrin ist in der Nähe.«

»Und Tym?«

»Du weißt es nicht?«

Einauge schüttelte den Kopf und verzog besorgt sein Gesicht. »Er wollte die andere Seite des Hügels hinaufgehen. Ich habe keine Ahnung, ob er von den beiden Männern weiß. Er könnte sie inzwischen überholt haben.«

Alia hatte ein ungutes Gefühl. Sie legte ihre Finger an die Lippen und pfiff den Vogelruf der Jäger.

Umgehend kam Orrins Antwort.

»Was ist geschehen?« fragte er, als er zu ihnen stieß.

Einauge zeigte ihm die Spur. »Zwei Männer, die Hone Amis und den anderen folgen.«

Orrin nickte. »Damit wären es schon drei.«

»Drei?« sagte Einauge.

»Alia hat einen erwischt.«

Einauge sah sie erschrocken an.

Orrin erzählte ihm die Geschichte.

»Geht es dir … gut?« fragte Einauge mit sanfter Stimme.

Die ehrliche Besorgnis in seinem Gesicht rührte sie. Alia nickte. »Einigermaßen …« Einauge blickte auf ihre Hände, und ihr wurde bewußt, daß sie noch mit Blut beschmiert waren.

Einauge legte eine Hand auf ihren Arm – eine kurze, kameradschaftliche Geste. »Tja, wir machen schlimme Zeiten durch.«

»Mitleid später«, sagte Orrin und drückte sich zwischen die beiden, um sie zu trennen.

Alia murrte.

»Wo ist Tym?« wollte Orrin von Einauge wissen.

»Irgendwo da vorn, denke ich. Vielleicht schon weiter als die beiden Banditen, und er weiß vermutlich nicht, daß sie hinter ihm sind.«

»Wir verfolgen sie, und dann sind wir es, die *ihnen* in den Rücken fallen«, sagte Orrin mit düsterem Gesicht. »Einauge und ich gehen voraus, du deckst uns den Rücken, Alia.«

Alia spürte wieder die Geringschätzung in Orrins Stimme und wollte Einspruch erheben. Doch Einauge meinte: »In Ordnung. Alia hat ihren Teil schon getan.«

Dagegen ließ sich kaum etwas sagen.

Vorsichtig und lautlos marschierten sie los, Orrin und Einauge in einigem Abstand voneinander etwa dreißig Schritt voraus, Alia weiter hinten, so daß sie zusammen ein großes Dreieck bildeten.

Sie kamen über einen kleinen Hügel und durchquerten einen Bach.

Und dann blieb Einauge plötzlich stehen.

Einen Moment später machte er ihnen Zeichen, zu ihm zu kommen.

Als Alia näherkam, sah sie, wie Einauge und Orrin dastanden und auf etwas hinunterblickten, das zwischen den Wurzeln einer Tanne lag.

Es war der leblose Körper von Tym.

Alia schnappte nach Luft. Tyms Augen starrten sie an mit blindem Blick, und das gewohnte, lebhafte Glitzern war aus ihnen verschwunden. Sein Brustkorb war ein einziges blutiges Trümmerfeld aus zerfetztem Fleisch und gesplitterten Knochen. Jemand hatte ihn mit einer Klinge angegriffen und immer und immer wieder zugestochen.

Alia wurde schlecht.

»Wir hätten das nie riskieren dürfen«, sagte Einauge und senkte seinen Kopf. »Es war eine vollkommen verrückte Idee, zu viert hinter diesen Banditen herzujagen. Niemals hätten wir …«

»Wir hatten keine andere Wahl«, antwortete Orrin schroff.

Doch Einauge schüttelte den Kopf. Sein Gesicht war eingefallen und kummervoll. »Wir hätten es *nie* versuchen dürfen. Schaut, was aus Tym geworden ist. Schaut ihn doch an!«

»Es reicht jetzt!« fauchte Orrin und stieß Einauge zur Seite.

»Und was sollen wir nun tun?« fragte Einauge. »Wir können ihn nicht einfach hier liegenlassen!«

Orrin legte eine Hand auf Tym. »Er ist noch warm.« Orrins Gesicht war bleich, grimmig, verbissen. »Ich sage euch, was wir tun werden. Los, kommt! Sie können noch nicht weit sein.« Er rannte los wie ein wildes Tier, das Beute witterte.

»Warte!« rief Alia, doch Orrin war schon verschwunden. Sie sah Einauge an. »Mit seiner blinden Wut wird er noch in den Tod rennen.«

Einauge nickte.

»Los«, sagte sie.

Im Zickzack und immer Deckung suchend, rannten sie durch die Bäume. Sie hatten keine Zeit mehr, auf ihre Geräusche zu achten, nur schnell, schnell mußte es gehen.

Da vorn. Alia hörte einen Schrei. Mit pochendem Herzen hastete sie weiter.

Dort war Orrin, in einer kleinen, von Tannen umgebenen Senke, und kämpfte mit zwei Männern.

Einauge rutschte verzweifelt in die Senke hinunter und war sofort bei ihm. Er ließ seinen Bogen fallen, warf sich auf einen von Orrins Gegnern und zwang den Mann in die Knie.

Alia stand da mit erhobenem Bogen, doch sie hatte kein Ziel.

Die vier kämpfenden Männer waren ein wildes Durcheinander von Gliedern, wilden Schreien und gezückten Klingen.

Dann, schrecklich schnell, war es vorbei. Sie sah, wie Orrin dem Banditen das Messer in die Hüfte stieß, wieder und wieder, bis der Mann schreiend zusammenbrach. Fast gleichzeitig rutschte Einauge aus und prallte hart auf den Rücken. Obwohl er seinen Gegner mit sich hinunterzog, kam der Bandit auf die Knie, hob sein Messer und stach zu, einmal, zweimal.

Alia jagte ihm einen Pfeil zwischen die Schultern, und er kippte tödlich getroffen zur Seite.

»Einauge!« rief sie und eilte zu ihm.

Einauge lag ächzend auf dem Rücken. Blut strömte aus einer häßlichen Wunde an seiner linken Schulter.

»Oh Einauge«, stöhnte Alia.

Orrin kam zu ihr. Er war furchtbar bleich und keuchte. »Ist er …«

Alia kniete nieder und tastete vorsichtig Einauges Wunden. Die Schulter sah zwar schlimm aus, doch wenn man sie rasch verband und die Blutung stoppte, dann bestand keine Gefahr. Aber die Brust … Sie hatte Angst, dort nachzusehen.

»Ich … ich kann mich nicht … bewegen«, hauchte Einauge. Sein Gesicht war leichenblaß. Er versuchte, seinen Brustkorb zu sehen. »Wie … schlimm ist es?«

Alia entfernte das Wams, und eine Weile konnte sie nichts erkennen außer Blut, Kleiderfetzen und Schmutz. Dann sah sie den langen Schnitt hinüber bis unter die Achselhöhle und atmete erleichtert auf. Das Messer war seitlich über die Rippen abgerutscht und nicht in den Brustkorb gedrungen.

»Du wirst durchkommen«, sagte sie zu ihm.

Mit großen Augen sah er zu ihr hoch. Seine Hand klammerte sich krampfhaft an ihren Arm.

»Halb so schlimm«, beruhigte sie ihn. »Nur eine Schnittwunde. Das Messer ging nicht zwischen die Rippen. Wir werden dich verbinden und die Blutung stoppen. Dann wird es dir bald besser gehen.«

Kraftlos ließ Einauge sich sinken.

Alia drehte sich um und sah zu Orrin hoch. Ihre Hände waren blutverschmiert, und immer mehr Blut sickerte aus Einauges Schulterwunde. Besorgt biß sie sich auf die Lippen. »Wir müssen ihn sofort verbinden, bevor er zu viel Blut verliert. *Schnell!*«

Sie legte ihren Köcher ab und zog sich ihr Lederwams und dann das leinene Unterhemd über den Kopf. Mit verzweifelter Hast, ohne auf Stiche in ihrer linken Hand zu achten, schnitt sie mit ihrem Messer das Hemd in Streifen. Was übrig blieb, faltete sie zu einem Polster, das sie auf die blutende Schulter legte und mit mehreren der Streifen dort festband. Wie ein Schwamm sog sich der Verband sofort mit Blut voll, und Alia hatte schreckliche Angst, daß es nicht ausreichen würde, um die Blutung aufzuhalten.

Doch der Druck des Verbandes begann zu wirken, und das Blut wurde weniger.

Dann kümmerte sie sich um den Schnitt über den Rippen. Diese Wunde war nicht so tief und einfacher zu verbinden.

Als sie fertig war, lag Einauge regungslos da. Sein Atem war kaum zu hören.

»Wir müssen ihn hier wegschaffen«, sagte Orrin.

Alia nickte. Da ihr Oberkörper entblößt war, begann sie zu frieren. Orrin sah sie an, wollte etwas sagen, überlegte es sich jedoch anders. Wortlos reichte er Alia ihr Wams. Sie schlüpfte hinein und spürte das unangenehm kalte Leder auf ihrer nackten Haut.

»Ich werde Hilfe holen«, sagte Orrin. »Du bleibst hier bei Einauge.«

Alia schüttelte den Kopf. »Nein. *Du* bleibst hier.«

»Hör mal, Mädchen. Ich kann besser rennen als du. Und ich will nicht …«

»Ich bin ausdauernd genug, um es zu schaffen. Das weißt du, Orrin.«

»Wegen deiner Ausdauer habe ich keine Bedenken. Was willst du tun, wenn dir noch mehr von den Kerlen begegnen?«

»Rennen«, antwortete Alia. »Was mache ich aber hier bei Einauge, wenn mich jemand entdeckt? Ich kann besser laufen als kämpfen.«

Orrin hob mißmutig die Schultern.

»Du bist der bessere Bogenschütze, Orrin. Ich lasse dir meinen Bogen und Köcher.«

»Nein, Mädchen! Ich möchte auf keinen Fall, daß du allein im Wald herumläufst. Bleib hier bei Einauge. Zusammen könnt ihr ...«

»Rede keinen Unsinn, Orrin! Was ich sage, ist die vernünftigste Lösung. Du bleibst hier bei Einauge, du bist der bessere Bogenschütze, du kannst ihn besser beschützen als ich. Ich werde Hilfe holen, weil es das ist, was *ich* am besten kann. Anders schaffen wir das nicht.«

Orrin schüttelte den Kopf.

Sie hielt ihm Bogen und Köcher hin, doch er wollte sie nicht nehmen.

»Na gut. Ich gehe jetzt«, sagte sie nach einem Moment unangenehmer Stille. »Achte auf die Blutung. Hole ihm etwas Wasser. Such ihm einen Platz, wo er weicher liegen kann. Ich kann noch nicht sagen, wann ich zurück sein werde. Frühestens morgen früh, denke ich. Hone Amis und die anderen haben schon einen ziemlichen Vorsprung, und es wird bald Abend. Halte ihn ruhig. Versuche nicht ...«

»Ich weiß selbst, wie ich mit ihm umzugehen habe!« fauchte Orrin verärgert. »Hör endlich auf, mir ...«

»Also, ich gehe jetzt«, wiederholte Alia verlegen. Sie sah Orrin an. »Wünsch mir Glück.«

Orrin öffnete seinen Mund, um etwas zu sagen, schüttelte seinen Kopf und seufzte. »Glück.«

Bevor er noch etwas sagen konnte, drehte Alia sich um und lief fort.

Alia rannte und rannte. Sie schlitterte Abhänge hinunter und suchte hastig nach den Wegen, auf denen sie die wenigsten Spuren hinterließ – für den Fall, daß noch mehr Kundschafter unterwegs waren. Sie wußte jedoch, daß es vor allem auf Schnelligkeit ankam. Und so rannte sie, bis ihre Beine schmerzten und ihre Lungen brannten.

Sie lief durch das endlose Labyrinth der Bäume, sprang über umgefallene Baumstämme, platschte durch die kleinen Bäche, die gelegentlich ihren Weg kreuzten, und hoffte, daß ihre Richtung stimmte. Verzweifelt versuchte sie, Hone Amis und die Milizen noch vor Einbruch der Dunkelheit einzuholen. Doch das war fast unmöglich.

Es kam der Moment, als sie einfach nicht weiterrennen konnte. Unerbittlich schwand das Tageslicht, immer unsicherer wurde ihr Weg. Alias Beinmuskeln zuckten völlig entkräftet, sie stolperte und fiel flach auf den Bauch. Sie spuckte einen Mundvoll Tannennadeln aus und schüttelte sich. Sie fühlte sich wie betäubt. Im dunklen Gestrüpp um sie herum schienen sich glühende Schlangen zu winden. Sie fuhr erschrocken hoch und wurde sich bewußt, daß die Erschöpfung ihre Sinne verwirrte. In ihrem Mund war ein bitterer Geschmack, und ihr Herz pochte schmerzhaft.

In Gedanken sah sie Tyms blutigen Körper. Und sie dachte an Einauge und Orrin, die auf sie warteten und den Banditen ausgeliefert waren. Ihr wurde schlecht. Jeder Moment, den sie hier vergeudete, brachte die beiden in immer größere Gefahr.

Doch sie hatte noch nicht die Kraft, sich zu bewegen, konnte nur ausgestreckt daliegen, erschöpft, keuchend und völlig hilflos.

Rings um sie her standen die Tannen hoch wie Riesen, ragten hinauf in einen immer dunkler werdenden Himmel. Hier und dort zeichneten die letzten Reste des Abendlichts noch ein knorriges Aststück oder ein gespensterhaft feines Netz von Zweigen.

Finsternis kam über die Welt. Alias Herz beruhigte sich, ihr Atem ging gleichmäßiger. Sie versuchte aufzustehen, doch ihre überanstrengten Beine waren noch zu kraftlos.

Im Osten füllte sich der Himmel langsam mit dem silbernen Glanz des Mondlichts, und bald darauf sah Alia die leuchtende Scheibe des Mondes geisterhaft über den Himmel ziehen.

Der Schrei einer Eule ließ Alia auffahren. Gleich darauf hörte sie, wie sich etwas bewegte – irgendwo lief ein vierbeiniger Waldbewohner durchs Gebüsch. Dann war es still.

Alia schauderte. Es schien ihr, als ob etwas Unheimliches in der Luft läge. Unruhig schaute sie sich um.

Irgend etwas war da zwischen den Bäumen, das immer näher kam. Bebend versuchte sie auf die Beine zu kommen, sie schaffte es bis in die Hocke. Sie nahm einen Pfeil aus dem Köcher, doch ihre Finger zitterten so sehr, daß der Pfeil ihr immer wieder von der Sehne glitt.

Dann erkannte sie, was auf sie zukam, und sie ließ Pfeil und Bogen zu Boden fallen.

Zwischen den Bäumen erschien die bleiche Form eines Fey. Völlig lautlos und anmutig kam er näher, und seine unmöglich dünnen Glieder bewegten sich wie zu einer geheimnisvollen Musik. Die dunklen Augen in dem weißen Gesicht schauten sie an.

Nur mit Mühe konnte Alia den Fey erkennen. Einen Augenblick lang erschien sein Körper bleich und gespensterhaft verschwommen, dann plötzlich wirklich und fest wie ihr eigener.

Der Fey stand nun vor ihr. Ein dünner Arm kam auf sie zu wie ein Strahl des bleichen Mondlichts. Finger fuhren über ihr Gesicht. Kühl und trocken fühlten sie sich an, zart wie ein Hauch der Abendluft. Seine Finger sanken wieder nach unten, und tastend suchte der Fey nach Alias Händen.

Als der Fey danach faßte, durchzuckte ihre wunde linke

Hand ein stechender Schmerz. Alia versuchte sich loszureißen, doch es war sinnlos.

Sie spürte … ach, sie war nicht sicher, was sie spürte: eine unheimliche Übelkeit, die ihr den Magen zusammenzog – so, als ob sie wie ein Fels in tiefem Wasser versank. Sie erschrak und versuchte, einen klaren Kopf zu bekommen.

Die Hände des Fey fühlten sich so leicht an – fast so biegsam und durchlässig wie eine Feder – und dennoch unerklärlich kraftvoll. Und noch immer schien sie zu versinken. In Gedanken kam sie sich vor wie ein kleines Kind, das man in kaltes Wasser zerrte und hinunterdrückte in eine schwarze und endlose Tiefe. Hinunter. Immer weiter hinunter …

Alia schrie.

Wie hatte sie sich nach einer solchen Begegnung gesehnt. Allein der Gedanke daran war die Hoffnung und das Glück ihrer Kindheit. Aber dieses schlimme Gefühl des Untertauchens hatte rein gar nichts mit ihren Mädchenträumen gemein, und der Fey war viel zu *unheimlich.* Als Kind hatte sie von den Fey geträumt als mächtige, aber vollkommen freundliche und sanfte Wesen.

Sie erinnerte sich an die Forelle, die am Birkenrutenteich hilflos in ihrer Hand gezappelt hatte. Wie dieser Fisch, den sie aus seinem natürlichen Element gerissen hatte, so fühlte sich nun auch Alia – hinausgestoßen aus ihrer vertrauten Welt, um in dunklen, erschreckenden Strudeln zu versinken.

Immerhin hatte sie den Fisch so bald als möglich von seinen Qualen erlöst. Alias Schrecken wuchs. Würde der Fey nun dasselbe mit ihr tun? Hatte er sie aus ihrem natürlichen Element gerissen, um sie auf die Reise ins Schattenland zu schicken?

So vieles, auf das sie bisher vertrauen konnte, schien sich einfach aufzulösen. Aber nein, sie wollte dies alles nicht …

Doch dann begannen sich die Wirbel um sie herum zu beruhigen, als ob eine wild tosende Stromschnelle sie ergriffen und nun wieder ans Ufer geworfen hätte.

Doch was für ein Ufer? *Wo* war sie eigentlich?

Verwirrt sah Alia sich um. Es war die Welt, wie sie sie immer gekannt hatte, mit Bäumen, Felsen, brauner Erde, dem Mond, einem sternenübersäten Himmel.

Und doch war alles ganz *anders*.

Sie vermeinte die Sterne singen zu hören – klare, wunderbare Stimmen in geheimnisvollen, überirdischen Harmonien. Und dieser Schleier aus Wohlklang umflatterte, umschwebte den Mond, der lachte oder schrie oder einfach sang. Alia wußte es nicht genau.

Die Welt selbst schien zu singen. Alia fühlte es in ihren Gliedern – es waren großartige, aufregende Töne.

Mit Ästen und Zweigen und Blättern tanzten die Bäume einen unwirklichen Tanz. In der Luft wirbelte und sprudelte es. Und alles wurde durchflutet vom sanften Schein des Mondlichts.

Sie sah die Umrisse der Fey, von denen immer mehr gekommen waren und die sich nun in einem langsamen, anmutigen Tanz im Kreise drehten. Da war keine Musik außer jener der Sterne und des Mondes und der Welt selbst, doch die Tänzer bewegten sich in perfekter, natürlicher Harmonie. Der Fey zog sanft an Alia und führte sie zu dem geheimnisvollen Reigen.

Doch die Schmerzen in ihrer linken Hand wuchsen ins Unerträgliche, Schmerzen, die sie fast als unwirkliches, pulsierendes Licht zu *sehen* meinte. Sie versuchte sich aus dem Griff des Fey zu lösen. »Meine Hand …«, keuchte sie.

Der Fey drehte sich zu ihr und schaute sie an. Seine Hände, die die ihren hielten, waren noch immer kühl und leicht. Beruhigend kühl. Und sie spürte, wie diese Kälte plötzlich in sie überging und den brennenden Schmerz in ihrer linken Hand löschte wie Wasser das Feuer.

Alia seufzte erleichtert und konnte sich umsehen. Das Mondlicht schimmerte durch die Bäume, und die tanzenden Fey bewegten sich mit der bedächtigen, schwerelosen Eleganz von

Wasserwesen. Ihre langen, dünnen Arme und Beine tanzten und schwebten wie Seetang in einer leichten Strömung, tanzten, hielten inne, tanzten …

Der Fey zog sie mitten hinein.

Doch es war sinnlos. Niemals könnte sie es der feingliedrigen Anmut der Fey gleichtun. Alia war zu wund und steif, zu verwirrt und verlegen, und sie konnte nicht mehr tun, als unbeholfen hinter ihnen herzustolpern. Das Wesen, das sie hielt, bewegte sich derart übermenschlich perfekt, daß sie verzweifelte. Es war unmöglich. Sie war viel zu ungelenk, zu plump, zu *menschlich.*

Plötzlich riß der Fey an ihr, daß sie fast zu Boden fiel. Alia erschrak. Verlor er die Geduld? Was würde er mit solch einem jämmerlichen Geschöpf wie ihr nun tun? Sein seltsames, annähernd menschliches Gesicht verriet keine Gefühle. Es war schön, dieses Gesicht, zweifellos. Aber es war eine unheimliche, *andersartige* Schönheit – trotz aller Menschlichkeit in seinen Zügen.

Die dunklen, starren Augen sahen sie an.

Alia zitterte.

Der Reigen der Fey drehte sich weiter, und Alia und ihr Begleiter mischten sich wieder unter die Tänzer. Rund um sie herum bewegten sich wunderbar die langen, bleichen Glieder der Fey. Über ihrem Kopf sangen die Sterne und der Mond, und es flüsterten die Bäume. Alles schien in Bewegung. Alia spürte, wie etwas sie machtvoll durchströmte, so wie Wasser durch einen engen Felsspalt fließt. Es flutete durch sie hindurch und erfüllte sie zugleich. Ihre Glieder schienen davon zu prickeln, ihr ganzes Denken … geriet aus den Fugen. Wie ein übermäßig helles Licht eine Zeitlang blind machen kann, so blendete auch dieses großartige *Etwas* ihre Gedanken.

Und dann, mit nur halbem Bewußtsein, merkte sie, wie sie in langsamer, ekstatischer Harmonie im Kreis der Fey mittanzte. Ihre Arme und Beine bewegten sich ohne Anstrengung, all ihre

Schmerzen und Müdigkeit waren verschwunden, jede Bewegung, jeder Atemzug eine einzige Freude.

Alias Kopf leerte sich, die Gedanken schienen nach und nach in alle Richtungen davonzufliegen.

Sie erlebte einen letzten, kurzen, erschrockenen Moment der Unsicherheit. Was machten diese Wesen mit ihr? Was *ließ* sie da mit sich machen?

Doch wie ein Seehund sanft in die grünen Wellen des Meeres gleitet, so überließ sich Alia schließlich den zeitlos dahinfließenden Harmonien des Tanzes …

Erschrocken fuhr Alia in die Höhe.

Sie faßte sich an die Schläfen und stöhnte über den Schmerz, den die plötzliche Bewegung ihr verursachte – ein quälendes Stechen in ihrem Kopf, ein schmerzhaftes Pulsieren in ihrer linken Hand, ein Reißen in ihren Beinen, die sich so steif anfühlten, als ob sie zusammengebunden wären.

»Hone Amis, die Soldaten!« entfuhr es ihr. Der arme Einauge und Orrin. Sie mußte unbedingt …

Die Fey!

Noch einmal stöhnte Alia. In ihrem Kopf drehte sich alles. Was war mit ihr geschehen? Sie bemühte sich, einen klaren Gedanken zu fassen.

Wo war sie?

Sie blinzelte und schaute sich um. Es war früher Morgen, die Luft war noch kühl von der Nacht, und sie fröstelte. Das Sonnenlicht fiel durch raschelnde, goldene Blätter. Sie merkte, daß sie mitten in einer kleinen, grasbewachsenen Lichtung lag, umgeben von schlanken Eschen, wie sie hoch oben im Gebirge wuchsen. Auch die Luft hier hatte den sauberen, eisig-blauen Geschmack des Hochgebirges. Ein kleiner Bach gluckste und tanzte über glitzernde, moosbedeckte Steine. Und auf der anderen Seite des Bachs …

Ein Fey.

Wo war sie? Wie war sie hierhergekommen? Mit bebenden Fingern fuhr sich Alia über ihr Gesicht, das noch immer geschwollen und wund war, und die Schmerzen in ihrer linken Hand, das spürte sie jetzt, waren so schlimm wie eh und je.

Unsicher sah sie hinüber zu dem Fey. Er war es wohl, der sie an diesen unbekannten Ort gebracht hatte. Was mochte er von ihr wollen?

Im klaren Morgenlicht erschien der Fey fast durchsichtig, sein Körper wie aus milchigem Eis. Obwohl er auf seine ungewöhnliche Art sehr menschenähnlich wirkte, machte er doch keine der einfachen, typisch menschlichen Bewegungen – kein Kopfdrehen oder Blinzeln, keine Anzeichen von Nervosität oder Unsicherheit. Gar nichts. Wenn er regungslos und ruhig stand, dann war seine Ruhe *vollkommen.* Und wenn er sich rührte, dann war auch seine Bewegung *vollkommen.* Und als Alia diesen schlanken und bleichen Körper betrachtete, sah sie plötzlich, daß der Fey nicht geschlechtslos war, sondern ein Mann.

Wieso hatte sie das nicht schon früher bemerkt?

Lange stand der Fey regungslos da und beobachtete sie mit seinen großen, schwarzen Augen. Der Morgenwind raschelte in den Blättern. Irgendwo pfiff ein Vogel ein kleines Lied. *Ti wiit ti wiit ti wiit ti whuu!*

Der Fey hob seine langen Beine wie ein Reiher, schritt durch den Bach und blieb neben ihr stehen. Alia rührte sich nicht. Seine dünnen Finger näherten sich ihrem Gesicht.

Mit wild pochendem Herzen schreckte Alia zurück.

Der Fey beugte sich näher zu ihr, berührte sie. Seine Finger ertasteten die Rundung ihrer Augenbrauen und verweilten schließlich auf ihren Lidern. Alia spürte ein Kribbeln in ihrem Kopf.

Erschrocken versuchte Sie, sich ihm zu entziehen. Doch aus seinem sanften Griff gab es kein Entkommen.

Als sie ihre Augen wieder öffnete, schnappte Alia nach Luft. Auf seltsame Weise konnte sie den Fey nun deutlicher sehen –

seine wohlgeformten Muskeln, die merkwürdig langen Glieder. Unmöglich schlank war er, unmöglich schön. Und die ganze Welt hatte sich verändert. Das Morgenlicht glänzte silbern, wie helles Mondlicht. Die Blätter der Eschen sangen ein Lied. Fast verstand sie … Wörter – oder etwas, das Wörtern glich: *Blatt und Wind und Wasser fließen, fließen, Licht und Wärme und Jahreszeit vergehen, vergehen* … Doch zu viel anderes strömte auf sie ein. In sich fühlte sie das große Dröhnen der Erde, sah am Himmel die Morgenwolken, die sich mit flockig wolligen Gliedern umarmten. Das Lied des kleinen Vogels klang nun völlig deutlich zu ihr herüber: *Ich sehe dich grüße dich sehe dich! Ich grüße dich sehe dich GRÜSSE dich!*

Verwirrt fiel Alia auf die Knie.

Es war die wundersame Welt, die sie im Tanz der Fey erlebt hatte. Die Welt, die ihr seltsam vertraut erschien und dennoch … so völlig anders.

Wie war das möglich?

Der Fey, der sie noch immer gehalten hatte, führte seine Hand an Alias Gesicht vorbei. Die Finger bewegten sich rhythmisch hin und her wie die Flügel eines Vogels. Und mit einem Mal sah Alia die Hand als einen dahinflatternden, elfenbeinfarbenen Vogel, der hoch in die Lüfte stieg. Höher und höher kreiste er, schwerelos wie die Luft, schwerelos wie Mondlicht. Und sie meinte, sie selbst sei dieser Vogel und spürte den Wind, der sie nach oben trug.

Unter ihr lag die Welt in unendlicher Weite.

Die Augen des Vogels – ihre Augen – waren unvorstellbar scharf. Sie konnte … *alles* sehen: die Bewegung jedes einzelnen Blattes im Wind, die glitzernden Strudel eines Bächleins, den schimmernden Rücken einer Forelle im Wasser. Und sie sah andere, weniger gewöhnliche Dinge: die bleiche, elegante Form eines Fey, der in einem grünen Bergtal tanzte, milchweiße, wirbelnde Bewegungen unter dem Blätterdach leise singender Bäume, einen langen Hals und helle Augen, die zu keinem Wesen gehörten, das sie kannte, einen Schleier grünen Lichts, der sich über die spiegelglatte Oberfläche eines kleinen Sees bewegte wie eine anmutige, glänzende Schlange.

Die Welt unter ihr erschien ihr gänzlich unbekannt. Noch nie hatte Alia Ähnliches gesehen.

Und dann schüttelte sich der Vogel, und er ließ sich fallen. Plötzlich waren es Finger und keine Federn mehr, die sich im Morgenwind bewegten, und sie war wieder auf der kleinen Lichtung mit der Hand des Fey noch immer vor ihrem Gesicht.

Alia seufzte.

Mit seiner freien Hand, die die Vogelhand gewesen war, berührte der Fey ihr Gesicht. Alia spürte, wie die kühlen Finger über ihre Wangen glitten, so sanft, als würde der Flügel eines Schmetterlings sie streicheln.

Sie wußte nicht, was sie tun sollte. Die nicht menschlichen, schwarzen Augen sahen sie an, nur wenige Handbreit von ihren eigenen Augen entfernt. Weder im Blick noch in dem wunderbaren Gesicht erkannte sie eine menschliche Regung, die ihr vertraut war. Seine Finger glitten unterhalb ihres Kinns entlang. Alia zuckte zusammen. Doch er berührte sie nur leicht und verletzte sie ganz und gar nicht.

Hinunter zu ihrem Hals liefen die Finger, von dort zum Brustbein, über ihre Brüste, wieder hinauf zum Hals und über die andere Seite ihres Gesichts. Dann spürte sie, wie der Fey seinen Griff allmählich lockerte.

Aller Glanz fiel ab von der Welt, und alles war wieder so, wie Alia es immer gekannt hatte. Der Fey glitt einige Schritt von ihr weg, blieb dann stehen und schaute sie mit großen, dunklen Augen an. Sie sah ihn nun wie zu Beginn, fast durchsichtig und dennoch deutlich.

Er hob eine lange, schlanke Hand.

Plötzlich schien Alia kaum noch Luft zu bekommen.

Komm, lockte die Hand, und die langen, bleichen Finger krümmten sich.

Sehnsüchtig und erschrocken pochte Alias Herz.

Auf eine Weise, die Alia nicht recht verstand, hatte der Fey ihr verständlich gemacht, was er ihr anbot: eine völlig andere Welt, ein völlig anderes Leben.

Doch zu welchem Preis?

Auch das hatte sie irgendwie verstanden. Als sie eins gewesen war mit dem wunderbaren, weißen Vogel, hatte sie die Welt ganz neu gesehen: eine gänzlich verwandelte Welt. Und dennoch war es nicht so – das schien Alia zu verstehen –, daß die Welt nun eine andere war. Die Welt war ewig. Sie selbst war es, die sich verwandelt hatte. Und weil sie sich verwandelt hatte, war ihr die Welt so anders erschienen. Die Welt war die Welt. Aber die Welt eines Vogels war nicht die Welt einer Forelle, und die Welt eines Fey war nicht die Welt eines gewöhnlichen Mädchens wie sie selbst.

Alia spürte es erschreckend deutlich: Um sie wirklich betreten zu können, diese Welt, die der Fey ihr anbot, müßte sie sich *verwandeln.*

Komm, lockte erneut seine schlanke, schöne Hand. *Verwandle dich.*

Alia zitterte. Sie ging einen Schritt auf ihn zu.

Doch dann schüttelte sie sich.

Nein.

Nein!

Orrin und Einauge! Wie konnte sie nur so gedankenlos sein und …

Entsetzt starrte sie den Fey an. Hatte er sie irgendwie verhext? Ließ er all das, was ihr einmal wichtig gewesen war, bedeutungslos werden?

Er war so wunderschön …

Alia spürte, wie sich in ihren Gefühlen das Unterste zuoberst kehrte. Wie sehnte sie sich danach, mit ihm zu gehen, die Verwandlung zu erleben, all die unerfüllte Sehnsucht vergessen zu können und endlich, endlich ihr … Glück zu finden.

Doch das war ja nicht alles, das war nicht die ganze Alia. Sie dachte an Orrin und den armen, verletzten Einauge. An die Gefahr, die durch die Banditen drohte. An die Jäger, unter denen sie sich geborgen fühlte wie in einer großen Familie – der einzigen Familie, die sie noch besaß.

Wie könnte sie diese Menschen im Stich lassen?

»Könnte ich das wirklich nicht?« überlegte Alia, als sie den wunderbaren Fey betrachtete.

Aber die Gedanken an Orrin und Einauge ließen ihr keine Ruhe. Jeder Moment, den sie hier unentschlossen herumstand, brachte sie in größere Gefahr. Sie hatte ohnehin schon viel zu viel Zeit verloren. Wenn sie sich anstrengte, konnte sie die beiden möglicherweise retten, wenn nicht, waren sie ganz sicher verloren. Unsichtbare Fäden schienen einmal hierhin, einmal dorthin zu ziehen.

Alia machte einen ersten, zögernden Schritt nach hinten, dann einen zweiten. Sie wagte es nicht, dem Fey in die Augen zu sehen.

Noch immer lockte bedächtig die Hand.

Alia spürte ihr pochendes Herz. Noch einen Schritt trat sie zurück. Und noch einen. Links von ihr sah sie ihren Bogen und Köcher im Gras liegen. Würde der Fey es zulassen, daß sie diese Dinge aufhob? Würde er sie gehen lassen, oder betrachtete er sie schon als seinen … Besitz?

Langsam näherte sie sich ihren Waffen. Der Fey bewegte sich nicht im geringsten. Mit einem Auge auf den Fey gerichtet, bückte sich Alia und schnappte sich Bogen und Köcher.

Er stand einfach da und schaute ihr zu.

Alia atmete tief. Sie legte sich den Köcher um die Schulter.

»Ich …« Sie wußte nicht mehr, was sie sagen wollte oder ob der Fey sie überhaupt verstehen konnte.

»Da … Danke«, stammelte sie schließlich. »Danke für deine … Einladung.«

Die dunklen Augen blieben regungslos.

Alia kam sich vor wie eine völlige Närrin. »Es … es tut mir leid. Ich habe … Freunde, die mich dringend brauchen … Ich kann nicht mitgehen. Tut mir leid. Es ist sehr nett, daß du es mir angeboten hast, aber …«

Ihre Worte waren immer leiser geworden, jetzt verstummte sie. Wie sprach man auch mit einem solchen Wesen? Alles, was sie sagte, hörte sich an wie das Geplapper eines kleinen Kindes.

Alia holte Luft, um sich zu beruhigen. Langsam ging sie zum Rand der Lichtung. »Ich … ich muß gehen.«

Noch immer keine Antwort, kein Zeichen.

»Es tut mir leid«, wiederholte sie. Stumm und regungslos stand er dort, und Alia überkam eine unerträgliche Traurigkeit. Beinahe wäre sie zu ihm zurückgekehrt. Und wenn er ihr in diesem Moment einen Wink gegeben hätte, irgendeine annähernd menschliche Geste, dann hätte sie das auch getan.

Aber er rührte sich nicht. Er stand nur da, wie ein Standbild aus weißem Marmor, und schaute sie an.

Alia zitterte. »Es … es tut mir leid«, sage sie ein weiteres Mal.

Schon allzu lange dauerte dieser Abschied. Sie quälte sich fürchterlich.

Schließlich drehte sie sich um und eilte durch das goldblättrige Gestrüpp der Eschen. In ihrem Rücken spürte sie noch seinen Blick, doch sie weigerte sich, nach hinten zu sehen.

Alia begann zu rennen und achtete nicht auf ihre steifen, schmerzenden Beine. Schreckliche Angst hatte sie, daß er versuchen könnte, sie aufzuhalten. Wer konnte wissen, welche Kräfte diese Fey besaßen?

Doch nichts geschah. Irgendwann lief sie langsamer. Und dann ging sie nur noch, um wieder zu Atem zu kommen.

Er hatte sie gehen lassen. Er hatte ihr ein Angebot gemacht – das war mehr als deutlich gewesen – und hatte es ganz und gar ihr überlassen, ob sie es annahm oder nicht. Ihr wurde plötzlich klar, daß es das war, für was sie ihm wirklich dankbar sein mußte. Er hatte die Entscheidung allein ihr überlassen und ihre Wahl respektiert.

Alia hielt an und schaute zurück in den stillen, leeren Wald, durch den sie gekommen war. Ihre Augen füllten sich mit Tränen. »Danke«, sagte sie leise. »Aber ich …«

Wieder kam sie sich töricht vor. Vielleicht jetzt noch mehr, denn sie sprach in die leere Luft. Der Fey war nirgends mehr zu sehen. Sie erinnerte sich an die Berührung seiner Finger. Sie würde ihn wahrscheinlich nie mehr wiedersehen.

Dieser Gedanke machte sie völlig verzweifelt.

Wie viele Menschen hatten jemals eine solche Einladung erhalten? Es war ein ganz einzigartiges Geschenk.

Und sie hatte es abgelehnt.

Einen Augenblick lang schien sie sein Rufen zu hören und wäre beinahe umgedreht und den Weg zurückgerannt. Dort erwartete sie das, wonach sie sich ihr ganzes Leben gesehnt hatte.

Aber sie konnte es nicht. Andere Dinge hatten jetzt Vorrang. Unbedingt.

Alia ballte entschlossen ihre Fäuste, wischte sich die Tränen aus den Augen und schaute sich um. Ihre linke Hand juckte, und sie kratzte sie, ohne darauf zu achten. In welcher Richtung kam sie am schnellsten zum Jägerlager? Die Lichtung, auf der sie dem Fey begegnet war, lag irgendwo im Hochgebirge – das war alles, was sie wußte. Doch Alia vertraute darauf, bald einen bekannten Orientierungspunkt zu entdecken.

Die Sonne stand nun schon höher am Himmel, und Alia hatte eine gute Fernsicht. Irgend etwas würde sie schon finden, da war sich Alia ganz sicher. Doch als sie den Horizont absuchte, schien die Welt plötzlich …

Anstelle der gewöhnlichen Welt, die sie kannte, glaubte Alia, eine Art durchscheinende Fassade zu sehen. Die Bäume, der strahlend blaue Himmel über ihr, der mit Tannennadeln bedeckte Boden, alles erschien ihr als bloße … Oberfläche. Es war das einzige Wort, mit dem sie ihre unheimliche Art der Wahrnehmung ungefähr beschreiben konnte. Es war, als ob sie die Dinge nicht mehr mit derselben eindeutigen Gewißheit akzeptieren konnte wie früher. Sie hatte miterlebt, wie die Welt eine andere geworden war. Und nun fiel es ihr schwer, die Welt ungefragt und rückhaltlos für das zu nehmen, was sie an ihrer Oberfläche zu sein schien.

Alia zitterte, blinzelte, rieb sich die Augen. Was war, wenn die Fey sie *zu weit* in ihre geheimnisvolle Welt geführt hatten? Was war, wenn sie der gewohnten Welt für immer entfremdet blieb? Mit klopfendem Herzen schaute sie sich um, kniff die Augen zusammen, konzentrierte sich. Langsam nur und quälend wechselten die Dinge um sie her wieder zu ihren vertrauten Formen und Farben.

Die Verwandlung gelang.

Alia stöhnte erleichtert. Sie wollte über diese Dinge nicht nachdenken. Jetzt nicht. Sie zwang sich, an etwas Praktisches zu denken und sich in dieser Gegend zu orientieren. Wertvolle Zeit war verflossen.

Sie schaute in jede Richtung, doch die Bäume standen zu nahe. Schließlich blieb ihr nichts anderes übrig, als auf einen hinaufzuklettern. Erst dann, ganz oben in den schwankenden Ästen, erblickte sie etwas, das ihr bekannt vorkam: einen schneebedeckten Gipfel, der die Steinhöhe sein konnte. Vielleicht auch nicht. Sie war sich nicht sicher. Doch wenn es die Steinhöhe war, dann lag das Jägerlager weiter unten und westlich.

Alia wandte sich nach Westen und rannte.

IX

Guthrie saß da, die Beine unbequem über Kreuz geschlagen. Er beugte seinen Rücken, um seine müden Muskeln zu entlasten, öffnete seine Augen, schloß sie wieder. In den Bäumen rauschte der Wind. Guthrie fröstelte. Seine Schultern schmerzten, sein Gesäß ebenfalls.

Schon den zweiten Tag saß er so da.

Und tat nichts.

Er war nahe daran, in Panik auszubrechen.

Guthrie hatte sich das etwas anders vorgestellt: Wie er und die alte Frau wundersame Sprüche murmeln würden und wie das geheimnisvolle, mächtige Wissen der Klosterer dann über ihn käme.

Doch so war das nicht. Alles, was er bislang tun mußte, war, hier am Rand ihres Lagers unter den Bäumen zu sitzen. Still mußte er sein und regungslos. Guthrie hätte am liebsten losgeschrien.

All seine Hoffnung verließ ihn. Lächerlicher Unsinn war das, dieser Hokuspokus der Klosterer. Schon der Abt, dieser angeblich so außergewöhnliche Mann, war ja letztendlich machtlos gewesen. Und diese Rosslyn hatte ihn mit überhaupt nichts beeindrucken können.

Guthrie blickte verstohlen zu ihr hinüber. Sie saß einige Schritte von ihm entfernt und regte sich nicht. Schmale Schlitze zeigten das Weiß ihrer Augen, und aus ihrem Mundwinkel tropfte etwas Geifer. Guthrie fragte sich, ob sie gerade dabei war, ihren Verstand zu verlieren. Er hatte das oft genug erlebt bei alten Leuten, diese verhängnisvolle geistige Verwirrung, aus der es irgendwann kein Zurück mehr gab.

Bei dem Gedanken lief es ihm kalt über den Rücken.

Nach all dem, was er durchgemacht hatte, sollte seine Hoffnung auf Rache derart … zunichte werden? Was hatte er sich von den Lehren der Klosterer alles versprochen! Doch nun saß er einfach da, mit einem vielleicht schwachsinnigen Weib, und tat nichts. *Nichts!*

»Laß deine Gedanken zur Ruhe kommen«, hatte Rosslyn ihm gesagt. »So wie die Wellen sich glätten, wenn der Wind stirbt.«

Doch das war unmöglich. Seine Gedanken wollten nicht zur Ruhe kommen. Guthrie brannte darauf, einen Fortschritt zu sehen, etwas zu erreichen – egal was. Sein Rücken tat ihm weh. In seinen überkreuzten Beinen pochte das Blut. Wieder schaute er hinüber zu Rosslyn und seufzte leise. Hoch oben zogen die Wolken über den Himmel. Er beobachtete ein Blatt, das sich im Wind bewegte. Dann ging sein unruhiger Blick zur Seite und fiel auf den Schädel des Abts. Er hatte festgestellt, daß er sich merkwürdig unwohl fühlte, sobald er ihn nicht in der Nähe wußte.

Rosslyn hatte nichts dazu gesagt.

Dieser Schädel … Guthrie verstand nicht, wie das unheimliche Ding eine derartige Gewalt über ihn haben konnte. Oder weshalb es ausgerechnet ihn verfolgte. Es mußte mehr sein als toter Knochen, und doch lag es regungslos. Das weiße Gesicht war ihm zugewandt, die leeren Augen schienen ihn spöttisch zu betrachten. »Was starrst du mich so an?« zischte er. Wie gewöhnlich blieb der Schädel stumm wie ein Stein.

In seinem Knie spürte Guthrie schmerzhafte Stiche. Er verlagerte sein Gewicht, doch davon wurden nun seine Rückenschmerzen schlimmer. Es war einfach nicht mehr auszuhalten.

Mit einem Stöhnen streckte er seine Beine und stand mühsam auf.

Rosslyns meeresgrüne Augen öffneten sich.

Guthrie stand da, und durch seine Waden lief ein unangenehmes Kribbeln, als das Blut zurückkehrte. Er schaute Rosslyn an und versuchte seinen Ärger hinunterzuschlucken. »Bitte, Rosslyn«, begann er. »*Bitte!* Ich schwöre dir, ich … ich halte dieses verfluchte Sitzen nicht mehr aus! So eine Zeitverschwendung! Gib mir etwas zu *tun.* Etwas, das ich *lernen* kann.«

»Erst mußt du lernen, beim Pinkeln nicht zu pfeifen«, sagte Rosslyn ruhig.

»Was soll *das* denn heißen?« fauchte Guthrie.

Enttäuschung und Wut regten sich in ihm wie ein stacheliges Tier, und gerne hätte er seinem Unmut noch weiter Luft gemacht. Doch der strenge Blick, den ihm Rosslyn zuwarf, ließ ihn schweigen. Diese alte Frau war seine letzte Chance, so weit war es mit ihm gekommen. Er atmete tief und versuchte sich zu beruhigen. »Du hast gesagt, du willst mir etwas beibringen, Rosslyn. Also tu es. Bitte!«

»Da deine Augen blind sind«, sagte Rosslyn, »werden wir zunächst einiges tun müssen, damit du sehen lernst.«

Guthrie holte noch einmal tief Luft. »*Was* soll ich denn sehen?«

»Was du dich weigerst zu sehen.«

»Und was ist das, was ich mich … *weigere* zu sehen?«

Rosslyns Stimme wurde zu einer Art Singsang. »Die fünf natürlichen Farben trüben die Augen und machen uns blind für den wunderbaren Himmel über uns. Die fünf natürlichen Töne machen uns taub für den flüsternden Wind in Zweigen und Blättern, die über uns lachen. Die fünf natürlichen Geschmäcker betäuben den Menschen die Zunge.«

Guthrie verschränkte trotzig die Arme. »Na wunderbar! *Damit* ist ja alles klar.«.

Rosslyn schüttelte den Kopf und seufzte. »Ungeduldiger, blinder Junge.«

Eine Weile sahen sich die beiden stumm an.

»Wer … oder was sind die Klosterer eigentlich?« fragte Guthrie.

Es war das erste Mal, daß Rosslyn irgendeine Bereitschaft zeigte, mit ihm zu sprechen. Bislang hatte sie all seine Fragen einfach ignoriert oder ihn geheißen, seinen Mund und Kopf zu leeren. Vielleicht würde sie ihm ja nie etwas beibringen. Aber Guthrie war fest entschlossen, diese Gelegenheit zu nutzen, um von ihr einige einfache Antworten zu erhalten.

Doch wenn sie wieder in ihr unverständliches Gerede verfallen sollte, wie er es befürchtete ... Der bloße Gedanke zog ihm den Magen zusammen.

Rosslyn schaute ihn an. Ihr vom Alter zerfurchtes Gesicht war völlig ruhig, ihre meergrünen Augen hell und klar, wie kleine, aus ihrem Inneren leuchtende Kugeln. Einen Augenblick lang schienen sie kaum etwas Menschliches zu haben. Guthrie schauderte, doch er blieb hartnäckig. »Rosslyn, du hast meine Frage noch nicht beantwortet!«

Die alte Frau seufzte und nickte. »Nun gut. Dann werden wir uns eben eine Weile etwas erzählen.« Nach einer kurzen Pause sprach sie weiter. »Die Klosterer sind ein Orden. Männer und Frauen, die getrennt voneinander leben. Menschen, denen die Welt nicht genug ist.«

»Nicht genug?«

»Es sind jene, die hinter das Gesicht der Welt blicken, oder vielleicht darüber hinaus, die von den Geheimnissen der Welt nicht lassen können, die mit dem gewöhnlichen Leben nur wenig anzufangen wissen. Kennst du diese Art Menschen?«

Guthrie kniff sich am Ohr und überlegte. »Es gab da einen aus den Fünf Familien, einen der Charrers. Ein richtiger Träumer war das. Irgendwann verschwand er dann in den Bergen. Hat damals für eine Menge Unruhe gesorgt. Ich war erst ein kleiner Junge, als das passierte, doch ich kann mich deutlich daran erinnern. Mein Vater nannte den Mann einen Narren. Hone Amis hat ihn verachtet.« Guthrie hob die Schultern. »Er sammelte Leute um sich, eine bunt zusammengewürfelte Gruppe von Davongelaufenen, Menschen wie er selbst. Sie leben seitdem oben in den Bergen und jagen. Einige von ihnen sind regelmäßig nach Riverside gekommen, um Fleisch gegen

Mehl oder Eisenwaren oder so etwas zu tauschen. Ein zerlumpter, ausgezehrter Haufen ist das. Doch solche Leute leben gewiß nicht bei den Klosterern, nicht wahr?«

»Nein. Aber es sind durchaus solche Menschen wie dieser Jäger, die es irgendwann auf den Weg der Klosterer führt, auf den Weglosen Weg.«

Guthrie seufzte. »Mußt du schon wieder ...«

»Bleib bitte ruhig«, sagte Rosslyn. Mit einer einfachen, mühelosen Bewegung stand sie auf. »Was denkst du wohl, werde ich dich lehren?«

»Ich ...« Guthrie zuckte mit den Schultern. »Eine Art ... geheimes Wissen. Der Abt«, er deutete auf den Schädel am Boden, »er konnte ... Dinge tun. Unheimliche Dinge.«

»Und was?«

»Er konnte ... sich verteidigen. Er schleuderte Hone Amis zu Boden und fing den Speer des Seewolfs mitten im Flug. Ich habe nie verstanden, wie er das geschafft hat, aber es schien für ihn nichts Besonderes zu sein. So etwas könnte kein ... gewöhnlicher Mann. Nicht so, wie er es gemacht hat.«

Rosslyn lächelte nur ihr schiefes Lächeln.

»Lehre mich, solche Dinge zu tun«, flehte Guthrie. »Das sind die Dinge, die ich lernen möchte, Rosslyn!«

Nach einer Weile nickte sie. »Dann komm näher.«

Guthrie ging zu ihr, bis er wenige Schritte vor ihr stand.

»Finde dein Gleichgewicht. Steh ganz locker, bis du spürst, daß dein Körper ausbalanciert ist. Stell dich auf die Fußballen.«

Guthries Puls ging schneller. Seine Stirn legte sich in Falten, er konzentrierte sich. Es war das, worauf er gewartet hatte – endlich! Er rutschte etwas mit seinen Füßen und versuchte eine Art Gleichgewicht zu finden, wie Rosslyn es befohlen hatte.

Sie betrachtete seine Stellung. »Das dürfte gehen. Stehst du gut? Hast du das Gefühl, dich sofort in jede Richtung bewegen zu können?«

Guthrie schwankte ein wenig nach hier und nach dort und probierte, wie es sich anfühlte. »Ja, schon möglich.«

»Gut. Dann versuche, mich zu schlagen.«

Guthrie zögerte.

»Nur zu.«

Guthrie mußte an den Unterricht im Schwertkampf denken, den ihm Hone Amis im Hof seines Vaters erteilt hatte. »Du darfst deinen Gegner nicht aus den Augen lassen«, hatte der Heermeister immer gesagt. »Lenke ihn ab. Und dann schlägst du zu – so fest du kannst. Doch halte deinen Blick ruhig. Dein Schlag muß völlig unerwartet kommen.«

Guthrie blickte konzentriert in Rosslyns grüne Augen. Jetzt hatte er endlich Gelegenheit, sie zu beeindrucken. In einem kleinen Halbkreis kam er näher und hielt seinen Blick ruhig. Nicht einmal ein Blinzeln würde ihn verraten.

Rosslyn rührte sich nicht.

Dann schlug er zu.

Und landete in voller Länge auf der Erde. Keuchend lag er da, an seinen Lippen klebte der Dreck.

Hinter sich hörte er Rosslyns Lachen.

Wütend fuhr er herum.

Und erstarrte.

Mit überkreuzten Beinen saß die alte Frau *in der Luft* und sah auf ihn hinunter.

Guthrie fühlte, wie sich sein Magen zusammenkrampfte. Völlig lautlos, ohne sichtbare Anstrengung schwebte Rosslyn einige Armlängen über dem Boden. Darauf war er nicht gefaßt gewesen. Das war einfach *unmöglich.*

Rosslyn lachte noch einmal. »Du solltest dein Gesicht sehen, Junge.«

Guthrie zitterte. Er fühlte sich, als wäre er gerade aus großer Höhe abgestürzt. »Wie … wie *machst* du das? Ist das eine … eine Art Illusion?«

»Nein, überhaupt nicht«, antwortete Rosslyn.

»Aber wie …«

»Bitte warte noch mit deinen Fragen«, sagte sie. Dann, vor Guthries ungläubigen Augen, ließ sie ihren Beutel, in dem sie ihre Habseligkeiten trug, langsam in die Luft schweben. Aus dem Beutel stieg ein kleines Etwas, eingewickelt in Stoff, und sank in Rosslyns Hand. Sie hielt es einen Moment, dann winkte sie Guthrie zu sich hin. »Hier, nimm das.«

Guthrie mußte nach oben langen, um das kleine Bündel aus ihrer Hand zu nehmen. Er zitterte aufgeregt.

»Mach es auf«, bestimmte Rosslyn.

Das Bündel fühlte sich schwer an. Als Guthrie den Stoff abwickelte, fand er ein kleines Buch. Der Einband bestand aus dünnem Holz, das man mit narbigem, leuchtend rot gefärbtem Leder überzogen hatte. Die Nähte an den Rändern waren perfekt, jeder Stich genau an seinem Platz. Das rote Leder hatte einen sanften Glanz, gleichmäßig und nirgends stumpf. Das Buch trug keinen Titel.

In seinem Leben hatte Guthrie nur wenige Bücher gesehen und keines, das nur entfernt so kunstvoll gearbeitet war wie dieses, das er nun in Händen hielt. Ein kleines Meisterwerk.

»Öffne es«, sagte Rosslyn.

Guthrie schlug es auf. Die Blätter bestanden aus ausgezeichnetem Pergament. Auf der ersten Seite, im oberen Drittel, stand in großen, eleganten, handgemalten Buchstaben: *Der Weglose Weg.* Und darunter, in kleineren Lettern: *Der Sehende begreift, doch er wird nicht ergreifen.*

»Der *Sehende?*« fragte er.

»Derjenige, der das sieht«, entgegnete Rosslyn, »was anderen verborgen ist.«

»Und was ist das?«

Ihre einzige Antwort war ein Zeichen, wieder in das Buch zu blicken.

Zögernd begann Guthrie zu blättern. Auf der Seite, die er aufschlug, standen Verse:

Ruhig und still,
zwischen Sternen, Meer
und grünen Hügeln,
sieht der Sehende
lautloses Leben,
Lahmes sich regen,
Großes entschweben,
einem Atemzug gleich,
ruhig und still.

»Nun?« wollte Rosslyn wissen.

Guthrie biß sich auf die Lippen.

Sie lachte. »Du hältst das für Narretei, nicht wahr? Eine Verschwendung von teurem Pergament?«

»Es ist nur so, daß ich … keinen Sinn darin erkenne, Rosslyn. Wie soll ich aus solch verqueren Versen etwas *lernen*?«

»Lies weiter«, meinte sie.

In Guthries Hand begannen die Seiten des Buchs sich plötzlich von selbst umzublättern, *schlck, schlck, schlck,* als ob unsichtbare Finger danach griffen. Vor Überraschung ließ er das Buch beinahe fallen.

Rosslyn lächelte nur ihr schiefes Lächeln. »Lies«, sagte sie.

Guthrie betrachtete die Seite, die nun aufgeschlagen vor ihm lag.

Ein Name aus Worten
ist niemals gerecht:
eine Wolke vor Sternen,
eine Tür und ein Balken,
eine Fessel zu sprengen.

Mürrisch blickte Guthrie nach oben. »Das … ist wirres Zeug, Rosslyn.«

Die alte Frau seufzte. »Guthrie! Der Name ist nicht der

Name. Das, was als Name genannt wird, ist niemals der Name.«

Guthrie verdrehte die Augen. »Das sind einfach nur *Worte!*«

»Genau«, sagte Rosslyn zufrieden. »Eine sehr gute Antwort.«

Guthrie starrte sie an mit offenem Mund.

Aus ihrem Sitz in der Luft deutete sie auf das Buch, das er in Händen hielt. »Wir nennen es einfach das *Buch.* Es enthält die Lehren der Klosterer.«

»Hast du es geschrieben?«

Rosslyn mußte lachen. »Ich? Aber nein! Das Buch entstand lange vor meiner Zeit.«

»Wer hat es also geschrieben?«

»Hast du schon einmal von den Dämonenkriegen gehört? Vor langer Zeit, in den besiedelten Ländern des Südens?«

Guthrie blinzelte. »Ja. Jeder weiß davon. Ich habe die Geschichten als Kind gehört. Vom Schwarzen Tankred, dem schrecklichen Zauberer, und dem Fürst des Bösen, der an zwei Orten gleichzeitig sein konnte. Von dem Helden Blutaxt und seinem gewaltigen Heer.« Guthrie hob die Schultern. »Geschichten für Kinder, voll mit wundersamen und schrecklichen Dingen.«

Rosslyn lächelte. »Und wie meistens bei solchen Geschichten enthält auch diese einiges an Wahrheit.«

Guthrie rieb sich die Augen. Es fiel ihm schwer, sich zu konzentrieren, wenn Rossyln mit überkreuzten Beinen vor ihm in der Luft saß. »Könntest du nicht … herunterkommen?« fragte er. »Mir wird noch schlecht, wenn ich dich da oben sehe.«

Sie lächelte. Sanft schwebte sie auf die Erde hinunter. »Drei Generationen ist er her, dieser Krieg«, sagte sie. »Der Vater deines Vaters war erst ein kleines Kind – oder möglicherweise noch gar nicht geboren.«

»Ach ja?« erwiderte Guthrie und verstand nicht, worauf Rosslyn eigentlich hinauswollte.

»Das *Buch* wurde von einem Mann geschrieben, der an den

Dämonenkriegen teilgenommen hatte, einem Mann, der entscheidenden Anteil daran hatte, daß die Dämonen, die tief aus dem Süden gekommen waren, besiegt wurden.«

»Du willst also behaupten, daß diese Menschen tatsächlich gelebt haben? Blutaxt und der Schwarze Tankred und all die anderen? Und daß einer von ihnen das *Buch* der Klosterer schrieb?« Guthrie schüttelte den Kopf. »Du versuchst mir zu sagen, daß diese Kindermärchen die Wahrheit erzählen?«

»Die Welt ist reicher und tiefer, als du denkst, Junge. Damals, als Krieg herrschte, gab es einen jungen Mann, der von zu Hause fliehen mußte. Seine Familie hatte man umgebracht. Er irrte weit nach Norden, bis an die Grenzen der besiedelten Welt. Wie so vielen anderen in jener Zeit hatte der Krieg ihm alles genommen. Doch dieser junge Mann besaß eine besondere Gabe ...«

Rosslyn hielt inne und schaute Guthrie an. »Hast du, in deinen Märchen, jemals von einem Mann namens Seer Tai gehört?«

Guthrie schüttelte den Kopf.

»Als Kind hatte er seltsame Anfälle. Er löste sich von dieser Welt ...« Rosslyn seufzte. »Die Wege der Mächte sind unergründlich. Ein halbes Leben müht sich ein Klosterer, um das zu erreichen, was Seer Tai als Kind schon konnte und ein halbes Leben lang nicht annehmen wollte.«

Sie schwieg eine Weile. Guthrie wartete und fühlte sich immer verwirrter.

»Das Buch, das du in Händen hältst«, sagte Rosslyn schließlich, »ist die Abschrift einer Abschrift des ersten Buchs, das Seer Tai selbst geschrieben hat. Und Seer Tai war es auch, der das erste Kloster errichtete. Mit ihm begann ... alles.«

»Und was *macht* ihr Klosterer denn?« fragte Guthrie.

»Du hast eben ein Weniges von dem gesehen, was wir können.«

Wieder rieb sich Guthrie die Augen. Hatte er wirklich gesehen, wie Rosslyn ...? Immerhin konnte es doch auch eine raffinierte Illusion sein. »Ist das etwa eine Art … Gedankenkontrolle?« fragte er. »Habt ihr Macht darüber, wie andere die Welt sehen, und könnt ihr ihnen nach Belieben etwas vorgaukeln?«

»Nein, ganz und gar nicht.«

»Aber … du kannst nicht einfach *schweben!*«

»Und wieso nicht?«

»Es ist … Du kannst nicht … So ist die Welt eben nicht.«

»Ach ja? Und wie ist sie denn, die Welt?«

»Die Welt ist so, wie sie ist.«

»Aber *wie* ist die Welt?«

Guthrie schüttelte den Kopf. Sein Magen fühlte sich noch immer seltsam an. Er ballte seine Fäuste, öffnete sie wieder. »Rosslyn …«, fing er an.

Mit einer Handbewegung bedeutete sie ihm zu schweigen. »Ich würde sagen, du erzählst mir jetzt, wie die Welt ist.«

Guthrie schaute sie nur an.

»Nenn mir die Namen der fünf natürlichen Farben«, sagte Rosslyn.

»Aber was soll …«

»Nenn sie mir!« befahl sie mit plötzlich scharfer Stimme.

»Nun gut«, schluckte Guthrie und atmete tief. »Die fünf natürlichen Farben sind Rot, Orange, Gelb, Grün und Blau. In jedem Regenbogen kann man sie sehen.«

Rosslyn nickte. »Und die fünf natürlichen Töne?«

»Od, Al, Oss, Imna und Eir.«

»Und die fünf natürlichen Geschmäcker?«

»Süß, sauer, scharf, salzig und würzig.« Guthrie seufzte. »Was soll das alles, Rosslyn? Diese Dinge habe ich schon als kleines Kind von meiner Mutter gelernt. *Jeder* kennt diese Dinge. So ist die Welt eben gemacht. Fünf Sinne. Fünf Finger, fünf Zehen. Fünf Elemente, fünf Farben, fünf Geschmäcker. Hältst du mich für so *dumm,* daß ich über diese einfachen Dinge nicht Bescheid wüßte?«

»Wie sonst ist die Welt gemacht? Was hast du noch gelernt?«

»Ich soll dir erklären, was jedes Kind weiß?« fragte Guthrie ungeduldig.

»Ja, genau das sollst du.«

Guthrie seufzte. »Die großen, namenlosen Mächte bewegen die Welt und weben alles zusammen wie zu einem großen … Netz. Sie sind größer und geringer als alles, was wir uns unter ihnen vorstellen können.«

Guthrie schwieg. So viele Jahre war es her, daß er all dies gelernt hatte. Unter den Augen seiner Mutter hatte er mühsam seine ersten Buchstaben aufs Pergament gekritzelt. Dann mußte er aufgeregt vor seinen Vater treten, um ihm Wort für Wort die Dinge zu berichten, die man ihm beigebracht hatte. Eine ganze Flut von Erinnerungen kam in ihm hoch – der harzige Rauch des Feuers im Großen Saal, der fordernde Blick seines Vaters, die Hunde, die unter den Tischen schliefen, die Hand seiner Mutter, die auf seiner Schulter lag und ihm Mut machte –, und er erzählte Rosslyn das, was er gelernt hatte, als er vor seiner Mutter auf dem Boden saß:

»Die Mächte lenken mich, wie sie lenken Sonne und Sterne, begleiten mich immer, in Heimat und Ferne …« Guthrie machte eine kurze Pause, bis er sich erinnerte, wie es weiterging. »Sternenlicht und Mondschein folgen gleich dem Gesetz, und von allem zu allem webt das unendliche Netz.«

Rosslyn lachte. »Diese Verse habe ich noch nicht gekannt. Woher hast du sie?«

»Das sind einfach nur Kinderreime, die mir meine Mutter beigebracht hat«, meinte Guthrie verlegen und schluckte. »Ich wußte gar nicht, daß ich mich noch so deutlich an sie erinnern kann.«

Rosslyn nickte. »Die Dinge, die man als Kind lernt, besitzt man ein ganzes Leben lang.« Sie deutete auf die Bäume und die Berge am Horizont. »Und was ist mit der Welt?«

Guthrie seufzte. »Die Welt besteht aus den fünf natürlichen Elementen: Erde, Wasser, Luft, Feuer und Geist. Jedes hat seinen Platz in der großen Ordnung …« Plötzlich kam ihm ein weiterer Kinderreim. »Erde unten, trägt die Welt. Wasser, das vom Himmel fällt. Luft hoch droben, frei und klar. Feuer ist Wärme, auch Gefahr. Geist, der über allem schwebt, Geist, der ganz in allem lebt.«

Rosslyn nickte. »Ja, das kenne ich.«

Guthrie hob die Schultern. »Wie ich gesagt habe – *jeder* kennt diese Dinge. Jedes Element hat seinen natürlichen Platz in der großen Ordnung. Die Erde liegt allem zugrunde, sie ist das Fundament, das alles trägt. Dann kommt das bewegliche, fließende Wasser – es wandert zwischen Luft und Erde. Dann die Luft über dem Wasser und das Feuer als Höchstes von allem, denn seine Flammen wollen nach oben zu Sonne und Sternen. Noch mächtiger aber ist der Geist, der sowohl zuunterst als auch zuoberst schwebt und allem erst Leben gibt.«

Guthrie schwieg verlegen.

»Sehr gut«, sagte Rosslyn. Sie langte neben sich auf den Boden und hob einen kleinen Zweig auf. »Wenn ich diesen Zweig loslasse, was geschieht dann?«

»Er fällt hinunter.«

»Und wieso?«

»Er ist aus Holz, und Holz ist Erde.« Guthrie hob seine Arme, die Handflächen nach oben. »Hebe irgendein Erd-Ding und laß es gehen. Es wird an seinen natürlichen Ort zurückkehren – dorthin, wo es *hingehört.* So wie die Flammen des Feuers stets nach oben streben, weil dort ihre Heimat ist, weil sie dort hingehören. Es ist die Art, wie die Welt geordnet ist.«

Rosslyn nickte. »Ja, so sagt man.«

»So *ist* es!«

Guthrie hob selbst einen kleinen Zweig auf, hielt ihn hoch, ließ ihn fallen. »Siehst du? Er fällt dahin zurück, wo er hingehört. Ich könnte den ganzen Tag hier stehen und das immer und immer wieder tun. Und jeder Zweig würde nach unten fallen, jedes Mal.«

Rosslyn nickte. Sie öffnete ihre Hand und ließ ihren Zweig los.

Der Zweig schwebte reglos in der Luft.

Guthrie sah ihn an mit offenem Mund. Das mußte eine Art Illusion sein, ganz sicher. Die Grundgesetze der Welt konnte man nicht nach Belieben auf den Kopf stellen! Doch die Illusion wirkte täuschend echt. »Wie hast du das gemacht?«

In seiner Hand bewegte sich das Buch – das er schon ganz vergessen hatte – und öffnete sich bei einem neuen Vers:

Baum und Fels und Fluß und Gras
sind niemals, was sie scheinen.
Menschen, Herzen, Bein und Stern
sind niemals, was sie scheinen.

Gesicht und Hände, Beine, Arme,
Angst und Freude, Zauber, Worte
spiegeln, täuschen und nichts weiter,
Schale, Hülle und nichts weiter.

Heb die Hülle, laß das Denken,
und ein Neues wirst du finden.

Rosslyn sah ihn an.

»Was soll ich damit anfangen?« fragte Guthrie und deutete mißmutig auf die Zeilen. »Die Dinge sind niemals das, was sie scheinen«, überlegte er laut. »Und die Namen, die wir den Dingen geben, haben angeblich nicht viel zu bedeuten.«

»Das *Buch* ist ganz einfach zu verstehen«, erwiderte Rosslyn. »Für jene, die Augen haben, es richtig zu lesen.«

»Dann muß ich blind sein!« entgegnete Guthrie ärgerlich. Er spürte, daß er immer mehr verzweifelte. Er brauchte etwas Verständliches, Greifbares. »Du hast versprochen, mir etwas *beizubringen,* Rosslyn.«

»Der Name eines Namens ist nicht …«, begann sie.

»Rosslyn!« schrie Guthrie wütend. »Ich flehe dich an, bitte! Zeige mir etwas Wirkliches. Zeige mir etwas, das ich *tun* kann. Keine Illusionen. Und keine rätselhaften Sprüche mehr!«

Rosslyn schüttelte den Kopf. »Ungeduldiger, blinder Junge.« Sie seufzte und winkte ihn fort. »Dann leg das Buch hin und geh.«

Guthrie schaute sie an.

»Geh«, wiederholte sie sanft. »Du bist nicht dazu bestimmt, den Weglosen Weg zu gehen. Dies überlaß anderen, die dazu besser geeignet sind.«

»Nein«, sagte Guthrie. *»Nein!«* Er fühlte sich plötzlich schlecht. »Rosslyn … *bitte!* Du bist meine einzige Hoffnung. Nichts ist mir sonst geblieben.«

Sie sagte kein Wort.

»Bitte!« wiederholte Guthrie. »Soll ich dich anbetteln? Wenn es sein muß, werde ich es tun. Auch auf meine Knie werde ich fallen. Aber bitte, Rosslyn, lehre mich. *Lehre* mich!«

Rosslyn seufzte. »Du hast keine Vorstellung davon, worum du mich bittest.«

»Ich habe keine Heimat mehr und niemanden, den ich kenne.« Guthrie atmete tief. »Ich habe gar nichts mehr. Außer dem hier.«

»Du hast keine … Geduld, um das zu begreifen, was du begreifen mußt.«

»Zeige mir etwas. Ich will etwas lernen, das ich auch *tun* kann.«

Rosslyn schüttelte den Kopf. »Und du denkst, du bist bereit, so etwas zu *tun?* Würde man ein Kind in tiefes Wasser werfen und sagen: ›Schwimm!‹ – einfach so?«

»Zumindest hätte das Kind eine Chance! Vielleicht würde es tatsächlich schwimmen. Ich bekomme überhaupt keine Chance, so wie du mich bisher gelehrt hast. Auch ich will versuchen zu schwimmen, Rosslyn!«

»Und was ist, wenn du … ertrinkst? Hast du auch daran gedacht?«

»Ich ertrinke jetzt schon! In Worten, in meiner Enttäuschung, im Nichtstun. Und währenddessen vergeht wertvolle Zeit. Gib mir eine Chance!«

Rosslyn atmete schwer. »Nein, Junge. Es ist noch *viel* zu früh.«

Guthrie kniete sich hin und faltete flehend die Hände. »Lehre mich.«

Die alte Frau winkte ihn verärgert nach oben. »Du benimmst dich wie ein Narr«, zischte sie. Es war das erste Zeichen einer gewöhnlichen Gefühlsregung, das Guthrie an ihr bemerkte.

Er blieb knien. *»Lehre mich!«*

Rosslyn schaute ihn nur an, lang und unentwegt und vollkommen ruhig.

Guthrie versuchte dem harten Blick standzuhalten.

»Du hast nicht die Geduld, den langsamen Weg zu gehen.«

»Dann lehre mich den schnellen!«

Rosslyn seufzte. »Der schnelle Weg ist der gefährliche Weg, Junge.«

»Laß *mich* das entscheiden.«

»Oh nein, das kannst du nicht entscheiden. Dazu weißt du noch viel zu wenig. Das, was du von mir verlangst, hat einen Preis.«

»Ich werde ihn bezahlen. Gern sogar.«

Die alte Frau schüttelte den Kopf.

»Du verweigerst mir meine letzte Hoffnung«, sagte Guthrie.

Rosslyn seufzte. Sie schloß ihre Augen, öffnete sie wieder. Ihr Blick ging von Guthrie hinunter zu dem Schädel. Sie verschränkte ihre Arme, legte eine Hand ans Kinn und betrachtete das Knochengesicht des Abts. Eine ganze Weile sagte sie nichts. Dann wandte sie sich wieder vom Schädel zu Guthrie, seufzte noch einmal und nickte. »Nun gut. Vielleicht geht es hier tatsächlich um mehr als den Ehrgeiz eines ungeduldigen

Jungen. Vielleicht werden wir alle gelenkt. Das Namenlose Tor zu durchqueren ist keine leichte Aufgabe. Doch genau das ist es, was du tun mußt … ohne die lange Übung und Vorbereitung, die anderen dabei zugute kommt.«

Guthrie schaute sie an, hin und her gerissen zwischen gespannter Erwartung und Sorge. »Das … Namenlose Tor?«

In dem Buch in seinen Händen drehten sich die Seiten.

»Lies«, befahl sie ihm.

Und Guthrie las:

Der Weg liegt im Dunkel für Auge und Ohr,
und gierige Finger, sie tasten das Nichts.

Weglos, der Weg, auf dem du nun gehst.
Wandel ist Reise, Wandel dein Los,
Wandel der Weg durchs Namenlose Tor.

»Bist du bereit für den *Wandel?*« fragte Rosslyn.

Guthrie schluckte. Seine Kehle war wie zugeschnürt. Er sagte kein Wort und nickte.

»Dann komm mit.« Rosslyn stand auf. Sie nahm ihm das Buch aus der Hand und wickelte es sorgfältig wieder ein. Dann faßte sie Guthrie am Arm, zog ihn in die Höhe und wollte ihn mit sich fortführen.

Doch Guthrie sträubte sich, er hatte plötzlich schreckliche Angst. Gleichzeitig kam er sich dumm vor, wie ein kleiner Junge, den seine Mutter zu etwas Unangenehmem zwingt. Als er sich jedoch losreißen wollte, packte ihn Rosslyn um so fester. Guthrie war überrascht, wie viel Kraft die alte Frau doch besaß.

Da sah Guthrie den Schädel, der noch im Gras lag. Wie jedes Mal, wenn er sich zu weit von dem unheimlichen Ding entfernte, fühlte sich Guthrie auch jetzt seltsam beunruhigt, und noch einmal versuchte er sich loszureißen.

Doch die Hand um seinen Arm hielt ihn in eisernem Griff.

»Rosslyn! Ich kann nicht … Ich muß unbedingt zurück, um den Schädel zu …«

Sie sagte kein Wort, sondern zog ihn einfach mit sich fort.

»Wo … wo führst du mich hin?« fragte er. Doch sie packte ihn nur fester.

Sie gingen durch das Dickicht der Tannen. Guthrie spürte, wie es ihn noch immer zum Schädel drängte. »Rosslyn, ich muß …« Er stolperte hinter ihr her, und mit seiner einen freien Hand war er fast machtlos gegen die Tannenzweige, die Rosslyn zur Seite drückte und die ihm von hier und von dort entgegenschlugen. »Ross … aaauuh! Rosslyn!« schrie er. Doch sie schien taub zu sein.

Schließlich kamen sie an das Ufer des von Felsen umgebenen Sees, den Rosslyn Spiegelteich genannt hatte.

Rosslyn ließ ihn los. »Schau mir zu«, sagte sie.

Und dann – einfach so, als wäre es die natürlichste Sache der Welt – ging sie hinaus auf den See und schritt über das regungslose Wasser. Ein klein wenig kräuselte und höhlte sich die Oberfläche unter jedem ihrer Schritte – doch sie brach nicht unter ihrem Gewicht. Kein Spritzer war zu sehen, als ihre Füße sich hoben und senkten, und der Rand ihrer grauen Kutte, der ihr bis an die Fersen reichte, blieb vollständig trocken.

Der Schädel, den er zurückgelassen hatte, war für Guthrie mit einem Mal vergessen.

Rosslyn drehte sich lächelnd zu ihm um und machte einen kleinen, gesprungenen Tanzschritt. Unter ihr bewegte sich sanft das Wasser, so als sei seine Oberfläche eine riesige, durchscheinende Decke, die man fest von Ufer zu Ufer gespannt hatte.

»Komm herein«, rief sie und lächelte ihr schiefes Lachen. »Das Wasser ist wunderbar!«

Guthrie starrte sie nur wortlos an. Noch ganz erschüttert war er von diesem neuen, unheimlichen Erlebnis.

Sie winkte ihn zu sich.

Guthrie schüttelte den Kopf. Sie nur zu sehen, wie sie völlig unmöglich und widernatürlich dastand, war zuviel für ihn. Sein verzweifelter Glaube, daß Rosslyn ihm nur Illusionen vorgaukelte, schwand langsam dahin.

»Unerkannt in formloser Form«, sagte Rosslyn, »ruhig in großem Lärm, strudelnd wie ein Wassersturm und gefüllt mit schmerzhaften Freuden.«

Guthrie merkte, daß sie aus dem *Buch* zitierte, doch die Worte halfen ihm nicht weiter.

»Komm zu mir«, rief Rosslyn. Sie war bereits weit draußen auf dem See.

Guthrie zitterte. Er kniete sich ans Ufer, stützte sich mit einer Hand auf einen rauhen, mit Flechten bewachsenen Fels und streckte zögernd einen Finger aus. Er hatte keine Ahnung, was ihn erwartete. Vielleicht, dachte er, hatte sie das Wasser selbst irgendwie verzaubert und fest werden lassen. Aber nein. Sein Finger tauchte in ganz gewöhnliches, kühles, flüssiges Wasser.

Rosslyn lachte.

Verärgert schaute Guthrie zu ihr hinüber.

Sie kam auf ihn zu, bis sie nur einige Handbreit vom Ufer entfernt stand. Das Wasser klatschte in kleinen Wellen gegen die Felsen, unter ihren Füßen schien die Oberfläche leicht zu zittern. Doch sie stand ruhig und fest wie auf trockenem Land.

Guthrie wich vor ihr zurück. Er fühlte sich, als hätte ihm jemand in den Bauch getreten, und er konnte kaum noch atmen.

Rosslyn streckte ihren Arm aus. »Komm, begleite mich.«

Guthrie schüttelte den Kopf.

»Komm zu mir.«

Guthrie trat einen Schritt zurück. Sein Magen verkrampfte sich.

»Das ist das, was du von mir wolltest. Geh nun mit mir durch das Namenlose Tor. *Verwandle dich.*«

Wieder schüttelte Guthrie den Kopf. Er deutete dorthin, wo Rosslyn stand. »Es … es ist *Wasser!*«

Sie lächelte. »Ein Name aus Worten«, sagte sie sanft, »ist niemals gerecht: eine Wolke vor Sternen, eine Tür und ein Balken, eine Fessel zu sprengen.«

Guthrie erinnerte sich an die Verse aus dem *Buch.*

»Komm zu mir«, drängte Rosslyn.

»Aber wie soll ich …«

Sie machte einige Schritte rückwärts über das Wasser, weg vom Ufer. Ihre Hände winkten Guthrie zu sich her.

Während ihn Rosslyn genau beobachtete, hob Guthrie einen Fuß über den Teich, und langsam ließ er ihn sinken.

Mit einem Platsch stand er bis zum Knie im Wasser. Das eiskalte Naß drang ihm durch Schuh und Hose.

Über den See kam hell und laut Rosslyns Lachen.

»Sehr komisch«, murrte Guthrie beleidigt. »Ich hole mir hier noch eine Erkältung, während du auf dem See herumtanzt. Da habe ich ja wieder schrecklich viel gelernt!«

»Der Name ist nicht der Name«, rief sie. »Der Name des Namens ist nicht der Name.«

Guthrie stand keuchend am Ufer, fühlte sich wie ein Narr und wußte nicht, was er antworten sollte.

»Komm«, sagte sie mit sanfter Stimme.

»Wie?« wollte Guthrie wissen. »Was soll ich denn tun?«

»Unmöglich zu fassen in Worten und Reim«, erwiderte sie. »Und weglos der Weg, so lang und so steil, führt hin zu den Wundern, dem Glanz und dem Schein.« Sie war so nahe ans Ufer gekommen, daß Guthrie die Hand, die sie ausstreckte, berühren konnte. »Weglos die Reise und weglos der Weg.«

Sie lächelte ihr schiefes Lachen. »Geh den Weg mit mir. *Verwandle dich.*«

Guthrie schluckte. Zögernd reichte er ihr seine Hand.

Als er sie berührte, schien ihn eine unheimliche, mächtige Kraft zu durchlaufen, die ihn mit einem plötzlichen, schmerzhaften Schlag fast zu Boden warf. Die gewohnten Formen der Welt um ihn herum lösten sich auf zu größter Wirrnis, und er sah nichts als schreckliche, tobende Strudel. Erschrocken schrie er und versuchte vor dem zu fliehen, was um ihn her geschah.

Mit einem fast hörbaren Knacken setzte sich die Welt wieder zur gewohnten Gestalt zusammen, und Guthrie fiel auf die Knie und schluchzte.

Rosslyn, die noch immer über dem Wasser stand, sah zu ihm nieder. Sie war völlig ruhig geblieben, als ob das, was sich eben ereignet hatte, nichts Besonderes war.

»Was ...«, keuchte Guthrie, »was ist mit ... mit mir geschehen?«

»Du hast deinen ersten Schritt gemacht, Junge«, sagte Rosslyn sanft. »Und wie man oft sagt: Der erste Schritt ist der schwierigste.« Wieder reichte sie ihm ihre Hand.

Guthrie betrachtete die Hand. In diesem Moment hätte er lieber nach einer giftigen Schlange gegriffen.

»Nimm meine Hand, Junge.«

Guthrie schüttelte den Kopf und wich zurück. »Nein!«

»Du mußt es tun, wenn du lernen willst. Du *mußt!*«

Guthrie zitterte. Er glaubte nicht, dieses grauenhafte, tobende Chaos noch einmal ertragen zu können.

»Guthrie!«

Er sah, wie ihre Hand näherkam, und zuckte instinktiv zurück.

Mit einigen Schritten kam Rosslyn vom Wasser auf den festen Boden, und Guthrie seufzte erleichtert. Doch im nächsten Moment erschrak er fast zu Tode, als sie plötzlich bis zum Hals im Erdboden versank.

Sie lachte und hob einen Arm aus der Erde. Erdbrocken und zappelnde Regenwürmer fielen wie dunkles Wasser durch ihre Finger.

Dann stieg sie aus der Erde – ganz so, wie ein normaler Mensch aus dem Wasser ans Ufer gestiegen wäre – und ging wieder auf den See, während noch immer Erdkrumen von ihr niederbröselten.

Was Guthrie da vor sich sah, erschien ihm derart entsetzlich, derart wider die Natur, daß er sich übergeben mußte.

Rosslyn lachte, und noch einmal reichte sie ihm ihre Hand.

Guthrie schluckte. Nur mit Mühe kam er auf die Beine. Die Dinge, die er gesehen hatte, erschütterten ihn bis ins Mark, und all seine Sinne, sein ganzer Körper schien sich dagegen zu wehren.

Andererseits ...

Ja, das war es, was er von ihr verlangt hatte. Sie hatte recht. Und dennoch hätte er sich am liebsten umgedreht und wäre davongerannt.

Mit letzter Willenskraft streckte er seinen Arm aus, und zitternd legte er seine Hand in die ihre.

Der ungeheure Wirbel, in den er tauchte, ließ seine Sinne fast zerspringen, machte seine Augen blind und dröhnte in seinen Ohren, bis sie taub waren. Die gewohnte, feste Welt war nicht mehr, und an ihrer Stelle kreiste nur noch dunkle, gräßliche Verwirrung. Er schrie oder wollte schreien, aber er spürte keinen Mund, den er öffnen konnte, spürte keine Ohren, mit denen er gehört hätte. Er fühlte sich in Stücke gerissen, zermalmt und zerschlagen wie die Welt selbst.

In seiner Panik versuchte er, sich loszureißen. Aber er war machtlos. Er konnte diesem wirbelnden, schrecklichen Etwas nicht mehr widerstehen als ein Blatt dem Herbstwind. Es brachte ihn um. Ja, es brachte ihn um ...

Doch er lebte.

Er schwebte ohne Bewegung, ohne Körper, ohne Gedanken.

Von irgendwo her hörte er Worte:

Ruhig und still, zwischen Sternen, Meer und grünen Hügeln, sieht der Sehende lautloses Leben, Lahmes sich regen, Großes entschweben, einem Atemzug gleich, ruhig und still.

Guthrie erbebte.

Atme, befahl eine Stimme. *Atme!*

Guthrie holte tief Luft, und wie aus weiter Ferne spürte er, daß seine Rippen sich weiteten.

Atme.

Er atmete also. Und als er es tat, schien das Chaos um ihn her im Rhythmus seines Atems zu pulsieren und zu leuchten.

Lautloses Leben, einem Atemzug gleich …

Jetzt empfand er es ganz deutlich: die große, lautlose Bewegung, die ihn umgab. Die vertraute Welt war längst entschwunden, war eine Erinnerung, ein Traum.

Sein Körper kam zu ihm zurück. Er spürte ihn wie einen betäubten Arm, in den kribbelnd das Blut zurückströmte. Doch es war ein seltsamer, unsteter Körper. Er fühlte sich leicht an wie Luft.

»Sieh dich um«, befahl eine Stimme. Es war Rosslyns Stimme.

Guthrie spürte jetzt ihre Hand, die ihn immer noch faßte.

Er sah sich um. Aber es waren nicht seine Augen, die da schauten, die Bilder trieben wie Gedanken durch seinen Kopf …

Was er zuerst wahrnahm, waren Bewegungen – als würden hunderte von kleinen, knochigen Fingern sich nach oben drängen, hoch zu einem riesigen, hellen, pulsierenden Auge. Die Finger mühten sich mit aller Kraft, doch sie stiegen nur langsam, so unendlich langsam …

Das Pochen des großen Auges konnte er auch in sich selbst fühlen. Aber war es denn ein Auge? Zumindest schien er zu spüren, wie es ihn beobachtete, wie es alles beobachtete – ein großes, wärmendes Auge, das mit jedem Pulsschlag Licht und Wärme verströmte.

Wie in weiter Ferne fühlte Guthrie, daß sich sein Körper leicht bewegte. Unter sich bemerkte er eine glänzende, zinnfarbene Oberfläche. Er stieß mit einem Fuß nach unten, und die Fläche gab elastisch nach, wunderbar weich wie ein silbergrauer Teppich, ein hypnotisierendes, betörendes, glühendes

Etwas, das sanft pulsierte – im Einklang mit dem mächtigeren, umfassenderen Pulsieren des Auges darüber.

Dann schwebte, wie eine anmutige, glühende Schlange, ein langer Schleier grünen Lichts über die graue Fläche, hielt inne, wurde größer und verschwand.

Die zappelnden Finger krächzten und kicherten.

In welche Richtung er auch über die grau glänzende Oberfläche blickte, überall waren diese Finger. Guthrie spürte ganz deutlich ihr beständiges Verlangen, in die Höhe zu streben, nach oben, nur nach oben.

Das große, pulsierende Auge über ihm, die hundert knochigen Finger auf ihrem langsamen Weg nach oben, die sanften Schwingungen des schimmernden Teppichs unter seinen Füßen … dies alles war so völlig, völlig seltsam und fremd.

Guthrie empfand Rosslyns Griff einen Augenblick lang stärker. Und dann – er erschrak fast zu Tode – ließ sie ihn los, und er fiel und fiel durch die Wunder und die Schrecken dieses Anderswo und fiel zurück in die Welt, die ihm vertraut war.

Einen Moment lang fand er sich in der Mitte des kleinen Spiegelteichs wieder und stand auf der Wasserfläche, wie es Rosslyn ihm vorgeführt hatte. Das Wasser unter seinen Füßen fühlte sich an wie ein fester, leicht nachgebender Untergrund. Und in diesem einen Augenblick schien er *zwei* Welten zu sehen. Ein langsam schwächer werdendes Nachbild des seltsamen, anderen Orts, an dem er gewesen war, und – durch dieses Bild hindurch – die Welt, wie er sie kannte. Die Sonne pulsierte nun wie das große, alles erkennende Auge, die knochigen Finger gehörten nun den Bäumen am Seeufer, die sich langsam, langsam zum Himmel reckten, und das Wasser unter ihm glänzte wie ein sanft vibrierender, silbergrauer Spiegel.

Doch dann, mit einem Mal, fand er zurück zu sich und der Welt und merkte erschrocken, wo er stand.

Das Wasser schlug über ihm zusammen, und verzweifelt strampelte er nach oben, um Luft zu schnappen.

Als er keuchend und prustend seinen Kopf aus dem Wasser reckte, sah Guthrie, wie Rosslyn noch immer vor ihm auf dem Wasser stand. Sie lachte.

»Sehr witzig«, sagte er wütend. Das Wasser war eisig kalt.

Doch Rosslyn lachte einfach weiter. »Dein Gesicht...«, brachte sie nach einer Weile heraus. »Du hättest dein Gesicht sehen sollen, als du das Wasser unter dir gesehen hast.«

Guthrie verzog noch immer zornig das Gesicht. Doch dann, obwohl er es gar nicht wollte, wurde auch ihm zum Lachen zumute. Rosslyns gute Laune wirkte ansteckend. »Ich ...«, stammelte er. »Ich ... ging ... auf dem Wasser!«

»Ja«, sagte Rosslyn. »Einen kurzen Moment lang.«

Guthrie paddelte zum Ufer und zog sich an Land. Benommen stand er auf den Felsen und schüttelte sich wie ein Hund. Er konnte es einfach nicht glauben.

Zögernd steckte er eine Hand ins Wasser. Aber jetzt war es für ihn einfach Wasser, naß und flüssig und kalt. Er schaute hoch zu Rosslyn. »Wie hast du ...«

Doch sie lächelte nur und schüttelte den Kopf.

Guthrie blinzelte, rieb sich die Augen und tätschelte mit der flachen Hand über die gekräuselte Oberfläche. »Ich bin darauf gegangen«, murmelte er. Die Welt um ihn schien zu schwanken. In ihm prickelte unruhige, aufgeregte Begeisterung. *»Ich ging auf dem Wasser ...«*

X

Guthrie saß allein, mit dem Rücken lehnte er sich gegen den Stamm einer Tanne. Er schüttelte den Kopf, als erwache er aus einer tiefen Betäubung. Er fürchtete, sein armes Gehirn könnte dies alles nicht ertragen und würde gänzlich in sich zusammenfallen wie eine alte, morsche Holzhütte.

Zu viel, es war einfach zu viel …

Die Begeisterung, mit der er auf das Wasser gestarrt hatte, auf dem er kurz zuvor gegangen war … diese Begeisterung war verschwunden. Auch all das, was er einmal sicher zu wissen glaubte, war … verschwunden. Die Welt war nicht das, wofür er sie gehalten hatte. Er selbst war nicht das, wofür er sich gehalten hatte. Sein bisheriges Leben erschien ihm wie ein langer Traum, aus dem er nun erwacht war.

Er betrachtete die bekannten Formen und Farben der Erde und Felsen um sich her, betrachtete das schwarzgrüne Dickicht der Tannen, die unendliche, blaue, mit Wolken besetzte Himmelskuppel. Er betrachtete seine Hand, sah die dünnen Adern mit Leben pulsieren. Er kniff seine Augen zusammen und sah sich dann noch einmal um. Die Welt schien im Einklang mit seinem eigenen Pulsschlag zu vibrieren. Er sah Bäume und etwas anderes als Bäume, fast unmerkliche Linien, ein Muster eines versteckten … Etwas.

Baum und Fels, blau geäderte Hand, Wolken und Himmel – dies alles waren … *Masken.* Und hinter oder jenseits oder unter dem, was er gewöhnlich sah, lag ein großartiges, geheimnisvolles *Anderes.*

Rosslyn hatte ihn irgendwie aus dieser Welt hinausgeführt und ihm dieses *Andere* gezeigt. Und nun konnte er es niemals mehr vergessen.

Guthrie blinzelte, rieb sich die Augen. Er spürte, wie das Blut durch seine Glieder pochte. Er ließ seinen Kopf nach hinten an den rauhen Stamm der Tanne fallen, an der er saß, und schaute hoch zu einem ihrer grünen, nadeligen Zweige. Er fühlte, wie ihm alles entglitt, wie er nicht mehr einfach Nadeln und Zweige sehen konnte, Himmel und Wolken, Hand und Fuß oder all die anderen, scheinbar so selbstverständlichen und vertrauten Dinge. Statt dessen *spürte* er das geheimnisvolle Brausen und Drängen des großen, vielgestaltigen *Anderen,* das allem zugrunde lag.

Halb gesehene, halb geahnte Kraft und Bewegung, wie verborgene Strömungen in den gefährlichen Tiefen eines Sees, überdeckt vom glitzernden Spiel der Sonne auf der Wasseroberfläche …

Guthrie war aus der gewohnten Welt hinausgefallen, und alle alten, herkömmlichen, festen Formen waren ganz und gar zerbrochen oder ausradiert oder einfach vergessen. An ihrer Stelle lebte überall dieses *Andere,* das formlos war und doch, auf eigenartige, komplizierte Weise, auch geordnet. Er fühlte sich wie ein hilfloses Blatt im Sturm, fortgerissen von allem Vertrauten und hineingeworfen in urgewaltige, tosende Strudel.

Schreckliche Angst ergriff ihn. Die Bäume! Der Himmel! Wie sollte er jetzt weiterleben? Alles, was er gekannt hatte, war verschwunden, weggeblasen wie eine Stimme im Wind.

Sein Herz bebte.

Sein Herz.

Sein Körper.

Er zwinkerte und mußte plötzlich kräftig Luft holen, als tauchte er gerade auf aus großer Tiefe. Sonnenlicht übergoß ihn wie funkelndes Wasser. Guthrie fühlte die Helligkeit mit seinen Fingern, hörte die Wärme. An seinem Rücken spürte er die verläßliche, rauhe Stütze der Tanne.

Der Weglose Weg. Vielleicht verstand er das jetzt. In diesem *Anderen* gab es keine Wege. Es war eine Welt, in der alle Formen sich auflösten. Und so war auch der Weg dorthin tatsächlich weglos.

Guthrie drehte sich um und fuhr mit der Hand zärtlich über die Tannenrinde. Er genoß ihre einfache, natürliche Festigkeit. Er spürte die kleinen, zackigen Furchen und sah, wie hell seine Haut doch war gegen das Schwarzbraun dieser Rinde.

Aber er konnte auch etwas anderes *spüren.* Seine Hand erschien ihm nur als täuschende Form, der hoch aufragende Stamm als pulsierende, durchsichtige Säule. Dieser zweifache Blick machte ihn schwindlig.

Langsam fuhr er mit seiner Hand in den Baum.

Mit seinem gewöhnlichen Blick sah er, wie seine Finger im Stamm verschwanden wie in braunem Sirup. Er krümmte die Finger und spürte das Innere des Stamms wie warmen Pudding an seiner Haut.

Er zog seine Hand heraus und starrte sie an.

Ihm wurde übel.

Die Bäume schienen umherzutanzen, verschwanden aus seinem Blick, kamen wieder, verschwanden. Deutlich empfand er das *Andere,* das hinter dem gewohnten Bild der Bäume lebte. Noch einmal steckte er seine Hand in den Stamm, spürte das warmweiche, lebende Holz und drang tiefer und tiefer hinein bis zum Ellbogen. Er fühlte den bedächtigen Geist des Baumes, eine wohlig warme Welle, die langsam, langsam nach oben drängte. Sein eigener Geist wurde mitgezogen, hinein in weißes Licht und tanzendes Grau.

Wie seltsam das war!

Und dann, plötzlich, überfiel Guthrie entsetzliche Angst.

Was tat er da nur?

Er riß seinen Arm aus dem Holz. Zitternd und verschreckt saß er da und versuchte, seine Wahrnehmung des *Anderen* im Zaum zu halten. Es war ihm zuviel. Es war ihm zu *unheimlich.* Er wollte jetzt nichts weiter als die Welt wiederhaben, wie er sie kannte. Baum und Fels und feste, verläßlich feste Erde.

Guthrie schauderte und bemühte sich, wieder ruhig zu werden. Er fühlte die Gegenwart des *Anderen* wie einen ständigen, starken Strom, der an ihm zog. Wenn er losließ und dem Strom nachgab, dann würde es ihn in diesem wilden Wasser mitreißen und er würde sich darin auflösen wie ein Erdklumpen. Wie die gewöhnliche Welt um ihn zerfallen war, so würde auch er selbst zerbröseln und zu einer schlammigen Brühe und einem … Nichts vergehen.

Alles, was er in diesem Moment tun konnte, war atmen, einfach nur sein.

Guthrie zitterte. Er war für immer verwandelt.

Für immer.

Das beunruhigende, trügerische Fremde, das die Welt geworden war, wurde ihm unerträglich. Sein altes Selbst begehrte auf, es wollte sein Leben nicht verlieren. Er war Fürst Guthrie Garthson, der Fürst des Fürstentals. Ein Baum war ein Baum, ein Fels ein Fels. Er konnte seine Hand ausstrecken und die rauhe Rinde der Tanne berühren. Er konnte mit der würzigen, nach Tannen duftenden Waldluft seine Lungen füllen.

Die alte Rosslyn mußte ihn irgendwie getäuscht haben, oder sie hatte ihm etwas ins Essen getan, oder er hatte das alles nur geträumt. Die Welt war die, die sie schon immer gewesen war. Er war der, der er schon immer gewesen war. Sie war, er war.

Doch hinter dem einfachen, greifbaren Dasein des Baumstamms *spürte* er noch immer den großen, wabernden Schatten des *Anderen.* Und hinter und in seinem alten Selbst spürte er den Schatten des neuen Wesens, das er geworden war, das er wurde.

Guthrie war übel von der überwältigenden Größe dieser Verwandlung, und er wollte davor zurückweichen und in sein altes Selbst flüchten, wie eine Schnecke, die sich in ihr sicheres Haus zurückzieht. *Ich bin Fürst Guthrie Garthson,* murmelte er. *Fürst Guthrie Garthson …* wieder und wieder sprach er seinen Namen, wie einen Zauberspruch, der sein altes, vertrautes Selbst beschwören und zurückholen sollte.

Es half ihm.

Er fand einen Halt. Unsicher zwar und stets aufs neue nachgebend und trügerisch, doch einen Halt immerhin.

Im Innersten seines Wesens fühlte er sich noch immer bedrängt und bedroht. Er konnte das *Andere* nicht gänzlich verbannen.

Also schwebte er irgendwo dazwischen.

Und wie er sich ängstlich in diesem Zwischenreich bewegte, spürte er allmählich ein aufregendes Hochgefühl. Er fühlte sich wie eine Art Vogelwesen, das bewegungslos schwebte, wie Möwen es tun, immer wieder hochgestoßen von der unsichtbaren Hand des Windes. Er *spürte* die formlosen, dunklen Strudel des *Anderen,* und es gelang ihm dennoch, sein Gleichgewicht zu wahren. Er schwebte – über ihnen ... obwohl in diesem *Anderen* ein ›Darüber‹ und ›Darunter‹ keine Bedeutung hatte. Und während er noch so schwebte, erhielt Guthrie seinen gewohnten Blick zurück und sah deutlich die bekannten Umrisse der Bäume.

Und fiel beinahe zurück in die Strudel.

Er schwebte in der nach Tannen duftenden Luft, so hoch, daß ihn selbst ein großer Mann nur mit den Fingerspitzen erreicht hätte.

Als ihm dies bewußt wurde, wollten ihm die Kräfte versagen. Einen schrecklichen Augenblick lang wurde er in verschiedene Richtungen gezogen: zu dem *Anderen,* dann hinunter zur festen Erde und schließlich zum vogelähnlichen Schweben dazwischen.

Es war das *Dazwischen,* das am Ende siegte, und Guthrie hatte einen Platz gefunden zwischen dem Vertrauten und dem *Anderen,* zwischen Himmel und Erde, Form und Chaos.

Ein Windstoß wehte ihn zur Seite wie Distelwolle, doch er konnte sich in der Luft halten, wahrte sein Gleichgewicht im Wind, auf der Schwelle zwischen zwei Welten. Und je länger er so stand, desto mehr lernte er, wie er sich durch ein Beugen und Strecken, durch Gewicht und Gegengewicht halten konnte. Eine beständige, aber zunehmend unbewußte Anstrengung war das, wie das Atmen. Unter ihm wartete der feste Erdboden und darunter – oder dahinter oder darin – das *Andere.*

Guthrie hatte Angst und war gleichzeitig begeistert, obwohl er nicht wirklich verstehen konnte, was er denn tat, um derart unmöglich zu schweben. Aber verschwommen begriff er dies: Sein Leben lang war er mit Gedanken, Blut und Knochen ein gewöhnlicher Mensch gewesen und hatte – ohne dies zu hinterfragen – das Leben eines Menschen gelebt, ganz so, wie die große Ordnung der Welt es bestimmte.

Solche Bestimmungen jedoch bedeuteten ihm nichts mehr.

Wer derart unmöglich in der Luft schwebte, dem kamen Einfälle genug, welch ganz andere Dinge der Mensch noch vollbringen könnte.

Unfähig war er gewesen, das Kloster zu retten, unfähig, die Seewölfe zu bekämpfen. Er erinnerte sich an ihr höhnisches Gelächter und an das schreckliche Gefühl seiner vollkommenen Hilflosigkeit. Doch hilflos, das war er nun nicht mehr. Und solange er es verhindern konnte, daß ihn dieses unheimliche *Andere* ganz überwältigte – mit der Zeit würde sein Stand gewiß fester werden, die Strudel des *Anderen* vielleicht schwächer – und er von Rosslyn noch weitere Dinge lernte, da würde auch der Tag kommen, an dem er den verfluchten Seewölfen heimzahlen konnte, daß sie das Fürstental jemals betreten hatten. Er würde sich rächen können, wie er es selbst in seinen kühnsten Träumen nicht erhofft hatte.

Der bloße Gedanke daran machte ihn schwindlig vor Glück.

Der Wind hatte Guthrie fast in eine der Tannen getrieben, die hier überall um die kleine Lichtung standen. Mit beiden Händen drückte er die piekenden Nadeln beiseite. Da hörte er ein leises Piepsen. Über ihm, an einem der Zweige, klammerte sich ein rotes Eichhörnchen fest und schien mit ihm zu schimpfen. Die glänzenden, schwarzen Augen waren groß vor Wut.

Guthrie lächelte. Ohne zu überlegen griff er nach dem kleinen Tier, löste es von dem Zweig und ließ es neben sich in der Luft schweben.

Das Eichhörnchen quiekste verschreckt und zappelte und ruderte, um wieder zum sicheren Baum zu gelangen.

»Guthrie!« rief eine Stimme.

Guthrie drehte sich in der Luft um und sah, wie Rosslyn auf die Lichtung kam. »Sieh nur!« rief er ihr aufgeregt zu und deutete auf das strampelnde Eichhörnchen, auf sich selbst und die Höhe, in der er schwebte.

Rosslyn tat nichts, sie regte keinen Finger und sprach kein Wort, doch Guthrie spürte einen plötzlichen Stoß, als hätte ihn eine unsichtbare Faust getroffen. Mit einem Mal war sein Gleichgewicht verschwunden.

Er stürzte in das Chaos des *Anderen.* Er meinte, in dunklem und gefährlich wirbelndem Wasser zu versinken, und verzweifelt versuchte er sich freizuschwimmen, bevor es ihn vollständig verschlang.

Keuchend und zitternd lag er schließlich auf der harten Erde, und neben ihm stand Rosslyn. Als er hinkniete, fuhr ihm ein stechender Schmerz durch die Schulter, und er zuckte zusammen. Er drehte sich um zu Rosslyn. »Wieso hast du nur …«

Über ihm quiekste noch immer das Eichhörnchen. Guthrie reckte seinen Hals und sah, wie es – ohne sein Zutun – langsam und sicher zur Tanne gelenkt wurde. Dort hing es dann, und seine rostbraune Brust bebte noch immer mit hastigem Atem.

Rosslyns meeresgrüne Augen blitzten ihn wütend an. »Was willst du eigentlich beweisen mit diesen lächerlichen, kindischen Streichen?«

Guthrie hob verlegen die Schultern. »Ich dachte ja nur, ich …« Er kam sich plötzlich vor wie ein kleiner, dummer Junge, der glaubt, vor seiner Mutter eine Heldentat zu vollbringen, und dann nichts als Hohn und Strafe erntet. Sein Gesicht rötete sich zornig.

Die alte Frau schaute wieder freundlicher. »Ach, Junge«, sagte sie und schüttelte den Kopf. Sie reichte ihm eine Hand.

Guthrie stand von selbst auf und beachtete nicht die Hilfe, die sie ihm anbot. Er marschierte zum Rand der kleinen Lichtung. Dort lag auf einem moosbewachsenen Stein der Schädel des Abts. Guthrie hob ihn auf. Der Schädel hatte noch immer kein Wort zu ihm gesprochen, ihm in keiner Weise gezeigt, was er tun sollte, und dennoch fühlte Guthrie sich besser.

Rosslyn sah zu ihm hinüber und seufzte. Mit einer flüssigen, mühelosen Bewegung hob sie vom Boden ab und schwebte zu ihm hinüber. Sie setzte sich mit überkreuzten Beinen vor ihm in die Luft, so daß ihre Augen in gleicher Höhe waren wie die seinen. Sie lächelte ihr schiefes Lachen. »Dein Gesicht ist wie der Gewitterhimmel, verhangen ist es mit düsteren Wolken.«

Guthrie zuckte mit den Schultern.

»Hör mir zu, Junge«, begann Rosslyn, und sie lächelte nicht mehr. »Gewöhnliche Menschen sehen nur ihr eigenes, kleines Bild der Welt, und ihre Welt ist solide, bekannt und verläßlich. Aber sie ist auch eng und begrenzt. Ein Sehender hingegen – einer, der das sieht, was anderen verborgen bleibt – hat zu viel erlebt, um solche Grenzen noch zu kennen. Das müßtest du inzwischen wissen. Ein Sehender ist kein ... gewöhnlicher Mensch mehr.«

Guthrie nickte, und langsam schwand seine Wut.

Rosslyn sah ihn scharf an. »In keiner Weise steht es dir zu, kleine, unschuldige Wesen zu mißhandeln.«

»Aber ich wollte doch nichts Böses!« murrte Guthrie beleidigt.

Rosslyn deutete zu dem Tannenast, an dem sich das Eichhörnchen noch immer keuchend festklammerte. »Sag das unserem kleinen Freund hier.«

Guthrie mied verlegen ihren Blick.

»Ein Sehender kann Dinge vollbringen, vor denen gewöhnliche Menschen sich fürchten müssen«, sagte Rosslyn. »Und es gibt ja Menschen, die es *mögen,* anderen ihre Macht zu demonstrieren.«

Guthrie schaute kurz nach oben. Kalt und unentwegt sah Rosslyn ihn an. »Aber ich habe nur ...«, begann er, doch ihr strenger Blick machte ihn stumm. Er hatte solche machthungrigen Menschen gekannt, oh ja. Sein Vater war so gewesen. Und selbst nur als zweiter Sohn hatte auch ihn gelegentlich der verführerische Glanz der Macht geblendet. Aber er gehörte nicht zu denen, die Macht über andere brauchten wie das tägliche Brot. Ganz sicher nicht.

»Das hat mich nie angezogen«, versicherte er nun Rosslyn. Ihr strenger, prüfender Blick machte ihn nervös. »Nie!«

»Mag sein«, antwortete sie. »Aber kannst du auch sagen, daß du niemals derartige … Gedanken hattest? Du, dessen Heimat von brandschatzenden Seefahrern zerstört wurde?«

Guthrie schluckte. »Es wäre nur *gerecht,* es ihnen heimzuzahlen.«

»Du weißt also, was das ist, Gerechtigkeit?«

Guthrie hob mürrisch die Schultern. »Wieso willst du das von mir wissen?«

»Macht«, entgegnete Rosslyn, »ist *gefährlich.* Sie ist wie ein allzu helles Licht, das jene blendet, die sich ihr hingeben. Jene, die nach Macht gieren, sind blind für das finstere Herz des *Anderen* und alles, was es bedeutet.«

»Und was ist denn die Bedeutung dieses *Anderen?«* drängte Guthrie.

Rosslyn schwebte langsam zum Boden zurück. »Was hat sich für dich verändert, Junge, seitdem du durchs Namenlose Tor geschritten bist?«

Guthrie blinzelte, als Rosslyn plötzlich darauf zu sprechen kam. Er saß ihr gegenüber, neben ihm im Gras lag der Schädel. »Was sich verändert hat? Nun … alles. Nichts ist für mich so geblieben, wie es einmal war. Alles … *alles* hat sich verändert.«

»Die Welt ist jetzt eine andere, nicht wahr?«

Guthrie lachte. »Eine andere? Ja, natürlich. Alles, was ich über die Welt zu wissen glaubte, hat sich als falsch erwiesen. Die Welt ist nicht mehr das, wofür ich sie gehalten habe.«

»Blinder Junge.«

Guthrie schaute sie an.

»Die Welt hat sich nicht verändert.«

Noch einmal mußte Guthrie lachen. Aber es war ein unruhiges, kaltes Lachen. »Was soll denn sonst mit ihr passiert sein?«

»Blinder Junge«, wiederholte Rosslyn. Bevor er etwas einwenden konnte, griff sie in ihren Beutel und reichte ihm das *Buch.* »Hier«, sagte sie. »Lies.«

Guthrie betrachtete die Seite, auf der das Buch geöffnet war:

Um durchs Namenlose Tor zu treten,
um zu wissen, was da ist und nicht,
braucht es nur ein einfach' Streben:
Wechsle den Töpfer, wechsle den Topf.

Guthrie sah sie verwirrt an.

»Wir alle sind Töpfer, Junge, und die Welt ist ein großer Topf.«

Guthrie schüttelte den Kopf. »Aber ich ...«

»Die Welt um dich her erscheint dir nun anders«, sagte Rosslyn, »daran gibt es keinen Zweifel. Aber es ist nicht die Welt, die sich verändert hat, *du* hast dich verändert. Wechsle den Töpfer, und du wechselst den Topf.«

»Aber ...«, stotterte Guthrie, »aber ... soll das heißen, daß nichts wirklich ist? Daß alle Dinge nur Trugbilder und Träume sind?«

Rosslyn zuckte mit den Schultern. »Was ist denn ... *wirklich*?«

Guthrie fuhr sich mit der Hand über die Augen. Unruhig betrachtete er all die scheinbar festen Dinge um sich herum, die doch nur Masken waren vor dem *Anderen.* »Rosslyn, ich verstehe das nicht. Was hält die Welt im Inneren zusammen? Ist es nur Chaos? Sag mir die Wahrheit über die Welt.«

Rosslyn schüttelte den Kopf. »Es gibt keine ... *Wahrheit* über die Welt.«

Guthrie biß sich auf die Lippen. »Du kennst sie«, sagte er vorwurfsvoll. »Du *mußt* sie kennen. Wieso willst du es mir nicht verraten? Bin ich etwa zu dumm für das große Geheimnis?«

Rosslyn lachte. »Geheimnis?«

»Ja!« meinte er. »Das geheime Wissen.«

Rosslyn lachte nicht mehr. »Es gibt kein … geheimes Wissen. Es gibt keine Wahrheit.«

»Aber du siehst in die Welt hinein oder durch sie hindurch. Du mußt doch mehr verstehen als die gewöhnlichen Menschen. Sag es mir!«

»Was da ist, kann man nicht verstehen«, sagte Rosslyn. »Aber man kann es leben. Man *muß* es leben.«

Guthrie seufzte. »Ich verstehe überhaupt nichts mehr.«

»Gut. Das ist ein sehr guter Anfang.«

Guthrie seufzte noch einmal.

»Du bist kein gewöhnlicher Mensch mehr. Also kannst du auch nicht länger leben wie ein gewöhnlicher Mensch.«

Guthrie sah sie beunruhigt an. »Und was soll das heißen?«

»Der Sehende begreift, doch er wird nicht ergreifen.« Rosslyn reichte ihm eine Hand. »Spürst du sie denn nicht in dir, die *Verwandlung?* Du mußt dich daran gewöhnen und damit leben, Junge, sonst wird sie dich irgendwann … vernichten.«

Guthrie schluckte. »Vernichten?«

»Ja. Und zwar ganz und gar.«

Bevor Guthrie darauf antworten konnte, legte ihm Rosslyn ihre Hand aufs Gesicht und mit den Fingern schloß sie sanft seine Lider. »Bleibe ruhig«, sagte sie, als er zurückzucken wollte. Mit der anderen Hand umklammerte sie mit ungewöhnlicher Kraft seine Stirn. In seinem Schädel spürte Guthrie ein seltsames Kribbeln.

Und dann war es, als ob sich in Guthrie eine Art Knoten löste, und die Dinge wurden … *klar.*

So wie die Welt nicht mehr der einfache, verläßliche, feste Ort war, für den er sie immer gehalten hatte, so war auch er selbst nicht das, was er so viele Jahre geglaubt hatte. Er war nicht einfach Guthrie Garthson – so wenig, wie ein Baum nicht nur ein Baum war.

Er war auch nicht einfach ein Mann, denn auch das war nur eine Art Maske.

Nicht einmal einfach ein Mensch war er.

Masken waren das, Masken über Masken.

Er war ein … *Wesen,* ein fühlendes, denkendes, lebendes Wesen – so geheimnisvoll und unergründlich wie die Welt selbst. Alles andere: Maskerade. Er gehörte zum Geheimnis der Welt, wie ein Herbstblatt zum Wind gehört, wie ein Fisch zum Fluß gehört …

Rosslyn ließ seine Stirn los, und Guthrie öffnete die Augen und blinzelte wie betäubt ins Sonnenlicht.

Mit ihren meeresgrünen Augen sah sie ihn an.

Guthrie war schwindlig. Die … Bilder – wenn dies das richtige Wort war –, die ihm eben erschienen waren, hatten ihn völlig aufgewühlt.

»Es sind nichts als zerbrechliche Töpferwaren«, sagte Rosslyn. »Unser so unendlich wichtiges Selbst und alles andere, nur zerbrechlicher Ton.«

Guthrie wandte sich ab. Er wollte es nicht wahrhaben, was Rosslyn ihm da zeigen wollte. Es machte ihn krank, darüber nachzudenken.

Aber es stand ihm nur allzu deutlich vor Augen.

Sein ganzes Leben lang hatte ihn nur ein Verlangen getrieben: Fürst des Fürstentals zu werden. Alles, was er getan oder nicht getan hatte, folgte diesem übermächtigen Wunsch. Die bittere Enttäuschung darüber, daß er der unglückliche Zweitgeborene war, bestimmte seine Tage

Und dann, völlig überraschend, war er ans Ziel seiner Träume gelangt. Wie grausam jedoch, auf solche Weise zum Fürsten zu werden und zu solch einem Preis. Doch grausam oder nicht, eine kurze Zeit lang hatte er sich tatsächlich als Fürst gefühlt und geglaubt, es stehe ihm nun zu, Vergeltung zu üben für das, was man ihm und den Seinen angetan hatte.

Und jetzt mußte er bestürzt mit ansehen, wie dieser Guthrie, der zweite, enttäuschte Sohn des Fürsten Garth, nur eine Maske war wie alles andere auch.

Er hatte sich diese Maske zurechtgemacht und all die Jahre getragen, ohne es eigentlich zu wissen. Doch nun, seitdem er durch das Namenlose Tor getreten und der alten, vertrauten Welt entkommen war, hatte er auch sein altes, vertrautes Selbst hinter sich gelassen. Zu vieles, zu viel Seltsames war mit ihm geschehen. Alle Grenzen seines früheren Lebens hatte er auf seiner unheimlichen Reise überschritten, und je weiter er noch reiste, desto weniger hatte dieses alte Selbst überhaupt noch … Bedeutung.

Guthrie schien es, als ob vor ihm – dort, wo er festen Boden vermutete – nun ein tiefer Abgrund gähnte.

Dieses frühere Selbst, das war sein ganzes bisheriges Leben. Was blieb ihm, wenn dieses Selbst nicht mehr war? Es war tatsächlich eine Art Tod, der sich seiner bemächtigte, eine Zerstörung von allem, was er nun war, bereits gelebt hatte und einmal sein wollte.

Er sehnte sich nach seinem alten Leben, nach jenem so einfachen Selbst.

Zu spät.

Fröstelnd schlug Guthrie die Arme um sich.

»Du bist kein gewöhnlicher Mensch mehr«, sagte Rosslyn freundlich, »und gehst nicht mehr die gewöhnlichen Wege.«

Guthrie schauderte. »Was ist, wenn ich es mir anders überlege? Wenn ich davon genug habe?«

Rosslyn hob die Schultern. In ihren Augen lag der Anflug eines Lächelns, doch ihre Worte klangen unnachgiebig kalt. »Dann hättest du länger nachdenken müssen, bevor du mich darum gebeten hast.«

Guthrie senkte den Kopf.

»Was du auf dich genommen hast, ist ein großes Geschenk und eine große Last.«

»Ja«, meinte Guthrie. »Das ist nicht die Lehre, die ich von dir erwartet habe.« Er lachte gezwungen. »Und eine Last kann man es wohl nennen, wenn man aus der Welt gerissen wird wie ein Vogel aus seinem Nest.«

»Vielleicht«, sagte Rosslyn. »Aber es ist auch ein Geschenk.«

Darauf wußte Guthrie keine Antwort.

Rosslyn beugte sich zu ihm hinüber. »Ich habe gesagt, daß es gefährlich ist, über andere Macht auszuüben. Doch die eigentliche Gefahr besteht nicht darin, daß du diese Macht ausübst. Wirklich gefährlich wird es, wenn du an deinem alten Selbst festhältst und die Verwandlung nicht annimmst, die das *Andere* in uns vollbringt.«

Sie legte ihre Hände auf die seinen, in denen er noch immer das *Buch* hielt. »Du mußt dein altes Selbst gehenlassen, es abstreifen wie eine alte Haut.«

Guthrie zitterte. »Wie soll das möglich sein? Ich würde dadurch sterben, Rosslyn.«

»Nein, Junge. Du würdest dadurch leben.«

Er sah sie nur an.

»Du mußt aufhören, ein gewöhnlicher Mensch zu sein.«

»Aber *wie?*«

»Sei wie ein Fluß oder Vogel.«

Er starrte sie entgeistert an. »Ich verstehe nicht.«

In Guthries Händen raschelte das *Buch,* und von selbst schlug es eine neue Seite auf. Er las:

Der Fluß, er singt das Lied des Fließens,
zum Meer, das ihn empfängt.
Freiheit ist ihm eitles Streben;
Meeressehnsucht, die ihn lenkt.

Guthrie blinzelte verwirrt.

Rosslyn nahm das *Buch* und schloß es. »Gewöhnliche Menschen halten von der Welt dieses und jenes, denn sie sehen nicht, was unter der Oberfläche ihrer Vorstellungen verborgen liegt. Auslachen würden sie dich, wenn du ihnen erzähltest, daß ihre feste, wohlgeordnete Welt nichts ist als ein Tontopf, den sie auf ihren eigenen Töpferscheiben erschaffen haben. Ein Sehender jedoch ist sich bewußt, daß die Welt zu groß und zu tief ist. Er wird keine leichtfertigen Aussagen über sie machen, wie die gewöhnlichen Menschen das tun.«

»Doch wie soll er dann ...«

»Ein Sehender *wird* die Welt. Wie ein Fluß zum Meer wird.«

Guthrie schüttelte den Kopf. »Nein, das verstehe ich nicht.«

»Du mußt loslassen und dieses neue Leben leben, das über dich gekommen ist. Laß dich von der Welt durchdringen.«

»Was aber, wenn ich es nicht kann, Rosslyn? Was du von mir verlangst, ist tatsächlich eine Art Tod. Was also, wenn ich es einfach nicht *kann*?«

»Sieh mich an«, sagte sie. »Sag mir, was du siehst.«

Guthrie zögerte. Schließlich meinte er: »Ich sehe eine Frau, nicht ... jung, grauhaarig, hager, gekleidet in die graue Kutte der Klosterer.«

Rosslyn nickte. »Gut. Jetzt sieh mich an mit deinen *anderen* Sinnen.«

»Meine *anderen* Sinne?«

»Ja. Verlaß die gewöhnliche Welt, gleite in das *Andere* und *spüre* mich.«

Guthrie schluckte.

»Betrete das *Andere*«, befahl Rosslyn. »Du weißt, wie es geht.«

Er zögerte, und sein Herz schlug immer schneller. Doch Rosslyns fester Blick ließ ihm keine Wahl.

Obwohl er bereits einige Erfahrung darin hatte, in jenes *Andere* gewollt einzudringen, fühlte er sich noch schrecklich unwissend. Und daß Rosslyn ihn dabei beobachtete, machte ihn verlegen und unbeholfen. Langsam und mit größter Vorsicht ließ er sich aus der Welt gleiten, wie ein Mensch, der in tiefes, gefährliches Wasser taucht und bereit ist, beim ersten Anzeichen von Gefahr wieder zurück ans Ufer zu springen. Er fühlte das *Andere* über sich kommen wie eine große Welle. Sie schüttelte ihn, hob ihn, riß ihn mit sich, so daß es Guthrie große Mühe kostete, bei Bewußtsein zu bleiben.

»Etwas zurück«, hörte er Rosslyn sagen, »aber nicht ganz in die Welt zurück. Tief atmen und langsam. Ja … so ist es gut.«

Auf eine Art, die er nicht nachvollziehen konnte, ließ sich Guthrie von ihr führen, bis er allmählich sein Gleichgewicht fand.

Er spürte, daß Rosslyn neben ihm war. Dafür gebrauchte er allerdings nicht seine gewöhnlichen, körperlichen Sinne, und ihre vertraute, menschliche Gestalt war auch ganz verändert. Sie erschien ihm wie eine kompliziert geformte, glühende Röhre. Er *spürte,* wie die Welt sich durch sie hindurchbewegte wie Wasser durch verwirrend viele Kanäle, und es war schwer zu unterscheiden, was davon sie selbst war und was die fließende Bewegung der Welt in ihr.

Guthrie merkte, wie sich Rosslyn von ihm entfernte. Sein Gleichgewicht war dahin, und die gewaltige Strömung des *Anderen* verschluckte ihn beinahe. Verzweifelt riß er sich los, und mit einem schmerzhaften Krachen fiel er zurück in die gewöhnliche Welt und keuchte und blinzelte im Sonnenlicht. Es kostete ihn all seine Konzentration und Kraft, damit es ihn nicht wieder zurückzog.

Rosslyn schien so ruhig wie eh und je, obwohl sie ihn in das *Andere* begleitet hatte, das hatte er deutlich genug *gespürt.* Er sah sie neidisch an. Sie besaß eine Macht über das *Andere,* die auch er sich sehnlichst wünschte. »Wie beherrschst du es?« fragte er Rosslyn, sobald er wieder bei Atem war. »Lehre mich, es so zu kontrollieren, wie du es kannst.«

»Blinder Junge« war alles, was sie sagte.

Verblüfft schaute Guthrie sie an.

»Wie hast du mich *gespürt?*«

Guthrie zögerte, verwirrt. Rosslyns fester Blick jedoch verlangte eine Antwort. »Ich ... *spürte,* wie sich die Welt durch dich bewegt.«

Rosslyn nickte. »Ja. So muß es auch sein. Die Welt bewegt sich durch jeden von uns.«

»Die Mächte«, entgegnete Guthrie.

»Nun ja, was immer *sie* eben sein mögen.«

»Aber die Mächte existieren. Sie sind wirklich!« Zumindest in diesem Punkt versuchte Guthrie soviel wie möglich von seiner alten, vertrauten Welt zu retten.

Rosslyn zuckte mit den Schultern. »Was ist *wirklich?*«

Darauf wußte Guthrie keine Antwort mehr.

»Du warst wie eine ... eine Röhre«, sagte er nach einer Weile.

Sie lächelte. »So hat das noch niemand ausgedrückt, aber ... ja, ich denke, das trifft es ganz gut.«

»Sind also alle Leute so?«

»Nein. Wir sind zwar alle ... Röhren, wie du dich ausdrückst. Aber die meisten unterbrechen den Fluß und verschließen sich mit der klebrigen Masse ihrer Wünsche und Vorstellungen, ihrer Träume und Ängste. Mit dem, was auf ihrer Töpferscheibe entsteht.«

»Wie ...«, Guthrie schluckte, »wie sehe ich denn aus?«

Die alte Frau sah ihn nüchtern an. »Auch du bist noch verschlossen.«

»Und was kann man tun, damit man sich ... *öffnet?*«

»Da gibt es nur eine Möglichkeit«, sagte Rosslyn. Sie stand auf und winkte ihm. »Komm, folge mir.«

»Wohin?«

»Das wirst du sehen.« Sie ging quer über die Lichtung. »Komm.«

Guthrie folgte ihr, doch kurz vor den ersten Bäumen blieb er plötzlich stehen, drehte sich um, holte den Schädel und rannte wieder zurück zu Rosslyn. Sein Herz schlug unruhig, als er an das letzte Mal dachte, da ihn die alte Frau fortgeführt hatte.

Durch die Tannen gingen sie, wieder am Spiegelteich vorbei

und immer weiter. Sie stiegen die Hänge am nördlichen Ufer des Sees hinauf und höher und höher, bis sie zu grünen Bergwiesen kamen, hoch oben, wo keine Bäume mehr wuchsen.

Die ganze Zeit über sagte Rosslyn kein Wort, und sie schritt so kräftig voran, daß Guthrie weder Zeit noch Atem hatte, um ihr Fragen zu stellen.

An einem Abhang zwischen Felsen blieb Rosslyn endlich stehen. Keuchend und mit hängendem Kopf lehnte sich Guthrie gegen einen graugrünen Stein.

Rosslyn lächelte. Der lange Marsch hatte sie scheinbar nicht im geringsten angestrengt. Sie hüpfte übermütig in die Höhe.

»Sehr komisch«, schnaufte er.

Sie lachte, wurde jedoch gleich wieder ernst. »Komm«, sagte sie. »Folge mir.«

Sie gingen durch das Gewirr der Felsen, bis sie an einem tiefen Abgrund standen. »Da, schau«, sagte sie.

Guthrie zögerte einen Moment, dann ging er vor bis zur Felskante und sah hinunter. Senkrecht ging es in die Tiefe, eine fast glatte, graue Felswand. Ganz unten erkannte er dunkle Tannen und Schatten. Als er in diesen schrecklichen Abgrund blickte, wurde ihm fast übel, und die gewöhnliche Welt begann ihm zu entgleiten. Wieder ergriff ihn die Strömung des *Anderen,* und einen Augenblick lang gab es keinen Unterschied zwischen der unermeßlichen Tiefe vor ihm und dem abgrundtiefen Chaos des *Anderen.* Die beiden verschmolzen zu einem einzigen, grauenhaften Sturz ins Nichts, der ihn töten würde, wenn er sich nicht sofort in Sicherheit brachte.

Keuchend stolperte er einige Schritte von der Kante zurück.

Rosslyn sah ihn an. »Wir alle müssen es tun.«

»Was tun?« fragte er, doch in seinem Herzen kannte er bereits die schreckliche Antwort.

»Wir alle müssen loslassen und ... springen.«

Guthrie drehte sich um und sah noch einmal schaudernd in den Abgrund. »Da hinunter?«

Rosslyn nickte. »Ein Sprung vom festen Boden des Vertrauten in das völlig Neue.«

Er sah sie an.

»Ich habe es getan«, sagte sie sachlich. Sie nickte zu dem Schädel, den Guthrie unter dem Arm trug. »Auch er hat es getan. Wir alle. Es gibt keinen anderen Weg.«

Nach einer Pause sagte sie: »Und du mußt es allein tun. Ohne Hilfe.« Sie nickte noch einmal zu dem Schädel.

»Aber ...«

Rosslyns Blick war unerbittlich. »Leg ihn fort.«

Guthrie spürte, daß er gehorchen mußte, und legte den Schädel auf den Boden.

»Geh«, sagte Rosslyn. »Stell dich an den Abgrund.«

Langsam schritt Guthrie bis zur Felskante. »Ich ... ich soll einfach ins ... ins Nichts springen?«

Rosslyn gab keine Antwort.

Er deutete auf die Felsen in der Tiefe, auf die spitzen Wipfel der Tannen, die aussahen wie kleine, blaugrüne Stachel. »Das bedeutet den sicheren Tod!«

»Nicht für einen Sehenden.«

»Du hast zuviel Vertrauen in mich.«

»Du hast zu wenig.«

Guthrie sah nach unten und stellte sich vor, dorthin, in die leere Luft zu springen, in das wirbelnde Chaos, und er dachte an den gräßlichen Aufprall auf den Felsen, an Blut und Knochen und rot bespritztes Gestein. Er dachte an sein Selbst, das es in dem *Anderen* ebenso zerreißen würde. Was hatte er bis jetzt schon getan? Mit den Fingerspitzen hatte er in dieses gewaltige Fremde hineingetupft und sie schnell wieder zurückgezogen in die vertraute Welt.

Zitternd drehte er sich um. »Ich ... *kann* nicht.«

Rosslyn schaute ihn ernst an. »Die Welt ist ein großes Geheimnis, das wir niemals ganz erfassen können. Die gewöhnlichen Menschen verschleiern dieses Geheimnis, es ist für sie zu furchtbar. Doch ein Sehender tut das nicht, er *darf* es nicht. Ein Sehender muß ihm ganz und gar entgegentreten.« Sie deutete auf die Kante, an der er gestanden war. »Eines Tages wirst du springen müssen. Hier oder an einem ähnlichen Ort. Du magst jetzt davor zurückschrecken, doch die Aufgabe wird dir nie genommen. Niemals. Eines Tages *mußt* du springen.«

Guthrie schauderte. Er dachte an den Abgrund und den Widerstreit der beiden so unterschiedlichen Welten. »Heute nicht.«

Rosslyn sah ihn lange an, dann nickte sie. »Aber eines Tages, da wirst du es tun.«

Guthrie wußte nicht, was er antworten sollte, und hob verlegen die Schultern. Er war überzeugt, daß er solch einen gewaltigen Sprung niemals wagen würde.

Rosslyn winkte ihn weg von der Kante. Guthrie bückte sich, nahm den Schädel und folgte ihr. Sie gingen quer über den Abhang zu einem geschützten Ort zwischen moosbewachsenen Felsen. Sie setzten sich nieder, es begann langsam zu dämmern. Aus der Höhe hier konnten sie weit über die mit Bäumen bewachsenen Hügel und Täler blicken. Am Himmel zogen träge einige Wolken dahin.

Als sich Rosslyn neben Guthrie niederließ, schlug sie ihre Beine über Kreuz – mit einer Beweglichkeit, die Guthrie immer wieder bewunderte. »Mit dem allem hast du kaum gerechnet, nicht wahr, Junge?«

»Nein«, meinte Guthrie. »Ich habe … geheimes Wissen erwartet, Tricks, Lehren, die man lernen kann wie alles andere auch. Aber nicht dieses … *Sterben* von allem, was ich war und bin.«

»Du hast es weit gebracht in kurzer Zeit. Wahrscheinlich in zu kurzer Zeit. Es ist keine leichte Reise auf dem Weglosen Weg.«

Guthrie seufzte. »Ja, das kann man sagen.«

»Und wenn man einmal das Namenlose Tor durchschritten

hat, dann gibt es kein Zurück. Fühlst du nicht, wie das *Andere* an dir reißt und zieht?«

Guthrie nickte. Dieses Ziehen und Zerren war ihm ständig geblieben, seit Rosslyn ihn am Spiegelteich in das *Andere* getaucht hatte.

»Das wirst du immer spüren, dein ganzes Leben.«

»Immer?« Guthrie wurde übel. »Ich dachte, daß es allmählich nachlassen und ich mich daran gewöhnen würde. Ich dachte, du könntest mir beibringen, wie ich ...«

»Es wird niemals nachlassen«, sagte Rosslyn ernst. »Und glaubst du denn, du hast die Kraft, dein ganzes Leben dagegen anzukämpfen? Du hast eine einfache Wahl, wie du den Rest deines Lebens verbringen willst, Junge. Du kannst in einem ewigen Ringen versuchen, dem *Anderen* zu widerstehen und dein altes Selbst unversehrt zu halten. Oder du kannst loslassen.«

»Aber ...«, fing Guthrie an.

»Du kennst doch die Geschichte vom Schwarzen Tankred, wie er vor langer Zeit als böser Zauberer in den Dämonenkriegen sein Unwesen trieb, nicht wahr?«

Guthrie blinzelte und nickte. »Aber was hat das mit mir zu tun?«

»Tankred war ein Sehender, ganz einfach. So wie du.«

Guthrie schnappte nach Luft. Er und der Schwarze Tankred ...? Er sollte nun dasselbe sein wie eines der Schreckgespenster seiner Kindheit? »Aber ...«, fing er wieder an.

Rosslyn schnitt ihm das Wort ab. »Tankred und jene, die ihm gleich sind, werden niemals glücklich. Sie lassen nicht los, und ihr ganzes Leben wird zum Kampf, das *Andere* von sich fernzuhalten. Sie mühen und mühen sich, über alles Macht zu haben, über die Welt, über die Menschen, über ihr *anderes* Selbst. Ein endloser, aussichtsloser Kampf ... Diese unendliche Mühsal zerstört sie schließlich und macht sie zu Verfluchten, die ständig nach Macht gieren und nicht mehr leben können wie ein Mensch.«

Rosslyn sah ihn an, und ihre Augen waren hart wie grüne, funkelnde Steine. »Ist es das, was du einmal werden willst?«

»Nein«, antwortete Guthrie schnell. »Natürlich nicht.«

»Dann mußt du springen. Du mußt loslassen und dich vollständig der Welt hingeben. Ohne zurückzuweichen, ohne Ausflüchte. Mit vollem Bewußtsein mußt du dich hinunter auf die Felsen stürzen.«

Guthrie wurde bleich. »Aber das ist der Tod.«

»Nein, Junge, nur so wirst du *leben.* Ein Mensch, der das Namenlose Tor durchschritten hat, das *Andere* verleugnet und sich an sein altes Selbst klammert, der ist verloren. Ständig hat er Angst, und diese Angst beherrscht ihn. Also muß er alles um sich her beherrschen, sonst wird ihn diese Angst ganz und gar vernichten ...«

Guthrie sah sie sorgenvoll an.

»Die Angst darf keine Macht über dich haben, Junge.«

Er dachte an den Abgrund, an dem er gestanden war, und allein der Gedanke daran fuhr ihm wie eine eiskalte Klinge in den Magen.

Er und Rosslyn sagten kein Wort mehr. Die Wolkenknäuel färbten sich langsam rot, die Sonne versank hinter dem Horizont. In der Ferne flog eine Krähe über den Himmel, leise hörten sie ihr Krächzen.

»Würdest du einem Kloster angehören, dann hättest du es leichter«, sagte Rosslyn nach einer Weile. »Das sind friedliche, ruhige Orte, das Kloster in deinem wilden Tal des Nordens ganz besonders – oder zumindest war es so. In einem Kloster hättest du Freunde, die dich auf deinem Weg begleiten und das gleiche Ziel haben. Aber nun gut, du bist allein. Was du jetzt mehr brauchst als alles andere, ist einige Zeit der Ruhe.« Rosslyn lehnte sich an den Fels zurück. »Die Augen müssen sich schließen, damit der Blick wieder rein wird.«

Guthrie sah sie an. »Wieder etwas aus dem *Buch*?«

»Nein. Eine einfache Wahrheit. Es ist wie mit dem Fasten:

Der Magen muß leer sein, damit der Körper sich reinigt. Die Sinne müssen sich leeren, damit das Herz heilen kann und rein wird. Auch dein Herz muß fasten.«

»Und was heißt das?«

»Der Geist beschränkt sich nicht auf einen einzigen Sinn. Er benötigt die unverbrauchte Leere aller Sinne, nur dann kann er genesen. Denke an das Fenster eines Hauses. Nichts als ein Loch in der Wand, so scheint es. Doch nur durch das Fenster füllt sich das gesamte Zimmer mit Licht. Wenn also deine Sinne leer sind, dann wird auch dein Geist mit Licht erfüllt. Und nur dann wird dein Herz wieder rein.«

Rosslyn deutete in die grüne Weite der Berge. »Du mußt fortgehen, Junge, zu einem Ort, wo es grün und ruhig ist. Du mußt sitzen und nichts tun. Deine Sinne, deine Gedanken müssen sich beruhigen. Du bist wie ein mit Wasser gefüllter Eimer – und so heftig wirst du geschüttelt, daß das Wasser fast überschwappt. Laß den Eimer zur Ruhe kommen, laß das Wasser zur Ruhe kommen, bis es so glatt ist, daß die Welt sich darin spiegelt. Du mußt nun lange Zeit allein sein.«

Guthrie sah sie an, sah zu den Bergen in der Ferne.

»Geh«, sagte sie sanft.

»Jetzt? Einfach so?«

»Ja.« Sie zeigte in das grüne Dickicht. »Nimm nichts mit. Geh einfach. Suche dir einen Ort, an dem du dich niedersetzen kannst. Faste. Tu nichts. Lebe. Die Bauern lassen ihre Felder immer wieder brachliegen, nicht wahr? Auch du mußt eine Zeitlang brachliegen. Das brauchst du jetzt mehr als alles andere.«

»Ich ... gehe also allein in ... die Wildnis und suche einen Ort, an dem ich ... sitzen kann.«

»Genau. Und dein Körper wird fasten und dein Herz.«

»Aber ich weiß nicht genug, Rosslyn! Das *Andere* ... es ist mir noch zu wenig vertraut, ich beherrsche es nicht. Es gibt noch so vieles, das ich von dir lernen muß. Was ist, wenn ich

… wenn ich einen dummen Fehler begehe und mich durch pure Unwissenheit umbringe? Du hast eingewilligt, mich zu lehren. Und gerade jetzt willst du mich im Stich lassen?«

»Ich habe dir alles gezeigt, was ich vermag und was dir von Nutzen sein könnte. Was sonst noch ist, läßt sich nicht lehren. Das muß jeder für sich selbst lernen.«

»Was jedoch, wenn ich mich verirre und nicht mehr zu dir zurückfinde?«

»Ich denke nicht, daß wir uns wiedersehen.«

Guthrie starrte sie an.

»*Fühlst* du das denn nicht?«

»Ich bin einfach nur verwirrt, Rosslyn!«

Die alte Frau legte eine Hand auf Guthries Arm. »Ich kann nicht fühlen, … daß es dich zu mir zurückziehen wird. Du mußt andere Wege gehen, Wege, auf denen ich dich nicht begleiten kann.«

»Aber ich muß noch so vieles lernen! Wie kannst du nur …«

»Mehr und mehr jeden Tag wirst du tun, um dein Wissen zu mehren«, sagte Rosslyn. »Doch folge dem Weglosen Weg, gehe, ohne zu gehen, dann, Tag für Tag, tust du weniger nur, bis das große Ziel du erreichst.«

»Das *Buch*«, sagte Guthrie. »Diesen Spruch habe ich von dir gehört, als wir uns das erste Mal begegnet sind.«

Rosslyn nickte. »Ein reines Herz ist es, was du jetzt brauchst – nicht Macht oder Wissen. Geh. Laß die Welt durch dich strömen. Es gibt keine andere Möglichkeit.«

»Aber …«

»Geh«, wiederholte Rosslyn. Sie nahm ihre Hand von Guthries Arm und berührte den Schädel, der auf seinem Schoß lag. »Du bist nicht völlig allein.«

Rosslyn stand auf, nahm den Schädel von Guthries Schenkeln und drehte ihn, so daß er ihr direkt ins Gesicht blickte. Guthrie hatte den Eindruck, daß die bleichen Knochen mit sanftem Glanz zu glühen anfingen.

Sie blieb eine Weile still und betrachtete das tote Gesicht. »Rianna, alter Freund«, sagte sie. Sie zog ihre Hände weg, und der Schädel schwebte vor ihr.

Guthrie saß da und blickte mit großen Augen hinauf zu dem schwerelosen Schädel. Das Glänzen wurde schwächer. Oder hatte er es sich nur eingebildet?

Rosslyn sah Guthrie an und sagte: »Du hast einen Führer. Ich hatte keinen, als ich so alt war wie du.«

»Bis jetzt hat er mich herzlich wenig geführt«, entfuhr es Guthrie. »Und im Leben war er ein *Narr,* Rosslyn. Er gab mir ein Versprechen und hat es gebrochen.« Allein die Erinnerung daran machte Guthrie zornig. »Durch ihn sind alle, die im Kloster waren, ums Leben gekommen. Unschuldige Menschen. Er ließ die Tore öffnen, und die Seewölfe kamen ungehindert herein ... Es war das Dümmste, was ich jemals erlebt habe!«

»Du willst also sagen, daß du alles in der Welt bis ins letzte verstehst?«

Er schüttelte den Kopf. »Nein, selbstverständlich nicht. Aber jeder Narr konnte doch sehen, daß ...«

»Ein Narr sieht das, was er gerade sehen will. Doch ein Sehender braucht bessere Augen, denn die Welt ist nicht so einfach gemacht.«

Der Schädel schwebte langsam durch die Luft und drehte sich, bis das Gesicht zu Guthrie zeigte. In den leeren Höhlen erkannte er erschrocken das Glühen von Augen – aus nichts Festem schienen sie zu bestehen, sondern ganz aus sanft schimmerndem Licht.

Sein Zorn verflog ins Nichts. Er holte den Schädel aus der Luft. Die Knochen fühlten sich warm an wie sein eigener Körper, und die Augen blickten ihn so ruhig an, wie ihn auch der Abt einst angesehen hatte.

Die wundersamen Märchen, die Guthrie als Kind gehört hatte, waren voll gewesen mit magischen Talismanen und hilfreichen Begleitern – Schwerter, Hämmer, Ringe, sprechende

Lachse, kluge Krähen und sogar der Nordwind –, und alle hatten sie den Helden der Geschichte mit großem Wissen, einer wunderbaren Kraft oder sonst einer abenteuerlichen Fähigkeit ausgestattet. Bisher hatte er vom Schädel des toten Abts rein gar nichts erhalten.

Nun jedoch hatte Guthrie zum ersten Mal das undeutliche Gefühl, daß der Geist des Abts tatsächlich etwas Wunderbares vollbringen könnte.

Mit angehaltenem Atem wartete Guthrie darauf, daß etwas passieren würde, daß der Schädel zu ihm sprach oder irgend etwas anderes tat.

Aber es geschah nichts. Der Schädel blieb stumm, seine Augen blickten starr.

»Rede mit mir«, rief Guthrie. »Sag etwas!«

Kein Wort.

Guthrie sah Rosslyn flehend an.

Auch sie blieb stumm.

Guthrie seufzte und schluckte seine Enttäuschung hinunter. Was er hier erlebte, war schließlich kein Märchen.

»Und nun«, sagte Rosslyn, »muß ich gehen.«

»Aber Rosslyn! Wie kann ich …«

Eine Weile stand Rosslyn da und sah Guthrie an. Dann legte sie ihm die Hand auf die Stirn. »Denk daran, dein Herz muß fasten. Es gibt keinen anderen Weg. Lebe wohl, Guthrie, mein Junge.«

Guthrie wußte nicht, was er sagen sollte. Es geschah alles zu plötzlich. Er sah hinunter zum Schädel in seiner Hand, sah wieder hinüber zu … Aber in diesem Moment war Rosslyn verschwunden. Einfach verschwunden.

Hastig, mit pochendem Herzen, stand Guthrie auf. »Rosslyn!« rief er. *»Rosslyn!«* Doch es kam keine Antwort, nur das Echo seiner eigenen Stimme hallte zurück über die Hügel.

Lange starrte er auf die Stelle, wo sie eben noch gestanden hatte. Er dachte daran, ihr nachzulaufen, ins Lager am Spiegelteich zurückzukehren. Doch er wußte, daß das sinnlos wäre. Er würde sie nicht finden.

Und dann, in dem Moment, als er sich mit seiner Lage abgefunden hatte, sah er im Gras das kleine Bündel liegen. Er nahm es, wickelte es auf. Es war das *Buch* – Rosslyn hatte es ihm dagelassen. Guthrie öffnete es auf einer beliebigen Seite:

Ein Mann auf dem Weg wird ihm folgen,
weiter, als sein Auge sieht.

Ein Mann der Angst wird zögern, zögern,
und sein Weg wird furchtbar, kalt.

Ein Mann der Angst wird hart und starr,
ein Mann der Angst wird wanken, weichen,
ein Mann der Angst, ihm graut vor Mut.

Guthrie seufzte. Er erinnerte sich daran, wie er sich gefühlt hatte, als er an dem Abgrund stand. Auch er war noch ein Mann der Angst, auch ihm hatte vor Mut gegraut.

Er holte Luft und spürte das angenehme Gewicht des *Buchs* in seinen Händen. Langsam blätterte er durch die Seiten – *schlck, schlck, schlck.* Dann las er:

Kein Fisch fürchtet Wasser,
kein Vogel die Luft.

Flügel hat der Sehende keine,
an Flossen gebricht es ihm.

Doch fliegen muß er
und schwimmen im Wasser.
Oder sterben muß er,
die Wahl liegt an ihm.

Guthrie schauderte. Er schloß das Buch und wickelte es sorgfältig wieder in die Tücher. Doch die Worte blieben ihm klar im Gedächtnis: *Fliegen muß er, oder sterben muß er.*

Er dachte an den Abgrund, an den Sprung, den er eines Tages wagen müßte. Ein Fliegen ohne Flügel würde es sein. Er betrachtete die Welt um sich her – die Bäume und Felsen und den unendlichen blauen Himmel. Nichts als Spiegelbilder waren das, auf der Oberfläche eines tiefen, tiefen Gewässers, in das er sich eines Tages hineinstürzen müßte.

Eines Tages, aber nicht heute.

Allein die Vorstellung davon zog ihm den Magen zusammen.

In Guthries Kopf schwirrten die Gedanken wirr wie ein Schwarm übermütiger Fische, der einmal in dieser, einmal in jener Richtung davonjagte: der Weglose Weg; das Gehen, ohne zu gehen; der gewaltige, gierige Sog des *Anderen,* den er noch immer an sich spürte; sein eigener Weg; Rosslyn, die er niemals wiedersehen würde; die plötzliche Körperwärme des Totenschädels und seine glühenden Augen; seine eigene Verwirrung und Angst ...

Er sah hinunter zum Schädel, doch das scheinbare Leben und die Wärme waren daraus verschwunden. Tot war er nun wie ein Stein.

Einen Weg zurück gab es keinen. Rosslyn hatte recht: Was er jetzt nötig hatte, war ein Ort der Stille. Er brauchte eine ruhige, friedliche Zeit, um sich zu sammeln und um den Weg zu finden, der weglos war.

Mit einem Stöhnen nahm Guthrie den Schädel und das eingewickelte Buch – alles, was ihm geblieben war – und drehte sich um. Dann ging er langsam über die Wiese und hinauf zu den grünen Hügeln.

XI

Alia lief zwischen Bäumen hindurch, und durch ein Dickicht von weißen Birken erreichte sie eine Felsenklippe. Seitdem sie früh am Morgen die Fey verlassen hatte, war sie den ganzen Tag entschlossen und zügig durch die Wälder marschiert. Doch obwohl sie eine größere Strecke zurückgelegt hatte und sie sicher war, daß die Richtung stimmte, konnte sie noch immer nichts entdecken, was ihr bekannt war oder ihr gezeigt hätte, daß sie sich dem Jägerlager näherte.

Es verging kostbare Zeit.

Und nun stand sie hier an dieser Felsenklippe und sah hinunter in ein Tal, das sie überhaupt nicht kannte. Unendlich müde war sie und noch immer in einer fremden Gegend, und sie brauchte ihre ganze Kraft, um nicht zu verzweifeln. Das kleine Tal im wilden Hochland, in dem sie den Fey begegnet war, lag viel weiter von den ihr bekannten Gebieten entfernt, als sie gedacht hatte.

Alia schüttelte sich. Sie sträubte sich gegen die Erinnerung an die Fey.

Sie konnte nicht weiterlaufen, ohne sich auszuruhen. Dieser Felsvorsprung war so gut wie jeder andere Platz. Die Höhenluft war kühl und frisch, und Alia schmeckte darin schon den ersten Frost des Winters. Auf den Bäumen hinter ihr zwitscherten die Vögel, und unten im Tal wand sich ein kleiner Fluß wie eine glitzernde Schlange, halb verborgen in den Schleiern des Abendnebels. Die Sonne stand tief zwischen den Berggipfeln. Eine rotgelbe Scheibe war es, in einem lachsroten, dunstigen Himmel.

»Kugel aus Feuer, Kugel aus Licht«, murmelte Alia. »Goldenes Gelb, das Wärme verspricht. Rotes Glühen …« Sie mußte einen Moment überlegen, dann erinnerte sie sich: »Rotes Glühen beendet den Tag, rotes Glühen mich heilen mag.

Licht des Morgens, dämmrig und scheu. Verschwunden am Abend, doch bald scheinst du neu.«

Es war ein alter Reim aus ihrer Kinderzeit. Die Worte, die so unerwartet in ihr hochstiegen, erinnerten sie daran, wie ihr Leben als kleines Mädchen damals gewesen war. Die Erinnerungen kamen schmerzhaft deutlich: ihre groben Brüder, die die Schafe mit Fußtritten auf die Weide trieben, die schwächliche, mißmutige Stimme ihrer Mutter, die harte Hand ihres Vaters. Alia zitterte. Wie viele Male war sie als Mädchen davongerannt, um sich an einem einsamen Ort hinzusetzen und den Sonnenuntergang und die Sterne zu betrachten? Wie hatte sie sich danach gesehnt, aus dem Käfig ihrer Existenz auszubrechen …

Und wie viele Male hatte sie die geheimnisvolle Schönheit des Wilden Landes gelockt und gelockt? Noch immer spürte sie diese Sehnsucht, jetzt, da die Welt im Licht der sterbenden Sonne erglühte, über allem ein feiner Nebel schwebte und ihr der Himmel so groß und tief erschien. Oh, die Wildnis zog sie an, wie Blüten die Bienen anzogen oder Lichter in der Nacht die schwirrenden Motten. Sie wollte nicht daran denken, was die Fey ihr angeboten hatten. Was sie zurückgewiesen hatte.

Da war etwas in ihr, das dem Hunger glich, doch kein Brot konnte diesen Hunger stillen.

Am Stamm einer Birke ließ sich Alia zu Boden sinken. Ohne darauf zu achten, streckte sie ihre linke Hand aus, um sich abzustützen. Da durchfuhr sie ein stechender Schmerz, und auf dem Weiß der Birkenrinde sah sie rote Tupfen. Als sie ihre Handfläche untersuchte, bemerkte Alia, daß die Zeichen, die das Dämonenwesen ihr in die Haut geritzt hatte, wieder angefangen hatten zu bluten. Ein ungutes Gefühl überkam sie, denn längst schon hätten die Narben verheilen müssen.

Sie starrte auf das verworrene Muster in ihrer Haut, doch noch immer konnte sie nichts darin erkennen. War es eine häßliche Fratze? In Gedanken sah sie die großen, nichtmenschlichen Augen des Dämonenwesens, seine langen, scharfen Reißzähne, seine Hand, mit der es sie lockte.

Alia durchlief es kalt. Sie war froh, daß die unheimliche Kreatur verschwunden war. Und vielleicht gab es ja eine einfache Erklärung dafür, weshalb diese Schnitte so langsam verheilten – denn immerhin war die Wunde auf ihrer Handfläche, die sie immer wieder streckte und beugte. Bald jedoch, da war sie sich sicher, würde alles verheilt und vergessen sein.

Müde lehnte sie sich an den Baum. Die weiße Rinde an der Birke ihr gegenüber schälte sich zu aufgerollten Spänen. Sie streckte ihren Arm aus und zog einen langen Fetzen den Stamm hinunter. Langsam und gedankenverloren riß sie den hauchdünnen, weißen Span in Streifen, stand auf und warf die Späne den Abgrund hinunter, einen nach dem anderen. Sie flatterten umher wie kleine, weiße Vögel.

Sie hatte sich nichts dabei gedacht, als sie die Rinde zerrissen und hinuntergeworfen hatte. Ein wenig wollte sie die Beweglichkeit ihrer linken Hand erproben, ein wenig sich von trübsinnigen Gedanken ablenken.

Doch beim Anblick der flatternden, weißen Rinden-Vögel durchfuhr sie ein Schrecken. Ihr erschien der elfenbeinfarbene Vogel, den sie gesehen hatte, als der Fey ihr seine Finger vors Gesicht hielt und diese Finger sich in wunderbare Federn und Schwingen verwandelten.

Als sie nun den tiefen Abgrund hinabblickte, zog sich Alia der Magen zusammen. Aus schwindelnder Höhe sah sie Felsen und dunkle Tannen und unergründliche Schatten. Und einen schrecklichen Augenblick lang schien es ihr, als ob sie da, in dieses tosende, übermächtige Nichts, hinunterspringen müßte. Sie schien zu spüren, wie sie fiel, wild ruderte, sich überschlug und fiel und fiel …

Sie kam wieder zu sich, und keuchend stand sie auf der Klippe. Mit zitternden Beinen ging sie einen Schritt zurück, und noch einen.

Es war ihr, als ob sie beinahe gestürzt wäre … nicht nur den Abgrund hinunter, sondern irgendwie auch *hinaus aus der Welt.* Als ob der Blick in die Tiefe ihr noch andere Abgründe aufgetan hätte, Abgründe tief in ihr selbst.

Sie verstand das alles nicht.

Die Welt um sie her war ruhig und friedlich.

Sie versuchte, nur auf Vertrautes, Gewöhnliches, Natürliches zu achten – auf das Abendrot der Sonne, das silberne Glitzern des Flusses im Tal, die Nebelschwaden, den langen, gezackten Bergkamm, die schwarzen, kreisenden Punkte von Krähen in der Ferne. Ganz leise hörte sie ihr Krächzen.

Der Tag ging zu Ende. Auch das war ein kleiner Tod. Zuviel hatte in letzter Zeit für sie geendet. Die ganze Welt erschien ihr plötzlich durchtränkt von Traurigkeit.

Alia blickte zu den blaugrünen Bergrücken, dorthin, wo noch Tannen standen, und hoch zu den nackten, felsigen Gipfeln, die bis zum Himmel reichten. Sie atmete schwer. Tief in sich spürte sie Angst und eine seltsame Erwartung. Und sie glaubte, sich selbst zu sehen, wie sie ganz da oben auf dem Gipfel stand, um dann hinunterzuspringen in das große Unbekannte.

Aber was tatsächlich vor ihr lag, war eine stille Bergwelt, die langsam im Dunkel der Nacht versank.

Alia fühlte sich aufgewühlt, nervös. Dämonenwesen, verführerische Fey, die ganze Welt ein schwankendes Trugbild. Was war nur mit ihr geschehen?

Sie fand keine Antwort.

Alia schüttelte sich und versuchte dies alles zu vergessen. Da waren ja noch immer Orrin und der arme Einauge, die auf sie warteten. Lange genug schon hatte sie hier Rast gemacht.

Im schwindenden Tageslicht marschierte sie weiter, den Bogen in der Hand, den Pfeil an der Sehne – was sie mehr aus Gewohnheit tat als aus Notwendigkeit. Daß sie hier auf Banditen traf, hielt sie für recht unwahrscheinlich. Sie wußte, daß sie weitab von den Gegenden war, in denen sie gewöhnlich auftauchten.

Und dennoch bewegte sie sich so leise wie möglich durch die Bäume, so wie sie es bei den Jägern gelernt hatte.

Die letzten Strahlen der untergehenden Sonne fielen nun durch das feine Gewirr der Tannenzweige. Da plötzlich, aus dem Augenwinkel heraus, sah Alia eine Bewegung. Links von ihr war es und weiter unten am Hang. Doch dann bemerkte sie erleichtert, daß es ein junger Rehbock war.

Mit grazilen Schritten kam das Tier in ihre Richtung. Es bemerkte die unbekannte Gestalt, blieb reglos stehen und starrte sie an mit feucht glänzenden, schwarzen Augen.

Lange war es her, seit Alia etwas Richtiges gegessen hatte, wie lange genau, daran konnte sie sich nicht erinnern. Und hier war Fleisch. Vorsichtig – um ihre linke Hand nicht zu sehr zu belasten – spannte sie den Bogen, legte den Daumen an ihre Backe und zielte an dem Pfeil entlang.

Der Rehbock machte einen Schritt auf sie zu, langsam wie in einem Traum. Völlig ruhig sahen sie seine feuchten Augen an.

Er gehörte ihr.

Ja, manchmal kam es dazu, zu diesem stillen Einverständnis zwischen Jäger und Gejagtem. Dann entstand zwischen ihnen eine Verbindung, und in den Augen des Tiers war keine Angst mehr. Es würde sich ihr opfern, so daß sein Tod ihr neues Leben schenkte.

»Einer gibt, der andere nimmt«, flüsterte Alia. »Einer wird schlafen, der andere erwachen. Daß du mir dein Leben gibst, dafür danke ich dir, mein Freund.« Sie atmete, hielt kurz die Luft an und zielte auf die Rippen, dorthin, wo das Herz lag.

Doch sie ließ den Pfeil nicht los.

Noch immer und vollkommen furchtlos blickten seine schwarzen Augen. Alia hatte schon unzählige Rehböcke getötet, doch mit diesem hier war es irgendwie anders. Über den Schaft ihres Pfeils hinweg betrachtete sie ihn.

Und er sah ruhig zurück.

Sie schauderte. Das war nichts Menschliches, was in diesen Augen funkelte, und dennoch, auf unerklärliche Weise, war es ... Ja, was nur?

»Geh«, sagte sie sanft. »Geh, kleiner Bruder. Lebe dein Leben.«

Er sah sie an, als wäre er enttäuscht, daß sie ihn fortschickte. Dann, mit einem leisen Schnauben, drehte er sich um und tänzelte davon.

Langsam ließ Alia den Bogen sinken. Sie verstand nicht, weshalb sie nicht schießen konnte. Sie war hungrig, sehr sogar. Doch die Vorstellung von frischem Fleisch erschien ihr irgendwie ... unappetitlich. Und nachdem sie erst vor kurzem zwei Männer getötet hatte, wußte sie nicht, ob sie jemals wieder mit derselben Bedenkenlosigkeit töten könnte – auch wenn es Tiere waren. Der Rehbock war so ... *unschuldig* vor ihr gestanden.

Alia lächelte. »Ein langes und erfülltes Leben«, wünschte sie dem verschwundenen Tier. Nicht zu töten war das schönste Geschenk, das sie in diesen schlimmen Zeiten geben konnte, und etwas ganz tief in ihr war zufrieden, daß sie so und nicht anders gehandelt hatte.

Es war ein bittersüßes Gefühl.

Sie drehte sich um, ging weiter durch den immer dunkler werdenden Wald.

Es dauerte allerdings nicht lange, da merkte Alia, daß etwas nicht in Ordnung war.

Sie stand da mit ängstlich pochendem Herzen und schaute nach Osten in den schwarzen, wolkenlosen Nachthimmel. Wo war nur der Mond? Sein rundes Silbergesicht hätte man bereits sehen müssen. Erst letzte Nacht war Vollmond gewesen.

Aber der Wald war dunkel und kalt, und der Mond nirgendwo sichtbar.

Alia wollte nicht darüber nachdenken, was das bedeuten könnte.

Geschichten erzählten davon, was mit jenen passierte, die von den Fey fortgelockt wurden. Dort, wo die Fey lebten, verging die Zeit anders, hieß es. Und gewöhnliche Sterbliche alterten dort angeblich schneller, langsamer oder gar nicht.

Alia hatte ein ungutes Gefühl. Sie war überzeugt gewesen, sie hätte nur eine einzige Nacht bei den Fey verbracht – die Nacht, in der sie mit ihnen getanzt hatte – und daß sie am nächsten Morgen wieder zu sich gekommen war. Nie war sie auf den Gedanken gekommen, daran zu zweifeln. Nun jedoch ...

Wie lange war sie tatsächlich der gewöhnlichen Welt ferngeblieben?

Es gab im Moment keine Möglichkeit, das festzustellen.

Alias Muskeln verkrampften sich vor Angst. Was war mit Orrin und dem verletzten Einauge? Wie lange warteten sie schon dort oben im Wald?

Wie lange?

Sie fing an zu rennen und hastete verzweifelt durch die Dunkelheit. Was, wenn schon mehrere Tage vergangen waren? Oder eine noch längere Zeit? Bei dem bloßen Gedanken daran fühlte sie Panik in sich aufsteigen.

In der Dunkelheit stolperte sie, stieß mit ihrem Ellbogen gegen einen Baumstamm, fiel auf die Knie und schürfte ihre linke Hand an etwas Hartem, auf dem sie sich hatte abstützen wollen. Keuchend blieb sie knien und rieb ihre schmerzende Hand. Es war sinnlos, blind durch diese Finsternis zu stürmen. Sie mußte vorsichtiger sein, sonst würde sie das Jägerlager nie erreichen.

Langsam stand sie auf. Sie versuchte ihren Atem und ihren Herzschlag zu beruhigen. Die Welt schien seltsam zu pulsieren, und einen erschreckenden Moment lang erschien ihr die Welt so, wie sie sie schon einmal erlebt hatte: als eine trügerische Maske, ein buntes Muster, das etwas ... *Anderes* überdeckte.

Alia faßte sich und schüttelte alles von sich, was unheimlich und fremd war.

Entschlossen ging sie weiter, wenn auch langsamer jetzt, denn im Wald war es vollständig finster. Sie würde es durchhalten, sagte sie sich, die ganze Nacht hindurch zu gehen, ohne Schlaf, und auch den ganzen folgenden Tag – und noch einen Tag, wenn es denn sein mußte. Sicher, *ganz sicher,* war sie nicht weiter als einige Tagesmärsche vom Jägerlager entfernt.

Auch jetzt versuchte Alia lautlos zu gehen wie ein Jäger und nicht an die Müdigkeit zu denken, die sie fast überwältigte.

Immer weiter, immer weiter durch die endlose Finsternis …

Und dann, wie aus dem Nichts, roch Alia den Rauch von brennendem Holz. Ja, es war ein Feuer, kein Zweifel.

Wie angewurzelt blieb sie stehen, ihr Herz pochte. Ein Feuer, hier, mitten in diesen einsamen Wäldern?

Wer konnte das sein?

XII

Guthrie saß mit überkreuzten Beinen auf einer kleinen Lichtung und starrte in die hellen, tanzenden Flammen seines Feuers. Finstere Nacht verschluckte den Wald um ihn her. Über ihm glänzten die Sterne an einem mondlosen Himmel. Die Luft war kalt. Guthrie spürte bereits den nahenden Winter und genoß die Wärme des Feuers. Mit dieser Lichtung hatte er den ruhigen Ort gefunden, den er gesucht hatte: eine kleine Wiese in einer Senke, und rings umher, die steilen Hänge hinauf, standen dicht die Bergtannen. Am Waldrand lief zwischen moosbewachsenen Felsen ein gluckerndes Bächlein mit Wasser, das kalt war wie Eis und nach Stein schmeckte.

Guthrie wußte nicht, wie viele Tage oder Nächte er hier bereits gesessen war. Seitdem er sich von Rosslyn getrennt hatte,

hatte er nichts mehr gegessen und nichts als das eisige Gebirgswasser getrunken. Sein Körper fühlte sich so leicht an wie Distelwolle. Wenn es hell war, schien die Welt um ihn her zu glühen, und Steine und Bäume und vereinzelte, langsam dahinflatternde Krähen waren ihm nicht mehr als körperlose Trugbilder. Ihm kamen Visionen, wie er über eine Bergwiese lief und sie ihm als grüne, erstarrte Meereswoge erschien, die sich gerade am Waldrand brechen wollte, Bilder von felsigen Bergkämmen und der Düsternis eines Waldes, in dem er umherirrte – das war alles, was er von seiner Reise hierher noch im Gedächtnis hatte.

Er wußte noch, wie er zwischen den gezackten Formen der Gebirgstannen, die um diese Lichtung standen, hinaufgeschaut hatte, wie dann in wilden Böen ein Sturm aufkam, der Himmel sich mit dunklen Wolken füllte, Donner grollte. Kalter Regen hatte ihn durchnäßt bis auf die Knochen. Wann das gewesen war, hatte er vergessen. Er war ja längst wieder trocken, doch noch immer überfiel ihn dann und wann der Schüttelfrost.

Guthrie legte neues Holz ins Feuer, sah zu, wie die Flammen nach oben züngelten, und mit seinem gewöhnlichen Blick konzentrierte er sich auf ihr hüpfendes, tanzendes Spiel. Manchmal, auch ohne daß er aus der gewöhnlichen Welt geglitten war, verwandelten sich die Tannen um die Lichtung in ein kompliziertes Muster aus Linien und Kurven, und nur mit einem bewußten Willensakt gelang es ihm, sie wieder als deutliche, einzelne Bäume zu sehen. Ein anderes Mal hatte er gedacht, er hörte eine Tanne, wie sie leise zu ihm flüsterte.

Immer mehr verschwamm die Grenze zwischen den beiden Welten, und Guthrie war sich nur allzu bewußt über das *Andere,* das unter allem wie ein großer, sich bewegender Schatten verborgen lag. Der Sog des *Anderen* war für ihn unablässig und deutlich zu spüren, und dieser Sog wollte ihn überwältigen, ihn losreißen von der gewöhnlichen Welt. Sein Selbst, das spürte Guthrie, war oft nahe daran, in Stücke zu brechen. Er schlief nur noch unruhig und träumte, daß er stürzte und stürzte. Einmal war er aufgewacht und sah sich gefangen in den wilden Strudeln des *Anderen.* Nur mit größter Mühe konnte er sich erinnern, wer er war und wo er hingehörte, und beinahe wäre er in den schrecklichen Wirbeln für immer ertrunken. Lange Zeit hatte er danach gebraucht, bis er es wieder wagen konnte, nachts zu schlafen.

»Du bist wie ein mit Wasser gefüllter Eimer«, hatte ihm Rosslyn gesagt, »und so heftig wirst du geschüttelt, daß das Wasser fast überschwappt. Laß den Eimer zur Ruhe kommen, laß das Wasser zur Ruhe kommen, bis es so glatt ist, daß die Welt sich darin spiegelt. Du mußt nun lange Zeit allein sein. Du mußt lernen, ruhig zu werden.« Er war allein gewesen, viele, viele Tage lang. Doch war er auch zur Ruhe gekommen? Alte Gefühle und Ängste durchströmten ihn wie Wasser, das mit weißer Gischt vom Berg stürzt, bis seine Gedanken vollkommen erschöpft waren. Es gab Tage, an denen Guthrie zwanghaft in seiner Vergangenheit verweilte, und er wurde traurig, bitter und zornig, wenn all die Enttäuschungen, unerfüllten Hoffnungen und Verletzungen in ihm hochstiegen, die er als zweiter Sohn durchlitten hatte. An anderen Tagen verfolgte ihn die schreckliche Erinnerung an all das, was die Seewölfe angerichtet hatten, und er spürte, wie ihn erneut der Hunger nach Rache überkam. Er träumte davon, die Seewölfe ständen vor ihm und wären hilflos seiner Macht ausgeliefert.

Nein. Nichts war in ihm zur Ruhe gekommen. Und dennoch war er nun ein anderer. Es gab Momente, in denen er sich völlig losgelöst fühlte von den verstörenden Strudeln seiner Gefühle, als ob ein anderer die Ängste und Enttäuschungen zu tragen hatte und er nur unbeteiligt zusah. Und manchmal, da erschienen ihm all diese Erinnerungen einfach bedeutungslos: Wieso hatte er sich so lange gequält, nur weil er als zweiter Sohn geboren war? Wieso dachte er überhaupt an Rache oder daran, ob er nun Fürst war oder nicht, wenn die Welt so seltsam geworden war und dieses *Andere* an ihm riß wie eine schwarze Flut?

Ein Mann auf einem Schiff hat stets andere, die mit ihm reisen – Bekannte oder Verwandte, Freunde oder auch Feinde. Was jedoch, wenn er über Bord fällt und ganz allein dahintreibt und umhergeworfen wird im übermächtigen, tosenden Meer ...?

Guthrie versuchte noch immer, dies alles zu verstehen. Es schien keine offensichtlichen, gleichbleibenden Regeln zu geben, nach denen diese Verwandlung in ihm ablief. Er wußte allerdings, daß sie noch lange nicht abgeschlossen war. Noch nicht genug war in ihm geschehen, und er fühlte sich als eine Art unfertiges, gefährdetes Zwitterwesen.

»Die Welt hat sich nicht verändert«, hatte ihm Rosslyn gesagt. Und Guthrie erinnerte sich an die Zeilen aus dem *Buch,* die sie ihm hierzu gezeigt hatte:

Um durchs Namenlose Tor zu treten,
um zu wissen, was da ist und nicht,
braucht es nur ein einfach' Streben:
Wechsle den Töpfer, wechsle den Topf.

Er war noch immer nicht ganz sicher, was sich verändert hatte: er selbst oder die Welt oder vielleicht beide?

Guthrie warf noch einige Zweige ins Feuer, hörte auf das Knistern und Knacken, als die Flammen sich davon nährten, und betrachtete erneut ihr fröhliches Tanzen. Probleme wie die seinen waren den Flammen fremd. Sie waren rein und strebten nach ihrem Platz in der Höhe. Es war ihm egal, was Rosslyn zu den Erklärungen meinte, die er als Kind gelernt hatte. Er konnte es *spüren,* wie das Feuer hoch zum Himmel wollte.

Wie beneidete er diese Flammen, die nur einem Antrieb folgten. Verwirrung und Zweifel waren ihnen fremd. Einfach nur dieser anmutige, perfekte Tanz, dieses reine Streben in die Höhe.

Guthrie schüttelte sich, und er spürte, wie seine Verbindung zur gewöhnlichen Welt sich löste. Er gab nach, und ein klein wenig und mit größter Vorsicht ließ er sich in das *Andere* gleiten.

Langsam begann er zu lernen. Er hatte erkannt, daß dieses geheimnisvolle *Andere* nicht aus völligem Chaos bestand und er nicht vollständig blind war. In diesem *Anderen* konnte er im Wald um sich her alles Leben *spüren,* denn alle Dinge und Lebewesen der gewöhnlichen Welt warfen ihre Schatten in das *Andere* – oder vielleicht war die vertraute Welt ein Schatten des *Anderen,* auch das war möglich.

Wenn er dort in diesem geheimnisvollen Reich weilte, das hatte er nun oft genug erfahren, dann war auch seine Wahrnehmung eine andere: weder sah noch hörte noch fühlte er auf irgendeine gewöhnliche, körperliche Weise. Er *spürte* die Dinge – meist deutlicher, als er sie jemals hätte sehen können, als hätte beispielsweise Entfernung in dem *Anderen* nicht dieselbe Bedeutung wie in der gewöhnlichen Welt.

Wie ein Vogel, den ein unberechenbarer Luftstrom in der Höhe hielt, so balancierte Guthrie vorsichtig zwischen den Welten, richtete seine Aufmerksamkeit auf die Dinge um ihn her, bis das anfängliche Chaos des *Anderen* ruhiger wurde und sich zu Mustern verdichtete.

In der Nähe *spürte* er Waldmäuse als blitzende, kleine Funken, und eine Art flackerndes Leuchten zeigte ihm einen erschrockenen Hasen. Das Gitterwerk der Tannen, die bedächtig und weise nach oben strebten, erschien wie das geflochtene Muster eines Korbs. Mit seinen Ohren hörte er eine Eule rufen und *spürte,* wie sie irgendwo in der Nähe nach unten schwebte.

Guthrie schauderte. Die ganze Welt pulsierte in mächtigen Schlägen, für seine gewöhnlichen Sinne wurde sie scharf und wieder unscharf. Er fühlte, wie das *Andere* brodelte und eine große Welle ihn ergreifen wollte. Sofort riß er sich zurück in die gewöhnliche Welt, schüttelte sich und hechelte wie ein Hund.

Doch obwohl ihm das *Andere* so schrecklich und unheimlich erschien, war es ganz und gar unwiderstehlich. Kaum hatten sich Herz und Atem beruhigt, ließ Guthrie sich erneut dort hineingeleiten. Dieses Mal konzentrierte er sich nur darauf, exakt sein Gleichgewicht zu wahren und sowohl seine gewöhnlichen Sinne als auch seine Sinne für das *Andere* wachzuhalten.

Er beugte sich vor und legte seine Hand langsam in die Flammen. Die hellen, heißen Zungen leckten an seiner Haut, um sie fertig zu verschlingen. Doch vergebens.

Guthrie spürte nur ein Kitzeln.

Er lachte leise: Seine Gedanken hatten Kraft wie eine große, unsichtbare Hand, mit der er im *Anderen* Veränderungen hervorbrachte, die dann auch in der gewöhnlichen Welt Wirkung zeigten. Er *spürte* die unzähligen, verflochtenen Muster, und mit seinen Gedanken konnte er in sie hineingreifen, seine Hand in etwas anderes verwandeln, und die Flammen wurden machtlos gegen seine Haut. So war seine Hand keine bloße Hand mehr und die Flammen keine bloßen Flammen.

Er spielte mit dem Feuer, schöpfte sich kleine Flammenblüten mit der hohlen Hand, zerzupfte sie und warf die züngelnden Blütenblätter fort in das Dunkel der Nacht.

Dann zog er seine Hände verlegen aus dem Feuer. Er dachte an das Eichhörnchen, das er von seinem Ast genommen hatte, und an Rosslyns Zorn.

Er konnte … *wundersame* Dinge tun. Doch das war ja nur spielerische Zerstreuung, ein Zeitvertreib, bevor er dem gegenübertreten mußte, was noch auf ihn wartete.

Neben Guthrie auf der Erde lag das *Buch.* Er nahm es, wickelte es aus und öffnete es an einer beliebigen Stelle. Im flackernden Licht der Flammen mußte er sich dicht über die Seite beugen, auf der nur drei kurze Zeilen standen:

Spring, sonst waren
alle Worte
umsonst.

Guthrie fröstelte.

Spring.

Sorgfältig wickelte er das Buch wieder ein und legte es vor sich auf den Boden. Gleich daneben lag der Schädel des toten Abts. Das Gesicht zeigte zum Feuer, als ob auch er dem Tanz der Flammen zusehen wollte. Betrachtete ihn Guthrie mit seinem gewöhnlichen Blick, dann war der Schädel so leblos wie Stein. Aber er wußte nun, daß die Dinge nicht so einfach waren. Entschlossen glitt er über die Schwelle, hinein in die Tiefen des *Anderen:* In dieser verborgenen Welt war der Schädel nun wie eine große, brennende Fackel, eine wunderbare Blüte von lodernder Kraft in einem kompliziert geflochtenen Korb.

»Nutzloses Ding«, murmelte Guthrie, als er zurück in der gewöhnlichen Welt war. Verdrossen betrachtete er das leere, knochige Gesicht. Dieser Totenschädel war tatsächlich wie einer der Talismane mit Zauberkraft aus den alten Märchen, und dennoch hatte er ihm weder mit Rat noch mit Tat geholfen. Der Schädel erschien Guthrie wie ein Schwert, das sich weigerte, aus der Scheide zu kommen.

Er erinnerte sich, wie er als kleines Kind einmal am Waldrand eine riesige Spinne gefunden hatte. Das Tier hing an einem zitternden Netz in Augenhöhe des kleinen Guthrie, und als die Spinne ihre ekelhaften, behaarten Beine streckte, um sich an den Netzfäden zu bewegen, da war sie so groß wie seine geöffnete Kinderhand. Guthrie hatte sie angestarrt, wie gelähmt von Ekel und Angst. Doch obwohl sein Herz schmerzhaft pochte und er immer wieder schlucken mußte, um sich nicht zu übergeben, war er nicht davongerannt. Irgend etwas war da gewesen, das ihn gebannt und festgehalten hatte.

Genau so fühlte er sich jetzt: abgestoßen und angezogen zugleich, abgeschreckt und dennoch fasziniert.

Er gab dem *Anderen* ein Stück weit Macht über sich und sicherte sich gleichzeitig einen Halt in der gewöhnlichen Welt. Und wie er da in diesem Zwischenreich schwebte, spürte er seltsame Strömungen, die ihn umspülten. Er *spürte* im *Anderen* die Muster der Bäume, und dahinter lag tief und fern … nein, er wußte nicht, was es war. Da war etwas, das einem großen Abgrund ähnelte, aber dieser ging nicht einfach nach unten – ein ›Unten‹ und ›Oben‹ hatte in dieser Welt keine Bedeutung. In jede Richtung, in die er sich drehte, war nichts als dieses endlose, allumfassende Nichts.

Da hinein mußte er springen.

Guthrie schauderte und konzentrierte sich ganz darauf, nicht sein Gleichgewicht zu verlieren. Er suchte nach beruhigenden, kleineren Dingen, nach dem einfachen Aufflackern einer Eule, den Lichtpunkten von Mäusen, dem langsamen Leben der Bäume, nach schnell fortspringenden Hasen.

Doch da *spürte* Guthrie noch etwas anderes.

Im dunklen Wald kam etwas näher.

Seine Augen konnten nichts sehen, seine Ohren noch nichts hören. Guthries Herz klopfte, als er seine Sinne weit ausstreckte und sich noch ein wenig mehr dem *Anderen* überließ.

Das war kein gewöhnlicher Waldbewohner, der da näherkam, weder Reh noch Hase noch Fuchs.

Also ein Mensch? Doch wer könnte das sein, hier, weit draußen im Wilden Land?

Guthrie *spürte,* wie das Wesen anmutig durch die Bäume lief, und obwohl er es nicht wirklich sehen konnte, wußte er bald, wie es sich bewegte: wie ein Reiher, mit langen, schlanken Gliedern, die es langsam hob und senkte.

Es war nicht die Bewegung eines gewöhnlichen Menschen.

Ein plötzlicher Gedanke ließ Guthrie zusammenzucken: Kam dieses unbekannte Wesen überhaupt aus der gewöhnlichen Welt? Wußte er denn, ob nicht auch im *Anderen* etwas lebte? Daran hatte er noch gar nicht gedacht. Guthrie zitterte, hin- und hergerissen zwischen Furcht und Erwartung. Würde er einem Wesen begegnen, das so fremdartig war, daß er es überhaupt nicht fassen und verstehen könnte?

Was wollte es von ihm?

Guthrie hielt sich weiter an der Schwelle der beiden Welten, und nun konnte auch sein gewöhnlicher Blick den seltsamen Besucher erkennen. Zwischen den Bäumen sah er ein bleiches Gesicht mit dunklen Augen, schwach angestrahlt vom flackernden Glanz der Flammen.

Es war ein Fey.

In Guthrie krampfte sich alles zusammen. Das erste und bisher einzige Mal war er solch einem Wesen am Birkenteich begegnet, dort hatte ihm ein Fey den Schädel des toten Abts überreicht. Nur mit großer Mühe war es ihm damals möglich gewesen, den Fey scharf zu sehen. Nun jedoch, trotz des trügerischen Lichts seines Feuers, sah er ihn klar und deutlich vor sich.

Mit einem eleganten Schritt trat der Fey aus dem Schatten der Bäume.

Guthrie fuhr nervös zusammen, verlor sein Gleichgewicht und fiel zurück in die gewöhnliche Welt.

Der Fey verwandelte sich in ein milchig weißes, verschwommenes Etwas.

Guthrie schüttelte sich und versuchte, sich erneut zu konzentrieren. Noch einmal glitt er zwischen die beiden Welten, und mit doppeltem Blick – seinen gewöhnlichen Augen und den Sinnen des *Anderen* – sah er das Wesen an.

Der Fey erschien ihm wieder klar und deutlich.

In vielem glich der Fey einem gewöhnlichen Menschen, doch sein ganzer Körper – Gesicht, Arme und Beine – war länger und schlanker und übermenschlich anmutig, wenn er sich bewegte.

Der Fey kam näher, setzte sich auf die Erde und überkreuzte die Beine, so daß die Knie bis an die Schultern reichten. Die schwarzen Augen sahen ihn an.

Guthrie blieb regungslos.

Der Fey streckte einen Arm aus, und sanft berührte er Guthries Gesicht.

Guthrie zwang sich, vor der Berührung nicht zurückzuweichen. Die seltsamen, unmäßig langen Finger waren kühl und strichen über seine Haut wie die Flügel eines Schmetterlings.

Langsam zog der Fey seine Hand zurück.

Die großen, dunklen Augen hatten ihn noch immer fest im Blick.

»Was ... was willst du von mir?« fragte Guthrie.

Der Fey sah ihn nur an.

»Was?« wiederholte er. Um herauszufinden, was den Fey hierhergeführt hatte, ließ sich Guthrie tiefer in das *Andere* gleiten und versuchte die Absichten dieses Wesens zu *spüren.*

Doch was er nun wahrnahm, war völlig anders als alles, was er bislang erlebt hatte.

Bis jetzt war die einzige Person, die er *gespürt* hatte, Rosslyn gewesen. Aber dieses Wesen, das da vor ihm kniete, war keine glühende Röhre wie die alte Frau. Der Fey war wie ... fließendes Wasser. Guthrie fand keine klare Grenzlinie zwischen dem Fey und dem Wald um ihn herum, die Muster des *Anderen* durchzogen sie in gleicher Weise. Der Fey war ... formlos. Guthrie fand keine andere Bezeichnung dafür. Rosslyn mochte wie eine offene Röhre sein, doch sie war ganz deutlich ein Etwas, durch das die Welt strömte. Der Fey war so sehr nach allen Seiten geöffnet, so sehr ein Teil der Welt um ihn herum, daß er als etwas Eigenständiges gar nicht zu existieren schien.

Als er das zu verstehen suchte, fiel Guthrie zurück in seine alten, vertrauten Vorstellungen von der Welt. Der Fey vor ihm besaß nun annähernd menschliche Gestalt, wirkte jedoch unendlich reiner. In den Worten seines alten Selbst hätte er einen Menschen als eine Mischung aus den fünf Elementen beschrieben, mit einer Seele, die alles in einem möglichst harmonischen Gleichgewicht hielt. Doch bei diesem Wesen da vor ihm war die Seele eine Erdseele und nichts sonst. Nichts anderes war da beigemischt. Sie war ein Teil des Waldes, der Felsen, der braunen Erde – auf eine Weise, die für einen Menschen völlig unmöglich war.

Für all dies suchte sich sein Denken Erklärungen. Doch auf merkwürdige Weise schien er Erklärungen nicht zu brauchen, er *wußte* diese Dinge. Vor ihm stand ein perfektes, reines Wesen, das so eng mit der Erde verbunden war, daß es gestorben wäre, hätte man es seiner Heimat entrissen.

Auf seine Art war es so rein wie die Flammen.

Wieder näherte sich Guthrie etwas mehr der gewöhnlichen Welt, und mit einem Blinzeln sah er sie scharf. Der Fey blickte ihn an mit seinen großen, dunklen Augen, und es war völlig unmöglich zu sagen, was hinter diesen Augen vorgehen mochte, welche Gedanken dort lebten. Guthrie *spürte* in dem Fey nichts außer dessen Reinheit.

Dieses Wesen litt nicht an Unsicherheit und Verwirrung wie er selbst. Es gab keinen schrecklichen Sprung in die Tiefe, vor dem es sich fürchtete. Der Fey war mit Erde und Wald für immer verbunden, und nur die völlige Zerstörung dieser Natur hätte diese Verschmelzung lösen können. Der Fey besaß einen Ort, zu dem er gehörte: eine *Heimat.*

Als er dies verstand, überfluteten Guthrie bittere Gefühle von Sehnsucht und Neid.

Da drehte sich der Fey um, und mit der Anmut eines Tänzers entfernte er sich.

»Warte!« rief Guthrie. »Geh nicht!«

Der schlanke Kopf wandte sich um, und noch einmal sahen ihn die unergründlichen Augen an. Er hob eine Hand – als

Gruß, Aufforderung, Abwehr? Guthrie konnte es nicht sagen –, ging lautlos zwischen die Bäume und war verschwunden.

Mit seinem Sinn des *Anderen* folgte ihm Guthrie, bis er sich in den Mustern des Waldes auflöste und nicht mehr zu spüren war.

Guthrie setzte sich wieder ans Feuer und fühlte sich eigenartig allein. Wie ein Seehund in sein Element, die Wellen, taucht, so war der Fey im Wald verschwunden, und Guthrie kam sich vor, als müßte er hilflos und allein am Strand zurückbleiben und konnte ihm nicht folgen.

Weshalb war der Fey zu ihm gekommen? Seine Beweggründe konnte er nicht einmal ahnen …

Seufzend starrte Guthrie in das Feuer. Die Nachtluft schien mit kalten Fingern nach ihm zu greifen. Er fütterte die hungrigen Flammen mit Holz und genoß die Wärme, die sie verbreiteten. Er schlug die Arme um sich und fühlte sich allein, vollständig und schrecklich allein.

Er hatte keine klare Vorstellung davon, was er hier eigentlich tat. Wieso hatte ihn Rosslyn so völlig unvorbereitet und führerlos davongeschickt? Er fühlte sich in verschiedene Richtungen gezogen, und seine Unsicherheit und Verwirrung war bis jetzt nur immer größer geworden. Dieser unerwartete Besuch des Fey schließlich hatte nur weiter zu dieser Verwirrung beigetragen.

Guthrie griff nach dem Schädel des toten Abts und legte ihn in seinen Schoß. »Du bist mir so nützlich wie ein Stein«, sagte er zu ihm. »Als lebender Mensch warst du ein Narr, und ein Narr bist du auch als … was immer du jetzt sein magst.«

Ein Teil in ihm hoffte, er könnte den toten Abt mit solchen Beleidigungen zu einer Art Antwort provozieren. Doch wie gewöhnlich sagte der Schädel kein Wort.

Guthrie fühlte die runde Härte in seinen Händen. Diese weiße Schale gehörte einmal einem lebenden, atmenden, menschlichen Wesen. Er spürte die feinen, gezackten Nahtstellen des Schädeldachs. Hinten besaß der Kopf einen kleinen, knochigen Wulst. Guthrie fuhr mit dem Finger daran entlang und fragte sich, ob auch der Abt, als er noch lebte, mit seinen Fingern diesen Wulst getastet hatte – der noch überdeckt gewesen war mit Fleisch und Haut und Haaren. Einen kurzen, erschreckenden Moment lang fühlte sich Guthrie als Abt, spürte den Knochen als seinen eigenen, noch überzogen mit Fleisch und pulsierend von Leben.

Mit einem Schrei ließ Guthrie den Schädel fallen und sprang auf.

Guthrie spürte mit einem Mal, wie widernatürlich das war, was er hier tat. Wie kam er überhaupt dazu, mit einem Toten eine derart enge Beziehung zu haben? Guthrie starrte zu dem Schädel, der dort neben dem Feuer lag, und seine Zähne schlugen aufeinander, als würde er entsetzlich frieren.

Ein Mensch starb, sein Geist stieg hoch ins Schattenland, um dann, wenn die Zeit reif war, erneut zu leben. *So* wollten es die Großen Mächte. Und nicht dies hier …

Aber der Schädel lag einfach nur still und leblos wie ein Stein.

Verfluchtes, unheimliches Ding.

Guthrie seufzte. Er fühlte sich schwindlig und außer Atem wie nach einem langen, anstrengenden Wettlauf. Er setzte sich wieder. Der Schädel war auf das Gesicht gerollt, und Guthrie richtete ihn wieder auf und wischte die Tannennadeln aus den Augenhöhlen. Er legte noch etwas Holz nach, wickelte die Tücher fester um das *Buch* und versuchte sich mit solch kleinen Dingen abzulenken.

Doch das *Andere* hörte und hörte nicht auf, an ihm zu ziehen.

Wie zuvor wollte sich Guthrie auf die vertraute, sichere Welt der kleinen Dinge konzentrieren. Und dann, ebenfalls wie zuvor, bemerkte er ein Wesen, das durch die Bäume auf ihn zukam.

Er hatte sich zu sehr in sich selbst versenkt, um seine Umgebung noch zu beachten. Aber nun konnte er etwas *spüren,* ganz in der Nähe.

Sein erster Gedanke war, daß der Fey zurückkehrte.

Doch dies war kein Fey. Dazu war es zu wenig elegant in seinen Bewegungen und viel zu deutlich. Während er den Fey als etwas wässerig Durchscheinendes *gespürt* hatte, war dieses Wesen in sich dichter und klarer umrissen – wie ein sich bewegender, geflochtener Korb, in dem es schwach schimmerte.

Es dauerte einige Momente, bis Guthrie wußte, was es war: ein gewöhnlicher Mensch. Ein Fremder.

Er spürte ein kribbelndes Gefühl der Angst.

Guthries Hand fuhr instinktiv zum Gürtel, an dem er immer sein Messer getragen hatte und später sein Schwert. Doch da war keine Waffe mehr. Er seufzte. Gegen einen kräftigen, bewaffneten Gegner hätte sie ihm ohnehin wenig genutzt ...

So blieb Guthrie einfach beim Feuer sitzen, schloß die Augen und versuchte zu *spüren,* wer der Besucher wohl sein könnte. Ihn erreichte nichts Deutliches, doch er fühlte eine Art Anspannung, die von diesem Menschen ausging, wie bei zu stark gespannten Saiten.

Dieser Mensch hatte Angst, oder er war schrecklich aufgeregt. Etwa so, als würde er sich zu einem gefährlichen Angriff bereitmachen.

Guthrie zitterte. Immer näher schlich der Unbekannte. Das alles kam viel zu plötzlich.

Er wußte nicht, was er tun sollte.

XIII

Als sie sich vorsichtig durch die Finsternis bewegte, bemerkte Alia zwischen den Bäumen den schwachen Glanz eines Lagerfeuers.

Sofort kroch sie hinter einige Felsen und verhielt sich vollkommen lautlos. Alia fröstelte. Die Nachtluft war frisch. Die erleuchtete Lichtung vor ihr lockte sie mit Wärme und menschlicher Gesellschaft.

Doch die Frage war: Wessen Feuer konnte das sein?

Am wahrscheinlichsten schienen ihr Banditen, und schon bei dem Gedanken daran zog sich ihr Magen zusammen. Es war dumm von ihr, sich überhaupt so nahe heranzuwagen. Sie sollte kehrtmachen und davonrennen, so schnell und so leise wie möglich.

Doch was, wenn es Talbewohner waren, die vielleicht noch gar nicht wußten, daß auch andere den Überfall der Seewölfe überlebt hatten? Sie konnte nicht einfach weggehen und die armen Leute hier über das Schicksal ihrer Bekannten und Freunde im Ungewissen lassen.

Nach einigen Momenten des Zögerns legte Alia Pfeil und Bogen hinter die Felsen, wo sie sie später wiederfinden würde. Sie wußte, daß sie um einiges besser durch die Bäume rennen konnte ohne ihre Waffen. Wenn es Ärger geben sollte, wollte sie sich auf Kopf und Füße verlassen – und, im schlimmsten Fall, auf ihr Gürtelmesser.

Mit klopfendem Herzen kroch sie vorsichtig auf den Schein des Feuers zu.

Sie schien eine Ewigkeit zu brauchen, doch auf keinen Fall wollte sie aus Angst oder Neugier etwas überstürzen. Langsam schlich sie von einer Deckung zur nächsten, obwohl sie sicher war, daß alle, die dort um das Feuer saßen, sie im dunklen Wald nicht bemerken würden.

Schließlich war sie so nahe, daß sie das Feuer selbst sehen konnte. Mit zusammengekniffenen Augen blickte sie lange durch die Zweige, doch erkennen konnte sie dort niemanden.

Alia erinnerte sich an ihren Schrecken, als sie zum Jägerlager geschlichen war und sie die beiden Soldaten gepackt hatten. Sie hielt die Luft an und schaute sich hastig um. Sie hatte furchtbare Angst, daß die Wachen sie noch einmal überraschen könnten und wie ein erbeutetes Wild zum Feuer schleppten.

Beinahe hätte sie sich umgedreht und wäre weggerannt.

Aber um sie herum war nicht das Geringste zu hören, im Wald war es vollkommen still. Sie wartete, bis sich ihr Herz beruhigt hatte, dann kroch sie noch etwas näher, um besser sehen zu können.

Als sie sich lautlos an einen Tannenstamm drückte – wobei sie die ganze Zeit auf ihre wunde, linke Hand achtete – und noch einmal ganz vorsichtig zum Lagerplatz spähte, sah sie endlich den Mann, der dort am Feuer saß. Mit gebeugtem Kopf hockte er völlig regungslos da, wenig mehr als ein Schatten unter Schatten.

Alia starrte ihn an. Nur ein einzelner Mann, völlig allein. So weit sie das in dem flackernden Licht erkennen konnte, trug er die Kleidung der Talbewohner. Er saß da mit überkreuzten Beinen und betrachtete ein rundliches Ding in seinem Schoß.

Wer konnte das sein? Irgend jemand aus dem Fürstental, der seit dem Überfall der Seewölfe in dieser Wildnis umherirrte? Bei dem Gedanken wurde ihr ganz anders. Einsam und verlassen war er, und alle Freunde und Verwandten mußte er für tot halten.

Alia hatte Mitleid. Instinktiv wollte sie zu ihm hingehen, doch Vorsicht hielt sie zurück. Die Erfahrungen der letzten Tage hatten sie noch mißtrauischer gemacht als zuvor. Es war immerhin möglich, daß noch andere in der Nähe waren. Oder der Mann konnte die Kleider eines Talbewohners tragen, den er ermordet und ausgeraubt hatte.

Unsicher ging sie wieder in die Hocke und hoffte auf irgendein Zeichen, das sie in die eine oder andere Richtung stoßen würde, etwas, das ihr sagen würde, ob sie davonlaufen sollte oder nicht.

Eine ganze Weile passierte gar nichts. Alia kniete auf dem Boden, fröstelte immer wieder in der kalten Nachtluft und sah durch die Zweige. Der Mann am Feuer regte sich kein bißchen, sondern starrte unentwegt auf das Ding in seinem Schoß.

Dann hörte sie, wie der Mann etwas sagte.

Schnell sah Alia sich um, zu wem er da wohl sprechen könnte, doch entdecken konnte sie niemanden. Der Mann am Feuer schaute noch immer nach unten. Obwohl sich Alia konzentrierte, konnte sie kein Wort verstehen. Er sprach viel zu leise. Sie lehnte sich nach vorn.

Der Mann am Feuer schrie, ließ das, was er gehalten hatte, zu Boden fallen und sprang auf.

Alia zuckte zurück und stieß mit dem Kopf gegen den Baum, hinter dem sie sich versteckte. Sie richtete sich halb auf und machte sich bereit, zu ihren Waffen zurückzulaufen und von hier zu verschwinden.

Doch der Mann blieb einfach stehen und starrte auf das Ding, das er fallengelassen hatte. In dem flackernden, gelblichen Licht sah es aus wie ein glatter, kugelförmiger Stein.

Alia konnte den Unbekannten jetzt etwas deutlicher sehen. Er war jung, möglicherweise nicht viel älter als sie selbst. Langes, helles Haar hing ihm lose zusammengebunden über den Rücken.

Er bewegte sich, und Alia drückte sich noch enger an ihren Baum. Doch er nahm einfach nur den Stein – wenn es überhaupt ein Stein war – und setzte sich wieder hin.

Alia machte einen Schritt zurück. Was tat dieser junge Mann hier ganz allein in der Wildnis? Und welcher normale Mensch redete denn mit Steinen?

Doch so, wie er aussah, wirkte er nicht sonderlich grob oder gefährlich, und Alia konnte keine Waffe bei ihm entdecken. Vielleicht war er doch, wofür sie ihn gehalten hatte: ein armer, verirrter Talbewohner, der halb verrückt war vor Kummer und Einsamkeit.

Er saß nun wieder völlig reglos.

Alia kroch einige Schritte näher, so daß sie ihn besser sehen konnte.

»Komm heraus«, sagte da der Mann.

Alia brauchte einen Augenblick, um sich klarzuwerden, daß der Mann mit ihr gesprochen hatte.

»Komm heraus und zeig dich«, sagte er, drehte sich in ihre Richtung und blickte genau dorthin, wo sie sich verborgen hielt.

Alia zog sich der Magen zusammen. Wie konnte er, geblendet vom Feuer, sie aus der Entfernung und in dieser Finsternis erkennen?

»Komm heraus«, sagte er ein drittes Mal. In seiner Stimme lag absolute Gewißheit. »Wer immer du sein magst, hör auf damit, wie ein Bandit im Dunkeln herumzuschleichen, und zeige dich!« Er hatte den Stein auf den Boden gelegt und war aufgestanden.

Wie er so ohne Waffen neben dem Feuer stand, erschien er Alia merkwürdig verletzlich. Hätte sie ihren Bogen dabei gehabt, wäre es ihr ein leichtes gewesen, ihm einen Pfeil zwischen die Rippen zu jagen, bevor er überhaupt gewußt hätte, was ihm geschah.

Alia schauderte. Was war nur mit ihr los? Solche Gedanken waren ihr gewöhnlich völlig fremd.

Vielleicht war es seine Art, wie er das Wort ›Bandit‹ ausgesprochen hatte (so, wie es ein Bandit selbst kaum betonen würde), oder der Schreck, als sie sich selbst bei blutrünstigen Gedanken überraschte, oder es war die scheinbare Verletzlichkeit dieses Fremden oder alle drei Dinge zusammen – auf jeden Fall überkam Alia ein übermächtiger Trieb, ihr Versteck zu verlassen und auf ihn zuzugehen.

Er sagte kein Wort, als sie unsicher in das flackernde Licht der Flammen trat, sondern stand einfach da, gespannt und argwöhnisch.

Alia kam sich unendlich dumm vor, wie sie sich diesem Mann trotz der Dunkelheit verraten hatte – so, als ob sie bei den Jägern überhaupt nichts gelernt hätte. Fest hielt sie ihn im Blick, die Hand am Messer in ihrem Gürtel. Auf den Fußballen kam sie näher – stets bereit, sich beim kleinsten Anzeichen von Gefahr auf ihn zu stürzen oder wegzurennen. Sie spürte, wie ihre Hand am Messergriff leicht zitterte.

Doch der Mann tat nichts, gar nichts, sondern sah sie nur an. Das Feuer knackte leise, und die Flammen flackerten hoch zum Himmel, so wie es sich gehörte. Ein Windhauch blies ihr rauchige Luft ins Gesicht. Sie konnte niemand anderen bemerken.

Alia setzte sich auf der gegenüberliegenden Seite von ihm ans Feuer. Sie streckte die Arme aus und wärmte ihre Hände in den Flammen, während sie den Mann genau beobachtete. Doch er rührte sich nicht. Von ihrem Platz aus konnte sie sein Gesicht noch deutlicher sehen. Es war ein junges Gesicht – wie sie vermutet hatte –, doch irgend etwas Beunruhigendes lag darin. Halb verhungert sah er aus, mit eingefallenen Wangen und tiefliegenden Augen. Und da war noch etwas … Gehetztes und Verschrecktes in seiner Art – andere Worte konnte sie dafür nicht finden.

Über das Feuer hinweg sahen sie einander mißtrauisch an.

»Wer bist du?« fragte Alia nach einer Weile.

Keine Antwort.

Alia biß sich nervös auf die Lippen. »Woher wußtest du, daß ich da draußen im Wald war?«

Er zuckte mit den Schultern.

Alias Herz pochte. Sie zog ihre Beine an und war bereit, wenn es sein mußte, sofort aufzuspringen. »Wer bist du? Was tust du hier ganz allein?«

»Wer bist *du?*« fragte er zurück. Seine Stimme klang rauh, als ob er sie lange nicht mehr gebraucht hätte.

Alia war unsicher, was sie sagen sollte. Nun gut, er sah aus wie ein Talbewohner, und er war zerlumpt, jung und allein. Vielleicht war er tatsächlich der verirrte Flüchtling, für den sie ihn gehalten hatte. Doch ihren Argwohn, der ihr aus schlimmen Erfahrungen geblieben war, konnte sie nicht zerstreuen, und noch immer war da dieses Beunruhigende und Fremdartige an diesem Mann, für das sie keinen Namen fand.

Von oben bis unten sah Alia ihn an, wie er da auf der anderen Seite des Feuers saß. Nervös und steif lagen seine Arme am Körper. Seine Kleidung ähnelte der gängigen Mode der Talbewohner, doch sie war zerschlissen und zerfetzt. Erst als sie genauer hinsah, bemerkte sie, daß Stoff und Schnitt nicht gewöhnlich waren. Es war Kleidung, wie sie die herrschenden Familien des Fürstentals trugen.

Alia fuhr unwillkürlich zurück. Die Menschen dieser Klasse konnte sie nur wenig leiden – Charrer Mysha natürlich ausgenommen. Dieser Mann da vor ihr mochte zwar zerlumpt und hager und abgekämpft erscheinen, doch vor dem Überfall der Seewölfe – das glaubte Alia irgendwie zu erkennen – hatte wohl kaum einmal Schlamm seine Stiefel beschmutzt. Bei diesem Gedanken sah sie hinunter zu seinen Stiefeln, und tatsächlich war es teures, im Süden gearbeitetes Schuhwerk.

Und neben seinem linken Fuß, das sah sie nun ebenfalls, lag der Stein, den er auf den Boden gesetzt hatte.

Alia keuchte. Was da lag, das war kein Stein. Denn was sie anstarrten, das waren die leeren Augenhöhlen eines menschlichen Schädels!

Alia sprang auf, und hastig wich sie einige Schritte zurück. Der Schädel schien im Licht der Flammen leicht zu glühen. Einen Augenblick lang dachte Alia, in den Höhlen schimmerten schwach menschliche Augen, die sie ansahen – wie in jenem anderen Schädel, der dem Mann mit den Juwelen gehörte. Sie ging noch einen Schritt zurück, schüttelte sich, rieb sich die Augen und sah noch einmal hin. Die Augenhöhlen waren nun leer und tot.

Doch nicht nur mit dem Totenschädel war etwas Seltsames geschehen. Denn als Alia derart unvermittelt aufgesprungen war, zuckte der Mann auf der anderen Seite des Feuers zusammen, und mit einem Mal glühten seine Augen wie die einer Eule.

Alia versuchte sich zu beruhigen. Das war das Flackern der Flammen, das diesen unheimlichen Blick und die glühenden Augen im Schädel hervorbrachte, oder ihre eigene Einbildung. Ja, so mußte es sein. Aber noch immer wäre sie am liebsten davongerannt.

Der Mann jedoch hob mit einer beunruhigenden Geste seine Hände. »Frieden. Ich …« Ihm versagte kurz die Stimme. Er hustete, schluckte. »Ich will dir nichts tun.«

Alia zögerte. Da er ja aus einer der herrschenden Familien zu stammen schien, wäre sie nicht überrascht gewesen, wenn er sich hochnäsig und arrogant verhalten hätte. Doch so war er ganz und gar nicht. Bis jetzt.

»Du … du bist ein Jäger?«

Alia überlegte, da er an ihrem Ärmel wohl das Abzeichen des Hirschkopfs erkannt hatte. »Ja«, sagte sie knapp und noch immer mißtrauisch.

Unentwegt schien der Schädel sie anzustarren. Alia schauderte. Ein Teil von ihr wollte fliehen, so schnell wie möglich. Doch dieser Mann schien tatsächlich aus dem Fürstental zu stammen, und in seinem Wesen lag nichts von einer Bedrohung, wie Alia sie etwa bei dem Mann mit den Juwelen gespürt hatte.

Der Mann saß am Feuer und sagte kein Wort. Er schien nun etwas weniger steif und angespannt als zuvor. Schließlich meinte er: »An die Jäger … habe ich gar nicht gedacht.« Seine Stimme war nicht mehr so heiser, und dennoch klang es geradezu unbeholfen, wie er sprach – als ob er eine ihm fremde Sprache gebrauchte. Sein Akzent andererseits verriet deutlich, daß er aus dem Tal stammte. »Du mußt den Überfall der Seewölfe irgendwo oben in den Bergen überlebt haben.«

»Du weißt also, daß die Seewölfe gekommen sind und was sie angerichtet haben?« fragte Alia zurück.

Er nickte. »Ich war im Kloster, als die Leute dort ... abgeschlachtet wurden.«

Alia zuckte zusammen. »Abgeschlachtet?«

»Das hat sich doch sicher herumgesprochen, auch bei euch Jägern. Die Seewölfe sind gekommen und haben das Kloster belagert. Der Abt des Klosters, er ... er hat ihnen das Tor geöffnet, und die Seewölfe haben alle getötet. Ich ... ich hatte Glück und konnte noch fliehen.«

»Aber im Kloster wurden gar nicht alle umgebracht. Einige kamen ums Leben, das ist richtig. Aber die allermeisten Leute konnten fliehen und sich in Sicherheit bringen.«

»Was?«

»Hone Amis führte sie ins sichere Bergland, und Charrer Mysha gewährte ihnen Unterschlupf im Lager der Jäger. Doch jetzt sind es Banditen, die uns Probleme machen. Sie haben ...«

»Hone Amis?« unterbrach er sie. Wäre ihr eben ein zweiter Kopf gewachsen, seine Verblüffung wäre kaum größer gewesen. »Hone Amis ... lebt? Und auch Talbewohner sind noch am Leben?«

Alia nickte. »Richtig. Im Fürstental wurde zwar viel verwüstet und die Milizen hatten gegen die Seewölfe kaum eine Chance, doch die meisten Bewohner haben schließlich überlebt.«

»Hone Amis, *am Leben?*« wiederholte er.

»Ja«, versicherte Alia. »Du scheint ihn zu kennen?«

Er nickte. Langsam setzte er sich auf den Boden vor das Feuer, und geistesabwesend starrte er in die Flammen.

Alia atmete tief. Sie war sich nicht sicher, was sie sagen oder denken sollte. Geradezu zwanghaft mußte sie den Schädel betrachten, der neben seinem Knie lag. Und wieder dachte Alia, sie sähe Augen oder den Glanz von Augen in den leeren Höhlen. Ihr lief es kalt den Rücken hinunter.

Eine ganze Weile blieben sie stumm. In der Ferne hörte Alia eine Eule schreien. Leise knackte und knisterte das Feuer.

»Ich dachte, sie seien alle tot«, sagte er schließlich. »Ich dachte, die Seewölfe hätten sie alle abgeschlachtet.«

»Du warst also die ganze Zeit völlig allein hier im Wilden Land?« fragte Alia und überlegte, wie das für ihn gewesen sein mußte – ganz auf sich gestellt und im Glauben, alles andere im Tal sei zerstört, alle Menschen tot.

Er hob die Schultern und starrte weiter in die Flammen.

Stille.

Alia konnte ihre Unruhe nicht unterdrücken. Irgend etwas mit diesem Mann war nicht in Ordnung. Wie er so dasaß, schien er irgendwie … nicht ganz hier zu sein, als ob er angestrengt irgendwelchen Stimmen lauschte, die nur er zu hören vermochte. Doch so sehr Alia sich auch bemühte, hören konnte sie nichts.

»Wie … wie heißt du?« fragte sie ihn schließlich, als das andauernde Schweigen sie immer nervöser machte.

Erschrocken sah er zu ihr hoch, als ob er sie bereits vollkommen vergessen hätte. »Mein Name?«

»Ja«, rief Alia wütend, verzweifelt über soviel Begriffsstutzigkeit. »Du hast doch einen Namen, oder etwa nicht?«

»Ja.«

»Ja und?«

»Guthrie. Ich heiße Guthrie. Und du?«

»Ich heiße Alia.«

Er lächelte ein kleines, gezwungenes Lächeln. »Du bringst unerwartete Nachrichten.«

Sie versuchte zurückzulächeln, doch es gelang ihr nur schlecht. Vor Ungewißheit und Unruhe war ihr noch ganz flau im Magen.

»Erzähl mir, was im Tal passiert ist«, sagte er und gab ihr ein Zeichen, sich neben ihn zu setzen. »Erzähl mir alles, was du weißt.«

Sie kam näher, blieb jedoch gleich wieder stehen und starrte auf den Totenschädel, der zwischen ihnen auf der Erde lag. Er nahm ihn schnell und legte ihn neben sein anderes Knie. Dieses Ding schien ihn beinahe verlegen zu machen, doch gleichzeitig hielt er es in der Hand, als würde es sich um etwas unendlich Wertvolles handeln. Und bis jetzt hatte Alia mit keinem Wort erfahren, weshalb er dieses gräßliche Ding mit sich herumtrug.

Einen Moment lang war Alia überzeugt, daß er seinen Verstand verloren hatte. Wie war das wohl für ihn gewesen, hier im Bergland umherzuirren, einsam und mit tausend Sorgen, vielleicht mit einem verwundeten Kameraden, der später gestorben war. In Gedanken sah sie, wie er sich weinend über die Leiche gebeugt und versucht hatte, die Aasvögel zu verscheuchen. Doch schließlich versagten ihm die Kräfte, und von seinem Freund blieb nur das nackte, abgenagte Skelett. Und jetzt trug er noch immer den Schädel mit sich herum, vielleicht weil er sich davon irgend etwas Unsinniges erhoffte. Zwar waren ihr diese Gedanken höchst zuwider, doch seinen übermächtigen Kummer, der ihm vielleicht die Sinne verwirrte, konnte sie ihm nachfühlen. Und immerhin hieß das, daß er trotz Totenschädel und allerlei Seltsamem nicht so war wie der bösartige, durchtriebene Mann mit den Juwelen, der sich den Banditen angeschlossen hatte.

Er sah sie an, und seine Ungeduld stand ihm ins Gesicht geschrieben. »Sag mir, was im Tal geschehen ist«, wiederholte er und wollte schon zu ihr aufstehen. »Erzähl es mir!«

Alia wich unruhig zurück.

Doch statt ihr nachzugehen, sank er mit einem Seufzen zurück auf die Erde. Er murmelte etwas vor sich hin, das Alia nicht verstehen konnte.

Neugierig und unruhig fragte sie ihn: »Was hast du da geflüstert?«

»Das ist gleichgültig«, antwortete er.

»Nein, sag es mir.«

»Es ist gleichgültig.«

Alle Kraft und alles Bedrohliche war von ihm gewichen. Wie er dasaß, wirkte er traurig und nachdenklich, und noch immer spürte Alia dieses ... Etwas, dieses Lauschen nach Stimmen, die sie selbst nicht hören konnte. Einem solchen Mann war sie noch nie begegnet.

»Deine Familie ist höchstwahrscheinlich am Leben«, sagte Alia, um ihn zu trösten. »Du brauchst nicht mehr hier zu bleiben. Du kannst zu ihnen zurückkehren.«

Er sah sie an und schüttelte langsam den Kopf. »Meine Familie ist tot.«

»Wie kannst du das wissen?« fragte sie ihn und war verärgert, daß er ihr nicht glauben wollte. »Du hattest ja auch gedacht, alle anderen aus dem Fürstental seien ums Leben gekommen. Und so ist es nicht, das habe ich dir gesagt.«

»Ich *weiß,* daß meine Familie tot ist«, entgegnete er.

»Aber wie ...«

»Hast du gehört, was mit dem Fürsten passiert ist?«

»Ja«, sagte Alia, verwirrt, daß er anscheinend so plötzlich das Thema wechselte. »Er starb im Kampf mit den Seewölfen.«

»Und sein ältester Sohn?«

»Auch er ist im Kampf gefallen.«

»Und die Frau des Fürsten?«

Alia seufzte. »Soviel man weiß, wurde auch sie getötet.«

Der Mann nickte.

Alia trat näher zu ihm. »Aber ... was hat denn der Tod der Fürstenfamilie mit deiner Familie zu tun?«

»Das *ist* meine Familie.«

Alia zuckte zusammen. Sie dachte an seine teuren Kleider. »Wer ... wer bist du?«

Er hob die Schultern.

»Wer *bist* du?«

Er sah sie an, sein hageres Gesicht glänzte gelb in den flackernden Flammen. »Ich bin Fürst Guthrie Garthson.«

Sie brauchte einige Momente, um seine Antwort ganz zu verstehen. »Der … Sohn des Fürsten?«

»Der zweite Sohn.«

Alia starrte ihn an. Der Sohn des Fürsten! Sie konnte es nicht fassen. »Aber wie …« Sie war völlig verwirrt. »Jeder hielt dich für tot!«

Er hob noch einmal die Schultern.

»Aber …« Alia fiel es schwer, einen klaren Gedanken zu fassen. Der Sohn des Fürsten. Und nun, nach dem Tod seines Vaters und älteren Bruders, selbst der Fürst.

Außer natürlich, er log …

»Wie kann ich sicher sein, daß du mir die Wahrheit erzählst?« fragte sie ihn.

Er zuckte mit den Schultern. »Beweisen kann ich es nicht. Und es ist auch gleichgültig, ob du mir glaubst oder nicht. Es ist zu spät.«

»Es ist zu spät.«

»Zu spät? Hast du mir denn nicht *zugehört?* Deine Familie ist tot, das ist wohl richtig, aber viele Talbewohner haben überlebt! Wie kannst du da einfach …«

Mitten im Satz hielt sie inne. Wenn dieser Mann tatsächlich der Sohn des Fürsten Garth war und nun selbst der rechtmäßige Fürst, dann war es nicht mehr unmöglich, daß im Fürstental alles wieder einmal so wurde wie früher. Und das hieß, Hone Amis und seine Milizen könnten aus dem Jägerlager verschwinden, und auch dort könnte es wieder so sein wie vor all diesen Katastrophen. Die Talbewohner brauchten in ihrer Verzweiflung unbedingt einen Mann, zu dem sie aufschauen und dem sie folgen konnten, und der junge Fürst wäre dieser Mann. Auch die Banditen könnten sie dann ein für alle Mal vertreiben.

Wenn sie diesen Fürstensohn zum Jägerlager führte, dann wäre ihr noch viel mehr gelungen, als nur für Orrin und Einauge Hilfe zu holen. Die Jäger hätten wieder ihren Frieden und ihr selbstbestimmtes Leben in den Bergen, das man ihnen für immer nehmen wollte …

Alia sah hinüber zu Guthrie, und plötzlich überkamen sie Zweifel. Sie hatte etliche Geschichten über diesen zweiten Sohn gehört. Alles Wichtige und Unwichtige über die Fürstenfamilie ging im Tal von Mund zu Mund, und woran Alia sich erinnern konnte, waren Guthries angebliche Frauengeschichten, seine Faulheit und launischen Anfälle.

Doch als sie ihn nun betrachtete, sah sie nichts von der Hochnäsigkeit eines Hone Amis, und sein Gesicht war weder unfreundlich noch hart. Vielmehr wirkte er schüchtern, bescheiden und … merkwürdig, denn noch immer schien er lauschend und oft wie geistesabwesend dazusitzen.

Nein, ein zweiter Hone Amis war das nicht. Und auch nicht mehr der verwöhnte Fürstensohn, wie es schien.

Alias Herz pochte aufgeregt. Sie wollte diesen jungen Fürsten packen, ihn von diesem Feuer fortreißen und ihn so schnell wie möglich ins Jägerlager bringen. Sie atmete tief und versuchte sich zu beruhigen. »Du bist jetzt der Fürst«, sagte sie zu ihm. »Du mußt zurückkehren zu deinem Volk und es führen.«

Er blinzelte, schüttelte den Kopf und sah sie an.

»Viele haben den Angriff der Seewölfe überlebt«, fuhr Alia fort. »Doch die Bauern und Soldaten sind geschwächt, und wenn uns die Banditen angreifen, sind wir alle verloren.«

Er schaute sie an.

»Ja, *Banditen*! Als ob die Seewölfe nicht schon gereicht hätten … An die hundert Banditen sind es, vielleicht noch mehr. So viele haben sich noch nie zusammengetan.« Alia beugte sich zu ihm vor. »Die Menschen aus dem Tal machen bittere, harte Zeiten durch. Sie brauchen wieder einen Fürsten.«

Einen Augenblick lang hob er den Kopf, und seine Augen

schienen zu leuchten, als ob er sofort aufspringen und losmarschieren wollte. Doch dann sank er wieder in sich zusammen und schüttelte den Kopf. »Du verstehst mich nicht. Es ist zu spät.«

»Nein, das ist es *nicht*! So vieles im Tal läßt sich leicht wieder aufbauen. Die Leute werden hart arbeiten und Schutz vor dem Winter haben. Sobald wir diese verfluchten Banditen vertrieben haben, kann uns nichts davon abhalten, im Tal ein neues Leben zu beginnen. Aber die Leute brauchen jemanden, der sie führt, jemanden, der ihnen Hoffnung gibt.«

»Du meinst es sicherlich gut, Alia. Aber es ist zu spät«, wiederholte er.

Es war das erste Mal, daß er ihren Namen aussprach, und Alia wurde es einen Augenblick lang ganz warm. Menschen aus dem gemeinen Volk wie sie sahen die Fürstenfamilie höchstens einmal von weitem. Und daß sie einem Herrscher gar gegenübersaßen und mit ihm redeten – völlig undenkbar!

Aber wenn sie, die das Leben im Tal aufgegeben hatte und in die Wildnis der Berge gezogen war, noch derartige Aufregung spürte … wie würden sich da erst die gewöhnlichen Talbewohner fühlen?

Alia war ganz durcheinander. Selbst Hone Amis war ein bloßer Befehlsempfänger. Die Leute gehorchten ihm, weil er die Macht besaß, die Befehle des Fürsten durchzusetzen. Aber dieser Mann hier … Der Fürst besaß ja mehr als nur Macht. Er besaß das Ansehen und die Autorität, die ihm als führendem Kopf derjenigen Familie zukam, ohne die es die Siedlung im Fürstental überhaupt nicht gäbe. Die Person des Fürsten und alles, was damit verknüpft war, war genau das, was die Leute jetzt nötig hatten: eine Erinnerung an das geregelte Leben, das sie hier einst geführt hatten, an die Tradition und eine gesicherte Zukunft.

Und Hone Amis hätte jemanden, dem er gehorchen müßte, und im Jägerlager wäre es bald wieder so ruhig wie zuvor.

Alia riß sich los von solchen Tagträumen. »Komm mit mir zurück«, drängte sie. »Du mußt nur zurückkehren, und die Leute werden ...«

Er schüttelte den Kopf. »Ich bin kein Fürst mehr.«

»Wie kannst du nur ...« Alia verstummte. Er schien sie überhaupt nicht zu beachten. Wieder lauschte er, als ob die Nachtluft ihm von geheimsten Dingen erzählte. Seine Augen blickten ins Leere und glänzten im Feuerschein wie Steine in einem klaren Bach.

»Fürst«, sagte sie. »Fürst!« Da er nicht antwortete, beugte sie sich vor und legte ihm die Hand auf den Arm. Er fühlte sich heiß und fiebrig an. »Gu ... Guthrie!« Es machte ihr Mühe, den Fürsten direkt mit Vornamen anzusprechen.

Was war mit ihm los? War er tatsächlich verrückt geworden durch all die schrecklichen Dinge, die er durchgemacht hatte? Sie wünschte verzweifelt, daß dem nicht so wäre.

Guthrie blickte sie an, doch der Ausdruck auf seinem Gesicht war Alia ein Rätsel. Es kam ihr vor, als ob er durch sie hindurchsehen würde.

»Guthrie!« rief sie noch einmal.

Er blinzelte, und erst jetzt schien er sie wieder zu bemerken.

Alia durchlief ein Gefühl von zorniger Enttäuschung. Hier hatte sie den einen Menschen gefunden, der das Tal retten könnte, den vermißten Fürsten. Sie war zu seinem Feuer gelaufen, als ob die Mächte selbst sie gelenkt hätten. Doch anstelle eines mutigen Führers fand sie diesen hilflos verirrten, verstörten und wirrköpfigen Flüchtling.

»Fürst Guthrie«, sagte sie und versuchte, seine Aufmerksamkeit zu gewinnen.

Er schüttelte den Kopf. »Ich bin kein Fürst mehr.«

Alia holt tief Luft, versuchte ihren Ärger zu unterdrücken und entschied, daß sie mit ihm Geduld haben mußte. »Jetzt, da dein Vater und dein Bruder ... umgebracht wurden, bist du der Fürst. Wer sonst, wenn nicht du?«

»Du verstehst nicht. Ich bin … *verwandelt.*« Er schaute zu Boden. »Oh nein, das kannst du nicht verstehen.«

»Was ist denn los mit dir?« fragte sie ihn zornig. »Wie kannst du einfach hier herumsitzen, wenn …«

Alia hielt inne, holte Luft und begann noch einmal. »Bist du so sehr in dich selbst versunken, daß dich das Schicksal deines Volkes gar nicht interessiert? Hältst du dich selbst für so wichtig, daß du lieber hier in den Bergen neben einem Feuer sitzen willst und das Leiden anderer dir gleichgültig ist?«

Das gab ihm zu denken, das sah Alia an der Art, wie er mit den Augen zwinkerte.

»Du *mußt* deinen rechtmäßigen Platz als Fürst einnehmen! Wenn du nicht ins Tal zurückkehrst …«

Geistesabwesend stierte Guthrie ins Leere.

»Ach, was interessiert dich das schon?« fauchte sie.

All ihre Überzeugungsversuche waren sinnlos. Immer wieder kamen diese Anfälle über ihn, und dann schien er wie in einer anderen Welt zu leben.

Alia war verzweifelt. Er hatte einen geistigen Schaden, dieser Fürstensohn, das merkte sie immer deutlicher. Allein im Wilden Land saß er hier an diesem Feuer, neben seinem Knie lag ein Totenschädel, und sein Denken war offensichtlich verwirrt und schien immer wieder auszusetzen. Verrückt und fiebrig war er. Dieser Mann würde niemandem helfen können – nicht einmal sich selbst konnte er helfen.

Alia hätte ihm am liebsten eine Ohrfeige verpaßt, Fürst hin oder her.

Aber auch das wäre sicher sinnlos.

Sie legte einige Zweige ins Feuer und bemühte sich, klar zu denken. Sie sollte einfach fortgehen und ihn zurücklassen. Mochte er tun, was er wollte. Jeder Moment, den sie hier vergeudete, war verlorene Zeit für Orrin und Einauge.

Aber verrückt oder nicht – er war trotz allem der Fürst und verkörperte die vielleicht letzte Hoffnung, das Tal wieder zu dem zu machen, was es einmal gewesen war. Und vielleicht, das versuchte Alia sich einzureden, würde dieser Guthrie auch wieder normal werden, wenn er erst einmal wieder unter Menschen lebte.

Es mußte einfach eine Möglichkeit geben, ihn wachzurütteln und ihn dazu zu bringen, mit ihr mitzugehen. So viel konnte davon abhängen.

Es *mußte* doch irgendwie möglich sein.

XIV

Guthrie fühlte sich plötzlich fiebrig. Die gewöhnliche Welt wurde immer wieder unscharf, und an ihm zerrten die Strudel des *Anderen.*

Es war zuviel für ihn. Er sollte als Fürst regieren. All seine früheren Träume würden in Erfüllung gehen ... Doch dies alles kam *zu spät.*

Fürst!

Er versuchte, das *Andere* nicht mehr zu beachten und ihm keine Macht über sich zu geben. Doch es war sinnlos – so sinnlos, als ob er versucht hätte, einen Ozean von sich fortzustoßen. Nie mehr würde er sich davon befreien können, das hatte ihm auch Rosslyn prophezeit. Er konnte nicht mehr der Mensch sein, der er einmal gewesen war – und nicht der Fürst, von dem er so lange geträumt hatte.

All die Tage, die er allein und verzweifelt durch die Berge gezogen war, die ganze Zeit, die er mit Rosslyn verbracht hatte und im Glauben war, er sei der einzige, der im Tal überlebt hatte ...

Das war so schrecklich ungerecht, daß er wütend ausspuckte.

»Du kannst nicht einfach dein eigenes Volk im Stich lassen!« sagte in diesem Moment das Jägermädchen.

Guthrie wußte nicht, was er ihr antworten sollte. Könnte er

jemals zu den Talbewohnern zurückkehren, um ihr Fürst zu werden? Wie sollte er an seinen alten Traum wieder anknüpfen, wenn er ihm inzwischen nichts mehr bedeutete?

Und angenommen, er gab ihrem Drängen nach, lebte sein altes Leben, und es … verführte ihn. Was dann? Oh ja, er spürte sie, diese Versuchung. Und es war ja durchaus möglich, vom Abgrund des *Anderen* zurückzutreten, sein altes Leben aufzunehmen und niemals den Sprung zu tun, der auf ihn wartete.

Aber würde er dann nicht einer der verfluchten Menschen werden, von denen Rosslyn ihm erzählt hatte?

»Empfindest du denn überhaupt nichts für sie?« fragte das Jägermädchen. »Nach all dem, was die Talbewohner durchgemacht haben! Und jetzt werden sie auch noch von Banditen bedroht … Es hat immer geheißen, die Fürstenfamilie kümmere sich um das Wohl ihres Volkes, die Fürsten seien verantwortungsbewußt. Deshalb hatten die Leute so große Achtung vor ihnen. Und nun macht dieses Volk die vielleicht schwerste Zeit durch, seitdem die Fürsten dieses Tal besiedeln ließen, und du tust einfach nichts … *gar nichts.*«

Wortlos starrte Guthrie sie an. Wie hätte er ihr das alles erklären sollen?

»Was ist los mit dir? Du sitzt hier zusammengekauert an deinem kleinen Feuer irgendwo in der Wildnis, und neben dir liegt ein Totenschädel. Ist denn das Leben hier oben so wunderbar? Du siehst aus, als hättest du seit Wochen nicht vernünftig gegessen. Nun, wir alle hatten zu leiden, keinem im Tal blieben schlimme Verluste erspart. Doch sehr wenige sind einfach davongerannt wie du. Es ist sinnlos, vor dem Unglück seine Augen zu verschließen und sich in der Einsamkeit zu verstecken. Kehr mit mir zurück und stell dich dem, was dich erwartet!«

Beinahe mußte er lachen. Das Mädchen hatte ja keine Ahnung, *was* er sich bereits gestellt hatte und *was* ihn noch erwartete.

Doch Guthrie sah die Besorgnis in ihrem Blick und spürte

ihre Verzweiflung. »Du kannst nicht dein Volk allein lassen!« sagte sie mit heiserer Stimme.

Oh, er *sehnte* sich danach, ihrem Drängen nachzugeben. In Gedanken sah Guthrie, wie er zu den Bewohnern des Fürstentals zurückkehrte und sie ihm, ihrem rechtmäßigen Herrscher, zujubelten. Er war es, der nun im Mittelpunkt stand, alles wartete auf sein Wort. Ihm zur Seite stand Hone Amis, doch ihm jetzt ergeben, wie er einst seinem Vater ergeben war. Es war das, wovon er sein Leben lang geträumt hatte.

Doch um ihn und in ihm war noch immer das *Andere.* Zwar gelang es ihm immer besser, auf der trügerischen Oberfläche dieser geheimnisvollen Welt dahinzugleiten wie eine Wasserspinne auf einem tiefen See, doch das Wasser unter ihm war so tief und unergründlich wie eh und je.

Was konnten seine früheren Hoffnungen ihm noch bedeuten, wenn alles – sein Selbst, sein Rang als Fürst, seine Träume, ja die ganze vertraute Welt – nichts war als zerbrechlicher Ton, wenn unerbittlich und ewig ihn das *Andere* lockte?

Aber wenn er sich nun von seinem Volk und seinem alten Leben abwandte, würde ihn das der großen Aufgabe, dem Sprung in die Tiefe, irgendwie näherbringen? Er verstand nicht, wie das möglich wäre.

Guthrie fühlte sich hin- und hergerissen, hundertmal schwankte er zwischen ja und nein. Und jeder Weg schien ins Verderben zu führen.

Wie sehr wünschte er sich, daß Rosslyn noch bei ihm wäre! Das *Buch* nützte ihm nichts. Er brauchte einen Menschen, mit dem er reden konnte, jemanden, der Verständnis hatte für seine Not.

Plötzlich kam ihm ein verzweifelter Gedanke. Wenn er sich im *Anderen* befand, konnte er viel mehr, viel weiter und deutlicher sehen als mit seinen gewöhnlichen Sinnen. Wäre es da nicht auch möglich, Rosslyn aufzuspüren und auf irgendeine Weise mit ihr Kontakt aufzunehmen?

Doch wie?

Zwar wußte er auf diese Frage keine Antwort, doch die Idee ließ ihn nicht mehr los.

Unsicher ließ er sich in die Strudel des *Anderen* gleiten.

Rosslyn.

Es waren keine Worte, was Guthrie gebrauchte. Er konzentrierte sich auf dieses röhrenförmige Etwas – so, wie er sie im *Anderen* einmal wahrgenommen hatte – und bemühte sich, aus seinen Gedanken den deutlichsten Ruf zu machen, der in dieser Welt möglich war.

Rosslyn!

Mit all seiner Willenskraft tastete er sich vor in die unermeßliche Tiefe, in Gedanken immer ihr Bild vor Augen, und versuchte sie zu erreichen.

Rosslyn!

ROSSLYN!

Es war sinnlos, keine Antwort kam.

Mittlerweile hatte sich Guthrie weiter und tiefer in das *Andere* versenkt als jemals zuvor. Und als er nun die Suche nach Rosslyn erfolglos aufgab, konzentrierte er sich darauf, wieder in die gewöhnliche Welt zurückzukehren.

Doch bestürzt mußte er feststellen, daß er sich verirrt hatte. Er konnte den Weg nicht mehr finden. Um ihn her war nichts als brodelnde, kreisende Wirrnis. Er bekam schreckliche Angst, und er hätte geschrien, doch seinen Mund konnte er nicht einmal spüren. Auch sein ganzes körperliches Selbst war ihm irgendwie abhanden gekommen. Guthrie hatte ein Gefühl, als wäre er im Begriff, sich aufzulösen, und verzweifelt kämpfte er dagegen an. Doch er war so hilflos wie ein Erdklumpen, den man in einen reißenden Strom geworfen hatte und der sich im Wasser nun zersetzte.

Und dann, in der Ferne – obwohl ›Ferne‹ kaum das richtige Wort dafür war –, erkannte er etwas, das glühte wie ein schwaches Feuer, ein einsames *Etwas,* das Form besaß und einen festen Platz in dem tosenden Chaos. Er mühte sich in diese Richtung wie jemand, der gegen einen Strom anschwimmt, konzentrierte sich auf sein Ziel, nur auf sein Ziel, bis er schließlich näherkam – oder es näher zu sich zog, er konnte nicht sagen, was geschah. Zwar nahm er dieses *Etwas* nicht mit Augen wahr, doch sein Denken bestand darauf, den Eindrücken in vertrauter Weise Sinn und Gestalt zu geben: Deshalb ›sah‹ er vor sich einen sich drehenden, mit Energie gefüllten Blütenkelch in einem kompliziert geflochtenen Korb.

Es war der Schädel!

Jetzt konnte er die verschwommenen Umrisse der Knochen erkennen: Schädeldecke, Kiefer und Augenhöhlen. Und in diesen Höhlen brannten die Augen wie Feuer.

Nur dorthin ließ Guthrie nun seine Gedanken strömen, er griff nach dem Schädel mit der schrecklichen Verzweiflung eines Ertrinkenden …

Und mit einem Mal war er wieder in der gewöhnlichen Welt, lag auf der Erde und hielt den Schädel fest in beiden Händen.

Eine Weile konnte er nichts tun, als einfach dort liegenzubleiben. Keuchend drückte er sein Gesicht ins Gras, klammerte sich an den Schädel wie an einen Rettungsanker und wartete darauf, daß auch der letzte der gräßlichen Strudel verschwinden würde.

Das Jägermädchen sah ihn an, als wäre er völlig verrückt. Wie mochte es in ihren Augen wohl ausgesehen haben, als es ihn im *Anderen* umhergerissen hatte?

Bebend kam Guthrie auf die Knie und starrte auf den Schädel. Die Knochen fühlten sich angenehm warm an, doch in keiner Weise sahen sie anders aus als gewöhnlich. Die Augenhöhlen waren dunkel und leer. Und dennoch hatte der Schädel ihn aus dem *Anderen* hinausgeführt, daran gab es keinen Zweifel.

Er musterte das Weiß der Knochen und war völlig verwirrt. Als nutzlose Last und Sinnbild eines gebrochenen Versprechens, so hatte er dieses Ding bislang betrachtet. Nun jedoch …

Guthrie spürte die ungläubigen Blicke des Jägermädchens und versuchte, sich zusammenzureißen. Er legte den Schädel auf den Boden, hob ihn jedoch hastig wieder auf, denn ohne ihn ging ihm jeder Halt verloren. Er haßte es, wie dieses Mädchen ihn ständig beobachtete. Er wollte mit dem Schädel allein sein, um der neuen Erfahrung nachzugehen, die er eben gemacht hatte.

»Ist alles in Ordnung?« fragte sie.

Guthrie schüttelte sich. »Ja«, murmelte er. Die Welt um ihn blieb wunderbar fest – im Moment. Doch wie lange konnte er dieses Gleichgewicht halten?

»War das eine Art … Anfall?«

Guthrie zuckte mit den Schultern und wußte nicht, wie er es erklären sollte. Seine Knie begannen zu schmerzen, und er wollte sich hinsetzen.

Das Mädchen kam näher, um ihm zu helfen. Er versuchte sie zurückzuweisen, doch sie schob seine Hände beiseite, beugte sich über ihn und drehte ihn, so daß er schließlich mit dem Gesicht zum Feuer saß. Kräftig und sicher war ihr Griff und dennoch behutsam.

Sie ließ eine Hand auf seiner Schulter ruhen und kniete sich neben ihn. »Bist du sicher, daß du in Ordnung bist?«

»Ja«, antwortete er verlegen.

Auf ihrem Gesicht las Guthrie Mitleid und Unmut, doch er merkte auch, wie ihre Entschlossenheit wuchs und die Hand auf seiner Schulter ihn nun kräftiger hielt. Sie hatte ihn so fest im Blick wie Rosslyn. Es konnte nicht einfach sein, sich diesem Mädchen zu widersetzen.

Guthrie blinzelte und versuchte sie weiter scharf zu sehen, als die gewöhnliche Welt für einen Moment verschwamm.

»Hör mir zu«, sagte sie und schüttelte ihn. »Bitte! Du mußt mir zuhören.«

»Ja, ich höre zu«, antwortete er. Er konzentrierte sich darauf, wie sie ihn an der Schulter berührte. Wie zuvor der Schädel war nun dieser Griff der Anker, der ihn in dieser Welt hielt.

»Was kann ich dir sagen? Wie kann ich dich überzeugen?« Sie sah ihm direkt in die Augen, und einen Augenblick lang schien es Guthrie, als wären sie beide in der großen Welt ganz allein. Vielleicht war es eine Nachwirkung dessen, was er eben durchgemacht hatte, oder einfach ihre Nähe oder auch etwas ganz anderes – er wußte es nicht. Er spürte ihren Blick ebenso körperlich und direkt wie die Hand auf seiner Schulter, und die Intensität dieses Blicks machte ihn reglos. Es war, als ob sie nun etwas ganz Neues miteinander verband.

»Die Leute *brauchen* dich«, sagte sie.

Als er sie ansah, *spürte* er plötzlich, wie verzweifelt sie auf ihn einredete, und wie einen Widerhall spürte er auch die anderen Leute, die sich wünschten, daß er zurückkehrte. Er bekam kaum noch Luft. Sein ganzes Leben lang hatte man ihn noch nie so gebraucht wie jetzt.

Sie blickte ihn flehend an.

Er fühlte sich, als ob sich ein Angelhaken in seinem Magen verfangen hätte, und dieser zog an ihm so stark wie das *Andere.*

Nein, stärker.

»Die Talbewohner«, sagte Alia, »brauchen ihren Fürsten. Nur durch ihn werden sie die Kraft haben, wieder ganz von vorn anzufangen. Sie brauchen *dich,* den Fürsten Guthrie Garthson.«

Wenn sie ihn mit Titel und vollem Namen anredete, dann klang das wie eine Beschwörung. Fürst Guthrie Garthson, Fürst über das Fürstental. *Fürst Guthrie Garthson …*

Guthrie kniff die Augen zusammen, schüttelte sich, holte hastig Luft. Er wußte nicht, wie es geschehen war. Zu schnell und zu tief war der Haken in ihn hineingefahren. Und er zog an ihm mit ungeheurer, allzu großer Kraft. Wie auch immer sein weiteres Schicksal aussehen würde, er konnte sich jetzt nicht abwenden.

Er hatte sich entschieden.

»Nun gut«, sagte er leise. »Ja, einverstanden … Ich gehe mit dir.«

XV

So folgte Guthrie also dem Jägermädchen Alia.

Doch der Marsch war anstrengend. Die ganze Zeit über war Guthrie durstig und litt immer wieder an Schüttelfrost. Beine und Arme fühlten sich zittrig an und kraftlos, sein ganzer Körper tat ihm weh.

Und das Wetter wurde immer schlechter.

Der erste der diesjährigen Winterstürme war vom Meer gekommen, als die Seewölfe das Land verwüsteten, danach war das Wetter ruhig geblieben. Jetzt allerdings waren die stürmischen Vorboten des Winters mit voller Kraft zurückgekehrt. Der Westwind heulte, und immer wieder prasselten eiskalte Regenschauer auf sie nieder.

Für Guthrie wurde die Reise zu einem Alptraum. Hilflos pendelte er zwischen der gewöhnlichen Welt und dem *Anderen* und konnte nicht sagen, wo er eigentlich war. Er hob einen Fuß, um ihn auf einen glitschig nassen Stein zu setzen, meinte, mitten in das tosende *Andere* zu treten, wirbelte herum, rutschte auf den Steinen aus und fiel in eisig kalten Schlamm.

Auch geschah es, daß er vollständig aus der Welt fiel und in die Tiefen des *Anderen* tauchte wie ein schwerer Stein in wirbelndes, lichtloses Wasser. Dann konnte nur der Schädel es verhindern, daß das unbekannte Schwarz ihn vollständig verschluckte. Der Schädel war zu einem Leuchtfeuer geworden, dessen verläßlicher Schein ihm den Weg zurück zeigte. Doch Guthrie fest im Diesseits zu verankern, das war auch dem Schädel unmöglich.

Guthrie folgte Alia durch Tannenwälder, suchte mit ihr Schutz, wenn der Regen allzu stark wurde, und lief weiter und weiter und weiter. Er verlor jedes Gefühl für Zeit, und in manchen Momenten erschien ihm sein ganzes Leben als ein endloses, mühseliges Marschieren auf glitschigem, trügerischem Grund – der wiederum nicht mehr war als eine dünne, unsichere Hülle über den alles verzehrenden Strudeln des *Anderen.*

Beinahe vergaß er den Sinn dieser Reise. Nichts erschien ihm noch wirklich außer der Bewegung seiner Beine und der Gestalt des Mädchens da vor ihm, das ihn rief, wenn er langsamer wurde.

Doch es kamen auch merkwürdig klare Momente.

So wie jetzt.

Sie bewegten sich einen Abhang hinauf, der übersät war von großen Felsen. So steinig war es hier, daß die Bäume nicht besonders groß wurden und ungewöhnlich viel Licht – und Regen – durch die Äste kam. In eisigen Rinnsalen sickerte ihm das Wasser den Hals hinunter. Rhythmisch und ohne Unterlaß wie die Meeresbrandung donnerten Wind und Regen.

Als Guthrie durch den Regen blinzelte, sah er, daß ihr Weg weiter oben durch eine enge Spalte führte. An seinem Gürtel hing eine stabile Netztasche, die Alia aus Schilfgras geflochten hatte. Darin trug er den Schädel und das sorgfältig eingewickelte *Buch.* Er drehte die Tasche auf die windgeschützte Seite, damit sie so wenig naß wie möglich wurde, wischte sich den Regen aus den Augen, schüttelte sich wie ein Hund und marschierte weiter, so gut es ging.

Obwohl es heftig regnete und stürmte und der Untergrund steinig und rutschig war, bewegte sich das Mädchen vor ihm ruhig, sicher und anmutig wie ein wildes Tier. Er beneidete sie – er selbst mußte bei dem steilen Anstieg schrecklich keuchen.

Ein willensstarkes und seltsames Mädchen – so wie alle Jäger im Ruf standen, etwas eigenartig zu sein. Aber er fand sie auch hübsch, wie sie sich in ihren Jungenkleidern bewegte. Aus einiger Entfernung würde sie niemand für ein Mädchen halten. Aus der Nähe jedoch, mit ihrem langen, schwarzen Haar und den großen, dunklen Augen …

Und als er sie so betrachtete, erschien ihm die Welt plötzlich wie früher, erschien er sich selbst wie früher, bevor die Seewölfe alles zerstört hatten.

Er erinnerte sich, wie sein Vater mit den herrschenden Familien verhandelt hatte, um für ihn eine passende Frau zu finden, während er, Guthrie, seinen Rang dazu benutzt hatte, um sich zu amüsieren. Als Sohn des Fürsten Garth war es ihm ein leichtes gewesen, schon mehrere Frauen ins Bett zu locken – Frauen wie diese. Das Jägermädchen hatte nichts von ihrer Herkunft erzählt, doch er kannte ihre Art: die Tochter eines Fischers oder Schäfers oder dergleichen. Die Familien seiner bisherigen Frauen waren stolz gewesen, daß einer der Fürsten ausgerechnet *ihre* Tochter zur Gespielin wählte. Und wenn aus solch einer Beziehung Kinder hervorgingen, so besaßen sie zwar kein Erbrecht, erhielten aber vom Herrscherhaus ausreichende Unterstützung, so daß der Familie ein gewisser Wohlstand gesichert war.

Bei der Familie dieses Mädchens wäre das nicht anders gewesen, da war er sicher. Ein kurzes Gespräch mit ihrem Vater, und er hätte seine Tochter haben können, so lange es ihm gefiel.

Guthrie stellte sich vor, wie es wohl wäre, dieses Jägermädchen zu nehmen, ihre Kleider abzustreifen und ihren schlanken Körper zu spüren. Er betrachtete sie auf seine frühere Art, so wie ein Bauer eine junge Kuh ansah und ihre festen Lenden bewunderte …

Die Welt um ihn begann zu kreisen, und plötzlich verschlangen ihn die tosenden Strudel.

Sofort riß er sich zurück. Und als er wieder zur Besinnung kam, kniete er keuchend auf der Erde und stützte sich mit einer Hand gegen einen moosbewachsenen Stein.

Das Mädchen vor ihm hatte angehalten, um zu sehen, wo er blieb. Noch immer auf der Schwelle zum *Anderen* spürte Guthrie sie als elastischen, kompliziert geflochtenen Korb, der von innen glühte. Was er mit seinem gewöhnlichen Blick wahrnahm, war bloße Maske. Und hinter dieser Maske war das Mädchen ein unergründliches, geheimnisvolles Wesen in einer unergründlichen, geheimnisvollen Welt.

Einen Augenblick lang fühlte er etwas vollkommen Neues, eine Art Ehrfurcht vor diesem Mädchen. Guthrie mußte beinahe lachen über die Art, wie er früher geckenhaft herumstolziert war und wie ein Hahn Ausschau gehalten hatte nach den besten Hennen. Sein ganzes Leben lang war er blind gewesen, so schrecklich blind …

Doch gleich darauf packten ihn wieder die Strudel des *Anderen,* und wieder brauchte er all seine Kraft, um in die gewöhnliche Welt zurückzugelangen. Er kam taumelnd auf die Füße, wäre beinahe wieder gestürzt und konnte sich gerade noch an einem Felsen festhalten. Mit pochendem Herzen konzentrierte er sich ganz auf die Dinge um ihn her, auf den harten Stein unter seiner Hand, auf den schmalen Rücken des Mädchens vor ihm.

Als er wieder klar sehen konnte, bemerkte er, wie Alia ungeduldig zu ihm zurückschaute. »Brauchst du schon wieder eine Rast?«

Er spürte plötzlichen Zorn in sich aufsteigen, den er jedoch unterdrückte. Sie hatte ja keine Vorstellung davon, was er ertragen mußte. »Nein«, sagte er und stellte sich wieder aufrecht hin.

»Soll ich dich den Hang hinauf etwas stützen?«

»Nein.«

Sie sah ihn fragend an, hob dann die Schultern und lief weiter.

Sie waren den felsigen Abhang nun zur Hälfte hinaufgestiegen. Der Regen machte das Vorwärtskommen schwierig. Sie konnten kaum etwas sehen, und die Steine waren furchtbar glitschig. Guthrie versuchte so gut achtzugeben, wie es eben ging.

Auf ihrem Weg lag ein riesiger, weißgrauer Fels. Mit größter Vorsicht gingen sie um ihn herum, denn ein einziger Fehltritt genügte, um auszurutschen und sich sämtliche Knochen zu brechen. Auf der anderen Seite des Steins waren sie plötzlich gegen Wind und Regen geschützt, und das ständige Prasseln und Stürmen kam hier wie aus weiter Ferne. Also ruhten sie sich dort eine Weile aus.

Guthrie hatte einen erneuten Schüttelanfall, und Alia betrachtete ihn besorgt. »Vielleicht sollten wir uns für den Rest des Tages einen Unterschlupf suchen. Du siehst aus, als ob du das wirklich nötig hättest. In diesem Wetter vorwärtszukommen, ist nicht …«

Ein plötzliches Knacken ließ sie beide zusammenschrecken.

Weiter oben am Hang, keine dreißig Schritte von ihnen entfernt, erschienen zwei zerlumpte Männer und versperrten die enge Spalte, auf die sie zugingen.

»Banditen!« zischte Alia.

Guthrie bemerkte, wie sie bebte, und spürte die plötzliche Angst, die sie beim Anblick der beiden Männer gepackt hatte. Guthrie hingegen sah dort oben nichts als zwei ärmlich gekleidete, hungrig aussehende Männer, die man für Bettler halten konnte.

Doch bewaffneten sich gewöhnliche Bettler mit einer Armbrust?

»Heh!« rief einer der beiden und richtete seine Waffe auf sie. »Wer seid ihr, und was wollt ihr hier?« Er war ein hagerer, schon älterer Mann, dem über die linke Gesichtshälfte vom Kinn bis zur Stirn eine gezackte Narbe lief. Guthrie fand es merkwürdig, daß dieser Mann mit demselben südlichen Akzent sprach wie Rosslyn. Über den Schaft seiner Armbrust hinweg sah er Guthrie und Alia an. »Ihr seid in unser Gebiet eingedrungen!«

Guthries altes Selbst wäre bei solch einer frechen Behauptung wütend aufgefahren, denn dieses Land gehörte dem Fürsten, niemandem sonst. Doch jetzt kam er gar nicht dazu, wütend zu werden. Die Welt begann gefährlich zu flackern, und er brauchte alle Konzentration, um sich und die Welt im Gleichgewicht zu halten.

Alia hatte ihren Bogen schußbereit getragen, den Pfeil an der Sehne. Unauffällig versuchte sie, den Bogen auf ihr Ziel zu richten.

»Laß es bleiben, Junge!« rief der zweite Bandit und zielte mit seiner Armbrust auf Alia. Er war um einiges jünger als sein Kamerad. Auf einem pickligen Gesicht zeigte sich der erste Flaum eines Barts. »Runter mit dem Bogen, oder ich schieße dich ab wie ein Rebhuhn.«

»Nun, was ist?« sagte das Narbengesicht. »Ich habe euch eine Frage gestellt. Seid ihr beide denn taub? Antwortet endlich! Wer seid ihr, und was sucht ihr auf unserem Gebiet?«

»Wir sind … fremd hier«, begann Alia, »und haben uns im Wald verirrt …«

»Du lügst, Junge«, unterbrach sie das Narbengesicht. »Für mich siehst du aus wie …«

Doch nun wurde er selbst von seinem jüngeren Begleiter unterbrochen. »Das ist kein Junge, Barly.«

Das Narbengesicht sah Alia an. Dann schüttelte er den Kopf. »Das ist doch nicht möglich …«

»Offensichtlich doch«, antwortete der andere. »Das ist dieselbe Hexe, die wir damals in den Bergen gefangen haben, diejenige, die Tornos Ding abgeschnitten hat und damit abgehauen ist.«

»Ich fasse es nicht!« meinte das Narbengesicht und schüttelte schon wieder den Kopf.

Der Jüngere grinste durch seinen flaumigen Bart. »Dieses Mal gibt es keinen Sethir, der sie uns wegschnappen könnte, nicht wahr?«

Das Narbengesicht nickte. »Laß den Bogen fallen, Mädchen«, rief er. »Jetzt! Oder ich jage dir einen Pfeil zwischen die Rippen.«

Alia zögerte.

»Laß ihn fallen!«

Einen Augenblick lang dachte Guthrie, Alia wollte dennoch versuchen zu schießen, und fuhr mit der Hand dazwischen. Tod lag in der Luft, er konnte es *spüren.* »Nein!« zischte er besorgt. »Das würde dich das Leben kosten.«

Wütend sah sie ihn an. »Und was hast du vor? Daß wir uns einfach ergeben und sie mit uns machen lassen, was sie wollen? Da hast *du* leicht reden.«

»Fallenlassen, sofort!« befahl das Narbengesicht.

Alia sah sich um, als ob sie eine letzte, verzweifelte Möglichkeit zur Flucht suchte. Doch einen Ausweg sah sie keinen. Langsam und mit zitternden Händen legte sie den Bogen auf die Erde.

»Gut«, sagte der Jüngere mit den Pickeln. Dann, ohne ein weiteres Wort, drehte er sich um, zielte auf Guthrie und feuerte.

Alia schrie.

Guthrie *spürte,* wie der Pfeil auf ihn zuflog wie ein kleiner, todbringender Raubvogel.

Guthrie fuhr zusammen, und dieser übermächtige Schrecken wurde ihm beinahe zum Verhängnis. Er fühlte bereits, wie das sein würde, wenn die Eisenspitze des Pfeils ihm die Rippen zersplitterte und sich in den Brustkorb bohrte, wie Lungen und Kehle sich mit Blut füllten und ihn der schreckliche Schmerz betäubte.

Vollkommen deutlich spürte er seinen eigenen Tod und den eisig kalten Wind, der im Schattenland, dem Wohnsitz der Toten, wehte. Er sah im düsteren Jenseits die Hügel der Finsternis und fühlte, wie es seine Seele dort hinzog. Ein alter Vers ging ihm durch den Kopf: *Totenasche, schwarz und kalt, auf fernen Hügeln, im finstren Wald.* Es würde ihn aus der Welt wehen wie ein Blatt im Wind.

All dies dauerte nicht länger als ein Augenzwinkern.

Doch Guthrie riß sich zusammen. Nein, das durfte nicht sein. Er würde sich dem Tod verweigern.

Mit der Kraft seiner Gedanken tastete er sich in das *Andere* und konzentrierte sich auf den fliegenden Pfeil. Irgendwie schwirrte er noch auf ihn zu und steckte gleichzeitig schon in seiner Brust, wie ein langes Seil, das sich von der Armbrust des Banditen bis zu seinem erschrockenen Herzen spannte.

Guthrie *griff* nach diesem Seil und verkürzte es auf die zwei Handlängen des Pfeils.

Das Geschoß hing nun vor ihm in der Luft. Mit seiner Hand griff er danach wie nach einem Löffel auf einem Tisch und warf es zu Boden.

Dann war Guthrie plötzlich zurück in der gewöhnlichen Welt und keuchte von der ungewohnten Anstrengung. Der Pfeil war an einem der Felsen zersplittert. Er bemühte sich, wieder scharf zu sehen, atmete tief und wußte nicht, was er da eigentlich getan hatte. Es kam ihm vor, als sei er wirklich gestorben, ins Schattenland gestürzt und in die Welt der Lebenden zurückgekehrt.

Der Bandit mit dem Narbengesicht fluchte, und mit einem *Klack* seiner Armbrust feuerte auch er.

Guthrie *spürte,* wie der Pfeil näherkam, und meinte wieder dieses lange Seil zu sehen. Er *zog* an dem Seil, lenkte das kleine Ding von sich ab und ließ es zwischen die Steine fliegen.

Die beiden Banditen starrten ihn an mit offenem Mund. Das Narbengesicht machte mit zwei Fingern ein Schutzzeichen. Dann beeilten sich beide, ihre Armbrust neu zu spannen. Doch um auch einen neuen Pfeil aufzulegen, dazu blieb ihnen keine Zeit.

»Nein!« rief Alia. Sie hatte ihren Bogen aufgehoben und hielt ihn nun schußbereit nach oben. Sie zielte auf das Narbengesicht. »Laß das, oder du hast einen Pfeil im Herzen, bevor du auch nur Luft holen kannst.«

Der Mann ließ seine Armbrust sinken.

»Du auch«, sagte Alia und nickte zu dem Jüngeren. »Ihr legt beide eure Waffen auf den Boden! Sofort!«

»Tu es nicht!« zischte das Narbengesicht zu seinem Begleiter. »Sie kann uns nicht beide töten. Bevor sie einen zweiten Pfeil aufgelegt hat, hat einer von uns schon zurückgeschossen.«

»Und was ist mit *ihm?*« flüsterte der Jüngere.

»Was soll der schon tun? Er ist unbewaffnet. Es ist das Mädchen, auf das wir achtgeben müssen.«

»Legt endlich die Waffen ab!« befahl Alia.

Die beiden Banditen rührten sich nicht. »Verpiß dich, dummes Weibsstück!« sagte der Jüngere. »Du hast uns überhaupt nichts zu befehlen!«

Guthrie sah, wie sich Alia nervös auf die Lippen biß. Im Moment mochte sie im Vorteil sein, doch es waren noch immer zwei Armbrüste gegen einen Bogen. Sie konnte nicht beide erledigen, da hatten sie recht. Die zwei Kerle begannen zu grinsen.

Guthrie wurde ganz schlecht – nicht einfach wegen der Bedrohung durch die Banditen, sondern weil ihn dieses Grinsen an die Seewölfe erinnerte, die ihn ebenso höhnisch angesehen hatten. Den Seewölfen hatte er blutige Rache geschworen, und denselben Rachehunger sah er nun in Alias Gesicht. Doch er selbst fühlte keine Wut mehr.

Es war, als hätte ein völlig anderer Mensch diese Rachegefühle gehabt. Jetzt war er entsetzt angesichts der Situation. Er hatte sich verändert. Sehr verändert.

Diese beiden Männer und Alia würden sich ohne ein weiteres Wort gegenseitig töten. Es erschien ihm vollkommen irrsinnig.

Und er selbst war gänzlich unbewaffnet und trug nichts mit sich außer dem Buch und dem Totenschädel in seinem Beutel. Er hätte also nicht mehr tun können, als den Banditen die Tasche ins Gesicht zu schleudern. Ein lächerlicher Gedanke.

Doch langsam erinnerte sich Guthrie daran, daß ihm ja auch ganz andere Wege offenstanden.

Mit größter Vorsicht *tastete* er sich in das *Andere* und suchte darin die Armbrüste der Banditen. Er achtete nicht auf die Flutwellen dieser unheimlichen Welt und konzentrierte sich auf die harten, klaren Umrisse der Waffen: auf das stabile Rückgrat des Laufs, auf die feinen, parallelen Linien von angestauter Kraft. Guthrie *griff* danach, riß an ihnen, bis sie mit einer plötzlichen Explosion von Licht auseinanderstoben.

Schwach und zitternd hangelte er sich zurück in die gewöhnliche Welt.

Entsetzt starrten die beiden Banditen auf ihre Armbrüste. Die Zugfedern waren gebrochen, die Waffen völlig unbrauchbar.

Auch Alia war verwirrt. Sie blickte erschrocken zu Guthrie, dann wieder auf die Banditen. »Laßt sie fallen!« rief sie und deutete auf die zerstörten Armbrüste.

Die Banditen gehorchten.

Nun stand Alia da mit düsterem, triumphierenden Blick. Noch immer hielt sie ihren Bogen halb gespannt. »Ihr wart also diejenigen, die mich in den Bergen gefangengenommen haben? Diejenigen, die mich an Ort und Stelle zu Boden werfen wollten wie tolle, brünftige Hirsche«?

Die Banditen blieben stumm.

»Ja, ihr wart es. Ich erkenne euch jetzt gut genug.«

Guthrie bemerkte, wie Alias Hände vor Wut zitterten. Er hatte keine Ahnung, auf welchen Vorfall sie anspielte, doch die Banditen schienen es um so besser zu wissen, denn sie zuckten sichtbar zusammen.

»Dreckskerle!« fauchte Alia. Sie spannte ihren Bogen wieder ganz und legte den Pfeil an die Backe.

Guthrie *spürte* die kalte Wut, die in Alia wuchs und sie wie eine schwarze Flüssigkeit füllte. Er fühlte die Spannung in ihren Fingern, wo sie den Pfeil hielt, und mit ihren Augen schien er über den Pfeilschaft hinweg auf die hilflosen Banditen zu zielen.

Sie würde es tun.

Guthrie war entsetzt. »Alia, nein!« Er trat nicht näher zu ihr hin, weil er fürchtete, sie könnte dadurch loslassen. »Tu es nicht, sie sind jetzt wehrlos. Sie können dir nichts mehr antun.«

»Was weißt denn du von ›etwas antun‹?« fauchte sie. »Als verwöhntes Fürstensöhnchen hat dir bestimmt noch niemand etwas ›angetan‹!«

Guthrie zuckte zusammen. Früher einmal wäre er bei einer solchen Bemerkung außer sich vor Wut geraten. Jetzt nicht. »Tu es nicht, Alia!« wiederholte er.

»Sie haben es verdient!« antwortete sie. »Diese dreckigen Hurensöhne.«

»Wie kannst *du* sagen, wer den Tod verdient?«

»Hör auf den Mann, Mädchen«, sagte das Narbengesicht. Seine Stimme war kaum mehr als ein verzweifeltes Krächzen.

Über den Schaft ihres Pfeils hinweg sah Alia ihn wütend an. Sie lachte bitter. »Ihr haltet jetzt euer Maul, ihr beiden!«

»Tu es nicht«, sagte Guthrie noch einmal. »Laß sie gehen.«

Aus dem Augenwinkel sah Alia kurz zu ihm hinüber. »Bist du verrückt?«

»Bist du eine Mörderin?« erwiderte Guthrie.

Alia verzog das Gesicht.

Guthrie wußte nicht, wie er ihr am besten erklären sollte, was er fühlte. Der Tod war ein notwendiger Teil des Lebens, das war richtig. Jeder Tod gebar ein neues Leben, jedes Leben einen weiteren Tod. Doch dieses Töten hier gebar überhaupt nichts. Es war unnötig, vollkommen sinnlos und entsetzlich.

»Was geht nur in dir vor«, wollte er von Alia wissen, »daß du so leichtfertig töten willst? Sie können uns nichts mehr tun. Was erreichst du also mit ihrem Tod? Hat es in diesem Land nicht schon genug Tote gegeben?«

»Du hat ja keine Ahnung!« fauchte Alia zurück.

»Laß sie gehen«, wiederholte er.

»Und was passiert, wenn sie mit neuen Waffen zurückkehren und dir einen Pfeil in den Rücken jagen?« fragte Alia.

Guthrie hob die Schultern. »Ich glaube kaum, daß sie das tun werden.«

»Oh doch, das werden sie!«

»Laß sie gehen, Alia! Ihr Tod wäre sinnlos.«

Alia schüttelte den Kopf. »Du verstehst rein gar nichts von diesen Dingen, Fürstensohn. Du bist davongerannt und bist allein an deinem Feuer gesessen. Du hast keine Vorstellung davon, was wir anderen durchmachen mußten. Und du weißt auch nicht, was für Männer diese Banditen sind.«

»Aber du weißt es? Du weißt *alles* über sie?«

»Ich weiß *genug*. Du hast doch gehört, was sie mit mir hier vorhatten. Sie sind *Abschaum*!«

Guthrie sah zu ihnen hinüber: zwei zerlumpte, verängstigte Männer.

»Bring sie zur Vernunft, Mann«, bettelte das Narbengesicht.

Einen Moment lang erspähte Guthrie den Schatten der beiden Männer im *Anderen*. Auch sie erschienen ihm als geflochtene Körbe, die aus ihrem Inneren einen sanften Glanz verströmten. Unter ihrer Maske waren sie so unergründlich und wunderbar wie alles andere – wie das Mädchen neben ihm, wie die Sterne am Himmel. Guthrie drehte sich zu Alia. »Und was ist es, das sie zu … ›Abschaum‹ macht?«

»Hast du denn überhaupt nichts kapiert? Um ein Haar hätten sie dich getötet, als du völlig unbewaffnet und hilflos …«

Er bemerkte, wie sie zu überlegen begann. Sie ließ ihren Bogen halb sinken. »Der Teufel soll dich holen!« zischte sie. »Wieso konntest du mich nicht einfach in Ruhe lassen? Jetzt weiß ich nicht, was …«

Die beiden Banditen sahen, wie Alia unschlüssig dastand, wirbelten herum und rannten verzweifelt den Hang hinauf hinter die nächsten Felsen. Instinktiv hob Alia den Bogen und zielte auf den hinteren der beiden.

»Laß es«, sagte Guthrie.

Alias Hände zitterten. Sie bewegte ihren Mund, doch es kamen keine Worte. Sie ließ den Bogen wieder sinken, und verächtlich sah sie ihn an. »Du kannst nur beten, daß du nie bereuen wirst, was du eben getan hast.«

Es kam ihm vor, als würde eine tiefe Kluft sie voneinander trennen. Er wußte nicht, was er antworten sollte.

Sie schüttelte den Kopf. »Komm, verschwinden wir hier. Möglicherweise sind noch mehr in der Nähe.« Damit drehte sie sich um und marschierte los.

Guthrie schluckte. Er fühlte sich verlegen und verwirrt. Hatte er tatsächlich eine große Dummheit begangen? Sein altes Selbst hätte diese beiden Banditen bedenkenlos hinrichten lassen. Das wäre nur vorsichtig und vernünftig gewesen – und jetzt waren die Männer frei und sie selbst in großer Gefahr.

Doch so, wie er sie *gespürt* hatte, war es ihm als das einzig Richtige erschienen …

Guthrie seufzte und stolperte hinter Alia her. Die Welt begann erneut zu zittern. Er hielt inne, konzentrierte sich und kämpfte es nieder. Er bemerkte, wie Alia ihm ungeduldig zuwinkte. Er sah sie an und blickte ihr einen Moment direkt in die Augen. Er wollte ihr alles erklären. Er wollte mit ihr reden, ihr erzählen, was mit ihm geschehen war. Aber allzu deutlich spürte er die Kluft zwischen ihnen, eine unüberbrückbare Distanz, für die sie jedoch vollkommen blind war.

Sie drehte sich um und ging weiter.

Er eilte ihr nach, so gut er konnte.

XVI

»Diesen Weg hinunter«, sagte Alia. Sie und Guthrie standen an einer Felsenklippe und sahen hinab in ein waldiges Tal. Zwischen den Bäumen hingen einzelne Nebelfetzen. Die Luft war herb und kühl. Alia deutete über das Tal hinweg in die Ferne, in der sich hügelige Bergwiesen erstreckten, übersät von grünen und blaugrünen Felsbrocken. »Dort drüben über die Hügel müssen wir, dann haben wir es fast geschafft.«

Guthrie nickte.

»Na, dann komm«, drängte Alia, nachdem sie einige Momente geschwiegen hatten. »Gehen wir!« Die frische Luft fühlte sich gut an in ihren Lungen. Dies war der erste Tag mit schönem Wetter, den sie zusammen erlebten, und Alia war begeistert von dem klaren Blau des Morgenhimmels und den goldgelben Strahlen der Sonne. Unbedingt wollte sie heute ein gutes Stück vorankommen. Den vierten Tag waren sie nun schon unterwegs. Und die Großen Mächte allein wußten, wie viele Tage vergangen waren, seitdem sie Orrin und den armen Einauge das letzte Mal gesehen hatte. Jetzt, da Alia sich wieder in bekanntem Gebiet bewegte, konnte sie es gar nicht mehr erwarten, das Jägerlager wiederzusehen.

Bevor sie weitergingen, suchte sie mit ihrem Blick sorgfältig die Umgebung ab – eine Vorsichtsmaßnahme, die für Sie mittlerweile Gewohnheit war.

Alles schien normal zu sein. Sie ging voraus. Der Abhang war steil, und überall lagen alte, verwitterte Steinbrocken. Durch die Tannen blinzelte die Morgensonne. Mit einer Behendigkeit, die sie durch jahrelange Übung erhalten hatte, rannte Alia zwischen Felsen und Bäumen nach unten und war Guthrie bald weit voraus. Auf halber Höhe hielt sie an, damit Guthrie sie einholen konnte.

Sie kratzte ihre linke Hand, die noch immer nicht richtig vernarbt war. Doch das Kratzen tat ihr weh, und mit einem Schmerzenslaut ließ sie es sein. Als sie hörte, wie Guthrie langsam zu ihr herunterkam, wurde sie wütend. Er bewegte sich wirklich wie ein alter Mann! Ohne ihn hätte sie das Jägerlager bereits am zweiten Tag erreicht. Jetzt war bereits die doppelte Zeit vergangen, und ein ganzer Tagesmarsch lag noch vor ihnen.

Alia seufzte, schüttelte ihren Kopf und zügelte ihre Ungeduld, so gut es ging. Sie hoffte nur, daß es kein schlimmer Fehler gewesen war, diesen Fürstensohn zu seinem Volk zu bringen.

Sein Gesicht war hager und blaß, und er ging mit der schwächlichen Unbeholfenheit eines Mannes, der seit langem nicht mehr richtig gegessen hatte. Auch litt er an Fieberanfällen – das hatte sie nun schon öfter bemerkt –, und bei ihrem Gewaltmarsch in dieser unwegsamen Wildnis und dem schlechten Wetter war es natürlich unmöglich, daß das Fieber besser wurde. Aber etwas war da mit ihm, das sich weder durch den anstrengenden Marsch noch durch bloßes Fieber erklären ließ. Mit jedem neuen Tag schien er mehr und mehr zu verschwinden, als ob er langsam aus dieser Welt hinausgleiten würde – etwas, das Alia in keiner Weise verstehen konnte. Es machte sie nervös.

Und da war noch dieser Anfall, oder was immer er in der Nacht, als sie sich das erste Mal begegnet waren, gehabt hatte. Und diese vorübergehende … Geistesabwesenheit, wenn er mitten im Gehen anhielt und Dinge zu sehen schien, die niemand sonst sehen konnte, und scheinbar auf etwas lauschte, für das alle anderen taub waren. Die Vorstellung von einem verrückten Fürsten, der Geisterstimmen hörte, machte sie unruhig. Was mochten ihm solche Stimmen wohl einflüstern?

Vielleicht waren es ja diese Geisterstimmen gewesen, die ihn angewiesen hatten, für die Freilassung der Banditen zu sorgen. Das war doch das Verrückteste, was sie jemals erlebt hatte. Was für eine Art Fürst konnte aus *dem* Mann schon werden?

Und überhaupt gab es bei diesem Zusammentreffen mit den beiden Banditen noch einiges, was Alia völlig rätselhaft war. Wie hatten sie, als sie Guthrie umbringen wollten, ihr Ziel so weit verfehlen können? Und weshalb waren plötzlich die Zugfedern ihrer Armbrüste gesprungen …? Wie war *das* nur passiert? Je mehr sie darüber nachdachte, desto unwohler fühlte sie sich.

Und schließlich hatte er noch dieses geheimnisvolle Bündel und den widerlichen Totenschädel dabei, den er nie zur Seite legte. Er schlief sogar neben dem Ding. Nachdem er sich gleich zu Anfang geweigert hatte, den Schädel auf die übliche Art zu beerdigen, hatte Alia die Tasche aus Schilfgras geflochten, in dem er nun den Schädel und das Bündel trug. Jetzt mußte sie das gräßliche Ding zumindest nicht mehr ansehen.

Alia sah nach oben in die Tannen. Wie würde er sich verhalten, dieser unheimliche Fürst, wenn er wieder unter Leuten war? Wie würde er mit der Macht umgehen, die er dann über das Fürstental besaß? Es gab Augenblicke, da war sie überzeugt, daß er hoffnungslos verrückt war, und manchmal dachte sie, daß ihn die schrecklichen Ereignisse einfach nur aus dem Gleichgewicht gebracht hatten. In manchen Momenten jedoch, da kamen ihr auch ganz unheimliche Gedanken …

Was, wenn er von etwas … besessen war? Was, wenn dies gar nicht mehr der wirkliche Fürst Guthrie Garthson war, sondern etwas ganz anderes, das seinen Körper und Geist in Besitz genommen hatte? Solche Dinge sollten ja durchaus möglich sein. Was sie ins Jägerlager führte, konnte ein schrecklicher Dämon sein!

Derart beunruhigende Vorstellungen hatten Alia immer wieder nächtelang wachgehalten. Die Versuchung war groß, fortzulaufen und ihn irgendwo in diesen Bergen allein zurückzulassen.

Aber das hätte auch bedeutet, die größte und vielleicht letzte Hoffnung aufzugeben, die dem Fürstental noch geblieben war.

Alia versuchte sich einzureden, daß all ihre Vermutungen und Ängste wohl größtenteils der Phantasie entsprangen und daß sie Probleme sah, wo es gar keine gab. Die merkwürdigen Dinge in seinem Wesen ließen sich wahrscheinlich dadurch erklären, daß er zu lange einsam herumgeirrt war und Hunger und schreckliche Erlebnisse ihn aus der Bahn geworfen hatten.

Tief in ihre Gedanken versunken, hatte Alia nicht mehr auf

ihre Umgebung geachtet. Jetzt bemerkte sie plötzlich, daß weiter oben am Hang alles still war.

Was war mit ihm passiert?

Geräuschlos zog Alia einen Pfeil aus dem Köcher und legte ihn an die Sehne.

Nichts war zu hören.

Vorsichtig ging sie den Abhang hinauf, lauschte, schnüffelte. Seit ihrer gefährlichen Begegnung vor zwei Tagen waren sie keinen Banditen mehr begegnet. Nun jedoch …

Halb auf den Knien kroch sie hinter einen moosbewachsenen Fels.

Noch immer Stille.

Sie spähte um den Stein.

Und schnappte nach Luft. Da war Guthrie, unverletzt und allein. Aber …

Aber so wie es aussah, schwebte er zwei Armlängen über dem Boden!

Alia blinzelte, schüttelte sich. Durch den bloßen Anblick, wie er da so unmöglich schwebte, wurde ihr merkwürdig schlecht, und zitternd drehte sie ihren Kopf zur Seite.

Als sie wieder hinsah, lag er auf dem Boden, völlig verdreht wie eine weggeworfene Puppe.

Alia rannte zu ihm. Sie war verwirrt, wütend, besorgt und voller Angst. Sie ließ Pfeil und Bogen fallen und kniete neben ihm nieder. Sein Gesicht war leichenblaß, und er atmete hastig. Die Augen starrten ins Leere und schienen sie gar nicht zu bemerken. »Fürst Guthrie!« zischte sie. Wieder brauchte es einige Überwindung, ihn nur mit Vornamen anzusprechen: »Guthrie!«

Er stöhnte. Alia spürte, daß er fiebrig heiß war.

Sie versuchte ihn umzudrehen und sah, daß seine Hände den Schädel umklammerten. So fest hielt er ihn, daß die Tasche aus Schilfgras einen Riß bekommen hatte. Sie wollte seine Finger von dem Schädel lösen und ihn in eine bequemere Lage bringen, doch Guthrie ließ sich nicht bewegen. Er krümmte sich unter ihren Händen, als ob eine unsichtbare Kraft an ihm zerrte.

Sie mußte daran denken, wie er eben in der Luft geschwebt war, und zuckte zusammen. Sie hatte sich das sicher nur eingebildet. Es war die seltsame Perspektive, als sie den Hang hinaufblickte. Etwas in dieser Art. Nun lag er in ihren Armen und zitterte und stöhnte. Er mußte einen jener schlimmen Anfälle gehabt haben wie in jener Nacht, als sie ihn kennenlernte. Sie strich ihm das lange, verworrene Haar aus dem Gesicht. Er war vom Fieber völlig naßgeschwitzt. Wieder stöhnte er. Mit einem Mal hatte Alia Mitleid mit ihm, und sie streichelte seine Stirn. Was mußte er alles durchgemacht haben, daß er derart darunter zu leiden hatte?

Alia betrachtete sein Gesicht. Seine Lippen waren dünn und blutleer, seine Augen starr vor Qual oder Verzweiflung. Es war ein auf seltsame Weise zerstörtes Gesicht, das aber, so schien es, wieder neu zusammengesetzt wurde. Sie streichelte weiter seine heiße Stirn und versuchte die tiefen Falten dort zu glätten.

Alia dachte, daß sie sich für den Rest des Tages vielleicht ausruhen sollten. Das Marschieren fiel ihm offensichtlich immer schwerer, und eine Rast könnte da Wunder wirken. Wenn es sein mußte, konnte ein Mann auch mit Fieber unterwegs sein, aber Guthries Reserven schienen vollständig aufgebraucht. Und was Orrin und Einauge betraf … Sie hatte sich bereits so sehr verspätet, daß es auf einen Tag wahrscheinlich nicht ankam.

Als sie besorgt zu ihm hinuntersah, kam Guthrie langsam wieder zu Bewußtsein. Er blinzelte, und seine Augen erkannten sie.

Mit einer hastigen, verlegenen Bewegung entfernte Alia ihre Hand von seiner Stirn.

Verwirrt schreckte er auf.

»Es ist gut«, sagte sie. »Bleib bitte ruhig.«

Sie wollte ihn aufrichten und ihm den Schädel abnehmen. Doch Guthrie packte das Ding, stieß ihr mit einer ungeschickten Bewegung seinen Ellbogen in den Bauch, drehte sich von ihr fort und umklammerte den Schädel, als ob Alia ihn hätte stehlen wollen.

Alia wurde von dem Stoß ganz schwindlig, und alles Mitleid war mit einem Mal verschwunden. Dieser Verrückte! Sie hatte nur versucht, ihm zu helfen. Sie hätte ihm am liebsten eine Ohrfeige verpaßt.

Statt dessen holte sie ein paar Mal tief Luft, hob Pfeil und Bogen auf, steckte den Pfeil zurück in den Köcher und setzte sich auf einen Fels in der Nähe. Aus dieser Entfernung betrachtete sie ihn mit Abscheu. Noch immer saß er vornübergebeugt da wie ein Krüppel, umklammerte den Schädel und stammelte unverständliches Zeug – vielleicht zu sich selbst, zum Schädel, zu den Bäumen oder auch zur Sonne. Es war ihr egal. Ja, Guthrie Garthson, der zukünftige Fürst des Fürstentals inmitten seiner Untertanen. Das war ein bitterer Streich, den die Mächte ihr da gespielt hatten. Dieser Mann war nichts als ein hoffnungsloser Schwachkopf. Und umso dümmer war sie selbst gewesen, auf ihn irgendwelche Hoffnungen zu setzen.

Noch einmal spürte sie die Versuchung, einfach davonzulaufen und ihn hier zurückzulassen. Dieses Mal kam sie sogar so weit, lautlos aufzustehen und einige Schritte wegzugehen. Doch sie konnte es nicht tun. So, wie sein Zustand jetzt war, hätte es seinen sicheren Tod bedeutet.

»Komm schon«, sagte sie nach einer Weile und seufzte. »Kannst du gehen? Wir haben noch ein ziemliches Stück vor uns.«

Er fuhr erschrocken herum.

»Wir müssen *gehen*«, sagte sie.

»Gut.« Guthrie nickte und stand unsicher auf. Er sah sie an und schüttelte wie benommen seinen Kopf. »Ich … ich …«

Obwohl sie es nicht wollte, hatte Alia erneut Mitleid mit ihm. Er erschien ihr so schwach, hilflos und allein wie ein kleiner Junge, der sich verirrt hatte. Sie ging zu ihm hin und streckte ihm die Hand entgegen.

Doch Guthric lief an ihr vorbei, ohne sie anzusehen. Er ging einige Schritte, drehte sich um, blieb schwankend stehen und umklammerte noch immer den Schädel, als ob es dasjenige sei, was ihn am Leben hielt. Er öffnete den Mund, schloß ihn, öffnete ihn wieder.

Gedemütigt blieb Alia mit verschränkten Armen stehen und wartete, wie er dies alles erklären würde. Doch er sagte nichts. Er starrte wieder ins Leere. In ihr verschwand auch der letzte Rest von Mitleid. Mit halb geöffnetem Mund sah er aus wie ein Idiot.

Sie machte kehrt und ging den Hang hinunter. »Los«, rief sie über ihre Schulter. »Guthrie, komm endlich!«

Als sie seinen Namen rief, schien er wieder zu Bewußtsein zu kommen. Sein Blick wurde klarer, er schüttelte sich, machte zwei Schritte – und fiel der Länge nach hin.

Alia ging zu ihm zurück, und ihre Ungeduld verwandelte sich in nackte Wut. »Wenn du nicht einmal …«, fing sie an.

Doch als sie ihn betrachtete, war alle Wut verraucht. Guthrie lag da wie tot.

Alia war vor Schreck erstarrt und brauchte einen Moment, bevor sie sich bewegen konnte.

Mit pochendem Herzen eilte sie zu ihm hin, warf noch einmal ihren Bogen auf die Erde und nahm ihn in die Arme.

Guthrie stöhnte, und es klang so jämmerlich wie der erstickte Schrei eines kranken Babys. Alia atmete erleichtert auf. Er lebte. Aber seine Stirn war mittlerweile glühend heiß vom Fieber. Er war schweißgebadet, und immer wieder begann er zu zittern.

Sie legte sich seinen Arm über die Schultern und stemmte Guthrie in die Höhe. Er war nicht besonders groß, doch schwerer, als sie erwartet hatte. »Komm«, drängte sie. »Wir suchen uns einen Bach. Kühles Wasser wird dir guttun.« Als sie langsam losgingen, wollte Alia sich bücken, um ihren Bogen aufzuheben. Doch dabei verloren sie beide das Gleichgewicht, und bevor Alia es verhindern konnte, rutschte ihr Guthrie von der Schulter und landete hart auf dem Boden.

Alia zog ihn wieder in die Höhe, und sie stolperten weiter.

Sie stießen schließlich auf ein kleines Bächlein, an dem Alia ihm Gesicht und Hände wusch und ihn aus ihrer hohlen Hand trinken ließ. Es schien ihm zumindest so weit besser zu gehen, daß er in einen unruhigen Schlaf fiel. Alia hielt ihn noch immer in ihren Armen und betrachtete ihn besorgt. Es war sinnlos. Die einzige Möglichkeit, noch heute das Jägerlager zu erreichen, hätte darin bestanden, ihn zu tragen. Doch das konnte sie nicht. Andererseits würde es vielleicht Tage dauern, bis er sich so weit erholt hatte, daß er ohne Hilfe gehen konnte.

Letztendlich hieß das, daß sie entweder einige Tage mit ihm hierblieb, um ihn zu pflegen, oder daß sie ihn zurückließ, so schnell wie möglich zum Jägerlager lief und mit Hilfe zurückkam.

Der Boden hier bestand aus einem weichen Teppich brauner Tannennadeln. Die Sonnenstrahlen, die durch die Bäume fielen, wärmten ihre Rücken und glitzerten im glucksenden Wasser des Bächleins. Und daß er schlafen konnte, war gut. Einige Tage vollkommener Ruhe würden sicher Wunder vollbringen.

Es gab schlimmere Orte, um zurückgelassen zu werden …

Auf einem felsigen Hügelkamm machte Alia um die Mittagszeit kurze Rast und blickte hinunter in eines der Täler. Sie war gut vorangekommen. Das Jägerlager war nun so nahe, daß sie es leicht noch vor der Nacht erreichen würde. Sie hoffte nur, daß Fürst Guthrie an Ort und Stelle blieb, wie sie ihn gebeten hatte. Er hatte anscheinend verstanden, was sie tun wollte, doch in Anbetracht seines Fiebers und dem, was ihn sonst noch quälte, war Alia sich nicht ganz sicher, ob sie sich auf ihn verlassen konnte. Sie hatte ihr Bestes getan …

In dem waldigen Tal unter ihr kreiste mit langsamem Flügelschlag eine einsame Krähe. Als Alia ihr zusah, kam ein zweiter Vogel hinzu. Sie hörte ihr Krächzen. Dann drehten beide Vögel plötzlich ab und flogen davon.

Was hatte sie erschreckt?

Alia kniff ihre Augen zusammen und starrte ins Tal.

Sie brauchte einige Zeit, bis sie einen Mann entdeckte, der am gegenüberliegenden Hang des Tals durch die Bäume ging. Sie rutschte von dem Fels, auf dem sie gesessen war, und legte sich auf den Boden. Noch immer überblickte sie das gesamte Tal, ohne selbst gesehen zu werden. Sie beobachtete den Mann, wie er sich vorsichtig von Baum zu Baum schlich.

Zerlumpte Kleider, lange, zerzauste Haare, bewaffnet mit einer Armbrust.

Ein Kundschafter der Banditen.

Der Mann suchte immer wieder Deckung, als ob er jeden Moment damit rechnete, überrascht zu werden. Neben einem alten, vom Blitz zersplitterten Tannenstamm hielt er an und sah sich sorgfältig um. Alia senkte den Kopf. Das dort unten war zwar kein Jäger, aber er bewegte sich wie ein Mann, der genau wußte, was er tat.

Nach einer Weile blickte sie noch einmal hinunter. Der Mann kauerte noch immer neben dem Baum und beobachtete geduldig die Umgebung.

Plötzlich sah sie von dort, wo der Mann hergekommen war, einen zweiten Mann durch die Bäume kommen und dann einen dritten. Die beiden setzten sich zu dem Kundschafter, um mit ihm zu reden. Nach einer Weile ging einer von ihnen wieder dahin zurück, wo er hergekommen war, während die anderen beiden sich in einigem Abstand voneinander durch die Bäume schlichen.

Sie gingen in Richtung des Jägerlagers.

Mit pochendem Herzen blieb Alia liegen. Vielleicht war es reiner Zufall, vielleicht waren sie nur auf der Jagd. Auch Banditen brauchten Fleisch. In ihrer wunden linken Hand pulsierte das Blut. Sie überlegte, was sie nun tun sollte. Zu Guthrie zurückkehren? Hätte sie nur hören können, was die Männer miteinander geredet hatten …

Sie bemerkte, wie sich im Tal wieder etwas bewegte.

Eine Gruppe zerlumpter Männer bewegte sich am gegenüberliegenden Hang durch die Bäume. Weitere Männer folgten. Sie versuchte zu erkennen, wie viele es waren: fünf, sieben … nein, neun. Doch plötzlich strömten immer mehr Männer zwischen den Bäumen hervor, weit mehr, als sie noch zählen konnte. Es schien, daß dort unten die gesamte Banditenhorde unterwegs war.

Sie marschierten zum Jägerlager, da war sie sich nun ganz sicher.

Alia kroch fort von ihrem Fels. Ihre Nerven waren bis zum äußersten gespannt, und am liebsten wäre sie eilig losgerannt. Doch sie bewegte sich langsam und vorsichtig, denn es war unklar, in welche Richtungen die Banditen ihre Kundschafter ausgeschickt hatten. Sie ging den Hügelkamm entlang, gerade so schnell, um mit den Banditen unterhalb von ihr Schritt zu halten.

Nach einer Weile hörte sie auch das Rascheln von Blättern und Gras, obwohl sie die Männer im Moment nicht sehen konnte. Schnell ging sie weiter, bis sie sich von den Geräuschen wieder entfernt hatte.

Dann rannte sie los, so schnell sie konnte.

Am späten Nachmittag durchquerte Alia den Wald auf dem Sonnenhundkamm. Sie kannte dort einen bestimmten Baum, von dem aus man freie Sicht hatte bis zu der Lichtung, auf der die Jäger lagerten. Sie wollte das Lager sehen, unbedingt.

Als sie den Baum erreicht hatte, hängte sie Bogen und

Köcher an einen Ast und kletterte nach oben. Sie hatte kaum noch Kraft. Ihre Glieder waren steif und müde, denn fast die ganze Strecke hierher war sie gerannt. Aber die alte Tanne war zum Glück einfach zu besteigen, ihre dicken Äste bildeten eine Art unregelmäßige Leiter. Keuchend hing sie schließlich noch oben in der Krone und betrachtete von weitem das Jägerlager.

Alles schien normal zu sein, obwohl auf der Lichtung etwas weniger Menschen zu sehen waren als das letzte Mal. Die Leute gingen zwischen den Feuern hin und her oder saßen auf der Erde und redeten. Alias Angst wuchs. Sie war den Banditen zwar voraus, doch allzu groß konnte ihr Vorsprung nicht sein. Und, wie es den Anschein hatte, waren die Menschen da unten völlig ahnungslos.

So schnell wie möglich rutschte sie nach unten, packte Bogen und Köcher und rannte weiter.

Sie lief einen mit Felsen übersäten Abhang hinunter, sprang über einen kleinen Bach, durchquerte einen Wald und rannte und rannte …

Vor ihr erschien plötzlich ein Mann. Fast hätte Alia laut aufgeschrien. Doch es war kein Bandit, es war einer von Hone Amis' Soldaten. Der Mann rief ihr etwas zu, doch in ihrer Eile verstand sie kein Wort. Er versuchte, ihr den Weg mit seinem Speer zu versperren, doch sie stieß ihn zur Seite. »Ich muß das Lager warnen!« rief sie atemlos und hetzte weiter.

Keuchend rannte sie auf die Lichtung. Die Menschen im Lager drehten sich erschrocken um.

»Wo ist Charrer Mysha?« wollte sie von dem Talbewohner wissen, der ihr am nächsten stand.

Der Mann machte große Augen.

»Bist du taub?« fuhr sie ihn an. Sie stand da mit ihren Händen auf den Knien und bemühte sich, zu Atem zu kommen. »Wo … wo ist Mysha? Ich muß mit ihm sprechen. Oder Hone Amis. Wo sind sie?«

»Alia!« hörte sie jemanden rufen.

Es war Orrin.

»*Orrin*! Wie bist du …« Verwirrt schaute sie sich um. »Aber wenn du hier bist, dann … wißt ihr doch Bescheid. Die Banditen, Orrin! Wieso habt ihr das Lager nicht längst verlegt? Was ist denn los mit euch?«

Immer mehr Leute standen nun um sie herum.

»Wo ist Einauge?« fragte Alia weiter. »Was ist passiert, Orrin?« Sie wollte ihn am Wams packen, doch Orrin trat steif einen Schritt zurück, und mit versteinertem Gesicht verschränkte er die Arme.

Für Alia war es wie ein Schlag ins Gesicht.

»Schafft mir dieses verfluchte Mädchen fort!« hörte Alia eine bekannte Stimme. Es war Hone Amis, der nun zu ihnen kam. »Bringt sie fort, habe ich gesagt! Mit diesem Aufruhr wird sie alles verderben.«

Alia erstarrte, als sie den Heermeister sah. Es schien, als wäre das Lager völlig unvorbereitet, und dennoch lief er hier herum und erteilte so hochnäsig wie eh und je seine Befehle. So blind konnte Hone Amis doch nicht sein, daß er die Bedrohung durch die Banditen noch immer für ein Märchen hielt? Auch Orrin mußte ihm doch von den Banditen erzählt haben.

Orrin … Sie sah ihn an, und ihr Herz zog sich zusammen. Was war geschehen, daß er wieder hier im Lager war und sich ihr gegenüber so gefühllos und kalt verhielt? Wie lange war es her, daß sie ihn und Einauge zurückgelassen hatte?

Ein Soldat kam zu ihr und packte sie plötzlich am Arm. »Mitkommen!« befahl er.

Alia riß sich los.

Er packte sie ein zweites Mal. »Los, komm schon, Mädchen. Du hast doch gehört, was der Heermeister gesagt hat.«

Alia sprang von ihm fort.

Orrin gab ihr ungeduldig ein Zeichen. »Tu, was der Mann sagt, Alia.« Dann, zu dem Soldaten: »Bring sie her zu mir.«

Unsicher ließ sich Alia zu Orrin zerren. »Sind hier denn alle verrückt geworden, Orrin? Die Banditen nähern sich dem Lager. Ich habe sie gesehen! Und die Leute laufen hier herum, als ob in der Welt alles in Ordnung wäre. Es ist wegen Hone Amis, nicht wahr? Er will noch immer nicht glauben, daß es Banditen gibt, die …«

»Oh, sei endlich ruhig!« fauchte Orrin.

Erschrocken starrte Alia ihn an.

Er wandte sich zu dem Milizen. »Ich werde mich um sie kümmern.«

Der Mann blieb unsicher stehen und schaute über seine Schulter zu Hone Amis. Der winkte Alia verärgert fort.

»Sie wird uns keinen Ärger mehr machen«, sagte Orrin. »Ihr habt mein Wort.«

Der Soldat sah ihn an. »Ich kann nur hoffen, daß du recht hast.«

Orrin nickte. »Verlaßt euch darauf.«

»Dann nimm sie. Aber sie verhält sich ruhig und friedlich, klar?«

Alia dachte schon, daß Orrin gleich einen Wutanfall bekommen würde, als der Soldat derart mit ihm redete. Doch er entgegnete nur knapp: »Klar.« Dann packte er Alia am Arm, um sie auf nicht allzu sanfte Weise fortzuführen.

»Orrin!« fing Alia an. »Du mußt die Leute überzeugen. Ich habe die Banditen gesehen. Wirklich! Sie sind auf dem Weg hierher zum Lager. Oh, Orrin! Wir müssen …«

Orrin zog sie hastig weiter. »Jetzt halte deinen Mund, Mädchen! Oder du wirst alles verderben.«

»*Was* werde ich verderben? Und sag mir nicht ständig …«

Er riß grob an ihrem Arm. »Unseren Plan wirst du verderben.«

Alia versuchte sich loszuwinden, doch er zog sie einfach mit sich fort. »Welchen *Plan?*« fragte sie. »Was ist los mit dir, Orrin? Und wo ist Mysha?«

»Weg.«

»*Weg?* Was soll das heißen?«

»Er ist mit den anderen fortgegangen. Meister Amis hat ihm befohlen, daß er …«

»Orrin! Was geschieht hier eigentlich? Sag es mir endlich!«

»Komm mit, Mädchen«, antwortete er nur. »Jetzt sei nicht so blöd.«

Plötzlich gelang es Alia, sich von ihm loszureißen. »Ich bin nicht blöd. Aber ich frage mich, was mit *dir* los ist. Und wo ist Einauge?«

»Einauge ist tot«, meinte Orrin knapp.

Alia starrte ihn an. »Nein!«

Orrin warf ihr einen wütenden Blick zu. »Oh doch, Einauge ist *tot.* Und wo warst du, Mädchen, als wir dich gebraucht haben? Ich habe mir wegen dir Sorgen gemacht. Ich dachte, sie hätten dich umgebracht.« Er schüttelte den Kopf. »Aber dir ist ja anscheinend nichts passiert.«

»Orrin!« sagte Alia verzweifelt. »Glaubst du denn, ich habe euch einfach … im Stich gelassen?«

Er hob die Schultern. »Ich weiß nicht, was ich glauben soll.« Noch einmal schüttelte er den Kopf. »Aber das ist nun auch gleichgültig.«

Alia sah ihn wortlos an.

»Wir müssen jetzt an andere Dinge denken, an wichtigere Dinge.« Er packte sie wieder und ging mit ihr weiter.

Alia war so verwirrt, daß sie keinen Widerstand mehr leistete.

»Auch du kannst bei dem Plan von Meister Amis mitmachen, wenn du nur aufhörst, ständig …«

»*Meister* Amis?« fragte Alia kalt, doch Orrin entging der Hohn in ihrer Stimme.

»Der Mann packt die Dinge an, Alia. Und er ist schlau und hat Erfahrung.«

»Das ist ein eingebildeter Dreckskerl«, zischte Alia.

»Manchmal ist er etwas schroff, das gebe ich zu.«

»*Schroff* nennst du das? Wie kannst du nur …«

Orrin unterbrach sie. »Du warst nicht dabei, Alia. Du hast kein Recht, ihn zu kritisieren. Als er erst einmal Bescheid wußte, was vor sich ging, hat er sofort …«

»Er glaubt uns jetzt also, daß es Banditen gibt, nicht wahr?«

Orrin nickte. »Meister Amis erreicht, was er will. Wir haben ihn … falsch eingeschätzt.« Orrin fuhr sich mit der Hand durch sein rotes Haar und sah sich um. »Wir haben die meiste Zeit mit sinnlosen Diskussionen verbracht, das weißt du doch selbst. Wir Jäger können nichts tun, ohne endlos darüber zu debattieren. Und Mysha hilft da auch nicht weiter. Meister Amis allerdings …«

Orrin deutete auf das Lager. »Du hättest das Durcheinander sehen sollen, als Einauge und ich hier angekommen sind.«

»Du hast Einauge bis hierher geschleppt?«

»Was sonst hätte ich tun sollen? Du bist ja nicht …«

»Orrin«, unterbrach sie ihn. »Wie viele Tage ist es her, seitdem wir uns in den Bergen getrennt haben?«

Mit Falten in der Stirn sah Orrin sie an. »Was soll diese Frage?«

»Wie lange?«

Er zuckte mit den Schultern. »Etwa zehn Tage, würde ich sagen. Mindestens.«

Alia wurde schlecht. »Nein! Es können doch keinesfalls mehr sein als … fünf Tage!«

»Mindestens zehn«, entgegnete er kalt. »Ich muß es schließlich wissen. Ich habe drei Tage gebraucht, um Einauge hierher zu tragen. Am vierten Tag ist er gestorben. Wo warst du bloß?«

»Ich …« Alia wußte nicht, wo sie anfangen sollte.

»Ist jetzt auch egal«, meinte Orrin. »Komm schon.«

Sie hatten den Rand des Lagers erreicht. Er zog sie ins Dickicht der Bäume und lief immer weiter.

»Wo gehen wir hin?« fragte sie.

»Bei Mysha brauchten wir immer eine Ewigkeit, bis irgend

etwas entschieden war«, sagte Orrin. »Doch bei Meister Amis …«

»Wo gehen wir hin?« fragte Alia noch einmal.

»Das will ich dir ja gerade sagen! Wenn Meister Amis etwas organisiert, dann hat er alles unter Kontrolle. Wenn er sagt, daß etwas zu tun ist, dann wird es auch getan. Als er von der Bedrohung durch die Banditen erst einmal wußte, ließ er einen Teil der Leute sofort in Sicherheit bringen. Und dann erklärte er uns seinen Plan.«

»Einen *Plan?*«

Orrin nickte eifrig. »Die meisten Soldaten und alle wehrfähigen Jäger sind im Lager geblieben. Überall im Wald haben wir Wachtposten, die uns rechtzeitig warnen werden. Laut seinem Plan tun wir nun so, als seien wir ahnungslos, und wenn die Banditen kommen, werden sie denken, sie hätten leichtes Spiel. Doch statt über uns herzufallen, werden wir über sie herfallen. Ach, es ist einfach wunderbar!«

»Und während sich Hone Amis diesen *Plan* ausdachte, was hat Mysha da getan?«

»Mysha?« meinte Orrin verächtlich. »Mysha war … völlig nutzlos. Im Vergleich zu unserem Heermeister besitzt Mysha doch überhaupt keine Autorität. Wenn Meister Amis einen Befehl gibt, dann tun die Leute gut daran, ihm zu gehorchen. Bei Mysha hingegen … nun, du weißt ja, wie es bei ihm ist. Wenn man ihn braucht, ist er nie da. Und jemandem einen Befehl zu erteilen, das brächte er sowieso nie übers Herz.«

»Wo *ist* Mysha?«

»Meister Amis hat ihn mit den Leuten fortgeschickt, die das Lager verlassen haben. Er sollte sie an einen sicheren Ort bringen.«

»Er hat ihn *fortgeschickt?*«

Orrin nickte »Hier würde er uns nichts nützen. Er ist kein Kämpfer. So konnte er wenigstens auch sich selbst in Sicherheit bringen.«

Alia starrte Orrin an mit offenem Mund. Sie konnte einfach nicht glauben, was er da von sich gab.

»Schau mich nicht so an, Mädchen«, sagte Orrin unwirsch. »Es wird Zeit, daß du aufwachst wie wir anderen. Du warst eben nicht *dabei*. Du hast nicht gesehen, wie Mysha herumgeschwafelt hat wie ein altes Weib. Und du hast nicht gesehen, wie Meister Amis das Kommando übernahm und hier alles organisierte. Ohne ihn …« Orrin hob die Schultern. »Ohne ihn hätten wir überhaupt nichts zustande gebracht und würden noch immer herumsitzen und sinnlos diskutieren, während die Banditen immer näherkommen. Meister Amis hat seine Männer unter Kontrolle. Er hat die Situation hier unter Kontrolle. Die fähigsten Jäger erhielten von ihm sogar vorläufige Befehlsgewalt.« Aus einer seiner Taschen holte er eine Ledermütze und setzte sie auf. An ihrer Vorderseite steckte ein kleines Abzeichen aus Metall: gekreuzte Speere über einer Klinge, darüber ein einzelner Stern. »Ich bin nun ein Unteroffizier«, meinte Orrin stolz. »Mir unterstehen zwanzig Männer.«

Alia begann zu lachen.

»Das ist überhaupt nicht komisch«, fauchte Orrin. »Aber genau hier liegt unser Problem. Verstehst du denn nicht? Es ist, wie Meister Amis sagt: Wir Jäger bringen nichts zustande, ohne uns ständig zu streiten. Wie jetzt zum Beispiel. Du willst nicht einmal mit mir mitkommen, ohne Ärger zu machen.«

»Ich mache gar keinen Ärger!« Alia riß sich von ihm los, doch sofort packte er sie wieder, dieses Mal an ihrer wunden linken Hand. »Laß meine Hand los. Du tust mir *weh*!«

Orrin ließ sie los. Wütend sah er sie an, mit einem Gesicht, das so hart und entschlossen war wie das des Heermeisters. »Ich habe viel zu tun, Mädchen. So wie alle hier. Für solche Streitereien ist jetzt keine Zeit. Ich werde dich einem Offizier übergeben. Dann muß ich zu meiner Einheit zurück.«

Alia wollte etwas antworten, doch mit einer ungeduldigen Handbewegung schnitt er ihr das Wort ab.

»Tu einfach, was man dir sagt. Sonst wirst du noch alles zunichte machen. Beinahe wäre dir das schon gelungen mit dem Aufruhr, den du im Lager veranstaltet hat. Was denkst du, wäre wohl passiert, wenn ein Kundschafter der Banditen das beobachtet hätte? Unsere Falle, die wir so sorgfältig vorbereitet haben, wäre beim Teufel gewesen.«

Alia wußte nicht, was sie dem entgegnen sollte. Schweigend ließ sie sich weiter durch den Wald führen. Dort, wo die späte Nachmittagssonne durch die Zweige kam, warf sie lange Schatten. Zwischen den Bäumen war die Luft deutlich kühler.

Nach einer Weile erreichten sie eine Gruppe von Männern. Bewaffnet mit ihren Bogen, hielten sie sich hinter Felsen versteckt. Ein Soldat kam auf sie zu. Er trug die gleiche Mütze wie Orrin, jedoch mit drei Sternen auf seinem Abzeichen.

»Hier ist noch ein Bogenschütze für dich«, meinte Orrin.

Der Soldat sah Alia an. »Das ist ein Mädchen.«

»Sie ist ein Jäger und ein besserer Schütze als die meisten anderen hier.«

Der Offizier verzog mürrisch das Gesicht.

»Du kennst doch Hone Amis' Anweisungen«, meinte Orrin. »Jäger werden überall dort eingesetzt, wo sie nützlich sind. Und in dieser Einheit Bogenschützen wird sie uns *sehr* nützlich sein.«

»Na ja, in Ordnung«, stimmte der Offizier schließlich zu. »Aber gut finde ich es nicht, wenn *Mädchen* bei uns mitkämpfen.«

»Sie hat schon zwei Banditen erledigt. Ganz allein«, erwiderte Orrin. »Mit ihrem Bogen.«

Der Offizier hob die Schultern. »Gehorcht sie?«

»Ich bürge für sie.«

Alia spürte, wie sie rot wurde vor Wut. Sie konnte es nicht länger ertragen, wie diese beiden über sie redeten. »Ich verstehe nicht, wieso ...«, begann sie.

Orrin packte sie am Arm und zog sie einige Schritte fort. »Das gehörte alles zu Hone Amis' Plan«, sagte er. »Wir werden diese verfluchten Banditen ein für alle Mal erledigen. Tu einfach, was der Offizier dir sagt. Ich habe für dich gebürgt. Wenn du weiterhin störrisch bist, ist es *mein* Ansehen, das darunter leidet.«

Bevor Alia eine passende Antwort einfiel, hatte Orrin sie bereits seinem Vorgesetzten übergeben und war verschwunden.

»Du gehst nach dort drüben«, befahl der Offizier. »Du bleibst in Deckung und verhältst dich still.«

Alia schluckte ihren Ärger hinunter und nickte.

»Und du tust nichts, wozu ich nicht ausdrücklich den Befehl gebe. Ist das klar? Ihr Jäger seid doch ein viel zu eigenwilliges Pack.«

Alia sagte kein Wort und ging hinter den Felsen in Stellung.

»Willkommen im Krieg«, meinte der Mann neben ihr. Er war ein Talbewohner und gehörte weder zu Jägern noch Milizen. Besonders begeistert schien er nicht zu sein.

Alia brummelte eine unverständliche Antwort. Sie versuchte, sich etwas bequemer hinzusetzen. Noch immer war ihr schlecht. Viel zu schnell waren all die Ereignisse auf sie eingestürmt. Das war nicht das Lager, das sie verlassen hatte. Hone Amis hatte nun das Kommando, Charrer Mysha hatte man fortgeschickt und Orrin lobte den Heermeister in den höchsten Tönen. Sie empfand es wie einen Betrug.

Ein plötzliches Geräusch ließ Alia herumfahren. Sie sah, wie aus dem Dickicht ein Soldat hervorkam und zum Offizier rannte. »Wir haben sie gesichtet«, keuchte er. »Meister Amis sagt, daß sich alle bereithalten sollen.« Damit lief er auch schon weiter.

»Also gut, ihr habt es gehört«, sagte der Offizier zu seinen Bogenschützen. »Seid auf der Hut. Doch niemand schießt, bis *ich* nicht den Befehl dazu gebe. Habt ihr *verstanden?*«

Von den Männern kam ein zustimmendes Murmeln. Dann begannen sie mit nervöser Hast, sich um allerlei Kleinigkeiten zu kümmern. In geordneten Reihen legten sie ihre Pfeile neben sich auf den Boden. Auch Alia leerte ihren Köcher zur Hälfte. Sie duckte sich hinter die Felsen und spürte, wie ihr Herz immer schneller schlug. Beunruhigt fragte sie sich, was ihr nun wohl bevorstand und ob Hone Amis' angeblich so wunderbarer Plan tatsächlich nichts übersehen hatte.

Und erst dann, als das Warten sich in die Länge zog, fiel ihr ein, wen sie noch mit keiner Silbe erwähnt hatte: Fürst Guthrie Garthson.

XVII

Zuerst hörten sie die Schreie in der Ferne. Einige Male drang ein klagendes Quietschen zu Alia herüber, so wie sie es vom Herbstschlachten der Schweine kannte. Kalt lief es ihr über den Rücken, und sie wollte nicht daran denken, weshalb ein Mann wohl derart schreien mußte.

Die Bogenschützen wurden zunehmend unruhig. Der Abhang vor den Felsen war gut überschaubar, doch weiter unten wurde die Sicht von dichtem Wald versperrt.

»Immer mit der Ruhe, Leute«, flüsterte der Offizier. »Und wartet auf meinen Befehl.«

Wieder hörten sie Schreie, aus der Ferne zwar, doch beunruhigend deutlich. Alia stützte sich mit dem Ellbogen auf den Fels und suchte die Bäume ab nach Formen, Bewegung, irgend etwas. Aber noch immer war nichts zu sehen. Sie spürte, wie ihr das Blut in den Halsschlagadern pochte. Ihre Hände, die feucht waren von Schweiß, wischte sie über ihre Hose. In ihrer wunden linken Hand spürte sie schmerzhafte Stiche.

»Da kommen sie!« sagte der Mann neben Alia. Er spannte seinen Bogen, feuerte und ging wieder in Deckung.

»Dummkopf!« zischte der Offizier. »Das sind *unsere* Männer!«

Der Pfeil war viel zu hoch gegangen und verfing sich irgendwo in den Tannenästen. Der Mann senkte eingeschüchtert den Kopf, und Alia hörte, wie er leise vor sich hinfluchte.

»Niemand, *niemand* schießt, bis ich es sage!« befahl der Offizier. »Dem Nächsten, der sich nicht daran hält, jage ich persönlich ein Messer zwischen die Rippen.«

Weitere Männer kamen nun aus dem Wald. Dann hörte Alia die bekannte Stimme von Hone Amis, der seine Befehle gab. »Verteilt euch. Nicht alle auf einem Haufen!«

Sie sah, wie der Heermeister zwischen den Bäumen auftauchte. »Deine Einheit postiert sich dort drüben auf dem Hügel«, befahl er einem Unteroffizier, der zu ihm hergerannt kam. »Aber Beeilung! Oder die verfluchten Banditen werden deine Männer entdecken, bevor sie in Deckung sind.«

Immer mehr Männer kamen aus dem Wald: Milizen, gewöhnliche Talbewohner, Jäger. Waren sie etwa auf dem Rückzug? Alia schluckte und hoffte, daß Hone Amis tatsächlich wußte, was er da tat.

Der Heermeister kam zu ihnen hinter die Felsen. »Alles bereit?« fragte er den Offizier.

»Alles bereit, Meister Amis.«

»Dann warten wir eben. Adelbart müßte jetzt eigentlich bald das Signal …«

In der Ferne hörten sie plötzlich aufgeregtes Schreien.

Hone Amis nickte. »Es ist soweit. Sie denken, wir sind ahnungslos. Mal sehen, wie ihnen unsere kleine Überraschung schmecken wird.«

Alia konnte nicht erkennen, was da unten vor sich ging, doch die Schreie kamen deutlich näher. Mit einem Mal stürmten Milizen zwischen den Bäumen hervor. Das war kein planmäßiger Rückzug. Die Männer sprangen umher wie verschreckte Hasen, etliche fielen in ihrer Eile zu Boden, standen hastig wieder auf und rannten weiter. Aus dem grünen Dickicht hinter ihnen kam wildes, triumphierendes Geschrei.

»Etwas ist schiefgegangen!« hörte Alia jemanden sagen.

»Macht euch schußbereit!« befahl der Offizier.

Alia ging in die Höhe und spannte den Bogen. Ihre linke Hand schmerzte bis hoch in Arm und Schulter. Es war schwer für sie, den Bogen richtig zu halten. Sie konnte nur versuchen, nicht an die Schmerzen zu denken.

Nun sah sie die zerlumpten Banditen, die mit Triumphgeheul hinter den fliehenden Milizen herjagten.

»Noch nicht«, sagte der Offizier, mit einem Auge auf Hone Amis. »Noch nicht ...«

Alias linke Hand durchzuckte ein noch stärkerer, stechender Schmerz, als ob jemand mit dem Messer hineingestochen hätte. Ihr Pfeil und der Bogen fiel mit lautem Klappern auf die Steine.

Hone Amis wirbelte herum und warf ihr einen wütenden Blick zu.

Im selben Augenblick sprang mit unheimlichem Geheul etwas zwischen den Bäumen hervor.

Alia erstarrte.

Der Unbekannte trug ein glitzerndes Kettenhemd und hatte in der einen Hand eine lange Klinge, die im Licht, das durch die Zweige fiel, merkwürdig glänzte. Und dann erst sah sie sein Gesicht: lange Reißzähne, große, gelbe, nichtmenschliche Augen.

Es war das Dämonenwesen, das sie von den Banditen befreit hatte!

Alias Hand brannte wie Feuer, sie bekam kaum noch Luft. Alles um sie her war nun bedeutungslos: Hone Amis, die Milizen, Banditen, alles ... Alias Welt bestand nur noch aus ihr selbst und dem Dämonen. Die großen, gelben Augen starrten sie an. Völlig hilflos und überwältigt fiel Alia rückwärts zu Boden.

»Was ist das?« hörte sie eine ängstliche Stimme stammeln.

»Ein Dämon!« schrie ein anderer.

Ein Mann kam über die Felsen gestürzt und wäre beinahe auf

Alia gelandet. Er rappelte sich wieder auf, warf einen verängstigten Blick nach hinten und rannte fort. Andere stürmten ihm nach.

»Nein!« hörte sie Hone Amis brüllen. »Dummköpfe! Feiglinge!«

Alia kam auf die Knie und sah sich um. In wildem Durcheinander flohen die Milizen zu den Felsen. Etwa die Hälfte der Bogenschützen war bereits davongerannt. Das Dämonenwesen heulte und wirbelte die lange, schimmernde Klinge über seinem Kopf.

»Haltet die Stellung!« rief Hone Amis. Mit der flachen Seite seines Schwerts stoppte er mehrere Männer, die an ihm vorbeiwollten. »Diese Handvoll von Hurensöhnen kann uns noch lange nicht bezwingen. Haltet die Stellung, habe ich gesagt! Bleibt hier!« Einige Männer blickten sich kurz zum Heermeister um, doch die meisten rannten einfach weiter.

Hone Amis warf seinen Kopf zurück und brüllte: *»BLEIBT HIER!«* Seine Stimme schnitt durch das Getümmel wie ein Messer durch Butter.

Die Männer wurden langsamer, blieben stehen.

»Bogenschützen«, befahl Amis. »Schießt! *Schießt!*«

Die Männer, die hinter den Felsen ausgehalten hatten, ließen ihre Pfeile fliegen. Einige Banditen stürzten getroffen zu Boden.

Von den Milizen kam kurzer Jubel, doch mit unveränderter Stärke ging der Ansturm der Banditen weiter.

»Ein Dämon! Ein *Dämon* will unsere Seelen rauben!« jammerte noch immer eine verzweifelte Stimme.

»Stopft diesem Kerl endlich das Maul!« rief der Heermeister. »Dämon oder nicht, er hat bisher nichts weiter getan, als mit seiner Klinge herumzufuchteln.« Er deutete auf die unheimliche Gestalt. »Seht ihn doch an, ihr Dummköpfe!«

Das Wesen ließ schreckliche Schreie hören, sprang in wilden Sätzen umher und wirbelte seine glänzende Klinge. Doch näher kam es nicht, sondern blieb am Waldrand.

»Gib den Bogen her!« befahl Hone Amis einem Mann neben ihm. Er zielte und feuerte auf den unbekannten Besucher. Der Pfeil zersplitterte am Kettenhemd, doch das Wesen zuckte sichtbar zusammen. »Ha«, rief Hone Amis zufrieden. »*Das* hat ihm gar nicht gefallen. Er ist sterblich genug, um einen gut geschossenen Pfeil zu spüren.«

Die Männer bekamen langsam Mut. Immer mehr Pfeile ließen sie fliegen – auf das Dämonenwesen und auf die Banditen. Die Banditen versuchten mit ihren Armbrüsten zurückzuschießen, doch nur den wenigsten blieb noch Zeit, ihre Waffen neu zu laden. In einem tödlichen Kreuzfeuer kamen die Pfeile sowohl von den Schützen neben Alia als auch von einigen versteckten Einheiten, die sie bis jetzt noch gar nicht bemerkt hatte.

Mit einem Mal war das Dämonenwesen verschwunden, und die Banditen begannen zu fliehen.

»Hört auf zu schießen!« befahl Amis den Bogenschützen. Er hob beide Arme und winkte einem Soldaten in der Ferne. »Ihnen nach!«

Ein Schwarm von Milizen kam plötzlich zwischen den Bäumen hervor. Mit Triumphgeschrei verfolgten sie die fliehenden Banditen.

Alia lehnte sich gegen die Felsen, der Schmerz in ihrer Hand ließ nun langsam nach. Sie sah sich um. Zwischen den Bäumen lagen Tote und Verletzte. Sie hörte Winseln und Stöhnen. Die Schreie entfernten sich und wurden leiser.

Es war vorbei.

Das Jägerlager füllte sich mit jubelnden Männern.

Und mit solchen, die schwer verletzt waren.

Alia stöhnte unter dem Gewicht eines Milizen, den sie aus dem Wald gezogen hatte. Der Pfeil einer Armbrust hatte ihn ins Bein getroffen und die langen Oberschenkelmuskeln zerfetzt. Er ächzte und war halb besinnungslos. Immer wieder versuchte er, den Pfeil herauszuziehen, was die Wunde nur noch schlimmer machte.

Im Lager legte Alia ihn vorsichtig ins Gras. Von der ungewohnten Last war ihr Rücken schmerzhaft verspannt, und sie atmete schwer. »Bleib liegen«, sagte sie ihm. »Und laß dein Bein in Ruhe!« Die Blutlache um ihn herum wurde schnell größer.

Alia riß einen langen Streifen aus seiner Hose und wollte damit sein Bein abbinden. Doch es war schwer, die richtige Stelle zu finden. Der Pfeil selbst kam ihr in den Weg, und der Mann richtete sich immer halb auf, versuchte ihre Hände fortzudrücken und an dem Pfeil zu reißen. Verzweifelt stieß Alia seinen Oberkörper zurück, so daß er mit dem Kopf hart auf den Boden prallte. Er ächzte und verlor die Besinnung.

Einen schrecklichen Moment lang dachte sie, daß sie ihn getötet hatte. Aber nein, er atmete noch. Sie band den Stoff fest um das Bein und stand dann keuchend auf. Beide Hände waren rot und naß vom Blut des Mannes. Der Pfeil mußte aus dem Schenkel heraus, und zwar schnell. Sie sah sich nach Hilfe um, doch im Lager herrschte ein zu großes Durcheinander. Von allen Seiten hörte sie Lachen und Jauchzen, Stöhnen und Jammern, und Männer rannten kreuz und quer über die Lichtung. Sie erkannte nun, daß man die Verletzten ans gegenüberliegende Ende des Lagers brachte. Sie stand auf und eilte hinüber.

Als sie durch das Gedränge hastete, hielt sie ihre wunde Hand eng am Körper und versuchte nicht auf den Schmerz zu achten, der noch immer in der Hand pulsierte. In Gedanken sah sie das Bild des Dämonenwesens. Auch das versuchte sie zu vergessen und konzentrierte sich auf ihre Schritte und auf die graue Wand des Sanitätszelts, auf das sie nun zuging.

»Dort drüben liegt ein verwundeter Soldat«, sagte sie zu dem ersten Mann, dem sie vor dem Zelt begegnete. Es war ein älterer Talbewohner mit ausgemergeltem, zerfurchtem Gesicht.

»Und jetzt soll ich loslaufen und ihn holen?« meinte er unwirsch.

»Er hat einen Pfeil im Oberschenkel. Er braucht sofort …«

»Er und zwanzig andere!«

»Er wird *verbluten!*« rief Alia.

Der Mann legte ihr seine Hand auf den Arm. »Wir werden uns so bald wie möglich um ihn kümmern, Mädchen.« Er seufzte. »Tut mir leid. Ich wollte nicht grob sein. Aber wir sind vollkommen ... überlastet.« Er rieb sich seine müden Augen, holte tief Luft. »Wo ist er denn, dieser Verletzte?«

Alia deutete hinüber. »Dort drüben, bei den beiden großen Tannen.«

»Gut. Ich werde gleich einige Jungs hinüberschicken. Sie werden ihn mir bringen.« Er betrachtete Alias blutverschmierte Hände. »Und was ist mit dir? Ist das dein Blut?«

Alia schüttelte den Kopf.

»Laß mal sehen.«

Er nahm ihre Hände, bevor Alia sie wegziehen konnte. Und als er ihr die Finger der linken Hand spreizte, mußte sie stöhnen.

»Eine üble kleine Wunde hast du da. Will nicht richtig verheilen, nicht wahr?«

Alia zuckte mit den Schultern.

»Wo hast du sie her?«

Noch einmal hob Alia die Schultern. »Nun gut, du brauchst es mir nicht zu sagen. Aber du kommst später noch einmal zu mir, hörst du? Wenn wir nicht mehr so viel zu tun haben. Wir müssen deine Hand richtig verbinden.«

Alia nickte kurz und wich zurück. Sie verstand nicht weshalb, aber der Gedanke war ihr unerträglich, daß dieser Mann, oder irgend jemand sonst, sich um ihre Verletzung kümmern sollte. Schützend hielt sie die Hand vor die Brust und rannte fort.

Noch immer erschien ihr das Bild des Dämonen. Seine großen, nichtmenschlichen Augen starrten sie an, *lockten* sie, da war sie sich völlig sicher. Doch wie und warum sollte er sie locken? Und wohin?

Alia schüttelte den Kopf und versuchte, sich von derart düsteren Gedanken zu befreien. Sie ging zum Bach, wusch sich Hände und Gesicht und trank. Das kühle Wasser schien ihrer linken Hand gutzutun. Sie kniete sich ans Ufer. Es wurde nun Abend, und der Horizont im Westen färbte sich allmählich rot. Es kam ihr vor, als sei sie eben erst ins Lager gestürmt. Und jetzt … Alles war viel zu schnell passiert. Sie mußte unbedingt Mysha finden. Und da war ja auch noch Fürst Guthrie. Sie erschrak. Es war schon zu spät heute, frühestens am nächsten Morgen konnte sie zu ihm zurückkehren. Was aber, wenn ihm bis dahin etwas zustoßen sollte?

Alia stand auf, doch ihr wurde schwindlig, die Welt um sie her verschwamm, und wieder sah sie deutlich das Dämonenwesen. Es lockte sie wie in jenen Träumen, die sie gehabt hatte, nachdem es ihr das erste Mal begegnet war. Irgendwie hatte sie diese Träume vergessen.

Doch jetzt war das Wesen wieder da. Und es kam ihr so vor, als ob alles, was sie in den vergangenen Tagen erlebt hatte, nun wie eine große Welle auf sie einstürzte: die Fey, der Dämon, Fürst Guthrie, die seltsame, fremde Welt, die ihr unter der Oberfläche der gewöhnlichen Dinge erschienen war.

Alia durchlief es kalt. Ihr Schwindel verflog, sie sah die Welt nun wieder klarer. Sie mußte herausfinden, wo Mysha steckte, das war zunächst das Wichtigste. Über irgendwelche rätselhaften Dinge konnte sie später noch grübeln.

Doch als sie sich umsah, fühlte sie sich schrecklich hilflos. Im Lager wimmelte es wie in einem Ameisenhaufen, überall hörte sie Schreie. Sie konnte nicht lange hinsehen, dieses Durcheinander war zuviel für sie.

Sie bemerkte zwei Männer, einen Jäger und einen Soldaten. Zwischen sich trugen sie einen Verletzten, der nicht mehr gehen konnte. Sie hatten ihn aus dem Wald geholt und legten ihn nicht weit von ihr ins Gras. Erschöpft lehnten sich der Jäger und der Soldat aneinander. Doch dann sah Alia die Gesichter der beiden Männer, und sie … grinsten.

Vom Rand des Lagers kamen plötzlich laute Schreie. Alia fuhr herum und sah, wie eine Einheit Milizen zwischen den Bäumen hervorkam. In ihrer Mitte stolperte ein Gefangener. Die Hände des Mannes waren hinter den Rücken gebunden. Als sie auf der Lichtung standen, versetzte ihm einer der Soldaten einen Tritt, und der Gefangene fiel hilflos vornüber.

»Sie haben einen der Hurensöhne lebend erwischt!« hörte Alia jemanden in der Nähe sagen.

»Was soll das?« sagte ein anderer. »Macht sie doch kalt. Alle!«

Alia sah beunruhigt hinüber. Es war ein Talbewohner, den sie nicht kannte. Auch ihm stand dieses grimmige, triumphierende Grinsen im Gesicht.

»Diesen Tag werden die Dreckskerle nie vergessen«, sagte eine dritte Stimme. Alia drehte sich um und sah Varry, einen älteren Jäger. Sie kannte ihn als eher verschlossenen, vernünftigen Mann, der meistens seine Ruhe wollte. »Diese Halunken werden wir so schnell nicht wiedersehen!« meinte er zu ihr.

»Ich wette, die rennen noch immer«, sagte ein anderer Jäger, der sich neben Varry stellte.

Die zwei Jäger lachten. Beide waren verdreckt, trugen zerrissene Kleider, und beide verzogen sie ihr Gesicht zum gleichen, wölfischen Grinsen.

Ein Soldat, der sie gehört hatte, kam näher. »Freut euch nur«, sagte er, »aber zu viele sind uns entwischt. Wenn ihr Jäger nicht so lange gebraucht hättet, um ihnen den Rückweg abzuschneiden, dann …«

»Wenn jemand Fehler gemacht hat, dann wart es ihr Soldaten«, entgegnete Varry. »Ihr seid durch die Bäume gestampft wie eine Herde fetter Kühe.«

Beunruhigt trat Alia zu den drei Männern. Die nervöse Spannung zwischen Jägern und Milizen kannte sie mittlerweile gut genug, und sie fürchtete, daß es gleich zu einem Kampf kam.

Doch zu ihrer Überraschung konnte sie mitansehen, wie alle

drei sich angrinsten. Der Soldat schlug Varry kameradschaftlich auf den Rücken. »Sehen wir mal, was Meister Amis mit dem Gefangenen vorhat.« Beide Jäger nickten. Dann gingen die drei Männer fort, ohne Alia überhaupt zu beachten.

Der gefangene Bandit kniete neben einer der Feuerstellen. Grün und blau hatte man ihn geschlagen, über seine Stirn lief ein Schnitt, aus dem ihm Blut in die Augen tropfte. Er schüttelte den Kopf und versuchte das Blut wegzublinzeln, denn seine gefesselten Hände konnte er ja nicht benutzen. Mit leichenblassem Gesicht sah er sich um.

Durch die Leute um ihn herum lief ein verärgertes Gemurmel. »Macht ihn alle!« schrie jemand.

»Schneidet ihm die Kehle durch, sofort! Dann ist es erledigt!«

»Dreckiger Hurensohn!«

Die Menge schloß ihren Kreis enger, und der Mann krümmte sich instinktiv zusammen.

»Tötet ihn!«

»Nein!« Es war Hone Amis. »Dieser Mann besitzt Informationen, die wir dringend brauchen. Er weiß, wo das Banditenlager liegt. Wenn ihr ihn jetzt umbringt, erfahrt ihr gar nichts.«

»Und was, wenn er nicht sprechen will?« fragte ein Jäger.

»Dann gibt es Mittel, ihn zu … überreden«, sagte Hone Amis.

Die Menschen wurden plötzlich still, doch keiner widersprach dem, was der Heermeister ganz offensichtlich vorschlug.

Der Bandit zitterte.

Auch Alia bebte. Sie wollte nicht glauben, daß sie Hone Amis richtig verstanden hatte. Beim bloßen Gedanken daran wurde ihr schlecht. Waren die Leute hier im Lager denn verrückt geworden? Noch immer sah sie auf allen Gesichtern den gleichen Ausdruck: eine Mischung aus Begleitung und Zorn.

Doch noch etwas Neues war hinzugekommen. Es war der selbstsichere, gewissenlose Blick, den eine Katze auf die Maus wirft, die hilflos in ihren Pfoten zappelt.

Alia versuchte, sich dem Gefangenen zu nähern, doch die Männer um ihn herum bildeten einen undurchdringlichen Zaun. Es waren zu viele. In Alias Augen verwandelten sie sich in ein Rudel Wölfe. Sie trat einige Schritte zurück und sah sich in der verzweifelten Hoffnung um, daß irgend jemand doch noch kommen würde, um dem, was hier geschah, ein Ende zu setzen. Das Abendlicht schwand nun rasch, und der Wald um die Lichtung verwandelte sich in eine feste, schwarze Wand.

Da sah Alia undeutlich, wie zwischen den Bäumen ein Mann hervorkam und über die Lichtung lief. Es war ... Charrer Mysha! Erleichtert atmete sie auf. Hatte eine der Großen Mächte ihre Not erkannt und Mysha zu Hilfe geschickt?

Sie rannte zu ihm hinüber. »Mysha!« keuchte sie. »Du mußt sie aufhalten!«

Mysha betrachtete sie mit seinem durchdringenden Blick. Plötzlich bemerkte Alia etwas in diesen Augen, das ihr auf merkwürdige Weise bekannt erschien, ihr aber noch nie aufgefallen war. In Myshas Augen lag der Blick eines Fey, der Blick eines Mannes, der hinter das gewohnte Gesicht der Welt sah. Verwirrt starrte Alia ihn an.

»Was ist geschehen, Mädchen?« fragte Mysha. »Wen soll ich aufhalten?«

Alia schüttelte sich. »Hone Amis und die anderen. Sie reden von Folter.«

Charrer Mysha fuhr zusammen. »Was?«

»Folter«, wiederholte Alia. »Du mußt es verhindern.«

Mysha holte tief Luft, sah die Männer, die sich um den gefangenen Banditen drängten, und eilte hinüber.

Er bahnte sich einen Weg durch die Menge, und bevor sie überhaupt wußten, wer da gekommen war, stand Mysha bereits zwischen Hone Amis und dem Banditen.

»Ihr!« sagte Hone Amis wütend, als er ihn erkannte.

»Ja, ich«, erwiderte Mysha.

»Was wollt *Ihr* denn hier? Ich gab Euch Befehle.«

Mysha hob die Schultern. »Ich lasse mir von Euch keine Befehle erteilen, Amis.«

Der Heermeister bohrte ihm wütend den Finger in die Brust. »Könnt Ihr nicht einmal den einfachsten Auftrag ausführen? Alles, was Ihr tun solltet, war, die Menschen in Sicherheit zu bringen. Statt dessen kommt Ihr hier ins Lager marschiert. Und die anderen habt Ihr wohl irgendwo in der Wildnis allein gelassen? Kein Wunder, daß Eure Jäger ein verlotterter Haufen waren. Mit Euch als Vorbild war das nicht anders …«

Mysha schnitt ihm das Wort ab. »Was tut dieser Mann hier?« wollte er wissen und zeigte auf den knienden Banditen.

Grimmig kniff Hone Amis die Augen zusammen. »Dies«, meinte er und deutete mit seinem Daumen nachlässig zur Seite, »ist ein Kriegsgefangener. Wir haben ihn in dem Kampf gefangen, mit dem wir die Banditen vertrieben haben. Dank mir ist es …«

»Und was«, unterbrach ihn Mysha ein zweites Mal, »wollt Ihr tun mit diesem … *Gefangenen?*«

Hone Amis verschränkte die Arme vor seinem Kettenhemd. »Er besitzt Informationen, die wir brauchen.«

»Ja, und?«

»Also werden wir ihm Fragen stellen.«

»Wenn er diese Fragen jedoch nicht beantworten will, was dann?«

Hone Amis zuckte mit den Schultern. »Ich denke, dann müssen wir ihn … überreden.«

»Drückt Euch deutlich aus, Amis«, sagte Charrer Mysha mit ungewöhnlich harter Stimme. »*Wie* genau wollt Ihr diesen Mann *überreden?*«

Hone Amis zuckte noch einmal mit den Schultern. »Das braucht Euch nicht zu kümmern, Ser Charrer.«

Charrer Mysha sah den Heermeister an mit seinem durchdringenden Blick. »Ich wünsche eine Antwort auf meine Frage, Amis.«

Hone Amis schaute nervös zur Seite und deutete wieder dorthin, wo der Gefangene kniete. »Dieser Mann hat Informationen, die wir brauchen.« Mysha wollte etwas sagen, doch mit einer Handbewegung hieß Amis ihn schweigen. »Informationen, die wir *brauchen,* Ser Charrer. Er kennt den Standort des Banditenlagers. Er muß ihn kennen! Und wissen wir erst einmal, wo das Lager sich befindet, dann können wir dieses Gesindel ein für alle Mal vernichten. Zu viele sind uns heute lebend und unverletzt entkommen. Unser Leben, die Zukunft des ganzen Fürstentals hängt davon ab, ob wir erfahren, was dieser Mann weiß. Wir müssen diese Informationen bekommen, mit allen Mitteln.«

»Ihr könnt nicht …«

»Ich kann und werde alles tun, was zum Wohl der Gemeinschaft notwendig ist.«

»Aber was Ihr vorhabt, ist … grauenhaft. Ihr könnt diesen Mann doch nicht vor unseren Augen … *foltern.*«

Hone Amis lachte bitter. »Falls Ihr es nicht ertragen solltet, werde ich dafür sorgen, daß das … Verhör nicht vor *Euren* Augen stattfindet.«

»Nein«, sagte Charrer Mysha. »Nein!«

Hone Amis gab ein Zeichen, und einige Milizen traten mit gezogenen Schwertern vor Mysha.

Alia versuchte, sich durch die Menge zu quetschen, doch niemand wollte ihr Platz machen. Mit gerecktem Hals erkannte sie, wie Orrin auf Mysha zuging. Sie war erleichtert, daß Orrin am Leben und anscheinend unverletzt war. Sicherlich würde er Mysha in dieser Sache beistehen. Auch er mußte erkennen, daß es Wahnsinn war, was Hone Amis da vorschlug. Ganz sicher …

Doch Orrin trat zu Mysha hin, legte ihm eine Hand auf die Schulter und wollte ihn fortführen. »Komm mit«, sagte er.

»Hier gibt es nichts für dich zu tun, Mysha. Laß Meister Amis das regeln. Er weiß, was er tut.«

Bestürzt riß sich Mysha von Orrin los. »Er hat vor, diesen armen Menschen zu foltern!«

»Von wegen armer Mensch! Unsere Leute wurden von den Banditen auch gefoltert.«

Mysha starrte ihn an. »Woher weißt du das?«

Orrin sah hinüber zu Hone Amis, der ihm ein kleines Handzeichen gab, weiterzureden. »Einer unserer Kundschafter hat es gesehen.«

Aus der Menge kamen verärgerte Stimmen.

»Eine faire Behandlung haben sie durch ihr eigenes Verhalten verwirkt«, fuhr Orrin fort. »Sollen sie also die Folgen spüren!« Damit packte er Charrer Mysha am Arm. »Komm jetzt«, befahl er und wollte Mysha fortziehen, wie er schon Alia fortgezogen hatte.

Für einige der versammelten Jäger war das zuviel. Ein Murren ging durch ihre Reihen. Mehrere der älteren Jäger traten vor und stellten sich neben Mysha.

»Laß ihn los, Junge«, sagte einer von ihnen drohend.

Nach einem kurzen Zögern nahm Orrin widerwillig seine Hand von Myshas Arm.

Alia atmete erleichtert auf.

Doch dann erschien plötzlich eine Gruppe jüngerer Jäger und stellte sich hinter Orrin.

Feindselig blickten sich die beiden Parteien an, Mysha in ihrer Mitte. Es war nun fast vollständig dunkel, und der flackernde, gelbrote Schein der Feuer ließ die Gesichter der Männer unheimlich und wild aussehen.

Einer der jungen Jäger hinter Orrin zog ein Messer.

»Nein!« rief Mysha. »Steck es weg. Hier wird kein Blut vergossen!«

»Dann verschwinde!« fauchte der junge Mann mit dem Messer. »Laß Meister Amis tun, was nötig ist.«

Mysha sah sich unsicher um. »Was ist hier eigentlich passiert?« fragte er entmutigt.

»Wir haben etwas Ordnung in Euer verlottertes Lager gebracht«, meinte Hone Amis zufrieden. »Jetzt laßt uns in Ruhe. Wir haben einiges zu tun.«

Ein ärgerliches Murmeln kam von den Jägern, die bei Mysha standen, doch mit einer Handbewegung und einem scharfen Blick hieß Amis sie schweigen.

Die Milizen, die der Heermeister gerufen hatte, standen noch immer mit gezogenen Schwertern vor Mysha. Wenn tatsächlich kein Blut fließen sollte, dann blieb Mysha keine Wahl. Wie Alia und die übrigen Jäger konnte er nur tatenlos zusehen, wie sich Hone Amis dem gefangenen Banditen näherte.

»Du weißt da einige Dinge, die auch wir gerne wissen möchten«, begann Hone Amis. »Ich bin der Heermeister hier und vorläufiger Befehlshaber über das Fürstental. Du wirst mir sagen, was du weißt.«

Der kniende Bandit drehte seinen Kopf zur Seite und blieb stumm.

Mit dem Handrücken verpaßte ihm Amis einen harten Schlag ins Gesicht. Der Mann schrie kurz auf.

»Schau mich gefälligst an, wenn ich mit dir rede!«

Der Bandit spuckte Blut. Er stand auf. Die Schmerzen ließen ihn noch zittern, doch wütend und verächtlich sah er Hone Amis an. »Versuche, was du willst, du Schwein. Ich werde dir nichts erzählen. Gar nichts! Ich kenne deine Sorte.«

Hone Amis lachte. »*Meine* Sorte? Und zu welcher Sorte gehörst *du* denn? Zu der verschlagenen, gesetzlosen Brut, die auf fremdem Boden ihr Unwesen treibt. Ihr seid nicht besser als eine Horde wilder Tiere! Was immer wir mit dir tun werden – du hast es *verdient*!«

»Und du denkst, du bist anders?« wollte der Bandit wissen.

»Natürlich!« fauchte Hone Amis zurück. »Wir verteidigen unser Leben.«

»Aber wir sollen kein Recht haben, *unser* Leben zu verteidigen?«

Der Heermeister sah ihn wütend an. »Wilde Bestien seid ihr – mehr nicht! Wir verteidigen unsere Familien, unsere Häuser und unseren Besitz. Und wovon lebt ihr? Von Raub und Mord!«

»Wir verteidigen ebenso unser Leben! Genau wie ihr, nicht mehr und nicht weniger. Bald wird es Winter, und auch wir müssen …«

»Ihr müßt ein für alle Mal aus diesem Land verschwinden!« unterbrach ihn Hone Amis. »Bei Gesindel wie dir wird mir übel! Ihr zieht herum, um andere auszurauben und umzubringen. Wieso bleibt ihr nicht in eurer Heimat und lebt dort wie normale Menschen?«

»Heimat?« höhnte der Bandit. *»Heimat?* Du hast leicht reden. Ich habe schon lange keine Heimat mehr. Die wurde dem Erdboden gleichgemacht – von Männern wie dir! Oder denkst du etwa, ich habe mich *freiwillig* zu diesem Leben entschieden?«

»Weshalb du Bandit geworden bist, interessiert mich überhaupt nicht, Kerl. Was mich interessiert, ist der Standort eures Lagers.«

Der Bandit sah den Heermeister eine Weile wortlos an. Dann setzte er sich langsam auf die Erde. »Verpiß dich«, sagte er. »Ich werde dir überhaupt nichts sagen.«

»Nun gut«, erwiderte Hone Amis. »Wie du willst.« Er drehte sich zu einem Unteroffizier. »Legt noch mehr Holz ins Feuer. Schön groß und heiß muß es werden!«

Doch bevor sich der Unteroffizier bewegen konnte, rief eine Stimme: »Genug!« Charrer Mysha trat vor die Klingen, die ihm den Weg versperrten. »Ich werde jetzt da hindurchgehen«, sagte er zu dem Heermeister. »Entweder werdet Ihr mich durchlassen oder mich mit diesen Klingen aufspießen. Aber das hier geht zu weit!«

Die Milizen traten unsicher einen Schritt zurück.

Die kleine Gruppe der Jäger, die zu Mysha hielt, wollte ihm folgen, doch er winkte sie zurück.

Ein junger Soldat setzte die Spitze seiner Klinge auf Myshas Brust. »Keinen Schritt weiter, Jäger.«

Mysha machte keine Anstalten, stehenzubleiben. »Dann tötet mich eben. Los, Junge, mach schon.«

Über das Schwert hinweg sahen sich die beiden an.

Mysha ging weiter, und mit seiner Brust drückte er die Klinge vor sich her.

Der junge Soldat konnte es nicht tun. Beschämt ließ er seine Waffe sinken. Mysha marschierte zwischen den übrigen Männern hindurch und stellte sich zwischen Hone Amis und den Banditen.

»Ich werde nicht zulassen, daß Ihr das tut«, sagte Mysha ruhig.

Hone Amis lachte. »Die Zeiten, in denen Ihr etwas zulassen konntet oder nicht, sind vorbei. *Ich* habe jetzt hier das Kommando. Nicht Ihr, Ser Charrer. Und wenn ich bestimmte Befehle erteile, dann werden diese auch ausgeführt.«

»Nein«, wiederholte Mysha.

»Seht Euch doch um«, meinte Hone Amis. »Wie wollt Ihr mich denn aufhalten?«

Mysha wurde unsicher und blickte sich um, wie ihm Hone Amis befohlen hatte.

»Wer von euch steht auf der Seite von Ser Charrer?« fragte der Heermeister.

Die kleine Gruppe, die sich bereits hinter Mysha versammelt hatte, trat nach vorn. Doch in den letzten Minuten waren es bedeutend weniger geworden, und nur eine Handvoll Männer wollte ihm jetzt noch die Treue halten.

Mysha holte tief Luft, öffnete den Mund, doch blieb stumm.

»Nun?«, sagte Hone Amis sichtlich zufrieden. »Nachdem dies nun geklärt ist, können wir wohl endlich zur Sache kommen.« Er drehte sich zu den Milizen, denen er zuvor befohlen hatte, Mysha den Weg zu versperren. »Ihr da! Ich gebe euch jetzt die Möglichkeit, eure traurige Vorstellung von vorhin wiedergutzumachen. Ihr sorgt dafür, daß Ser Charrer und seine … Freunde von hier weggeführt werden. Und daß sie fort *bleiben*. Verstanden?«

»Verstanden, Meister Amis«, antwortete einer von ihnen. Dann wandte sich der Soldat zu Mysha: »Kommt jetzt. Ihr habt Meister Amis' Befehl gehört.«

Mysha starrte auf die Schwerter, die sich gegen ihn richteten. Einen Moment lang blieb er entschlossen stehen, sein durchdringender Blick so wild wie der eines Raubvogels. Aber es waren zu viele, die sich ihm da entgegenstellten. Zusammen mit seinen wenigen Getreuen ließ er sich aus dem Schein der Flammen hinaus in die Dunkelheit führen.

Verbittert und entmutigt drehte Alia der Menge den Rücken zu und eilte hinüber zu Mysha. Als er sie näherkommen sah, begrüßte er sie mit einem stummen Nicken.

Hinter sich hörten sie nun, wie der Bandit aufschrie. Sie hielten an, schauten zurück. Es war inzwischen fast vollständig dunkel geworden, der Himmel blauschwarz, und die ersten Sterne funkelten. Von den Männern, die um das Feuer standen, sahen sie nur noch die schwarzen Umrisse. Alia schien es, als wären dies überhaupt keine Männer mehr, sondern ein einziges, großes, dunkles Raubtier. Ihre linke Hand schmerzte heftig. Sie drückte sie an ihre Brust und versuchte das Bild des Dämonenwesens zu vertreiben, das nun wieder durch ihre Gedanken geisterte.

Noch einmal schrie der Bandit, dann kam ein langes, winselndes Heulen. Alia zitterte. Neben sich hörte sie Mysha leise fluchen.

»Los, vorwärts«, beschwerte sich einer der Soldaten. »Meister Amis will euch hier nicht mehr sehen, also verschwindet. Los, macht schon!«

Die kleine Gruppe der Jäger setzte sich wieder in Bewegung. Wie Schafe trieben die Soldaten sie nun vor sich her.

»Verloren«, sagte einer der Jäger mit erstickter Stimme. »Alles, was wir einmal besaßen, ist *verloren*! Und es gibt nichts, gar nichts, was wir dagegen tun können.«

»Nein!« entgegnete Alia. »Es gibt etwas.«

Alle sahen sie an.

»Mysha«, sagte sie leise, so daß die Soldaten um sie herum es nicht hören konnten. »Ich habe ... ich habe den Fürsten gefunden!«

»Den Fürsten?« sagte einer.

»Wo?« fragte ein anderer.

»Und wie?« meinte ein dritter.

»Seid still!« flüsterte Alia. »Nicht so laut. Er ist oben in den Hügeln. Ich erkläre es euch später. Wir müssen ihn holen! Wenn wir ihn hierher ins Lager bringen, wird nicht mehr Hone Amis das Sagen haben. Die Talbewohner werden nach Hause gehen. Und alles kann wieder so werden, wie es einmal war.«

Mysha blickte in die Finsternis. Er seufzte. »Dazu ist es zu spät, Mädchen.«

»Nein!« erwiderte Alia. »Wie kannst du so etwas sagen? Wenn erst Fürst Guthrie zurück ist, wird alles wieder normal werden. Bestimmt!«

»Jawohl«, meinte einer der Jäger. »Wenn hier unbedingt jemand Befehle geben muß, dann ein anderer als dieser verfluchte Heermeister! Was für ein gemeiner, herzloser Dreckskerl!«

»Schlimmer kann es ja kaum kommen«, fügte ein anderer hinzu.

»Wir müssen ihn holen, Mysha«, sagte Alia. »Er ist unsere letzte Hoffnung!«

Charrer Mysha blieb stumm.

Alia versuchte ein kleines, verzweifeltes Lächeln. »Alles wird wieder in Ordnung kommen, Mysha. Du wirst es sehen.«

Noch immer sagte Mysha kein Wort.

»Gleich morgen früh können wir losgehen«, meinte sie und faßte ihn am Arm. »Mysha?«

Mysha seufzte. »Ich … Ja, nun gut. Morgen also.«

Alia stöhnte erleichtert.

»Trödelt hier nicht herum!« rief plötzlich einer der Soldaten. »Hinüber an den Rand des Lagers mit euch! Dort bleibt ihr über Nacht.«

Die Jäger folgten dem Befehl, doch absichtlich langsam. Um ihren Widerwillen zu zeigen, war ihnen keine Möglichkeit mehr geblieben als diese.

XVIII

»Hier, Junge«, sagte Hone Amis. »Probiere, ob du das hinunterbekommst.«

Guthrie setzte sich auf, nahm die Holzschale mit der Suppe und versuchte, schlückchenweise zu trinken. Seine Hände zitterten, und der erste Schluck lief ihm noch aus den Mundwinkeln. Danach ging es besser. Verwirrt sah er sich um und wunderte sich, wieso es der Heermeister war, der ihn fütterte, und nicht Julianna, die Köchin seines Vaters. Und war er tatsächlich in einem Zelt? Guthrie schüttelte den Kopf und nahm noch einen Schluck von der Suppe. Er hatte geträumt – seltsame Träume von Tod und unheimlicher Zauberei. Daran war vielleicht das Fieber schuld.

Guthrie seufzte erleichtert. Es fühlte sich so wunderbar an, mit normalen Gedanken in einer normalen Welt zu erwachen und zu spüren, wie eine warme, nahrhafte Suppe den Magen füllte.

Nur ein Traum …

Er blinzelte und schlürfte mehr von der Suppe. Um ihn war trübes, graubraunes Licht. Er roch Leinwand. Ja, er war in einem Zelt, kein Zweifel. Von draußen hörte er Leute kommen und gehen, im Zelt war alles ruhig.

»Da hast du ja einiges durchmachen müssen, Junge«, sagte Hone Amis. Er stand neben Guthrie und beobachtete ihn, wie er seine Suppe trank. »Und dünn bist du wie eine Bohnenstange.«

Guthrie gab keine Antwort, sondern konzentrierte sich auf die beruhigende Wärme und den würzigen Geschmack der Suppe. Er zitterte, und um ihn her schien auch die Welt unsicher zu schwanken.

»Aber jetzt ist alles überstanden«, redete Hone Amis weiter. »Du bist wieder bei uns.« Er schüttelte den Kopf. »Ich konnte es kaum glauben. Ich habe dich auf Anhieb gar nicht erkannt.«

Von Guthrie kam ein schwaches Lächeln. Noch immer war er verwirrt, doch nicht mehr besorgt. Er zweifelte nicht daran, daß er bald für alles eine Erklärung erhalten würde. Er schluckte den letzten Rest der Suppe und stellte die leere Schale neben sich auf den Boden. Dort lag auch eine Tasche aus Schilfgras. Ein rechteckiges Etwas war darin und, darüber, etwas Rundes. Er streckte seine Hand aus, bohrte seine Finger durch das geflochtene Gras und spürte … spürte das glatte Rund von Knochen …

Und mit einem furchtbaren Schlag kam alles zu ihm zurück.

Der Schädel.

Das *Buch.*

Rosslyn.

Das *Andere*!

Guthrie bebte. Er fühlte, wie die gewöhnliche Welt sich auflösen wollte und das *Andere* ihn umtoste. Mit aller Kraft klammerte er sich an den Schädel. Er fühlte ihn rund und fest in seinen Händen und sah ihn als sicheren, leuchtenden Halt im *Anderen.*

Mit Mühe schaffte er es zurück.

Obwohl es ihn noch immer ungeheuer anstrengte, fiel es ihm

mittlerweile etwas leichter, in die gewöhnliche Welt zurückzufinden. Er spürte, wie er allmählich eine Art ... Gleichgewicht fand.

Guthrie drückte den Schädel an sich und konzentrierte sich darauf, sein Bewußtsein zu ordnen. Doch der gräßliche Schlund des *Anderen* blieb. Er *spürte* ihn und versuchte gleichzeitig, seine Gedanken von dort loszureißen. Er betrachtete das Zelt, das vertraute, bösartige Gesicht von Hone Amis. Er wollte sich erinnern, wie er hierhergekommen war ...

Stück um Stück, wie die Teile eines Puzzles, kam seine Vergangenheit zu ihm zurück. Er erinnerte sich nun an den mühsamen Marsch durch die Wildnis mit dem Jägermädchen, Alia. Er erinnerte sich an das Fieber, an schreckliche Träume. Er erinnerte sich, wie er eine Zeitlang allein gewesen und Alia dann zurückgekommen war und ihn mit der Hilfe anderer Jäger durch den Wald getragen hatte.

Er erinnerte sich, wie er auf unsicheren Beinen am Rand des Jägerlagers gestanden war, ihm eine Wache entgegentrat, der Soldat ihm mit einem Speer den Weg versperrte und fragte: »Wer ist denn dieser zerlumpte Kerl?« – und ihn, Guthrie, damit meinte.

»Aus dem Weg«, hatte einer der Jäger zur Antwort gegeben. »Wer das ist, geht dich überhaupt nichts an.«

»Versucht nicht, mich herumzukommandieren«, erwiderte die Wache. »Ihr kennt die Befehle von Meister Amis. Alle Fremden, die ins Lager gebracht werden, sollen ...«

Alia versuchte mit Guthrie an der Hand an der Wache vorbeizukommen. Der Soldat griff zu der Holzpfeife, die an einer Kordel um seinen Hals hing, und blies drei schrille Töne.

Andere Soldaten kamen herbeigerannt.

Und Hone Amis.

»Ihr elendes Pack!« fauchte der Heermeister, als er die Jäger sah. »Was führt ihr denn jetzt wieder im Schilde?« Zornig deutete er auf Alia, die Guthrie stützte. »Und was für eine Vogelscheuche hast du da mitgebracht? Dir wird noch etwas blühen, Mädchen, wenn du denkst, du kannst meine Befehle einfach mißachten und jeden Dahergelaufenen in das ...«

»Amis«, sagte Guthrie mit heiserer, leiser Stimme.

Wie vom Donner gerührt stand der Heermeister da und starrte ihn an. »Guthrie?« sagte er. »*Guthrie?*«

Guthrie lächelte scheu und nickte. »Ja, der bin ich.«

»Aber ich dachte ...« Hone Amis stolperte zu ihm hin, warf seine Arme um ihn, hob ihn mit einem Freudenschrei in die Höhe und drehte sich ein paar Mal im Kreis. Keuchend und etwas verlegen setzte Hone Amis ihn wieder ab und sah ihn an, als ob er befürchtete, er könnte verschwinden, sobald er ihn aus den Augen ließ. »Aber ich dachte, du bist *tot*!«

Guthrie hob die Schultern. »Und ich dachte, du seist tot. Und alle anderen auch.«

»Was ist mit dir passiert? Wo hast du dich denn herumgetrieben?« meinte Hone Amis mit gerunzelter Stirn. »Du siehst mager aus, Junge. Mager und erschöpft.«

»Du aber auch«, entgegnete Guthrie. »Was ist bloß aus deinem Bauch geworden?«

Hone Amis blickte überrascht an sich hinunter. »Ist mir noch gar nicht aufgefallen«, sagte er sanft.

»Harte Zeiten«, sagte Guthrie.

»Richtig, Junge. Harte Zeiten.« Einen Moment noch blieb Hone Amis ernst und besorgt. Dann lachte er. »Es ist so schön, dich gesund und am Leben zu sehen, Junge.«

Guthrie blinzelte, schüttelte sich und war wieder in der Gegenwart.

Besorgt sah Hone Amis ihn an.

»Wie ... wie lange bin ich schon hier?« fragte Guthrie.

»Zwei Tage. Du hast Fieber gehabt. Warst ganz seltsam.«

Hone Amis reichte ihm einen Krug mit kühlem Wasser, und Guthrie nahm einen kräftigen Schluck.

»Ich hatte Heiler hier, die dich gebadet haben, dir Medizin aus Kräutern gemacht haben und solche Dinge. Wie geht es dir denn jetzt?«

Guthrie zuckte mit den Schultern. »Besser.«

»Ich habe mir ernsthafte Sorgen gemacht, Junge. Du hast phantasiert. So etwas habe ich noch nie gesehen. Doch jetzt fühlst du dich besser, nicht wahr?«

»Ja«, meinte Guthrie.

Im Zelt wurde es langsam dunkel. Hone Amis zündete eine kleine Laterne an, hängte sie an eine der Zeltstangen und räusperte sich. »Ich … ich bin hier gesessen und … ich habe gewartet und gehofft …« Er verstummte, fuhr sich mit der Hand übers Gesicht und begann noch einmal. »Ich muß dir etwas Schlimmes sagen, Junge. Dein Vater wurde getötet. Dein Bruder Garrett auch.«

Guthrie nickte.

»Und deine Mutter … ist ebenfalls tot.«

Guthrie nickte ein zweites Mal.

»Du bist der einzige Überlebende der Fürstenfamilie.« Hone Amis hob wütend seine geballte Faust. Sein Schatten, vergrößert durch das Laternenlicht, tanzte auf der Zeltwand. »Was haben wir nur getan, um solch ein Unglück zu verdienen? Ich sage dir, Junge, die Welt ist hart und grausam.« Er hielt inne und sah Guthrie an. »Doch nun … nun stehen uns die Mächte wieder bei. Es muß so sein! Weshalb sonst kehrst du gerade jetzt zu uns zurück, wenn wir dich so dringend brauchen?«

Guthrie holte Luft. »*Wie* … dringend?«

»Wenn wir überleben wollen, dann muß das Volk geschlossen zusammenstehen. Und was diese verfluchten Banditen betrifft: Bevor es richtig kalt wird, müssen wir sie erledigen. Sonst werden sie wie ein Rudel Wölfe den ganzen Winter lang über uns herfallen.«

»Und?«

»Und?« meinte Hone Amis ungeduldig. »Wenn es jemals

wieder so werden soll wie früher, dann brauchen die Leute ihren Fürsten. Wenn du vor ihnen stehst, werden sie wieder einen Glauben bekommen an die Zukunft. Wenn du sie führst, werden wir Erfolg haben.«

»Erfolg … wobei?«

»Zuerst werden wir die Banditen vernichten. Danach können wir das Tal neu aufbauen. Wir können …«

Entsetzt sah Guthrie den Heermeister an. Da war eine blindwütige Entschlossenheit in seinem Gesicht, die er von früher nicht kannte. Sie erinnerte ihn an sein erschreckendes Erlebnis in den Bergen, als er und Alia den beiden Banditen gegenüberstanden. Er konnte es einfach nicht begreifen, diesen blinden Drang, andere sofort und vollständig auszulöschen. »Diese Banditen …«

»Müssen vernichtet werden.«

»Meinem Vater war es immer genug, sie einfach fortzujagen. Auch dabei mußten einige Banditen ihr Leben lassen, das ist richtig. Aber niemals …«

Hone Amis kniete sich neben Guthrie nieder. »Die Zeiten haben sich geändert, Junge. Wir können es uns nicht mehr leisten, ihnen wie unartigen Kindern einen Klaps zu geben und sie zur Strafe fortzuschicken. Zum einen sind es dieses Mal zu viele. Und diese Bande ist auch irgendwie anders …«

»Was soll das heißen, ›anders‹?«

Hone Amis stand wieder auf. »Viele Dinge sind nun anders, Junge. Sie wollen uns zerstören, diese Banditen. Für uns geht es um Leben oder Tod.«

»Aber woher weißt du …«

»Sei nicht naiv. Es ist die dunkle Seite unserer Welt.«

»Aber wovon du sprichst, das ist … Krieg, Amis.«

Der Heermeister schnaubte verächtlich. »Nenne es, wie du willst, Junge. Tatsache bleibt, daß wir dieses Gesindel so schnell wie möglich auslöschen müssen. Oder sie werden uns auslöschen.«

»Doch es gibt sicher auch noch eine andere …«

»Du weißt ja nicht«, sagte Hone Amis schnell, »was sie getan haben. Ganz allein da oben in den Bergen hast du natürlich nichts mitbekommen. Sie sind nicht besser als wilde Tiere. Wenn wir nicht sofort …«

Hinter dem Heermeister wurde die Leinwand zurückgeschlagen, und herein kam ein junger Mann in der grünen Kleidung der Jäger. »Meister Amis«, sagte er hastig.

»Der Fürst und ich sind beschäftigt. Siehst du das nicht? Ich gab Befehl, uns nicht …«

»Tut mir leid, wenn ich störe.« Der Jäger nickte Guthrie respektvoll zu. Er nahm seine Lederkappe vom Kopf, die das Abzeichen der Milizen trug. Im Schein der Laterne leuchteten seine feuerroten Haare. »Es ist nur so, daß es da draußen ein Problem gibt, von dem Ihr wissen solltet, Meister Amis.«

»Ich kann nur hoffen, es ist etwas Wichtiges, Orrin.«

»Es ist wegen der Jäger, die den Fürsten gebracht haben.«

»Ja, und?« fragte Hone Amis.

»Es gefällt ihnen nicht, daß Ihr sie ins andere Lager zu den Frauen und Kindern geschickt habt.«

»Ja, und?« wiederholte der Heermeister.

»Sie erzählen den anderen, es sei höchste Zeit, daß Ihr und die Milizen hier verschwindet und ins Tal zurückkehrt. Sie sind aufgebracht, Meister Amis. Wir sind jetzt so weit, daß die meisten Jäger auf unserer Seite stehen. Doch derartiges Gerede kann alles wieder zunichte machen, denn Charrer Mysha ist ein Mann, den Ihr auf keinen Fall unterschätzen solltet. Vielleicht wäre es gut, mit ihm zu sprechen. Er und die anderen sind …«

»Pah!« fauchte Hone Amis. »Ihr Jäger müßt euch nur daran gewöhnen, Befehle zu befolgen wie alle übrigen auch.«

»Es gibt aber einige, die das nicht einsehen.«

»Wie Mysha? Erwartest du, daß ich mich ihm und seiner Bande vor die Füße werfe? Soll ich etwa erst um ihre Meinung fragen, bevor ich hier einen Befehl erteile?«

»Nein«, sagte der andere. »Das nicht.«

»Was dann?«

»Ist es tatsächlich notwendig, daß Ihr so ... hartnäckig seid?«

Hone Amis lachte höhnisch. »Meinst du denn, wir hätten die Banditen bezwingen können ohne meine ...*Hartnäckigkeit?* Was wäre zum Beispiel gewesen, wenn ich meinen Plan *nicht* durchgeführt hätte, nur weil plötzlich dieser angebliche Dämon aufgetaucht ist?«

Der junge Jäger schaute verzweifelt. »Aber ...«

»Es reicht! Geh zurück und sorge dafür, daß Ser Mysha und seine Jäger sich ruhig verhalten. Ich möchte nicht, daß uns auch nur ein einziger Jäger abtrünnig wird, verstanden?«

»Aber wie soll ich denn ...«

»Tu einfach, was ich sage!« Der Heermeister setzte dem Jäger den Finger auf die Brust. »Als du meinen Milizen beigetreten bist, Junge, hast du ein Versprechen gegeben. Ein Versprechen, für eine bessere Zukunft zu arbeiten. Dachtest du vielleicht, das würde *einfach* sein? Du mußt lernen, dir Menschen gefügig zu machen. Oder habe ich etwa einen Fehler begangen, dir diesen Rang zu geben?«

»Nein«, sagte der Jäger schnell. »Damit habt Ihr keinen Fehler begangen.«

»Dann geh zurück und tu, was ich dir befohlen habe.«

»Das ist leicht gesagt, Meister Amis. Doch wie kann ich ...«

Je länger Guthrie den beiden zusah, desto unwohler fühlte er sich. Er sah, was diese Männer taten, hörte, was sie sprachen, verstand ihre Worte und Gesten. Und dennoch erschien ihm alles sinnlos. Er spürte, daß es gar nicht so sehr um die Sache ging, die hier so hitzig verhandelt wurde, sondern um den Widerstreit zweier Persönlichkeiten.

Die Schatten der Männer bewegten sich auf der Zeltwand, verzerrt zu zwei dickgliedrigen Ungeheuern. Schwarze Hände mit unmöglich langen Fingern vollführten ein bedrohlich wirkendes Schattenspiel.

Mit seinem gewöhnlichen Blick sah Guthrie die beiden vor sich: Mann und Mann, Schatten und Schatten, Hände, Beine und Gesichter. Doch er hatte lange genug mit dem *Anderen* gelebt, um auch zu *spüren,* was hinter diesen Masken steckte. Mit einer Hand auf den Schädel gestützt, ließ er sich absichtlich ein Stück weit aus der gewöhnlichen Welt gleiten. Mit seinem neu erworbenen Gleichgewichtssinn schwebte er nun in einem *Dazwischen.* Sein Bewußtsein verwandelte die nichtsinnliche Wahrnehmung des *Anderen* in erkennbare Bilder.

Der junge Jäger schien geradezu überzuquellen vor Leben. Wie ein junger Baum, den es nach oben drängt, wollten seine geflochtenen ›Äste‹ nur wachsen, wachsen, nach allen Seiten. Wie ein wucherndes Dickicht war er, in dem ein heißes Feuer glühte.

Und Hone Amis …

Der Heermeister war ein kompliziertes, sich immer wieder veränderndes Geflecht, eine Art nachgiebige Hülle. Und in dieser Hülle versteckte sich ein kleines, verletzliches Etwas, ein schwaches Licht, das ganz tief in der Schale steckte wie eine hilflose Schnecke in den hintersten Windungen ihres Hauses. Bei jeder Bewegung der Welt begann die schwache Flamme erschrocken aufzuflackern, und die Hülle bog und verdrehte sich, um ihr weiter Schutz zu geben.

Für Guthrie war es eine verstörende Entdeckung. Der Hone Amis, wie er ihn sein Leben lang gekannt hatte, war ein harter, erfahrener Mann, vor dem man scheu und ehrfürchtig zurückwich. Guthrie erinnerte sich, wie klein und machtlos er sich neben ihm gefühlt hatte. Es bedeutete für Guthrie einen Schock, die schreckliche Verwundbarkeit dieses Manns zu sehen. Einen Augenblick lang schien er mit Amis' Gefühlen zu leben: Die Welt war ihm ein bedrohlicher, erschreckender, gefährlicher Ort, an dem einen hinterrücks grausige Dinge überfielen, wenn man nicht auf der Hut war. Ein Ort, über den man in jedem Moment die Kontrolle behalten mußte, weil sonst Chaos herrschte und Zerstörung.

Und darüber hinaus verstand Guthrie auch, wie Hone Amis sich wohl selbst sah: als Retter, als den einen hellsichtigen Mann, der alle anderen vor den Gefahren zu beschützen hatte, für die sie blind waren. Ohne ihn, so mußte Amis glauben, würde das Fürstental der Vernichtung anheimfallen.

Und alles, was irgend jemand sagen würde, um Amis von seinen Vorhaben abzubringen, wäre für ihn nur ein weiterer Beweis für die Blindheit der übrigen Welt. Jedes Unglück, jeder gewaltsame Tod bestärkten Amis in seinem Glauben und in dem Bild, das er von sich selbst entworfen hatte.

Guthrie versuchte, sich von seinem Widerwillen nicht überwältigen zu lassen. Wie aus der Ferne hörte er noch immer die Auseinandersetzung zwischen dem Heermeister und dem Jäger, doch die Worte waren ihm bedeutungslos. Er sah nur das Beugen, Ausweichen, Vor- und Zurückstoßen der komplizierten Geflechte, die diese beiden Männer in jenem *Anderen* waren. Der Jäger sprang vor, blähte sich auf und warf sich auf Hone Amis. Der Heermeister wich zurück, wobei seine eigene geflochtene Hülle dunkler und fester wurde und so versuchte, über den jungen Mann Macht zu erringen und ihn in die Knie zu zwingen. Fast glich es einer Art Tanz, wie sich diese beiden Formen immer wieder auswichen und aneinanderwarfen.

Jenseits der Zeltwand *spürte* Guthrie die übrigen Leute, die im Lager umherliefen. Und alle waren sie gleich: ein kompliziertes Geflecht um ein glühendes Inneres. Und jeder war dabei zu wachsen, seinen Platz zu behaupten oder auch zu schrumpfen, zu erschaffen oder zu zerstören.

Und alle waren sie nicht mehr als zerbrechlicher Ton.

Die Leute hier hatten sich verschlossen gegen die Strömungen der Welt und sich blind gemacht für die großen Geheimnisse. Sie verfertigten diese kompliziert geflochtenen Körbe ihrer Selbst, und es kostete sie ihre ganze Kraft, dieses Geflecht zu verteidigen. All ihre Unternehmungen dienten nur dazu, das zu erhalten, was sie aus ihrem Selbst geschaffen hatten.

Guthrie schauderte. War auch er so gewesen?

Sie waren wie Blinde, die sich auf dünnes Eis wagten und keine Ahnung hatten von dem unendlich tiefen, dunklen Wasser unter ihren Füßen.

Guthrie hatte das Gefühl, plötzlich unter seltsamen … *Wesen* zu leben. Das war sein Volk, zwischen diesen Menschen war er aufgewachsen. Nun jedoch fühlte er sich durch nichts mit ihnen verbunden.

Zu spät war er zurückgekehrt.

Und wieder spürte er die bittere Ironie, daß seine Träume sich zwar erfüllt hatten, doch um ein weniges zu spät.

Beinahe wäre er in Tränen ausgebrochen.

Er war so verschieden von diesen Leuten wie ein Eichhörnchen von einer Forelle oder ein Sehender von einem Blinden. Er hatte das *Andere* erfahren und wußte nur zu gut um die unendlichen Tiefen, die sich unter allem verbargen.

»Guthrie«, hörte er eine besorgte Stimme rufen. »*Guthrie*! Bist du in Ordnung, Junge? Geht es dir gut?«

Guthrie blinzelte, schüttelte den Kopf. Er bemerkte, daß er flach auf dem Zeltboden lag. Irgendwo über ihm war Hone Amis.

»Was ist nur mit dir geschehen?« fragte Amis ängstlich. »Du hast doch immer gestrotzt vor Gesundheit, wie dein Vater. Nicht einen Tag warst du früher krank.«

Guthrie fiel nichts ein, was er darauf hätte erwidern können. Wie sollte er auch erklären, was mit ihm geschehen war? Nach dem Einblick, den er soeben in Amis' Innenleben erhalten hatte, erschienen ihm die einst so vertrauten Züge völlig fremd. Gleichzeitig erkannte Guthrie die echte Besorgnis, die in diesem Gesicht lag, und die Erleichterung, als er sich auf einem Ellbogen in die Höhe stützte.

»Ach, allzu ernst wird es nicht sein«, sagte der Heermeister sanft. »Das ist einfach die Anstrengung. Wenn du erst wieder einige Tage gut geschlafen und vernünftig gegessen hast, ist das ganz sicher verschwunden.« Er gab dem jungen Jäger, der ebenfalls besorgt in der Nähe stand, ein Handzeichen. »Hol mir den Wasserschlauch dort drüben.« Dann, mit dem Schlauch in Händen, kniete Amis neben Guthrie nieder. »Hier, trink etwas.«

Guthrie trank und genoß die weiche, flüssige Kühle des Wassers.

»Bring mir noch einige von diesen Decken«, befahl Hone Amis dem Jäger und deutete ans andere Ende des Zelts, wo mehrere Decken aufgerollt übereinanderlagen. Dann nahm er die Tasche aus Schilfgras, in der noch immer der Totenschädel lag. Instinktiv wollte Guthrie ihm die Tasche aus der Hand reißen, und durch den plötzlichen Ruck fiel der Schädel zu Boden. Guthrie versuchte schnell danach zu greifen, stieß das runde Ding jedoch nur weiter von sich fort, so daß es über den Zeltboden kugelte.

Hone Amis und der junge Jäger, der unter einen Arm die Decken geklemmt hatte, starrten erschrocken auf den Schädel, während dieser noch etwas umherkullerte und dann neben Guthrie liegenblieb. Mit einer blitzschnellen Bewegung riß ihn Guthrie an sich.

Eine Zeit lang sagten sie nichts.

Hone Amis' Gesicht blickte finster. Unsicher kniff er die Augen zusammen. Dann rief er den Jäger zu sich her. »Gib sie mir«, sagte er und deutete auf die aufgerollten Decken. Als sich Amis dann mit den Decken zu Guthrie hinunterbeugte, sie ihm unter Kopf und Schulter legte und ihn zudeckte, sagte er kein Wort zu dem, was Guthrie da in Händen hielt, und vermied es so gut wie möglich, dieses Ding überhaupt anzusehen.

»Versuche etwas zu schlafen, Junge«, war alles, was er sagte. »Du bist wieder da, wo du hingehörst. Viel Ruhe ist jetzt das beste für dich.«

Guthrie wußte nicht, was er antworten sollte. Er war *nicht* dort, wo er hingehörte. Wie sollte es ihm nur möglich sein, den

Fürsten zu spielen, wie es Hone Amis und die übrigen von ihm erwarteten?

Der Heermeister sah besorgt zu ihm hinunter. Es war derselbe Blick, den Guthrie bei Alia bemerkt hatte. Auch Hone Amis sagte ihm damit, wie sehr er gebraucht wurde.

O ja, all diese Leute *brauchten* ihn.

Oder glaubten es zumindest …

Guthrie schluckte. »Da … danke«, sagte er mit heiserer Stimme.

Hone Amis nickte. »Ruhe dich aus, Junge. Falls du nichts mehr brauchst, werden wir dich jetzt allein lassen.«

»Danke, ich brauche nichts mehr«, antwortete er.

Hone Amis winkte den Jäger nach draußen, folgte ihm und ließ Guthrie allein im Zelt zurück.

Von draußen hörte Guthrie die Stimme des Jägers. »Habt Ihr das gesehen? Was er in seinem Beutel hatte? Einen *Totenschädel*!«

»Sei still!« meinte Hone Amis.

»Ein menschlicher Schädel! Irgend etwas stimmt nicht mit Eurem Fürsten, Meister Amis. Ich wette, er …«

»Ich habe gesagt, du sollst still sein, Junge! Du gehst jetzt und kümmerst dich um die Angelegenheit mit Mysha und seinen Unruhestiftern, klar? Du klärst die Sache schnell und ohne großes Aufsehen. Und kein Wort zu irgend jemandem über das, was du eben gesehen hast. *Kein Wort!* Hast du verstanden?«

»Doch was, wenn er …«

»Verstanden?«

»Jawohl«, meinte der Jäger nach einem Zögern. »Verstanden.«

»Ich habe keine Ahnung, was mit ihm geschehen ist«, fuhr Hone Amis fort. »Wer weiß, welch schreckliche Dinge er durchgemacht hat. Er war schon immer ein etwas launischer, eigenwilliger Junge, nicht so beherrscht wie sein Vater oder Bruder. Und im Moment ist er vielleicht etwas durcheinander.

Aber er ist noch immer der Fürst. Und du *weißt,* in welcher Lage wir uns befinden! Er ist unsere letzte Hoffnung auf eine gesicherte Zukunft. Unter keinen Umständen werde ich es deshalb zulassen, daß du oder irgendein anderer schlimme Gerüchte über ihn verbreitet. Es wird ohnehin schon genug geredet in diesem Lager. Wenn ich hören sollte, daß du …«

Die beiden Männer entfernten sich vom Zelt, und ihre Stimmen gingen unter in den Geräuschen des Lagers.

Guthrie lag auf den Decken, die Amis ihm ausgebreitet hatte, und dachte nach. Er wollte Rosslyns weise Stimme hören. Er wollte, daß der Schädel mit ihm sprach, wenigstens ein Mal. Er wollte dieser völlig unsinnigen Situation entkommen und nichts zu tun haben mit den Hoffnungen und Erwartungen eines ganzen Volks. Er gehörte einfach nicht hierher …

Die Versuchung, vor allem davonzurennen, wurde fast unwiderstehlich. Alles, was er tun mußte, war, im Wilden Land zu verschwinden, Rosslyn zu suchen und mit ihr fortzuziehen. Die ganze weite Welt wartete auf ihn, er mußte nur losgehen. Er konnte alles zurücklassen und mit seinem alten Leben und seinem alten Selbst endgültig abschließen.

Frei würde er sein, und irgendwann, irgendwie würde er auch mit dem *Anderen* Frieden schließen, so gut das eben möglich war.

Er brauchte nur zu warten, bis es dunkel wurde …

In Gedanken sah er sich bereits durch das finstere Lager schleichen und im Wald verschwinden. Von einer Anhöhe würde er zurückblicken und unter sich das Lager sehen, klein und weit entfernt und ohne Bedeutung für sein weiteres Schicksal.

Doch dann erschienen ihm die Gesichtszüge von Alia und Hone Amis. Und er erinnerte sich, wie sehr ihn die Menschen brauchten.

Guthrie seufzte, drehte sich auf die Seite. Er schloß die Augen und bemühte sich, weder an Vergangenheit noch Zukunft zu denken. Er suchte nur den Frieden eines normalen, erholsamen Schlafs.

Das Rascheln der Leinwand schreckte ihn auf. Als er sich umdrehte, sah er, wie Hone Amis geduckt ins Zelt kam. Er schloß den Eingang, stellte sich mit den Händen in den Hüften vor Guthrie und betrachtete ihn mit ernstem Gesicht.

Unsicher sah Guthrie zu ihm auf.

»Du!« sagte Hone Amis schließlich und deutete vorwurfsvoll mit dem Finger auf ihn. »Du warst schon immer ein ungeduldiger, eigenwilliger Bursche. Wie oft haben dein Vater und ich bis spät in die Nacht über dich geredet. Wir haben uns Sorgen gemacht, weil du so flatterhaft warst und den Mächten gedankt, daß Garrett der Erstgeborene war. Ja, auf *ihn* war immer Verlaß, denn er hatte einen eisernen Willen.«

Guthrie stützte sich auf die Ellbogen, zog sich die Decke von der Brust und hörte verwirrt und bestürzt dieses unerwartete Strafgericht.

Hone Amis zeigte auf den Schädel, den Guthrie aus unbewußter Gewohnheit noch festhielt und der nun halb aufgedeckt in seinem Schoß lag. »Ich weiß nicht, welche verrückten Dinge dir im Wilden Land über den Weg gelaufen sind. Aber du bist jetzt der Fürst, und ich werde nicht ... *auf gar keinen Fall* zulassen, daß du dich hier aufführst wie ein Narr!«

Guthrie fühlte Zorn in sich aufsteigen. »Du kannst nicht ...«

»Unterbrich mich nicht!« fauchte Amis. »Als noch der Jäger dabei war, konnte ich nicht offen sprechen – jemand wie er braucht von diesen Dingen nichts zu wissen. Doch jetzt ... jetzt wirst du mir zuhören, Guthrie, und zwar genau! Du hast eine *Pflicht*. Die Leute setzen große Erwartungen in dich. Und unsere Probleme sind noch lange nicht gelöst.«

Der Heermeister begann mit kurzen Schritten hin- und herzulaufen. »Da wäre zum Beispiel Obart Pettir. Der Mann will doch allen Ernstes erreichen, daß man seinen Neffen Malone zum Fürsten erklärt. Stell dir das vor! Und den ganzen Tag lang flüstert Obart Pettir seinem schwachsinnigen Neffen ins Ohr, was er tun und lassen soll. Die Obarts waren ja schon immer ein eifersüchtiges, übertrieben ehrgeiziges Pack. Und Merith Roul, dieser ekelhafte, fette Emporkömmling, unterstützt Pettir auch noch bei dieser Sache. Nach der Katastrophe mit den Seewölfen ist der Einfluß der beiden gefährlich gewachsen. Niemand weiß, was diese Kerle noch aushecken werden! Nur mit Mühe und einiger List konnte ich sie bis jetzt davon abhalten, die Rechte deiner Familie an sich zu reißen. Gleichzeitig mußte ich mich hier mit aufsässigen Jägern und diesem Banditengesindel herumschlagen.

Und dann, ohne daß es irgend jemand erwartet hätte, kommst du zu uns zurück. Doch was reden die Leute? Obart verbreitet eifrig das Gerücht, daß du den Verstand verloren hast und daß du schlichtweg unfähig bist, das Erbe deines Vaters anzutreten.« Amis drehte sich um und deutete zornig auf den Schädel. »Was, denkst du wohl, würde passieren, wenn allgemein bekannt wird, daß du einen Totenschädel mit dir herumträgst? Für Obart wäre das ein gefundenes Fressen.«

Der Heermeister streckte seinen Arm aus. »Gib ihn mir! Ich werde dafür sorgen, daß er ein ordentliches Begräbnis erhält, wer das auch immer war.«

»Es ist der Schädel des Abts.«

»Aus dem Kloster?«

Guthrie nickte.

»Ach?« Hone Amis zupfte sich am Bart. »Und wie kommt es, daß sein Schädel nun in deinem Schoß liegt?«

Guthrie blickte zur Seite. Er bereute es, daß er sich überhaupt dazu geäußert hatte.

»Gib ihn mir«, wiederholte Hone Amis und hielt seinen Arm noch immer ausgestreckt.

Guthrie schüttelte den Kopf und wollte kein Wort mehr sagen.

Der Heermeister verzog das Gesicht. »Jetzt hör auf, dich hier wie ein kleiner Junge aufzuführen. Als zweiter Sohn konntest du den lieben langen Tag deinen Launen nachgehen, doch damit ist es vorbei! Jetzt mußt du Verantwortung übernehmen wie ein erwachsener Mann. Also los, gib ihn mir!«

»Nein«, sagte Guthrie.

»*Nein?* Überlege doch, Guthrie. Denk nach! Wir beide können das Leben im Tal wieder zu dem machen, was es einmal war. Wir können die alte Sicherheit und Ordnung wiederherstellen. Aber sicherlich *nicht,* wenn du dich wie ein Verrückter benimmst. Du hast Pflichten!« Hone Amis deutete ungeduldig auf den Schädel. »Was kann dir dieses gräßliche Ding schon nützen? Gib es endlich her!«

»Nein.« Guthrie stand nun auf. Er konnte die Angst *spüren,* die tief in Hone Amis verborgen lag. Das Bild, das er vorhin gesehen hatte, stand ihm wieder vor Augen. Guthrie sah den Heermeister als kleines, erschrockenes Wesen, das verzweifelt bemüht war, über all das Macht zu haben, was ihm gefährlich werden könnte. Doch Guthrie fühlte in sich auch … Zorn. Es war ein merkwürdiges, geradezu willkommenes Gefühl, die erste gewöhnliche menschliche Regung, die er seit langem in sich verspürte. Er erinnerte sich, wie Amis ihn als Jungen auf genau dieselbe Weise bevormundet und schikaniert hatte: »Komm hierher! Geh dorthin! Tu dies! Tu jenes nicht!« Einen Moment lang fühlte er sich in jene Zeit zurückversetzt und war der kleine Junge, der sich von Amis belehren ließ, wie er dieses oder jenes Unglück durchaus hätte vermeiden können.

Doch er war kein Junge mehr.

»Ich werde den Schädel nicht hergeben, Amis.«

Der Heermeister starrte ihn an. »Aber, um alles in der Welt, wieso nicht?«

»Das würdest du nicht verstehen.«

»Ja, da hast du recht, Junge. Ich verstehe es tatsächlich nicht. Du setzt die Zukunft eines ganzen Volkes aufs Spiel wegen dieser verrückten Vorliebe für einen Totenschädel. Was ist eigentlich mit dir los?«

Guthrie hob die Schultern. »Ich werde ihn gut verstecken.«

»Wie kannst du nur …« Der Heermeister schüttelte den Kopf. »Ist dir denn überhaupt kein Pflichtgefühl geblieben? Für deinen Vater wäre so etwas unmöglich gewesen. Ebenso für deinen Bruder. Wenn die beiden heute noch am Leben wären, dann …«

»Aber sie sind es nicht.«

Hone Amis warf ihm einen zornigen Blick zu. »Es war ein schwarzer Tag für das Tal, als man sie umbrachte. Das waren anständige Männer, alle beide, stets bereit, Verantwortung zu tragen.«

»Im Gegensatz zu mir?« gab Guthrie zurück.

Hone Amis holte tief Luft. »Nein. Natürlich nicht, Junge. Du bist nun einmal … anders. Dir fehlt auch einfach die nötige Erfahrung. Und du hattest nie die …« Der Heermeister hielt inne, schluckte und redete schnell weiter. »Egal. Wenn du mich neben dir hast und ich dir helfe, die schlimmsten Fehler zu vermeiden, dann wird es schon gehen. Hör mir zu! Mir ist bewußt, daß ich manchmal grob sein kann, doch ich weiß, was zu tun ist. Du mußt auf mich hören! Gemeinsam können wir das Leben im Fürstental wieder zu dem machen, was es einmal war und wie es sein soll. Gemeinsam könnten wir uns sogar diese verdammten, halsstarrigen Jäger gefügig machen. Tu einfach, was ich sage, und …«

»Sei ruhig!« sagte Guthrie plötzlich.

Erschrocken und mit offenem Mund starrte Hone Amis ihn an.

Wie oft war Guthrie genau so vor dem Heermeister gestanden, als dieser ihn wieder einmal zurechtgewiesen hatte. Doch davon hatte Guthrie endgültig genug. »Bin ich nun der Fürst, oder bin ich es nicht?« fragte er.

»Natürlich bist du der Fürst.«

»Habe ich die Befehlsgewalt über das Fürstental?«

»Natürlich!«

»Dann befehle ich dir, mein Zelt zu verlassen, Heermeister.«

Hone Amis stand wortlos da.

»Hast du mich gehört?«

Hone Amis fuhr sich mit der Hand über das Gesicht und holte hastig Luft. Er sah aus, als hätte man ihm eben in den Bauch getreten. »Was ist mit dir, Junge? So kenne ich dich gar nicht.«

Guthrie hob verlegen die Schultern. Er begann es bereits zu bereuen, daß er Hone Amis derart zurechtgewiesen hatte.

Die beiden Männer sahen sich an.

Hone Amis öffnete seinen Mund, wollte etwas sagen, überlegte es sich jedoch anders. Er warf einen kurzen, vorwurfsvollen Blick zu dem Totenschädel. Dann drehte er sich wortlos um und verließ das Zelt.

Guthrie seufzte, setzte sich hin und wickelte sich in die Decken. Mit einer Hand fuhr er über das glatte Rund des Schädels. »Du bist mir ja eine große Hilfe«, murmelte er bitter. In seinem Magen brannten die Reste seiner Wut gegen Hone Amis. Aber er spürte auch ein verführerisches Hochgefühl, daß er dem Heermeister hatte standhalten können. Es war das erste, das allererste Mal, daß er Amis einen Befehl erteilt hatte. Etwas in ihm schien sich zufrieden aufzublähen.

Doch ihm war auch etwas übel.

Er schüttelte den Kopf. Um ihn her pulsierte unaufhörlich das *Andere,* und wenn er in sich hineinhörte, dann pulsierte es auch dort. Ein Triumph, wie er ihn eben erlebt hatte, verblaßte dagegen zur Bedeutungslosigkeit. Was machte es schon, wer wem irgendwelche Befehle erteilte, wenn unter allem dieses große, rätselhafte *Andere* lag?

Wieder kam Guthrie der Gedanke, von hier fortzurennen. In der Nacht wäre es ein Kinderspiel, ungesehen aus dem Lager zu entkommen …

Aber dazu war es jetzt zu spät. Ob er wollte oder nicht, er war der Fürst geworden.

Doch er fühlte sich wie ein Fisch auf dem Trockenen, dem man die Herrschaft übertrug über eine Schar Vögel. Er konnte nur hoffen, daß es nicht in einer Katastrophe endete.

XIX

Sie trafen sich am nächsten Morgen zu ihrer Ratssitzung in dem großen Zelt, das Hone Amis derzeit als Hauptquartier diente.

An einem Ende des Zelts, der restlichen Versammlung gegenüber, saß Guthrie mit überkreuzten Beinen. Und weil Hone Amis absolut nicht hatte nachgeben wollen, hatte er den Schädel in den geflochtenen Beutel gesteckt und in seinem eigenen Zelt zurückgelassen. Guthrie war es nicht mehr gewohnt, ohne den Schädel zu sein, doch abgesehen von einem kurzzeitigen Unbehagen schien es zu funktionieren. Seinen Sinn für das *Andere* hielt er unterdrückt. Er war erschöpft und noch ein wenig fiebrig, die Dinge um ihn her erschienen ihm manchmal unwirklich und etwas durchsichtig an den Rändern. Doch es fiel ihm nun weniger schwer, sich fest in der gewöhnlichen Welt zu verankern, so als hielten ihn die Rolle, die er hier zu spielen hatte, und die vielen Leute im Zelt wie eine Art Ballast am Boden. Er konzentrierte sich darauf, völlig normal zu sein, bis das *Andere* wie ein blasser, unmerklicher Schatten fast vollständig verschwunden war. Und es gab sogar Momente, da fühlte er sich wieder ganz wie sein altes Selbst, und das *Andere* war ihm nichts als halb vergessene Erinnerung.

Obwohl ihn Rosslyn eindringlich gewarnt hatte, fragte er sich nun, ob dies tatsächlich eine Entwicklung zum Schlechteren war, oder ob sie möglicherweise auch etwas Gutes hatte. Er wußte nicht, wie er das beurteilen sollte. Er war nun zwei Personen, sein altes und sein neues Selbst, und es war gänzlich ungewiß, welche von beiden die Oberhand behielte.

Der Platz unmittelbar vor Guthrie blieb leer, aber im übrigen Zelt saßen die Männer Ellbogen an Ellbogen. Guthrie konzentrierte sich auf die Gesichter vor ihm.

Es war ein bunt gemischter Haufen, der sich im Zelt versammelt hatte, mit Vertretern der verschiedenen Schichten und Stände des Fürstentals. Sie saßen in genau festgelegter Ordnung. Diejenigen, die den fünf herrschenden Familien des Tals angehörten oder im weiteren Sinne mit ihnen verwandt waren, saßen vorn, jene der sieben Handwerkerfamilien dahinter, dann die Offiziere der Miliz und hinter ihnen die Vertreter des gewöhnlichen Volkes. Ganz im Hintergrund, dicht gedrängt an der Zeltwand, stand schließlich die Abordnung der Jäger. Ferne Erinnerungen kamen Guthrie an den Großen Saal der Fürstenhalle und an die enorme Bedeutung der Sitzordnung, doch als er die Machtverhältnisse so deutlich vor sich sah, wurde ihm dennoch etwas unwohl.

Hone Amis saß Guthrie zur Rechten, wie es seiner Stellung als Heermeister auch zukam. Zur anderen Seite saßen ein Oberoffizier der Miliz und zwei Hauptmänner. Mehrere Unteroffiziere – unter denen Guthrie auch den jungen Jäger erkannte, der tags zuvor in sein Zelt gekommen war – saßen einer neben dem anderen an der rechten Zeltwand. Zusammen mit einigen Offizieren auf der linken Seite hatten die Milizen um die gesamte Versammlung eine Art Gürtel gelegt. Das ging sicherlich auf Amis zurück, dachte Guthrie. Es war typisch für den Heermeister, jedwedem Ärger vorzubeugen, um ihn dann, wenn nötig, im Keim zu ersticken.

Guthrie gegenüber saß der graubärtige Obart Pettir und neben ihm dessen Neffe Malone, der etwa so alt war wie Guthrie selbst. Er besaß dünnes, schwarzes Haar und ein kantiges, verschlagenes Gesicht. Er war es also, der angeblich Anspruch erhob auf den Fürstentitel. Pettir war umgeben von einem Ring bewaffneter Männer. Ganz in der Nähe saß der glatzköpfige und fette Merith Roul, der an einem Gebäckstück knabberte.

Die Obarts und Meriths, das waren die erste und die letzte der fünf herrschenden Familien. Ein ungewöhnliches Bündnis, dachte Guthrie.

Alle Familien der Fünf und der Sieben waren mit Abgeordneten vertreten, doch die einzigen Oberhäupter der Fünf, die offensichtlich überlebt hatten, waren Pettir und Roul.

Leises Gemurmel füllte das Zelt.

Hone Amis hob eine Hand und bat um Ruhe. »Wir haben uns hier versammelt«, begann er, »um über unsere Zukunft zu entscheiden.« Er machte eine Pause und blickte in die Runde. »Denn nun haben wir wieder eine Zukunft. Das Leben wird für uns wieder so werden, wie es einmal war. Wir werden durchhalten. Wir werden uns wieder emporarbeiten. Das Tal wird wieder blühen!«

Noch einmal machte er eine Pause. Er hob seine Hände zu einer dramatischen Geste. »Wir haben jetzt ein Zentrum, einen Dreh- und Angelpunkt, um den sich das Leben im Tal neu entwickeln kann.« Mit ausgestrecktem Arm deutete er auf Guthrie. »Fürst Guthrie Garthson ist zu uns zurückgekehrt. Unsere schlimme Zeit ist damit beendet!«

Guthrie nickte der Versammlung zu und verbarg seine Verlegenheit, indem er sich so selbstsicher gab wie möglich. Er bemerkte, wie ihn Obart Pettir mit kaltem Blick musterte.

»Wir hatten ein gutes Leben im Fürstental«, fuhr Amis fort, »und das werden wir wieder haben. Doch bevor wir uns in dieser verheißungsvollen Zukunft einrichten können, müssen wir das Tal von dem verfluchten Banditengesindel befreien, das uns alles entreißen will.« Er blickte in die Versammlung. »Wir müssen sie vernichten.«

»Bis auf den letzten Mann!« ergänzte einer der Milizen. Von dort, wo die Offiziere saßen, kam beifälliges Gemurmel.

»Und wie wollen wir das schaffen?« fragte einer der Jäger aus dem Hintergrund des Zeltes. »Wie wollen wir sie im Wilden Land überhaupt aufspüren?«

Hone Amis schnaubte. »Ihr Jäger habt immer gegen alles etwas einzuwenden. Wir *werden* eine Möglichkeit finden. Alles ist möglich, wenn man sich nur ernsthaft genug darum bemüht. Seht doch, was wir in den letzten Tagen hier zustande gebracht haben. Und wie viele hatten an einen Erfolg nicht glauben wollen!«

Hone Amis hob seine geballte rechte Faust und rammte sie entschlossen in seine offene linke Hand. »Wir werden unser Tal von diesen verfluchten Banditen befreien – ein für alle Mal.«

»Aber ich habe gehört, die Banditen haben diesen … Zauberer. Das stimmt doch, oder?« fragte einer der gewöhnlichen Talbewohner.

»Zauberer … Hah! Ein Gaukler und ein Narr wird es sein, ganz sicher. Und noch größere Narren seid ihr, die ihr euch von diesen Gerüchten ins Bockshorn jagen laßt. Die einzige, die diesen gefährlichen ›Zauberer‹ angeblich gesehen hat, ist diese … wie heißt sie doch gleich? … dieses Mädchen.«

»Und was ist dann mit dem Dämonen?« fragte ein anderer. »Den haben genügend von uns gesehen. Was ist *damit?*«

Der Heermeister hob die Schultern. »Wer dabei war, hat ja gesehen, was passiert ist. Nach dem ersten Pfeil ist dieser Angsthase davongerannt. Ihr könnt glauben, woran ihr wollt, ich für meinen Teil glaube an scharfen Stahl und meinen starken rechten Arm. Jeder Dummkopf kann sich als Zauberer ausgeben oder sich als Dämon maskieren, um Gutgläubige an der Nase herumzuführen. Doch stoßt ihm eine Klinge zwischen die Rippen, und er wird umfallen wie jeder andere Mann auch.«

Ganz hinten im Zelt stand Charrer Mysha, der sich nun zu Wort meldete. »Das ist … Krieg, wovon Ihr da sprecht, Amis.«

»Und wenn es so ist?« entgegnete der Heermeister. »Denkt Ihr, uns bleibt eine Wahl?«

Mysha blieb einen Moment lang stumm, dann antwortete er mit ruhiger Stimme: »Es gibt immer eine Wahl.«

»Hah!« schnaubte der Heermeister. »Das mag sich ganz

wunderbar anhören, aber in der wirklichen Welt ist das anders. Denkt Ihr, die Banditen sind so dumm, uns irgendeine Wahl zu lassen? *Davor* könnt Ihr nicht davonlaufen wie vor allem anderen, Mysha. Meinen tapferen Milizen habt Ihr es zu verdanken, daß man Euch und Euren Jägern noch nicht die Kehle durchgeschnitten hat.«

Mysha wollte nicht darauf eingehen. Er hob nur die Schultern. »Möglicherweise unterschätzt Ihr unsere Fähigkeiten, Amis.«

Der Heermeister sah Charrer Mysha scharf an. »Habt Ihr irgendeinen Gegenvorschlag vorzubringen? Oder wollt Ihr mir das Recht streitig machen, diese Versammlung abzuhalten?«

Mysha schüttelte den Kopf. »Nein, keineswegs. Aber zu solch einer wichtigen Angelegenheit würde mich auch die Meinung des Fürsten interessieren.«

Sofort richteten sich alle Augen auf Guthrie.

Guthrie schluckte nervös. Hone Amis und er hatten über diese Sache geredet. Der Weg der nackten Gewalt, den Amis einschlagen wollte, machte ihn unruhig. Guthrie schreckte vor solchen Lösungen zurück. Doch Amis war hartnäckig geblieben und bestand darauf, daß seine eigenen Maßnahmen die einzigen seien, die im Tal für Sicherheit und Ordnung sorgten. Amis hatte behauptet, daß Guthrie zu lange fortgewesen war, um die jetzigen Zustände richtig verstehen zu können. Und wenn die Leute bemerkten, daß sich Heermeister und Fürst uneins waren, dann könnte dies den Zusammenhalt der ganzen Gemeinschaft gefährden. Damit, so hatte Amis hinzugefügt, wäre schließlich keinem gedient, außer vielleicht Obart Pettir und seinen verräterischen Plänen.

Es hatte keinen Weg gegeben, Amis von seinen Ansichten abzubringen, und ebenfalls keine Möglichkeit, wie Guthrie ohne ihn auskommen sollte. Also hatte er ihm wohl oder übel zugestimmt – wenn auch nur vorläufig, wie sich Guthrie sagte. Es beruhigte ihn nun, daß nicht einmal Hone Amis ohne Widerstand etwas durchsetzen konnte. Myshas Frage war sicherlich nur der Anfang. In dieser Versammlung mußte es noch andere vernünftige Männer und Frauen geben, ganz gewiß.

Guthrie sah wieder die Augenpaare, die sich auf ihn richteten. Er holte tief Luft und fühlte, wie ihn einen kurzen Moment lang das Fieber packte. Er hielt sich fest in der gewöhnlichen Welt und blickte so selbstsicher in die Versammlung, wie ihm das möglich war. »In dieser Angelegenheit vertritt mich der Heermeister«, sagte er und wiederholte damit die Worte, auf die sich Amis und er geeinigt hatten. Doch er fügte hinzu: »Wie auch immer die Entscheidung ausfallen wird, wünsche ich mir, daß eine Angelegenheit von solcher Wichtigkeit eingehend diskutiert wird.«

Hone Amis holte hastig Luft, warf Guthrie einen zornigen Blick zu, faßte sich wieder. »Und in einer solchen Diskussion befinden wir uns gerade«, meinte er dann. »Seid Ihr nun zufrieden?« wollte er von Charrer Mysha und den übrigen Jägern wissen. »Ihr habt es gehört: Ich vertrete in dieser Angelegenheit den Fürsten.« Er nickte zufrieden. »Wir *werden* uns dieses Banditengesindel vom Hals schaffen.«

»Leicht gesagt, Heermeister«, ließ sich jemand zwischen den Jägern hören. Es war eine hagere, grauhaarige Frau, die sich nun erhob. »Aber Ihr redet hier von Tod. Von Tod und Leiden und Blut, und zwar für sie wie für uns.«

»Du hast also Angst?« entgegnete Hone Amis.

»Ja, ich habe Angst«, sagte die Frau. »Und bei dem, was Ihr da vorschlagt, wird es jedem halbwegs vernünftigen Menschen ähnlich ergehen.«

Hone Amis schnaubte verächtlich, schüttelte den Kopf und sah wütend zu Charrer Mysha. »Ich habe Euch doch gesagt, daß Ihr keine dieser Frauen mitbringen sollt.«

Mysha zuckte mit den Schultern.

»Frauen haben in einer solchen Versammlung nichts zu suchen. Frauen sind immer nur vorsichtig, Männer sind mutig.«

Jetzt war es an der Jägerin, abfällig die Nase zu rümpfen. »Das ist *genau* das Problem!«

»Genug!« rief Hone Amis scharf. »Denkt doch einmal nach. Ihr alle! Könnt ihr mir einen anderen Vorschlag machen? Glaubt ihr, diese Banditen werden von selbst hier verschwinden? Oder sollen wir ihnen etwa unser Land und das, was uns an Hab und Gut geblieben ist, freiwillig überlassen?«

»Können wir nicht versuchen, mit ihnen zu reden?« schlug einer der Jäger vor.

Hone Amis lachte. »Reden? *Reden?* Denkst du denn, sie verziehen sich, wenn du sie nur höflich genug darum bittest?«

»Aber sicher ...«, fuhr derselbe Jäger fort, »*sicher* gibt es einen Weg, wie wir ... verhandeln könnten.«

»Was denn verhandeln?« fragte Hone Amis. »Dies ist *unser* Land! Und das sind nichts als brutale Plünderer und Mörder. Glaubst du ernsthaft, solche Menschen werden sich in aller Ruhe hinsetzen und zuhören, wenn du ihnen etwas erzählen willst? Zunächst einmal würden sie dir den Bauch aufschlitzen!«

Zornig blickte der Heermeister in die Versammlung. »Ihr müßt endlich zur Vernunft kommen. Wir müssen dieses Banditennest ausheben. Und welche anderen Möglichkeiten haben wir, als zum Schwert zu greifen? *Welche?*«

Stille.

»Es gibt Zeiten«, fuhr Hone Amis fort, »da ist die einzige Antwort die Gewalt.« Wieder schlug er sich mit der rechten Faust in die offene linke Hand. »Wir werden diese elende Bande niedermähen! Und mit Fürst Guthrie an unserer Spitze werden wir es auch schaffen.«

Der Heermeister machte eine kurze Pause und lehnte sich vor. »Wir, die wir uns hier versammelt haben, sind nicht das gewöhnliche Volk. Auf jeden, der hier im Zelt sitzt, warten draußen zwanzig andere, um zu erfahren, was wir beschlossen haben. *Wir* sind es, die in dieser Gemeinschaft das Sagen haben, *wir* sind die verantwortlichen Entscheidungsträger. Und darüber solltet ihr euch in jedem Moment bewußt sein. Wißt ihr eigentlich, was die meisten Schlachten bis jetzt entschieden hat? Das rechte Bewußtsein – und nichts anderes. Gebt mir ein Dutzend Männer mit dem rechten Bewußtsein, und ich besiege damit ein halbes Hundert käsegesichtiger Kriecher. Angeführt von unserem großartigen Fürsten werden sich die Menschen an das erinnern, was das Tal einmal war und das, was es einmal sein kann. Und sie werden kämpfen. Niemand, absolut niemand, wird gegen solch eine Streitmacht eine Chance haben!«

Aus den Reihen der Miliz kam aufgeregtes, beifälliges Gemurmel, in das auch etliche Talbewohner und sogar einige Jäger mit einstimmten.

»Mir ist überhaupt nicht klar, was an diesem Fürsten so großartig sein soll«, meinte da Obart Pettirs Neffe Malone. Das Gemurmel verstummte.

Hone Amis warf ihm einen wütenden Blick zu. »Paß auf, was du sagst, Junge. Der Fürst hat einiges durchmachen müssen. Jeder, der nicht gerade blind ist, kann das sehen.«

»Ihr solltet selber vorsichtig sein mit Euren Worten, Ser Amis«, entgegnete der graubärtige Obart Pettir. Er sprach leise, doch seine Stimme war scharf und kalt wie Stahl. »Mein Neffe ist kein harmloser Wicht, mit dem Ihr umspringen könnt, wie Euch gerade beliebt.«

Guthrie lehnte sich nach vorn, doch Hone Amis gab ihm hastig ein Handzeichen, an das er sich nur zu gut erinnerte: *Laß es sein,* wollte er sagen. Guthrie schwieg also. Noch lange nicht fühlte er sich unter den Augen dieser Versammlung sicher und selbstbewußt genug.

»Ich halte es für äußerst unangebracht, den Fürsten öffentlich zu tadeln, wie es Euer Neffe gerade versucht hat, Ser Obart«, sagte Hone Amis. »Und ich vertraue darauf, daß Ihr ihn anweisen werdet, in Zukunft seine Zunge in Zaum zu halten. Denn offensichtlich weiß er noch nicht, was sich gehört.«

Malone erhob sich halb, und sein Gesicht verfinsterte sich vor Zorn.

»Es wäre doch schade«, fuhr Hone Amis mit ruhiger Stimme fort, »wenn er mit seinem Verhalten anderen, ähnlich dummen Jungen ein schlechtes Beispiel gäbe, nicht wahr?«

Obart Pettir sagte nichts. Er gab Malone ein Zeichen, sich zu setzen. Nach kurzem Zögern gehorchte dieser und setzte sich wieder. Obart Pettir betrachtete Hone Amis mit zusammengekniffenen Augen und fuhr sich mit den Fingern langsam durch seinen grauen Bart. Sein Gesicht ließ keine Regung erkennen.

»Falls ihr fertig seid«, meldete sich Charrer Mysha, »würde ich gerne ein Frage stellen.«

»Nur zu«, antwortete Hone Amis.

Mysha breitete seine Arme weit aus, als wollte er damit die ganze Versammlung umfassen. »Ihr besteht darauf, daß wir alle gegen diese Banditen in den Krieg ziehen sollen. Doch was ist, wenn einige von uns dabei nicht mitmachen?«

»Jeder hier im Lager hat die Wahl: Entweder er ist für uns oder gegen uns. Wenn er gegen uns ist, werden wir ihn entsprechend behandeln. So einfach ist das.«

Mysha sah ihn an. »Und was genau soll das heißen?«

»Alle werden kämpfen. Ohne Ausnahme.«

Mysha schüttelte den Kopf. »Ihr würdet Männer also gegen ihren Willen in Eure Truppen zwingen? Das ist Wahnsinn! Der einzige gerechte Weg wäre …«

Hone Amis lachte. »Gerecht? Wo seid Ihr in den letzten Wochen gewesen, Ser Charrer? War es *gerecht,* was uns die Seewölfe angetan haben? Oder diese Banditen? War es *gerecht,* daß dieses Gesindel unsere Felder und Häuser verwüstete?«

»Aber trotzdem könnt Ihr nicht einfach …«, begann die Jägerin, die zuvor bereits gesprochen hatte.

Hone Amis schnitt ihr das Wort ab. »Die Welt kann gefährlich sein, Frau. Und *ungerecht.* Gleichzeitig betrachte ich es als meine Aufgabe, sie für mich und mein Volk so sicher zu machen, wie das irgend möglich ist.«

Neben Hone Amis meldete sich der junge, rothaarige Jäger und Soldat, den Guthrie bereits kannte. »Meister Amis, denkt Ihr nicht, Ihr solltet ...«

»Was soll das, Junge? Willst *du* mir etwa Ratschläge erteilen?« fauchte der Heermeister ihn an.

Der Jäger bekam ein rotes Gesicht.

»Denkst du, du kannst besser als ich beurteilen, was hier zu tun ist?«

Er schüttelte den Kopf.

»Willst du meine Entscheidungen in Frage stellen?«

»Nein.«

»Oder meine Beweggründe?«

Noch einmal: »Nein.«

»Gut.« Hone Amis grinste. »Die Sache wäre damit also geklärt.«

Der jüngere Mann atmete schwer. Er sagte nichts mehr.

Mit wachsendem Unmut hatte Guthrie den Verhandlungen zugehört. Viel zu rücksichtslos wußte sich Amis in allen Punkten durchzusetzen.

»Beabsichtigt irgend jemand sonst«, fragte der Heermeister, »mein Urteil in Frage zu stellen? Hat noch irgend jemand einen brauchbaren Gegenvorschlag zu machen? Irgendeine Möglichkeit, wie wir diese Banditen ohne das Schwert loswerden können?«

Charrer Mysha wollte etwas sagen, doch Hone Amis ließ ihn gar nicht erst zu Wort kommen. »Einen *brauchbaren* Vorschlag, habe ich gemeint. Nicht irgendwelche unausgegorenen Tagträume.« Er sah Mysha scharf an, dann warf er einen fragenden Blick in die Runde.

Aus der Versammlung kam Räuspern und leises Gemurmel. Mysha machte ein betrübtes Gesicht, blieb jedoch ruhig.

»Nein? Meldet sich keiner?« fragte Hone Amis.

Alle blieben still.

Der Heermeister nickte zufrieden. »Gut.« Er deutete auf die Jäger. »Auch keiner von euch? Übrigens, Ihr könnt Euch wieder setzen, Ser Charrer. Und wenn wir nicht länger unnötig unterbrochen werden, dann möchte ich jetzt unsere Pläne näher erörtern …«

»Aber wir …«, begann Mysha. Verzweifelt blickte er in die Versammlung. Doch er konnte deutlich erkennen, daß außer den wenigen Jägern an seiner Seite ihn niemand unterstützen wollte. Langsam ließ er sich zu Boden sinken.

»Wenn wir das richtig anpacken«, fuhr Hone Amis fort, »haben wir diese Banditen vernichtet, bevor der erste Schnee kommt, und dann – endlich – können wir uns um die Zukunft des Fürstentals kümmern. Nun gut, wir wissen ja, wo sich ihr Lager befindet. Der Gefangene hat es uns verraten. Mein Plan ist also folgender …«

Guthrie fühlte eine Welle der Übelkeit in sich aufsteigen. Krieg. Irgendwie hatte Hone Amis es durchgesetzt, bevor die anderen recht wußten, was damit auf sie zukam. Guthrie lehnte sich vor und hob eine Hand.

Niemand bemerkte es.

Der Heermeister wandte sich zu seinem ranghöchsten Offizier, der neben ihm saß. »Oberoffizier Loew hier zeigt euch jetzt die Karte, die wir vorbereitet haben. Alle Männer werden in Einheiten aufgeteilt und jeweils der Führung eines erfahrenen Offiziers unterstellt. Es ist notwendig, *absolut* notwendig, allen Befehlen genau Folge zu leisten.« Er schaute wieder zu den Jägern. »Habt ihr das verstanden? Eine Truppe muß stets als Einheit handeln, der Kommandant ist der Kopf, die Soldaten seine Glieder. Der Kopf erteilt die Befehle. *Nur* der Kopf. Und so lange wie …«

Guthrie spürte, daß seine Gedanken begannen zu wandern. All dies war ihm zuwider, er fühlte sich müde und krank, und das Fieber packte ihn nun wieder öfter. Doch er konnte nichts anderes tun, als sitzen zu bleiben und sich so gefaßt zu geben, wie er es vermochte. Er hatte sich darauf eingelassen, der Fürst zu sein, also mußte er seine Rolle auch durchhalten. Er bemerkte, wie man ihn beobachtete. Der musternde, kalte Blick von Obart Pettir, die gierigen Augen seines Neffen Malone, die unentschiedenen Blicke der Jäger. In den Augen der Milizen funkelte es triumphierend, in denen der gewöhnlichen Talbewohner sah er Ängste und Fragen. Und immer wieder warf ihm Hone Amis einen kurzen Blick zu, in dem eine Mischung lag aus Komplizenschaft, Sorge und Argwohn.

Guthrie schluckte und riß sich zusammen. Kurz flackerten seine Sinne des *Anderen* auf, und er *spürte*, was um ihn her geschah: dieses Geben und Nehmen all der kompliziert geflochtenen, von innen erleuchteten Körbe. Es war wie ein wundersamer, unbeschreiblicher Tanz oder ein undurchschaubares Durcheinanderfließen von Wasserströmen.

»Und das heißt, wenn wir unsere ursprüngliche Absicht weiterverfolgen …«, erklärte gerade Hone Amis.

Guthrie versuchte sich zu konzentrieren und zu verhindern, daß er wegglitt in das *Andere.*

Schließlich kam man zu einer Entscheidung.

Sie würden den Kampf in den Bergen führen und die Banditen gleich dort vernichten, wo sie zu Hause waren. Nicht einer sollte am Leben bleiben.

Guthrie sah zu, wie die Männer und Frauen das Zelt verließen. Zwischen einigen Jägern war noch immer unzufriedenes Gemurmel, und Guthrie hatte Verständnis für ihren Unmut. Hone Amis hatte alle Kritik an seinen Plänen abgeschmettert, seinen Krieg durchgesetzt und die Menschen genau dahin gebracht, wo er sie haben wollte. Doch wohin führte das schließlich? Zu Blut, Tod und Zerstörung. Guthrie versuchte den berechtigten Zorn des Heermeisters auf die Banditen nachzuempfinden, doch er konnte es nicht. Obwohl er sich beinahe wieder in sein altes Selbst verwandelt hatte, schien manches aus seiner Vergangenheit nicht mehr zurückzukommen. Das *Andere* wiederum konnte er zwar unbeachtet lassen, doch niemals so weit, daß er es ganz vergaß.

Die letzten Jäger waren gegangen. Guthrie hatte seine Zweifel, ob sie tatsächlich Hone Amis' Befehlen folgen würden. Sie waren eine hitzköpfige, unberechenbare Bande. Und plötzlich mußte er an Alia denken. So vieles hatte sich seit seiner Rückkehr ereignet, daß sie ihm bis jetzt überhaupt nicht mehr in den Sinn gekommen war. Sie war ein eigenwilliger Kopf und aus ähnlichem Holz geschnitzt wie diese anderen Jäger. Rosslyn hätte sie sicherlich gemocht, denn Alia konnte ebenso offen und direkt sein.

Guthrie wurde nachdenklich. Bilder von Rosslyn standen ihm vor Augen. Was würde sie zu den Dingen sagen, die hier vor sich gingen? Über ihn in seiner Rolle als Fürst würde sie lachen, ganz sicher, und ihm etwas aus dem *Buch* zitieren.

Einen Moment lang schien es ihm, als ob er ihre Stimme hörte, die ihm vorlas:

Nichts ist, was es scheint zu sein,
weder Stein noch Tier, noch du und ich.
Kein Fluß fließt frei von Land zu Land,
all sein Sehnen gilt dem Meer.

Guthrie schüttelte den Kopf, und kaum hörbar mußte er kichern. War ihr Einfluß so groß gewesen, daß er selbst schon rätselhafte Verse zitierte?

All sein Sehnen gilt dem Meer …

Die Zeile hallte in seinen Gedanken wider, und einen Moment lang erfüllte ihn bitterer Neid auf all diese Flüsse, Tiere und Wesen, die ein so einfaches Leben führten und denen die großen, verborgenen Strömungen der Welt Erfüllung brachten.

Was für ein Wesen war er selbst? Er hatte Erfahrungen gemacht, die ihn für immer verwandelt hatten, doch die Verwandlung war nicht weit genug gegangen. Raupe oder Schmetterling? Er wußte nicht, was er sein sollte oder wie er sich überhaupt entscheiden konnte.

Er fühlte, wie die Welt bebte, und war entschlossen, nicht darauf zu achten. In der gewöhnlichen und verläßlichen Welt wollte er bleiben, um seine Rolle als Fürst zu spielen – nichts weiter. Während der Versammlung war ihm das ganz gut gelungen, und er wollte sich auch weiterhin zusammenreißen.

»Fürst?« hörte er eine respektvolle Stimme fragen.

Als Guthrie aufsah, bemerkte er die Männer, die noch bei ihm im Zelt geblieben waren, größtenteils Soldaten, und die jetzt auf ihn warteten.

»Geht es … geht es Euch gut, Fürst?«

Guthrie nickte. »Ja, ich war nur etwas in Gedanken, das ist alles.«

»In Gedanken über seine Pläne«, fügte Hone Amis rasch hinzu.

»Seine Pläne?« schnaubte Merith Roul verächtlich. »Da kann ich nur lachen! Wieso gebt Ihr es nicht endlich zu, Amis? Der Junge ist ein Dummkopf, ganz einfach.«

Die Männer schwiegen bestürzt.

»Jetzt steht doch nicht da wie die Hornochsen! Es war Zeit, daß das jemand gesagt hat!« Dies kam von Obart Pettir, die ersten Sätze, die er seit seiner Auseinandersetzung mit dem Heermeister von sich gab.

»Nun hört einmal zu, Ser Pettir«, fing Hone Amis an und ging auf ihn zu.

»Nein!« erwiderte Obart Pettir. »*Ihr* werdet zuhören! Es mag ja ganz nett sein, diesen Jungen als Galionsfigur vor uns hinzustellen. Das gemeine Volk hat so etwa nötig, ganz klar. Aber hier, unter uns, können wir auch ehrlich sein. Der Junge ist ein Dummkopf, wie Ser Roul ganz richtig bemerkt hat.« Er deutete verächtlich auf Guthrie. »Seht ihn doch an. Dürr wie eine Bohnenstange steht er da und blinzelt blöde wie ein Maulwurf, der plötzlich die Sonne sieht.«

Guthrie schluckte und wußte nicht, was er entgegnen sollte.

Obart Pettir redete schnell weiter. »Meine Meinung ist, der Junge soll vor dem gewöhnlichen Volk den Fürsten spielen, doch unter uns werden wir auf seinen Rat besser verzichten. Er ist durcheinander und schlichtweg unfähig. Aber das ist bei ihm ja nichts Neues. Mit seinem Vater oder Bruder konnte man ihn noch nie vergleichen.«

Guthrie fühlte einen stechenden Schmerz. Alte, bittere Erinnerungen stiegen in ihm hoch. Sein ganzes Leben, so schien es, war er im Schatten seines Vaters und Bruders gestanden.

»Und wenn die Sache mit diesen Banditen erledigt ist«, fuhr Obart Pettir fort, »werden wir, was den Fürsten betrifft, sicherlich eine … befriedigendere Lösung finden.«

»Jetzt reicht es endgültig«, fauchte Hone Amis. »Wenn Ihr Euer dummes Gerede nicht sofort sein laßt, werde ich …«

»Werdet Ihr *was?*« fragte der junge Malone. Mit einer blitzschnellen Handbewegung zog er seine Klinge. Obart Pettir gab der kleinen Gruppe bewaffneter Männer ein Zeichen, und mit den Händen am Schwertgriff kamen sie näher.

Hone Amis' Gesicht rötete sich zornig. »Was soll das? Seid ihr alle vollkommen verrückt geworden? Und *ihr* beschuldigt den Fürsten, er sei ein Dummkopf?«

»Wir leben in schlimmen Zeiten«, meinte Obart Pettir. »Gegen Euch persönlich habe ich nichts, Amis. Aber wenn wir alle überleben wollen, müssen wir harte Entscheidungen treffen. Und ich werde *nicht* tatenlos zusehen, wie Euer schwachsinniger Junge …«

»Genug!« rief Guthrie. Als sich die Gemüter um ihn herum immer mehr erhitzten, war er unabsichtlich ein wenig ins *Andere* geglitten. Für seinen *anderen* Sinn war Obart Pettir eine wild lodernde Fackel, und plötzlich erfuhr er auch etwas von dem, was in Ser Obarts Innerem vorging: Ganz ähnlich wie

Amis glaubte er, daß die Welt gefährlich und heimtückisch war und niemand anderer als er selbst etwas dagegen unternehmen konnte. Außerdem war er ein Mann, der es sogar noch mehr als Amis gewohnt war, seinen Willen durchzusetzen. Guthrie konnte *spüren,* wie es für ihn gewesen sein mußte, als plötzlich die schrecklichen Seewölfe aufgetaucht waren, danach die Banditen, und Pettirs Familie vertrieben oder getötet wurde, sein Eigentum geplündert, und all das, was er sein Leben lang aufgebaut hatte, mit einem Mal zusammenbrach. In seinen Augen hatte es mehr als genug unentschiedenes Hin und Her gegeben. Es war an der Zeit, endlich für Ordnung zu sorgen. Und wenn seine eigene Familie davon profitieren sollte, umso besser.

Guthrie sah hinüber zu Hone Amis, der machtlos dastand. Der Heermeister schaute ausdruckslos zurück, als ob er schon entschieden hatte, daß er von Guthrie ohnehin keine Hilfe erwarten konnte.

Einen Moment lang verlor Guthrie alle Hoffnung. Er war kein Fürst und würde es auch nie sein. Es fehlte nicht viel, und er hätte sich mit Erleichterung damit abgefunden. Sollten sie doch miteinander debattieren und streiten, bis sie schwarz wurden. Umso leichter konnte er unbemerkt von hier verschwinden.

Doch ganz so einfach war es nicht, denn für diesen Ausweg war es zu spät. Zu weit hatte er sich bereits auf dieses Spiel eingelassen, zu sehr war er wieder sein altes Selbst. Ob er es wollte oder nicht, er war bereits der Fürst.

Malone blickte Hone Amis wütend an und wollte etwas sagen.

»Du wirst den Mund halten, Malone«, befahl Guthrie.

Malone schreckte zurück. Er starrte Guthrie an. Seine Augen weiteten sich erst überrascht, dann kniff er sie zornig zusammen.

Hone Amis wollte dazwischentreten, doch Guthrie winkte ihn fort. Dann blickte er Obart Pettir direkt in die Augen. Das war etwas, was Guthrie oft bei seinem Vater gesehen hatte. Einem Mann, der ihn beleidigt hatte oder seinen Befehl nicht befolgte, hatte Fürst Garth erst einmal drohend in die Augen geblickt. Oft genug hatte Guthrie selbst diesen strengen, stummen Blick von seinem Vater erhalten und wußte daher sehr genau, wie sich der andere dabei fühlte.

Einige Momente lang erwiderte Pettir den Blick, ohne mit der Wimper zu zucken. Doch Guthrie blieb unerbittlich, und allmählich wurde der ältere Mann unsicher und sah zu Boden.

»Habt Ihr«, sagte Guthrie schließlich, »oder habt Ihr nicht meinem Vater die Treue geschworen, Ser Pettir?«

Obart Pettir hob die Schultern und brummelte etwas so leise, daß es keiner verstehen konnte.

»Ich habe Euch nicht gehört, Ser Pettir«, sagte Guthrie scharf.

»Ja«, knurrte Obart Pettir. »Ja, das habe ich getan.«

»Was genau habt Ihr getan?«

»Dem Fürsten Garth die … Treue geschworen.«

»Und …«, drängte Guthrie.

»Und seinen Söhnen und den Söhnen seiner Söhne.«

»Und so haltet Ihr Euch also an Euren Schwur, Ser Pettir? An Euren *Schwur?*«

Der alte Mann wurde rot.

Guthrie hielt seinen Blick fest auf Pettir und zog das Schweigen noch einmal in die Länge. Jemand mußte leise husten. Einer von Pettirs Männern drehte sich unruhig zur Seite, und seine Klinge klirrte versehentlich gegen eine Zeltstange.

Guthrie erinnerte sich, wie sein Vater und Garrett, sein Bruder, einmal über die Obarts geredet hatten. »Eine hartherzige Bande«, hatte sein Bruder gemeint. »Die würden ihre eigene Mutter auf den Scheiterhaufen werfen, wenn es sie weiterbrächte.«

Sein Vater hatte gelacht – mit Garrett zusammen hatte er immer gerne gelacht – und geantwortet: »Natürlich sind sie hartherzig. Außerdem viel zu ehrgeizig und leider nicht dumm. Aber *eine* Tugend haben die Obarts doch: Sie halten sich an ihr Wort. Darauf sind sie stolz. Denk daran.«

»Einen Dummkopf habt Ihr mich genannt«, sagte Guthrie schließlich zum Oberhaupt der Obarts. »In welcher Weise fühlt Ihr Euch berechtigt, über mich ein Urteil abzugeben, Ser Pettir?«

Obart Pettir sah Guthrie unsicher an. Er sagte nichts.

»Seid Ihr mir etwa in die Wildnis gefolgt und habt all das miterlebt, was ich durchzumachen hatte? Oder habt Ihr Euch mit mir unterhalten, um zu erfahren, was mir widerfahren ist?«

Obart Pettir gab keine Antwort.

»Wenn dem also nicht so ist, dann muß ich vermuten, daß es für ein derart vorschnelles Urteil über mich einen bestimmten Grund gab. Ein Urteil, das Euch sehr gelegen kommt, nicht wahr? Und hier steht Ihr nun, umgeben von Eurer Leibwache, und bedroht mich und die Meinen. Ich frage mich wieso, Ser Pettir. Und die Antwort, die sich mir aufdrängt, ist alles andere als erfreulich.« Guthrie hob sein Kinn und deutete auf die bewaffneten Männer, die noch immer schützend um Pettir standen. »Ihr scheint ein ehrgeiziger Mann zu sein, Ser Pettir. Ein Mann, der im Glauben ist, er könne seiner eigenen Familie auf Kosten anderer gewisse Vorteile verschaffen. Ist es *dies,* zu was der Schwur der Obarts verkommen ist, der Schwur, auf den mein Vater sich stets verlassen konnte? Hat Euer Wort etwa nur so lange Bestand, bis Eure persönlichen Absichten wichtiger werden?«

Guthrie hatte ins Schwarze getroffen. Er sah es an der Schamröte, die es Obart Pettir ins Gesicht trieb. »Mein Vater hatte die Familienehre der Obarts stets gerühmt. Doch wie es scheint, Ser Pettir, haben sich Eure Ansichten zu Ehre und Treue etwas … geändert.«

Obart Pettir fuhr sich nervös durch den Bart. »Ich … ich weiß nicht, was ich sagen soll, Junge. Ich …«

»Fürst«, sagte Guthrie ruhig. »Ihr werdet mich mit ›Fürst‹ ansprechen. Außer natürlich, es gibt für Euch Gründe, dies zu unterlassen.«

Obart Pettir zögerte und sah sich hastig um. Der glatzköpfige Merith Roul war einige Schritte zurückgetreten. Pettirs Männer machten unruhige und verwirrte Gesichter, und um sie herum standen nun Milizen. Pettir ließ seinen Bart los und schluckte. »Es gibt für mich keine Gründe … Fürst.«

Guthrie nickte. »Das habe ich auch nicht erwartet. Ich bin Fürst, Ser Pettir. Und niemand möge daran zweifeln. Ich *werde* das Erbe meines Vaters antreten.« Guthrie sah sich um. »Im übrigen denke ich, daß es Zeit ist, unseren Schwur zu erneuern.« Er lächelte Obart Pettir zu. »Und Euch, Ser Pettir, und Eurem Neffen Malone gebührt die Ehre, als erste damit anzufangen.«

Obart Pettir zögerte und blickte in die Runde. Dann trat er vor und sank vor Guthrie steif auf ein Knie. »Beim Rot meines Bluts, beim … Weiß meiner Knochen«, begann er stockend, »schwöre ich Euch und den Euren, Euren Söhnen und den Söhnen Eurer Söhne unerschütterliche Treue, so … so lange … ich atme.«

Widerwillig nur hatte Obart Pettir das Ritual begonnen, doch dann entfaltete sich die Kraft der alten Worte und der so oft erlebten Zeremonie: Dies war das Band, das die Familien zusammenhielt, ja das ganze Tal zusammenhielt und jedes Frühjahr und mit jedem neuen Regenten erneuert wurde. Ein gemeinsamer Schwur auf gegenseitige Treue, Unterstützung und Verantwortung.

Obart Pettir streckte seine Hände nach vorn, faltete sie, und Guthrie nahm sie zwischen seine Hände, um sie fest zu umschließen.

»Ich bin Euer Mann, Fürst Guthrie Garthson«, sagte Pettir mit heiserer Stimme. »Ich und die Meinen.«

»Bei meinem Blut und Atem«, erwiderte Guthrie, »schwöre

ich, Euch und die Euren niemals zu mißbrauchen, niemals das Wohl der Gemeinschaft zu versäumen, niemals meine Stellung zu vergessen.«

Guthrie senkte den Kopf. »Bei den Großen Mächten, die die Welt durchströmen, so soll es sein.«

»Bei den Großen Mächten«, wiederholten die anderen, »so soll es sein.«

Guthrie ließ Obart Pettirs Hände los, und der alte Mann erhob sich. Verwirrt starrte er Guthrie an, so, als sähe er vor sich ein unbeschreibliches Phantasiewesen.

Hone Amis war sofort dabei, Pettirs Platz einzunehmen. »Beim Rot meines Bluts, beim Weiß meiner Knochen schwöre ich ...«, sagte er ernst und feierlich.

»Bei den Großen Mächten, so soll es sein«, schlossen die anderen.

Und so ging es weiter. Malone schwor als nächster, danach alle Männer, die noch im Zelt versammelt waren. Die einfachen Milizen leisteten den Schwur für sich selbst, jene wie Obart Pettir und Hone Amis, die einer Familie vorstanden, für sich selbst und alle, die zu ihnen gehörten. Es sprach sich herum, was da vor sich ging, und andere kamen ins Zelt, allein, zu zweit und zu dritt. Sie knieten nieder und erneuerten den Schwur, den sie Guthries Vater geleistet hatten, erneuerten den Schwur auf eine gemeinsame, gesicherte Zukunft. Einigen Männern kamen die Tränen.

Guthrie spürte, wie auch seine eigenen Augen feucht wurden.

Als es vorbei war, stand er in dem stillen Zelt, umgeben von jenen Männern, die noch geblieben waren – Obart Pettir und seine Mannschaft gehörten nicht dazu. Doch als Guthrie ihre strahlenden Gesichter betrachtete, schauderte er. Er fühlte eine plötzliche Ernüchterung, als hätte man ihn in Eiswasser gestoßen. All dies hatte er doch gar nicht gewollt. Daß er die anderen aufgefordert hatte, ihren Schwur zu leisten, war ihm herausgerutscht, bevor er recht darüber nachgedacht hatte.

Keinen Weg mehr zurück – es gab jetzt absolut keinen Weg mehr zurück.

Er fühlte sich wie ein wildes Tier in der Falle. Und ein Teil in Guthrie verzweifelte, da er wußte, wie sehr sein Selbst noch immer gefährdet war. Tief in sich wurde er das ungute Gefühl nicht los, daß alles noch schlimm enden würde. Doch ein anderer Teil in ihm jubelte – er konnte gar nichts dagegen tun –, denn der größte Wunsch seines Lebens war heute in Erfüllung gegangen. Er war nun tatsächlich der Fürst.

Plötzlich raschelte die Leinwand, und ein Mann kam ins Zelt, der ein kleines Faß vor sich herrollte.

»Ah, gut!« rief Hone Amis. »Stich es an.«

Der Mann stellte das Faß senkrecht und schlug einen kleinen Zapfen hinein. An einem Gürtel um seine Hüfte hingen hölzerne Trinkbecher.

»Etwas, das wir retten konnten«, erklärte Hone Amis. »Ich denke, dafür ist nun der richtige Anlaß.«

Mit einem Glucksen füllte sich der erste Becher mit Schnaps.

»Für Euch, Fürst«, sagte der Mann mit dem Faß und hielt Guthrie den Becher hin.

Guthrie probierte einen kleinen Schluck und mußte schrecklich husten. Das scharfe Zeug trieb ihm Tränen in die Augen.

Die anderen lachten und nahmen sich selbst einen Becher.

Guthrie blieb bei seinem vorsichtigen Nippen, die übrigen im Zelt waren weit weniger zurückhaltend. Die Männer hoben ihre Becher auf die verheißungsvolle Zukunft, der sie nun entgegenblickten.

»Tod allen Banditen!« rief einer.

»Und lang lebe der Fürst.«

Dann sagte jemand: »Und was ist mit den Jägern? Verweigern sie unserem Fürsten etwa den Respekt? Von *ihnen* hat keiner einen Schwur geleistet.«

»Das stimmt nicht!« antworteten einer oder zwei.

»*Ihr* zählt nicht!« kam die Antwort. »Ihr gehört jetzt zu uns.

Es geht um die anderen, die mit Charrer Mysha hier herumschleichen.«

»Richtig«, meinte ein Unteroffizier. »Wo ist eigentlich Ser Charrer Mysha?« Er leerte seinen Becher und ließ nachfüllen. Seine Backen glühten rot. »Weshalb hat er nicht geschworen? Nach den Morden der Seewölfe ist er nun Familienoberhaupt der Charrers. Verdammt! Mysha muß seinen Schwur leisten wie alle andern auch!«

»Genau! Bringt die Jäger her, und dann sollen sie schwören.«

»Mit vorgehaltener Klinge, wenn es sein muß! Und wenn sie sich weigern ... nun, dann werden wir ...«

»Genug!« rief Guthrie, entsetzt darüber, was nun plötzlich verhandelt wurde.

Die Männer starrten ihn an.

»Niemand«, sagte er langsam, »wird *irgend jemandem irgend etwas* aufzwingen.«

»Aber ...«, fingen ein Dutzend Stimmen an. Aufgeregt plapperten die Männer durcheinander.

»Ruhe!« rief Guthrie. »Ihr alle seid jetzt ruhig.«

Betretenes Schweigen.

»Was für einen Nutzen hat ein Schwur«, fragte Guthrie, »wenn er einem Mann mit vorgehaltener Klinge aufgezwungen wird? Hat dieser Schnaps vollkommen eure Gedanken verwirrt?«

»Das ist ein zähes, unverschämtes Pack, diese Jäger«, rief jemand von weiter hinten im Zelt. »Halten sich immer für die Stärksten und Schlausten. Die haben es verdient, wenn wir ihnen etwas die Flügel stutzen.«

»Jawohl!« riefen andere.

»Stutzt ihnen die Flügel!«

Guthrie hob seine Arme. »Es reicht!«

Stille.

»Verlaßt das Zelt«, befahl Guthrie, den plötzlich alles anwiderte: der brennende Geschmack von Schnaps auf seiner

Zunge, die erbärmlichen Gefühle, die der Alkohol bei den anderen zum Ausbruch brachte, all die verwirrenden, hinterlistigen Pläne und Betrügereien, mit denen die Menschen über ihresgleichen herfielen. Er spürte, wie ihm schlecht wurde, spürte den unerbittlichen, gefürchteten Sog des *Anderen.*

»Hinaus mit euch«, sagte er mit rauher Stimme. Vor seinen Augen wurde das Zelt unscharf und wieder scharf, und mit einem Stöhnen legte Guthrie die Hände an den Kopf.

Die Männer starrten ihn an.

»Ihr habt den Fürsten gehört«, rief Hone Amis schnell. »Räumt das Zelt. Sofort. *Sofort*! Verschwindet, habe ich gesagt!«

Guthrie sank in die Hocke. Er achtete nicht auf den Trubel um ihn her, sondern konzentrierte sich ganz darauf, in der gewöhnlichen Welt Halt zu finden. Mit Schrecken dachte er daran, daß er den Schädel in seinem eigenen Zelt gelassen hatte ...

Doch dieses Mal war es nur ein kurzes Ausgleiten. Und Guthrie wußte immer besser, wie er sich in solchen Fällen zu verhalten hatte.

Als es vorbei war, sah er sich um. Alle waren gegangen bis auf Hone Amis, der ihn besorgt ansah. »Bist du in Ordnung, Junge?«

»Ja«, erwiderte Guthrie und kam auf die Füße. »Nur die Nachwirkungen des Fiebers. Und des Alkohols.«

»Bist du sicher?«

Guthrie nickte.

Der Heermeister verschränkte vor seiner mächtigen Brust die Arme und sah Guthrie nachdenklich an. »Du hast dich heute tapfer geschlagen.«

Guthrie zuckte mit den Schultern. Er lächelte schüchtern. »Auf die Art, wie ich sie verjagt habe, kann ich nicht gerade stolz sein.«

Hone Amis winkte ab. »Zieh die Klinge, hat dein Vater immer gesagt. Zeig ihnen ab und zu etwas Eisen. Das hast du getan. Da haben die Männer etwas zum Nachdenken, wenn sie so wie eben über die Stränge schlagen.« Hone Amis schüttelte den Kopf. »War wohl mein Fehler, fürchte ich. Ich hätte nicht erlauben dürfen, daß man den Schnaps ausschenkt.« Er klopfte Guthrie auf den Rücken. »Aber du bist ausgezeichnet damit fertiggeworden. Besser, als ich erwartet hatte.«

Noch einmal hob Guthrie verlegen die Schultern.

»Doch mit diesen Jägern muß etwas geschehen. Da haben die anderen ganz recht. Diese Dickköpfe sind eine einzige Plage, denn sie wollen keinen Anweisungen gehorchen. Und Charrer Mysha müssen wir uns endlich gefügig machen. So *kann* das nicht bleiben.«

»Es war ein Jägermädchen, das mich gefunden und hierhergebracht hat.«

Hone Amis rümpfte die Nase. »Na und? Ein Zufall! Nichts anderes. Und dieses Mädchen ... Ich weiß, wen du meinst. Sie ist so aufsässig wie drei Männer zusammen.« Amis ging im Zelt hin und her. »Vielleicht ist die Idee gar nicht so schlecht, diese Jäger zum Schwur zu zwingen. Wir stellen sie vor die Wahl. Ein für alle Mal sollen sie sich entscheiden, ob sie für uns sind oder gegen uns.«

»Damit wir es mit *zwei* Gegnern zu tun haben, falls sie nicht mitmachen wollen?«

Hone Amis runzelte die Stirn. »Ja, das ist natürlich möglich. Doch es sind nicht allzu viele und ...«

»Laß ihnen ihre Ruhe, Amis. Du kannst nicht alles unter Kontrolle haben.«

»Ich kann es zumindest *versuchen.* Paß gut auf, was ich dir sage, Junge. Diese Jäger werden immer nur für Ärger sorgen. Und der einzige Weg, dieser Bande Herr zu werden, besteht darin, ihnen die Krallen zu ziehen, bevor sie uns in die Quere kommen. Ich kenne Mysha, seit er ein Kind war. Wirklich wichtige Dinge haben ihn noch nie interessiert. Wie ein dummer Junge ist er fortgerannt ins Wilde Land. Er kann sich nicht anpassen, das ist bei ihm wie eine Krankheit. Und solange er bei den Jägern ist, werden auch die übrigen nur Ärger machen. Vielleicht sollten wir uns still und leise um ihn … *kümmern.* Wenn Mysha erst einmal verschwunden ist, dann …«

»Laß die Jäger in Ruhe!« sagte Guthrie schnell, dem es ganz und gar nicht paßte, was Amis da vorschlagen wollte. »Und laß Mysha in Ruhe.«

Hone Amis sah Guthrie scharf an. »Du hast mit ihm nicht etwa eine Art … Vereinbarung getroffen?«

Verärgert schüttelte Guthrie den Kopf. »Natürlich nicht. Derartige Intrigen überlasse ich Männern wie Pettir.«

»Dann verstehe ich nicht …«

»Genug jetzt«, unterbrach Guthrie. Er wußte, daß er stundenlang versuchen konnte, es zu erklären. Und daß Amis niemals verstehen würde, welch gefährliche Folgen es hatte, daß er zwanghaft alles kontrollieren mußte.

Guthrie fühlte plötzlich, wie die Müdigkeit ihn übermannte. »Das Thema ist hiermit beendet.«

Der Heermeister machte ein wütendes Gesicht. Er war ein Mann, das wußte Guthrie, der es nur schwer ertrug, wenn er seinen Willen nicht durchsetzen konnte, in kleinen Dingen wie auch in großen. »Ich bin müde«, sagte Guthrie schließlich. »Ich werde in mein Zelt zurückgehen.«

»Gut«, sagte Hone Amis nach einem Moment. »Du siehst aus, als ob du den Schlaf nötig hättest. Aber denk daran: Wenn du Mysha und seine Jäger frei und unbeaufsichtigt läßt, werden sie …«

»Amis!«

Der Heermeister seufzte. »Ja. Schon gut.«

Zu Guthries Überraschung grinste Amis ihn an. »Du hast mehr von deinem Vater in dir, als ich jemals vermutet hatte, Guthrie. Schön, das jetzt zu sehen.«

Guthrie wurde verlegen.

»Doch ein guter Herrscher handelt nicht nur streng, sondern

auch vernünftig.« Der Heermeister lächelte. »Komm, ich begleite dich zu deinem Zelt.«

Guthrie lächelte müde zurück. Langsam folgte er Amis nach draußen.

XX

»Krieg«, sagte eine Frau mit resignierter Stimme. »Die Mächte mögen uns beschützen!«

»Ja, das mögen sie«, bekräftigte ein anderer.

Alia saß in einigem Abstand vom Feuer, weg vom flackernden Schein der Flammen, und hörte den übrigen zu. Sie schlug die Arme um sich, denn die Nacht war frisch. Die Sichel des abnehmenden Mondes bewegte sich geisterhaft über die Felswand, die das Lager zu einer Seite hin begrenzte. Doch diese Berge, die Bäume, die Gesichter um die Feuer – all das erschien Alia merkwürdig fremd und bedeutungslos. Sie fröstelte. Sie konnte sich in diesem Lager nicht mehr zu Hause fühlen.

»Aber *mein* Mann wird in *keinen* Krieg ziehen. Und dabei bleibt es auch!« meinte eine dicke Frau aufgebracht.

»Weder ihm noch dir bleibt da irgendeine Wahl«, antwortete ein älterer Mann mit zerfurchtem Gesicht. »Nach den Befehlen von Meister Amis hat sich jeder wehrfähige Mann zu melden.«

»Dieser Meister Amis kann meinem Hund den Arsch lecken«, sagte die dicke Frau. »Wir haben noch nie Krieg gegen Banditen geführt. Wieso jetzt auf einmal? Mein Mann bleibt hier.«

»Wenn er sich weigert, wird dein Alter mächtigen Ärger bekommen«, meinte der Mann. »Ich habe gehört, auf jeden, der sich drückt, wartet die Peitsche. Und volle Gesetzlosigkeit.«

»Aber das ist ... *Irrsinn*!« rief jemand. »Sie erklären Banditen den Krieg – und jeden, der damit nicht einverstanden ist, machen sie selbst zu einem Banditen.«

»Die Leute haben doch gesagt, daß jetzt, mit einem richtigen Fürsten, alles wieder normal wird«, meinte eine nachdenkliche Stimme.

»Das ist ein Schwachkopf, dieser junge Fürst. Jeder sagt das. Kann ein Pferd nicht von einem Esel unterscheiden.«

»Das stimmt nicht! Ich habe ihn gesehen, bevor wir das Jägerlager verlassen mußten. Er sah zwar mitgenommen aus, aber das war alles. Jeder von uns würde so aussehen, wenn …«

Alia stand leise auf und ging davon. Hier in diesem Lager brannten an die zwanzig Feuer, und um jedes saßen die Leute – vor allem Frauen und alte Männer. Und jetzt, da die Kinder schon schliefen, redeten sie alle über nur ein Thema.

Krieg.

Alia zitterte, teils durch die Kälte der Nacht, teils durch den bloßen Gedanken an dieses Wort.

Krieg.

Daß sich mit der Rückkehr des Fürsten die Dinge zum Besseren wenden würden, von dieser Hoffnung war ihr nichts geblieben. Kein einziger Talbewohner war auf seinen Hof oder nach Riverside zurückgekehrt. Und die Jäger, für die es immer unmöglicher wurde, ihr früheres Leben wieder aufzunehmen, wurden nun in diesen verrückten Krieg gezwungen. ›Schwachkopf‹, hatte jemand am Feuer Guthrie genannt. Ja, das schien er tatsächlich zu sein. Und noch schlimmer: eine Marionette in den Händen von Hone Amis. Sie verfluchte ihre verhängnisvolle Entscheidung, ihn ins Lager zu bringen.

Verbittert ballte Alia die Fäuste. Alle Entscheidungen hatte man über ihren Kopf hinweg getroffen. An der Versammlung im Jägerlager hatten sie ihr einfach verboten teilzunehmen. *Verboten* – was für eine Unverschämtheit! Wie alle anderen, die man in dieses ›sichere‹ Lager geschickt hatte, wo sie von einigen Milizen ›beschützt‹ wurden, erfuhr Alia von der Versammlung erst von jenen, die nach und nach auch die Nachrichten von einem Krieg überbrachten.

Auch einige der jüngeren, männlichen Jäger waren zu ihnen gekommen – vermutlich in der vagen Hoffnung, sie könnten eine Einberufung zur Miliz doch noch verhindern, dachte Alia. Aber etliche, die eigentlich bei ihnen sein sollten, vermißte sie.

Zum Beispiel Orrin.

Wie hatte es Hone Amis geschafft, einen Jungen wie Orrin so ganz und gar zu verwandeln? Und andere genauso? Wie konnte die Gemeinschaft der Jäger nur so schrecklich schnell auseinanderbrechen?

Es tat ihr weh.

Sie fühlte sich verloren und verlassen. War es *dafür,* daß Tym und Einauge gestorben waren? Daß sie die Einladung des Fey ausgeschlagen hatte? Daß sie all die Mühe auf sich genommen hatte, um Fürst Guthrie zu seinem Volk zu führen? War es *das,* wofür sie gekämpft, getötet und gelitten hatte?

Ihre linke Hand schmerzte noch immer, und so wie der Schmerz war ihr auch das Bild des Dämonen geblieben. In ihren Träumen hatte er nicht aufgehört, sie zu locken. Und nun, im trügerischen Schein der Flammen, kam es ihr vor, als sähe sie überall das Gelb der glühenden Augen und das Weiß seiner Reißzähne.

Ihre Welt war ein Scherbenhaufen, und Alia konnte nichts tun, um sie wieder zusammenzusetzen. Es gab niemanden, mit dem sie über ihre Erlebnisse reden konnte – über die Fey, Dämonen und solche Dinge. Niemand würde es verstehen.

Außer vielleicht Mysha.

Doch vor der Versammlung war dazu keine Zeit gewesen, und danach hatte ihn keiner mehr gesehen. Wo war er? War ihm das, was hier vor sich ging, etwa gleichgültig?

Mit einem Schaudern erinnerte sich Alia an Orrins Worte: »Mysha ... du weißt ja, wie es bei ihm ist. Wenn man ihn braucht, ist er nie da.«

Alia legte den Kopf in ihre Hände, und ihre Finger fuhren

über Augen, die nun feucht waren. In Gedanken sah sie das Dämonengesicht und sie bemühte sich, es loszuwerden. Wo *war* Mysha? Hatte er sie tatsächlich alle im Stich gelassen? Weshalb war er verschwunden?

Oder … hatte man ihn verschwinden *lassen?*

Bei dem Gedanken wurde ihr übel. Konnten Hone Amis – und der neue Fürst – derart skrupellos sein?

Doch dann fiel Alia plötzlich ein, wo Mysha sein könnte.

Einmal, in ihren ersten Wochen im Jägerlager, war Alia im Wald herumgestreift. Und da sie über das Leben im Wald noch viel zu wenig gewußt hatte, hatte sie sich auch bald verirrt. Fast den ganzen Tag über irrte sie umher, voller Angst, mit Tränen in den Augen und verzweifelt. Schon glaubte sie, daß sie in diesem unendlichen Wald sterben müßte, als Futter für Krähen und Würmer.

Doch durch ein Stück Buchenwald kam sie hinunter in ein kleines Tal, in dem ein schmales Bächlein sprudelte. Und an diesem Bach saß ein Mann und … etwas anderes. Sie erinnerte sich noch genau an ihre Angst und Verwirrung, denn es war ja höchst unwahrscheinlich, daß sie dort überhaupt einem Menschen begegnete.

Doch ein Mensch war es und niemand anderer als Charrer Mysha. Er war in ein Gespräch versunken mit einem der Fey, obwohl Alia damals nicht mehr erkennen konnte als undeutliche, blasse Umrisse. Der Ort stand Alia noch genau vor Augen: das klare, glitzernde Wasser, die vornehm gebeugten Buchen, das beruhigende Grün.

Vielleicht, nur vielleicht, war Mysha in dieser schlimmen Zeit dorthin zurückgekehrt. Das schien ihr am wahrscheinlichsten – vorausgesetzt natürlich, er war nicht irgendeiner Hinterlist des Heermeisters zum Opfer gefallen.

Alia erinnerte sich deutlich genug an die Stelle, um sie nach all den Jahren wiederzuerkennen – da war sie sich sicher. Und gleichgültig, ob sie nun Mysha fand oder nicht, ihre Suche würde sie zumindest fortführen aus diesem Lager. Oh ja, im Moment wünschte sie sich nichts sehnlicher als genau das.

Mit klopfendem Herzen kauerte Alia neben einem Baum am Rand des Lagers und blickte sich um. Sie hatte bis spät in die Nacht gewartet. Der Mond stand bereits tief im Westen, die anderen waren schon lange schlafen gegangen. Es gab keine Anzeichen, daß irgendeine Wache sie bis jetzt bemerkt hatte.

Alia stand auf, legte ihren Köcher um und bewegte sich so vorsichtig, als wäre sie auf der Jagd. Sie schlich sich aus dem Schein des letzten Feuers und hinein in das schwarze Labyrinth der Bäume.

Die hohe Felswand, die das Lager auf einer Seite begrenzte, lag nun zu ihrer Linken und warf auf alles darunter einen Mantel abgrundtiefer Finsternis. Alia mußte sich jeden Schritt ertasten. Sie hielt ihre Arme vor sich ausgestreckt, damit nicht irgendein spitzer Ast ihr in die Augen stach. Erst als sie den Schatten der Felswand hinter sich ließ, zeigte ihr der schwache Glanz des Mondlichts undeutlich den Weg, so daß sie nun etwas schneller vorankam. Wo genau die Wachen der Miliz postiert waren, wußte sie zwar nicht, doch sie konnte es sich denken. Und natürlich hatte sie keine Lust, ihnen zu begegnen und erklären zu müssen, was sie hier mitten in der Nacht eigentlich wollte.

Geräuschlos und mit größter Konzentration ging sie weiter.

Und dann, vor ihr zur Rechten, hörte sie das leise Gemurmel von Stimmen.

Sie bemühte sich, von den Stimmen ausreichend Abstand zu halten, und den Ring der Wachen möglichst in der Mitte zwischen zwei Posten zu durchqueren. Als sie noch etwas näher kam, konnte sie die einzelnen Worte verstehen.

»... haben wir diesen verfluchten Banditen zu verdanken!« zischte eine Stimme. »Solange wir die nicht los sind, sitzen wir fest in dieser blöden Wildnis.«

»Keine Sorge, wir *werden* sie los«, entgegnete eine zweite Stimme.

»Na, hoffentlich bald«, meinte die erste Stimme mürrisch. »Ich weiß nicht einmal, ob mein Hof eigentlich noch steht. Und was ist mit meinen Schafen? Wegen diesem Verbrechergesindel kann ich nicht ins Tal hinunter, um endlich zu sehen, was mir die Seewölfe gelassen haben. *Wenn* sie mir etwas gelassen haben.«

Alia hörte einen langen Seufzer.

»Banditen, Seewölfe … was ist aus dieser Welt nur geworden?«

»Ja, schlimme Zeiten«, meinte der andere. »Den Mächten sei Dank, daß uns Hone Amis da hindurchführt.«

»Da hast du völlig recht«, stimmte ihm der erste zu. »Wenn *er* nicht den jungen Fürsten lenken würde …«

»Man sagt auch, der Junge ist geistig durcheinander. Mein Vetter, Bart, hat es mir erzählt …«

»Pssst!«, unterbrach ihn der andere. »Hast du eben etwas gehört?«

Alia erstarrte.

»Das bildest du dir nur ein«, sagte die erste Stimme nach einem langen Moment der Stille. »Aber in dieser pechschwarzen Nacht und nach all dem, was passiert ist … na ja, kein Wunder.«

»Schon möglich«, meinte wieder der andere. »Wer ist um diese Zeit noch hier im Wald? Höchstens ein Fey.«

»Oh, die sollen uns bloß in Ruhe lassen, diese unheimlichen Gestalten.«

»Ja …«

»Mein Großvater behauptet, er hat einmal …«

Alia kroch von ihnen fort, kletterte vorsichtig einen langen, bewaldeten Hang hinauf, bis sie die Wachen weit hinter sich wußte. Als sie auf einer Anhöhe freie Sicht hatte, blickte sie zurück und sah die Feuer ihres Lagers als kleine, rötlichgelbe

Lichtpunkte in der Ferne. Sie atmete tief, und in ihren Lungen spürte sie die frische Nachtluft wie flüssiges Eis. Die Mondsichel würde bald hinter der Felswand untergehen. Sie erschien ihr plötzlich wie ein grinsender Mund, und sie grinste zurück. Hier, in sicherer Entfernung vom Lager, kam es ihr vor, als ob ihr ein gewaltiges Gewicht von den Schultern fiel. Mit einem Lächeln drehte sie sich um und ging weiter.

Es wurde jedoch ein mühsamer und komplizierter Marsch durch einen Wald, den sie nicht gut kannte. Zweimal dachte sie bereits, sie hätte sich hilflos verirrt. Es wurde Mittag, bis sie ihr Ziel endlich erreichte. Sie fand den Buchenwald. Der Boden war hier feuchter und fruchtbarer als weiter oben in den Bergen, und die Gerüche erschienen ihr erdiger und intensiver. Doch es dauerte noch einige Zeit, bis sie sich zurechtgefunden hatte. Als sie sich dann an einen Baumstumpf lehnte, hörte sie schließlich das leise Gluckern des Bächleins, das sie gesucht hatte.

Eine Weile blieb sie so stehen. Sie rieb ihre wunde linke Hand. Außer dem sanften Geräusch des Wassers und einem fast unhörbaren Seufzen des Windes war es im Wald vollkommen ruhig.

Was aber, wenn Mysha gar nicht hierhergekommen war? Wer sagte denn, daß sie mit ihrer Vermutung recht hatte? Der ganze anstrengende Marsch – er war möglicherweise völlig umsonst gewesen. Was würde sie dann tun?

Alia holte tief Luft. Wie dem auch sei, es half nichts, hier stehenzubleiben. Sie mußte weitergehen und nachsehen.

Das kleine Tal war so, wie sie es in Erinnerung hatte, erleuchtet von sanftem Sonnenlicht, das in goldfarbenen Balken durch das dichte Astwerk der Buchen fiel. Und da sah sie, daß tatsächlich jemand mit überkreuzten Beinen an dem Bächlein saß.

Es war Mysha. Alia atmete erleichtert auf.

Doch er war nicht allein.

Alia sträubten sich die Nackenhaare, als sie bemerkte, was Mysha dort Gesellschaft leistete: die undeutliche, geisterhafte Gestalt eines Fey, blaß und fast durchsichtig. Aber weshalb konnte sie diese Wesen nicht mehr so deutlich sehen wie noch vor einigen Tagen? Was war mit ihr geschehen?

»Alia«, sagte Mysha sanft und drehte sich ohne die geringste Überraschung zu ihr um. Mit einer Hand klopfte er neben sich auf den Boden. »Komm. Setz dich hierher.«

Langsam, stets mit einem Auge auf das, was da neben Mysha zu schweben schien, ging Alia hinüber und setzte sich hin. Köcher und Bogen legte sie zur Seite.

»Du siehst meine ... Freunde?« fragte Mysha.

Alia blinzelte. »Es sind mehr als einer?«

Mysha nickte.

»Ich sehe sie nur verschwommen.«

Mysha sah sie an mit seinem seltsamen, durchdringenden Blick. »Du siehst sie deutlicher als früher.«

Alia hob die Schultern.

»Du hast dich verändert, Mädchen«, seufzte Mysha. »Das sind die schlimmen Zeiten.«

»Ja«, meinte Alia mit plötzlicher Heftigkeit. »Daß es schlimme Zeiten sind, das kann man wohl sagen! Obwohl *du* ja nur wenig davon spüren dürftest, hier bei deinen ... Freunden.« Verlegen hielt sie inne – so etwas hatte sie nicht sagen wollen. Doch der Anblick Myshas, wie er hier so seelenruhig saß, hatte sie irgendwie zornig gemacht. Er war von allem so ... unberührt. Sie sah ihn unsicher an.

Mysha schüttelte nur langsam den Kopf. »Du wirst meine Freunde noch verscheuchen. Nur mit sehr wenigen Menschen können sie auskommen. Sie sagen, daß wir Menschen wie ... wie Flüsse sind beim Hochwasser im Frühling, laut und voller Treibgut und Schmutz.« Mysha mußte leise lachen. Er wandte sich zu den undeutlichen Wesen um ihn her. Alia konnte ihn nicht mehr verstehen, denn zu schnell sprach er und zu leise, und die Worte kamen irgendwie seltsam über seine Lippen.

Als er wieder schwieg, sah Alia, wie die Umrisse der Fey näher zu ihm kamen. Mysha saß reglos da, als ob er lauschte, doch Alia hörte nur das Rauschen des Bachs und den Wind, der die Äste leise bewegte. Sie blinzelte, kniff ihre Augen zusammen und versuchte zu schielen. Doch nichts ließ sie die undeutlichen Gestalten schärfer sehen. Als sie die Andersartigkeit des Ortes und die verschwommenen Umrisse der Fey spürte, schauderte sie und sehnte sich danach, die Wesen wieder klar zu sehen.

Nach einer Weile sah sie nicht einmal mehr die weißen, durchscheinenden Schatten. »Sind sie … weg?« fragte sie.

Mysha zuckte mit den Schultern. »Ja und nein.« Er lächelte müde, streckte sich und reichte ihr die Hand. »Was hat dich hergeführt, Mädchen?«

Alia atmete tief aus. Sie wußte nicht, wo sie beginnen sollte.

Ruhig sah Mysha sie an. In dem goldenen Sonnenlicht schienen seine durchdringenden Augen sanft zu glänzen. Doch sie bemerkte nun, daß in ihnen auch eine allzu menschliche Müdigkeit lag. Sein Gesicht lag in Falten, das lange, schwarzgraue Haar hing wirr durcheinander. Bartstoppeln verdunkelten Kinn und Wangen.

Doch noch immer war es ein freundliches Gesicht, und Mysha lächelte sanft, blieb still und wartete darauf, daß sie etwas sagte.

Einen Moment lang spürte Alia Mißmut: allzu freundlich erschien ihr dieses Gesicht. Mysha war einfach ein viel zu netter und sanfter Mensch, um mit all den Problemen fertigzuwerden, die ihnen nun zu schaffen machten. Er sah erschöpft aus.

Doch dies war auch der Mann, der das Jägerlager einmal gegründet hatte.

»Du mußt etwas unternehmen, Mysha!«

»Wogegen?« entgegnete er leise.

»Wogegen? Bist du blind? Gegen diese verfluchten Banditen. Gegen Hone Amis und seine Milizen. Gegen den Krieg, den er führen will! Gegen das, was Hone Amis uns angetan hat. Gegen Orrin, der einer der ihren geworden ist. Gegen … gegen …« Alia biß sich auf die Lippen, und Tränen traten ihr in die Augen. »Mach alles wieder *richtig,* Mysha!«

Myshas Blick wurde traurig. »Das kann ich nicht, Alia.«

Sie starrte ihn an und blinzelte die Tränen aus ihren Augen.

»Es ist nicht an mir, diese Dinge richtigzustellen.«

Alia hätte ihm am liebsten eine Ohrfeige gegeben. »Was ist los mit dir? Alles, was wir jemals besaßen, wird uns genommen. Und was tust du, um das zu verhindern? Gar nichts! Du solltest eigentlich im Lager sein und Hone Amis die Stirn bieten und nicht hier mit … *ihnen* herumsitzen«, sie deutete dorthin, wo die Fey gestanden waren, »weit weg von … von denen, die dich *brauchen.* Oder ist dir das *gleichgültig*?«

»Wenn du so etwas denkst, hast du mich nicht verstanden«, antwortete Mysha traurig.

»Dann *tu* etwas!«

»Da ist nichts, was ich tun kann.«

»Nein, das glaube ich dir nicht. Wie kannst du bloß so mutlos sein? Du bist unser Führer. Du *mußt* etwas tun, um uns alle zu retten.«

Mysha schüttelte den Kopf. »Ich habe euch nie geführt, Alia.«

Alia wußte darauf keine Antwort. Sie wandte sich ab, und wieder kamen ihr die Tränen.

»Alia«, sagte er. »Schau mich an.« Sanft streichelte er über ihre Wange. »Was erwartest du von mir? Daß ich ins Lager marschiere, mich groß aufspiele und nach hier und dort Befehle erteile wie Hone Amis?«

»Nein. Natürlich nicht. Nur …«

»Nur was?«

»Ich … ich weiß nicht. *Irgend etwas!*«

»Ich kann nichts tun. Ich bin ein Mann, dem man sich freiwillig anschließt, Alia. Nicht einer, der führt und befiehlt.«

Alia wußte nicht mehr weiter. In ihrem Innern fühlte sie sich leer.

Seit ihrem dreizehnten Sommer war Mysha für sie ein fester Bestandteil ihrer Welt. Freundlich und weise war er im Jägerlager im Mittelpunkt gestanden. Auf alles hatte Mysha immer eine Antwort gehabt.

Doch nun …

Wieder erinnerte sie sich an das, was Orrin gesagt hatte: »Wenn man ihn braucht, ist er nie da. Und jemandem einen Befehl zu erteilen, das brächte er sowieso nie übers Herz.«

Sie dachte daran, wer und was Mysha war: der älteste Sohn der Familie Charrer, einer der herrschenden Fünf Familien des Fürstentals. Doch von seiner Herkunft wollte Mysha nichts wissen. Als halbes Kind war er ins Wilde Land geflohen, und bald schon erzählte man über ihn alle möglichen Geschichten. Angeblich war bei seiner Geburt eine seltsame Musik in den Bergen ertönt. Und in der Nacht, in der er gezeugt wurde, soll seine Mutter am Fenster ein bleiches Gesicht gesehen haben, worauf sie in eine dreitägige Ohnmacht fiel. Ja, ein ungewöhnliches Kind war er gewesen und später ein ungewöhnlicher Mann. Er konnte mit den Fey sprechen wie wenige andere und fühlte sich in den Bergen zu Hause wie irgendein wildes Tier.

Myshas Familie enterbte ihn. Doch als sich die Geschichten über den Herumtreiber der Charrers verbreiteten, verließen auch andere das Fürstental, weil sie sich ein neues, besseres Leben erhofften mit Mysha. Und so entstand über die Jahre hinweg die Gemeinschaft der Jäger.

Auch Alia war zu Mysha geflohen, um den engen Grenzen einer quälenden Existenz zu entkommen. Und wie die übrigen hatte sie zu Mysha aufgesehen. Er war für sie der Führer, der Mittelpunkt, der Weise, dem sie ihr Leben in Freiheit zu verdanken hatten …

Doch nun fragte sie sich, ob sie und die anderen Jäger vielleicht nur geblendet gewesen waren von ihren eigenen Träumen.

Als ob er ihre Gedanken erkennen könnte, sagte Mysha: »Nie war ich der Mann, für den ihr mich alle gehalten habt. Es war nie meine Absicht, eine Gemeinschaft zu gründen. Es ist einfach so gekommen. Sie hat sich von selbst gebildet, wie wenn ... wie wenn der Wind Blätter in einen hohlen Baumstamm weht.«

Alia sah ihn vorwurfsvoll an. »Wieso hast du es überhaupt so weit kommen lassen, wenn wir dir solch eine *Last* sind?«

»Ich konnte es nicht verhindern.«

Alia schluckte. Sie hatte das Gefühl, als würde ihre ganze Welt ins Wanken geraten. »Du hast uns nie gewollt? Du hast nie ...«

»Nein, Alia, sag das nicht«, unterbrach er sie. »Ihr wart ... seid meine Familie.«

»Familie! Und ist das die Art, wie du eine Familie behandelst – wenn wir dich so dringend brauchen, läßt du uns im Stich? Einfach ... *so?*« Sie schnippte verbittert mit den Fingern.

Mysha seufzte. »Natürlich nicht.«

»Dann tu etwas!«

»Du verstehst mich nicht, Alia. Nie habe ich einen von euch an mich gefesselt. Und nie habe ich euch befohlen, was ihr zu tun und zu lassen habt. Du sagst, daß Orrin einer der ihren geworden ist. Was soll ich da tun? Ihm *befehlen,* seine Ansichten zu ändern? Es ist unmöglich, Alia. Ich *kann* nichts tun.«

Einen Moment lang blieb Alia stumm und kämpfte mit ihrem Unwillen und Zorn. »Du hast also vor, alles aufzugeben? Du wirst zulassen, daß Hone Amis alles, was einmal uns gehörte, unter seinen Füßen zertrampelt? Dem geht es doch nur darum, mächtiger zu sein als die Menschen um ihn herum. Er *mag* es, wenn er befiehlt, und andere springen. Oh, ich *kenne* solche Männer! Mein Vater war nicht anders.«

Doch Mysha schüttelte den Kopf. »Nein, Alia. So ist Amis nicht.«

Alia ballte wütend ihre Fäuste. »Wie willst *du* das wissen?«

»Ich kannte ihn, als ich ein Junge war. Amis ist nur wenige Jahre jünger als ich. Wir waren Freunde damals.«

Alia blinzelte überrascht.

»Das ist gar nicht so erstaunlich«, meinte Mysha. »Die Hones und die Charrers pflegten stets eine enge Beziehung. Bevor ich ... fortging, war ich mit Amis' Schwester verlobt.«

Alia starrte ihn an. Noch nie hatte ihr Mysha irgend etwas über sein früheres Leben erzählt.

»Wenn wir miteinander spielten, war es immer Amis, der die Regeln aufstellte«, fuhr Mysha fort. »Und er achtete darauf, daß wir anderen uns an diese Regeln hielten.« Mysha lachte leise. »Ich erinnere mich noch genau, wie wütend er werden konnte, wenn jemand eine seiner geheiligten Regeln mißachtete.«

Das Lächeln verschwand aus Myshas Gesicht, und er wurde plötzlich ernst. »Amis sieht sich als eine Art Held, der dafür zu sorgen hat, daß die Welt heil und sicher ist. Doch diese Ordnung, die er da errichten möchte, wird immer wieder zum Einsturz gebracht. Im Jägerlager Ordnung zu schaffen, im ganzen Fürstental Ordnung zu schaffen ... das ist für ihn das gleiche. Stets aufs neue und überall will Chaos ausbrechen, Tumult, Aufruhr – und stets ist *er* es, der dies bekämpfen muß.«

Alia schüttelte den Kopf. »Aber das ist eine Form von ... Wahnsinn.«

Mysha nickte. »Zweifellos. Doch in einer Siedlung wie dem Fürstental ist solch ein Wahnsinn weit verbreitet. Amis ist nicht der einzige seiner Art, bei weitem nicht. Die Siedlung wurde der Wildnis abgerungen, Alia. Aber die Leute im Tal versuchten nie, sich dem Land anzupassen. Das Land sollte sich *ihnen* anpassen. Ganz bezwingen ließ es sich allerdings nie.« Mysha hob die Schultern. »Und einem ungehorsamen Diener traut man nicht.«

»Aber das Land ist kein *Diener.*«

Mysha nickte. »Wenn du so dächtest, wärst du kein Jäger. Nein, *wir* sehen das Land ganz anders. In unseren Augen ist es geheimnisvoll und wunderbar und manchmal auch etwas unheimlich. Wir lieben und fürchten es, verehren und hassen es sogar. Wir haben zu diesem Land eine *Beziehung.* Doch die Talbewohner – hast du das bereits vergessen, Alia? – sehen es nur als ein Mittel zu ihren Zwecken, etwas, das sie beherrschen müssen, weil das Land sonst sie beherrscht.«

»Und Hone Amis?«

»Amis möchte über alles Macht haben, aber nicht weil er die Macht selbst so sehr liebt – in diesem Punkt irrst du dich –, sondern weil er das Chaos fürchtet. Deshalb möchte er dieses Chaos bekämpfen. Für uns alle.«

»Für *uns*?«

Mysha nickte. »Amis ist ein guter Mensch, Alia. Für das gesamte Tal möchte er nur das Beste.«

Alia schnaubte verächtlich. »Dieses ›Beste‹, das er da will, wird noch unser Untergang sein.«

Mysha zuckte mit den Schultern. »Vielleicht.«

»Dann müssen wir ihn aufhalten!«

»Wie?«

Alia schwieg.

»Soll ich versuchen, Jäger um mich zu scharen, und ihm Gewalt androhen, wenn er nicht verschwindet?«

Alia schüttelte unglücklich ihren Kopf.

»Was dann? Ihm ein Messer durch die Rippen stoßen?«

»Nein!«

»Soll ich mit ihm reden? Denkst du, ich kann einen Mann wie ihn dazu bringen, seine Überzeugungen aufzugeben?«

»Nein«, erwiderte Alia düster.

»Was also?«

»Ich *weiß* es nicht.«

»Ich genauso wenig«, meinte Mysha traurig. »Glaubst du nicht, daß es mir das Herz bricht, wenn ich sehe, was aus uns geworden ist, aus unserer einmal freien Gemeinschaft? Doch die Dinge verändern sich, Alia. Die Welt dreht sich weiter.«

»Und du wirst das alles einfach … zulassen?«

»Ich habe keine Macht darüber.«

Alia schluckte. Da war solch eine trostlose, traurige Bestimmtheit in seinen Worten, daß sie plötzlich alles glaubte, was Mysha sagte. Sie fühlte sich verzweifelt. »Du wirst uns also … verlassen, nicht wahr?«

Mysha lächelte. »Nein. Das nicht. Aber ich habe auch keine einfache Lösung, kein Wundermittel, das alles wieder heil machen würde.«

Alia erwiderte nichts darauf. Sie schlug die Arme um sich. Sie fröstelte. »Es ist also vorbei«, sagte sie leise.

Mysha nickte.

»Die Gemeinschaft der Jäger wird es nicht mehr geben. Einfach …«, wie zuvor schnippte sie mit den Fingern, »… so!«

Mysha blieb stumm.

Mit ausdruckslosen Augen blickte Alia in das sonnendurchflutete Tal. Sie fühlte sich leer und schrecklich ratlos.

»Was wirst du nun … *tun?*« fragte sie Mysha zögernd.

Müde hob er Schultern und Arme. »Was ich immer getan habe. Und du?«

Alia wußte nicht, was sie sagen sollte.

»Die letzten Tage waren schlimm für dich«, meinte Mysha sanft. »Du hast dich verändert.« Mit einer Hand fuhr er behutsam über die Schürfwunden in ihrem Gesicht. Die hatte sie ganz vergessen. »Und zwar äußerlich und innerlich. Auf dir liegt der Zauber der Fey.«

Alia zitterte.

»Sag nichts. Ich kann sehen, daß du mit ihnen zusammen warst.«

Alia nickte.

»Doch du bist nicht bei ihnen geblieben.«

»Ich spürte …«

»… den Drang nach Menschen. Und dieser war zu stark für dich.«

Noch einmal nickte sie. »Hast du auch …«

Mysha schüttelte den Kopf. »Nein. Ich habe noch nie eine solche Einladung erhalten. Das schien niemals nötig zu sein.«

»Denkst du, … daß der Fey … jemals zu mir zurückkommen wird?«

Mysha fuhr mit der Hand durch sein zerzaustes Haar. »Ich weiß es nicht. Die Fey sind uns zwar in manchem ähnlich, doch Menschen sind sie nicht. Sie sind tiefgründiger und dennoch einfacher. Niemals würden sie dir leichtfertig etwas anbieten. Und ich habe noch nie davon gehört, daß sie ein einmal abgelehntes Angebot wiederholen.«

Die plötzliche Verzweiflung verschlug Alia den Atem. Was hatte sie nur aufgegeben, als sie das Angebot des Fey ausschlug? Weshalb war sie so dumm gewesen? Einauge war gestorben. Orrin wollte nichts mehr von ihr wissen. Die Jäger auch nicht. Und der junge Fürst Guthrie, den sie zurückgebracht hatte, machte alles noch schlimmer. Niemand brauchte sie. Niemand wollte sie. Es gab für sie kein Zuhause mehr, und nichts war ihr geblieben.

»Ich fühle mich so *verloren.* Ich habe *nichts* mehr«, sagte sie mit erstickter Stimme.

Charrer Mysha lehnte sich näher zu ihr und legte ihr den Arm um die Schulter. Lange hielt er sie einfach. Dann sagte er: »Einmal, da traf ich in den Bergen einen Klosterer.«

Alia hob unsicher den Kopf.

»Vor Jahren war das«, fuhr Mysha fort, »als ich fast noch ein Junge war. Ich kann mich noch gut an ihn erinnern. An einem nebligen Morgen kam er einen Abhang hinunter und ging direkt auf mich zu. Das erschreckte mich. Er kam von irgendwo aus den Ländern des Südens, ein großer, hagerer Mann, mit einer Tasche über der Schulter und gekleidet in diese graue Kutte, wie alle Klosterer sie tragen.« Mysha sah hoch, als sähe er den Mönch, an den er sich erinnerte, gerade vor sich. »Ich fragte ihn, wo er herkam. Er hob die Schultern, deutete hinter sich und meinte: ›Von dort hinten.‹ Ich fragte ihn, wo er hinging. Wieder hob er die Schultern, zeigte nach vorn und sagte: ›Nach dort drüben‹.«

Mysha lächelte. »Ein völlig Verrückter war das. Das dachte ich zumindest damals. Ein Stück weit gingen er und ich zusammen. Dann lief er allein weiter, irgendwo mitten hinein in die Wildnis. Fragte mit keinem Wort nach dem Weg. Das letzte, was ich von ihm sah, war, daß er sich noch einmal umdrehte und mir zuwinkte. Und dabei hatte er ein Lächeln wie … wie eine Laterne im Dunkeln.«

Alia sah ihn an.

Mysha blickte ihr in die Augen. »Auch er hätte Grund genug gehabt, sich verloren zu fühlen. Er hatte nichts mehr, Alia. Kein Zuhause, keine Pläne, kein Ziel.«

»Und?« fragte sie, als Mysha eine Pause machte.

»Und es war ihm egal.«

Alia schüttelte den Kopf. »Ich verstehe nicht, was …«

»Noch tagelang mußte ich an den Klosterer denken. Ich wollte ihn suchen. Doch ich habe ihn nicht gefunden und nie erfahren, ob er es bis zum Kloster am Esk geschafft hatte oder bereits ein Fressen für die Geier war.«

»Mysha, ich …«

»Nein, hör mir noch zu. Von diesem einsamen, lächelnden Mann lernte ich etwas sehr Wichtiges.« Mysha nahm seinen Arm von Alias Schultern und deutete zu den Bäumen, zum Himmel, zur Sonne. »Die Welt, in der wir leben, ist so unendlich groß, Alia. Wir alle sind darin wie verloren. Wir alle. Wie dieser einsame Klosterer.«

Mit einem sanften Lächeln sah Mysha sie an. »Nur wissen es die meisten gar nicht.«

Alia rieb sich die Tränen aus den Augen. Sie war sich nicht sicher, was sie von all dem halten sollte.

»Wir sind wie kleine Tiere, die sich äußerst raffinierte Nester bauen«, sagte Mysha. »Wir bauen und bauen und bauen. Und was geschieht? Irgendwann sind wir umgeben von festen, sicheren Wänden. Oh ja. Doch wir sind auch blind für das, was außerhalb dieser Wände vor sich geht. Schau dir Hone Amis an! Sein ganzes Leben hat er damit zugebracht, für das gesamte Fürstental ein sicheres Nest zu bauen. Und dann, in einem schrecklichen Augenblick, verwandelt sich diese Sicherheit in blutiges Chaos. Und jetzt gibt es für ihn nichts Wichtigeres, als dieses Nest neu zu bauen.«

Wieder lachte Mysha. »Meister Amis mag es nicht, wenn er sich verloren fühlt.«

Alias Verwirrung wurde immer größer. »Mysha, was versuchst du mir zu sagen?«

»Verloren zu sein ist nicht so schrecklich, Alia. Du warst es zuvor schon und wußtest es nicht. Jetzt weißt du es.«

Alia wandte sich von ihm ab. Worte waren ein schwacher Trost für das, was sie fühlte. Ebenso hätte er sagen können, daß alles, was sie durchgemacht hatte, zu ihrem Besten war, weil es ihr Leben *einfacher* machte.

Nein, alle Worte der Welt konnten nicht die Leere füllen, die sie in sich spürte.

»Alia«, sagte Mysha. »Hör mir zu! *Deine* Welt ist auseinandergebrochen. Doch nicht die Welt, in der wir alle leben.«

»Damit kannst du mich nicht trösten!« meinte sie mürrisch. »Ich habe nichts und niemanden, wo ich hingehen könnte.«

»Du kannst gehen, wohin du willst.«

»In dieses Lager gehe ich nicht zurück, das ist sicher«, erwiderte sie schnell.

»Dann tu es nicht.«

»Aber wohin sollte ich …«

»Ein Abschied tut weh, Alia. Meinst du, ich wüßte das nicht? Doch jedes Ende ist auch ein Neubeginn, ob wir es wollen oder nicht. Die Welt ist noch immer *da*, Alia. Geh in sie hinein. Verliere dich in ihr. Ich habe es einmal getan, und es war meine Rettung.«

Alia rieb sich die Augen. Das, was Mysha ihr erzählte, schien keinen rechten Sinn zu ergeben. »Du meinst, ich soll einfach … davongehen?«

Mysha nickte.

»Aber das ist doch Irrsinn!«

»Nur diesen Rat kann ich dir geben.«

Alia starrte ihn an. War dies tatsächlich der Mann, zu dem sie und die anderen Jäger all die Jahre aufgeschaut hatten? Er war abgemagert und schmutzig, in seinem Haar zeigten sich graue Strähnen, und sein Gesicht erschien ihr schrecklich ausgemergelt und zerfurcht. Sie fühlte sich verbittert. Ihr Leben war in Fetzen gerissen, alles, was ihr jemals etwas bedeutet hatte, lag in Trümmern. Und alles, was sie von Mysha zu hören bekam, waren irgendwelche hochtrabenden Worte, die schließlich nichts anderes sagten, als daß sie davonlaufen sollte.

Wie zuvor war Alia danach, ihm eine Ohrfeige zu verpassen. »Du bist ein *Feigling*!« rief sie. »Ein jämmerlicher Feigling.«

Mysha sagte nichts.

Dann nahm Alia plötzlich ihren Köcher und Bogen und stand auf. »Niemals will ich so werden wie du. Du kannst ja verschwinden, wenn du willst, aber ich werde etwas tun.«

»Zum Beispiel?« fragte er freundlich.

Seine Sanftmut machte sie wütend. »Ich *weiß* es nicht. Aber mir wird schon etwas einfallen. Alles ist besser, als so ein armseliger Feigling zu werden wie du!«

Kaum hatte Alia dies gesagt, bereute sie es schon. Es war nicht richtig, was sie da behauptete. Das spürte sie. Doch es war zu spät, die Worte waren gesagt. Sie sah ihn an und wartete nur darauf, daß er anfangen würde, sich mit ihr zu streiten.

Er tat es nicht. Stumm erwiderte er ihren Blick.

Als Alia seine Augen nicht länger ertragen konnte, drehte sie sich um und rannte ohne ein Wort davon.

»Ich hasse ihn, hasse ihn, *hasse* ihn«, sagte sie leise zu sich selbst, als sie durch das Dickicht stürmte. Und noch während sie dies sagte, wußte sie, daß dies nicht der Wahrheit entsprach. Doch in ihr kochte wilde, verzweifelte Wut. Wenn sie nur daran dachte, wie er seelenruhig dort am Bach saß! Er war so … *nutzlos.* Und sie hatte sich auch noch Sorgen gemacht, Hone Amis hätte ihn aus dem Weg geschafft. Das war überhaupt nicht mehr nötig!

Blindlings rannte Alia weiter. Ihre wunde linke Hand brannte vor Schmerz. Sie achtete nicht darauf. Sie wußte nicht, wohin sie sollte oder was sie tun konnte, doch *irgendwo* würde sie hingehen, und *irgend* etwas würde sie tun! Besser noch sterben, als sich wie ein Schoßhündchen auf die Erde zu legen und sich von so jemandem wie Hone Amis auch noch treten zu lassen. *So* hätte sie leicht genug leben können – sie hätte nur zu Hause bleiben müssen bei ihrem Vater und ihren ungehobelten Brüdern.

Die Schmerzen in ihrer linken Hand wurden schlimmer. Sie hielt einen Moment lang an, lehnte ihren Bogen gegen einen Baum und massierte ihre Hand. Aus dem eingeritzten Muster kamen noch immer rosenrote Blutstropfen, die in der Sonne glänzten wie flüssige Edelsteine. Sie führte ihre Hand zum Mund, um daran zu saugen. Das Blut schmeckte herb und salzig. Was war nur mit ihr, daß ihre Wunde einfach nicht heilen wollte? Normal war das nicht.

Alia seufzte. Normal war in dieser Welt überhaupt nichts mehr.

Sie sollte wirklich zu Mysha zurück und sich entschuldigen. Sie hatte sich schlimm benommen.

Doch was würde eine Entschuldigung nutzen?

Durch nichts würde das Leben wieder so werden, wie es einmal gewesen war. Und sie spürte noch immer ihre Wut auf ihn.

Die Schmerzen in ihrer Hand liefen nun hoch bis in Arm und Schulter. Sie versuchte vorsichtig, einige Male die Finger zu strecken und wieder zur Faust zu ballen. Doch es half nichts.

Was war mit ihr los?

Alia lehnte sich an den Baum zurück, an dem ihr Bogen stand, und ließ sich langsam daran hinuntersinken. Sie fühlte sich wie ein kleines, zerbrechliches Schiff auf einer ungeheuren Wasserfläche, das hilflos und ohne Ziel umhergetrieben wurde. Sie konnte weiterhin so dahintreiben oder kentern und untergehen. Eine andere Möglichkeit sah sie nicht.

Da erschien ihr in Gedanken der Dämon, so deutlich wie selten zuvor. So, als stünde er direkt vor ihr. Die großen, gelben Augen sahen sie an, und mit einer Hand wollte er sie locken. »Komm, Mädchen«, schien er zu sagen. »Komm her zu mir.«

Alia schüttelte sich. Über ihre Kopfhaut lief ein unangenehmes Kribbeln.

»Komm zu mir«, wie ein Echo hörte sie immer wieder diese Stimme. »Komm zu mir.«

»Nein!« rief sie in die Stille des Waldes und verstand nicht, weshalb sie so aufgebracht war.

Doch noch immer hallten die Worte: »Komm zu mir. Komm zu mir.«

»Wieso eigentlich nicht?« fragte ein Teil in ihr. »Was ist mir sonst noch geblieben?«

»Du kannst nicht wissen, was dieses Wesen mit dir vorhat«, warnte sie eine andere Stimme. »Zuviel Gier liegt in seinem unheimlichen Blick.«

»Du kannst aber ebensowenig wissen, was dieses Wesen dir bieten könnte.«

Bei diesem Gedanken wurde ihr Pulsschlag immer schneller. Das Angebot des Fey hatte sie abgelehnt, dieser Weg war ihr für immer verwehrt. Sollte sie nun ein weiteres Angebot ausschlagen? Und dabei verstand sie gar nicht, weshalb sie plötzlich so sicher war, daß dieses Dämonenwesen ihr etwas anbieten wollte.

»Komm zu mir. Jetzt«, flüsterte es wieder in ihrem Kopf. »Komm schon. Du hast nichts zu verlieren.«

Mit diesem letzten Satz hatte der Dämon durchaus recht. Sie hatte tatsächlich nichts zu verlieren.

»Komm!«

Alia holte tief Luft. Wieso nicht?

Sie kam langsam auf die Beine, nahm ihren Bogen. In ihrer Hand pulsierte nun eher eine Art bittersüßes Leiden als wirklicher Schmerz. Sie ging den Hang hinauf und verfiel in einen gleichmäßigen Trab, der sie rasch voranbrachte. Die Stimme in ihrem Kopf rief sie leise.

Es dauerte eine Weile, ehe sie sich zwingen konnte anzuhalten.

Was geschah eigentlich mit ihr? Sie schien genau zu wissen, in welche Richtung sie zu gehen hatte. Unsicher und zitternd blieb sie stehen. Worauf ließ sie sich überhaupt ein?

Doch dann verdrängte sie diese Gedanken. Sie hatte endgültig genug von Hilflosigkeit und Verzweiflung. Sollte die Stimme sie doch führen. Sollte ihr dieser Dämon doch anbieten, was er wollte. Es wäre zumindest *etwas*.

Um sich zu orientieren, horchte Alia auf die leise Stimme in ihrem Kopf. Dann ging sie weiter.

XXI

Er wartete auf sie auf einem kleinen Hügel, sein nichtmenschliches Gesicht erleuchtet vom schwindenden Licht der untergehenden Sonne.

Fast zwei Tage hatte Alia gebraucht, um hierher zu kommen. Bergauf durch Wälder war sie gerannt und immer der drängenden Stimme in ihrem Kopf gefolgt. Jetzt, da sie den Dämonen vor sich sah, wußte sie nicht mehr, was sie tun sollte.

»Komm zu mir«, sagte er und wiederholte die Worte, die sie hergeführt hatten. Er streckte eine Hand zu ihr aus. »Komm jetzt zu mir.« Die Stimme war rauh und tief und hallte wie in einer Höhle.

Unsicher kam Alia einige Schritte näher. Dann blieb sie stehen. Sie sah den Mund mit den Reißzähnen, die großen, gelben Augen. Sie schauderte. »Was … was für ein Wesen bist du?«

»Ich bin einfach *anders.*« Das Wesen grinste, oder zumindest hoffte Alia, daß es ein Grinsen war. »Komm zu mir.«

»Was … willst du von mir?«

Die großen Augen starrten sie an. »Du bist etwas ganz Besonderes … eine, die in die finsteren Tiefen der Welt spähen kann. Eine, die sieht, was anderen verborgen bleibt.«

Alia zögerte. Die Worte kamen ihr auf merkwürdige Weise bekannt vor. »Was *willst* du von mir?«

Mit einer überraschend eleganten Bewegung verbeugte er sich. Seinen Arm führte er einladend im Halbkreis. »Ich biete dir das, was du dir so sehnlich wünschst. Ich biete dir … ein neues Leben. Eine neue Welt!«

Alia mußte schwer atmen.

»Komm zu mir. Ich werde dich führen.«

»Wo … wohin?«

»Zu etwas, nach dem du dich immer gesehnt hast.«

Alia schauderte. »Woher willst du wissen, wonach ich mich sehnen könnte oder nicht?«

»Ich kenne dich gut genug, Mädchen. Sehnt sich der Falke nach dem Wind? Sehnt sich der junge Lachs nach dem offenen Meer? Und ich weiß, was *du* bist.« Noch immer streckte er ihr die Hand entgegen. »Komm.«

Alia zögerte.

»Du sitzt im Morast deines Lebens fest. Es zieht dich nach unten.«

»Wie kannst du …«, begann Alia zornig.

»Du weißt ganz genau, daß ich die Wahrheit spreche«, unterbrach er sie. Er grinste wieder und hob dünne Lippen über weißgelbe Zähne. »Komm jetzt zu mir. Dir bleibt keine Wahl.«

Alia wich zurück. Gab es keine Möglichkeit, ihm zu widerstehen?

Doch es war ja tatsächlich so, daß die Verhängnisse ihres alten Lebens sie in die Tiefe zogen. Und wenn sie sich nun von dem Wesen abwandte, was blieb ihr dann anderes, als zu … ertrinken? Vorsichtig kam Alia wieder näher – einen Schritt, noch einen. Der Dämon stand regungslos da, seine ausgestreckte Hand war geöffnet, die Handfläche nach oben. Sie reichte ihm ihre eigene Hand, die wunde linke, doch das erschien ihr irgendwie passend.

Sie legte ihre Hand in die seine. Das Wesen schloß die Finger, und Alia spürte seinen mächtigen Pulsschlag.

Alia wußte nicht, was sie eigentlich erwartet hatte: daß sie plötzlich seltsam verwirrt wäre, wie sie es bei der ersten Berührung des Fey erlebt hatte; daß sie Angst überkäme oder eine Art Dämonen-Wissen; daß sie auf magische Weise die Kräfte dieses Wesens erhielte; daß die Welt sich für sie verwandelte oder sie selbst eine andere wäre.

Nichts von all dem geschah.

Der Dämon lachte und hielt sie fest. Durch Alias linke Hand ging noch immer dieses Pochen, als wäre seine Lebenskraft so stark, daß er pulsierende Ströme von Energie aussandte. Doch an sich selbst bemerkte Alia keine Veränderung.

Dann hob das Wesen sie wie ein gewichtsloses Nichts in die Höhe und klemmte sie seitlich unter seinen Arm. Mit lautem Geklapper fielen die Pfeile aus Alias Köcher. Sie ließ ihren Bogen fallen und versuchte verzweifelt, seinem Griff zu entkommen. Das Wesen wirbelte herum und stürmte fort durch die Bäume und in die beginnende Dämmerung des Abends.

»Warte!« rief sie. »Nein!«

Doch er sprang weiter und sagte kein Wort mehr.

Der Dämon rannte durch die wachsende Finsternis. Er machte einen Satz über einen Fluß und erschreckte einen vierbeinigen

Waldbewohner, der nicht mehr war als ein undeutlicher Schatten, als sie vorüberrasten. Alia verstand nicht, wie er in dem düsteren Halblicht so sicher seinen Weg fand.

Ihr Herz hämmerte in ihrer Brust. Es fiel ihr schwer zu atmen, so fest hielt er sie umklammert. Alia konnte schreien und sich winden wie sie wollte, es war kein Entkommen aus seinem Griff.

Lange, lange Zeit, so schien es Alia, rannte der Dämon mit dieser unmöglichen Geschwindigkeit durch die Nacht. Der Wald lag vollkommen dunkel, doch es behinderte ihn nicht.

Und dann, ohne daß Alia zunächst den Grund erkannte, verlangsamte er seinen Schritt.

Jemand rief aus dem Dunkel: »Wer kommt da?«

»Braucht dich nicht zu kümmern, Mann«, erwiderte er mit seiner rauhen Stimme. »Ich bin es.«

Dann war Stille. Selbstsicher schritt der Dämon weiter.

Alia konnte nichts sehen, doch sie hörte das Knacken einiger Zweige, als sich jemand bewegte, und hörte nervösen, menschlichen Atem.

Weiter ging das Wesen durch die Dunkelheit. Und kurz darauf erkannte Alia den flackernden Schein von Lagerfeuern. »Wohin bringst du mich?« fragte sie besorgt.

Er sagte nichts, sondern ging einfach weiter in Richtung des Lichts.

Um die Feuer erkannte Alia nun Gestalten. Zunächst waren es nicht mehr als undeutliche, sich bewegende Umrisse, und einen schrecklichen Moment lang dachte Alia, dies sei ein ganzes Lager mit solch unheimlichen Wesen wie dem, das sie unter seinem Arm hielt. Doch als er weiterging, wurden aus den verschwommenen Gestalten zerlumpte Männer mit hageren Gesichtern. Ihre hungrigen Augen funkelten im Licht des Feuers. Der Anblick kam Alia schrecklich vertraut vor. Keine Dämonen waren das, sondern gewöhnliche Sterbliche. Es waren … Banditen.

Das Dämonenwesen schritt durch die Menge, ohne jemanden zu beachten. Alia sah, wie die Männer mit dem Finger auf sie zeigten, hörte ihr Murmeln. Doch keiner versuchte, ihn aufzuhalten. Wohin er auch trat, sie wichen zur Seite, machten ihm den Weg frei und traten hinter ihm wieder zueinander.

Er brachte sie in ein Zelt, dunkel wie eine Höhle, und ließ sie auf die Erde fallen.

Alia hörte ein kurzes Kratzen und Zischen. In der Dunkelheit erschienen einige Funken, dann das Licht einer Laterne. Erschrocken kam sie auf die Beine.

»Sei ruhig!« fauchte das Wesen, bevor sie etwas sagen konnte. Seine großen, nichtmenschlichen Augen sahen Alia bösartig an. Sie spürte, wie sich ihre Kehle zusammenschnürte. Er deutete zum hinteren Teil des Zelts: »Dort drüben. Setz dich hin.«

Alia ballte ihre Fäuste und rührte sich nicht.

»Mach schon!« befahl er.

Sie blickte verzweifelt zum Zelteingang. Wenn sie schnell genug wäre, könnte sie vielleicht … Aber nein. Dummer Gedanke. Da draußen liefe sie einer Horde Banditen direkt in die Arme. Und dieses Wesen hätte sie ohnehin schnell wieder eingeholt.

Ungeduldig zeigte der Dämon nach hinten. »Setz dich endlich!«

Alia tat, wie er befahl. Was blieb ihr schon anderes übrig? Sie setzte sich hin und sah wütend zu ihm hinüber. »Was hast du eigentlich …«

Er schnitt ihr das Wort ab. »Ruhe, Mädchen. Ich werde dir nichts tun.«

Sie war sich nicht sicher, wie sie in einem solchen Gesicht etwas erkennen sollte. Er war einem Menschen nicht unähnlich, besaß Nase, Augen, Mund. Doch der Blick, den er ihr zuwarf, ließ sie schaudern. Es war ein begieriger Blick. Sie konnte es nicht anders beschreiben.

In diesem Moment flog die Leinwand zurück, und ins Zelt kam ein kleinerer, stämmiger Mann, mit schwarzem Bart und darüber zwei dunkle, berechnende Augen. Er stand da, blinzelte ins Licht der Laterne, blickte zu dem Wesen, zu Alia, dann wieder zu dem Wesen.

»Sethir«, sagte der Dämon zum Gruß.

Alia erinnerte sich an den Namen, erkannte auch den Mann. Er war es, der mit ihrer Hilfe Torno getötet hatte, den grausamen Führer der Banditen. Und der sie danach, aus welch hinterlistigen Gründen auch immer, verraten hatte.

Sethir trat weiter ins Zelt hinein und zeigte vorwurfsvoll auf den Dämonen. »Was soll das?«

Stumm erwiderte das Wesen seinen Blick.

»Antworte mir!« fauchte Sethir. »Bist du verrückt geworden? Kommst hier ins Lager marschiert mit einem Mädchen – einem *Mädchen*! – unter dem Arm wie ein Stück Jagdfleisch. Hast du dir überlegt, wie sich die Männer jetzt benehmen werden?«

»Das Benehmen deiner Männer interessiert mich nicht im geringsten«, erwiderte der Dämon.

»Ach ja, wirklich nicht?« meinte der andere wütend. »Diese Männer sind alles, was du hast, um deine Pläne zu verwirklichen. Und du behandelst sie wie Dreck.«

»Und du mit großartigem Mitgefühl?«

»Zumindest gebrauche ich meinen Verstand. Und deshalb würde ich ihnen nie etwas Verlockendes unter die Nase halten, wenn sie es doch nicht haben können.«

Der Dämon hob die Schultern. »Das geht die Kerle nichts an. Und *dich* auch nicht.«

»Oh doch! Deine Dummheit geht mich durchaus etwas an. Einfach so ins Lager zu stolzieren!«

»Paß auf, was du sagst, Mann«, meinte der Dämon. Drohend machte er einen Schritt nach vorn.

Doch der bärtige Sethir blieb stehen. »Spar dir deine Possen für andere. Du brauchst mich, und das weißt du. Ich kenne dieses Land. Ich kenne unseren Feind. Was würde ohne meine Hilfe schon aus deinen Plänen?«

»Wieviel weißt du davon?«

»Genug«, entgegnete Sethir scharf. »Hältst du mich für dumm?«

Eine Weile blieben die beiden still.

»Überlasse mir das Mädchen«, sagte Sethir schließlich. »Die Männer sollen sie haben. Damit können wir diese Sache noch zum Guten kehren.«

»Nein«, erwiderte der Dämon.

Sethir hob seine Arme. »Es ist sinnlos, mit dir zu reden, wenn du so bist. Nimm ihn ab!«

»Nein.«

»Du gefährdest alles, was wir vorhaben. Überlege doch, Mann! Was zählt schon ein einzelnes Mädchen? Nimm den Helm ab und hör mir zu.«

Der Dämon sagte nichts.

Sethir drehte sich um und betrachtete Alia, die noch immer im hinteren Teil des Zelts kauerte. »Was ist an diesem Mädchen denn so ...« Seine Augen wurden plötzlich groß. Er wirbelte herum zu dem Wesen. »*Sie* ist es! *Sie* hast du gebracht! Du bist tatsächlich verrückt, sie hierherzubringen, nach all dem, was wir besprochen haben. Wo hast du sie gefunden? Wie hast du ...«

»Verschwinde.« In der Stimme des Wesens lag nun ein zorniges Knurren.

»Tasamin! Hör mir zu.«

»Sie ist mehr, als jemand wie du begreifen kann. Ich weiß, was ich tue. Jetzt verschwinde.«

»Das kann uns alles verderben!« Sethir starrte Alia an, dann den Dämonen. Er hob seine geballte Faust. »Ich warne dich. Es geht hier um viel zu viel, als daß ich es mir wegen eines dummen Mädchens verderben ließe.«

»Es reicht jetzt«, antwortete der Dämon. »Geh!«

Sethirs Augen blitzten zornig, als er langsam zum Zeltausgang ging. »Diese Sache ist noch nicht erledigt zwischen uns!« rief er und war dann verschwunden.

Das Gesicht des Dämonen war verzerrt zu einer häßlichen Fratze, die großen Reißzähne drohend entblößt. Er machte einen Schritt hinter Sethir her, blieb dann aber stehen und keuchte und knurrte wie ein wildes Tier.

Alia drückte sich ängstlich gegen die Zeltwand.

Der Dämon atmete aus mit einem zitternden Schnauben. Dann hob er beide Hände an den Kopf. Er schien sich knapp unter das Kinn zu fassen, hielt beide Daumen an die Kehle, die Finger hinten um den Hals.

Und dann sah Alia mit Entsetzen, wie er seinen eigenen Kopf abriß.

Sie versuchte nach Luft zu schnappen und starrte ihn an, wie er dastand und seinen Kopf in Händen hielt. Die großen gelben Augen blitzten noch einmal auf, glühten schwach, wurden stumpf und tot.

Alia blinzelte. Doch im flackernden Licht der Laterne stand noch immer dieser enthauptete Körper mit dem eigenen Kopf in den Händen. In dem Moment jedoch, als die gelben Augen erloschen, wurde die Gestalt undeutlich und veränderte sich.

Vor sich sah Alia nun einen gewöhnlichen Mann, der seinen Kopf völlig heil auf den Schultern trug. In seinen Händen hielt er ein rundliches, verziertes Ding.

Alia keuchte. Sie wußte, wer das war.

Mit höhnischer Geste machte er vor ihr eine Verbeugung. »Ich bin Tasamin«, sagte er. Sein Gesicht war fast überirdisch regelmäßig und schön, mit wohlgeformten Wangenknochen und strahlend blauen Augen. Als er lächelte, sah Alia seine perfekten, weißen Zähne. Zwar trug er die unauffällige, gewöhnliche Kleidung des Bergvolks, doch seine Ohren schmückten goldene Stecker, um seine Arme hingen goldene Reife, an jedem Finger steckten Ringe. Und all dieser Schmuck war besetzt mit unzähligen, bunten Edelsteinen, die schimmerten und glänzten und blitzten.

»Der Mann mit den Juwelen …«, keuchte Alia.

Er lächelte. »So kann man mich natürlich auch nennen.«

Alia starrte ihn an. »Aber wie … wie hast du …«

Er hielt ihr das Ding hin, das er in seinen Händen hielt. »Das ist uralt. Und er besitzt *Macht.*«

Was er da hielt, schien ein merkwürdig geformter Kriegshelm zu sein, der aus ganz unterschiedlichen Materialien gefertigt war: aus Knochen und Bronze, Eisen und Holz, sowie anderen, nicht eindeutig erkennbaren Substanzen. Er schien tatsächlich sehr alt zu sein, hatte Risse und Flecken, und wurde zusammengehalten durch ein Netz funkelnden Golddrahts, in dem kleine Edelsteine steckten. Unter diesem goldenen Gitter erkannte Alia Reißzähne aus Knochen, die aus einem eisernen ›Maul‹ hervortraten, darüber wölbte sich das Rund eines Schädels. In bronzenen Höhlen lag etwas Glänzendes, Ockerfarbenes – es mußten die Augen sein. Hier war das Dämonengesicht, das sie gesehen hatte, oder zumindest das nackte, leblose Skelett davon.

»Ich … ich verstehe das nicht«, sagte sie.

Er lächelte. »Ja, das kann ich mir vorstellen.« Er hob den Helm und setzte ihn sich auf den Kopf.

Einen Augenblick lang wußte Alia nicht mehr, was da geschah, als seine menschlichen Züge und die des Dämonen ihr gleichzeitig und übereinander entgegenblickten. Dann, wieder vollkommen deutlich, sah sie nur noch das Dämonenwesen. Seine nichtmenschlichen Augen schienen zu glühen, um sein gräßliches Maul war ein Grinsen. Alia schauderte. Was sie da sah, war ein lebendes Gesicht, mit Nüstern, die leicht bebten bei jedem Atemzug, und mit einer Zunge, die nun herauskam und die langen, scharfen Reißzähne leckte.

Dann faßte er sich wie zuvor an den Hals und schien sich den eigenen Kopf einfach abzureißen.

Alias Magen verkrampfte sich.

Als gewöhnlicher Mensch trat er wieder näher, den Helm hielt er unter dem Arm. »Die Welt«, sagte er, »ist nicht das, wofür die meisten sie halten. Denn die große Mehrzahl der Menschen sieht nur trügerischen, oberflächlichen Schein und weiß nicht, welche Tiefen sich darunter verbergen. Einige wenige jedoch sehen mehr. Ihr Blick dringt in das finstere Herz der Welt, in ihre wohlgehüteten Geheimnisse.«

Alia starrte ihn an.

»Zu diesen wenigen gehörst auch du. Deshalb konnte ich nicht zulassen, daß Sethir dich umbringen ließ, als du das erste Mal bei uns im Lager warst. Für die Pläne, die Sethir und ich geschmiedet hatten, warst du bestens geeignet. Wir ... beseitigten Torno, bestimmten Sethir zum neuen Führer und brauchten dich für die Rolle des Sündenbocks. So paßte es Sethir, so paßte es mir. Aber dich zu töten – nein, das kam nicht in Frage. Du bist etwas *Besonderes.*«

Alia wußte nicht, was sie sagen sollte.

»Die gewöhnlichen Menschen gehen durch ihr unbedeutendes Leben so unwissend wie winzige Läuse. Blind sind sie gegenüber der großen Wahrheit der Welt«, fuhr Tasamin fort. »Doch ich ... ich bin *nicht* blind, und auch du brauchst es nicht zu sein.«

Tasamins eisblaue Augen sahen sie durchdringend an. Dieser Mann besaß Macht, das spürte Alia, ihn umgab eine fast greifbare Aura von Stärke. Als er so nahe bei ihr stand, erkannte sie, daß er um einiges älter war, als es zunächst den Anschein hatte. Um seine Augen lag ein Netz von Falten, seine Haut glich altem Pergament. Auf seiner Stirn perlte der Schweiß, und sein Atem ging hastig. Das Tragen des Helms schien ihn völlig zu erschöpfen. Doch gealtert oder nicht, schwitzend oder nicht – Alia spürte seine ungeheure Kraft, als wäre es eine Art Wärme, die er da verstrahlte, und sie wich zurück.

»Ich werde dir nichts tun«, sagte er. Er machte einen Schritt nach hinten und legte den unheimlichen Helm vorsichtig auf den Boden. Dann deutete er mit beiden Händen in die hintere, dunkle Ecke des Zelts. Seine Finger krümmten sich zu einer lockenden Geste. In der Ecke schien sich etwas zu rühren, rollte über den Boden und stieg dann hoch in die Luft.

Alia schauderte, als sie eine derart unmögliche Bewegung sah. Abgestoßen und fasziniert zugleich lehnte sie sich nach vorn und versuchte zu sehen, was er da gerufen hatte. Mit Entsetzen erkannte sie einen menschlichen Totenschädel. Er war schon alt und braun, und es war derselbe, den sie schon einmal bei Tasamin gesehen hatte. Über die Schädeldecke zogen sich Goldfäden, an denen bunte Edelsteine wie Tautropfen funkelten. Als sie dieses seltsame, gräßliche Ding sah, erschien ihr unwillkürlich das Bild von Guthrie Garthson und dem Schädel, den er bei sich trug. Sie zitterte. Plötzlich fiel es ihr schwer zu atmen.

Der Schädel schwebte noch immer vor ihr in der Luft. In den leeren Augenhöhlen schwelte ein kalter, unwirklicher Blick. Sie versuchte, ihre Gedanken zu ordnen, doch es gelang ihr nicht.

Tasamin hob seine geöffnete Hand, und der Schädel setzte sich darauf nieder, als wäre er ein Vogel ohne Flügel. Während er in der einen Hand so den Schädel hielt, streckte er Alia seine andere entgegen.

Bevor sie recht wußte, was sie tat, reichte sie ihm ihre gezeichnete linke Hand.

Er umschloß sie mit festem, sicherem Griff.

Alias Hand durchzuckte ein plötzlicher Schmerz, als ob flüssiges Feuer ihren Arm, ihre Schulter, ihren Kopf hinaufstieß. Ihr Herz schlug wild.

Dann schien ihre Welt in Scherben zu zerspringen, und sie tauchte durch diesen Trümmernebel wie ein Stein durch dunkles Wasser. Alles war schreckliches, tobendes Chaos um sie herum. Doch auch sie selbst fühlte sich zerfetzt in tausend kleine Teile.

Diese Wirrnis würde sie töten! Sie versuchte zu schreien und sich loszureißen. Aber es war sinnlos. Sie spürte keinen Mund mehr, den sie hätte öffnen können. Ihr ganzes Selbst war verschwunden. Sie war zersplittert, zermalmt, zerstört …

Mit einem grausigen Tosen kam die Welt zu ihr zurück, oder sie zurück in die Welt.

Alia spürte, daß ihre Hand frei war und brach zusammen. Sie krümmte sich auf der Erde, und in schmerzhaften Zuckungen mußte sie sich übergeben.

»Das«, sagte Tasamin über ihr, »*das* ist die Wahrheit. Das finstere Herz der Welt.«

Sie starrte ihn verständnislos an, bis ins Mark erschüttert.

Tasamin stand da und sah auf sie hinunter. In einer Hand hielt er noch immer den unheimlichen Schädel. Alia schauderte und konnte nicht anders, als sich ein weiteres Mal zu übergeben. Angewidert verzog Tasamin das Gesicht, holte aus seiner Tasche ein Riechsäckchen und hielt es sich unter die Nase. Er deutete auf die Rückwand des Zelts. »Dort hat es einige Lumpen. Damit kannst du hier saubermachen.«

Alia stolperte nach hinten und fand die Tücher. Daneben stand ein Eimer mit Wasser. Sie tauchte die Lumpen ins Wasser, wischte sich damit sauber, so gut es ging, und fuhr dann damit über den Zeltboden.

Als sie fertig war, sah sie zu ihm hoch. »Was … was hast du mit mir getan?«

Tasamin steckte sein Riechsäckchen weg und schüttelte den Kopf. »Was ich getan habe? Ich habe dir die *wahre* Welt gezeigt. Denn die Welt, welche die gewöhnlichen Menschen sehen, ist nur eine *Maske,* Mädchen. Und unter dieser Maske liegt das, was du eben wahrgenommen hast … das Reich der Nacht. Der Ort des Großen Chaos.«

»Aber wie hast du …«

»Unter dem bunten Gepräge der Welt«, fuhr Tasamin fort, »liegt nur Wirrsal und Zerstörung. Die meisten Menschen jedoch sind völlig unwissend, ahnen es vielleicht selten einmal in ihren Träumen. Und dennoch ist es die große Wahrheit der Welt.«

»Was willst du damit sagen?« fragte Alia zögernd. »Daß die gesamte Welt nur eine … Täuschung ist?«

Tasamin nickte. »Genau.«

»Nein!« rief Alia.

»Oh doch!« entgegnete er. »Nur ein Schatten. Unwirklich wie ein Traum. Du weißt es Mädchen, irgendwo tief in dir. Auch du hast schon hineingeblickt in dieses verborgene Herz der Finsternis.«

»Ja«, gab Alia zögernd zu. »Es gab Momente, da sah ich … etwas. Es gibt Verborgenes in der Welt. Doch … Chaos? Nein, das glaube ich nicht. Und die Mächte … was ist denn mit den Großen Mächten?«

Tasamin lachte. »Die Mächte? Das sind die Hirngespinste von dummen Kindern, die nur eines überdecken sollen: die große, grauenhafte Leere im Innern der Welt. Es gibt die Mächte so wenig wie alles andere. Alles nur Lug und Trug. *Alles!*«

»Nein«, rief Alia. »Das kann nicht sein!«

»Willst du etwa leugnen, was du eben erlebt hast?« fragte Tasamin. »Du hast sie doch selbst gespürt, die nackte Wahrheit unter der trügerischen Schale.«

Alia holte hastig Luft. »Es kann nicht sein«, sagte sie noch einmal.

»Oh doch«, entgegnete er.

Sie wußte nicht mehr, was sie erwidern sollte.

»Akzeptiere es, Mädchen. In deinem Herzen weißt du, daß es so ist.«

»Aber … die Welt ist doch *wahr*!«

»Nein. *Wahr* ist, was du eben erlebt hast.« Er nahm den

Schädel und fuhr mit seinen Fingern über das Netz von Golddraht. Die Edelsteine in seinen Fingerringen funkelten im Schein der Laterne, die unheimlichen Augen in dem Schädel schienen heller zu werden.

Alia spürte einen Anfall von Schwindel, als würde die Welt um sie her wieder ins Wanken geraten. Es begann aufs neue!

Aber nein. Tasamin nahm seine Hand von dem Schädel und machte eine Geste, als ob er damit der ganzen Welt wieder Festigkeit verlieh. »*Akzeptiere es,* Mädchen!« befahl er. »Wenn du dich diesem Wissen überläßt, gewinnst du die einzig wahre Freiheit, die es geben kann.« Er lächelte. »Und die einzig wahre Macht!«

Alia sah ihn an mit offenem Mund.

»Ja, Mädchen. *Macht.*«

»Es liegt mir nichts an … Macht«, meinte sie nach einer Weile.

Tasamin lachte. »Jeder begehrt Macht. *Jeder.* Jene, die das Gegenteil behaupten, lügen. Also lüge nicht, Mädchen!«

Alia schauderte. »Ich will von all dem nichts. Nichts von deinem … deinem Großen Chaos, deiner Macht, deinen unheimlichen Totenschädeln und Dämonenhelmen und … und …«

Wieder mußte Tasamin lachen. »Dafür ist es nun zu spät.«

»Was meinst du damit?«

»Du hast das Große Chaos schon selbst erfahren. Und wenn jemand wie du so etwas erlebt hat, gibt es kein Zurück mehr. Kannst du nicht spüren, wie es dich noch immer ruft?«

Tatsächlich, Alia spürte es. Es kam zu ihr wie eine ferne, unerbittliche Stimme. Die bislang selbstverständliche, verläßliche Festigkeit der Welt war ihr nun brüchig geworden. So etwas hatte sie schon einmal erfahren: nachdem sie den Fey begegnet war und sie von einer hohen Klippe in ein Tal gesehen hatte. Doch damals war es nur ein kurzes Aufleuchten gewesen. Jetzt war es viel, viel stärker.

»Dies wirst du nie mehr los«, sagte Tasamin.

Und wie auf ein Signal fühlte Alia, wie sie eine weitere Welle des Unheimlichen durchströmte. Die Welt schien sich aufzulösen. »Nein!« rief sie. »Ich will das alles nicht. *Nichts!*«

Sie spürte eine Hand, die sie zurückzog. Die Welt kam allmählich zur Ruhe.

Tasamin ließ den Schädel los, der langsam zu Boden schwebte. »Hier«, sagte Tasamin und holte aus einer Tasche eine dicke goldene Kette mit kleinen, glitzernden, blauen Steinen. »Leg sie dir an. Sie wird dir Halt und Ruhe geben.«

Alia blieb knien und starrte auf die glänzende Halskette. »Ich will das nicht!«

»Zu spät«, sagte er, und etwas in seiner Stimme schien zu triumphieren. Er streifte ihr die Kette über den Kopf.

Unendlich schwer legte sie sich auf Alias Schultern, und sie stürzte fast zu Boden. Doch Halt gab sie ihr tatsächlich. Die Welt war nun wieder fest, und sie selbst sah völlig klar. Ihr wild pochendes Herz beruhigte sich.

»Das ist schon besser«, meinte Tasamin zufrieden. »Jetzt kann dir nichts mehr passieren. Jetzt bist du beschützt vor den Strudeln im Reich der Nacht.«

Alia sah ihn wütend an. »Du hast mich hereingelegt! Hast mich irgendwie irrsinnig gemacht ... mich irgendwie ...«

»Ich habe dich nur dahin gebracht, wohin es dich schon immer gedrängt hat. Kein gewöhnlicher Mensch könnte das Reich der Nacht so schnell erblicken wie du. Das war sehr gut, Mädchen. Die Hoffnungen, die ich in dich gesetzt hatte, haben sich erfüllt.«

»Welche ... Hoffnungen?«

»Überlege einmal«, sagte er, ohne auf ihre Frage einzugehen. »Das ist es doch, was du dein ganzes Leben lang gesucht hast. Bist du nicht als Kind schon dagesessen und hast dich nach etwas ... *Anderem* gesehnt? War diese Sehnsucht nicht immer ein Teil von dir? Hat du dich nicht schon immer anders und unverstanden gefühlt? War in dir nie diese Neugierde nach den großen Geheimnissen der Welt? Das größte aller Geheimnisse hast du nun erfahren!«

Alia wollte alles abstreiten, was er da sagte. Das konnte, durfte nicht die Wahrheit sein. Es waren doch nicht das Chaos und das Nichts, die sie immer gerufen hatten! Ihre Hand griff unsicher zu der schweren, goldenen Kette um ihren Hals, tastete die Kettenglieder und die kleinen Rundungen der Edelsteine. Nur allzu genau hatte er sie eben beschrieben. Wie hätte sie das leugnen sollen? Auch anderes, was er gesagt hatte, erschien ihr auf merkwürdige Weise vertraut.

Sie starrte ihn an. »Wieso hast du mir das angetan?«

»Ich habe dich nur auf den Weg geführt, der für dich bestimmt ist.«

»Und das sicherlich aus purem Mitgefühl, nicht wahr?« meinte sie verbittert.

Tasamin lachte. »Dir kann man nichts vormachen, Mädchen. Das gefällt mir.« Er deutete auf die Zeltwand um sich herum. »Glaubst du, ich lebe freiwillig in solch ärmlicher Umgebung? Denkst du, ich gäbe mich damit zufrieden, einem lächerlichen Strauchdieb wie Sethir bei seinem Rachefeldzug zu helfen? Mir geht es um mehr, Mädchen! Ich habe *Pläne*! Wieso denkst du denn, bin ich überhaupt nach Norden in diese trostlose Einöde gekommen?«

Alia zuckte mit den Schultern.

»Früher einmal, da gab es große Sehende. Sie kamen aus den fernen Ländern des Südens. Und, hmm … Du hast doch sicher schon von den sogenannten Dämonenkriegen gehört, oder?«

Alia nickte.

»Diejenigen, die diesen Krieg führten, besaßen eine Macht, die selbst unsere kühnsten Vorstellungen übersteigt. Denke an meinen Helm. Jahrelang grub ich in den Ruinen einer alten Festung, bis ich ihn endlich fand. Und dann brauchte es das letzte Quentchen meines Wissens, um ihn mit neuem Leben zu füllen. Der Helm ist nur ein kleines Beispiel dessen, wozu die Alten fähig waren. Im Vergleich zu ihnen sind wir unwissende Zwerge! Ich förderte auch alte Schriftrollen zutage, Schmuck und Kunstgegenstände. Dinge gab es da, mit deren Hilfe sich die Menschen jede beliebige Gestalt geben konnten. Oder sie vermochten an zwei Orten gleichzeitig zu sein.«

Tasamins Gesicht glühte. Er streckte seine Arme weit von sich, als ob er etwas riesenhaft Großes hielte. »*Solche Macht* besaßen sie!«

Alia schüttelte den Kopf. »Wieso erzählst du mir das alles? Was hat das mit dem zu tun, was ich ... erlebt habe?«

»Stell dich nicht dumm, Mädchen.«

»Ich *stelle* mich nicht dumm!«

Tasamin lachte. »Dann überlege doch! Woher, denkst du wohl, erhielten diese Alten ihre Macht?«

Alia hob die Schultern. »Aus irgendeinem ... irgendeinem geheimen Wissen vielleicht.«

»Falsch! Sie waren so wie du und ich, Mädchen. Sie hatten die große Wahrheit der Welt gesehen. Und nichts anderes.«

»Aber wie ...«

»Die Welt ist eine einzige, große Täuschung. Und die einzige Wahrheit lautet, daß nichts wahr ist. Wenn aber nichts wahr ist ... dann ist *alles* wahr.«

Alias Verwirrung war ihr anzusehen, denn noch einmal lachte Tasamin. »Gewöhnliche Menschen wissen über alles so ungeheuer gut Bescheid. Sie *wissen,* was die Welt ist. Aber ihr angebliches *Wissen* ist lächerlich einfach. Sie sehen ihr Spiegelbild in einem klaren See und halten es für die Wirklichkeit! Die Welt, so sagen sie, besteht aus den fünf Elementen. Oder sie glauben, alle Dinge suchen sich ihren richtigen Platz. Flammen züngeln nach oben, feste Gegenstände wollen nach unten – alles, wo es hingehört.« Mit einem Lachen deutete Tasamin auf den Schädel, der vom Boden abhob und in die Höhe stieg. »Oh ja, die gewöhnlichen Menschen *wissen* natürlich, was möglich ist und was nicht. Hat man jedoch einmal hinter die trügerischen Schleier geblickt, ins Herz der Welt, dann ist *alles* möglich.«

Nach einer Pause sagte Tasamin: »Die Welt ist ein großes Nichts, Mädchen, das wir formen können nach unserem Belieben. Sie ist eine leere Tafel, auf die wir schreiben können, was uns in den Sinn kommt. Die Alten wußten dies und erhoben ihre Kunstfertigkeit in diesen Dingen auf die allerhöchste Stufe.«

Wieder streckte Tasamin weit die Arme aus. »Mit der Welt kann ich tun, was ich will. Und hier, in diesem wilden, menschenleeren nördlichen Land, werde ich die Künste der Alten wiederbeleben, ja mehr noch: ihr ganzes glorreiches Zeitalter!«

Tasamin hielt inne, und schweigend schaute er sie an. Alia spürte die Welt erzittern und suchte mit ihrer linken Hand Halt an der Kette. Wenn sie das tat, so fiel ihr nun auf, waren auch ihre Schmerzen verschwunden. Tasamin machte ihr angst. Doch gleichzeitig übte er eine geheimnisvolle Anziehung aus, der sie sich kaum entziehen konnte.

»Solche wie du und ich gehören nicht zum gemeinen Volk«, sagte er. »Uns ist ein besonderes Schicksal bestimmt. Komm mit mir, ich werde dein Führer sein. Mir selbst stand damals keiner zur Seite, und fast wäre ich umgekommen, denn der Weg ist höchst gefährlich. Das Reich der Nacht lauert auf dich wie eine tiefe Grube, in die du jederzeit hineinstürzen kannst. Du mußt lernen, es zu beherrschen – und dich selbst zu beherrschen. Wenn dir das nicht gelingt, ist es für dich das sichere Ende. Niemand überlebt das schreckliche Chaos. Doch wahre dein Gleichgewicht und blicke hinter die Trugbilder der Welt, dann ist dir ein Leben beschieden, so lang und mit solcher Macht wie keinem sterblichen Wesen sonst.«

Tasamin streifte sich einige glänzende Ringe von den Unterarmen. »Hier. Strecke deine Arme aus.«

Unwillkürlich tat Alia, wie er befahl.

Mit einer schnellen, sicheren Bewegung hatte er ihr die Ringe übergestreift. »Ein Geschenk für dich. Und eine Hilfe.«

Alia betrachtete die Ringe. Sie waren geflochten wie ein Zopf aus Metall, und im Kerzenlicht der Laterne schimmerten sie rötlich und golden. Schwer hingen sie an ihren Handgelenken und fühlten sich merkwürdig warm an. Einen Augenblick lang erschienen ihr die Ringe wie Fesseln, die ihren Geist gefangenhielten. Welch ein dummer Gedanke, dachte sie sofort. Die Ringe waren wunderschön. Schöner als alles, was sie jemals gesehen, geschweige denn besessen hatte.

Sie spürte ein plötzliches, heftiges Verlangen, diese Ringe für immer besitzen zu können.

»Dies ist ein unbeflecktes Land, diese Wildnis hier«, sagte Tasamin. »Und Sethir glaubt, er benutzt mich für seine Pläne. In Wirklichkeit bin *ich* es, der *ihn* benutzt! Ich folge seinen Befehlen, spiele seine grausame Kreatur und halte mich zurück. Doch sobald er und sein Gesindel mir den Weg freigemacht haben, werde ich dieses Land für mich beanspruchen. Es gibt keinen hier, der es mit mir aufnehmen könnte. Und du kannst an meiner Seite stehen, Mädchen, *wirst* an meiner Seite stehen. Uns beiden zusammen ist nichts unmöglich. Gar nichts.«

Alia fühlte sich unwohl. »Und was ist mit den Menschen, die hier ihre Heimat haben?«

»Ihre Zeit ist bereits abgelaufen, Mädchen. Sethir und seine Bande werden sie vernichten.«

»Dann halte ihn auf!«

»Das werde ich. Doch erst später. Es ist nicht so einfach in dieser Welt. Ich brauche Sethir noch. Eine Zeitlang muß ich ihm noch seinen Willen lassen.«

»Er wird alles zerstören«, klagte Alia.

»Nicht alles, nein. Das werde ich nicht zulassen. Bald schon ist dieses Land *mein* Land – und die Bewohner dieses Landes *mein* Volk. Ich werde nicht zulassen, daß irgend jemand sie einfach auslöscht. Auch du darfst es nicht zulassen. Deshalb hilf mir, Mädchen. Das Überleben deines Volkes hängt davon ab. Zusammen können wir die Menschen retten!«

Alia fuhr sich mit der Hand über die Augen. Die Ringe um ihre Handgelenke waren so warm, so fest. Sie fühlte sich seltsam betäubt, suchte Halt an ihrer Halskette und bemühte sich, klar zu denken. Was Tasamin sagte … Oh, die Steine fühlten sich so wunderbar glatt an und beruhigend … Und Tasamin war so …

»Ich und du, Mädchen«, sagte er mit einem Lächeln.

Er war ein schöner Mann, dachte Alia. Ja, zweifellos. Und er bot ihr einen Platz an in dieser Welt. Etwas, das kein anderer je getan hatte. Er schätzte sie. Und er hatte sie in keiner Weise bedroht oder zu etwas gezwungen. Ganz wie der Fey. Tasamin bot ihr ganz einfach etwas an und überließ die Entscheidung ihr. Oh, wie gefielen ihr diese Armringe. Er war ein großzügiger Mann. Und nur mit Worten versuchte er sie zu überzeugen, obwohl ihm sicherlich auch andere Mittel zur Verfügung standen. Sie ertastete die Glieder der Halskette. Jedes Glied fügte sich so wunderbar perfekt in das nächste … wie Tasamins Worte. Ein Platz für sie in der Welt. Er und sie zusammen. Die Talbewohner gerettet. Die Jäger gerettet.

Das war alles, was sie sich jemals erträumt hatte. Das sah sie nun deutlich. Ja, sie und Tasamin zusammen. Sie würden das Fürstental retten und die Jäger. Alles, was in letzter Zeit zerschlagen wurde, würden sie wieder zusammenfügen. Sie und Tasamin würden alte Wunden heilen, das Gestern, die gute Zeit zu neuem Leben erwecken.

Dies war also ihr Schicksal. Er hatte gesagt, daß sie anders sei als die anderen. Er wußte so viel … Sie fühlte die Welt aufs neue erzittern und griff nach ihrer Halskette. Ihr Herz schlug etwas schneller, doch Angst war es nicht. Er stand ihr nun zur Seite. Er und alles, was er wußte. Und jetzt, da sie die Wahrheit der Welt verstanden hatte, würde sie auch von ihm lernen, darüber Macht zu haben. So hatte er es versprochen. Dann könnte sie Dinge *tun,* Dinge in Ordnung bringen. Und dann … Ach, was könnten sie *nicht* tun, sie beide zusammen?

Tasamin lächelte ihr zu. Seine klaren, blauen Augen glitzerten wie Edelsteine. »Ich habe dir die verborgene Wahrheit der Welt gezeigt«, sagte er. »Und diese Wahrheit wird dir ein neues Leben schenken.«

Alia liebte das Gefühl, wie die Halskette ihre Kehle berührte, die Armringe ihre Handgelenke. Sie blickte in Tasamins schönes Gesicht und lächelte zurück. »Ja«, sagte sie schließlich voller Überzeugung. »Du und ich zusammen.«

»Zusammen.« Tasamin nickte. »Für immer.« Er nahm ihre beiden Hände in die seinen. Sein Griff war stark, väterlich, beruhigend. Oh ja, er besaß all die Stärke ihres Vaters, dachte Alia, doch auch den Verstand und die Weisheit, die ihrem Vater so völlig gefehlt hatten.

»Zusammen«, wiederholte sie. »Für immer.«

XXII

Guthrie folgte den anderen langsam. In einer langen, gewundenen Rinne marschierten sie einen Hang hinauf. Die Bäume hier waren alt und dick und knorrig, die Äste verrenkten sich zu seltsamen Gebilden. Die Luft war frostig kalt. Der Winter hatte Einzug gehalten, und bereits am Nachmittag wurde es dunkel. Durch die kahlen Äste und Zweige sahen sie dicke, schwarze Regenwolken, und auf dem Waldboden lag eine dicke Schicht brauner, faulender Blätter. So geräuschlos wie möglich bewegten die Männer sich darüber hinweg.

Die kleine Garde, die der Heermeister Guthrie zugeteilt hatte, blieb stets in seiner Nähe. Und wie alle anderen blickte Guthrie schon den ganzen Tag gespannt und nervös durch die Bäume und die Hänge hinauf und suchte bis zu den Hügelketten am Horizont nach Anzeichen der Banditen. Doch bis jetzt hatte noch niemand etwas Ungewöhnliches bemerkt.

Es war der zweite Tag, an dem sie von morgens bis abends marschierten, und Guthrie war bereits am Rande seiner Kräfte.

Nachrichten liefen von Mann zu Mann durch die lange Reihe, in der sie marschierten. Nun hieß es, sie würden bald den Ort erreichen, an dem sie übernachten könnten – eine Art Höhle sollte es sein.

»Ich hoffe, das ist etwas Vernünftiges«, hörte Guthrie einen Mann neben sich sagen. »Um diese Jahreszeit werden die Nächte bitter kalt hier oben.«

»Ich kenne die Höhle – wir nennen sie das ›Maul‹. Sie ist Schutz genug.« Es war einer der Jäger, der das gesagt hatte. Größtenteils waren sie bei diesem Marsch unter sich geblieben und bildeten die Nachhut. Einige Jäger, die das Gelände gut kannten, liefen jedoch an der Spitze mit, so wie dieser eben.

»Das ›Maul‹?« fragte ein Soldat.

»Ein riesiger Hohlraum im Fels«, erwiderte der Jäger. »Ich war schon einmal dort. Für eine Übernachtung wird das vollkommen ausreichen, denke ich.«

»Wie weit noch?«

»Nicht mehr allzu weit.«

»Alles, was ich mir wünsche«, meinte ein anderer Soldat, »ist endlich an einem Feuer zu sitzen, etwas zwischen die Zähne zu bekommen und etwas Heißes zu trinken. Und etwas Schlaf ...«

Guthrie seufzte leise, als er dies hörte. Er wußte genau, wie sich dieser Mann fühlte. Er hoffte nur, daß der Jäger recht hatte und dieses ›Maul‹ tatsächlich nicht allzu weit entfernt lag. Seine Glieder waren noch immer geschwächt vom Fieber, das ihn geplagt hatte, und er wußte nicht, wieviel länger er noch so gehen konnte. Guthrie spürte, wie die Welt leicht erzitterte. Er wollte nicht darauf achten und konzentrierte sich ganz darauf, in der einfachen, gewöhnlichen Welt zu bleiben – in dieser Welt mit Baumwurzeln und Steinen und Schweiß und unsicheren Pfaden den Berg hinauf.

Als er jedoch über die verworrenen Wurzeln einer alten Eiche kletterte, blieb Guthrie hängen, stürzte … und fiel aus reiner Müdigkeit hinaus aus der Welt.

Es hatte ihn vollkommen überrumpelt.

Trotz aller Warnungen, die ihm Rosslyn mit auf den Weg gegeben hatte, hatte er geglaubt, das *Andere* würde allmählich aus seinem Leben verschwinden. Er hatte damit begonnen, sein altes Selbst neu zu erschaffen, wie jemand, der sein zerstörtes Haus von Grund auf neu errichtete, und vom *Anderen* wollte er nichts mehr wissen. Er war Fürst Guthrie Garthson, der Fürst des Fürstentals. Das, nur das, und nichts anderes. Und je stabiler sein Selbst wurde, desto mehr schien die Erinnerung an das *Andere* zu verblassen. Irgendwann, so versuchte er sich einzureden, würde er endlich frei davon sein – frei, um sein Leben so zu leben, wie er es all die Jahre erträumt hatte.

Aber nein.

Aufs neue war er im *Anderen* gefangen, das ihn umtoste wie eine stürmische See. Ein hilfloser Spielball der gewaltigen Wellen war er, und verzweifelt suchte er einen Halt. Immer weiter wurde er umhergeworfen … Dann, plötzlich, *spürte* er vor sich … Leben. Eine verstohlene, lauernde Bewegung.

Er schreckte zurück und … ja, dort in der Ferne sah er das sanfte, wunderbare Leuchten des Schädels. Noch immer also, dachte Guthrie, war der Schädel des Abts in dieser unheimlichen Welt sein Führer geblieben – den Mächten sei Dank.

Die gewöhnliche Welt setzte sich wieder um ihn zusammen, und Guthrie lag mit seinem Rücken auf nassen Blättern. Seine Hände umklammerten den Beutel, in dem er den Schädel trug.

»Fürst?« fragte eine Stimme. »Fürst? Seid *Ihr* …«

»Mir ist nichts passiert«, sagte Guthrie und setzte sich keuchend auf. In seinem Kopf pulsierte das Blut, und es schien, er hatte seinen Ellbogen an etwas angeschlagen. Er holte tief Luft.

Erschrocken hatten sich die Männer seiner kleinen Garde um ihn versammelt.

»Fürst, könnt Ihr aufstehen? Wir müssen weiter. Unser Nachtlager kann nicht mehr weit sein.«

Guthrie nickte, kam auf die Beine und legte sich den Beutel bequemer um die Schultern. Er versuchte, sich notdürftig den Schmutz abzuwischen, während er innerlich das *Andere* verfluchte und das Elend, das es ihm gebracht hatte.

Einer der Soldaten reichte ihm den Arm, um ihn zu stützen. »Könnt Ihr gehen?«

Er nickte, ließ den Arm los und machte die ersten Schritte.

»Kann nicht mehr weit sein«, sagte einer der Männer beruhigend.

Guthrie nickte stumm, ging weiter und konzentrierte sich darauf, einen Fuß vor den anderen zu setzen. Die Soldaten flüsterten miteinander.

»Wenn ihr mich fragt, kann diese Höhle, oder wo wir heute übernachten wollen, gar nicht früh genug kommen«, sagte einer von ihnen. »Es gefällt mir nicht zwischen all diesen verfluchten Bäumen. Man sieht höchstens ein paar Schritte weit, und an zu vielen Stellen wären wir den Banditen hilflos ausgeliefert. In einer Höhle haben wir wenigstens etwas Festes im Rücken.«

»Richtig«, meinte ein anderer. »Zuviele Stellen für einen Hinterhalt. Wie gemacht für Banditen, diese Wildnis. Kann einen richtig nervös machen.«

Hinterhalt, dachte Guthrie beiläufig.

Hinterhalt.

Plötzlich schrak er zusammen. Diese verstohlene Bewegung, die er im *Anderen* gespürt hatte. Konnte es sein, daß …?

Sein Herz schlug schneller. Er war sich in vielen Dingen so unsicher, was dieses *Andere* anging. Konnte er sich auf irgend etwas, was er dort wahrnahm, eigentlich verlassen? Und wie sollte er es nachprüfen?

»Fürst?« fragte einer der Männer unsicher.

Guthrie merkte, daß er stehengeblieben war. »Es ist nichts«, sagte er. »Ich bin nur etwas müde. So wie ihr alle. Wieso machen wir nicht eine kurze Rast?«

Die Männer machten einige unruhige Bewegungen. »Es ist nicht mehr weit. Und Meister Amis hat befohlen, daß ...«

Guthrie gab ihnen Zeichen, sich zu setzen. »Nur für einen Moment.«

Sie blickten sich unsicher an, dann gehorchten sie.

Guthrie setzte sich auf eine knorrige Baumwurzel und versuchte nachzudenken. Um festzustellen, was er da wahrgenommen hatte, mußte er sich ein wenig aus der Welt gleiten lassen, sich ein kleines Stück ins *Andere* wagen und sich vorsichtig umsehen. Doch allein der Gedanke daran krampfte ihm den Magen zusammen.

Er fühlte sich zerbrechlich und gefährdet. All die Anstrengungen, sein altes Selbst zu festigen, waren durch nur wenige Momente im *Anderen* zunichte geworden. Er hatte es nicht wahrhaben wollen, auf welch unsicheren Beinen er sich durch diese Welt bewegte, denn das Wissen um das *Andere* machte alles übrige zu gehaltloser, oberflächlicher Illusion.

Guthrie schauderte. Er wollte damit gar nichts zu tun haben, wollte nur sein altes, einfaches Selbst zurückhaben. Und das wäre auch möglich, dachte er. Wenn er sich vom *Anderen* nur lange genug fernhalten könnte, bis sein altes Selbst genügend gefestigt war ...

Doch was, wenn diese Bewegungen, die er *gespürt* hatte, tatsächlich von Banditen ausgingen?

Ein Hinterhalt?

Er war der Fürst, sagte er sich. Fürst und nichts anderes. Nichts sonst war von Bedeutung! Aber schon einmal hatte er gefühlt, wie das war, ein Fürst über Tote zu sein. Und wenn da tatsächlich Banditen lauerten ... wie könnte er es sich jemals verzeihen, von einem Hinterhalt gewußt, aber ihn nicht verhindert zu haben?

Mit pochendem Herzen ließ sich Guthrie aus der Welt gleiten und achtete darauf, daß er dabei auf keinen Fall den Halt im Gewöhnlichen verlor. Er war wie ein Mann, der voller Angst hinabsah in einen Abgrund und sich mit seinen Fingerspitzen verzweifelt an einem Felsvorsprung hielt.

Er fühlte, wie das große, tobende Chaos des *Anderen* ihn überwältigte. Doch er erinnerte sich daran, wie er es die vorigen Male getan hatte, und wahrte sein Gleichgewicht zwischen den beiden Welten, zwischen seinem alten und neuen Selbst. Die Strudel durften ihn nicht fortreißen, ihn nicht bewußtlos und blind machen. Langsam fand er festen Halt. Und vor ihm (obwohl sich mit Worten wie ›vor‹ und ›hinter‹ nicht beschreiben ließ, was sein Sinn für das *Andere* ihm zeigte), vor ihm also sah er diese verdächtige Bewegung. Wie immer war es nicht bildlich, dieses *Spüren,* doch sein Verstand erzeugte für ihn unweigerlich die unmöglichsten Kreaturen: glühende Eier, die auf langen, dürren Insektenbeinen einen Hang entlangkrochen, stehenblieben, weitergingen. All dies und noch etwas anderes sah er, einen Mann, der mehr war – oder vielleicht weniger – als ein gewöhnlicher Mann. Dieser … jemand schien zu warten, irgendwo in weiter Ferne. Was Guthrie empfing, waren nur flüchtige Eindrücke von etwas Festem, Rundem, wie von einer dunkelhäutigen, verrunzelten, harten Frucht. Er wußte mit einem solchen Bild zwar nichts anzufangen, aber dennoch machte es ihn unruhig.

Als er in die gewöhnliche Welt zurückkam, fuhr er zusammen, als ob ihm jemand einen kräftigen Schlag verpaßt hätte. Er blinzelte, schaute sich um, versuchte scharf zu sehen. Die Soldaten seiner kleinen Garde betrachteten ihn mit Sorge.

»Fürst«, sagte einer der Männer, »wir müssen weiter. Könnt Ihr wieder gehen? Die Höhle ist nicht mehr weit. Meister Amis hat gesagt …«

Guthrie gab ihm ein Zeichen zu schweigen. »Da vorn lauern Banditen. Wenn wir in diese Richtung weitermarschieren, führt uns Amis direkt in eine Falle.«

Die Soldaten starrten ihn an.

»Bring ihn her«, befahl Guthrie einem von ihnen.

»Aber ...« Sie sahen ihn an, als sei er von Sinnen.

»Bringt ihn her. Sofort!«

»Jawohl, Fürst«, erwiderte einer der Männer und rannte fort.

Guthrie blickte sich um, sah die lange Schlange der Milizen, die sich vorsichtig durch den Wald bewegte, und schickte einen anderen seiner Garde fort, um sie anzuhalten. Noch immer *spürte* er schwach, was auf sie wartete. Diese glühenden, langbeinigen Eier ... Banditen waren es, die in einem Hinterhalt lagen, da war Guthrie ganz sicher – obwohl er nicht sagen konnte weshalb.

Die Männer seiner Garde standen nervös herum, sahen zu Boden, zu ihren Kameraden, sahen überall hin, nur nicht zu Guthrie. Sie sagten kein Wort, bis Hone Amis kam. Der Heermeister machte ein zorniges Gesicht, packte Guthrie an der Schulter und zog ihn etwas fort, um ihn unter vier Augen zu sprechen.

»Hör zu, Junge«, begann er. »Du kannst mich nicht einfach rufen lassen, wann immer es dir gerade einfällt. Wir müssen hier *Ordnung* halten! Ist es nicht schlimm genug, daß sich die Jäger immer wieder meinen Befehlen widersetzen? *Gegen* meinen ausdrücklichen Befehl haben sie Frauen mitgenommen – und haben diese Weiber bestimmt noch dazu ermutigt, nur um mir ihre Respektlosigkeit zu demonstrieren. Doch was hast *du* getan, als ich dir davon berichtet habe? Du hast mit den Schultern gezuckt. Und jetzt rufst du mich von dort weg, wo ich gebraucht werde. So geht das nicht, Junge. Du mußt noch einiges *lernen.*

Das ist dein erster Feldzug. Ich erinnere mich gut daran, als ich selbst das erste Mal losgezogen bin. Und als dein Bruder Garrett zum ersten Mal ...«

»Amis! Sei bitte einen Moment still!«

Der Heermeister blinzelte und schloß überrascht seinen Mund.

»Du führst uns in eine Falle.«

Hone Amis schüttelte seinen Kopf und seufzte. »Was ich sagen wollte, bevor du mich unterbrochen hast … Deinem Bruder ging es das erste Mal genauso. Hinter jedem Strauch und Baum sah er Banditen. Noch Monate danach haben wir ihn damit aufgezogen. Doch mach dir keine Sorgen, Junge. Ich führe solche Feldzüge schon länger, als du lebst. Ich weiß, was ich tue, während du noch viel zu lernen hast. Wieso beginnst du nicht damit, indem du einfach …«

»Ein Stück weiter lauern Banditen, Amis. Ich weiß es.«

»Ach ja? Und *wie* willst du das wissen?«

»Ich … weiß es eben.«

Hone Amis schnaubte. »Haben deine Augen etwa Zauberkraft, seitdem du allein dort in der Wildnis warst?«

Guthrie zuckte mißmutig mit den Schultern. »Um zu sehen, ob ich recht habe, mußt du nur einen Mann oder zwei vorausschicken. Sie sollen vorsichtig das Gelände erkunden.«

»Und währenddessen bleiben wir anderen hier sitzen und drehen Däumchen? Es wird bald vollständig dunkel sein, und wenn wir uns nicht beeilen, müssen wir die Nacht im Freien verbringen. Hast du nicht die schwarzen Wolken gesehen? Wir sind bereits auf dem Weg zu einer Höhle.«

»Das wissen vielleicht auch die Banditen und haben sich genau dort in einen Hinterhalt gelegt.«

Hone Amis sah Guthrie scharf an. »Das behauptest *du.*«

Guthrie schwieg.

Müde fuhr sich der Heermeister mit einer Hand über die Augen. Er seufzte. »Was soll ich nur mit dir machen, Junge. Du hast dich … verändert. Früher warst du nie so. Du redest verrücktes Zeug.«

»Wir alle haben uns verändert, Amis.«

»Ja, da hast du allerdings recht.« Ein zweiter Seufzer folgte dem ersten. »Doch du kannst doch nicht wirklich erwarten, daß ich das ernst nehme? Wie sollten diese Banditen wissen, daß wir kommen? Nun gut, vielleicht hat uns einer ihrer Kundschafter entdeckt. Doch um einen Hinterhalt zu organisieren, dazu braucht es Zeit. Und das ist ein weiterer Grund, weshalb wir uns beeilen müssen. Wir übernachten in der Höhle, und vor Morgengrauen ziehen wir weiter. Wir halten die Überraschung auf unserer Seite. Wir wissen, wo ihr Lager ist. Wir *haben* sie!«

Hone Amis machte eine Pause, schüttelte den Kopf. »Wie willst *du* von irgend etwas wissen, das sich angeblich ein ganzes Stück weit vor uns befindet? Meine Kundschafter haben mir nichts Ungewöhnliches berichtet. Wieso sollte ich dir so etwas glauben?«

Guthrie wich seinem Blick aus. »Schicke einfach einen Mann voraus, Amis. Was hast du zu verlieren? Wenn ich mich irre, kann als Schlimmstes geschehen, daß wir eine Nacht im Freien verbringen. Wenn ich jedoch recht habe ...«

»Ist etwas schiefgegangen?« fragte plötzlich eine neue Stimme.

Als er sich umdrehte, sah Guthrie, wie Charrer Mysha auf seine geräuschlose Weise auf sie zukam, mit dem Bogen in der Hand.

»Das hier geht Euch überhaupt nichts an, Mysha«, fauchte Amis. »Geht zurück zu Euren Jägern und *versucht* zumindest, sie in einer Art Ordnung zu halten. Seitdem wir unterwegs sind, benehmen sie sich wie kleine Kinder.«

Charrer Mysha achtete nicht auf den Heermeister, wandte sich an Guthrie und sah ihn fragend an.

»Ein Stück weiter sind Banditen«, sagte Guthrie.

Charrer Mysha nickte. »Ja, das hoffen wir.«

»Aber sie lauern uns auf«, fuhr Guthrie fort.

»Tatsächlich?« Charrer Mysha hob überrascht eine Augenbraue.

»Guthrie, es reicht!« fuhr Hone Amis dazwischen. »Für derartiges Gerede haben wir jetzt keine Zeit.« Dann drehte er sich zu Charrer Mysha. »Geht zurück zu Euren Jägern, Mysha. Sofort! Was wir hier besprechen, hat Euch nicht zu interessieren.«

Mysha bewegte sich nicht von der Stelle. »Da bin ich anderer Meinung, Amis.«

Guthrie wandte sich zu Mysha. Der Jäger hatte eine ruhige, wachsame Art an sich, wie ein wildes Tier, das mit seinen großen Augen alles beobachtete. Ja, seine Augen ... sie schienen so ungeheuer weit oder vielleicht *tief* zu blicken. Auch Hone Amis war natürlich wachsam, auf seine Weise. Doch Amis wägte ab und beurteilte, sah Harmloses oder Bedrohliches, Gutes oder Schlechtes in allem, was ihm begegnete. Mysha andererseits besaß diese Wachsamkeit, ohne ständig urteilen zu müssen. War es sogar möglich, daß er durch die Welt hindurch und ins *Andere* blicken konnte? Guthrie wußte es nicht, wußte auch nicht, wie er ihn so etwas fragen könnte. Doch Mysha hatte den Anschein eines Mannes, der mehr gesehen hatte als gewöhnliche Menschen. Und mit einem Mal spürte Guthrie, daß Mysha ihm ähnlich war.

»Bitte«, meinte Guthrie zu dem Jäger. »Es wäre das beste, wenn Ihr nun gehen würdet. Die Sache ist ...«, er schaute kurz hinüber zu Hone Amis, der noch immer kochte vor Wut, »... vertraulich.«

Charrer Mysha sah Guthrie noch einen Moment lang eindringlich an. »Da ist etwas in Euch, das mich ... beunruhigt, junger Fürst. Beunruhigt *und* beruhigt. Höchst seltsam. Ich verstehe das nicht.« Mysha hielt inne, hob die Schultern. »Doch nun gut. Da Ihr darum bittet, werde ich mich entfernen.«

»Ja, ich bitte darum, Ser Charrer«, sagte Guthrie.

Mysha nickte. Dann wandte er sich an Hone Amis. »Es tut gut, wenn man mit jemandem zu tun hat, der Manieren besitzt.« Dann, mit einem Lächeln im Gesicht, drehte er sich um und ging.

»Was soll *das* nun wieder bedeuten?« fragte Hone Amis argwöhnisch. »Ihr beide habt zwischen euch wirklich keine … Vereinbarung getroffen?«

Guthrie schüttelte den Kopf. »Natürlich nicht.«

Der Heermeister schaute beunruhigt. »Aber er hat doch eben …«

»Amis! Genug von Mysha. Was unternehmen wir nun gegen die Banditen? Du mußt die Vorhut zurückrufen und Kundschafter ausschicken.«

Hone Amis fuhr sich durch den Bart, rieb sich die Augen, schüttelte den Kopf. »Was … was du verlangst, ist verrückt.«

»Tu es, Amis. *Bitte!*«

Hone Amis seufzte. »Nein, Junge. Das ist eine völlig verrückte Sache, und du verlangst, daß ich dabei auch noch mitmache. Was ist, wenn … es sich herumspricht, daß der Fürst absonderliche Tagträume hat? Und was ist, wenn die Sache mit diesem … *Ding* …«, er deutete auf den Beutel mit dem Schädel, »… bekannt wird? Das ist zuviel für die Leute. Ein Glück, daß Charrer Mysha unser Gespräch nicht mitbekommen hat. Was hätte *er* wohl zu deinen verrückten Phantasien gesagt? Reiß dich zusammen, Junge. Du trägst nun eine große Verantwortung. Wie sollen die gewöhnlichen Leute …«

»Amis. *Amis!* Hör mir zu. Rede ich wirklich wie ein Verrückter? Tobe ich etwa herum? Stoße ich schrille Schreie aus?«

Der Heermeister schüttelte widerwillig seinen Kopf.

»Dann tu, worum ich dich bitte.«

»Nein, das kann ich nicht. Es ist Irrsinn.«

Enttäuscht ballte Guthrie seine Fäuste. Jetzt blieb ihm nur noch eine Wahl. »Du wirst tun, was ich dir *befehle,* Heermeister.«

Hone Amis starrte ihn an.

»Ich bin Fürst. Du stehst unter meiner Befehlsgewalt. Und ich *befehle* dir, einen Kundschafter loszuschicken.«

»Jetzt hör mir doch zu, Junge. Du kannst nicht erwarten, daß …«

»Es reicht! Bist du mein Heermeister oder nicht?«

»Ja, das bin ich.«

»Dann folge meinem Befehl.«

»Und wie, denkst du, werden die Männer reagieren, wenn sie herausfinden, daß du solch einen … *widersinnigen* Befehl erteilt hast? Daß du dir Dinge einbildest und wie ein ängstlicher Grünschnabel den Feind hinter jedem Busch vermutest? Überlege doch, Junge! Was werden sie sagen, die Leute?«

»Und was werden sie sagen, wenn sie den Fürsten und seinen Heermeister im Streit miteinander sehen? Ich warne dich: In dieser Sache werde ich nicht nachgeben. Auf gar keinen Fall.«

Das Gesicht des Heermeisters verzerrte sich zornig. »Nur weil du dir etwas in den Kopf gesetzt hast, willst du unser ganzes Unternehmen in Gefahr bringen? Was wird sein, wenn die Kundschafter zurückkommen und nichts zu berichten haben?«

»Oh, sie werden etwas zu berichten haben. Dafür garantiere ich.«

»Und wenn doch nicht?«

»Schicke sie los. Dann werden wir sehen.«

Hone Amis zögerte.

»Schicke sie los!«

Der Heermeister sah Guthrie lange und streng an. Guthrie blickte unerbittlich zurück.

»Also gut. Einverstanden«, meinte Hone Amis zögernd.

»Und sag ihnen, daß sie vorsichtig sein sollen.«

»Meinst du etwa, meine Kundschafter verstehen nicht ihr Geschäft?« rief Hone Amis zornig. »Und ich meines auch nicht?«

Guthrie schüttelte den Kopf. »Nein, das nicht.« Er dachte noch einmal an das seltsame Bild, das er im *Anderen* wahrgenommen hatte. »Sag ihnen einfach, daß sie besonders gut achtgeben sollen. Sie müssen Männer suchen, die sich gut versteckt haben.«

Hone Amis drehte sich um und winkte einen Unteroffizer zu sich her. »Wo sind Boll und Termigen?«

»In der Nachhut, Meister Amis. Powly und Jont gehen jetzt voraus, wie Ihr es befohlen habt.« Der Offizier runzelte die Stirn. »Stimmt etwas nicht?«

Hone Amis schüttelte den Kopf. »Nein. Aber bring sie her. Ich brauche ihre guten Augen und schnellen Füße. Senn und sein Freund, dieser Jäger, sollen sie in der Nachhut ersetzen. Auch nach hinten müssen wir geschützt bleiben.«

Der Mann nickte. »Jawohl, Heermeister«, sagte er. Dann rannte er fort.

»Wenn du dich irren solltest …«, meinte Hone Amis wieder zu Guthrie.

»Wenn ich mich tatsächlich geirrt habe, kannst du tun, was immer du willst. Aber warten wir es ab. Warten wir es einfach ab.«

Hone Amis verschränkte die Arme vor seiner breiten Brust, hob eine Hand und kratzte seinen grauen Bart. Er schüttelte den Kopf und murmelte etwas so leise, daß es Guthrie nicht verstehen konnte. Dann machte er auf den Absätzen kehrt und ging einige Schritte zu einem alten Eichenstamm, der zwischen den Bäumen lag. Er rief einen seiner Soldaten und gab ihm Anweisung, daß sie eine Weile hierblieben. Dann setzte er sich auf den Baumstamm, stützte die Ellbogen auf die Schenkel und begann zu warten. Er sah hinüber zu Guthrie, schnaubte, schüttelte den Kopf. Neben ihm war noch genügend Platz. Er machte Guthrie kein Angebot, sich zu setzen.

Als die beiden Kundschafter zurückkehrten, hatten sie Neuigkeiten.

Der eine war ein auffällig großer, hagerer Mann namens Boll. Der andere, Termigen, war kleiner, doch ebenso dürr und knochig. Er trug eine randlose Ledermütze, auf deren Vorderseite das Abzeichen der Milizen prangte. An der Rückseite hingen ein Paar Wieselschwänze. Beide gingen sie so leichtfüßig und behende wie Jagdhunde.

»Und dort, wo der Weg hoch zum ›Maul‹ führt, liegen sie zu beiden Seiten an den Hängen«, sagte der große Boll gerade. »Weiß nicht, wieviele. Schwer zu zählen.«

»Mindestens fünf Dutzend, würde ich sagen«, meinte der andere. »Vielleicht mehr.«

»Und ganz schlau«, fuhr Boll fort, »wie die sich versteckt haben. Hätten wir nicht genau so etwas gesucht, hätten wir sie niemals entdeckt. Völlig ahnungslos wären wir in eine Falle getappt.«

»Woher wußten die bloß, daß wir diesen Weg nehmen würden?« wunderte sich Termigen.

»Und woher wußtet *Ihr,* daß sie uns dort auflauern, Meister Amis?« fragte Boll.

Hone Amis zuckte mit den Schultern. Er warf Guthrie einen kurzen, fragenden Blick zu.

Die beiden Kundschafter sahen sich an.

»Es war Fürst Guthrie«, sagte Hone Amis. »Er überlegte, wie sich diese Bande bisher verhalten hatte, und kam zu dem Schluß, daß die Banditen wohl damit rechneten, daß wir sie verfolgen. Und deshalb postierten sie natürlich Beobachter an allen Wegen, die in Frage kamen.«

»Dann war unser Marsch nach hier oben nur eine List, damit die Banditen sich genau in solch einen Hinterhalt legen?« meinte Boll. »Ihr und der Fürst hattet das alles bereits geplant?«

Guthrie sah, wie Amis kurz zögerte. Doch diese Chance ließ er sich nicht entgehen. »Genau. Es war nur eine Frage des Wann und Wo.«

Die beiden Kundschafter nickten, glaubten Amis aufs Wort und blickten nun mit noch größerem Respekt hinüber zu Guthrie.

»Und jetzt?« fragte Termigen. Er nahm seine Ledermütze ab und strich die Wieselschwänze glatt.

Hone Amis grinste. »Jetzt überfallen wir die Kerle, die *uns* überfallen wollten. Sagt es weiter. Alle Offiziere haben sich so schnell wie möglich bei mir zu melden.«

Die Kundschafter nickten und eilten fort.

»Schön, daß unser Fürst so viel Grips hat«, hörte Guthrie Termigen sagen, als die beiden im Dickicht verschwanden. Als er sich umdrehte, bemerkte er, wie Hone Amis ihn anschaute.

»Hast du das wirklich gewußt?« fragte der Heermeister.

Guthrie hob die Schultern und hatte keine Ahnung, was er antworten sollte.

»Junge, das ist entweder das verfluchteste Glück, das ich jemals erlebt habe, oder …«

Hone Amis mußte mitten im Satz abbrechen, denn der erste der Offiziere näherte sich bereits. Nichts sollte auf einen Streit hindeuten zwischen dem Heermeister und dem Fürsten – Einheit in den Augen der anderen ging Hone Amis über alles. Die ganze Zeit über, in der sie nun die Pläne ihres Gegenangriffs besprachen, spürte Guthrie jedoch den prüfenden Blick seines Heermeisters, der nicht recht schlau aus ihm wurde.

Sie krochen mit größter Vorsicht auf Händen und Knien voran. Guthrie sah die Soldaten zu seiner Linken und *spürte* undeutlich die anderen Männer weiter vorn.

Guthrie hielt sich in einem Gleichgewicht zwischen den Welten und sah in Gedanken eine Art Plan des gesamten Geländes: der lange, gewundene Weg nach oben, dem er und die anderen blindlings gefolgt wären, die Felsenklippe am Ende des Wegs, die Höhle dort oben, in der Hone Amis hatte übernachten wollen, und schließlich die Banditen, die sich zu beiden Seiten des Wegs versteckt hatten.

Es war ungeheuer anstrengend, solch einen Doppelblick durchzuhalten, und alles andere als ungefährlich. Einerseits brauchte Guthrie diese Erkenntnisse, die ihm nur sein Blick ins *Andere* geben konnte, andererseits setzte er sein Selbst damit einer Bedrohung aus, der er eigentlich so fern bleiben wollte wie nur irgend möglich. Und schließlich mußte er stets sicher genug in der gewöhnlichen Welt verankert sein, um die Gefahren zu überleben, die jetzt auf sie alle warteten.

Soldaten schauten ihn an.

Hone Amis hatte Guthrie davon abbringen wollen, den Feldzug mitzumachen. Er hielt es für zu gefährlich und meinte, als Fürst dürfe er keinesfalls ein derartiges Risiko eingehen. Doch Guthrie war mittlerweile klar, daß die Leute tatsächlich eine Art Mittelpunkt brauchten, auf den sie ihre Hoffnungen konzentrieren konnten. Er war nun dieser Mittelpunkt, und die Last ihres Unternehmens lag auf seinen Schultern. Wenn er nachgeben und versagen würde, dann würden sie es alle tun. Und deshalb hielt er sich in der Welt verankert, nickte allen, die zu ihm hersahen, ermutigend zu und ließ sich nichts anmerken von seinen Ängsten und Sorgen.

Ein Soldat kam zu ihm hergekrochen. »Vorn ist alles bereit«, flüsterte er. Es war ein älterer Mann, sein Gesicht faltig wie altes Leder. »Meister Amis bittet Euch, mit Eurer Garde hier hinten zu bleiben.«

Die Männer – sowohl seine Garde als auch weitere Soldaten in der Nähe – blieben stehen und warteten auf Guthries Antwort.

»Richtet Meister Amis aus«, sagte Guthrie, »daß ich zu ihm in die Vorhut kommen werde.«

»Entschuldigt, aber … ist das klug?« fragte der Botschafter.

»Klug?« erwiderte Guthrie. »Vielleicht, vielleicht auch nicht. Aber es ist notwendig.«

Der Botschafter öffnete seinen Mund, schloß ihn, lächelte und zeigte seine krummen, gelblichen Zähne. Er nickte. »Jawohl, Fürst.«

Auch von den anderen kam Nicken und beifälliges Gemurmel. Solch einen Fürsten hatten sie sich gewünscht.

Guthrie durchlief ein plötzliches Hochgefühl. Ja, und *er* hatte genau solch ein Fürst sein wollen seit frühester Kindheit.

Doch ein Teil in ihm war noch immer unzufrieden und schien zu spüren, daß er, wenn er den Herrscher über das Fürstental verkörperte, den anderen nur etwas vormachte. Dieser Teil in ihm erinnerte sich allzu deutlich an das *Andere,* um Fürst Guthrie ernst zu nehmen. Er tastete nach dem ungewohnten Schwert, das an seinem Gürtel hing, und sein Herz schlug schneller. Diese Rolle, die er da spielte, mußte er nun vielleicht mit dem Leben bezahlen.

Der Gedanke an Kampf und Gewalt machte ihn unruhig. Er hatte Angst, natürlich. Aber es war noch etwas mehr, eine Art Entsetzen über die nackte, schreckliche Brutalität. Es war ihm noch immer nicht möglich, zu dieser wilden Rachgier zurückzufinden, die ihn einmal ganz und gar erfüllt hatte. Auch dieses Gefühl war nichts gewesen als zerbrechlicher Ton.

Er wünschte, ihnen bliebe noch eine andere Möglichkeit als dieser Weg mit Blut und Gewalt.

Der Botschafter stand noch neben ihm und wartete darauf, entlassen zu werden. Die Männer in Guthries Garde wurden langsam unruhig. Guthrie winkte den Botschafter fort. »Geh. Teile ihm mit, daß ich gleich kommen werde.«

»Jawohl, Fürst«, sagte der Mann. Und dann, als er gerade gehen wollte, meinte er: »Mögen die Großen Mächte mit Euch sein.«

»Und mit dir«, entgegnete Guthrie. Dann drehte er sich zu seiner Garde, sagte: »Los, gehen wir«, und führte sie den Hang hinauf zu Hone Amis.

Es war kein einfacher Weg, und Guthrie keuchte, als er beim Heermeister ankam. Die gewöhnliche Welt um ihn begann zu pulsieren, und es kostete ihn einige Mühe, sie weiterhin scharf zu sehen. Hone Amis sagte etwas zu ihm, doch Guthrie war so sehr mit sich selbst beschäftigt, daß er es überhörte.

»Hör mir doch zu, Junge!«

Guthrie blinzelte, bis er den Heermeister scharf sah.

»Was hast du davon, wenn du dich da unten ins Kampfgetümmel stürzt? Die Banditen werden dich umbringen, das ist alles.«

Guthrie zuckte mit den Schultern.

»Und was weißt du überhaupt von dieser Art zu kämpfen? Glaubst du etwa, du könntest zum Helden werden? Ist es das? Damit sich die Leute Geschichten erzählen, wie mutig sich der junge Fürst in die Schlacht gestürzt hat, und die Frauen dir bei unserer Rückkehr verzückt in die Arme fallen? Nun, dann will ich dir jetzt mal sagen, daß so ein Kampf mit Ruhm und Ehre nichts, überhaupt nichts zu tun hat. Da geht es um Blut und Schweiß und Angst, und du wirst dir nur wünschen, daß es bald vorbei ist. Du warst nie besonders gut mit dem Schwert, obwohl ich lange mit dir geübt habe. Hattest weder das Interesse noch die nötige Geduld. Wenn du bloß ...«

»Amis!« unterbrach ihn Guthrie zornig. »Es reicht! Ich bin Fürst. Ich muß das tun. Ich muß dort hinuntergehen. Gerade du solltest das am besten wissen.«

Der Heermeister öffnete seinen Mund, doch er war sprachlos. Lange sah er Guthrie an, dann blickte er verlegen zur Seite. »Natürlich, Junge. Es ist so, wie du sagst.« Er biß sich auf die Lippen, schüttelte den Kopf. »Ich war manchmal grob zu dir, Guthrie. Wir haben uns in letzter Zeit auch ... gestritten. Doch wer weiß, was da unten geschehen wird. Wenn es so sein sollte, daß einer von uns ... nicht mehr ... zurückkommt, dann ...«

Guthrie legte eine Hand auf Amis' Schulter. »Ja, Amis, ich verstehe. Du tust, was du tust, weil es notwendig ist. Ich verstehe dich.«

»Meinst du wirklich? Oh nein, *richtig* verstehen wirst du mich erst, wenn du der Fürst bist, der dein Vater einmal war.« Amis seufzte. »Es ist keine leichte Aufgabe, Männer zu führen.«

»Wie ich allmählich lernen muß.«

Hone Amis lächelte. »Ja, Junge. Wie du allmählich lernst.«

Guthrie wurde es warm ums Herz. Es war so leicht, diesem

Mann böse zu sein, so eigenwillig und von sich selbst überzeugt, wie er nun einmal war. Und es war so leicht zu vergessen, was dieser Mann in seinem Innern war …

»Also, es verhält sich folgendermaßen«, sagte Amis gerade. »Die Banditen haben sich zu beiden Seiten des Weges da unten versteckt. Bis jetzt haben sie uns nicht bemerkt. Und wenn wir weiterhin so vorsichtig sind, können wir von oben über sie herfallen.«

XXIII

Guthrie kroch mit den anderen über den kalten, feuchten Boden. Er schmeckte den Geruch der Erde und der Blätter. Und er spürte eine eigene Angst. Er hatte sein langes Schwert gezogen und hielt es bereit in seiner Hand. Es war mit Blättern verklebt wie er selbst.

Es wurde zunehmend dunkel. Unter sich konnte er nichts mehr erkennen als die Umrisse von Bäumen und zackigen Felsen. Waren die Banditen wirklich noch dort? Oder hatten sie vielleicht die Geduld verloren und waren wieder abgezogen? Guthrie blieb einen Moment lang liegen und ließ sich ein ganz klein wenig ins *Andere* gleiten.

Sie waren noch dort.

Dann begann es zu regnen, und mit einem *Tlat tlat tlat* fielen die Tropfen auf die modrige Schicht feuchter Blätter. Der Regen war eiskalt. Guthrie zog sich wieder zurück in die gewöhnliche Welt, und zitternd vor Kälte kroch er weiter.

Durch die lange Reihe der Männer lief ein Handzeichen: *Bereithalten.*

Guthrie schluckte. Seine Hand, die den Schwertgriff umklammerte, war rutschig von Angstschweiß und kaltem Regenwasser. Er ließ das Schwert los, wischte die Hand über seinen

Ärmel und hielt den Griff dann sicherer. Er blinzelte Wasser aus seinen Augen, strich sich Haare aus dem Gesicht.

Ka-TLAA Kaa-TLAAAAAAAA.

Es war das Signal: Hone Amis hatte in sein Horn geblasen.

Guthrie sprang auf und stürzte mit den übrigen den Hang hinunter. Sofort folgte ihm seine Garde, die eine enge, bewegliche Zange um ihn bildete.

Was er weiter unten von den Banditen sehen konnte, waren undeutliche, dunkle Formen hinter einer Regenwand. Doch gleich darauf erschienen die hellen Flecken ihrer erstaunten Gesichter, die nach oben schauten und feststellten, daß man sie überfallen hatte. Sie hatten gerade noch Zeit für einen kurzen, gemeinsamen Schrei des Entsetzens, dann stürzten ihre Angreifer schon auf sie nieder.

Als Guthrie jedoch auf den glitschigen Blättern nach unten stürmte, rutschte er aus und fiel mit voller Wucht auf beide Knie. Der schmerzhafte Aufprall ging ihm bis hoch in die Wirbelsäule und riß ihn ein gutes Stück weit aus der Welt. Es überkam ihn das verwirrende Pulsieren des *Anderen.* Aber noch schlimmer war, daß er nun überall das schreckliche Durcheinander des Kampfes *spürte.* Es war, als wurde er umhergeworfen in einem wilden, tosenden Fluß. Er hörte Schreie und Stöhnen, Wut und Schmerz, *spürte* eine große, aufflackernde Entladung, als man einem armen Mann das Leben entriß – ob Bandit oder Miliz, konnte Guthrie nicht sagen.

Erschrocken versuchte Guthrie sich zurückzureißen, das *Andere* von sich abzuschütteln und sich wieder ganz in die gewöhnliche Welt zu retten. Dinge wurden scharf und deutlich, fielen jedoch wieder fort ins Nichts. Dann *spürte* er etwas aus großer Ferne, etwas wie ein langer, mächtiger Greifarm oder eine sich windende Schlange, etwas, das in den Tumult dieser Schlacht mitten hineingriff. Guthrie verstand nicht, was das sein könnte, doch er ahnte, daß es irgendwie mit dem anderen, unbekannten Etwas verbunden war, das er zuvor *gespürt* hatte.

Dieses Wesen tastete sich durch den Kampf, schien die Banditen auf eine seltsame Art anzutreiben. Es verknüpfte die Männer zu einem Muster und warf sie ihren Angreifern als ungestüme, aber geordnete Kraft entgegen.

Die Milizen wichen zurück.

Mit einem Schaudern wollte Guthrie dieses Ding *fassen.* Es war, als würde man nach einem riesigen, schleimigen Wurm greifen – oder mehreren Würmern, denn es bestand irgendwie aus vielen Körpern, die sich in alle möglichen Richtungen schlängelten, als er zupacken wollte.

Obwohl sich Guthrie so sehr auf das *Andere* konzentrierte, nahmen seine Ohren wahr, wie eine warnende Stimme seinen Namen rief. Und ein Stück weit holte ihn dies in die gewöhnliche Welt zurück.

Als er mit schmerzhaft pochendem Herzen durch den Regen blinzelte, erkannte Guthrie einen Banditen, der mit wutverzerrtem Gesicht auf ihn zustürzte. Über seinem Kopf hielt er mit beiden Händen eine Streitaxt. Einer von Guthries Garde versuchte ihn abzuwehren, doch der Bandit schlug ihn nieder und rannte weiter.

»Fürst!« rief wieder jemand.

Und ein anderer: *»Paßt auf den Fürsten auf!«*

Guthrie wurde klar, daß er noch immer kniete und daß die Soldaten um ihn herum denken mußten, er wäre erneut das Opfer einer seiner Anfälle und hilflos.

Der Bandit stand nun über Guthrie. Die Klinge seiner Axt glänzte im Regen mit wäßrigem Blut. Blutrot waren auch seine Ärmel und die Bauchseite seiner Jacke. Guthrie fuhr zusammen, als hätte ihn das kalte Eisen der Axt bereits getroffen. Einen Moment lang schien ihm die Welt wie erstarrt, der Mann mit der Axt mit nur einem Fuß am Boden, die Klinge ausgeholt zum Schlag, daneben ein Soldat mitten im Schritt versteinert. In Guthries Ohren war ein Brüllen wie von einem großen Untier.

Weiterhin *spürte* er mit halbem Bewußtsein das schlangenförmige Etwas, das sich aus der Ferne durch die Banditen wand und sie vorantrieb. Und der Mann mit der Axt, der sich da auf ihn stürzte ... auch ihn bewegte ein Arm dieser Kraft, der wie ein pulsierender Draht in seinem Rückgrat steckte und ihn auf Guthrie schleuderte.

Dann, plötzlich, begann die Welt sich wieder zu bewegen, die Axt zielte in steilem Bogen auf Guthries Kopf, das Brüllen in seinen Ohren löste sich auf in die Schreie einzelner Männer.

Guthrie sprang auf die Füße, sprang in die Welt hinein und gleichzeitig aus ihr hinaus. Ein Teil von ihm *griff* instinktiv in das *Andere,* ein Willensakt, der sein Spiegelbild fand in dem gewaltigen Hieb, mit dem er sein Schwert mit beiden Händen nach oben stieß.

Der nasse Griff rutschte ihm beinahe aus den Händen, und dennoch bohrte sich die Klinge dem Banditen knirschend durch die Rippen, durchdrang seinen Brustkorb, um am Rücken wieder hinauszubrechen.

Der Axthieb, der Guthries Schädel treffen sollte, schlug ins Leere. Der Mann heulte auf, sein Gesicht eine bleiche Maske des Schreckens, und seine Waffe fiel ihm aus den Händen.

Guthrie spürte das Gewicht des Banditen auf sich, spürte seine Daumen, die in einem letzten, verzweifelten Versuch nach Guthries Kehle griffen. Guthrie riß sein Schwert, das noch immer im Körper des Banditen steckte, wie einen Hebel nach oben. Der Mann fiel mit einem gellenden Schrei zur Seite.

Guthrie kam keuchend auf die Knie. Eine Seite von Gesicht und Hals und Schulter war verschmiert mit dem Blut seines tödlich verletzten Angreifers.

»Fürst!« schrie ein Soldat. *»Fürst!«*

Hände griffen nach ihm, doch er drückte sie beiseite. »Es ist nichts. Das ist nicht mein Blut. Mir ist nichts passiert!« Er schüttelte sich wie ein Hund, und Tropfen von dunklem Blut spritzten durch den Regen. Er war noch immer nicht vollständig in der Welt und spürte deutlich das *Andere.* Der verzweifelte Hieb, den er geführt hatte – sowohl mit dem Schwert als auch mit seinem Willen –, hatte nicht nur seinen Angreifer aufgespießt, sondern auch irgendwie die Schlangenarme gelöst, die die Banditen zusammengehalten hatte.

Die Schlacht näherte sich dem Ende.

Neben sich sah Guthrie den Mann mit der Axt, der kraftlos versuchte, sich aufzurichten, sah seinen letzten, verzweifelten Blick. Dann nahm einer von Guthries Garde einen Speer und bohrte ihn dem Mann in den Hals. Der Bandit stand noch einmal auf, schlug um sich wie ein Fisch an der Angel und brach dann zusammen.

Guthrie schauderte. Er *spürte* den gräßlichen Schrei dieser armen Seele, als sie hilflos wie ein Blatt im Wind ins Schattenland stürzte.

»Fürst!« rief jemand. Guthrie fühlte Hände auf seinen Schultern. »Fürst, seid Ihr verletzt?«

»Ich bin heil.«

»Aber das Blut!«

»Nicht meines. Mir ist nichts passiert.«

»Der Fürst ist unverletzt!« rief jemand.

Guthrie streifte die Hände ab, die ihn hielten, und stand auf. Nur mit einiger Mühe konnte er sich sicher in der Welt halten. Er fühlte sich schlecht. Der Boden unter seinen Füßen erschien ihm wie eine hauchdünne Schicht über einem pulsierenden Nichts. Überall, wohin er blickte, sah er vom Regen durchnäßte, mit Blut beschmierte, tote und sterbende und grausam verletzte Männer – Banditen ebenso wie Milizen.

Jemand reichte Guthrie sein blutverschmiertes Schwert. Am liebsten hätte er das Ding fortgeschleudert, um es ein für alle Mal los zu sein. Doch er wußte, daß er sich als Fürst derartige Launen nicht leisten konnte. Er hielt das blutige Ding in die Höhe, schaute es an und wußte nicht recht, was er nun damit anfangen sollte.

Mittlerweile war es vollständig dunkel geworden, und mehrere Soldaten hatten Fackeln angezündet, die mit unsicherem, tanzendem Licht durch den Regen schienen. Und als sie ihn so dastehen sahen – erschöpft, blutbeschmiert, in der Hand seine blutige Klinge, die im Licht der Fackeln und im Regen glitzerte –, da ertönte ein gewaltiger, triumphierender Schrei: von den Soldaten, den gewöhnlichen Talbewohnern, den Jägern ... von allen.

Guthrie war ratlos. Wie sollte er sich nun verhalten? Er hob eine Hand, die, in der er das Schwert hielt, und wollte ihnen Zeichen geben zu schweigen. Doch seine Bewegung erzeugte nur weiteren Jubel, und im Chor begannen sie zu rufen: »Der Fürst! Der Fürst! Der Fürst!«

In diese Versammlung hinein trat nun Hone Amis. Auch seine Klinge war gezogen und ebenso blutverschmiert. In der anderen Hand hielt er eine Fackel. Er grinste durch seinen Bart, hielt Schwert und Fackel in die Höhe und schwenkte sie beide im Rhythmus der Schreie.

»Der Fürst! Der Fürst! Der Fürst!«

»Seht ihr?« rief der Heermeister, als sich der Jubel etwas legte. »Seht ihr, was wir tun können, wenn wir alle zusammenhalten? Wenn jeder seinen Teil beiträgt? Mit Fürst Guthrie hier an unserer Spitze hat niemand, *niemand* eine Chance gegen uns!«

Der Jubel begann aufs neue.

»Bald schon«, begann Hone Amis und versuchte die freudigen Schreie zu übertönen. »Bald schon wird unser Land wieder sicher sein. Und bald werden wir unsere Rache haben. Bald werden wir die, die uns bedrohen wollten, vollständig vernichtet haben!«

Guthrie sah dem allem gedankenverloren zu. Auch er spürte in sich diese Begeisterung, und dennoch, zur gleichen Zeit, war da auch das *Andere,* das sich darunter verborgen hielt – wie eine Schicht von schwarzem Eis unterhalb all der Wärme. Und schließlich war da dieses … Etwas, das er *gespürt* hatte, diese langen, schlangenförmigen Greifarme, die die Banditen angetrieben hatten. Weit in der Ferne fühlte er noch immer eine Art Nachgeschmack davon, als hätte es nicht aufgehört, ihn zu beobachten.

Der Jubel war nun vorüber, und Hone Amis organisierte gerade einige Aufräumarbeiten.

Guthrie blickte sich unsicher um. Sein Halt in der Welt war alles andere als sicher.

»Kümmert euch um den Fürsten«, hörte er den Heermeister befehlen, und mehrere Männer seiner Garde kamen zu ihm. Einer nahm das Schwert, das Guthrie noch in der Hand hielt, ein anderer brachte eine Feldflasche mit Wasser und einen Lumpen, um Guthrie damit an Gesicht und Schulter das Blut abzuwischen. Dann hielt er ihm die Flasche hin. Erst nach dem ersten Schluck merkte Guthrie, wie trocken seine Kehle war. Trotz des Regens fühlte er sich ausgedörrt und nahm noch einen Schluck und noch einen.

Das Wasser schien seinen aufgewühlten Magen zu beruhigen und brachte ihn vollständiger in die gewöhnliche Welt zurück. Guthrie konnte die Umgebung nun genauer betrachten, und er bemerkte, wie der Regen allmählich schwächer wurde. Die Milizen schleppten die Leichen der Banditen zu einer Art Sammelstelle. Die noch lebenden Banditen trieben sie zu einem kleinen, stöhnenden Haufen zusammen. Noch mehr Fackeln wurden angezündet, manche davon in die Erde gesteckt. Die verletzten Soldaten wurden an eine Stelle gebracht, wo man sie behandelte. Etliche hatten bei diesem Kampf ihr Leben gelassen. Hone Amis und seine Miliz hatten den Kampf zwar gewonnen, doch dieser Sieg war teuer bezahlt.

Guthrie ging einige Schritte und setzte sich erschöpft auf einen Baumstamm. Sein linker Arm begann heftig zu schmerzen. Vielleicht hatte er sich im Kampf mit dem Banditen einen Muskel gezerrt. Er spürte, wie sich am Rand seiner Stirn die letzten

Reste des weggewischten Bluts verkrusteten. Er kratzte es vorsichtig weg. Auch seine Hände waren noch schmutzig, seine Fingerspitzen schwarz, so wie damals, wenn er als Kind vom Beerenpflücken kam. Ihm wurde wieder etwas schlecht, als er daran dachte, daß dies keine Beerenflecken waren, sondern menschliches Blut – von einem Mann, den er ins Schattenland geschickt hatte.

Welche Hoffnungen, welche Ängste hatten die arme Seele getrieben? Was hatte ihn dazu gebracht, den langen, mühsamen Weg in den Norden zu kommen, nur um hier sein Leben zu verlieren wie ein Schwein auf der Schlachtbank?

Ernüchtert und mit ungutem Gefühl ließ Guthrie seine blutigen Hände sinken. Doch als er sich wieder umschaute, sah er nur Jubel und Freude. Selbst die Verletzten waren guter Laune und lachten, als ihre Wunden genäht wurden. Jene Soldaten, die den Kampfplatz aufräumten, erzählten sich ihre Erlebnisse – »Hast du gesehen, wie Powly diesem großen Kerl die Kehle durchgeschnitten hat?« – und lachten sich zufrieden zu.

Nach dem Schrecken, den Schmerzen und dem Sterben erschien es Guthrie einfach unnatürlich, daß diese Männer davon ganz und gar unberührt waren.

Oder verhielten sich Männer nach einem Kampf etwa immer so? Guthrie konnte es nicht sagen, er hatte dergleichen noch nie zuvor erlebt.

Doch der Jubel, das merkte er nun, kam nicht von überall. Die Jäger hatten sich zu einer gesonderten Gruppe gesammelt und kümmerten sich mit ernsten Gesichtern um ihre Wunden. Guthrie fühlte sich zu ihnen hingezogen, denn ihre Stimmung entsprach am ehesten seiner eigenen.

Guthrie bemerkte Charrer Mysha und wechselte mit ihm einen Blick. Myshas Augen funkelten im Fackellicht wie die einer Katze, doch es lag in diesem Funkeln auch traurige Besorgnis.

Guthries Herz schlug schneller. Etwas stimmte nicht.

Doch was?

Er sah sich um. Hone Amis war mit irgend etwas beschäftigt. Die Leichen der Banditen hatte man zu einem Haufen geschichtet, die Waffen und Kleider, die man ihnen abgenommen hatte, lagen nur wenig daneben. Die ersten der verwundeten Soldaten trugen bereits Verbände. Alles schien wie geplant voranzukommen.

Und dann, mit Schrecken, bemerkte Guthrie, was er vermißte.

Nirgends sah er auch nur einen lebenden Banditen. Wo also hatte man die Gefangenen hingebracht?

Guthrie hatte ein ungutes Gefühl. Was ging hier vor?

Noch einmal merkte er, wie Mysha zu ihm hinübersah. Der Jäger deutete mit seinem Kopf nach rechts, zu einer Stelle, wo es dunkel war und keine Fackeln standen.

Guthrie stand auf, ging hinüber und tauchte ein in die feuchte Finsternis des Waldes. Der Regen hatte nun ganz aufgehört, doch von den Ästen fielen noch dicke, schwere Tropfen. Zunächst stand Guthrie unentschlossen da, dann hörte er etwas weiter weg eine leise Stimme. Er folgte dem Geräusch und erkannte schließlich den Schein von Fackeln.

Vor ihm waren die gefangenen Banditen – ein Dutzend, vielleicht weniger – sowie Hone Amis, ein Offizier und einige Dutzend Milizen mit gezogenen Schwertern. In einem Kreis hatten sie Fackeln in den Boden gerammt. Und in der Mitte der erleuchteten Fläche kniete einer der Gefangenen, den man von den übrigen getrennt hatte. Seine Hände waren ihm auf den Rücken gebunden. Der Mann stöhnte. Als er bemerkte, daß jemand aus dem Wald kam, hob er seinen Kopf.

Über ihm stand einer der Milizen, mit beiden Händen hielt er ein langes Schwert.

Es war nur allzu klar, was da vor sich ging.

»Amis!« rief Guthrie.

Der Heermeister winkte ihn fort. »Ruhe!«

»Was *tut* ihr hier?«

»Das braucht dich nicht zu interessieren, Junge. Wir tun das, was zum Wohl des Fürstentals nötig ist.«

»Aber …«

Der Heermeister griff Guthrie am Ellbogen. »Das hier ist nicht Sache des Fürsten. Geh fort. Was wir tun, ist ganz einfach notwendig. Das ist alles, was du wissen mußt. Geh jetzt. Laß uns hier unsere Arbeit tun.«

Guthrie starrte ihn an. »Nein … Das kannst du nicht machen!«

»Oh doch. Ich kann und werde dies zu Ende bringen«, erwiderte Hone Amis. »Werde mir jetzt nur nicht schwach. Du hast dich bis jetzt hervorragend gehalten. Mach das nun nicht kaputt durch irgendwelches idealistisches Geschwätz. Wir sind hier, um dieses Gesindel auszulöschen. Ob das in einer Schlacht geschieht oder auf dieser Lichtung, spielt überhaupt keine Rolle. Wir tun hier schlicht und einfach unsere Arbeit.«

Guthrie schauderte. Er erinnerte sich an das Blut an seiner Stirn, an seinen Fingern. »Was du hier machst, ist … *Mord.*«

Der Heermeister schüttelte ihn. »*Guthrie!* Tu, was ich sage. Dreh dich um. Geh weg. Das hier geht dich nichts an. Überlaß das mir.«

»Du hast … so etwas auch für meinen Vater getan?«

Hone Amis nickte. »Ja. Wenn es nötig war. Einige Aufgaben führte man aus, egal ob sie angenehm sind oder nicht. Diese hier ist *nicht* angenehm.«

Guthrie starrte auf das, was sich vor seinen Augen abspielte. Es erschien ihm wie eine gräßliche Szene aus einem Alptraum. Die Fackeln tanzten und sprühten Funken wie kleine Tiere. Der Soldat, dessen Gesicht die Schatten verschluckten, stand mit seinem kalt glitzernden Schwert breitbeinig neben dem Banditen.

Der Gefangene duckte sich fast zur Erde hinunter. Dann drehte er seinen Kopf, um Guthrie direkt in die Augen zu blicken. »Hal … halte sie auf«, bettelte er mit heiserer Stimme.

In seinen Augen glänzte die nackte Angst. »Bei den Großen Mächten, halte sie auf!«

Hone Amis packte Guthrie schnell am Arm und zog ihn fort, bis sie an einer dunklen Stelle zwischen den Bäumen standen.

»Hör mir zu, Guthrie«, sagte er. »Ich sage dir das zum letzten Mal. Dieses Banditengesindel hätte uns umgebracht, wenn sie nur gekonnt hätten. Siehst du nicht, was das für Männer sind? Und dabei geht es hier um nichts weniger als unsere *Zukunft!* Wenn du unser Fürst sein willst, dann *verhalte* dich auch wie ein Fürst!«

Guthrie sah unsicher hinüber zu den Banditen, einem kleinen, zusammengedrängten Häufchen.

Hone Amis folgte Guthries Blick und schnaubte verächtlich. »Ja, schau sie doch an! Ein guter Hund ist drei solcher Kerle wert.«

Das, was Guthrie sehen konnte, waren zerlumpte, armselige Gestalten mit hageren Gesichtern und starren Augen.

Als Guthrie derart nachdenklich wurde, trieb es ihn an den Rand der gewöhnlichen Welt, so daß er nun mit seinen gewöhnlichen Augen sah und gleichzeitig mit seinem Sinn für das *Andere.*

Natürlich waren die Banditen eine Bedrohung, da hatte Amis völlig recht. Doch in Guthries doppeltem Blick waren sie von der übrigen Welt in keiner Weise verschieden. Sie trieben über die Tiefen des *Anderen* und waren geheimnisvoll und unergründlich wie Mond und Sterne, wie die kleinen Ameisen, die im Wald umherkrabbelten, wie dunkel grollende Gewitterwolken und der singende Wind und selbst wie die Fey.

Guthrie sah hinüber zu Hone Amis. »Heb die Hülle«, sagte er plötzlich, »laß das Denken.«

Hone Amis starrte ihn an. *»Was?«*

»Und ein Neues wirst du finden.« Guthrie blinzelte verlegen. Es waren Verse aus dem *Buch,* die ihm in den Kopf gekommen waren. Er erinnerte sich noch genau:

Baum und Fels und Fluß und Gras
sind niemals, was sie scheinen.
Menschen, Herzen, Bein und Stern
sind niemals, was sie scheinen.

Gesicht und Hände, Beine, Arme,
Angst und Freude, Zauber, Worte
spiegeln, täuschen und nichts weiter,
Schale, Hülle und nichts weiter.

Heb die Hülle, laß das Denken,
und ein Neues wirst du finden.

Guthrie wußte nicht, wie er verständlich machen sollte, was er da fühlte. Wie konnte er einem Mann wie Hone Amis erklären, was sich hinter den bunten Bildern der Welt versteckte?

Doch er versuchte es: »Es hat schon genug Tote gegeben, Amis. Laß es sein. Diese Männer sind nicht besser oder schlechter als irgendwer sonst. Und durch Morden hat noch niemand die Welt beherrscht, denn die Gewalt findet niemals ein Ende. Es ist alles ein großes Geheimnis, Amis. Ja, unter allem verbirgt sich dieses Geheimnis, und du kannst nicht …«

Der Heermeister riß ihn am Arm. »Was ist *los* mit dir, Junge? Was erzählst du da? Reiß dich zusammen!«

Guthrie schwieg.

»Hör mir bloß mit solchem Unsinn auf!« fauchte Hone Amis. »Was sollen die Männer denken? Willst du in ihren Augen als grübelnder Schwächling erscheinen? *Sie* wissen, was hier zu tun ist.« Amis packte Guthrie an der Schulter und stieß ihn fort.

»Geh jetzt und laß uns hier weitermachen! *Geh!*«

Guthrie machte einige zögernde Schritte, dann drehte er sich um und marschierte zurück in den von Fackeln erleuchteten Kreis.

»Guthrie!« rief Hone Amis ihm nach.

Doch Guthrie trat zu dem Milizen, der neben dem knienden Banditen stand, und befahl ihm: »Steck das Schwert weg.«

Der Mann starrte Guthrie an und zögerte.

»Steck es weg, habe ich gesagt!« Guthrie machte eine Bewegung, um nach dem Schwert zu greifen.

Doch Hone Amis trat dazwischen. »Nein! Wir machen weiter wie vorgesehen. Für den Fürsten war es heute die erste Schlacht. Er ist noch etwas … durcheinander.« Der Heermeister griff Guthrie bei den Schultern, drehte ihn gewaltsam um und versuchte ihn wegzuführen.

Guthrie riß sich los, versetzte dem Soldaten einen Faustschlag gegen die Brust, so daß er nach hinten stolperte, und stellte sich dann schützend vor den Gefangenen.

Eine ganze Weile bewegte sich niemand. Außer dem leisen Knistern der Fackeln herrschte völlige Stille. Die Soldaten standen da mit weit aufgerissenen Augen.

»Geh von ihm weg, Guthrie«, sagte Hone Amis, halb befehlend, halb bittend. Mit gerötetem Gesicht kam er näher. »Wo ist deine Würde? Wo dein gesunder Menschenverstand? Hast du Obart Pettir und seine verräterischen Pläne vergessen? Sicher sind wir noch lange nicht, und mit deinen Launen setzt du alles aufs Spiel. Dieses Banditengesindel ist wertlos. Geh *fort* von dem Kerl, sage ich, und laß uns tun, was nötig ist.«

»Oder was?« entfuhr es Guthrie. »Wirst du sonst auch *mich* umbringen?«

Der Heermeister sprang zurück, als hätte Guthrie ihn getreten. Dann zischte er: »Rede keinen *Unsinn!* Jetzt *überlege* doch! Überlege, was du da tust. Denk nach, wie das *aussieht.*«

»Zurück, Heermeister«, befahl Guthrie. Er keuchte, und immer wieder wurde ihm schwarz vor Augen. Ganz deutlich spürte er nun den Sog des *Anderen,* doch er konnte ihm widerstehen.

Hone Amis sah ihn wütend an, wollte sprechen, sagte doch

nichts. Er fuhr mit einer Hand über sein Gesicht, schüttelte den Kopf, sah sich um und kam dann zu einer plötzlichen Entscheidung. »Ihr da«, sagte er und deutete auf einen Teil seiner Milizen, »kommt hinter mich. Wir überwältigen ihn zusammen.«

Wie befohlen kamen die Männer herüber, doch langsam. Sie zeigten nur wenig Begeisterung, nun Hand an den Fürsten zu legen.

»Tut es!« fauchte Hone Amis. »Der Fürst ist nicht recht bei Sinnen. Seht ihr das nicht?«

»So, Amis. So befolgst also *du* deinen Eid?« fragte Guthrie. »Das ist also *deine* Art, mir deine Treue zu erweisen?«

Der Heermeister schüttelte den Kopf. »Ich *bin* dir treu. Was hier zu tun ist, *müssen* wir tun, jetzt und sofort. Und ohne weitere Diskussionen. Auch wenn du im Moment nicht damit einverstanden bist – morgen wirst du mir dafür danken. Alle Männer sind zu Stillschweigen verpflichtet. Niemand wird je erfahren, was hier geschehen ist. Und schließlich tue ich das für dich!«

»Nicht für mich, Amis. Sondern für dich selbst.«

»Oh nein. Was ich tue, ist für das Wohl des ganzen Fürstentals. Und das steht *immer* an erster Stelle!«

»Das Wohl des Fürstentals, wie *du* es siehst. Wie es *dir* paßt!«

»Nein!«

»Doch!« Guthrie deutete auf die Milizen, die ihn eingekreist hatten. »Nennst du das etwa das Wohl des Fürstentals? Daß du deinen Männern befiehlst, mich einzufangen wie ein wildes Tier, nur weil ich anderer *Meinung* bin?«

»Hier geht es um weit mehr als unterschiedliche Meinungen!«

»Um was denn?«

»Du hast …« Hone Amis schüttelte sich. »Das möchte ich nicht mit dir diskutieren.«

»Nein? Und weshalb nicht?«

»Falls du nicht so vernünftig bist, mein Urteil in dieser Sache zu akzeptieren …«

»Falls ich nicht so vernünftig bin, dein Urteil zu akzeptieren, dann wirst du mich fortschleppen und schlagen lassen, bis ich es tue? Ist das richtig so?«

Der Heermeister erstarrte. »Aber nein. *Nein!* Natürlich nicht.«

»Was dann?«

Hone Amis zögerte. Er und Guthrie sahen sich wütend an. Die Soldaten wurden immer nervöser.

»Guthrie, Junge«, begann Hone Amis. »Hör mir bitte zu. Ich …«

»Nein! *Du* hörst *mir* zu! Du hast meinem Vater einen Eid geschworen. Du hast ihn *mir* geschworen. Einen Eid der Treue.«

»Wie kannst du zweifeln, daß ich …«

»Du bist jetzt endlich still und *hörst zu!*« rief Guthrie.

Wortlos starrte Hone Amis ihn an.

Guthrie holte tief Luft und versucht sich zu konzentrieren. »Du versuchst zu vieles zu erzwingen, Amis. Du erdrückst die Dinge.«

Der Heermeister wollte etwas sagen, doch mit einer ungeduldigen Geste hieß Guthrie ihn schweigen. »Schau doch, was du hier tust. Wenn ich anderer Meinung bin als du, dann behauptest du, ich sei nicht recht bei Verstand. Ganz einfach. Und was kann man dagegen tun? Mit Gewalt willst du mich fortschaffen lassen.« Guthrie machte eine Pause, um Hone Amis direkt in die Augen zu sehen. »Bist du so sicher, daß du recht hast, Amis? Bist du sogar *so* sicher, daß du *mich* opfern würdest?«

»Wovon redest du?« fragte der Heermeister nervös.

Guthrie kniete neben dem Gefangenen nieder. Der Bandit war die ganze Zeit über stumm geblieben und hatte zitternd mitangesehen, was vor seinen Augen geschah. Guthrie sagte:

»Wenn du diese Gefangenen töten willst, dann mußt du auch mich töten!«

Hone Amis schnaubte. »Sei kein Dummkopf!«

Guthrie lachte bitter. »Ist etwa jeder, der deine Ansichten nicht teilt, ein Dummkopf?«

Hone Amis wurde bleich.

»Ich bin der Fürst des Fürstentals, und ich sage, diese Gefangenen werden *nicht* ans Schwert geliefert. Eine solche ... Brutalität hat nichts mit unserem Leben im Fürstental gemein.«

»Es sind harte Zeiten. Und harte Zeiten verlangen harte Entscheidungen.«

»Nicht *solche* Entscheidungen, Heermeister«, erwiderte Guthrie. »Nicht das, was du vorhast. Also, wirst du nun oder wirst du nicht deinem Eid Folge leisten?«

Hone Amis zögerte.

»Die Wahl ist ganz einfach, Heermeister. Bleibe deinem Eid treu oder nicht. Füge dich meinem Befehl oder nicht.«

»Du *läßt* mir überhaupt keine Wahl!«

»Oh doch. Befolge deinen Eid oder wähle die Schande.«

Hone Amis zupfte sich unruhig am Bart, blickte zu seinen Soldaten, dann zu den Banditen. Er machte einen Schritt hin zu Guthrie, trat wieder zurück.

»Nun?« wollte Guthrie wissen.

»Du begehst einen Fehler.«

»Dann ist es *mein* Fehler, und ich, nur ich, trage dafür die Verantwortung.«

»Doch was, wenn ...«

»*Entscheide dich,* Heermeister!«

Hone Amis fuhr sich mit der Hand über die Augen und schüttelte sich. Dann, langsam, nickte er. »Ich bin dein Mann«, sagte er mit leiser, heiserer Stimme. »Ich befolge meinen Eid.«

Die versammelten Soldaten atmeten erleichtert auf.

Guthrie nickte. »Gut.« Er konnte spüren, wie seine Glieder

vor Anspannung und Müdigkeit zitterten. Beinahe wäre er ganz aus der Welt geglitten, und nur, indem er sich sofort konzentrierte, riß er sich noch zurück – wie jemand, der gerade noch rechtzeitig haltmachte vor einem Abgrund. Er stellte sich vor den Banditen.

Mit bleichem Gesicht sah der Mann zu ihm hoch.

»Wie heißt du?« fragte ihn Guthrie.

Der Mann hustete, schluckte. »Oss … Ossbert.« Noch immer sah er mit flehendem Blick nach oben. »Verschont uns, Herr.«

Guthrie sah ihn stumm an. Er spürte die Spannung, die noch zwischen ihm, Hone Amis und den Soldaten lag. Auch sie starrten ihn an und wunderten sich, was er wohl vorhatte.

»Ossbert«, sagte er nach einer Weile. »Was hat dich hierher, in unser Land geführt?«

Der Mann sah sich unruhig um, seine Augen huschten von einem Mann zum nächsten. Er zitterte. »Er sagte, wir … wir würden unser eigenes Land bekommen.«

»Er? Wer ist *er?*«

»Sethir.«

»Dieser Sethir ist euer … Führer?«

»Jawohl, Herr. Seit kurzem. Er kennt dieses Land. Er sagte, daß es hier leichte Beute gibt. Er sagte, wir könnten hier leben wie die großen Herren. Er und dieser Tasamin haben das gesagt.«

»Tasamin?«

Der Bandit zitterte. »Bei dem bekommt man Gänsehaut. Hab ihn noch nie gemocht.«

»Wer ist das?« wollte Guthrie wissen.

»Er ist eine … eine Art Zauberer, Herr. Ich weiß nicht, wie ich ihn sonst nennen sollte. Er trägt all diese Juwelen und hat einen … einen magischen Totenschädel, der ihm gehorcht.«

»Einen *was?*« fragte Guthrie.

Hone Amis trat näher.

»Einen Totenschädel, Herr. Aber der ist nicht richtig tot,

wenn Ihr wißt, was ich meine.« Als er die erstaunten Blicke sah, zuckte der Bandit mit den Schultern. »Das ist nicht leicht zu erklären, Herr. Ihr müßtet es mit eigenen Augen sehen.«

Guthrie zitterte. Dieser Tasamin besaß also einen Totenschädel. Einen *magischen* Totenschädel … Er stand da, schaute hinunter zu dem Gefangenen und versank in düsteren Gedanken.

»Herr«, sagte der Bandit kleinlaut. »Herr? Was habt Ihr mit mir vor? Mit uns?«

Guthrie ballte seine Fäuste, holte tief Luft und versuchte, sich zu konzentrieren. »Ihr seid hierhergekommen wegen Land, sagst du?«

Der Bandit nickte.

»Und im Süden hattet ihr keines?«

»Ich hatte *nichts* im Süden, Herr. Keiner von uns. Deshalb sind wir ja gekommen. Wegen all der Dinge, die uns Sethir versprochen hat … er und Tasamin und der alte Torno auch, obwohl der jetzt im Schattenland ist.«

»Und was, wenn *ich* euch ein Versprechen gebe?«

»Was … was für ein Versprechen, Herr?«

»Wenn ich euch das Leben verspreche und die Freiheit, würdest du mir dann einen Eid schwören und dich daran halten, Ossbert?«

Der Mann nickte eifrig. »Oh ja, Herr, das würde ich!«

»Guthrie«, unterbrach Hone Amis. »Das ist Irrsinn. Der Mann wird dir alles schwören. Und wenn er erst einmal frei ist, steckt er dir ein Messer zwischen die Rippen.«

»Zwischen *deine* Rippen würde ich gern ein Messer stecken«, rief einer der Banditen.

Ein Soldat schlug dem Mann hart ins Gesicht.

Obwohl er noch immer gefesselt war, stand Ossbert vor Guthrie auf, so gut es ging. »Ich war ein verzweifelter Mann, Herr, das ist richtig. Aber meine Ehre habe ich behalten. Sethir ist zu grausam, ihn verzehrt eine glühende Wut. Und Tasamin … viel zu unheimlich. Ihr … Ihr scheint mir mehr ein gewöhnlicher Mann, ein

Herr, dem man folgen kann. Und nicht ein Tyrann wie *der dort* …« Mit seinem Kinn deutete er auf Hone Amis.

Ossbert hielt sich so gerade wie möglich und sah Guthrie in die Augen. »Herr, schenkt mir Euer Vertrauen, und ich werde Euch nicht enttäuschen. Das schwöre ich.«

Guthrie sah den Mann an, ohne etwas zu sagen. Dann nickte er. »Bindet ihn los.«

»Guthrie!« protestierte Hone Amis.

Mit einem scharfen Blick hieß Guthrie ihn schweigen.

»Und ihr anderen?« fragte Guthrie und drehte sich zu dem Häuflein der Gefangenen.

»Laßt Ihr uns eine Wahl?« fragte ein Bandit mürrisch.

»Ich biete euch die Freiheit.«

Sie sahen ihn argwöhnisch an.

»Löst ihre Fesseln«, befahl Guthrie den Soldaten, die am nächsten standen.

Sie blickten unsicher zu Hone Amis.

»Macht schon!« rief Guthrie.

»Jawohl, Fürst«, sagte einer von ihnen und ging mit einem kleinen Messer zu den Gefangenen. Zwei andere folgten ihm, und wenige Augenblicke später waren die Banditen frei. Sie standen verwirrt beieinander, rieben sich ihre Handgelenke und sahen sich um.

»Ihr könnt gehen«, sagte Guthrie zu ihnen.

»Oh, wirklich? Ohne Waffen und nichts?« sagte einer.

»Nehmt, was euch gehört«, erwiderte Guthrie.

Die Männer starrten ihn an, noch immer mißtrauisch.

»Ihr meint es ehrlich?«

Guthrie nickte. »Ich meine es ehrlich. Nehmt, was euch gehört, und geht. Oder bleibt und schwört mir euren Eid.«

»Und wenn wir das tun?«

»Es gibt jetzt mehr freies Land im Fürstental als jemals zuvor«, sagte Guthrie.

Ossbert stellte sich vor Guthrie hin. Er war kein junger

Mann mehr, sondern hatte seinem Aussehen nach eher das Alter von Hone Amis. Seine Kleider hingen in Lumpen, und in seiner linken Gesichtshälfte hatte er eine große, blau angelaufene Prellung. »Ich kam nach Norden, um mir hier ein Leben aufzubauen, Herr. Wenn Euer Angebot noch gilt, bin ich der Eure.«

»Es gilt noch. Und es gilt für euch alle«, sagte Guthrie zu den anderen.

»Sagt mir, wie man in diesem Land schwört«, meinte Ossbert.

Guthrie sah hinüber zu Hone Amis. Der Heermeister schüttelte den Kopf. »Guthrie, du kannst nicht …«

»Sag ihm den Schwur, Heermeister.«

Hone Amis seufzte und drehte sich um. »Dann hör gut zu, Bandit Ossbert. Wenn der Fürst möchte, daß du schwörst, dann soll es geschehen.«

Ossbert nickte.

»Runter auf ein Knie«, befahl Hone Amis.

Ossbert kniete hin.

»Und ihr anderen auch«, kommandierte Hone Amis.

Die Banditen traten näher zueinander, gestikulierten und flüsterten. Doch schließlich traten sie hinter Ossbert, und nicht einer blieb zurück.

»Wissen eben, was gut für sie ist, diese Kerle«, hörte Guthrie einen der Milizen murmeln.

»Beim Rot meines Bluts, beim Weiß meiner Knochen«, begann Hone Amis, »schwöre ich …«

Einer nach dem anderen knieten die Banditen vor Guthrie hin, wiederholten, was Hone Amis ihnen vorsprach, und leisteten ihren Eid.

»Bei meinem Blut und Atem«, erwiderte Guthrie ihnen allen, »schwöre ich, Euch und die Euren niemals zu mißbrauchen, niemals das Wohl der Gemeinschaft zu versäumen, niemals meine Stellung zu vergessen.«

»Bei den Großen Mächten, die die Welt durchströmen«, sagte Hone Amis, »so soll es sein.«

»Bei den Mächten«, murmelten die Männer, und es war getan.

Guthrie fühlte, wie ihn große Müdigkeit überkam. Zu vieles war geschehen. Er brauchte Ruhe, unbedingt.

Doch ihr Feldzug war ja noch lange nicht beendet. Es gab noch mehr Banditen, mit denen sie fertigwerden mußten. Und da war dieser Sethir. Und Tasamin, der Mann mit dem Totenschädel.

Doch zunächst einmal Ruhe.

Guthrie blinzelte. Er fühlte sich kaum fähig, einen Fuß vor den anderen zu setzen. Und schon spürte er, wie ihm das Gleichgewicht in der Welt abhanden kam.

Er fühlte Hände in seinen Achselhöhlen, die ihn stützten.

»Laßt Euch helfen, Herr«, sagte eine Stimme.

Guthrie sah, daß es Ossbert war, der ihn hielt.

»Weg da!« schrie jemand.

Hone Amis zog sein Schwert. »Nein«, sagte Guthrie. »Alles in Ordnung.«

Der Heermeister schüttelte argwöhnisch den Kopf.

Guthrie schob Ossbert sanft von sich fort. »Laß mich, es geht mir gut. Ich brauche einfach nur Ruhe. Ich werde mich etwas zurückziehen.«

Hone Amis rempelte Ossbert zur Seite und trat an seinen Platz. »Stütz dich auf mich, Junge.«

Guthrie tat, wie ihm geheißen, und mit der Hilfe des Heermeisters machte er sich auf den Weg zum Hauptlager, wo es Nahrung gab und Wasser und die sehnlich gewünschte Ruhe.

XXIV

Zornige Stimmen rissen Alia aus einem wohligen Schlaf. Ihre Glieder fühlten sich träge an, ihr Geist nicht minder, und es dauerte einige Momente, bis sie richtig wußte, was da vor sich ging.

»Du hast gesagt …«, rief jemand, »du hast *gesagt,* du wüßtest, wo sie sind und was passieren würde. Du hast gesagt, ein Sieg wäre uns sicher.«

Es folgte ein Chor verärgerter Stimmen.

»Ja natürlich, wir hätten auch gesiegt«, antwortete eine zweite Stimme ruhig und beherrscht, »aber etwas stimmt da unten nicht. Es gibt zwar noch einiges, was ich nicht verstehe, doch etwas stimmt nicht, da bin ich sicher. Irgend etwas hat all meine sorgfältige Planung zunichte gemacht.«

Immer wieder wurde die Welt vor Alias Augen unscharf. Und unter diesem Pulsieren toste ein dunkler, formloser Strom. Sie erinnerte sich noch ganz genau an das schreckliche Chaos dieses Stroms und wie er sie fast verschlungen hätte. Ihre Hände streichelten die schwere Kette um ihren Hals, spürten die warmen, goldenen Kettenglieder, und die Welt kam wieder zur Ruhe.

Alia sah sich um. Es war Nacht. Im düsteren Licht einer kleinen Laterne erkannte sie, daß das Zelt, in dem sie nun lag, leer war. Die Stimmen, die sie aufgeweckt hatten, kamen von draußen.

»Eine wunderbare Erklärung«, sagte die erste Stimme, die sie gehört hatte. »Etwas *stimmt* nicht! Ist das *alles* …? Du warst nicht dabei. Du hast es nicht miterlebt! Nur eine Handvoll von uns sind entkommen. Und der Rest … getötet oder gefangen!«

Alia kniete sich hin. Sie versuchte, sich weiter aufzurichten, doch ihr wurde schwindlig. Sie war auf merkwürdige Weise durstig und schläfrig. Und es war *so* verführerisch, sich einfach in die Decken zu wickeln und wieder einzuschlafen. Es schien ihr, sie hatte so wunderschöne Träume gehabt …

Aber noch immer wurde geredet und geschrien.

Sie kroch zum Ausgang, und die Ringe um ihre Handgelenke klimperten. Sie hielt kurz an und schüttelte ihre Arme, um noch einmal dieses wunderschöne Klimpern zu hören und um zu sehen, wie die Ringe so prächtig glänzten. Wie waren die Ringe doch schön! Welch kostbares Geschenk hatte Tasamin ihr gemacht!

Sie hob etwas die Leinwand und blinzelte hinaus in die Nacht, die erleuchtet war vom tanzenden Licht der Feuer und Fackeln. Zwei Männer standen sich gegenüber, umringt vom gesamten Lager.

Tasamin. Und der Bärtige namens Sethir.

Sethir stand da, breitbeinig und stämmig und mit wild gestikulierenden Händen. Über seinem schwarzen Bart funkelten wütend dunkle Augen. »Du hast gesagt, es sei gar nicht nötig, für solch einen Hinterhalt noch mehr Männer mitzunehmen. Du hast gesagt, die Soldaten würden ahnungslos in die Falle gehen und daß überhaupt nichts schiefgehen könnte. Nun, es *ist* schiefgegangen. Und wie! Und jetzt sind sie schon ganz in der Nähe. Oh, und all die Jahre traf ich meine Vorbereitungen, habe ich alles so genau geplant … Und du hast es verdorben, du dummer, geschniegelter *Idiot*! Du mit deinen Juwelen, deinen Mädchen, deinen hübschen Kleidern und hübschen Plänen. *Alles verdorben!*« Sethir zog sein langes Messer halb aus der Scheide. »Ich werde *nicht* dastehen und zusehen, wie alles, für das ich so lange gearbeitet habe, einfach zusammenbricht.«

Alia wurde wütend. Wie konnte der Mann es wagen, *so* mit Tasamin zu sprechen?

Doch Tasamin lächelte nur. Er trug einen Mantel aus glänzender, brauner Seide, rote Hosen, die in hohen Lederstiefeln steckten, und einen schwarzen Umhang, der über seine Schultern hing wie ein großer Schatten. Seine Juwelen glitzerten im Schein der Fackeln. In Alias Augen besaß er eine Vornehmheit und Würde, die Sethir vollkommen fehlte. Der Banditenführer schien ihr wenig mehr als eine verlauste Ratte, die vor einem großen Raubvogel machtlos piepste. Tasamins Augen leuchteten so klar wie einer seiner Edelsteine, und sein Blick war streng und fest wie der eines Falken. Er hielt den Schädel, der nun auf einem Stab steckte. Tasamin hob ihn nach oben, seine Juwelen klirrten leise, und er deutete damit auf Sethir, als seien Stab und Schädel eine Waffe.

Alia spürte in sich Begeisterung. Jawohl! Sollte dieser Sethir doch sehen, was er davon hatte, mit einem Mann wie Tasamin Streit anzufangen!

Sethir stolperte einige Schritte zurück.

»Beleidige mich nicht, kleiner Mann«, sagte Tasamin kalt. »Ich sagte eben, da unten stimmt etwas nicht. Und ich werde herausfinden, was das ist. Selbst wenn ich erst ...«

»Du wirst *was?*« brüllte Sethir ihn an. Noch immer hielt er den Griff seines Messers umklammert. »Du hast mich ruiniert, du und deine ach so schlauen Pläne. Zweimal hast du nun versagt. Der große Tasamin. Ha! In den glühendsten Farben hast du mir geschildert, wie wir ihr Lager einnehmen werden. Doch als sie uns überfallen haben, bist du davongerannt wie ein Hase.«

Tasamin zuckte bloß mit den Schultern. »Ich habe gewisse ... Grenzen, Mann. Soll ich etwa wie ein tollkühner, leichtsinniger Jüngling mein Leben fortwerfen?«

»Du bist davongerannt, Tasamin. Einfach feige davongerannt.«

»Überhaupt nicht. Es waren zu viele für uns, und sie waren zu gut geführt. Ich verhielt mich wie jeder vernünftige Mann, der merkt, daß es Zeit zum Rückzug ist. Du hast dasselbe gemacht. Einfachste Regeln der Strategie. Durch unsere Flucht leben wir noch, um ein zweites Mal anzugreifen.«

»Und um wieder besiegt zu werden!« fauchte Sethir verächtlich. »Pah! Jahre endloser Mühe hat es mich gekostet, so weit zu kommen. Und jetzt? Ich hätte von Anfang an nicht auf dich hören dürfen. Sieh dich um. Wieviele Männer sind uns noch geblieben?«

»Genug«, antwortete Tasamin ruhig.

»Genug wofür?«

»Für das, was ich vorhabe.«

»Neue *Pläne?*«

Tasamin nickte. »Ja, neue Pläne. Denkst du, ich werde nach einem Fehlschlag derart verwirrt und kopflos, wie du es nun bist?«

Sethir holte tief Luft.

Zärtlich streichelte Tasamin das glatte, braune Rund des Schädels, und die Juwelen auf den Knochen blitzten zwischen seinen Fingern. Tasamins Augen schienen zu glühen. »Mag sein, daß wir eine oder zwei Schlachten verloren haben«, sagte er zu Sethir, »aber dennoch werden am Ende *wir* die Sieger sein.«

Der Banditenführer starrte ihn an. »Entweder du bist völlig verrückt, oder ...«

»Oder?« fragte Tasamin mit einem Lächeln, während er noch immer den Schädel streichelte.

»Oder ein Mann, dessen Plänen ich doch noch vertrauen kann«, gab Sethir nach einem Moment zu. Er schüttelte den Kopf, steckte sein Messer zurück in die Scheide und ließ den Griff los.

Tasamin nickte. »Ich sehe, du wirst endlich vernünftig.« Er nahm die Hand vom Schädel. »Es gibt da einige Dinge, die ich unbedingt prüfen muß. Und das braucht etwas Zeit.«

Sethir nickte zögernd. »Wieviel Zeit?«

Tasamin hob die Schultern. »Bis morgen früh. Vielleicht ein wenig länger. Du mußt sicherstellen, daß ich nicht gestört werde.«

Der Banditenführer nickte.

»Schon bald werde ich die Antwort haben, die ich suche.«

»Und dann?« drängte Sethir.

»Dann werden wir deine Feinde ein letztes Mal angreifen. Sie sind ganz in der Nähe, wie du richtig bemerkst. Wir verpassen ihnen den Todesstoß.«

»Gut!« gab Sethir zufrieden zurück. »Wir sind uns also einig.« Er wandte sich zu seinen Männern. »Macht euch bereit, schleift eure Waffen. Schlaft, wenn ihr könnt. Bald schon werden wir kämpfen.«

Die Männer gingen davon und redeten miteinander, besorgt und gleichzeitig begeistert, und ihre Stimmen vermischten sich zu einem Brummen wie in einem Bienenschwarm.

»Und diese andere Sache«, begann Sethir. Er und Tasamin standen nun allein im Halbdunkel, nur eine einzige Fackel gab noch Licht. »Dieses Mädchen ...«

»Die Angelegenheit ist erledigt«, erwiderte Tasamin knapp. »Es gibt deswegen nichts mehr zu besprechen.«

»Tasamin, hör mir zu!« zischte Sethir. »Die Männer haben sie gesehen. Und sie reden darüber, was du in den letzten Tagen mit ihr gemacht hast.«

Tasamin lachte. »Sie haben keine Ahnung, was ich tue.«

»Es ist gleichgültig, *was* du tust. Es geht darum, was sie *denken,* daß du tust. Werde sie los. Ich habe dir gleich gesagt, du sollst sie den Männern überlassen. Tu es. Jetzt! Bevor irgendein Dummkopf daherkommt und ...«

»Die Sache ist erledigt, habe ich gesagt. Laß mich damit in Ruhe! Ich kann mit dem Mädchen tun, was ich will.«

Alia, die dies alles mithörte, wurde immer unruhiger. Sie faßte die Kette um ihren Hals.

Dann kam Tasamin zum Zelt zurück, und instinktiv huschte sie fort vom Eingang.

Er schlug die Leinwand beiseite, kam herein, sah, wie sie auf dem Boden kauerte, und blieb stehen. Sein Gesicht verdunkelte sich zornig. Alias Herz begann wild zu schlagen. Sie wich weiter vor ihm zurück.

Doch seine Züge entspannten sich plötzlich. Er lächelte sie an, und seine weißen Zähne blitzten im Licht der Laterne. Er hob den juwelenbesetzten Stab mit dem Schädel über sie und murmelte leise vor sich hin, als wollte er sie segnen. Alias Herz wurde leichter, und ihre Glieder entspannten sich. »Komm, mein Mädchen«, sagte er. »Wir haben noch einiges zu tun.« Er deutete in eine Ecke des Zelts. »Setz dich dorthin. Du wirst mir etwas helfen müssen.«

Alia wußte nicht, was er vorhatte, doch irgendwie spielte das keine Rolle. Sie fühlte sich zufrieden, ihm einfach zuzusehen, wie er sich im Zelt umherbewegte. Als sie auf dem Boden saß und die Ringe an ihren Handgelenken betastete, da schien es ihr, als bewegte er sich mit anmutiger Eleganz. Er entzündete ein zweites, helleres Licht und brachte dann aus dem hinteren Teil des Zelts eine kleine, verzierte, hölzerne Kiste. Er schloß sie auf, griff hinein und hatte nun beide Hände voll mit glitzerndem Gold, Silber und Edelsteinen. Er begann, die Dinge vor sich auszubreiten: glänzende Halsketten, blitzende Ringe und Broschen, Armreife aus Silber und Bronze, die dunkel glühten, eine mit Rubinen besetzte Goldkette.

Die Rubine funkelten wie winzige, helle Augen, die Alia unwiderstehlich anzogen. Sie kam auf ihre Knie und streckte eine Hand aus.

»Nein!« zischte er und schlug ihre Hand fort. Sein Gesicht war plötzlich eine harte Maske, seine klaren, blauen Augen wie klares, lebloses Eis.

Alia fuhr zurück, und eingeschüchtert kauerte sie sich zu Boden.

Doch es dauerte nicht lange, da kehrte sein Lächeln zurück. Er reichte ihr eine Hand, streichelte über ihr Haar, murmelte einige Worte. Fast wie Musik war das, was er so beruhigend in ihr Ohr sprach. »Braves Mädchen«, sagte er leise. »Bleib hier.

Ich wollte dich nicht erschrecken. Bleib jetzt so, wie du bist. Bleib …«

Alia sah zu ihm hoch und nickte. Sie durchlief ein wohlig warmer Schauer.

»Bleibe, wie du bist«, wiederholte er. »Ja, genau so.«

Er drehte sich wieder um zu seinen Kostbarkeiten. Langsam und konzentriert legte er damit einen Kreis von etwa drei Schritt Durchmesser, legte Ring neben Halskette, Brosche neben Ring und so weiter, bis er den Kreis vollständig hatte – vollständig bis auf eine kleine Lücke, durch die man ihn betreten konnte.

Er sah Alia an und deutete auf das glitzernde Rund. »Unser Zufluchtsort«, sagte er. »Unser Schutz für dort, wo wir hingehen werden.«

Alia blinzelte unsicher.

»Komm«, sagte er und winkte. Sie stand auf und trat zu ihm. Er nahm sie bei der Hand und setzte sie in die Mitte des Kreises. Dann schloß er die Lücke mit einer glänzenden, dicken Kupferkette, so daß die Schmuckstücke sie nun beide vollständig umschlossen. Den Stab mit dem Totenschädel rammte er neben sich in den Boden, drehte ihn, bis er stabil stand und die toten Augen nach vorn ins Nichts blickten.

Tasamin sah sie an, und seine blauen Augen waren wie warme Edelsteine. »Dieses Wilde Land hier ist voller Überraschungen. Und etwas ist da erschienen, was mich zutiefst … verunsichert. Ich muß es finden, dieses Unbekannte, und es bezwingen. Und du mußt mir dabei helfen.« Mit einer Hand nahm er ihre beiden Hände und umschloß sie.

Alia spürte ein warmes Kribbeln, das von dort, wo er sie hielt, ihre Arme hinauflief bis in ihren Kopf. Das plötzliche, unerwartete Wohlgefühl ließ sie zittern.

»Du mußt mir helfen«, wiederholte er.

Alia nickte. Ihre Augen waren halb geschlossen.

Und dann, ohne Warnung, brach die Welt auseinander.

Alia schrie und versuchte, sich loszureißen. »Widersetze dich nicht«, hörte sie Tasamin sagen. »*Hilf* mir.«

Alia spürte, wie ein warmes Gefühl sie durchflutete, eine plötzliche Bereitschaft, ihm zu gehorchen. Mit einem Mal fühlte sie sich gebraucht. Sie war *wichtig* für ihn ...

»Ja«, murmelte er. »Ich *brauche* dich. Hilf mir.«

Um sie her dröhnte unendliche Wirrnis. Alia spürte die vernichtenden Schläge von außen und in ihrem Innern, ein mächtiger, reißender Strom, der alles durchbrauste. Doch obwohl es zerstörerisch an ihr riß, hielt ihr Selbst doch stand.

Es war verwirrend und grauenerregend, dieses Chaos. Und auf keine Weise konnte sie einen Sinn erkennen in dem, was sie da wahrnahm. Da war keine Sicht, kein Ton, kein Gefühl. Sie hatte gar keinen Körper mehr, mit dem sie hätte fühlen können. Und dennoch konnte sie irgendwie dumpf *spüren,* was um sie vorging.

Sie schien umgeben zu sein von einem schimmernden, kugelförmigen Etwas. Obwohl ihre Augen nichts sehen konnten, verwandelte ihr Verstand die Eindrücke in Bilder – Bilder von einer großen, glänzenden und sicheren Kugel. Sie fühlte sich wie ein Küken im Ei, geborgen vor dem Chaos außerhalb der Schale.

»Gut, sicher genug«, hörte sie Tasamin sagen. »Der Kreis wird uns schützen.«

Alia fühlte, wie das Ei fester wurde und das dunkle Chaos zurückdrängte. Noch immer spürte sie Tasamins Griff, wenn auch nicht mehr ihre Hände in seinen. Eher waren sie nun wie zwei glühende Hüllen, die sich berührten. Sie merkte, daß sein Griff fester wurde, wie etwas sie zog. Und dann war es für sie so, als hätte er in ihr irgendeinen Verschluß geöffnet, von dessen Existenz sie bislang nicht einmal gewußt hatte. Etwas begann aus ihr hinauszufließen, Energie, Leben, Sinn ... sie wußte nicht, wie sie es nennen sollte. Unwillkürlich versuchte sie dagegen anzukämpfen, sich zurückzuziehen. Es war das Innerste ihrer Seele, was da verströmte.

»Nicht dagegen ankämpfen, Mädchen«, schien er zu sagen. »Hilf mir. Folge mir. Überlaß dich mir ganz.«

Der reißende Strom wurde stärker. Sie war kaum noch bei Bewußtsein.

»Hilf mir, Mädchen. Hilf mir.«

Alia wand sich, versuchte sich loszureißen, kämpfte. Es war, als ob er in ihr eine Ader geöffnet hätte, aus der nun ihr Leben verblutete. Doch sein Griff war zu stark. *Er* war zu stark. Er saugte auf, was aus ihr blutete, und wurde immer stärker.

»Vertraue mir, Mädchen.«

Er war *so* stark, dachte Alia mit dumpfem Bewußtsein. Wie konnte ihr irgend etwas geschehen, solange sie unter seinem Schutz stand?

»Ja, vertraue mir.«

Sie spürte, wie sie nachgab, sich ihm ganz überließ. Sein war der Wille. Sein die Kraft. Und sein der Weg.

Und dann fielen sie hinunter, hinunter ins Reich der Nacht. Das glänzende Ei tauchte wie eine kleine Luftblase in das brodelnde, gefährliche Chaos, und sie, Alia, tauchte ein in Tasamin. Finsternis überall, undeutlich sich bewegende Schatten und großes, großes Nichts …

XXV

Guthrie war allein durch die Nacht gegangen.

Erschöpft und frierend lehnte er sich gegen den knorrigen Stamm einer Bergtanne, und nur mit äußerster Willenskraft hielt er die gewöhnliche Welt und sich selbst stabil. Am Fuß eines steilen, felsigen Abhangs lag das, was das Banditenlager sein mußte, und im kalten Licht der Dämmerung, das die Nacht nun immer mehr verdrängte, erkannte Guthrie die ersten Einzelheiten.

Etwas hatte ihn hierhergezogen.

Nachdem er die Hinrichtung durch Hone Amis und seine Soldaten verhindert hatte, war er in sein Zelt zurückgekehrt. Und obwohl er völlig erschöpft gewesen war, hatte er beim besten Willen nicht einschlafen können. Zu stark war die Erinnerung an all das, was geschehen war. Und doppelt unruhig machte ihn der Gedanke an das, was ihm noch bevorstand.

Dann war da noch dieses Unheimliche, dieses merkwürdige *Ding,* das er während der Schlacht *gespürt* hatte. Es war der Mann mit dem Totenschädel, von dem Ossbert gesprochen hatte. Ganz sicher.

Guthrie hatte die Gedanken an diesen geheimnisvollen Mann nicht vertreiben können. Auf seinem Nachtlager hatte er sich hin- und hergewälzt, Schlaf war unmöglich. Es kam ihm die Idee, in das *Andere* zu gleiten. Doch gewagt hatte er es doch nicht. »Betrete das *Andere*«, schien eine unerbittliche Stimme ihm zu sagen. Er ließ es bleiben, wollte der Stimme nicht trauen, verstand zwar nicht weshalb, fühlte aber, daß er nur dann sicher war, wenn er auf den Halt der gewöhnlichen Welt keinen Augenblick verzichtete.

Doch hier war er nun, hoch oben in den Bergen beim Lager der Banditen. Und er konnte nicht sagen, was ihn hergeführt hatte. Eine Reihe kleiner Schritte war es gewesen: Er hatte nicht schlafen können, war aufgestanden, hatte sich in dem kleinen Zelt wie gefangen gefühlt, hatte die Tasche mit dem *Buch* und dem Schädel des Abts genommen und war nach draußen gegangen. Es hatte ihn nach Einsamkeit verlangt, und so war er aus dem Lager geschlichen und einfach losgelaufen … Ja, so war es gewesen – jeder Schritt an sich harmlos, doch all dies führte ihn ein Stück weiter auf diesen langen, einsamen Marsch.

Um was zu erreichen?

Er wußte es nicht. Und wie er nun dastand und hinunter zum Banditenlager schaute, hatte er nicht die geringste Ahnung, was er als nächstes tun sollte.

Unten im Lager bemerkte er jetzt Bewegung, Männer begannen die Feuer anzufachen. Die Morgenluft war kalt und feucht, und alles war noch naß vom gestrigen Regen. Guthrie beneidete diese Männer um die einfache Wärme, der sie nun Leben gaben.

Da hörte Guthrie ein leises Knacksen. Er drehte sich um. Hinter ihm stand ein zerlumpter Mann, der mit einer Armbrust auf ihn zielte. »Wer bist du?« fragte der Mann.

Guthrie hob die Schultern.

»Dreh dich um«, befahl der Mann. »Hände nach oben und an den Baum dort.«

Guthrie gehorchte und spürte, wie ihn eine Hand nach Waffen absuchte. Er hatte keine mitgenommen, hatte nicht einmal daran gedacht.

»Was ist in der Tasche?« fragte er.

»Ein Buch«, antwortete Guthrie.

Der Mann tastete über Guthries Beutel. »Da ist noch etwas anderes. Was ist das?«

Guthrie wußte nicht, was er ihm sagen sollte.

»Egal«, meinte der Mann. »Darum werden sich andere kümmern. Du bist unbewaffnet, das ist alles, was ich im Moment wissen muß. Dreh dich um.«

Guthrie drehte sich.

Der Mann deutete zum Lager. »Los, geh schon.«

Ein erstauntes Gemurmel ging durchs Lager, als Guthrie und die Wache den Hang hinunterkamen. Neben einem der Feuer blieben sie stehen. Männer kamen näher, bis einige Dutzend von ihnen in einem Halbkreis um sie standen. Keiner sagte ein Wort. Alles, was man in der kalten Morgenluft hören konnte, war das Knistern der Feuer.

Dann erschien ein stämmiger Mann. Die Männer um Guthrie machten ihm Platz, als er durch sie hindurchging. Er hatte lange Arme, dieser Mann, und einen schwarzen Bart. Und dunkle, berechnende Augen.

Die Wache, die Guthrie hergebracht hatte, sagte: »Fand ihn oben auf dem Hügel, Sethir. Stand einfach nur da und schaute zu uns hinunter. Ist nicht bewaffnet und gar nichts, hab ihn gründlich durchsucht. Diese kleine Tasche ist alles, was er dabei hat. Mit einem Buch und irgendwelchem Zeug.«

Der Bärtige nickte. Er stand da, verschränkte seine langen Arme und betrachtete Guthrie wortlos.

Guthrie blieb selbstsicher stehen, obwohl sein Herz wild pochte. Immer mehr wurde ihm bewußt, daß es tödlicher Leichtsinn gewesen war, den Banditen einfach in die Arme zu laufen.

Die versammelten Männer traten auseinander, und ein anderer kam und stellte sich neben den Bärtigen.

Guthrie blinzelte.

Dieser Mann nun war ganz anders als die übrigen Banditen. Während sie alle zerlumpt und schmutzig dastanden, wirkte er vornehm und gepflegt. Der Mann trug teuer gearbeitete, hohe Stiefel aus Schafleder, Hosen mit seidigem Glanz und eine Jacke in funkelndem Himmelblau. Ein langer Reiseumhang aus schwarzem Pelz hing mit perfektem Faltenwurf von seinen Schultern.

Guthrie starrte ihn an und konnte nicht verstehen, was solch ein Mann hier, in einem Banditenlager in den Bergen, zu suchen hatte.

Und nicht nur war der Mann derart überraschend vornehm gekleidet, er war auch geradezu übersät mit Juwelen. Er trug Halsketten, Armreife, Ringe. Auf den Schäften seiner Stiefel waren Muster aus Goldfäden, sein schwarzer Umhang war durchzogen mit winzigen, funkelnden und aufgefädelten Edelsteinen. Als er näherkam, hörte Guthrie, wie sein Schmuck leise klirrte.

Der Mann besaß ein schönes Gesicht, hohe Wangenknochen, perfekt weiße Zähne, die sich zeigten, wenn er lächelte. Doch seine Augen … seine Augen hatten das Blau von Gletschereis und schienen auch so kalt zu sein. Der Mann starrte Guthrie an, unentwegt und eindringlich wie ein Raubtier seine Beute.

Guthrie schauderte.

Eine lange Weile war noch Stille im Lager.

Dann begann der Bärtige zu grinsen. »Ich denke, ich erkenne dich, Junge.«

Guthrie gab keine Antwort.

Der Bärtige verbeugte sich. »Mein Name ist Sethir. Ich bin der Anführer dieser kleinen Bande. Und du … du bist der jüngere Sohn des Fürsten, nicht wahr? Obwohl du mächtig gewachsen bist, seit ich dich das letzte Mal gesehen habe.«

Guthrie blickte ihn unruhig an. »Ja, das bin ich«, sagte er nach einer kurzen Pause. Zwecklos, es zu leugnen. Er konnte sich allerdings nicht erinnern, wann ihm dieser Mann schon einmal begegnet war.

»Ah …« Sethir verschränkte seine langen Arme, neigte den Kopf zur Seite und sah Guthrie an. »Was um alles in der Welt hast du dir dabei gedacht, hier zu unserem Lager zu marschieren?«

Guthrie zuckte mit den Schultern. Er wußte es selbst nicht. Er kam sich lächerlich vor.

»Er ist wirklich allein?« fragte Sethir die Wache, die Guthrie entdeckt hatte.

»Ich glaube schon«, antwortete der Mann.

»Du *glaubst* es nur? Dann überprüfe es. Oder willst du noch einmal solch eine Überraschung erleben wie gestern, du Dummkopf?«

Der Mann rief mehrere andere, und gemeinsam rannten sie fort.

»Ihr übrigen«, befahl Sethir, »macht euch bereit. Wir wissen nicht, was da draußen vor sich geht. Denkt daran, unsere Feinde sind ganz in der Nähe.«

Männer rannten umher, holten ihre Waffen und blickten immer wieder nervös in den dichten Wald, der das Lager umgab. Doch nach einer Weile kamen die Kundschafter zurück, um zu melden, daß sie nichts gesehen hatten.

»Du *bist* also allein«, meinte Sethir zu Guthrie.

Guthrie sagte nichts. Mittlerweile verfluchte er sich, daß er derart unüberlegt hergekommen war. Was war nur in ihn gefahren?

»Nun …«, begann Sethir.

»Töte ihn«, sagte der vornehme Mann.

Der Bärtige fuhr herum. »Ihn töten? Bist du verrückt? Ich kenne diesen jungen Narren nur allzu gut. Der Sohn des toten Fürsten ist es. Und, wenn ich mich nicht irre, selbst nun der Fürst. Die Talbewohner *schätzen* ihn. Mit ihm als Gefangenen haben wir etwas in der Hand. Und du meinst, wir sollen ihn umbringen! Tot nützt er uns überhaupt nichts.«

»Und ich sage, töte ihn. Du weißt nicht, wer das ist.«

»Oh doch, das weiß ich, Tasamin.«

»Eben *nicht*! Er ist nicht das, wofür ihn ein gewöhnliches Auge halten mag.«

Sethir ballte wütend seine Fäuste. »Und was *ist* er dann, oh du allwissender Tasamin?«

Das Gesicht des vornehmen Mannes zeigte keine Veränderung. Doch seine Stimme war nun beißend scharf. »Werde nicht *unverschämt,* kleiner Bandit.«

»Dann sage mir gefälligst, was es mit diesem Kerl auf sich hat«, erwiderte Sethir, »wenn ich so blind bin, daß ich das angeblich nicht sehen kann. Oder du hältst jetzt deinen Mund.«

»Ich kann es nicht erklären. Du würdest es nicht verstehen.«

Sethir sah ihn einen Moment lang an, dann hob er die Schultern. »Nun gut, wie du willst. Aber ich *weiß,* daß er der Fürst ist. Und wenn er am Leben bleibt, haben wir eine überaus wertvolle Geisel.«

»Du begehst einen Fehler.«

Guthrie hörte nicht mehr auf das, was die beiden sagten. Da

war etwas mit diesem vornehmen Mann, diesem Tasamin, das ihn zutiefst beunruhigte. Wie er nur aussah, mit diesen glitzernden Juwelen, die ihn schmückten, mit seinem harten, durchdringenden Blick! Guthrie merkte, wie er immer mehr sein Gleichgewicht verlor. Sein Halt in der gewöhnlichen Welt wurde unsicher …

Und als er ihn dann *spürte,* schnappte Guthrie verzweifelt nach Luft. Der Mann leuchtete in den tosenden Wirbeln des *Anderen* wie eine gewaltige Fackel. Es war ein ebenso helles Feuer wie bei Rosslyn. Und dennoch war er ganz anders als Rosslyn. Sie war eine Röhre, durch welche die Welt hindurchströmte. Dieser Mann war … Guthrie brauchte einige Momente, um zu verstehen, was er da *spürte.* Dieser Mann war eine feste, undurchlässige, glitzernde Kugel, von der lange, sich windende Tentakel ausgingen aus schwach pulsierendem Licht.

Guthrie *spürte,* wie einer dieser Tentakel nach ihm greifen wollte. Er benutzte seine Willenskraft wie eine Hand, um das schleimige Ding angewidert von sich fortzuschlagen.

Guthrie durchlief es eiskalt. Das war kein gewöhnlicher Mann.

Als Guthrie in die Welt zurückkam, hechelte er wie ein Hund. Unter seinem Wams war er schweißgebadet, seine Knie zitterten.

Tasamin grinste ihn böse an. »Du denkst also, du kennst mich jetzt, Junge?«

Guthrie sagte nichts.

»Oh, du mußt noch so viel lernen.«

Sethir sah die beiden verwirrt an. »Wovon redest du eigentlich?«

Tasamin hob die Schultern, sein Umhang hob und senkte sich in perfekten Falten. »Von nichts, was du verstehen könntest.«

Unsicher und verärgert blickte Sethir ihn an.

»Ich sage, töte ihn, Sethir. Er ist zu gefährlich. Oder überlaß ihn mir.«

»*Dir?*« meinte der Banditenführer.

»Ja. Ich weiß gut genug, wie man mit Leuten seiner Art umzugehen hat.«

»Und was für eine Art ist das denn?«

»Ich habe dir schon gesagt, das würdest du nicht verstehen.«

Sethir fuhr sich durch den Bart. »Meine Geduld mit dir ist langsam zu Ende!« fauchte er. »Nenne mir nur einen vernünftigen Grund, weshalb dieser blaßgesichtige Junge so ungeheuer gefährlich sein soll, oder laß mich in Ruhe.«

Tasamin zuckte mit den Schultern. »Sag nicht, daß ich dich nicht gewarnt hätte.« Damit drehte er sich um und ging davon.

»Warte!« rief Sethir. »Warte, verflucht noch mal! Erkläre es mir!«

Doch Tasamin lief einfach weiter.

Sethir stand da, zwirbelte seinen Bart und sah zornig zu dem Zelt, in dem Tasamin verschwunden war. Dann blickte er zu Guthrie, wieder zum Zelt, noch einmal zu Guthrie.

Guthrie verzog keine Miene. Doch trotz seiner äußerlichen Ruhe wußte er nicht im geringsten, was er nun tun sollte. Er erwartete schon, daß dieser Sethir den Rat des seltsamen Manns befolgte und ein kurzes Kommando gab – Waffen gab es hier genug, um Guthrie schnell und sicher ins Schattenland zu bringen.

Aber nein, nichts dergleichen geschah.

Statt dessen trat Sethir auf ihn zu, bis er ihm direkt gegenüberstand. Er machte eine höhnische Verbeugung. »Willkommen in meinem Lager, Fürst Guthrie Garthson.«

Guthrie sah ihn an.

»Du bist doch jetzt Fürst, nach dem Überfall der Seewölfe?«

Guthrie nickte.

»Und der alte Fürst Garth ist tot?«

»Ja.«

Sethir grinste. »Gut.«

Guthrie wußte nicht, was er von diesem Mann halten sollte. »Woher … kennst du mich?«

»Oh, du bist mir wohlbekannt. Komm mit. Komm, ich zeige dir mein bescheidenes Lager.« Sethir führte ihn in die Mitte der Lichtung.

Rings um ihn her waren bewaffnete Banditen. Guthrie blieb nichts anderes übrig, als ihm zu gehorchen.

»Setz dich«, sagte Sethir und deutete auf eine Stelle neben einem der Feuer.

Guthrie setzte sich. Den Beutel legte er neben seine Füße. Niemand hatte ihn bis jetzt auch nur erwähnt, als würde der Beutel einfach zu ihm dazugehören.

Eine kleine Gruppe Männer bewachte ihn. Es war offensichtlich, daß sie auf Sethirs Zeichen warteten, das das Schicksal des Gefangenen entscheiden sollte.

Sethir setzte sich auf die andere Seite des Feuers, seinem Gefangenen gegenüber, und blieb stumm.

Guthrie zögerte, sah sich um, atmete tief. Sie sahen wirklich zerlumpt, hungrig und verzweifelt aus, diese Banditen. Wie jene, die er bereits kennengelernt hatte, waren dies Männer, die wenig oder nichts zu verlieren hatten.

»Ich weiß, weshalb ihr in den Norden gekommen seid«, sagte Guthrie schließlich. »Und was ich euch anbieten kann, ist …«

»Du weißt *gar nichts*!« fauchte Sethir.

Guthrie zuckte zusammen.

»Oh, ich kenne dich ganz gut«, fuhr Sethir fort. »Dich und all die, die so sind wie du. Glaube bloß nicht, daß du mich mir irgend etwas beschwatzen kannst.«

»Aber ich …«, begann Guthrie.

Sethir ließ ihn nicht ausreden. »Ich *kenne* deine Art. Lebt ein angenehmes Leben, wie das Schoßhündchen einer reichen Dame im Süden. Was weißt *du* schon vom harten Leben der gewöhnlichen Talbewohner? Oh, *ich* weiß sehr gut Bescheid. Ich bin im Fürstental aufgewachsen.«

Guthrie starrte ihn an.

»Ja, da wunderst du dich, nicht wahr?« meinte Sethir zufrieden. Er schloß die Augen, um sich zu erinnern. »Oh ja, im Tal bin ich groß geworden. Doch dein Vater und die Volksversammlung haben mich verbannt. Ich wurde verbannt, ohne daß ich die Chance hatte, mich zu verteidigen. Sie haben mich davongejagt wie einen tollwütigen Hund.«

Über Sethirs Bart funkelten wütend seine schwarzen Augen. »Ich stand da vor euch allen – auch du warst dabei, ein kleiner Rotzlöffel. Ich erinnere mich noch ganz deutlich. Und ihr alle habt mich verurteilt. Aber nicht einer ... *nicht einer* war daran interessiert, meine Seite der Geschichte zu hören. Ihr alle habt auf Merith Roul gehört, auf diesen fetten Hurensohn, der während der Versammlung seine Süßigkeiten knabberte. Alles, was *er* sagte, habt ihr sofort geglaubt.«

Sethir zeigte drohend auf Guthrie. »Ich hatte nie jemanden umgebracht, Junge! Ich war damals kaum älter, als du jetzt bist. Doch wie wunderbar konnte dieser Merith Roul lügen! Ich war ein einfacher Landarbeiter, in den Augen von euch hohen Herren ein Nichts und Niemand. Ihr habt mich verurteilt und dabei noch gelacht. Ihr habt euch auf die Schultern geklopft und wart so richtig zufrieden.«

Guthrie wußte nicht, was er sagen sollte.

»Hone Amis' Stiefel in meinem Hintern war die letzte Erinnerung an das Fürstental«, fuhr Sethir fort. »Er und seine verfluchten Milizen trieben mich ins Wilde Land. Barfuß jagten sie mich davon, mit nichts am Leib als einer Hose und einem zerrissenen Hemd. Sie haben mich ausgelacht. Mich, einen *Unschuldigen*!«

Sethir schüttelte den Kopf. »Ein dutzendmal bin ich fast ums Leben gekommen, Junge. Ich war nichts als Haut und Knochen, als ich es endlich bis zu einer der Siedlungen im Süden schaffte.« Wieder deutete Sethir vorwurfsvoll auf sein Gegenüber. Es war eine Geste, die Guthrie an Hone Amis erinnerte. »Und weißt du, was mich am Leben hielt, Junge?«

Guthrie schüttelte den Kopf.

»Haß. Ich *haßte* dich und die Deinen. Das war für mich wie Wasser und Brot, es wärmte meine arme Seele, der sonst nichts, gar nichts geblieben war. An diesen langen, trostlosen, kalten Tagen war es das einzige, was mich vorantrieb. Der Haß und der Gedanke an Rache.«

»Ich kenne dieses Gefühl«, sagte Guthrie und erinnerte sich daran, wie es ihm ergangen war nach dem Überfall der Seewölfe.

Sethir blickte Guthrie überrascht an, schüttelte den Kopf und lachte. »Nun, jetzt *habe* ich meine Rache«, fuhr er fort, ohne auf das einzugehen, was Guthrie gesagt hatte. »Wie, denkst du denn, haben die Seewölfe vom Fürstental erfahren? Ganz einfach. Ich habe ihnen davon erzählt. Oh, welch ein Hochgefühl war das, auf einem Felsvorsprung zu stehen – und unter mir lag das zerstörte Riverside. Endlich, endlich Gerechtigkeit!«

»Rache, mag sein«, sagte Guthrie leise. »Aber … Gerechtigkeit?«

»Was weißt *du* schon von Gerechtigkeit? Oh ja, Leute von deiner Sorte wollen immer alles besser wissen. Aber deine Flügel haben wir mächtig gestutzt, nicht wahr, Junge?«

Guthrie holte Luft. »Sethir, hör mir zu. Ich möchte …«

Doch Sethir sprang plötzlich auf. »Nein. Genug geredet!« Zu einem Mann hinter Guthrie machte er eine scharfe Bewegung mit der Hand.

Als Guthrie herumfuhr, sah er gerade noch den hölzernen Griff einer Axt, die auf ihn niederstieß …

Und die Welt versank in plötzlichem, blendend hellem Schmerz.

XXVI

Langsam kam Guthrie wieder zu sich, wie ein Mann, der mühsam aus einer schwarzen Höhle kroch.

Dort, wo man ihn am Kopf getroffen hatte, pulsierte der Schmerz. In seinem Mund verspürte er einen fauligen Geschmack. Er versuchte aufzusitzen. Doch bei der Bewegung wurde ihm plötzlich übel, so daß er zusammengekrümmt zur Seite kippte und sich übergeben mußte.

Als der Anfall vorüber war, setzte er sich auf. Sein Wams war verschmiert mit Erbrochenem. Es stank entsetzlich. So gut er konnte, wischte er es mit seinen bloßen Händen weg, die er danach auf dem Zeltboden abwischte.

Noch halb betäubt sah er sich um. Mit einer Hand hielt er sich am Hinterkopf, dort, wo es am meisten schmerzte.

Er war in einem Zelt – der Boden bestand aus festgetretener Erde, die Wände waren aus Leinwand, die oben zusammenlief. Das Licht war düster und gelblichbraun, wie Sonnenlicht, das durch schlammiges Wasser fiel. Guthrie kam auf die Knie. Das Zelt schien leer zu sein außer einem dunklen Etwas in einer Ecke, das, als er genauer hinsah, die Form eines Eimers annahm.

Langsam und vorsichtig stand er auf und unterdrückte die wiederkehrende Übelkeit. Er ging zu dem Eimer und hoffte, darin vielleicht Wasser zu finden.

Einen Schritt ging er, noch einen. Doch weiter kam er nicht. Der Eimer stand keine zwei Armlängen vor ihm, doch so sehr er es auch versuchte, er konnte ihn nicht erreichen. Er fühlte sich völlig hilflos und schwach und konnte sich kaum auf den Beinen halten.

Aber kaum hatte er zwei Schritte nach hinten getan, kehrte seine Kraft zu ihm zurück. Und kaum ging er wieder auf diesen Eimer zu, überkam ihn aufs neue die schreckliche Schwäche.

Er verstand es nicht.

Nachdem er eine Weile umhergestolpert war und es in dieser Richtung probiert hatte und in jener, wurde ihm klar, daß er innerhalb einer umgrenzten Fläche stand. Und diese konnte er unter keinen Umständen verlassen, er mochte sich mühen, wie er wollte.

Als er sich derart eingesperrt fühlte, flüchtete er sich – und zwar völlig unwillkürlich – in das *Andere.* Dort *spürte* er dann eine Art Schleier oder Geflecht, das mit kaltem Glanz pulsierte. Es war wie ein Netz und er ein gefangener Fisch.

Mit seiner Willenskraft griff er nach den Fäden dieses Netzes, tastete und zog daran, versuchte es zu teilen, zu schwächen.

Doch er erreichte gar nichts.

Es war, als wäre für seinen Willen dieses Netz überhaupt nicht vorhanden. *Spüren* konnte er es deutlich genug, doch wenn er mit seinem Willen dagegen vorgehen wollte – er hatte ja allmählich gelernt, seinen Willen im *Anderen* als eine Art *Hand* zu gebrauchen –, dann gab es da nichts, was er irgendwie greifen konnte. Es war, als wollte er eine Wand aus Wasser durchbrechen. Sein Wille ging einfach hindurch, ohne Wirkung.

Verwirrt und erschöpft kam er aus dem *Anderen* zurück. Hier in der gewöhnlichen Welt konnten seine Augen nichts von dem Schleier entdecken. Und dennoch mußte da etwas sein …

Er versuchte, sich dagegen zu stemmen und dem Eimer mit dem ersehnten Wasser so nahe wie möglich zu kommen. Und da, als er mit aller Kraft drückte, sah er am Boden etwas Helles und Glänzendes. Etwas wie ein kleiner Edelstein. Und daneben das goldene Glitzern einer dünnen Kette.

Durch diesen ersten Anhaltspunkt konnte Guthrie bald herausfinden, was es war, das ihn gefangenhielt. Er war eingeschlossen in einem Kreis aus kostbarem Schmuck – goldenen Ketten, Anhängern, Broschen –, und alle Teile lagen lückenlos aneinander.

Aber auf geheimnisvolle Weise war es unmöglich, sich diesem glitzernden Rund zu nähern. Guthrie schauderte. Das war das Werk dieses vornehmen Mannes mit dem Umhang – jener mit Namen Tasamin. Wer sonst? Doch wie hatte er das nur gemacht?

Guthrie setzte sich in die Mitte des Kreises, etwas anderes konnte er nicht tun. Seine Kehle war rauh und trocken, und er spürte den bitteren Nachgeschmack des Erbrochenen. In seinem Kopf pulsierten die Schmerzen. Er fühlte sich schwach wie irgendein kleines Kätzchen. Vornübergebeugt und halb betäubt saß er da und konzentrierte die letzten Reste seiner Kraft darauf, mit seiner körperlichen Qual zurechtzukommen. Nichts brauchte er so dringend wie Wasser. Ja, Wasser.

Schrecklich langsam verging die Zeit. Das Licht im Zelt wurde allmählich schwächer.

Und dann wurde unvermittelt die Leinwand am Eingang des Zelts zurückgeschlagen, und jemand kam herein.

»Uuuuh!« sagte Tasamin und hielt sich die Nase zu. Er stand nun im Zelt, in einer Hand hielt er Guthries Beutel. »Mußtest du mein Zelt derart verpesten, Kerl?«

Guthrie spürte, wie Wut in ihm hochstieg, sagte jedoch kein Wort.

Tasamin legte die Tasche ab und ging zu dem Eimer. Er hob ihn über den Kreis aus Juwelen und stellte ihn auf den Boden. Er achtete darauf – das merkte Guthrie –, kein einziges Schmuckstück zu verschieben. Er warf Guthrie einen Lumpen zu. »Mach dich sauber«, befahl er.

Dann trat er einige Schritte zurück und zog aus einer seiner Taschen ein seidenes Tuch, das er sich vor die Nase hielt.

Guthrie schaffte es kaum bis zum Eimer, der noch allzu nahe bei den Juwelen stand. Doch nach mehreren anstrengenden Versuchen konnte er ihn schließlich greifen und zog ihn zu sich in die Mitte des Kreises.

Er kniete sich hin und tauchte seinen Kopf in das wunderbar

kühle Naß. Und als er das Wasser seine Kehle hinunterlaufen ließ, da konnte er sich kein größeres Glück vorstellen. Als er genug getrunken hatte, tauchte er den Lumpen hinein und wischte sich ab, bis er einigermaßen sauber war.

Tasamin ließ ihn keinen Moment aus den Augen. Sein Blick war eindringlich und kalt wie der einer Schlange.

»Nun, Junge«, sagte Tasamin, »in dir steckt ja mehr, als man denken sollte.« Mit theatralischer Geste zog er den Schädel des Abts aus Guthries Beutel und hielt ihn in die Höhe.

Guthrie zuckte zusammen. Wenn dieser Mann den Schädel berührte, empfand er das wie Schmerz.

Tasamin legte den Schädel zu Boden und griff nun nach dem *Buch.* »Und ein nettes, kleines Buch hast du da. Geradezu ein Kunstwerk. Sehen wir doch mal, was darin steht.« In Tasamins Stimme lag geheucheltes Vergnügen. Er blätterte durch die Seiten, um immer wieder zu kichern. »Höchst seltsam«, meinte er nach einer Weile. Dann, mit einem Finger auf einer Seite, begann er zu lesen: »Der Weg liegt im Dunkel für Auge und Ohr, und gierige Finger, sie tasten das Nichts …« Er lachte, blätterte etwas weiter und las noch einmal: »Mehr und mehr jeden Tag wirst du tun, um ach so viele Dinge zu wissen. Doch folge dem Weglosen Weg, gehe, ohne zu gehen, dann, Tag für Tag, tust du weniger nur, bis das große Ziel du erreichst.«

Er ließ das Buch sinken und lachte. »Solch einen Unsinn liest du also? Dir gefällt das wohl, und du hältst es für geheimnisvolles, mächtiges Wissen?« Tasamin schüttelte den Kopf. »Es ist kompletter Unsinn. Immer weniger tun und irgendwann nichts tun, das bedeutet einfach nur: nichts tun! Diese angeblich so kostbaren Verse sind nichts als wunderbar süßer Brei für schwache Gehirne. Damit sie beschäftigt sind. Damit sie nicht die *Wahrheit* sehen!«

Tasamins besserwisserische Arroganz machte Guthrie wütend. »Und was«, fragte er, »ist denn die *Wahrheit?*«

Tasamin hob die Schultern. »Das weißt du so gut wie ich.«

Er deutete auf den Schädel des Abts. »Es ist ja offensichtlich, daß du es weißt.«

Guthrie blickte zum Schädel, dann zu Tasamin, und er schüttelte den Kopf.

Tasamin hob den Schädel in die Höhe, balancierte ihn in einer Handfläche und sah ihn bewundernd an. »Noch gar nicht lange tot, wie ich sehe.« Er warf Guthrie einen Blick zu. »Wie hast du ihn umgebracht?«

Entsetzt starrte Guthrie ihn an.

Tasamin lachte. »Jetzt spiele hier nicht den Unschuldigen.« Mit seiner anderen Hand fuhr er sanft über die Schädeldecke. »Ein alter Meister war das. Kam er etwa durch ein …*Unglück* ums Leben?«

Guthrie verstand nicht. »Wieso sollte …«

Wütend fiel Tasamin ihm ins Wort. »Halte mich nicht zum Narren, Junge!« Er wirbelte plötzlich herum, wobei seine Juwelen klirrten, und schnippte auf ungewöhnliche, komplizierte Weise mit den Fingern seiner freien Hand. Dann hielt er sie mit der Handfläche nach oben. Aus dem Nichts und völlig geräuschlos erschien ein mit Juwelen verzierter Schädel, der sich darauf niedersetzte.

Guthrie sträubten sich vor Entsetzen die Haare.

Er war alt und dunkel, dieser andere Schädel, und auf den braunen Knochen glitzerten Gold und Edelsteine wie ein Spinnennetz aus goldenen Fäden und bunt schillerndem Morgentau.

Der bloße Anblick des unheimlichen Dings war genug, um Guthrie für einen Moment aus der Welt zu schleudern. Die beiden Schädel, die Tasamin hielt, leuchteten im *Anderen* wie zwei helle Fackeln. Guthrie erkannte das vertraute Licht des Abts. Doch das andere Licht … Das andere Licht zuckte und flackerte gequält und war irgendwie gefangen. Mit Schrecken stellte Guthrie fest, daß die Goldfäden und Juwelen auf diesem Schädel mehr waren als bloßer Schmuck. Sie waren ein undurchdringliches Netz, das die Lebenskraft jenes Unglücklichen gefangenhielt, dem dieser Schädel einmal gehört hatte.

Das zu *spüren* tat Guthrie weh, als hätte er einen Tritt in den Magen erhalten. Er wich zurück und hangelte sich in die gewöhnliche Welt. Den Geist eines anderen derart einzusperren ... Tasamins skrupellose Grausamkeit widerte ihn an.

»Siehst du?« sagte Tasamin ruhig. »Ich weiß zuviel. Du kannst mir nichts vormachen.« Er lachte. »Aber du wagst ein gefährliches Spiel, Junge, und bist doch naiv wie irgendein Bauerntölpel.«

In den Augenhöhlen des alten Schädels, auch sie verziert mit Golddraht, sah Guthrie den schwachen Schimmer geisterhafter Augen, einen Glanz, wie er ihn schon beim Schädel des Abts gesehen hatte.

»Du mußt bei solchen Dingen unbedingt vorsichtiger sein«, fuhr Tasamin fort. »Bei deinem ... Verbündeten entdecke ich nur die allerdünnsten Fesseln. Jeden Augenblick könnte er sich befreien.« Tasamin grinste. »Und dann, Junge, was geschähe dann mit dir und all deinen großen Plänen?«

Guthrie verstand nicht. »Welche ... Pläne meinst du?«

Tasamin sah ihn verächtlich an. »Ich habe dir gesagt, du sollst hier nicht den Ahnungslosen spielen. Ich kenne deine Art. Ich *bin* von deiner Art, Junge. Nur bin *ich* schon viel weiter als du.« Noch einmal lachte er. »Und *das* ist ein gewaltiger Unterschied.«

Tasamin legte beide Schädel zu Boden und trat zu Guthrie. »Ich war jünger als du. Eigentlich fast noch ein Kind.« Er blinzelte mit seinen eisblauen Augen und versank in der Erinnerung. »Askin war ein alter Mann. Er war wohl einmal ein Klosterer gewesen, denke ich. Doch wenn, dann hatte er den Orden verlassen und war seine eigenen Wege gegangen – schon Jahre, bevor ich ihm begegnete.«

Tasamin lachte kalt. »Ich war ein Bauernjunge mit großen Träumen. Doch immer neue Enttäuschungen ließen mich spüren, daß die Welt mir diese Träume nicht erfüllen würde. Gerade zu dieser Zeit geschah es, daß Askin durch unser Dorf pilgerte. Ich sah, wie er einen Mann heilte, der schon seit einem Monat eine schwere Lungenentzündung hatte. Jeder hatte gedacht, der Mann müßte sterben. Doch nachdem Askin ihn behandelt hatte, war er in zwei Tagen wieder auf den Beinen.

Ich dachte, daß jeder, der so etwas tun kann, Macht besitzen muß. *Macht,* Junge. Das war es, was mir fehlte, und nur allzu schmerzlich war es mir bewußt.«

Tasamin spielte mit einem der Armreife an seinem Handgelenk. »Also bin ich dem alten Mann gefolgt, habe ihn bedient, seine Sachen getragen, seine Arbeiten erledigt. Und im Gegenzug – nachdem er mich unbedingt lange hingehalten und mich mehr als genug gedemütigt hatte – erklärte er sich bereit, mich zu lehren.«

Tasamin grinste. »Und du weißt, was *das* bedeutet, nicht wahr, Junge? Es kam schließlich der Tag, da führte er mich ins Reich der Nacht.«

Guthrie sah ihn verwirrt an. »Das … Reich der Nacht?«

»Deine gespielte Naivität wird immer unglaubwürdiger, Junge«, meinte Tasamin gereizt. »Das Reich der Nacht. Nenne es, wie du willst, doch das war Askins Name dafür. Das Verborgene. Das Große Geheimnis. Wie du willst. Du weißt gut genug, wovon ich spreche.«

Guthrie nickte.

»Und als er mir *das* gezeigt hatte«, fuhr Tasamin fort, »wurde mir klar, daß ich ihn nicht länger brauchte. Oder, besser gesagt, ihn nicht mehr brauchte, so wie er war.«

Guthrie starrte auf den verzierten Schädel. »Du hast ihn … getötet?«

»Ja. So wie du deinen getötet hast.«

»Nein!«

Tasamin fuhr wütend mit der Hand durch die Luft. »Lüg mich nicht an, Junge. Du kannst mir nichts vormachen.«

Guthrie sagte nichts.

Tasamin grinste ihn an. »Sethir will dich für sich haben, Junge. Er denkt, er kann dich als Geisel benutzen. Doch auch ich habe Pläne. Und *das* hier ...«, er deutete auf den Schädel des Abts, »wird mir dabei äußerst nützlich sein.«

Guthrie sah ihn erschrocken an.

Tasamin lachte. »Aus deinen eigenen Plänen wird leider nichts werden. Was hattest du denn vor, hmm? Hier in der Wildnis dein eigenes Reich zu errichten? Nun, Junge, dafür ist es jetzt zu spät.«

Er fuhr sich durch sein langes, schwarzes Haar. Seine Armreife klimperten. »Ich hatte nie geglaubt, jemanden wie *dich* im Wilden Land zu finden. Hättest meine Pläne beinahe vereitelt, Junge. Ich war blind und wußte gar nicht, was du bist. Doch nun kenne ich dich. Dieses nördliche Land wird mir gehören, nur mir. Und mit diesem Verbündeten, den du mir bringst ...« Wieder mußte Tasamin lachen. »Nun, was soll ich sagen? Richtig nett von dir, hier ins Lager zu kommen und ihn mir zu überlassen. Allzuviel brauchte ich gar nicht nachzuhelfen.«

»Nachzuhelfen?« sagte Guthrie.

»Ja, natürlich. Du glaubst doch nicht, daß du von selbst hergekommen bist, oder? Geradezu rührend, wie dumm du dich stellst.«

Guthrie blinzelte verwirrt. Sein Kopf schmerzte, und es fiel ihm schwer, klar zu denken. War er tatsächlich dem geheimen Lockruf dieses Tasamin gefolgt? War so etwas denn möglich? Vor diesem Mann fühlte er sich wie ein dummer, hilfloser Junge.

Guthrie merkte, wie er ein Stück weit in das *Andere* fiel. Und wie vorhin schon, als sie noch am Feuer gesessen waren, *spürte* er Tasamin: als eine feste, undurchsichtige und undurchdringliche Kugel. Guthrie konnte es nicht fassen. Solch unglaubliche Festigkeit. Weder Naht noch Riß noch sonst irgendeine Öffnung. Auf seine Weise perfekt, ja sogar – das mußte er zugeben

– von einer eleganten Schönheit. Die beweglichen Tentakel von Tasamins Willenskraft pulsierten schwach mit einer Art dumpfem Glanz.

Doch es war, alles in allem, eine widerwärtige Schönheit, ähnlich wie die kunstvollen Muster auf der Haut einer tödlichen Schlange.

Tasamins Gelächter brachte Guthrie zurück.

»Du hast es noch nicht weit gebracht, Junge. Ich kann *spüren,* wie unsicher du bist. Du kennst noch nicht die Regeln, wie man zwischen den Welten wandert, und dir fehlt noch der nötige Schutz. Wie schade. Ein kleiner Stoß wird genügen, nur ein klitzekleiner Stoß, und du stürzt für immer in das schwarze Chaos im Reich der Nacht. Dann werde ich dich endgültig los sein.«

Guthrie wollte sich auf Tasamin werfen, doch er prallte gegen die unsichtbare Wand der ausgelegten Juwelen. Tasamin lachte nur. Es war hoffnungslos.

Tasamin drehte sich um, machte eine dieser komplizierten Handbewegungen, die Guthrie nun schon öfter bemerkt hatte, und murmelte dabei leise vor sich hin. Einige Augenblicke später öffnete sich die Leinwand am Eingang, und jemand kam herein.

Guthrie stockte der Atem, als er sie erkannte. »Alia!«

Doch es war eine verwandelte Alia. Um ihren Hals hing eine schwere, goldene Kette. Goldene Kettchen lagen auch um Beine, Hüfte, Arme. Um ihre Handgelenke trug sie goldene Armreife, die aussahen wie Fesseln.

»Alia«, rief Guthrie. »Alia!«

Sie sah ihn nur an mit ruhigem, gleichgültigem Blick.

Tasamin grinste. »Meine Gehilfin«, meinte er. »Auch sie ist von unserer Art, Junge. Obschon etwas gefügiger als du und mit noch weniger Erfahrung.«

Guthrie wußte nicht, was er davon halten sollte.

»Alia«, sagte Tasamin. »Komm her zu mir.«

Alia ging zu ihm wie ein Hündchen.

Tasamin nickte zufrieden. »Braves Mädchen.« Er streichelte über ihre Wangen, Arme und Hände und tastete schließlich nach ihren Armreifen. »Ich brauche noch einmal deine Hilfe, denn wir müssen uns um diesen störrischen Jungen kümmern. Er hat mir Ärger gemacht, Alia. Und auch dir würde er Ärger machen, wenn er könnte. Er ist kein *netter* Junge. Das *weißt* du, nicht wahr?«

Alia sah Guthrie an. Sie verzog das Gesicht. »Nein«, sagte sie, »*nett* ist er nicht. Das kann ich deutlich sehen.«

»Alia!« protestierte Guthrie. Er verstand nicht, wie Tasamin eine derart vollständige Kontrolle über sie haben konnte. Gerade sie war ihm stets so eigenwillig erschienen. »Alia, *ich* bin es!« sagte er. »Guthrie!«

»Ich weiß, wer du bist«, erwiderte sie. »Hältst du mich für blöde?«

»Nein! Natürlich nicht.«

Tasamin beugte sich vor. Sein Gesicht war hart. »Genug! Beenden wir diese Sache. Du kannst nicht weiterleben, Junge, du bist mir im Weg. Deshalb muß ich dich ... ertränken.« Er zuckte mit den Schultern. »Tja, Sethir verliert seine Geisel. Traurig, traurig ...« Er streckte seine Arme aus, mit den Handflächen nach unten, und drückte, als ob er etwas untertauchen wollte.

Sofort spürte Guthrie, wie um ihn her das *Andere* brodelte.

»Weißt du, was dich erwartet?« rief Tasamin. »Hinunterstürzen wirst du ins Reich der Nacht. Hinunter und hinunter, immer weiter ... an einen Ort, wo nichts ist als Chaos und Finsternis, an dem dunkle Mächte dich auseinanderreißen wie dünnes Papier. Und allein wirst du sein, ganz allein. Ohne Schutz, ohne Hoffnung. Hilflos. Verlassen. Und wenn du dich mühst, zur gewöhnlichen Welt emporzusteigen, dann werde ich dich dort erwarten – ich und mein Verbündeter und meine Gehilfin –, und unerbittlich werden wir dich wieder nach unten stoßen. Bis du deine Mühen und dein Leben … aufgeben wirst.«

Guthries Herz raste. Schrecklich und gierig toste um ihn das *Andere.*

Der alte Schädel hob sich von selbst vom Boden und schwebte neben Tasamin. Er schien unheimlich zu glühen. Tasamin ließ Alia mit einer Hand gehen, streichelte den Schädel und vollführte mit seinen Fingern wieder einige umständliche Bewegungen. »Hinunter, Junge. Hinunter in das hungrige Dunkel. Allein. Verschlungen vom großen Maul der Finsternis.«

Guthrie fühlte einen gewaltigen Druck auf sich, der ihn immer weiter ins *Andere* hineinstieß.

Er kämpfte verzweifelt, doch immer tiefer fiel er, immer tiefer. Ja, er ertrank tatsächlich. Nein, schlimmer noch. Er ertrank in schrecklichen Strudeln, die ihn allmählich in kleine Fetzen rissen.

Trotz des Getöses hörte er das Echo von Tasamins fernem, höhnischem Gelächter.

Ihn durchlief heiße Wut. Und diese Wut steckte in ihm wie ein brennender Speer – er klammerte sich daran fest, fachte ihn an, nährte sich von seinen Flammen …

Am Rande seiner Wahrnehmung *spürte* Guthrie den Schädel des Abts, der sein Licht verstrahlte. Mehr Last als Hilfe war ihm das seltsame Ding bis jetzt gewesen, doch nun leuchtete der Schädel hell und klar, und Guthrie war einfach nur dankbar.

Der Druck, den Tasamin erzeugte, setzte ihm weiter zu, und das *Andere* riß gnadenlos an seinem Selbst. Doch durch den Lichtstrahl des Schädels war Guthrie irgendwie in der Lage, aus der brodelnden Tiefe wieder emporzutauchen. Wie ein Korken auf stürmischer See verschluckten ihn immer wieder die Wellen, doch ebenso zuverlässig trieb er wieder und wieder nach oben.

Auch der alte Schädel Tasamins glühte, doch weniger hell. Er war wie eine halb bedeckte Laterne mit unsicherem Licht.

Guthrie *spürte,* daß Tasamin Alia als eine Art Kraftquelle benutzte. Doch noch wichtiger mußte der Schädel sein, aus dessen Kraft er sich nährte und dessen untoten Geist er zwang, gemeinsam mit ihm Guthrie in die Tiefe zu drücken.

Tasamin – auch dies *spürte* Guthrie – wurde allmählich ungeduldig. Verärgert wartete er darauf, daß Guthrie für immer im *Anderen* versank, und eigentlich hätte es ihn längst in Stücke reißen müssen.

Doch der Schädel des Abts verstrahlte weiterhin sein Licht, und der Strahl war es, der Guthrie vor seinem schrecklichen Schicksal bewahrte. Das *Andere* zerrte und schleuderte ihn umher, Tasamin drückte ihn in die Tiefe und drückte und drückte, und dennoch kam Guthrie stets wieder nach oben. Es war wie ein langsamer, qualvoller Tanz zwischen den beiden: drücken und widerstehen, drücken und kämpfen, hinab und hinauf, und enden wollte es niemals.

Und dann *spürte* Guthrie etwas Neues. Zwischen den beiden Schädeln wuchs ein feines, fast unmerkliches Band. Tasamin saugte Kraft aus dem Schädel, wie man Flüssiges aus einem Wasserschlauch saugt, saugte gierig und rücksichtslos. Doch obwohl Tasamin den Schädel gefesselt hatte mit seinen kunstvoll angelegten Ketten aus Gold und Juwelen, waren da noch immer feinste Risse und Spalten – es war unmöglich, einer menschlichen Seele ganz die Freiheit zu rauben.

Während Tasamin also alle Kraft auf seinen Kampf mit Guthrie verwandte, schufen der tote Abt und der tote Askin eine Art Verbindung zwischen sich, so fein und verborgen, daß Tasamin, der sich ja auf ganz anderes konzentrierte, dies überhaupt nicht bemerkte.

Guthrie quälte sich ein letztes Mal verzweifelt nach oben, warf sich wie eine Welle gegen den mächtigen Fels, der Tasamin war, umspülte ihn, klatschte darüber hinweg, bis er – Tasamin mochte sich dagegen wehren, so sehr er wollte – zumindest teilweise in die gewöhnliche Welt zurückfand. Es war schon genug, daß er um sich wieder das Zelt sah, keuchend und bebend zwar, doch mit heilem Körper.

»Nein!« schrie Tasamin und stolperte zurück. »Das ist unmöglich!« Er hob den Schädel, den er in der einen Hand hielt, während die andere noch immer Alias Handgelenke umklammerte. »Ich werde nicht zulassen, daß du …«

Doch er kam kein Wort weiter.

Aus beiden Schädeln explodierte gleißendes Licht. Guthrie war nicht sicher, ob er es mit seinen gewöhnlichen Augen sah oder es *spürte* oder beides zugleich, aber er ›sah‹, wie die beiden Schädel umgeben waren von tanzendem Lichterschein, als ob sie beide brannten. Und diese beiden Feuer vereinigten sich nun zu einer Art großer, leuchtender Blüte.

»Nein!« schrie Tasamin den Schädel von Askin an. »Du bist mein. *Mein!*«

Doch nichts, gar nichts konnte er tun, um das aufzuhalten, was da begonnen hatte.

In dem Lichterglanz, der zwischen den Schädeln tanzte, begannen Gold und Juwelen von Askins knöchernem Gefängnis abzufallen. Langsam zunächst löste sich ein Rubin, dann einige Glieder einer Goldkette, dann Fäden des Golddrahts. Mit entsetztem Gesicht ließ Tasamin Alias Hände los, drückte den Schädel an seine Brust und versuchte mit seiner anderen Hand verzweifelt, die abgefallenen Stücke wieder aufzusammeln.

Es war sinnlos. Die Edelsteine und das Gold fielen nun immer schneller fort, bis der Schädel völlig frei war. Das doppelte Feuer, das zwischen den Schädeln schwebte, leuchtete noch einmal auf zu blendender Helligkeit.

Und war dann verschwunden.

Guthrie und Tasamin standen da, starr vor Entsetzen.

Was zurückblieb, war regloser, toter Knochen.

Guthrie erinnerte sich an den Abt, der damals – an jenem schrecklichen, verregneten Tag, als die Seewölfe das Kloster überfallen hatten – zu ihm gesagt hatte: »Vertraut mir, junger

Fürst. Hier geht es um mehr, als Ihr ahnen könnt.« Ja, er dachte an Abt Rianna, der trotz all seiner wundersamen Kräfte einfach sein Kinn ein wenig höher gehalten hatte, damit sein Hals frei lag und der Häuptling der Seewölfe ihn enthaupten konnte.

Die Erinnerung überwältigte Guthrie so sehr, daß er kaum atmen konnte.

Doch Tasamin starrte Guthrie nur haßerfüllt an. »Was hast du getan, dummer Junge? Was hast du nur *getan?*«

Bevor Guthrie in irgendeiner Weise reagieren konnte, warf Tasamin den nun leblosen Schädel beiseite und stürzte sich auf seinen Gegner. Da war nichts mehr von Tasamins gewohnter Eleganz. Nichts von seiner Selbstbeherrschung. Er sprang und fauchte wie ein wildes Tier und griff nach Guthries Kehle.

Tasamin prallte gegen Guthrie, als dieser sich noch immer unsicher am Rand der gewöhnlichen Welt bewegte, so daß sie beide nun ins *Andere* stürzten.

Menschliche Körper besaßen sie im *Anderen* nicht. Tasamin hatte keine Hände mehr, Guthrie keine Kehle. Und dennoch blieben sie ineinander verklammert, kämpften und fielen und fielen immer weiter in die Tiefe.

Doch das Leuchten war nun verschwunden. Guthrie sah kein vertrautes Licht mehr, das ihm den Weg zurück wies.

Tasamin war auf ihm wie ein schweres Gewicht, das ihn erdrückte, erstickte, zermalmte. Guthrie *spürte* den blinden, schreienden Haß, der diesen Mann erfüllte. Diese Wahrnehmung und die tosenden Strudel des *Anderen* reichten aus, um Guthries Selbst langsam aufzulösen. Ihn durchzuckte schreckliche Angst.

Und Tasamin …

Tasamin war fest und sicher. Er hielt sich geschützt mit juwelenbesetzter Rüstung, der Verkörperung seines eisernen Willens, und hielt das *Andere* auf sicherer Distanz. Er hatte die vollständige, sichere Kontrolle über sich. Er hatte Erfahrung im *Anderen,* es war ihm vertraut. Er wußte alles.

Doch durch ihre Umklammerung kamen sich die beiden Männer nahe wie nie zuvor, und plötzlich *spürte* Guthrie etwas hinter der blitzenden Rüstung.

Trotz Tasamins beängstigender Überlegenheit, seiner scheinbaren Unverwundbarkeit *spürte* Guthrie ... Was war es nur?

Es war Angst.

Guthrie erinnerte sich an das, was Rosslyn ihm einst gesagt hatte: »Ein Mensch, der das Namenlose Tor durchschritten hat, das *Andere* verleugnet und sich an sein altes Selbst klammert, der ist verloren. Ständig hat er Angst, und diese Angst beherrscht ihn. Also muß er alles um sich her beherrschen, sonst wird ihn diese Angst ganz und gar vernichten.«

Angst.

Guthrie erinnerte sich auch an die Verse aus dem *Buch,* die er an dem Tag gelesen hatte, als Rosslyn ihn fortschickte:

Ein Mann auf dem Weg wird ihm folgen,
weiter, als sein Auge sieht.

Ein Mann der Angst wird zögern, zögern,
und sein Weg wird furchtbar, kalt.

Ein Mann der Angst wird hart und starr,
ein Mann der Angst wird wanken, weichen,
ein Mann der Angst, ihm graut vor Mut.

Plötzlich wußte Guthrie, daß Tasamins Stärke aus nichts anderem bestand als aus nackter Verzweiflung. Ja, Tasamin hatte Angst vor dem Chaos des *Anderen.* Und er war Hone Amis sehr ähnlich: ein Mann, der der Welt mit tiefem Argwohn begegnete, immer das Schlimmste erwartete und überall nur Unheil und Zerstörung sah. Tasamin jedoch verfolgte seine eigenen Ziele. Für das Wohl der Gemeinschaft, das Hone Amis ganz zuoberst stellte, hatte er nichts als Verachtung.

Guthrie fühlte, wie es für Tasamin wohl gewesen war – wie er neue Kräfte erlangt und neue Fertigkeiten erlernt hatte, und wie er stets weitere Kraft brauchte, um auch über dies noch Macht zu haben, wie er seine juwelenbesetzten Netze webte, die ihm Sicherheit gaben und Halt. Immer mehr lernte er, und sein Bedarf an Kraft und Macht wuchs ins Unendliche …

Tasamins ganzes Leben war ein einziger, verzweifelter, gieriger Kampf nach Macht. Genaugenommen war es dieser Wille zur Macht – und nichts weiter.

Dieses tiefe Verstehen dauerte für Guthrie nicht länger als einen Herzschlag.

Guthrie spürte, wie Tasamin mit Krallen an ihm riß, und fühlte, daß er auseinanderbrach wie morsches Holz.

Mit einer letzten Anstrengung *griff* Guthrie nach Tasamins glitzernder Rüstung und versuchte zu ziehen und zu stemmen, wo immer er Halt fand. Es war, als ob er mit bloßen Händen versuchte, einer Hauswand die Ziegelsteine einzeln zu entreißen. Doch irgendwie, mit der Kraft der Verzweiflung, schaffte es Guthrie, ein winziges Stück herauszubrechen.

Das war genug.

Die gesamte Struktur mußte weit brüchiger gewesen sein, als es zunächst schien. Denn von der kleinen Öffnung liefen nun Risse nach allen Seiten, und der ganze Panzer, den Tasamin um sich gelegt hatte, begann aufzubrechen wie eine Eierschale.

Eine Geburt war es keine. Was Guthrie spürte, waren Qualen, Angst und Wut.

Tasamin wand sich, schrie, schlug um sich, als zum ersten Mal in seinem Leben das *Andere* ungehindert und mit ganzer Wucht seinen Schutzmantel durchbrach.

Auch Tasamins eiserne Willenskraft konnte nicht verhindern, daß sein Panzer und auch er selbst immer mehr zerfielen. Allzu ungestüm und unerbittlich toste das *Andere,* und diese

Erfahrung war für Tasamin neu und verhängnisvoll. All seine Stärke versagte, all seine Macht verkam zu Nichts.

Guthrie *spürte* einen letzten, langen, wütenden Schrei. Und dann fiel der Griff seines Gegners von ihm ab, und Tasamin stürzte fort in die endlosen Strudel des *Anderen*.

Er war verschwunden.

Guthrie spürte, daß auch sein eigenes Selbst sich auflösen wollte. Er konzentrierte sich, um dem zu widerstehen, um sich zusammenzuhalten, doch viel zu weit war er schon im *Anderen* versunken. Ihn durchbebte schreckliche Angst.

Aber während er sich derart mühte, erinnerte er sich an Tasamin, dessen gewaltige Kraft doch nichts gewesen war als tödliche Schwäche. Und auf einmal wußte Guthrie: Er selbst versuchte, vor dem *Anderen* zurückzuweichen, versuchte noch immer, sein altes Selbst zurückzugewinnen. Und gleichzeitig versuchte er, von diesem *Anderen* zu zehren, dessen Kräfte für seine eigenen Ziele zu gebrauchen – zu *mißbrauchen*.

So wie Tasamin.

Nein, Tasamins Weg würde er auf keinen Fall folgen, schwor sich Guthrie. Nicht blinde Stärke war wichtig und das sinnlose Verschließen und Panzern des Ich. Und immer nur das Ich, das Ich …

Er hatte deutlich genug gesehen, wohin das führte.

Das *Andere* brodelte um ihn und durch ihn, so entsetzlich wie je zuvor, doch Guthrie hörte auf, derart verzweifelt dagegen anzukämpfen.

Und obwohl es toste und zog und zischte, war da nun auch etwas anderes. Undeutlich und schwach kam zu ihm eine seltsame Stimme.

Plötzlich erinnerte er sich wieder an Verse aus dem *Buch:*

Der Weg liegt im Dunkel für Auge und Ohr,
und gierige Finger, sie tasten das Nichts.

Weglos der Weg, auf dem du nun gehst.
Wandel ist Reise, Wandel dein Los,
Wandel der Weg durchs Namenlose Tor.

Guthrie überkam ein merkwürdiges Hochgefühl.

Das *Andere* hatte Tasamin unter grausamen Qualen in Stücke gerissen, weil er noch immer festgehalten hatte an seinem brüchigen Selbst und sich nicht wandeln wollte.

Wandel.

Ein Ende und ein Neubeginn.

Noch ein Vers aus dem *Buch* erschien nun in Guthries Gedanken:

In der Nacht ihrer Hülle
erbebt nicht die Raupe
vor der Stunde des Todes?
Und wächst in ihr nicht
Atem für Atem
aufs Neue das Leben?

Ein neues Leben ... Rosslyn hatte behauptet, diesen *Wandel* durchlebt zu haben, den er nun fürchtete wie den Tod. Wieso sollte ihm das nicht auch gelingen? Sein Selbst endlich fallenlassen ...

Masken, alles nur Masken ...

Er erinnerte sich, wie ihm erstmals die Vorstellung von Masken gekommen war. Auf dem Gras war er gesessen, und mit ihren Fingerspitzen hatte Rosslyn ihm die Augen geschlossen und ihm plötzliches Verstehen geschenkt: So wie die Welt nicht die feste, verläßliche Wirklichkeit war, als die sie ihm ein Leben lang erschienen war, so war auch er selbst nicht der einfache, vertraute Mensch, für den er sich stets gehalten hatte. Er war ein *Wesen,* ein fühlendes, denkendes, atmendes Wesen, so geheimnisvoll und unverständlich wie die Welt selbst. Seine Selbsterkenntnis, all sein Streben … nur Masken vor diesem *Wesen.* Ja, zum Geheimnis dieser Welt gehörte er wie ein Herbstblatt zum Wind oder ein Fluß zu einem Fisch …

Die Zeit war nun reif, diese Masken abzulegen. Es war an der Zeit, die Raupe sterben zu lassen, ob sie nun Angst hatte oder nicht. Ein Ende sollte sein mit dieser fortwährenden Verwirrung und Angst und Unsicherheit, ein Ende mit diesem ständigen, mühevollen Balancieren zwischen zwei Welten.

Guthrie ließ los.

Er konnte fühlen, wie sein altes Selbst sich auflöste. Gedanken, Erinnerungen durchzuckten ihn in willkürlicher Folge. Das Gesicht seines Vaters. Regen, der vom dunklen Himmel fiel. Seine Mutter, die ihn anlachte mit Tränen in den Augen.

Es war für ihn das Ende aller Dinge, diese Auflösung. Es war ein *Wandel* weit über alles hinaus, was er sich vorstellen konnte. Kurz spürte er auch einen Funken der alten Angst. Nie mehr würde er das sein, was er gewesen war.

Aber er würde *sein.*

Zu weit hatte er sich bereits von seinem alten Selbst entfernt, und hätte er weiter daran festgehalten, wäre auch er so geworden wie Tasamin, ein gebrochener Mensch, verstümmelt von Angst.

Nein. Er mußte sich *ganz* wandeln.

Und weiter durchzogen ihn die Erinnerungen: an die Toten, die man in Riverside zu diesem gräßlichen Haufen getürmt hatte, an das höhnische Gelächter der Seewölfe und seine eigene, furchtbare Wut.

Doch weit weg war das alles, weit weg. Von dieser Wut war ihm nicht das Geringste geblieben. All das erschien ihm kalt und bedeutungslos.

Loslassen. Dies alles loslassen …

Er erinnerte sich daran, wie Hone Amis ihn im Schwertkampf unterrichtet und ihn angeschrien hatte. Und dann: die Fackeln und der kniende Gefangene, der Heermeister unerbittlich und hart, der Bandit mit flehendem Blick.

Guthrie dachte daran, wie er beim Schein seines kleinen Feuers Alia ins Gesicht geblickt hatte, wie er gespürt hatte, daß sie und all die anderen Talbewohner ihn brauchten.

Er erinnerte sich an die unzähligen Toten, die nach dem Überfall auf die Banditen in den modrigen, nassen Blättern lagen.

Er erinnerte sich an die Hoffnung, die aus den Augen der Banditen schien, als sie auf die Knie sanken, um ihren Eid zu leisten.

Und er erinnerte sich an seinen Teil bei diesem Schwur: *Euch und die Euren niemals zu mißbrauchen, niemals das Wohl der Gemeinschaft zu versäumen, niemals meine Stellung zu vergessen.*

Es brannte in ihm wie Feuer.

Solange er noch lebte, war er Fürst und trug auch die Verantwortung des Fürsten.

Nein, es durfte nicht enden. Nicht jetzt.

Noch einmal sträubte sich Guthrie gegen die Wellen des *Anderen,* versuchte es abzuschütteln, nach oben zu steigen, dabei sein davontreibendes Selbst wieder einzufangen … bis er wieder seine eigenen, gewöhnlichen Finger spürte und dazwischen die Kühle von gewöhnlicher, fester Erde.

Er grub sich in diese Erde hinein, wollte, daß die Finger Finger blieben, tastete nach Erdkrümeln und Steinen, tastete ohne zu sehen, wie ein Mann, der aus tiefer, dunkler See hinaufkommt in das gleißende Licht der Sonne.

Keuchend und mit schmerzhaft pochendem Herzen fiel Guthrie in das Zelt, und gelähmt vor Erschöpfung blieb er dort liegen.

XXVII

Von draußen hörte Guthrie Schreie und wilden Aufruhr.

Jemand kreischte, lange und schrill. Dann ein Röcheln.

Guthrie bemühte sich, klare Gedanken zu fassen, rollte sich auf die Knie und kam auf die Beine. Vor ihm auf dem Zeltboden lag Tasamin, tot, sein Gesicht erstarrt zu einer Fratze des Entsetzens. Neben ihm lag Alia. Doch Guthrie bemerkte, wie ihre Brust sich fast unmerklich hob und senkte.

Noch immer kamen von draußen Schreie.

Guthrie stolperte durch den Zelteingang und hinaus in die kalte Winterluft.

Der Tag ging dem Ende zu. Die Sonne hing tief und rot und groß über dem Horizont und vergoldete den Schnee auf fernen Gipfeln. Der Himmel war völlig wolkenlos, kalt und klar, ein eisiges Blau, das sich nach Westen in lachsfarbenes Rot verwandelte.

Guthrie blinzelte, um scharf zu sehen. Zwei Gruppen standen sich im Lager gegenüber: Hone Amis' Milizen und die Jäger auf der einen Seite, Sethir und seine zerlumpten Männer auf der anderen. Etliche waren bereits mit Blut beschmiert, sowohl Milizen als auch Banditen, und mehrere reglose Körper lagen auf der Erde zwischen ihnen.

»... und wenn nicht«, sagte Sethir gerade, »dann werden wir ihn töten.«

»Wenn du es *wagst* ...«, begann Hone Amis.

Dann, plötzlich, bemerkte er Guthrie. »Guthrie!«

Bevor sich irgend jemand bewegen konnte, wirbelte Sethir herum und warf sich auf seinen Gefangenen.

Hone Amis und seine Soldaten stürmten geschlossen nach vorn.

Guthrie versuchte zur Seite zu springen, doch er war noch unsicher auf den Beinen, und Sethirs Angriff riß ihn zu Boden.

Bevor er überhaupt richtig reagieren konnte, fühlte er bereits eine kalte Klinge an seinem Hals.

»Bleibt, wo ihr seid!« brüllte Sethir. »Oder er stirbt!«

Die Soldaten wichen zurück.

»Töte ihn, und du unterschreibst dein eigenes Todesurteil«, rief Hone Amis.

Sethir grinste. Durch seinen schwarzen Bart blitzten die Zähne. »Erst unterschreibe ich *seines*!«

Guthrie spürte, wie er die Klinge fester drückte.

»Zurück«, befahl Hone Amis seinen Männern.

Sethir nickte. »Gut.« Er sah sich mit prüfendem Blick um.

Auch Guthrie versuchte zu erkennen, was geschehen war. Im Lager standen ungefähr so viele Banditen wie Soldaten. Es war nicht einfach abzuschätzen, wer einen offenen Kampf gewonnen hätte. Guthrie schauderte, als er an die letzte Schlacht mit den Banditen dachte.

Sethir allerdings schien sich keineswegs sicher, wie er nun weiter vorgehen sollte. »Werft eure Waffen fort!« rief er nach einer Weile den Soldaten zu.

Mehrere Männer wollten zögernd gehorchen, doch mit einem knappen Befehl hielt Hone Amis sie zurück.

»Ich werde ihn töten, Mann!« schrie Sethir. »Und ich meine es ernst.«

Hone Amis sah ihn an mit kaltem Blick. »Daran zweifle ich nicht. Aber du ... du kannst ebenso sicher sein, daß du nicht einen Herzschlag länger lebst. Und wenn du denkst, du kannst *mich* zwingen, alles hier aufzugeben, dann irrst du dich.« Er schwenkte seinen Arm und deutete auf die beiden bewaffneten Gruppen, die sich gegenüberstanden. »Mit deinen Männern können wir es jederzeit aufnehmen, Bandit. Und glaube nicht, daß wir uns diese Gelegenheit entgehen lassen, nur weil du so nett darum bittest.«

Mit der Messerspitze schob Sethir Guthries Kinn nach oben. »Bitten?«

Hone Amis hob die Schultern und blieb stumm.

Guthrie mußte den Heermeister um seine eisige Ruhe bewundern. Und er spürte, wie die Messerspitze auf seiner Haut leicht zitterte. Sethir hatte Angst.

Nach langem Zögern nahm Sethir sein Messer etwas zurück. Er winkte einem seiner Männer. »Hol mir Tasamin. Schnell! Was ist eigentlich mit ihm? Brütet er wieder über seinen verfluchten Plänen?«

Der Mann lief zu dem Zelt, aus dem Guthrie gekommen war, doch langsam. Viel zu deutlich war ihm bewußt, wie alle Augen sich nur auf ihn richteten.

Mehrere Milizen machten eine Bewegung, um ihn aufzuhalten. Hone Amis winkte sie zurück.

Der Mann erreichte das Zelt, ging hinein.

Alle standen sie da und warteten – Milizen, Jäger, Banditen –, wortlos und nervös.

Guthrie spürte die Anstrengung, so lange kniend auf dem Boden zu kauern. Die Knie taten ihm weh auf der kalten, harten Erde, und seine Beinmuskeln begannen zu zittern. Er kam sich vor wie ein Narr, da er vornübergebeugt und hilflos ausharrte.

Und wartete wie alle anderen.

Da kam der Mann aus dem Zelt. Mit unbeholfenen Schritten ging er zu seinem Anführer.

»Nun?« fragte Sethir.

»Er ist ...« Der Mann zögerte, trat einen Schritt näher. »Er ist tot, Seth.«

»Was?«

»Ja, tot. Und dieses Mädchen bei ihm ... auch tot, wie es aussieht. Liegen da auf dem Boden wie zwei verrenkte Fische. Richtig unheimlich. Und bei seinem seltsamen Schädel, da ... All der Schmuck und das Gold sind davon abgefallen. Und daneben liegt ein zweiter Schädel! Es war einfach gräßlich da drin!«

Guthrie spürte, wie Sethir steif wurde. »Wenn du mich anlügst, Arthon ...«

»Nein, Seth, es ist wahr. So wahr, wie ich hier vor dir stehe.«

»Dieser verfluchte Narr!« zischte Sethir. Er holte tief Luft. »Der große Tasamin. Pah! Läßt sich umbringen wie ein kleines Kind.« Er schüttelte Guthrie. »Dafür wirst du bezahlen, Junge! Tasamin war ein arroganter Dreckskerl, aber er war mir *nützlich.*«

»Gib auf, Seth«, rief Hone Amis und redete ihn an wie einer seiner Männer.

Sethir sprang ganz auf die Füße und zog Guthrie zu sich hoch. »Für dich noch immer Boh Sethir!«

Der Heermeister machte eine höhnische Verbeugung. »Nun gut. Dann eben Boh Sethir.«

»Laß diese Spielchen, Amis!«

»*Hone* Amis, da wir auf Förmlichkeiten ja Wert legen.« Guthrie bemerkte Amis' fragenden Blick. »Und wie kommt es, daß du mich kennst?«

»Oh ja, ich kenne dich«, erwiderte Sethir. »Ich erinnere mich noch gut.«

»Du erinnerst dich?«

»Richtig.«

Hone Amis wartete.

»Du hast mich aus dem Tal geprügelt – du, der alte, dreckige Garth und dieses verlogene Schweinegesicht Merith Roul.«

Hone Amis zuckte mit den Schultern. »Ich erinnere mich nicht.«

»Nein, natürlich nicht. Aber *ich* erinnere mich. Sehr gut sogar. Der Abdruck deines Stiefels an meinem Hintern ist mir noch lange geblieben.«

Noch einmal hob Hone Amis die Schultern. »Zweifellos hattest du es verdient, Bandit.«

»Ich war *unschuldig*«, fauchte Sethir.

Der Heermeister lachte bitter. »Oh, selbstverständlich. Wie alle anderen. Unschuldig wie neugefallener Schnee.«

»Mach dich nicht lustig, Amis.«

»*Hone* Amis, Bandit.«

Sethir grinste. »Du kannst mich am Arsch lecken, Amis.«

Der Heermeister trat einen Schritt vor, sein Gesicht rot vor Zorn.

»Aufhören!« rief Guthrie. Sethirs Klinge fuhr wieder an seine Kehle, doch Guthrie redete weiter. »Ihr geht aufeinander los wie zwei Bergziegen. Und weshalb? Worum geht es hier denn?«

Sethir lachte. »Um unser Leben, Junge. Um unser Leben und unsere Zukunft.«

Guthrie drehte sich herum, so weit er konnte. »Und was ist deine Zukunft, Sethir?«

»Du machst dich lustig, Junge.«

»Das tue ich nicht.«

»Die Antwort müßtest du bereits kennen.«

Guthrie nickte. »Rache.«

»Gerechtigkeit!«

Hone Amis lachte. *»Gerechtigkeit?* Du dahergelaufener, gewissenloser Bandit redest von Gerechtigkeit?«

»Ihr alle *schuldet* mir Gerechtigkeit, Narr!«

»Du bist hier der Narr«, entgegnete Hone Amis. »Raub und Mord, Plünderei und Vergewaltigung, *das* ist dein Leben – und deine Zukunft, wenn wir es nicht verhindern! Ich kenne deine Art, Mann!«

»Ja, *wirklich?«* fragte Sethir. Er wandte sich zum Heermeister und war so erregt, daß er nicht achtgab und seinen Griff einen Moment lang lockerte.

Guthrie hätte entkommen können. In Gedanken sah er, wie er sich aus dem Arm des Banditenführers riß, sah, wie Hone Amis ein plötzliches Kommando gab, sah, wie Sethir von Pfeilen durchbohrt am Boden lag und im ganzen Lager ein grausamer, blutiger Kampf ausbrach. Dies alles sah er und wußte, daß er sich losreißen könnte.

Doch er tat es nicht.

Es war schon genug Blut geflossen.

»Hone Amis«, rief Guthrie.

Sethir zuckte zusammen, und sofort drückte er ihm wieder das Messer an die Kehle.

Guthrie versuchte, die kalte Spitze auf seiner Haut nicht zu beachten, und rief zum Heermeister: »Wo sind sie, Amis?«

»Wo ist *wer?*« fragte Amis zurück.

Guthrie sah ihn an, so konzentriert wie möglich. »Du weißt, wen ich meine.«

Plötzlich nickte Hone Amis. »Richtig. Habe verstanden.« Er deutete hinter sich. »Habe sie dort drüben bewacht zurückgelassen. Damit sie bloß keine Dummheiten machen.«

»Wovon redet ihr?« meinte Sethir argwöhnisch.

»Laß sie herbringen«, sagte Guthrie.

Der Heermeister starrte ihn an. »Bist du verrückt, Junge?«

»Tu es, Amis«, befahl Guthrie. »Tu es einfach!«

»*Was* soll er tun?« fragte Sethir. Noch fester drückte er das Messer an Guthries Hals, so daß nun ein Tropfen Blut kam. »Du sagst mir sofort, von was ihr da redet, Junge, oder ...«

»Von deinen Männern«, entgegnete Guthrie schnell. »Deine Männer sind es, die er herführen wird.«

»Gefangene?«

»Nein.«

Sethir warf ihm einen finsteren Blick zu. »Du bringst mir also Tote?«

»Nein.«

Der Banditenführer schüttelte den Kopf. »Mach mich bloß nicht verrückt, Junge. Du sagst mir jetzt, was hier los ist.«

»Das wirst du gleich sehen«, erwiderte Guthrie. Er blickte zu Hone Amis, der noch immer unsicher dastand. »Bring sie her, Amis!«

Der Heermeister zögerte noch einen Moment, doch dann, als Guthrie weiterhin unbeirrt zu ihm hinübersah, nickte er schließlich seine Zustimmung. »Holt sie!« rief er über seine Schulter, und zwei seiner Männer liefen fort durch die Bäume.

»Wenn dies irgendein Trick ist, Junge …«, warnte Sethir.

»Kein Trick, Sethir. Warte nur ab.«

Dem Banditenführer gefiel das alles nicht. Auch seine Männer standen unruhig da und sahen sich an.

»Was hast du schon zu verlieren?« sagte Guthrie und versuchte, die Zeit zu überbrücken.

Sethir versteifte sich, dann hob er seine Schultern und lockerte seinen Griff etwas. »Nicht mehr und nicht weniger als du, falls das ein Trick sein sollte, Junge.«

Sie warteten … langsam, langsam verging die Zeit.

Dann erschienen zwischen den Bäumen die Umrisse von Männern.

Im Lager hörte man keinen Laut.

Drei Milizen traten nun auf die Lichtung und mit ihnen eine Handvoll Banditen – ungefesselt und bewaffnet.

Erleichtert atmete Guthrie auf. Hone Amis achtete den Schwur, den diese Männer geleistet hatten. Dafür war Guthrie ihm dankbar.

Verblüfft und entsetzt starrten die Banditen auf ihre früheren Kameraden.

»Ossbert!« rief jemand.

Der grauhaarige Ossbert nickte und lächelte unsicher. In einer Hand hielt er einen Bogen, über seiner Schulter hing ein Köcher mit Pfeilen. »Ja, ich bin es.«

Einige Banditen wollten schon freudig auf ihre Kameraden zugehen, von denen sie ja geglaubt hatten, sie wären im Kampf gefallen.

»Aber wann …«

»Wie seid ihr …«

»Ruhe!« brüllte Sethir. »Geht sofort wieder zurück! Und du, Ossbert, und ihr anderen, verschwindet von diesen …«, er warf Hone Amis und seinen Milizen einen verächtlichen Blick zu, »diesen Rattenärschen und kommt her.«

Guthrie wartete gespannt. Er sah, wie Hone Amis einem seiner Bogenschützen ein fast unmerkliches Zeichen gab, und wußte nur zu gut, was es zu bedeuten hatte: Ossberts erster Schritt zu Sethir würde sein letzter sein. Und dann …? Dann würde hier im Lager die Hölle ausbrechen.

Doch Guthrie blieb stumm. Es gab nichts, was er tun konnte.

Verlegen hob Ossbert die Schultern. »Kann nicht, Seth.«

Sethir starrte ihn an. »Was?«

»Ich kann nicht tun, worum du mich bittest.«

»Ich habe dich nicht *gebeten,* Mann. Komm her!«

Noch einmal hob Ossbert die Schultern.

»Das gilt auch für die anderen«, fauchte Sethir. »Kommt her!«

Die übrigen Banditen bewegten sich unruhig, doch keiner verließ seinen Platz zwischen den Milizen.

»Was habt ihr *getan?*« wollte Sethir wütend wissen. »Euer jämmerliches Leben gerettet, indem ihr zu Verrätern wurdet, nicht wahr? Haben sie *so* unser Lager gefunden?«

»Nein«, erwiderte Ossbert schnell und blickte zu Guthrie. »Er hat das Lager gefunden. Die anderen sind seiner Spur gefolgt.«

Sethirs Augen blitzten Guthrie wütend an.

»Ich bin nicht mehr dein Mann, Sethir«, sagte Ossbert. »Keiner von uns.«

Der Banditenführer zischte: »Und wessen Männer seit ihr dann?«

»Seine«, entgegnete Ossbert und deutete auf Guthrie.

»Narr!« fauchte Sethir. »Denkst du, diese ach so vornehmen Talbewohner halten sich an irgendein Abkommen mit denen, die sie Banditen nennen? Was haben sie dir denn angeboten, damit du deine Kameraden verrätst? Gold? Silber?«

Ossbert verzog das Gesicht. Er fühlte sich verletzt, blieb jedoch stumm.

»Wie lange, denkst du, wird es dauern, bis sie dir in der Nacht ein Messer zwischen die Rippen jagen?«

Ossbert trat einen Schritt nach vorn. »Ich habe einen Eid geschworen, Sethir. Früher, da war ich ein Mann, dessen Wort etwas zählte. Und vielleicht gelingt es mir, wieder solch ein Mann zu werden. *Er* …«, Ossbert zeigte auf Guthrie, »gab mir diese Chance. Und ich bin fest entschlossen, sie zu nutzen.«

Sethir starrte ihn kopfschüttelnd an. »Das ist Irrsinn. Er hat euch irgendwie … beschwatzt. Euch alle.«

»Er hat uns eine Chance gegeben für das, was wir die ganze Zeit wollten«, sagte einer der anderen Banditen.

»Eine bessere Chance, als wir sie von dir jemals bekommen haben«, fügte ein dritter hinzu.

»Eine Chance«, sagte nun Guthrie, »die ich *jedem* von euch biete!«

Alle Augen richteten sich auf ihn.

»Erzähl ihm«, sagte Guthrie zu Ossbert, »erzähl ihm, wie es war.«

Ossbert nickte. »Ich habe ihm einen Schwur geleistet, Seth. Ich bin sein Mann, aus eigenem Entschluß. Ich bin bewaffnet und frei.«

»Und das könnt ihr alle sein«, rief Guthrie.

Er drehte seinen Kopf zu den versammelten Banditen. »Ihr seid gekommen, um in diesem Land euer Glück zu machen. Ihr seid gekommen, um euch hier ein Leben aufzubauen. Das, was ihr euch wünscht, das kann ich euch bieten. Ich biete euch …«

»Halt's Maul!« zischte Sethir. Er drückte sein Messer an Guthries Kehle, daß es schmerzte.

Guthrie achtete nicht darauf. »Ich bin der rechtmäßige Herrscher über das Fürstental«, sagte er so laut wie möglich. »Ich biete euch ein Chance, das Blutvergießen zu beenden. Eine Chance, aus eurem Leben etwas zu machen. Mit einem Hof, mit Vieh, mit Feldern.«

»Halt's Maul!« wiederholte Sethir.

»Du lügst uns an!« rief einer der Banditen.

»Nein«, sagte Ossbert. »Ich habe ihm geschworen, und er hat mich gerecht behandelt. Er lügt nicht.«

»Auch ihr könnt euren Schwur leisten«, sagte Guthrie, »und

das Fürstental wird eure Heimat sein. Schwört, und ihr werdet ...«

»Lügner!« knurrte Sethir. Er verpaßte Guthrie einen Stoß, so daß er auf den Rücken fiel.

»Lügner!« sagte er noch einmal.

Er stürzte sich auf Guthrie und rammte ihm das Knie in den Magen, so daß Guthrie schwarz vor Augen wurde.

»Nein!« rief Hone Amis.

Zu spät.

Sethir hob das Messer.

Guthrie sah, wie es in einem silbern blitzenden Bogen auf ihn niederkam. Er sah den Tod in diesem glänzenden Stück Metall, das unaufhaltbar näher kam.

Er lag da, er keuchte. Die Welt wurde undeutlich. Das *Andere* war ganz nah. Er hörte sein Tosen.

Die Klinge ging ihm zwischen die unteren Rippen, zerfetzte sein Fleisch. Einmal, zweimal ... und wieder und wieder ...

XXVIII

Alia kam langsam zu sich.

Sie fühlte sich übel, steif und verwirrt, und ihr Mund war trocken wie altes Leder. In ihrem Kopf schwirrten Bruchstücke von Erinnerungen ... brodelndes Chaos und Schreie, ein Netz von Goldfäden, funkelnde Edelsteine, eisig blaue Augen.

Sie schüttelte den Kopf, rieb sich die Augen und versuchte sich umzusehen. Sie war in einem Zelt. Und neben ihr ... neben ihr lag ... Tasamin. Tot!

Sie verstand das nicht.

Doch allmählich kamen die Erinnerungen.

An Tasamin und den jungen Fürsten Guthrie und den ewigen, ewigen Sturz in das grauenhafte Dunkel.

Alia spürte, wie die Welt um sie her leicht erzitterte, fühlte das dunkle Brodeln, das sich unter allem verborgen hielt. Sie betrachtete den toten Tasamin. Schnell riß sie die Armreife von ihren Handgelenken, die Kette von ihrem Hals. Von diesen vergangenen Tagen wußte sie nur Undeutliches. Halb besinnungslos war sie gewesen durch Tasamins niederträchtigen Zauber.

Mit beiden Händen fuhr sich Alia über ihr Gesicht. Sie fühlte sich irgendwie schmutzig – und unendlich müde.

Von irgendwo kamen Schreie.

Mühsam versuchte sich Alia klarzuwerden, was geschehen war. Der Schädel mit den Juwelen hatte irgendwie … Tasamins Fesseln gesprengt, und Tasamin war mit Guthrie in dieses *Andere* gestürzt und hatte sie mitgerissen … dann war Tasamin schwächer geworden, hatte begonnen sich … aufzulösen, und sie war frei geworden und wieder in die gewöhnliche Welt gestürzt.

Tasamins totes Gesicht war erstarrt zu einer Maske des Schreckens, und Guthrie …

Wo war Guthrie?

Noch immer hörte sie Schreie.

Alia schlug die Arme um sich. In ihrem ganzen Körper spürte sie seltsamen, betäubenden Schmerz.

Schreie. Immer wieder Schreie.

Was war da los? Sie hob ihren Kopf. Der Lärm kam von draußen, soviel erkannte sie. Doch beim besten Willen konnte sie sich nicht daran erinnern, was außerhalb dieses Zelts liegen könnte. Die letzte, klare Erinnerung, auf die sie sich verlassen konnte, war von dem Dämonenwesen, das sie in die Höhe riß und mit ihr durch den dunklen Wald rannte … und rannte bis …

Das Banditenlager! Natürlich!

Durch die Zeltwand hörte sie Männerstimmen.

Mit steifen Gliedern richtete Alia sich auf. Sie stolperte zum Zelteingang, hob die Leinwand und spähte hinaus.

Das Licht war zu hell für ihre Augen. Sie blinzelte, ihr kamen Tränen. Die Welt erschien ihr irgendwie verändert. Die Farben und Formen, sie waren … in ständigem Wandel. Sie verblaßten, lösten sich auf, fügten sich wieder zusammen. Ihr wurde furchtbar schlecht.

Alia konzentrierte sich und versuchte, klar zu sehen.

Vor ihr, da waren Männer. Zwei Gruppen. Banditen und … Milizen! Sie erkannte Hone Amis. Und auf der anderen Seite …

Fürst Guthrie!

Doch über Guthrie stand der bärtige Bandit namens Sethir. Sein Messer lag an Guthries Kehle.

Alia brauchte eine Weile, bis sie verstand, was da vor sich ging.

»Lügner!« hörte sie Sethir knurren. Er stieß Guthrie brutal zu Boden. *»Lügner!«*

Alia sah, wie er sich auf Guthrie stürzte, ihm das Knie in den Magen rammte.

Und dann hob er sein Messer.

»Nein!« rief Hone Amis.

Zu spät.

Entsetzt mußte Alia zusehen, wie Sethir seine Klinge zwischen Guthries Rippen stach, einmal, zweimal … Guthrie wand sich und versuchte vergebens, Sethir mit der Hand abzuwehren. Seine Brust färbte sich rot mit Blut.

Sethir stach noch einmal zu und noch einmal, er grunzte und keuchte vor Anstrengung wie ein wildes Tier. »Rattenärschiger Hurensohn!« fluchte er. »Ich wollte, ich hätte das auch mit deinem Vater …«, und wieder hieb er das Messer in die blutüberströmte Brust, »machen können. Mit eurem ganzen verfluchten Pack!«

Alia blickte ungläubig hinüber. Das ganze Lager, so schien es, war wie erstarrt von Sethirs plötzlichem, brutalem Verbrechen.

Sethir richtete sich auf, und breitbeinig und triumphierend

stellte er sich neben Guthrie. Er trat ihm in den Bauch. Ein zweites Mal. Von Guthrie kam ein leises Stöhnen.

Hone Amis war weiß geworden wie Papier. Er öffnete seinen Mund, um einen Befehl zu geben. Doch ihm versagten die Worte.

»Jetzt!« schrie Sethir. Er zeigte auf die wie gelähmt dastehenden Soldaten. »Auf sie! Tötet sie! Tötet sie alle! Und dieses Land wird uns gehören!«

Doch dann kam plötzlich das *Twang!* einer Bogensehne, und Sethir zuckte zusammen. Entsetzt sah er an sich hinunter. Vorn in seiner Brust steckte das gefiederte Ende eines Pfeils. Dann blickte er dorthin, wo der Pfeil hergekommen war.

Ossbert sah ihn an mit ruhigem Blick. Den Bogen hielt er noch in der Höhe.

»Verräter!« zischte Sethir und griff nach dem Pfeil in seiner Brust.

Ossbert verzog keine Miene. »Du bist es, der uns verraten hat, Sethir. In dir ist viel zuviel Haß.«

»Tötet ihn«, befahl Sethir. »Tötet ihn!«

Niemand bewegte sich.

Ossbert ließ seinen Bogen fallen, hob seine Arme. »Wir kamen in dieses Land, um ein neues Leben zu beginnen«, rief er zu den Banditen. »Dieser Mann ...«, er deutete auf den blutenden Guthrie, »... gab uns die Chance zu diesem Leben. Und Sethir ersticht ihn. Mit seiner Klinge tötete Sethir unsere größte Hoffnung.«

Ossbert wandte sich zu Hone Amis. »Ich bin Fürst Guthries Mann, Heermeister. Glaubt es mir.«

Hone Amis sah ihn an mit kalten Augen.

»Dreckiger *Verräter!*« schrie Sethir. Er machte einen Schritt zu Ossbert, doch er stolperte. Sein Gesicht war leichenblaß und mit Schweiß verschmiert.

Da fing Hone Amis auf einmal an zu brüllen, als ob er damit irgendeinen lähmenden Zauber von sich schüttelte. Es kamen keine Worte, nur ein gewaltiger Schrei voll Qual und Wut. Er hob sein langes Schwert. Die Milizen, auch sie nun erlöst aus ihrer Starre, marschierten geschlossen nach vorn.

Doch Guthrie, der dalag in seinem Blut, schrie laut auf und versuchte, sich aufzurichten.

Alle Augen richteten sich auf ihn.

»Das ... das muß ...«, krächzte er mit kaum hörbarer Stimme. Aus seinem Mund quoll helles Blut. »Das muß ... ein Ende haben!«

Die Männer, die sich bereits zum Angriff gegenüberstanden, wurden unsicher.

»Es reicht mit dem Töten«, keuchte Guthrie. »Mein Tod und Sethirs Tod sollen genug sein. Es muß ... *enden*! Im Tal ist genug Land für euch alle.«

»Nein!« rief Sethir. »Er lügt, ihr Dummköpfe! Merkt ihr es nicht? Er *lügt*!«

»Sei *still,* Sethir«, sagte Ossbert.

Der Banditenführer knurrte. »Komm her, du verlogener Verräter, und ich sorge dafür, daß *du* still bist.« Er hob sein Schwert. *»Damit!«*

Ossbert sagte kein Wort. Auch er zog sein Schwert und ging zu Sethir.

Die zwei Männer standen sich eine Weile lauernd gegenüber. Doch Sethir war bereits viel zu schwach, und der Pfeil in seiner Brust knirschte mit jedem Atemzug gegen Knochen. Er schwenkte vor Ossbert seine Klinge. »Komm schon! Komm schon!«

Ossbert sprang auf ihn zu, unterlief Sethirs unbeholfenen Hieb, und mit einem plötzlichen, kräftigen Stoß rammte er seine eigene Klinge seitlich in Sethirs Brust.

Sethir stürzte auf die Knie.

Ossbert riß sein Schwert aus ihm heraus und versetzte ihm einen Tritt, so daß Sethir vollends zur Erde krachte und sich jämmerlich krümmte. Noch einmal versuchte er in die Höhe zu kommen, doch er hatte keine Kraft mehr, und er prallte mit dem Gesicht auf den Boden.

Ossbert kniete sich neben ihn und packte ihn an den Haaren. »Du warst ein starker Mann, Seth. Doch ein Herz hattest du keines.«

Haßerfüllt sah Sethir zu ihm hoch.

»Mögest du deinen Frieden im nächsten Leben finden, Boh Sethir, einst Bewohner des Fürstentals«, sagte Ossbert. Dann stach er ihm das Schwert in die Kehle.

Sethir schrie noch einmal auf, ein Klagegeschrei wie von einem Tier. Dann lag er reglos da und stumm.

Alia betrachtete dies alles mit einem seltsamen Doppelblick. Sie sah, wie die Männer nun schon fester ihre Waffen umklammerten und drohend aufeinander zugingen, und gleichzeitig spürte sie ein verschwommenes Etwas aus Spannung und Wut, das die Männer wie eine Wolke zu umgeben schien.

Sie kam nun aus dem Zelt und rannte über die Lichtung direkt zu Guthrie. »Nein!« schrie sie heiser. Zuviel Gewalt und zuviel Blut hatte sie schon gesehen. »Bleibt stehen!«

Die Männer starrten sie an.

Sie erreichte Guthrie, kniete sich neben ihn. Er hatte das Bewußtsein verloren, war über und über mit Blut verschmiert und atmete nur noch schwach, in fast unmerklichen Zügen. Sie legte ihre Arme um ihn, stützte seinen Oberkörper und übertrug ihm einen Teil ihrer Stärke.

Guthrie stöhnte. Seine Augenlider zuckten.

Einmal hatte Alia all ihre Hoffnungen auf diesen Mann gesetzt. Und er hatte sie enttäuscht. Doch die Wolke aus Mordlust und Gewalt, die sie spüren konnte, schien sich um ihn zu drehen, als wäre er der Mittelpunkt von all dem, was hier geschah. Und obwohl sie nicht genau nachvollziehen konnte, was in dieser seltsamen, *anderen* Welt geschehen war, wußte sie nun, daß dieser Mann nicht der naive, verwöhnte Fürstensohn war, für den sie ihn einst gehalten hatte.

»Noch nicht«, hauchte Alia in Guthries Ohr. »Wir brauchen dich noch. Du darfst uns noch nicht verlassen!« Vorsichtig schüttelte sie ihn. Alia erinnerte sich an etwas, das sie vor vielen Jahren gehört hatte: Ein Mensch, der sich schon an der Grenze zum Schattenland befand, ließ sich angeblich zurückholen, wenn man seinen Namen rief. »Guthrie«, sprach sie also und beugte sich zu ihm nieder. »Guthrie. *Guthrie!*«

Nichts.

Von den Milizen kamen verärgerte Stimmen.

Alia zitterte. Es war zu spät. Sie blickte nach oben zu den Gesichtern der Männer um sie her. Und was sie sah, waren Zweifel, Trauer, wachsender Zorn.

Die Welt wurde ihr trügerisch, sie fühlte, wie die Wirklichkeit sie verließ. Es war wie zuvor ... sie stürzte in das grauenhafte Chaos, das sich hinter allem verbarg. Das Chaos, das Tasamin ihr gezeigt hatte.

Alia mühte sich verzweifelt, einen Sinn zu finden in dem, was um sie geschah, und sie weigerte sich, irgend etwas als Wahrheit zu nehmen, was Tasamin sie gelehrt hatte. Doch sie konnte *fühlen,* wie sie in schwarzer, brodelnder Gischt versank, und in immer größerer Ferne verschwand die Welt, die ihr vertraut war ...

Doch nicht alles war Chaos.

Alia konnte weder sehen noch hören in dieser Welt, nein, sie *fühlte,* wie sich ganz in der Nähe etwas bewegte. Und was sich da bewegte, *fühlte* sich an wie ... Es wand sich wie ein verletzter Aal, und halb war es hohl. Die wirbelnden Strudel spülten darum herum und hindurch.

Alia hatte keine Erklärung, *wie* sie es wissen konnte, doch sie wußte es: Guthrie! Noch schneller als sie sank er in die Tiefe.

Sie versuchte, nach ihm zu greifen. Er stürzte nicht nur fort aus der gewöhnlichen Welt, sondern auch aus diesem *Anderen.* Und dabei verblaßte er wie ein Bild im Sand, über das die Wellen spülten.

Er starb.

»Nein!« schrie Alia oder dachte zumindest, daß sie schrie. Mit dem letzten Rest an Kraft, der ihr geblieben war, versuchte sie ihn zurückzurufen, nach ihm zu greifen, ihn nach oben ins Leben zu ziehen.

Mit bebendem Atem kam Alia zurück in die gewöhnliche Welt. Guthrie stöhnte in ihren Armen. Sie blickte hinunter und sah, daß seine Augen offen waren. Er sah sich um, dumpf, verwirrt – doch bei Bewußtsein.

»Du hast mich … gehalten«, sagte er schwach.

Alia nickte.

Guthrie gelang es, sich noch etwas weiter aufzurichten, und mit einer Hand winkte er lahm und schwach.

Die Männer im Lager, Milizen wie Banditen, kamen schweigend näher.

»Leistet mir nun euren Schwur«, sagte er heiser zu den Banditen.

Hone Amis sprang vor, wollte etwas sagen.

»Sie leisten mir nun ihren Schwur, Heermeister«, bekräftigte Guthrie.

Hone Amis blieb stehen. Auf seinem Gesicht spiegelte sich Unsicherheit, Wut und Sorge.

»Und du hältst dich an deinen«, fügte Guthrie hinzu. Er keuchte und hustete noch einmal Blut. »Hast du … *verstanden,* Heermeister?«

Hone Amis schluckte, und langsam nickte er. »Jawohl, mein Fürst. So soll es denn sein.«

Einen langen Moment regte sich niemand. Dann deutete Hone Amis auf die Banditen. »Es wird geschehen, wie er sagt. All jene von euch, die sich entschieden haben, in diesem Tal ein neues Leben zu beginnen, sollen ihm nun schwören. Schnell. Schnell!«

Die Banditen traten näher. »Was … was sagen wir?« fragte einer.

»Beim Rot meines Bluts, beim Weiß meiner Knochen«, begann Hone Amis für sie. »Wiederhole es, Mann. Los, wiederhole es!«

»Beim Rot … meines Bluts, beim Weiß meiner Knochen«, begann der Mann.

»Auf ein Knie, du Dummkopf!« befahl der Heermeister. »Runter mit dir. Wo wurdest du denn erzogen? In einem Kuhstall?«

Guthrie wurde ungeduldig. »Macht schnell«, keuchte er.

»Beim Rot meines Bluts, beim Weiß meiner Knochen«, sagte der Mann ein zweites Mal.

»Schwöre ich Euch und den Euren«, fuhr Hone Amis fort.

»… Euch und den Euren«, kam die Antwort.

»Euren Söhnen und den Söhnen Eurer Söhne …«

Doch Guthrie hob schwach eine Hand. »Ich habe keine Söhne und werde …«, er verzog seine Lippen zu einem mühsamen Lächeln, »wohl kaum welche haben.«

Die Männer schwiegen.

»In der kurzen Zeit, die ich Fürst war«, sprach er weiter, »habe ich Gutes und viel Schlimmes erlebt. Es war eine Zeit, in der die Menschen jemanden brauchten, zu dem sie aufsehen konnten.«

Hone Amis nickte. »Das gehört zur natürlichen Ordnung des Lebens.«

»Doch es braucht viel, sehr viel, ein *guter* Fürst zu sein«, seufzte Guthrie. »Hört mir zu, ihr alle. Dieses Land gehört euch. Tut damit, was ihr wollt. Zerstört es. Macht es fruchtbar. Teilt es auf …«

»Guthrie«, sagte Hone Amis. »Schone dich. Wir verstehen, was du meinst. Wir werden einen neuen Fürsten finden. Der Sohn der Schwester deines Onkels Pell lebt noch. Er dürfte in der Abstammung der nächste sein. Auch der junge Tadd ist ein feiner Kerl. Besser jedenfalls als dieser ekelhafte Malone! Tadd wird …«

»Amis! Nein. Nein.« Guthrie versuchte, sich weiter aufzurichten, doch mit einem Schmerzensschrei fiel er zurück. Alia, die ihn noch immer hielt, stützte ihn vorsichtig etwas höher.

»Die Zeit der Fürsten ist vorbei«, meinte Guthrie.

Hone Amis riß den Mund auf. »Was *sagst* du da?«

»Uns bleibt keine Zeit für Diskussionen, Amis. Bitte hör mir einfach zu.« Guthrie blickte zu den Milizen, Jägern und Banditen. »Zu vieles hat sich verändert. Zu viele von diesen Leuten sind nicht im Tal groß geworden. Es wird nicht funktionieren, Amis.«

»Doch wie sonst können wir ...«

»Es wird nicht funktionieren, ihnen unsere althergebrachte Lebensweise aufzuzwingen. Versuche es, und es werden nur Unmut und Streit daraus folgen. Es ist Zeit für einen *Wandel*! Ich habe es erlebt, was geschieht, wenn man den *Wandel* zu sehr fürchtet. Das ganze Leben wird zu einem einzigen Kampf, Amis. Es ist ein verzweifelter, sinnloser Kampf für etwas, dessen Zeit schon abgelaufen ist. Es funktioniert einfach nicht.«

Guthrie hustete, rang nach Luft, redete weiter. »Der beste der Herrscher sagt kein Wort zuviel. Ein Schatten ist er, kaum zu sehn. Der beste der Herrscher zögert zu Recht und sieht, was zuvor schon er wußte.«

Hone Amis sah ihn verwirrt an.

»Etwas, das mir einst Abt Rianna sagte«, keuchte Guthrie. »Damals, im Kloster, an jenem unheilvollen Tag, als die Seewölfe kamen. Bis jetzt habe ich es nicht verstanden ... Man kann nichts dagegen tun, Amis. Alles verändert sich, immer. All diese Menschen, die hier vor mir stehen, sollen in Zukunft zusammenleben. Und daraus mag etwas Gutes hervorgehen. Nicht das, was wir bis jetzt gewohnt waren, doch es wird gut genug sein. Vielleicht auch besser. Das Tal ist nicht nur das, was es einmal war. Es ist auch das, was es sein kann! Laß es einfach geschehen, Amis. Nur so habt ihr alle eine Zukunft. *Nur so.*«

Guthrie sackte in Alias Armen zusammen, keuchte, faßte

sich wieder. »Ihr alle, hört her! Dies ist eure einzige Hoffnung. Zuviel Blut gab es bereits. Zuviel Haß und Schmerz. Wollt ihr ein Leben in diesem Tal? Dann müßt ihr zusammenleben – oder zugrunde gehen.«

Hone Amis machte ein Gesicht, als ob ihn jemand getreten hätte.

»Eure Treue soll nicht mehr nur *einem* Mann gelten oder nur *einer* Familie«, sagte Guthrie mit so leiser Stimme, daß die Menschen um ihn näherkommen mußten. »Kein Kampf mehr, um Althergebrachtes zu verteidigen, nur weil es alt ist. Die Dinge haben eine Gegenwart, sie haben eine Zukunft. Lebt auch für diese Zukunft. Lebt *miteinander.* Richtet euren Schwur nicht an mich, sondern an euch selbst, an eure Mitmenschen, an Kinder und Kindeskinder.«

Die Männer starrten ihn an.

»Schwört es! Jetzt! Beim Rot meines Bluts, beim Weiß meiner Knochen … Wiederholt es!«

»Beim Rot meines Bluts …«, kam es zögernd.

»Schwöre ich …«, fuhr Guthrie fort, »der Hoffnung treu zu sein …«

»Schwöre ich«, kam die Antwort, »der Hoffnung treu zu sein …«

Alle blickten zu Guthrie und warteten darauf, daß er weitersprach.

Doch es war zu spät. Kraftlos und blaß hing Guthrie in Alias Armen.

Er war tot.

Bestürzte Stille herrschte im Lager.

Über Guthries Kopf hinweg sah Alia in die entsetzten Gesichter rings umher. In ihrem Herzen spürte sie das, was Guthrie hatte sagen wollen. Ein Ende der Gewalt. Ein Ende der Kämpfe. Ja, auch sie sehnte sich danach. Sie atmete tief und sagte: »Schwöre ich, der Hoffnung treu zu sein, die Guthrie Garthson noch im Sterben uns gab.«

Nach bedrückenden Momenten der Stille sprachen die Männer es nach, leise zuerst, dann immer deutlicher: »Der Hoffnung treu zu sein, die Guthrie Garthson noch im Sterben uns gab.«

Verlegen standen sie da und sagten kein Wort mehr.

Dann begann jemand mit dem Todesgebet für Guthrie: »Unversehrte Reise in die Dunkelheit, mein Freund.«

Andere fielen mit ein, bis sie es alle zusammen aufsagten. »Eine unversehrte Reise und glückliche Ankunft. Gegangen bist du aus der Welt der Lebenden ins Schattenland … um erneut zu *leben.*«

Es war ein ganz besonderer Moment, den keiner der Anwesenden jemals vergessen würde. Tod und Angst und Entsetzen, unerwarteter Neubeginn und Hoffnung – all dies vereinigt zu einem ungeheuerlichen Ganzen.

Wie ein ohnmächtiges Kind lag Guthrie in Alias Armen, schlaff und bemitleidenswert.

Keiner hatte erwartet, daß es *dazu* kommen würde.

Die Männer sahen sich um, ihre Verlegenheit wollte nicht weichen.

Hone Amis blinzelte sich Tränen aus den Augen und trat einen Schritt vor. Er blickte nach unten zu Sethirs reglosem Körper, betrachtete die zerlumpten Banditen. In seinen Augen funkelten Reste der alten Wut. Doch er drehte sich wieder zu Guthrie und holte tief Luft. »Hier auf dieser Lichtung wurden Eide geleistet und angenommen«, sagte er zu den versammelten Männern. »Und es scheint, hier hat etwas … Neues begonnen.« Er seufzte müde. »An meinen Schwur werde ich mich halten. Hat irgendeiner der hier Versammelten anderes vor?«

Er sah sich um.

Niemand sprach.

»So soll es denn sein«, sagte Hone Amis. Dann, nach einer Pause: »Wir haben hier einen Fürsten zu bestatten. Tun wir es … zusammen.«

Und so geschah es.

XXIX

Alia kauerte auf der felsigen Anhöhe oberhalb einer kleinen Senke. Dort unten lagen nun die sterblichen Überreste von Fürst Guthrie Garthson. Es war Abend, die Begräbnisfeier in den Dämmerstunden des Nachmittags längst vorbei, und alle anderen, die daran teilgenommen hatten, waren schon lange gegangen. Sie blickte hinunter auf die kleine Steintafel, die nun bestäubt war mit Schnee. Dies war alles, was das Auge noch erkennen konnte. Darauf eingeritzt waren keine Worte, sondern der Sternenkreis, das Symbol für die Großen Mächte.

»Gegangen bist du aus der Welt der Lebenden«, wiederholte Alia leise das Gebet, »ins Schattenland … um erneut zu *leben.*«

Ihre linke Hand begann ein wenig zu kribbeln, doch es war ein Zeichen, daß ihre Wunde nun verheilte. Sie kratzte geistesabwesend und riß dann ein Büschel Gras aus, das zwischen zwei Felsen aus dem neuen Schnee ragte. »Um erneut zu *leben.*«

Das Begräbnis war nicht ohne Spannungen verlaufen. Viele der Männer, die bis vor kurzem Feinde gewesen waren, hatten noch zu deutlich die Reste von Bitterkeit und Wut gespürt. Und doch hatte es keinen ungerührt gelassen … Sogar der alte, bärbeißige Hone Amis war etwas aufgetaut. Etwas Neues hatte begonnen. Es war das Erbe des Fürsten Guthrie Garthson.

Doch was war mit ihr selbst?

Alia fühlte sich so einsam wie nie zuvor. Da war nun ein Neubeginn, oh ja. Doch was hatte sie davon? Ihr früheres Leben hatte sie bewahren wollen – und war gescheitert. Und nachdem alle gegangen waren, war sie allein auf diesem Felsen zurückgeblieben, wie ein Stück Treibgut, das es an einen einsamen Strand gespült hatte. Was blieb ihr nun überhaupt für eine Wahl? Ihr Leben war einst mit den Jägern gewesen, doch was die Jäger gehabt hatten, war nicht mehr. Was ihr die Fey einst geboten hatten … sie hatte es zurückgewiesen. Und selbst die Alia, die sie einmal gewesen war, war nun eine andere. Sie fühlte eine große Traurigkeit, als sie sich an jenen nebelverhangenen Tag erinnerte – erst vor einigen Wochen, obwohl es ihr schien wie eine Ewigkeit –, als sie auf dem Salter Joch gestanden war und in aller Unschuld die undeutlichen Umrisse der Fey erblickte. Nein, mit dieser Alia verband sie nun nichts mehr …

Die schlimme Zeit des Fürstentals hatte ein Ende – dem Wiederaufbau und dem Leben dort stand nichts mehr im Wege. Doch sie selbst, das spürte sie, würde daran nicht teilhaben. Die gesamte Welt war ihr furchtbar fremd.

Sie fühlte, wie die Welt erzitterte, und bemühte sich, es niederzukämpfen. Zuviel war mit ihr geschehen. Und das, was geschehen war, verstand sie nicht.

Auf dem Fels neben ihr lag ein kleines Buch, vornehm gebunden in narbigem, leuchtend rot gefärbtem Leder. Es war eines der wenigen Dinge, die Guthrie besessen hatte. Alia hatte sich davon auf seltsame Weise angezogen gefühlt, und da niemand anderer daran interessiert gewesen war, hatte man es ihr überlassen. Sie nahm es nun in die Hand und schlug es auf. Auf der ersten Seite, im oberen Drittel, stand in großen, verzierten Buchstaben: *Der Weglose Weg.* Und darunter, in kleinerer Schrift: *Der Sehende begreift, doch er wird nicht ergreifen.*

Alia hatte dies nun schon so oft gelesen und konnte nicht mehr damit anfangen als das erste Mal. Sie blätterte durch die Seiten aus kostbarem Pergament, bis sie bei einem der Verse haltmachte:

Der Herbstwind brachte
ein einsames Blatt
in die offene Hand.
Ich beuge mich und betrachte
den gelbbraunen Dieb.
Meine Ruhe ist fort,

fort bin auch ich.
Denn ich kam zurück,
und mein Selbst wird gezogen
hinein in die Welt,
wie ein Blatt in eines Menschen Hand,
der es ansieht im Traum.

Alia wußte nicht, was sie davon halten sollte.

Wofür nur hatte Guthrie dieses kostbar gebundene, merkwürdige Buch gebraucht? Von wem hatte er es bekommen? Sie fand darin keine Abschnitte, die zusammengehörten, keine Erklärungen, nicht einmal Seitenzahlen. Nur ein verwirrender Vers nach dem anderen. Nichts davon schien irgendeinen Sinn zu ergeben. Sie blätterte weiter und las noch einige Zeilen:

Unerkannt in formloser Form,
ruhig in großem Lärm,
strudelnd wie ein Wassersturm
und gefüllt mit schmerzhaften Freuden.

Es hat keinen Anfang, keine Mitte, kein Ziel,
ist nicht hoch noch nieder noch weit,
ist dunkel wie Krähen, hell wie das Licht,
aus vielem gemacht, gemacht aus dem einen.

Unmöglich zu fassen in Worten und Reim,
und weglos der Weg, so lang und so steil,
führt hin zu den Wundern, dem Glanz und dem Schein,
weglos die Reise und weglos der Weg.

Nichts ist klar dem Auge und Ohr
und gierigem Denken, wissend und dumm.
Laß gehen dein Ich, dein Drängen und Sorgen,
finde das Andere, verlasse dein Selbst.

Alia schüttelte den Kopf. »Finde das Andere.« Was sollte das denn heißen?

Sie las weiter:

Der Weg liegt im Dunkel für Auge und Ohr,
und gierige Finger, sie tasten das Nichts …

Plötzlich hielt sie inne, denn mit den Worten kam die Erinnerung: Tasamin … ja, Tasamin hatte das laut vorgelesen. In einem Zelt. Und dabei gelacht. Es waren nur Bruchstücke von Gedanken – aus der Zeit, in der sie unter seinem Einfluß gestanden hatte, war Alia nichts Deutliches geblieben –, doch sie erinnerte sich nun an Guthrie und Tasamin und sich selbst, wie sie … wie sie alle beieinander standen und dann fielen … hinunterfielen in Finsternis und Schrecken.

Diese Erinnerungen waren ihr zuwider. Sie verfluchte Tasamin und ihre eigene Dummheit. Obwohl sie noch immer nicht verstand, was mit ihr geschehen war, wußte sie tief in ihrem Inneren, daß es unwiderruflich war. Sie war auf einem Weg, den sie nicht kannte, einige Schritte zu weit gegangen. Und nun erschien ihr dieser Weg – wie das Buch in ihren Händen es ausdrückte – in der Tat *weglos.*

Als sie so dasaß und sich gegen die kalten Steine lehnte, da fühlte sich Alia schwach und verletzlich, und auch die Welt erschien ihr so schrecklich zerbrechlich. Nein, das war nicht mehr die einfache, verläßliche, feste Welt, für die sie sie immer gehalten hatte. So sehr hatte sie sich immer gewünscht, den Wundern dieser Welt nahe zu sein. Die Träume eines kleinen Mädchens waren es gewesen und nichts weiter. Und nun stand sie vor diesem furchtbaren Auseinanderbrechen. Einem Wirrsal. Es erschien ihr alles so grausam.

Alia sah hinunter zu dem kleinen Hügel, der Guthries Grab bildete. Auch er war einen Schritt zu weit gegangen, auf welch seltsamem Weg er auch unterwegs gewesen war. Alia begann leise zu weinen, über Guthrie, über sich selbst, über all die Schmerzen und das vergossene Blut der letzten Wochen …

Und dann, durch den feuchten Schleier ihrer Tränen, sah Alia, wie sich die Erde um Guthries Grab bewegte.

Ja, tatsächlich, der Boden um das Grab begann zu beben. Noch nie hatte Alia etwas Vergleichbares gesehen. Die Erde erschien ihr wie die Oberfläche eines Gewässers, das sich nun leicht kräuselte. Mit weit aufgerissenen Augen sah Alia hinunter. Ihre Kehle war wie zugeschnürt.

Die Wellen aus Erde und Gras und Steinen wurden stärker. Die dünne Schneedecke vibrierte über dem Boden. Und dann – Alia konnte, wollte es nicht glauben – kam aus der Erde eine menschliche Hand. Sie bewegte sich wie die Hand eines Tauchers, der durch Erde und Gras und Schnee nach oben wollte.

Hand und Unterarm … dann eine zweite Hand.

Oberarme, Schultern.

Dann, mit einem Gepolter und Geprassel kam das übrige und spritzte Erde und Steine in alle Richtungen …

Alia wurde übel. Die Welt erzitterte. Für das, was da vor sich ging, fehlte ihr alles Begreifen.

Die Gestalt, die nun neben Guthries Grab stand, war über und über mit Erde bedeckt, und nur entfernt sah es aus wie ein Mensch …

Einen Moment lang dachte Alia, daß es ein seltsamer Fey wäre, der sie doch noch zu sich riefe.

Aber nein.

Dies war tatsächlich ein Mensch.

Doch von welch *furchtbarer* Art?

Wer immer es war – keuchend stand er da.

Wer immer es war …

Nur einer konnte das sein.

Alia erkannte ihn nun, obwohl sein Gesicht verschmiert war mit Dreck.

»Guthrie!« rief sie.

Er zuckte zusammen, sah zu ihr hoch.

»Guthrie«, sagte sie noch einmal, denn sie wußte nicht, was sie sonst hätte tun sollen.

Er gab keine Antwort, stand einfach nur da und keuchte. Er trug die Kleider, in denen er gestorben war und in denen man ihn begraben hatte. Alia konnte die Schlitze sehen, die Sethirs Messer in sein Wams gerissen hatte.

Sie wußte nicht, was sie denken sollte. Vielleicht war es ein Geist, den sie da sah. Doch dann war es ein sehr menschlicher Geist, der sich eben bis zur völligen Erschöpfung verausgabt hatte. Sie sah zu, wie er nun entkräftet auf die Knie sank.

Alia sprang auf. »Aber wie … Wieso …«, stotterte sie. »Du *lebst*!«

Guthrie nickte müde. »Ja.«

»Aber wie ist das … *möglich*?«

Er hob die Schultern. »Ich weiß nicht, ob ich dir das erklären kann.« Er richtete sich auf und ging mit kurzen, unbeholfenen Schritten den Hang hinauf.

Als er näherkam, konnte sie durch die Risse in seinem Wams blicken. Weiße Haut war da – glatt und unversehrt, ohne Wunden oder Narben.

Alias Knie wurden weich. Schnell setzte sie sich hin. »Wie … wie bist du … Weshalb bist du nicht … tot? Ich habe das Blut gesehen, ich habe gesehen, wie du *gestorben* bist!«

Mit einem matten Seufzer setzte sich Guthrie auf einen Fels. Er war kreideweiß und sein Atem ging schnell. »Wie soll … wie soll ich es sagen? Wie soll ich es sagen? Ich bin … *verwandelt.* Ich …« Er machte eine lange Pause, seine Augen starrten blind in den Abendhimmel. »Ich war tödlich verletzt. Ich habe geblutet. Und irgendwie bin ich auch … gestorben, denke ich. Doch ich bin zurückgekommen. Die Welt ist … ist nicht das, was sie scheint. Es ist möglich, bestimmte … Dinge zu tun, die unvorstellbar sind, wenn man nicht … wenn man nicht …«

Alia schüttelte entmutigt den Kopf. Ihr kam es fast vor, als ob er phantasierte. Vielleicht hatte er Fieber. »Die anderen sind längst gegangen«, sagte sie zu ihm, »doch ich kann loslaufen. Ich kann sie zurückholen. Schon vor morgen abend wären wir zurück. Ganz sicher. Wenn du allein hier warten willst, dann …«

Guthrie schüttelte den Kopf.

»Ich kann auch bei dir bleiben, bis du wieder bei Kräften bist. Essen und Trinken habe ich genug dabei. Schon einmal haben wir uns gemeinsam durchgeschlagen. Vielleicht können wir …«

»Nein, Alia.«

Verwirrt sah Alia ihn an.

»Ich werde nicht zu ihnen zurückkehren.«

»Aber du … du bist nicht gestorben! Wieso solltest du *nicht* zurückkehren?«

»Ich bin nicht mehr Fürst. In dieser Rolle weiter zu leben, ist mir unmöglich, ganz und gar unmöglich.«

»Ich … ich verstehe das nicht.«

Er zuckte mit den Schultern. »Und ich weiß nicht, wie ich es erklären sollte, *damit* du es verstehst.«

Alia sah ihn wütend an. »Ich bin nicht *dumm*!«

»Natürlich nicht«, erwiderte Guthrie schnell.

Alia wartete, daß er noch etwas sagen würde. Doch mit abwesendem Blick sah er in die Ferne, als ob er Stimmen lauschte, die nur er hören konnte. Es war dieselbe Entrücktheit, die sie von Anfang an bei ihm bemerkt hatte.

»Was willst du also tun?« fragte sie. »Einfach …«, sie dachte an ihr Gespräch mit Mysha, »einfach davonlaufen?«

Er gab keine Antwort, schien sie nicht einmal zu hören.

»Guthrie«, sagte sie und stieß ihn sanft mit einem Finger. »Guthrie!«

Er blinzelte.

»Ich habe dich etwas gefragt.«

Verständnislos sah er sie an.

»Ich sagte, willst du alle verlassen und einfach in der Wildnis verschwinden?«

»In der Wildnis? Nein … Oder doch, mag sein. In gewissem Sinne. Vielleicht kann man es so ausdrücken.«

»Aber wie kannst du nur *davongehen* und alle diese Menschen verlassen?« fragte Alia. »Gerade *jetzt*!«

»Mein altes Selbst ist … tot. Oder stirbt gerade.« Guthrie seufzte. »Es war … ist nötig. Und nun … Nun kann ich die Reise antreten, die mir so lange bevorstand.«

Alia sah, wie ihn noch einmal dieser leere, *lauschende* Ausdruck überkam.

»Guthrie. *Guthrie*!«

Seine Augen zwinkerten, und er sah wieder klar.

Alia spürte, wie sie ihn beneidete. Sie selbst, sie hatte nichts, keinen Ort, wo sie hingehen konnte, niemand, der sie zu sich rief. Und er, Guthrie, konnte alles haben – und ließ es im Stich. Für etwas, das ihm noch mehr bedeutete. Doch was war das? *Was?*

»Ich möchte mitgehen!« sagte sie plötzlich.

Er schüttelte den Kopf.

»Nimm mich mit! Ich habe … habe nichts anderes mehr. Keine Heimat. Niemanden.« Tränen traten in ihre Augen.

Er sah sie unsicher an.

»Nimm mich mit!« flehte sie.

»Du hast keine Ahnung, worum du da bittest. Wohin ich gehen werde, kannst du mir nicht folgen.«

»Ich kann dir *überallhin* folgen!«

Er lächelte.

»Ich *kann* es!«

»Wo ich hingehe, gibt es keine Wege.«

Alia schluckte. Da war etwas Unheimliches an ihm. Der Ton in seiner Stimme war genug, daß es ihr kalt den Rücken hinunterlief. Mit einem Mal erinnerte sie sich an Verse aus dem kleinen Buch. Sie kamen zu ihr völlig klar und deutlich, als ob die Seite offen vor ihr läge: »Unmöglich zu fassen in Worten und Reim, und weglos der Weg, so lang und so steil, führt hin zu den Wundern, dem Glanz und dem Schein, weglos die Reise und weglos der Weg.«

Guthrie starrte sie an. »Woher kennst du das?«

»Aus deinem Buch.« Sie deutete verlegen auf den Felsen, auf dem das Buch noch immer lag. »Niemand sonst wollte es, und da habe ich ...«

Durchdringend und fragend sah er sie an. Dann, nach langen Momenten des Schweigens, seufzte er. »Verlieren oder gewinnen, was ist der größere Schmerz?«

Alia verstand nicht.

»Ein anderer Vers aus dem Buch«, meinte er. Dann streckte er seinen Arm aus. »Nimm meine Hand.«

Alia fühlte, wie ihr Herz heftig pochte. Was hatte er vor? Seine Augen glänzten wie die eines Fey. Beinahe wäre sie vor ihm zurückgewichen. Beinahe ...

Sie nahm seine Hand und spürte, wie etwas machtvoll in sie hineinströmte. Ihre Sinne wurden fast fortgerissen von dem reißenden Fluß, ihre Augen blind, ihre Ohren zerfetzt zu Taubheit. Die Welt, die sie kannte, war mit einem Mal verschwunden, und da waren nur noch diese schwarzen, brodelnden Strudel, die Tasamin das Reich der Nacht genannt hatte, den Ort des Großen Chaos. Sie schrie oder glaubte zu schreien, doch sie spürte keinen Mund und konnte keinen öffnen, spürte keine Ohren, mit denen sie gehört hätte. Sie fühlte sich in Stücke gerissen, zermalmt und zerschlagen ...

Mit ungeheurer Wucht schleuderte es sie zurück in die gewöhnliche Welt. Es war, wie aus großer Höhe in Eiswasser zu stürzen. Sie starrte Guthrie an, fühlte, wie die Welt um sie her pulsierte.

Guthrie sah sie an mit ruhigem Blick. »*Dahin* werde ich gehen.«

»Zum Ort des Großen Chaos?« Alia spürte kalten Schweiß

auf ihrer Stirn, ihr Herz raste in der Brust.

»Chaos?« sagte Guthrie.

»Ja. So hat es Tasamin genannt.«

»Es ist Chaos und … auch nicht.«

»Aber wie … hast du mich so schnell dort hingebracht?«

Er deutete im Kreis. »Es ist hier, dort, überall. Unter allem liegt es verborgen.«

Alia schauderte. »Das Chaos unter der Welt.«

»Nein«, sagte er nun bestimmt. »*Nicht* Chaos. Etwas anderes.«

»Was dann?«

Eine Weile schwieg Guthrie, dann deutete er auf das Buch. »Über dem Dunkel, unter dem Licht, hat es Namen und Namen auch nicht. Hell wie der Tag, dunkel wie Nacht, hat es Gestalt und Gestalt auch nicht.« Er hob die Schultern. »Ich kenne es einfach als das *Andere.*«

»Finde das Andere, verlasse dein Selbst«, zitierte Alia das, was sie eben erst gelesen hatte.

Guthrie sah sie an. »Ja, richtig. So drücken es die Klosterer aus.«

»Das Buch stammt von den Klosterern?« fragte sie.

Er nickte. »Es ist ihre große Aufgabe, mit diesem *Anderen* vertraut zu werden.«

»Dann bist du also ein Klosterer geworden?«

»Nein. Das heißt … Doch, vielleicht ein wenig. Ich habe einen Klosterer kennengelernt. Sie hat mir … Dinge gezeigt. Tasamin hat sich geirrt, wenn er das *Andere* als grausames Chaos beschrieb. In vielen Dingen hat sich Tasamin geirrt.«

Alia wußte nicht, was sie davon halten sollte. Es war ihr zuwider gewesen, Tasamins Erklärungen für die Wahrheit zu halten. Sie hatten nichts mit dem gemein, was ihr Innerstes sagte. Nein. Die wunderbaren Geheimnisse der Welt … das war kein tödliches, grausames Chaos. Das spürte sie.

Doch dieses *Andere* war so erschreckend und fremd.

Sie sah Guthrie an. So erschreckend dieses *Andere* auch sein mochte, *er war* entschlossen, sich dort hineinzustürzen.

Alia fühlte eine plötzliche Welle von Erinnerung und Verstehen: ihre geheimnisvollen Erlebnisse mit den Fey, mit Tasamin, mit Guthrie. Sie erinnerte sich, wie überwältigend es gewesen war, nach ihrem Beisammensein mit den Fey hinter die Schleier der Welt zu blicken. Sie dachte mit einem Zittern an den Sprung in das *Andere,* den Tasamin mit ihr getan hatte. In Gedanken erschien ihr die Welt nun wie eine riesige Zwiebel mit all diesen verschiedenen Schichten von Wirklichkeit. Jede Schicht war wahr und wirklich und doch nur ein Ausschnitt, nur eine Möglichkeit dieser Welt, nur …

Sie dachte an andere Verse, die sie gelesen hatte. Sie griff nach dem kleinen Buch, blätterte darin und fand, was sie gesucht hatte:

Gesicht und Hände, Beine, Arme,
Angst und Freude, Zauber, Worte
spiegeln, täuschen und nichts weiter,
Schale, Hülle und nichts weiter.

Baum und Fels und Fluß und Gras
sind niemals, was sie scheinen.
Menschen, Herzen, Bein und Stern
sind niemals, was sie scheinen.

Heb die Hülle, laß das Denken,
und ein Neues wirst du finden.

Nichts ist, was es scheint zu sein,
weder Stein noch Tier, noch du und ich.
Kein Fluß fließt frei von Land zu Land,
all sein Sehnen gilt dem Meer.

Und plötzlich spürte Alia dieses *Sehnen.* Sie wollte sich loslösen, auflösen, Teil eines Größeren werden.

Das endlose Geheimnis der Welt ... Immer hatte es sie gerufen, dieses Geheimnis, wie die Stimme eines Fey in ihren Träumen.

Sie sah Guthrie direkt in die Augen. »Ich möchte mit dir in dieses *Andere* gehen.«

Er schüttelte den Kopf. »Du weißt nicht, was du da wünschst.«

»Doch, jetzt weiß ich es.«

Er starrte sie an. »Nach dem, was du eben erlebt hast, möchtest du noch immer mitkommen? Mit ganzem Herzen?«

Alia holte tief Luft. »Mit ganzem Herzen.«

Guthrie blickte unentschlossen zur Seite.

»Nimm mich mit«, flehte Alia.

Er seufzte, sah sie an. »Dir ist nicht klar, was für eine Schwelle du dabei übertreten wirst.«

»Ich weiß, daß es eine Schwelle ist zu etwas *Neuem.*«

Guthrie lächelte. »Ja. Das ist es tatsächlich.«

»Und es gibt nichts in meinem alten Leben, das mich noch zurückhalten könnte.«

Wieder seufzte er. »Nun, *dieses Gefühl* kenne ich gut genug.«

»Dann nimm mich mit.«

»Es wird dich ... *verwandeln,* Alia. Weit mehr, als du dir irgendwie vorstellen kannst.«

»Ich bin bereit für solch einen Wandel.«

Ein letztes Mal seufzte er, dann ging über sein Gesicht ein Lächeln. »Wenn du es wirklich und ernsthaft willst ...«

Sie nickte. »Ich will es.«

»Dann komm.« Er stand auf und gab ihr Zeichen, ihm zu folgen.

Sie bückte sich, um das kleine Buch aufzuheben.

»Laß es«, sagte er.

»Aber ...«

»Falls wir zurückkehren, können wir es auch später mitnehmen. Und falls nicht … nun, dann werden wir es nicht brauchen. Ein anderer mag es finden, einer, dem es vielleicht nützen wird.«

»Wir … wir *werden* zurückkehren, oder?«

»Auf gewisse Weise schon. Doch nichts wird mehr sein wie jetzt, weder die Welt noch wir.«

Sie nickte.

»Komm.« Mit langsamen Schritten führte Guthrie sie über den Abhang, durch knöcheltiefen Schnee und hartgefrorenes Gras, dann zwischen Bergtannen hindurch und nach oben, immer weiter nach oben, doch langsam. Er atmete schwer beim Gehen.

Alia kam näher zu ihm und streckte ihren Arm aus als Stütze. Mit dankbarem Lächeln nahm er an. Gemeinsam gingen sie also durch das Labyrinth der Bäume, gingen höher und höher, bis sie schließlich zu einer Felsenklippe kamen.

Am Horizont versank langsam die Sonne, riesig und leuchtend rot.

»Kugel aus Feuer, Kugel aus Licht«, murmelte Alia. »Goldenes Gelb, das Wärme verspricht …«

»Rotes Glühen«, fuhr Guthrie fort, »beendet den Tag, rotes Glühen …«

»Mich heilen mag«, ergänzte Alia.

»Licht des Morgens …«

»Dämmrig und scheu.«

»Verschwunden am Abend«, sagten sie nun im Chor, »doch bald scheinst du neu.«

Leise lachten sie. Noch immer hielt sich Guthrie auf Alia gestützt.

»Ich habe an dieses Gedicht nicht mehr gedacht, seitdem ich ein kleiner Junge war«, sagte er.

Alia erinnerte sich, wie sie es aufgesagt hatte, als sie an einer solchen Klippe gestanden war und wie jetzt den Sonnenuntergang betrachtet hatte. Und sie erinnerte sich an die schwindelnde Furcht, die sie gepackt hatte beim Anblick der grauenhaften Tiefe.

Guthrie nahm sie bei der Hand und führte sie langsam zum Rand. Erst ganz vorn an der Felskante hielt er an und sah hinunter. Alia folgte seinem Blick, und wieder war sie hilfloses Opfer dieser Furcht.

Steil, so schrecklich steil ging es in die Tiefe, in der Tannen waren und schwarze Schatten. Alia wurde schwindlig.

Die gewöhnliche Welt entglitt ihr. Die unheimlichen Wellen des *Anderen* umspülten sie, und einen Augenblick lang schien da kein Unterschied zu sein zwischen dem Abgrund zu ihren Füßen und dem unendlichen Nichts des *Anderen.* Die beiden verschmolzen zu einem gewaltigen, grauenerregenden Schlund.

Sie riß sich zurück, stolperte, keuchte.

Guthrie rührte sich nicht.

Ein Zittern ging durch Alia. Ihr war plötzlich kalt, furchtbar kalt.

»Kein Fisch fürchtet Wasser«, sagte nun Guthrie, »kein Vogel die Luft. Flügel hat der Sehende keine, es ihm an Flossen gebricht …«

Alia erinnerte sich an die Verse. »Doch fliegen muß er und schwimmen im Wasser, oder …«

»Oder sterben muß er«, führte es Guthrie zu Ende, »die Wahl liegt an ihm.«

Alia deutete bebend zur Klippe. »Du willst sagen, wir müssen …«

»Springen«, zitierte er. »Oder kein Wort klingt mehr wahr.«

Alia schluckte. Sie wußte nicht, ob sie dazu imstande war. In das völlig Unbekannte zu springen …

Guthrie drehte sich um und reichte ihr die Hände.

Ihr Herz pochten sie zögerte. Dann trat sie langsam vor und nahm seine Hände in die ihren.

Einen zeitlosen Moment lang standen sie an der Felskante,

und Alia sah nun beides – die feste, vertraute Welt und das große, brodelnde, ungeheure *Andere.* In ihrem Herzen mischten sich Schrecken und Hochgefühl.

Fest hielten sie ihre Hände …

und sie …

sprangen.

Anhang

Das Buch der Klosterer

Das Buch der Klosterer ist kein Buch im gewöhnlichen Sinne. Das heißt, es besitzt keine Kapitel, keine Seitenzählung, keine Geschichte, der sich Seite für Seite folgen ließe. Die Texte stehen in scheinbar willkürlicher Folge.

Das *Buch* ist vollständig in Versform geschrieben. Und obwohl ein eigentlicher Handlungsstrang fehlt, ist es offensichtlich, daß sich verschiedene Verse auf ganz ähnliche Themen beziehen. Diese Verse wurden in der unten folgenden Wiedergabe zusammengefaßt unter solchen Überschriften wie *Der Weg, Der Sehende* und so fort. Zweifellos würden die Klosterer gegen solch ein Vorgehen erhebliche Bedenken anmelden. Diese Einteilung scheint jedoch gerechtfertigt, da sie dem Leser helfen wird, sich dieses außergewöhnliche Werk zu erschließen.

DER WEG

Wenn sehende Menschen erfahren vom Weg,
dann werden sie folgen mit frohem Gesicht.
Wenn blinde Menschen erfahren vom Weg,
dann ist es nur Nebel, lichtloser Schein.
Wenn Blinde erfahren vom Weglosen Weg,
dann grinsen sie höhnisch und lachen sie laut.

Doch wenn die lachenden Blinden blieben ganz still
und folgten dem Ruf der Klosterer schnell

und prahlten mit Wahrheit, die ihr Auge erblickt,
was nützte der Weg den Menschen des Lichts?

Mehr und mehr jeden Tag wirst du tun,
um dein Wissen zu mehren.
Doch folge dem Weglosen Weg,
gehe, ohne zu gehen,
dann, Tag für Tag, tust du weniger nur,
bis das große Ziel du erreichst.

Gib alles für nichts,
und die Welt ist dein.

Die fünf natürlichen Farben blenden den Blick,
blind machen sie für die Wunder der Welt,
die uns umgeben ganz.

Und fünf natürliche Töne machen uns taub
für den Wind, der spricht in Ast und Blatt
und lacht über uns.

Die fünf natürlichen Geschmäcker betäuben den
Gaumen,
lähmen die Zungen von jung und alt
und machen uns arm.

Ein Name aus Worten
ist niemals gerecht:
eine Wolke vor Sternen,
eine Tür und ein Balken,
eine Fessel zu sprengen.

DAS NAMENLOSE TOR

Der Weg liegt im Dunkel für Auge und Ohr,
und gierige Finger, sie tasten das Nichts.

Weglos der Weg, auf dem du nun gehst.
Wandel ist Reise, Wandel dein Los,
Wandel der Weg durchs Namenlose Tor.

Um durchs Namenlose Tor zu treten,
um zu wissen, was da ist und nicht,
braucht es nur ein einfach' Sterben:
Wechsle den Töpfer, wechsle den Topf.

DER SEHENDE

Der Sehene begreift,
doch er wird nicht ergreifen.

Wie Stern oder Wolke
muß der Sehende sein,
wie der strudelnde Fluß,
der ins Meer sich ergießt.

Wie ein Vogel im Flug,
wie der stürmische Wind,
wie ein offenes Fenster,
durch das wir sehen die Welt.

Ruhig und still,
zwischen Sternen, Meer
und grünen Hügeln,
sieht der Sehende
lautloses Leben,
Lahmes sich regen,
Großes entschweben,
einem Atemzug gleich,
ruhig und still.

Ein Mann auf dem Weg wird ihm folgen,
weiter, als sein Auge sieht.

Ein Mann der Angst wird zögern, zögern,
und sein Weg wird furchtbar, kalt.

Ein Mann der Angst wird hart und starr,
ein Mann der Angst wird wanken, weichen,
ein Mann der Angst, ihm graut vor Mut.

Kein Fisch fürchtet Wasser,
kein Vogel die Luft.

Flügel hat der Sehende keine,
an Flossen gebricht es ihm.
Doch fliegen muß er
und schwimmen im Wasser.
Oder sterben muß er,
die Wahl liegt an ihm.

Spring, oder kein Wort
klingt mehr
wahr.

DAS ANDERE

Über dem Dunkel, unter dem Licht,
hat es Namen und Namen auch nicht.

Hell wie der Tag, dunkel wie Nacht,
hat es Gestalt und Gestalt auch nicht.

Ich kam näher, ich sah kein Gesicht.
Ich folgte, doch es fehlte die Spur.
Ich suchte, doch ich fand nicht den Ort.
Ich lauschte, doch alles blieb stumm.

Unerkannt in formloser Form,
ruhig in großem Lärm,
strudelnd wie ein Wassersturm
und gefüllt mit schmerzhaften Freuden.

Es hat keinen Anfang, keine Mitte, kein Ziel,
ist nicht hoch noch nieder noch weit,
ist dunkel wie Krähen, hell wie das Licht,
aus vielen gemacht, gemacht aus dem einen.

Unmöglich zu fassen in Worten und Reim,
und weglos der Weg, so lang und so steil,
führt hin zu den Wundern, dem Glanz und dem Schein,
weglos die Reise und weglos der Weg.

Nichts ist klar dem Auge und Ohr
und gierigem Denken, wissend und dumm.
Laß gehen dein Ich, dein Drängen und Sorgen,
finde das Andere, verlasse dein Selbst.

Baum und Fels und Fluß und Gras
sind niemals, was sie scheinen.
Menschen, Herzen, Bein und Stern
sind niemals, was sie scheinen.
Gesicht und Hände, Beine, Arme,
Angst und Freude, Zauber, Worte
spiegeln, täuschen und nichts weiter,
Schale, Hülle und nichts weiter.

Heb die Hülle, laß das Denken,
und ein Neues wirst du finden.

Nichts ist, was es scheint zu sein,
weder Stein noch Tier, noch du und ich.

Kein Fluß fließt frei von Land zu Land,
all sein Sehnen gilt dem Meer.

VERSCHIEDENES

Der Fluß, er singt das Lied des Fließens,
zum Meer, das ihn empfängt.

Freiheit ist ihm eitles Sterben;
Meeressehnsucht, die ihn lenkt.

Dein Selbst oder dein gelebtes Leben,
was hat den größeren Wert?
Deine Güter oder dein gelebtes Leben,
was ist in deinem Herzen?
Dein Begehren oder dein gelebtes Leben,
was lenkt deinen Schritt?

Verlieren oder gewinnen,
was ist der größere Schmerz?

Der beste der Herrscher sagt kein Wort zuviel.
Ein Schatten ist er, kaum zu sehn.
Der beste der Herrscher zögert zu Recht
und sieht, was zuvor schon er wußte.

Einen Weg wirst du sehn,
der führt an kein Ziel.

»Deinen Namen weiß ich«, sagte der Mann,
doch die Wolken lachten mit Regen.

Der Herbstwind brachte
ein einsames Blatt
in die offene Hand.
Ich beuge mich und betrachte
den gelbbraunen Dieb.
Meine Ruhe ist fort,
fort bin auch ich.
Denn ich kam zurück,
und mein Selbst wird gezogen
hinein in die Welt,
wie ein Blatt in eines Menschen Hand,
der es ansieht im Traum.

In der Nacht ihrer Hülle
erbebt nicht die Raupe
vor der Stunde des Todes?
Und wächst in ihr nicht
Atem für Atem
aufs Neue das Leben?